Über dieses Buch Allie Fox startet auf eine Reise ohne Rückfahrkarte: Er kündigt seinen Job, sagt dem verkommenen »American way of life« auf Nimmerwiedersehen und geht mit seiner Familie fort für immer. Sein Ziel: die mittelamerikanische Moskito-Küste im honduranischen Dschungel.
Allie Fox, tyrannischer Patriarch und rastloser Erfinder so abseitiger Projekte wie einer elektrizitätsfrei betriebenen Eismaschine, ist ein Abenteurer und »Aussteiger« besonderer Art: er sucht seinen Weg zurück zur Natur, sein Paradies auf Erden, allerdings ein komfortables Paradies – ohne Moskitos und mit allem Luxus unserer Zeit. Und er hat wahrhaft phantastische Pläne. Mitten im Dschungel will er eine riesige Eisfabrik errichten. Seine Besessenheit wird zum Wahn. Er bringt schließlich die ganze Familie in Gefahr, und in der Idylle entsteht ein erbitterter Überlebenskampf. Aus dem kühnen Erfinder wird ein herrschsüchtiger Tyrann.
Der Roman »hat nicht das Anheimelnd-Exotische einer geglückten Robinsonade, sondern die Unheimlichkeit von Vorgängen, in denen sich das Destruktive allen Fortschritts durch die Selbstzerstörung der wilden Natur potenziert. Eine schlimme Geschichte voller Spannung und Schrecken, mit Witz und Ironie erzählt ... manchmal an Josef Conrad erinnernd, aber von radikalerer, oft kruder Poesie.« Kyra Stromberg in HANNOVERSCHE ALLGEMEINE ZEITUNG

Der Autor Paul Theroux wurde 1941 in Massachusetts geboren. Fünf Jahre lebte er in Afrika und drei Jahre in Singapur. Er veröffentlichte Reisebücher, Erzählungen und Romane. Der Roman »Saint Jack« wurde 1979 verfilmt, für »Orlando oder die Liebe zur Fotografie« erhielt Theroux den Whitbread-Preis, eine der bedeutendsten britischen Literaturauszeichnungen. Paul Theroux lebt seit mehreren Jahren in London.
Als Fischer Taschenbücher lieferbar: »Orlando oder die Liebe zur Fotografie« (Bd. 5222) und »Saint Jack« (Bd. 8062).
1984 erschien Paul Theroux neuester Roman »London Embassy. Kabinettstücke« im Claassen Verlag, Düsseldorf.

Paul Theroux

MOSKITO-KÜSTE

Roman

Aus dem Englischen von
Werner Waldhoff

Fischer Taschenbuch Verlag

Ungekürzte Ausgabe
Veröffentlicht im Fischer Taschenbuch Verlag GmbH,
Frankfurt am Main, September 1985
Lizenzausgabe mit freundlicher Genehmigung
der Claassen Verlags GmbH, Düsseldorf

Der Titel der bei Hamish Hamilton Ltd., London,
erschienenen Originalausgabe lautet: ›The Mosquito Coast‹

Umschlaggestaltung: Jan Buchholz/Reni Hinsch
unter Verwendung einer Illustration von Franziska Buchholz
Druck und Bindung: Clausen & Bosse, Leck
Printed in Germany
1280-ISBN-3-596-25881-2

Für Charlie Fox – es ist
seine Geschichte, die ich hier erzähle.
Sein Mut zeigte mir, daß es etwas gibt,
das stärker ist als der Tod.
Ich danke ihm für seine Geduld
und für die freundliche Art,
mit der er auf meine ahnungslosen
Fragen reagierte.
Möge er an dieser sichereren Küste
den Frieden finden, den er verdient.
Naksaa.

P. Th.

I

BANANENBOOT

1

An Tiny Polskis Herrschafts-Haus vorbei fuhren wir zur Hauptstraße und dann weiter die fünf Meilen nach Northampton hinein. Vater redete den ganzen Weg über Wilde, Eingeborene und die Schrecklichkeit von Amerika – daß es sich immer mehr in eine rauschgiftsüchtige, Türen versperrende, verpestete Gefahrenzone tollwütiger Geier und krimineller Millionäre und moralischer Heuchler verwandelte. Und schau dir die Schulen an. Und die Politiker. Und kein Harvard-Absolvent, der eine Reifenpanne beheben oder zehn Liegestütze machen könnte. Und in New York City gab es Leute, die von Katzenfutter lebten, die einen glatt wegen ein paar Münzen umbrachten. War das noch normal? Wenn nicht, warum fand sich dann jedermann damit ab?

»Ich weiß es nicht«, sagte er, sich selbst die Antwort gebend. »Ich denke nur laut.«

Bevor wir Hatfield verließen, hatte er den Pick-up-Truck auf einer höhergelegenen Stelle der Straße geparkt und nach Süden gedeutet.

»Da kommen die Wilden«, sagte er; von einer kleinen Baumgruppe aus zogen sie in langer Reihe über die Felder, hinter ihnen die gummiartigen, hitzeflimmernden Umrisse von Polskis Ställen. Sie waren dunkel, und ihre Kleidung war lumpig; einige hatten sich Lumpen um die Köpfe gewickelt, andere trugen breitkrempige Hüte. Es waren Männer und Jungen, ein paar nicht älter als ich; alle trugen sie lange Messer.

Vaters Finger jagte mir mehr Angst ein als die Männer. Er deutete immer noch damit. Das letzte Glied des Zeigefingers fehlte bis zu dem großen Knöchel. Der Fingerstumpf endete breit in genähten Hautfalten und war auf furchtbare Art vernarbt, konnte nur annähernd die Richtung anzeigen.

»Warum kommen die überhaupt erst her?« sagte er. »Geld? Das kann es doch nicht sein?«

Er schien die Fragen aus seiner Zigarre herauszukauen.

Es war Vormittag, für Massachusetts im Mai schon zu heiß. Wir hatten einen trockenen Frühling, das Tal sah verbrannt aus, und die flachen Gräben dampften wie frische Kuhfladen. In den Furchen, die das Feld von einem Ende zum anderen aufrissen, zeigten sich nur winzige Palmwedel von Wunder-Mais. Kein einziger Vogel zwitscherte hier. Und die Spargelfelder, zu denen die Männer unterwegs waren, wirkten so braun und glatt, als wäre der Erde der grüne Skalp des Grases abgezogen und die ganze Kahlheit glattgewalzt worden.

Vater schüttelte den Kopf. Er löste die Handbremse und spuckte aus dem Fenster. Er sagte: »Hundertprozentig ist es nicht das Geld. Heutzutage ist ein Dollar bloß noch zwanzig Cent wert.«

Hinter Hatfield und Polskis Haus, am oberen Rand der Talmulde, ragten belaubte Zinnen auf, manche so blaß wie Zitronenschaum, andere dunkle Buckel und einzelne Buschhaufen und Staketen berstender Äste; so stellte ich mir den Dschungel vor. Als wir vor ein paar Stunden die Augen aufgeschlagen hatten, war der Boden mit den Glitzerperlen kalten Taus bedeckt gewesen. Sommereis, so nannte ich es bei mir. Mein Atem hatte Nebelwolken erzeugt. Wolkenfetzen hatten sich über den Himmel gezogen. Jetzt stand die Sonne hoch, füllte das Tal mit Licht und Hitze, die gegen diese Männer loderte und sie in hagere Dämonen verwandelte.

Vielleicht lag hier der Grund, weshalb ihr Anblick mich genau wie Vaters Finger erschreckt hatte, obwohl ich diese Männer zuvor schon gesehen hatte – die Wilden, genau an dieser Stelle und nah genug, um die schwarzen Flecken, die die Sonne in ihre lederbraune Haut brannte, zu erkennen.

»Den Teil jetzt hasse ich«, sagte er, als wir in Northampton ankamen. Er trug eine Baseballmütze; beim Fahren ragte sein Ellbogen aus dem Fenster. »Die Collegemädels sind's nicht, obwohl die schlimm genug sind. Schau dir Tugboat Annie dort drüben an, ihren Umfang. Sie ist so dick, elf von ihrer Sorte, und man könnte ein Dutzend draus machen. Aber das ist Fett – hat nichts mit Gesundheit zu tun. Das sind die Cheeseburgers.« Er schob seinen Kopf aus dem Fenster und brüllte: »Das sind diese Cheeseburgers!«

Die Main Street runter (»Alles Drogensüchtige«) fuhren wir an einer Getty-Tankstelle vorbei, und Vater jaulte bei dem Benzinpreis auf. ZWEI TOTE BEI SCHIESSEREI knallte uns von einem Zeitungsstand entgegen, und er sagte: »Scheißblatt.« Allein das Wort *Sammlerstücke* an einer Ladenfront irritierte ihn. Und in der Nähe der Eisenwarenhandlung gab es einen Automaten, der Eis im Beutel verkaufte.

»Sie verkaufen Eis – zehn Pfund für einen Quarter. Aber Wasser gibt's genauso umsonst wie die Luft. Diese Geldgeier verkaufen Wasser! Wasser ist die neue Wachstumsindustrie. Mineralwasser, Quellwasser, Wasser mit Kohlensäure. Die größte Neuigkeit – Wasser ist gut für Sie! Bier mit wenig Kalorien – weißt du, was drin ist? Warum es einen schlank hält? Weißt du, warum es mehr als das normale Bier kostet? Wasser!«

Vater sagte *Wassa*, nach Art der Yankees.

Immer mürrischer werdend, kurvte er herum, bis er eine noch nicht abgelaufene Parkuhr fand. Dann parkte er, und wir marschierten zurück zur Eisenwarenhandlung.

»Ich brauch' einen Gummischlauch, zweieinhalb Meter mit Schaumfütterung«, sagte Vater, und während der Mann den Schlauch holte, meinte er: »Wahrscheinlich ist Benzin deswegen so teuer. Sie tun Wasser rein. Du glaubst mir nicht? Wenn du darauf bestehst, daß es im Geschäftsleben so was wie Moral gibt« – ich hatte kein Wort gesagt –, »dann hast du vielleicht die Freundlichkeit, mir zu erklären, wieso zwei Drittel des von der Regierung untersuchten Fleisches krebserzeugende Nitrate in überreichlichem Ausmaß enthält und wieso *Junk-Food* – das ist eine erwiesene Tatsache – nicht den geringsten Nährwert hat . . .«

Der Verkäufer kehrte mit einem zusammengerollten Schlauch zurück und reichte ihn Vater, der ihn untersuchte und zurückgab.

»Will ich nicht«, sagte er.

»Das haben Sie verlangt«, sagte der Mann.

Vater machte ein mitleidiges Gesicht. »Was ist mit Ihnen, arbeiten Sie für die Japaner?«

»Wenn Sie's nicht wollen, sagen Sie's doch.«

»Ich hab's gerade gesagt. Kommt aus Japan. Ich hab' keine Lust, daß sich meine schwerverdienten Dollars in Devisen für die Söhne Nippons verwandeln. Ich will keine weitere Generation von Kamikaze finanzieren. Ich will ein amerikanisches Stück Gummischlauch, mit Schaum – *arbeiten Sie hier oder nicht?*« Er fluchte, weil der Mann sich entfernt hatte und einen anderen Kunden bediente.

Vater bekam seinen Gummischlauch in einem kleineren Eisenwarenladen in einer Nebenstraße, aber als wir schließlich zu dem Pick-up zurückkamen, war er einem Schlaganfall nahe: Was hätte er doch alles in dem ersten Geschäft sagen sollen. »Ich hätte ›Sayonara‹ sagen sollen, eine Riesenszene hätte ich machen sollen.«

Ein Polizist lehnte an unserer Parkuhr, die Hände darübergelegt, sein Kinn ruhte auf den Fingern, wie ein Arbeiter, der Pause machte und sich auf seine Schaufel stützte. Er schaute Vater an und lächelte eine Art Begrüßungslächeln; dann sah er mich und nagte an seiner Lippe.

»Müßte der Kleine nicht in der Schule sein?«

»Krank«, sagte Vater, ohne den Schritt zu verlangsamen.

Der Polizist folgte Vater zur Tür des Wagens, klemmte die Daumen in seinen Revolvergurt und sagte: »Moment mal. Warum ist er dann nicht im Bett?«

»Mit einer *Fußpilzinfektion*?«

Der Polizist bückte sich etwas und starrte mich über den Sitz hinweg an.

»Na los, Charlie, zeig's ihm. Er glaubt mir nicht. Zieh den Schuh aus. Laß ihn mal riechen.«

Ich löste die Schnürsenkel meiner Segeltuchschuhe, als der Polizist sagte: »Schon gut.«

»Bloß keine Entschuldigung«, sagte Vater und lächelte dem Polizisten zu. »Höflichkeit ist ein Zeichen von Schwäche. Auf die Weise läßt sich das Verbrechen nicht bekämpfen.«

»Wollen Sie was?« Der Polizist preßte die Kiefer zusammen und rückte drohend näher. Er war jetzt wütend. Er wirkte schwergewichtig, auf der Hut vor allem möglichen.

Vater lächelte immer noch. »Ich hab' nur laut gedacht.«

Er sagte nichts mehr, bis wir die Straße nach Hatfield erreicht hatten.

»Hättest du wirklich deine Schuhe ausgezogen und dem Bullen deine gesunden Zehen gezeigt?«

»Du hast es doch gesagt«, erwiderte ich.

»Richtig«, sagte er. »Aber was muß das für ein Land sein, das aus friedlichen Ladenkunden Verräter und aus ehrlichen Männern

Lügner macht? Nicht einer, der daran denkt, dieses Land zu verlassen. Charlie, ich denke jeden Tag daran!«

Er fuhr weiter.

»Und zwar deswegen, weil ich der letzte Mann bin!«

Das war unser Leben hier, die Farm und die Stadt. Vater arbeitete gern auf Polskis Farm, aber die Stadt löste Anfälle bei ihm aus. Das war der Grund, warum er mich der Schule fernhielt – genau wie Jerry und die Zwillinge.

Später am Tag, als wir eine Pumpe am Rande eines Feldes reparierten, sahen wir die Wilden wieder.

»Sie stammen aus dem Dschungel. Wanderarbeiter. Hatten keine Ahnung, daß es ihnen gutging. Ich hätte jederzeit mit ihnen getauscht. Sie halten das hier fürs Paradies. Wären besser geblieben, wo sie waren.«

Vater hatte die Pumpe vor einem Jahr für Polski entwickelt. Ein empfindlicher, fingerartiger Sensor führte wie eine Wurzel in den Boden, und wenn die Erde austrocknete, aktivierte dieser Nervendraht einen Schalter und setzte die Pumpe in Gang. Vater war als Erfinder ein absolutes Genie. »Neun Patente«, sagte er gern. »Sechs noch in der Schwebe.« Er rühmte sich damit, daß er von Harvard abgehauen war, um sich eine gründliche Bildung zu erwerben. Auf seinen ersten Job als Hausmeister war er stolzer als auf sein Harvard-Stipendium. Er hatte ein mechanisches Scheuertuch erfunden – man hielt es mit der Stange, an der es befestigt war, und es flitzte über den Boden, dann wrang es sich selbst aus. Wenn man dieses Gerät benutzte, war es, als tanze man mit einer Frau ohne Kopf, sagte er. Er nannte das Ding »Die stumme Hausfrau«. Seine Lieblingsbeschäftigung war es, Dinge auseinanderzunehmen, sogar Bücher, sogar die Bibel. Er sagte, die Bibel wäre wie ein Führer, eine Reparaturanleitung für eine unvollendete Erfindung. Und daß die Bibel eine Wildnis wäre. Es war eine von Vaters Theorien, daß es Teile der Bibel gab, die noch nie jemand gelesen hatte, so wie es Teile der Welt gab, die keines Menschen Fuß je betreten hatte.

»Du hältst das für schlimm? Ganz im Gegenteil. Es sind die leeren Räume, die uns retten werden. Keine komischen Bunnies, keine Bullen, keine Ganoven, keine Räuber und Totschläger, keine süchtigen Schnüffler, keine Pestizide. Ich hab' mich nicht verirrt, wie die da.« Er deutete auf die Wilden. »Ich kenn' den Weg hinaus.«

Er berührte die verschiedenen Teile der Pumpe, so wie ein Arzt ein Baby nach Schwellungen abtastet, und immer noch redete er über leere Räume und Wilde. Ich schaute auf und sah sie. Sie schienen geradewegs aus der Wildnis gekrochen zu kommen, die er eben beschrieben hatte. Wir beobachteten, wie sie sich ihren Weg zu den oberen Feldern bahnten, und obwohl ich wußte, daß sie nur Spargel stechen würden, machten sie auf mich den Eindruck, als wären sie auf der Suche nach ein paar Fingern zum Abhacken.

»Sie kommen vom sichersten Platz der Erde – aus Mittelamerika. Weiß du, was sie da unten haben? Geothermische Energie. Der ganze Saft, den sie brauchen, liegt hundertfünfzig Meter unter der Erdoberfläche. Der Nabel der Erde. Warum kommen sie hierher?«

Die Wilden gingen über die Felder, vornübergebeugt, hin und her schwankend. Die winzigen Köpfe eingezogen, so liefen sie in ihren riesigen Schuhen am Wald entlang und erschreckten die Krähen, die krächzend aufstiegen. Die Vögel flogen wie schwarze, von einer Leine gerissene Handschuhe rückwärts hoch, plusterten mit jedem Flügelschlag ihre Federn auf.

»Kein Fernsehen dort, wo sie herkommen. Kein japanischer Videodreck. Gib mir mal das Ölkännchen. Hier oben ist die Natur noch jung. Aber das Öko-System in den Tropen ist unendlich alt und hat sich von Anbeginn der Welt nicht verändert. Warum meinen sie, wir wüßten die Antworten? Meinst du, es sei der Glaube? Bedeutet Glaube nur, fromme Lieder wie ›Komm zu Jesus‹ zu singen?«

Mit dem Schraubenschlüssel machte er sich über das Gewinde des hervorstehenden Rohres her, hielt dann die Öffnung der Ölkanne an das Rohrgelenk und spritzte. Mit beiden Händen befreite er das Rohr und seufzte.

»Nein, Sir. Glaube bedeutet, an etwas zu glauben, von dem man weiß, daß es nicht stimmt. Ha!«

Er steckte seinen kurzen Finger in das rostige Getröpfel des Pumpengehäuses und zog eine Messingklappe unter einem Schwall Wasser heraus.

»Dort, wo diese Wilden herstammen, kannst du das Wasser nicht trinken. Da sind Lebewesen drin. Würmer. Winzige Kreaturen. Sie haben nicht genug Verstand, um es zu kochen und zu reinigen. Noch nie was von Filtrierung gehört. Die Keime gelangen in ihre Körper, und sie werden grün, wie das Wasser, und sterben. Die anderen denken sich, hier kann man's nicht aushalten – Spinnen von der Größe junger Hunde, Moskitos, Schlangen, Überschwemmungen, Sümpfe, Alligatoren. Von geothermischer Energie haben sie keinen blassen Schimmer. Warum auch etwas daran ändern, wenn man hierherkommen und vor die Hunde gehen kann? Nimm dir eine Coke, sieh fern, laß dich von der Wohlfahrt aushalten, schnapp dir das geschenkte Geld. Werd Verbrecher. Verbrechen zahlen sich aus in diesem Land – Straßenräuber, die neuen Stützen der Gesellschaft. Die alle da landen früher oder später bei Raubüberfällen und Handtaschenklau.«

Das Wasser strömte nun gleichmäßig aus der Pumpe, die inneren Mechanismen tickten und maßen.

»Ich fahr' nicht mehr nach Northampton. Regt mich zu sehr auf. Ich hab's satt, Leute zu treffen, die Sachen wollen, die ich bereits besessen und wieder abgelegt hab'. Ich hatte jeden Dollar, den ich mir je gewünscht hab', Charlie. Und erzähl mir nichts von Erziehung und von Bildung. Der Bulle heute morgen besaß Schulbildung – dieser Beamtenfaulenzer –, und alles, was er will, ist das, was ihm im Fernsehen vorgeführt wird. Ich würd' den Kerl nicht mal nach Sandwiches schicken! Ich hab' alles gehabt – alles, hinter dem die Leute her sind. Es funktioniert nicht, und es ist irritierend, zu hören, wie es so ahnungslos angepriesen wird.«

Er sah mich lächelnd an.

Er sagte: »Es ist eine unvollkommene Welt.«

Jetzt betrachtete er lächelnd seinen abgeschnittenen Finger.

»Was unternehmen die Russen, während diese Leute in den Fernseher glotzen? Sie führen ein paar äußerst interessante Experimente mit Wasser durch. Sie entgasen es, lassen alles herausblubbern, einschließlich Sauerstoff und Stickstoff. Und wenn sie alles rausgepreßt haben, versiegeln sie es in Steinkrügen, wie eingemachte Pfirsiche. Stellen es für eine Weile beiseite. Wenn sie dann dieses Wasser für Pflanzen verwenden, dann wachsen die zwei- oder dreimal so schnell – große, gesunde Monsterpflanzen. Bohnen klettern über ihre Stangen hinaus, Sommerkürbisse so groß wie Ballons, rote Rüben wie Volleybälle.«

Er machte eine Handbewegung zum Wasser hin.

»Ich denke nur laut. Was glaubst du? Meinst du, mit dem Regen stimmt irgendwas nicht? Sag was.«

Ich sagte, ich wüßte es nicht.

»Glaubst du, jemand sollte mal ein Wort mit Gott reden, daß er sich Gedanken übers Wetter macht? Ich sage dir, Charlie, es ist eine unvollkommene Welt. Amerika steckt in der Klemme.«

Er schob seine gewölbten Hände unter das spritzende Wasserrohr und hob sie zum Mund. Dann schlürfte er. »Das ist für diese Wilden wie Champagner.«

Mit schmatzenden Lippen deutete er an, wie wunderbar es war.

»Dinge, die du und ich für selbstverständlich halten, wie Eis. In ihrem Land gibt es so was nicht. Beim Anblick eines Eiswürfels würden sie wahrscheinlich denken, sie hätten irgendeinen Diamanten oder ein Juwel vor sich. Kein Eis – das ist nicht der Weltuntergang, scheint es. Aber denk mal drüber nach. Stell dir mal die Probleme vor, die sie ohne richtige Kühlung haben.«

»Vielleicht haben sie keine Elektrizität«, sagte ich.

Vater sagte: »Natürlich nicht. Wir reden vom Dschungel, Charlie. Aber du kannst auch ohne Strom Kühlung erzeugen. Du brauchst nur ein Saugsystem. Laß einen Staubsauger laufen, und du hast Kühlung. Hör zu, du kannst aus Feuer Eis machen.«

»Wieso wissen sie das nicht?«

»Keine Chance«, sagte er. »Eben weil sie Wilde sind.«

Er fing an, die Pumpe wieder zusammenzubauen.

Er sagte: »Müssen alle möglichen Krankheiten haben.« Er deutete mit dem Schraubenschlüssel in die Richtung, die die Männer eingeschlagen hatten. »Sie – sie haben Krankheiten.«

Die Männer schienen ihn zu faszinieren und zugleich abzustoßen, und er vermittelte mir diese Gefühle, indem er mir etwas Interessantes sagte und mich dann ermahnte, mich nicht zu sehr dafür zu interessieren. Ich hatte mich gefragt, woher er all das über die Männer wußte, die er Wilde nannte. Er behauptete, er wüßte es aus eigener Erfahrung, er habe in unzivilisierten Gegenden und unter primitiven Menschen gelebt. Er gebrauchte das Wort »Wilde« mit einer gewissen Zuneigung, als ob er sie wegen ihrer

Wildheit liebte. Er respektierte das Wilde. Er sah darin eine persönliche Herausforderung, etwas, das sich mit einer Idee oder mit Hilfe einer Maschine in Ordnung bringen ließ. Er glaubte sich im Besitz der Lösungen für die meisten Probleme – wenn nur jemand ihm zuhörte.

Die Krähen kehrten zum Wald zurück, schossen auf die Wipfel zu, kreisten vorsichtig darüber und ließen sich auf ihren Schlafplätzen nieder.

Ich sagte: »Sind diese Männer gefährlich?«

»Nicht so gefährlich wie der Durchschnittsamerikaner«, sagte er. »Und nur, wenn sie durchdrehen. Du erkennst es daran, daß sie lächeln. Das ist das Zeichen, wie bei Hunden.«

Er wandte sich mir zu und lächelte über das ganze Gesicht. Ich wußte, er wollte, daß ich weitere Fragen stellte.

»Und dann?«

»Dann verwandeln sie sich in Tiere. Killer. Tiere haben so eine Art Lächeln, kurz bevor sie einen beißen.«

»Beißen diese Männer?«

»Ich geb' dir ein Beispiel. Weißt du, wie sie's tun? Wie sie dich töten? Ich werd's dir sagen, Charlie-Boy. Sie höhlen dich aus.«

Bei seinen Worten beschlich mich das Gefühl, als würden hundert scharfe Klauen an meinem Skalp zerren.

»Deswegen gehört Mut dazu, dorthin zu gehen – nicht nur das übliche bißchen Mumm, sondern Vier-Uhr-morgens-Mut. Wer hat so was schon?«

Wir arbeiteten draußen, bis der Himmel rot aufflammte, dann gingen wir zum Abendessen heim.

»Gib's zu«, sagte Vater, »das ist besser als Schule.«

2

In dieser Nacht öffnete ich die Augen im Dunkeln und wußte, daß mein Vater nicht im Haus war. Das Gefühl, daß jemand fehlt, ist stärker als das Gefühl, wenn jemand da ist. Nicht nur, daß mir sein pfeifendes Schnarchen fehlte (gewöhnlich hörte es sich an wie eines seiner selbstgefertigten Druckventile) oder daß alle Lichter gelöscht waren. Es war ein Gefühl einsamer Leere, als befände sich ein menschenförmiges Loch in der Luft, dort, wo mein Vater hätte sein sollen. Und ich hatte Angst, daß dieser unberechenbare Mann tot war oder schlimmer noch als tot – daß er ausgehöhlt auf dem Grundstück herumgeisterte. Ich wußte, daß er fortgegangen war, und auf eine besorgte schuldbewußte Art – ich war dreizehn Jahre alt – fühlte ich mich verantwortlich für ihn.

Der Mond schien nicht, aber auch so ließ sich das Haus leicht durchsuchen, da es nirgendwo Schlösser gab. Vater mißbilligte verschlossene Türen. Er drohte uns Schläge an, wenn wir uns einschlossen. Jemand hinter einer verschlossenen Tür führt nichts Gutes im Schilde, sagte er. Oft brüllte er vor der Badezimmertür: »Verbarrikadier dich bloß nicht da drinnen!« Er war in einem kleinen Fischerdorf an der Küste von Maine aufgewachsen – er nannte es »Dogtown« – wo verschlossene Türen unbekannt gewesen waren. In den Jahren, die er in Indien und Afrika verbracht hatte, habe er sich auch an diese Regel gehalten, sagte er. Ich wußte nie genau, ob er wirklich dort gewesen war. Ich wuchs auf in dem Glauben, daß die Welt ihm gehörte und daß alles, was er sagte, der Wahrheit entsprach.

In allem, was er tat, wirkte er groß und kühn. Das einzig Gewöhnliche an ihm war, daß er Zigarren rauchte und den ganzen Tag über eine Baseballmütze trug.

Zuerst schaute ich ins Schlafzimmer; nur *eine* Gestalt lag auf dem Messingbett, eine aufgebauschte Decke – Mutter. Ich war sicher, daß er weg war, weil er stets seine Overalls an den Bettpfosten hängte. Jetzt hing nichts da. Ich ging hinunter und wanderte durch die Räume. Die Katze schlief zusammengerollt auf dem Fußboden. Im Gang blieb ich stehen und horchte. Es war Frühling, und der sanfte Wind trug den kräftigen Duft von Flieder und umgegrabener Erde herein. Die Grillen draußen ließen wahre Tonkaskaden ertönen, und eine wütende, im Innern des Hauses gefangene Grille zirpte mürrisch. Sonst herrschte tiefe Stille.

Meine Gummistiefel standen innen direkt neben der Tür. Ich zog sie an und trabte, immer noch im Pyjama, den Pfad entlang, um meinen Alten zu suchen.

Unser Haus war von umgepflügten Feldern umgeben. Die Ränder eines jeden Feldes waren mit Buschwerk besetzt, das als Windschutz zurechtgestutzt war. Mais und Tabak hatten zu sprießen begonnen, und obwohl man zwischen den Furchen leichter vorankam, hielt ich mich an den Pfad, die Arme schützend vor dem Gesicht, um die Zweige abzuwehren. Nicht die Zweige, die Spinnweben haßte ich, die sich quer über den Weg zogen und mir die Augenwimpern verklebten. Diese Wälder steckten voller morastiger Sümpfe, und die Geräusche dieser Nacht stammten von den Frühlingslaubfröschen, den kleinen schlüpfrigen Fröschen, glänzend wie Fischköder, die ein derartiges Getriller erzeugten. Die Bäume waren blau und schwarz, wie hoch aufragende Hexen. Wo war mein Vater?

Eingehüllt und geschützt von der Dunkelheit, so hatte ich das Haus verlassen, aber je weiter ich ging, desto heller schien es zu werden. Jetzt war das Land schlammig gelb. Manche Bäume waren aschfarben, die Spitzen ragten wie Eisendorne in den schweren, grauen Himmel. Ich konnte ein paar Wolken sehen. Eine hatte die Form eines Brotes, und ich vermutete den Mond dahinter, denn sie leuchtete hell und ölig, als verberge sie eine Fabrikstadt im Himmel.

Nach einer Weile wünschte ich mir, ich hätte das Haus nicht in solcher Hast verlassen. Die Stiefel schlappten an meinen Füßen und machten klatschende Geräusche. Mücken stachen mich durch meinen Pyjama. Brombeerranken hatten meine Arme zerkratzt. Ich hätte meinen Hut aufsetzen sollen – Käfer krabbelten mir im Haar herum. Immer wieder hatte ich das Gefühl, daß jemand hinter mir her war. Ich wirbelte herum, um den grinsenden Totenschädeln auf borkenlosen Bäumen oder den zugreifenden Knochenfingern aus toten Zweigen die Stirn zu bieten. Das war die eine Furcht. Außerdem jagte mir der Gedanke Angst ein, ich könnte auf ein Stinktier treten und von seiner stinkenden Flüssigkeit getroffen werden. Dann hätte ich meinen Pyjama in einem Loch vergraben und splitternackt nach Hause gehen müssen.

Der Wald wurde dünner. Ich sah einzelne Bäume vor dem Himmel und eine weitere Reihe vor einem gelblichen Feld. Ein Haufen Felsbrocken verriet, wo ich mich befand. Dieser Hügel war übriggeblieben, weil er sich unmöglich pflügen ließ. Er war schmal und stieg vom Waldrand her steil an; das Ganze wirkte wie ein Schiff. Bei Tageslicht war es, von der Seite gesehen, ein Schoner mit steinernem Bug, einer Fracht auf Deck und dreißig belaubten Masten – gestrandet im Spargelfeld, zwischen den Windbrechern, die wie Inseln aussahen.

Die meisten Felder hier waren Spargelfelder. Es war soweit, die Ernte hatte begonnen. Ein merkwürdiger Anblick, denn der Spargel wächst nicht in Furchen und Reihen. Die Felder sind flach und glatt wie ein Parkplatz. Aus der Entfernung kann man Spargelpflanzen nicht erkennen, erst wenn man nah herankommt, sieht man die Spitzen – keine Blüten, keine Blätter –, einfach nur dicke grüne Kerzen, die überall aus dem Boden hervorbrechen. Von meinem Standort sah ich nichts als die glatte, plattgewalzte Erde und ihr stumpfes Schimmern – es war die Dünung in einem wellenlosen Meer. Und hinter diesen Feldern erstreckte sich das schwarze Band der Nacht; dort, so fürchtete ich, befand sich mein Vater.

Leuchtkäfer flimmerten durch die Nacht. Sie waren winzig und leuchteten nicht sehr hell, schwächer als ein Streichholzflämmchen, flackerten an und aus, nie zweimal an der gleichen Stelle. Sie hatten ihr eigenes Licht, erhellten aber nichts von ihrer Umgebung, schwache, unzuverlässige Sterne, die in der Dunkelheit starben.

Aber ein Haufen kleiner Lichter in der Ferne erstarb nicht. Sie schwankten; es waren Fackeln, und als ich sicher war, daß sie von Männern getragen wurden, machte ich mich auf den Weg zu ihnen, quer durch die Spargelfelder, ohne Rücksicht auf die Spitzen, die ich umtrat, wobei meine Stiefel tief in die Erdkruste einsanken.

Als ich näher kam, sah ich, daß die Flammen alle in einer Reihe flackerten – eine Prozession von Leuten, einzeln hintereinander, die Fackeln über ihre Köpfe hielten, deren Flammen wie Fahnen im Wind flatterten. Die breitkrempigen Hüte wurden beleuchtet, aber die Gestalten konnte ich nicht erkennen. Sie strömten aus einem Pinienwäldchen, in dem ein altes Gebäude stand, das wir das Affenhaus nannten.

Männer mit Fackeln, die um Mitternacht durch die Felder des Tales marschierten – nie hatte ich etwas Ähnliches gesehen. Es war wie eine Flammenschlange, und ich glaubte, ein Klappern zu hören, wie Bohnen, die in einer Büchse geschüttelt werden. Meine Neugierde überwog meine Angst, außerdem hatte ich mich so gut versteckt und war immer noch so weit entfernt, daß ich mich nicht bedroht fühlte.

Die Prozession hielt sich jenseits einer Steinmauer, die sich zwischen den Feldern hindurchzog – Spargel hier, junger Mais dort. Ich mußte bleiben, wo ich war. Wenn sie mich entdeckten, so stellte ich mir vor, würden sie über mich herfallen und in Brand stecken. Dieser Gedanke und die Gewißheit, daß ich hier in Sicherheit war, ließen mich erschauern. Ich bückte mich, rannte bis zum Graben, legte mich flach hin und hielt Ausschau.

Dann änderten sie die Richtung und kamen auf mich zu. Hatten sie mich rennen sehen? Mein Herz setzte fast aus, als die Fackeln durch ein Tor in der Steinmauer schwankten, und ich dachte: O Gott, sie werden mich verbrennen.

Rückwärts kroch ich in den Graben; und während ich dort lag, sickerte das Grabenwasser oben zu meinen Stiefeln herein. Bald schon waren meine Stiefel voller Wasser. Aber ich gab keinen Laut von mir. Eine der Lieblingsgeschichten meines Vaters handelte von einem Spartanerjungen mit einem Fuchs unter dem Hemd, ich weiß nicht mehr, warum und wieso der sich von dem Tier den Bauch zerfetzen ließ, weil er zu tapfer war, um nach Hilfe zu rufen. Was waren dagegen nasse Füße. In der Nähe wuchsen ein paar niedrige Kletterpflanzen. Ich wußte, daß meine Beine in Schlamm und Wasser versunken waren, also zerrte ich an den Ranken, zog sie mir über den Kopf und preßte mich flach an den Grabenrand. Ich war vollständig verborgen.

Die Männer kamen immer näher. Sie schnatterten und schwätzten immer noch – es hörte sich froh und glücklich an –, und das Zischen der Fackeln drang an meine Ohren, die Flammen klangen wie Bettlaken, die an der Wäscheleine flatterten – kein Knacken und Knistern, bloß das Schlagen des Feuers. Ich schaute auf. Ich war darauf gefaßt, Fackelträger mit wirren Gesichtern zu erblikken, aber was ich sah, ließ mich beinahe einen Schrei ausstoßen. Der Mann ganz vorn trug ein riesiges schwarzes Kreuz.

Das Kreuz war nicht aus Brettern gemacht, sondern rund – zwei kräftige, zusammengebundene Stämme. Die Stellen, wo die Äste abgehackt worden waren, leuchteten schrecklich weiß, wie ovale Wunden auf der Haut. Und hinter dem Mann mit dem Kreuz, noch erschreckender, schleppte ein Mann einen menschlichen Körper, der schlaff über seiner Schulter hing, mit baumelndem Kopf und Füßen und schwingenden Armen. Er trug die Leiche so wie einen Sack mit Saat; groß und weich und schwer. Es war furchtbar, wie die Glieder hin und her pendelten. Im Schein der Fackeln leuchtete das Gesicht des Trägers gelb. Er lächelte.

Ich mochte nicht mehr hinschauen. Ich zitterte vor Kälte. *Du kannst aus Feuer Eis machen*, sagte Vater. Jetzt glaubte ich ihm. Dieses Feuer ließ meine Eingeweide erstarren.

Ich hielt den Kopf unten und den Mund geschlossen, obwohl ich schlammbedeckt und naß und von Insekten zerstochen war. Ich hatte die Hitze gespürt und die Fackeln gerochen – so nah waren sie. Dann waren sie verschwunden. Langsam sah ich hoch und entdeckte das Flackern ihrer Fackeln in dem schiffsförmigen Wald, durch den auch ich gekommen war. Die Äste tanzten im Feuerschein, und diese springende Linie heißglühender Streifen und Schatten wanderte zur anderen Waldseite hinüber, wo sie als flackernde Lichtpunkte zur Ruhe kam und leuchtete.

Ich befreite mich von den Ranken, kroch aus dem Graben und leerte meine Stiefel aus. Dann watete ich den Graben entlang, so weit es ging, und schlich schließlich über das Spargelfeld zum Wald. Mittlerweile befand sich die Prozession hinter den Bäumen. Zurückgeblieben war nur noch der Geruch benzingetränkter Lumpen und verbrannter Blätter. Mein Versteck an dieser Stelle war gut. Hinter einem Felshaufen verborgen konnte ich alles genau sehen.

Zwei der Männer standen vornübergebeugt. Sie mußten den Toten an das Kreuz gebunden haben, denn kurz darauf sah ich im

Schein des Fackelkreises, wie das Kreuz mit einem Mann daran hochgezogen wurde; seine Hände waren gebunden, die Füße hingen hinunter, der Kopf zur Seite weggekippt.

Es sah schlimm aus, und ich erwartete, daß die Männer toben und schreien würden. Aber nein, alles blieb still, fast fröhlich, und das war schlimmer, wie in einem Alptraum, den man durchmacht und den man nicht erklären kann. Bei all dem Hin und Her war meine Angst, entdeckt und bei lebendigem Leib verbrannt zu werden, so groß gewesen, daß ich ganz vergessen hatte, weshalb ich hier war. Genau in dem Moment, wo ich zu dem erhobenen Kreuz hinsah, fiel mir wieder ein, daß ich meinen Vater suchte. Die Erinnerung und der Anblick kamen im gleichen Augenblick, und ich dachte: Der verkrümmte Tote dort ist mein Vater.

Ich saß da, preßte die Hände auf die Augen und versuchte, die Tränen zu stoppen, aber ich schluchzte weiter, bis sich mein ganzer Kopf klein und naß anfühlte. Ohne zu wissen, warum, dachte ich, daß man mir die Schuld für alles geben würde.

Außer zusehen und zuhören konnte ich nichts tun. Ich hatte mich an den düsteren Anblick gewöhnt, und je länger ich hinsah, desto mehr fühlte ich mich dafür verantwortlich, so als wäre es meiner Phantasie entsprungen, ein böser Gedanke, der erst in meinem Kopf lebendig geworden war. Und daß ich alles beobachtete, machte mich zum Komplizen.

Für Sorgen blieb keine Zeit. Auf einen Schlag löschten die Männer die Fackeln. Nach dem Flammenschein und den Schatten und dem erleuchteten Kreuz gab es jetzt nur noch Hemden und Hüte zu sehen – skelettweise Lumpen, die sich ohne Körper bewegten –, und Schweigen, als diese in Lumpen gehüllten Männer auf mich zuströmten.

Ich sprang auf und rannte um mein Leben.

Ich bin der letzte Mann! Oft genug hatte Vater das gerufen.

Ich lag wieder in meinem Bett, in dem dunklen, unversperrten Haus; es schmerzte, nicht mehr zu träumen, sondern zu denken. Ich kam mir klein und geschrumpft vor. Vater, der glaubte, daß es in Amerika Krieg geben würde, hatte mich auf seinen Tod vorbereitet. Den ganzen Winter über hatte er gesagt: »Es kommt – etwas Schreckliches wird hier geschehen.« Er war ruhelos und redselig.

Er sagte, die Zeichen mehrten sich. Die hohen Preise, die Gereiztheit, die Sorgen tief im Bauch. Und die Dummheit und Gier der Leute und ihre Fettleibigkeit – wie die Schweine. Blutige Verbrechen wurden in den Städten begangen, und Verbrecher blieben unbestraft. Es würde kein normaler Krieg sein, sagte er, sondern einer, an dem niemand unschuldig sei.

»Dicke Dummköpfe werden ausgehungerte Verbrecher bekämpfen«, sagte er. »Die einen wirst du hassen und die anderen fürchten. Es wird zu einem nationalen Hirnschaden kommen. Wer bleibt da noch, dem man vertrauen könnte?«

Es klang angeekelt, und in den dunklen Wochen dieses weißen Winters versank er manchmal in düstere Stimmungen. Eines Tages froren Tiny Polskis Wasserleitungen ein, und Vater wurde geholt, um sie zu enteisen. Wir standen im Schnee, am Rande der frisch ausgehobenen Grube, und schlossen die Rohre an Vaters »Donnerbüchse« an, um sie aufzutauen. (Dieses Gerät war seine eigene Erfindung, und er war stolz darauf – Patentantrag lief noch –, obwohl er bei der ersten Anwendung damit ums Haar Ma Polski umgebracht hätte, deren Hand auf einem Wasserhahn lag, als er Saft draufgab.) Er beobachtete, wie sich die Rohre erhitzten und zu dampfen begannen. Eis knackte innen und knisterte und rasselte wie Kiesel. Voller Vergnügen lauschte er den Schmelzgeräuschen in den Rohren, dann wandte er mir am Rande der schneeverkrusteten Grube sein Gesicht zu.

»Wenn es soweit ist, werden sie mich als ersten töten. Sie bringen immer zuerst die Cleveren um – diejenigen, bei denen sie Angst haben, sie könnten von ihnen überlistet werden. Dann, wenn sie niemand mehr aufhalten kann, werden sie sich gegenseitig in Fetzen reißen. Werden dieses schöne Land in eine Müllgrube verwandeln.«

Aus seinen Worten sprach keine Verzweiflung – er stellte nur eine Tatsache fest. Der Krieg war Gewißheit, aber noch hoffte er. Er sagte, er glaube an sich selbst und an uns. »Ich werd' euch fortbringen – wir werden zusammenpacken und verschwinden. Und wir werden hinter all dem die Tür zuschlagen.«

Ihm gefiel der Gedanke, sich aufzumachen, wegzuziehen, irgendwo an einem unberührten Ort neu anzufangen, mit nichts anderem als seinem Verstand und seiner Werkzeugkiste.

»Mich werden sie als ersten erwischen.«

»Nein.«

»Die Cleveren erwischen sie immer zuerst.«

Das konnte ich nicht leugnen. Er war der klügste Mann, den ich kannte. Es konnte nicht anders sein, er mußte als erster sterben.

Ehe ich die Prozession um Mitternacht und den Toten am Kreuz sah, hatte ich mir nicht vorstellen können, wie jemand in der Lage sein sollte, ihn umzubringen. Aber diese Nacht reichte dafür völlig aus. Nun war ich überzeugt; ich fühlte mich allein. Der stärkste Mann, den ich kannte, war an zwei Baumstämme gebunden und in einem Maisfeld zurückgelassen worden. Es bedeutete das Ende der Welt. »Ich bin der letzte Mann, Charlie!«

Die dunklen Stunden verstrichen. Bald schon würde es Morgen sein, ich mußte jedermann ins Gesicht sehen und ihnen sagen, daß Vater es vorausgesagt hatte. Ich lag im Bett und dachte daran, daß Vater gesagt hatte, das Land sei dem Untergang geweiht. Er hatte versprochen, uns zu retten und uns hinauszubringen, ehe es zu spät war. Aber er war nicht mehr da, und ich war zu schwach, die anderen zu retten, und in dem Traum, in den ich mich schließlich im kalten Morgengrauen flüchtete, führte ich Mutter und die Zwillinge und Jerry durch brennende Felder unter einer wunden Sonne und einem blutroten Himmel, und unsere Kleider hingen in Fetzen, und überall war Rauch, und wir hatten nichts zu essen. Sie verließen sich auf mich, und nur ich wußte Bescheid, hatte aber Angst, ihnen zu sagen, daß ich den falschen Weg eingeschlagen hatte, weil es zur Umkehr zu spät war.

An dem zerrissenen rotschwarzen Himmel tauchte das spöttische Gesicht meines Vaters auf, nachdem wir stundenlang gelaufen waren, und sagte: »Wo bist du gewesen, Sonny?«

Ich bedeckte die Augen. Ich träumte immer noch, alles tat mir weh, Mutter und die Kinder hinter mir, vor mir die Katastrophe und kein Ausweg, keine Rettung.

»Wo bist du gewesen?«

Ich erwachte und sah sein Gesicht, sonnenverbrannt und ärgerlich, und setzte mich auf, weil ich damit rechnete, geschlagen zu werden – ich hatte Angst, er sei tot, dann Angst, weil er drohend vor mir stand. Seine Zigarre machte mir klar, daß ich nicht träumte. Ich war zu entsetzt, um in Tränen auszubrechen.

»Ich hatte einen schlimmen Traum.«

Und ich dachte: Alles ist nur ein Traum gewesen – die Männer mit den Fackeln, der Tote am Kreuz, die lachenden Wilden, die blutige Sonne und der Himmel. Ich war sehr glücklich. Der Sonnenschein schimmerte durch die Schlafzimmervorhänge, Vögel kreischten überall.

»Du mußt von Giftsumach geträumt haben«, sagte Vater. »So einen schlimmen Fall hab' ich noch nie gesehn.«

Während er noch sprach, spürte ich die Schmerzen. Mein Gesicht fühlte sich körnig und verletzlich an, und meine Arme ebenso.

»Nicht hinlangen. Damit breitest du's nur aus. Raus aus dem Bett, und zieh dir was an.« Er ging aus dem Zimmer, und während ich meine Kleider anzog, sagte er: »Du hast dich in den Büschen herumgetrieben – das ist's.«

Das lose Brett an der Schwelle sagte mir, daß alles normal war. Ich roch Kaffee und Schinken und hörte die Zwillinge kreischen; in meinem ganzen Leben war ich noch nie so froh gewesen. Ich ging ins Bad. Mein Gesicht sah im Spiegel wie ein Granatapfel aus, meine Arme und Schultern flammten vom Ausschlag des Giftsumachs. Ich rieb die Stellen mit Zinkspat ein und ging in die Küche.

»Ein Gespenst«, sagte Jerry beim Anblick meines weißen Gesichts.

»Du Ärmster«, sagte Mutter. Sie stellte einen Teller mit Eiern vor mich hin und gab mir einen Kuß auf den Kopf.

Vater sagte: »Ist seine eigene Schuld.«

Aber es war nicht der Rede wert. Nach allem, was ich gesehen hatte, war mein Ausschlag wie eine Erlösung.

»Eß auf«, sagte Vater. »Die Arbeit wartet.«

Ich wollte arbeiten, die Werkzeugkiste tragen und ihm das Ölkännchen reichen und sein Sklave sein und alles tun, was er von mir verlangte. Ich verdiente es, bestraft zu werden. Ich wollte die Fackeln und die Männer vergessen. Ich war wieder dreizehn Jahre alt. Ich hatte mich wie vierzig gefühlt.

Vater sagte: »Komm in die Werkstatt, wenn du fertig bist.«

»Armer Charlie«, sagte Mutter. »Wo hast du dir diesen Ausschlag geholt?«

Ich sagte sanft: »Ich hab' mich in den Büschen herumgetrieben, Ma. War meine eigene Schuld.«

Sie schüttelte den Kopf und lächelte. Sie wußte, daß es mir leid tat.

»Ma!« schrie Jerry. »Charlie starrt mich mit seinem weißen Gesicht an.«

Vaters Werkstatt lag hinter dem Haus. Sprüche und Zitate auf Pappkarton waren an Bretter und Regale geheftet; Werkzeug und Rohre und Drahtspulen und verschiedene Geräte lagen herum. Neben allen möglichen Motoren und einer Schmierpresse und seiner Drehbank, die der Werkstatt das Aussehen eines Arsenals gaben, standen hier auch seine Donnerbüchse und ein Allzweckapparat, den er als seinen »Atomzertrümmerer« bezeichnete.

Auf dem Boden, so groß ungefähr wie eine Truhe, stand hochkant eine Holzkiste, an der er fast den ganzen Frühling hindurch gebaut und herumgebastelt hatte. In ihrem Inneren waren keine Drähte und kein Motor. Mit einem Schweißbrenner hatte er alles zusammengeschweißt, lauter Rohre und Gitter und Tanks, darunter Kupferröhren und eine Tür, die zu einer oben angebrachten Blechschachtel führte. Es roch nach Kerosin, und ich hielt es für eine Art Ofen, weil an der Rückwand ein rußiges Ofenrohr angeklammert war. Vater sagte, wir müßten dieses Ding auf den Pickup-Truck schaffen.

Ich versuchte, die Kiste anzuheben. Sie rührte sich nicht.

»Willst du dir einen Bruch holen?« sagte Vater.

Er ließ sich Zeit; mit übertriebener Sorgfalt baute er Block und Flaschenzug auf ein Dreibein, und wir schwangen die Kiste mit den eingepaßten Rohren auf den Wagen.

»Was ist das?«

»Nenn es eine Kühlanlage. Du wirst's erfahren, wenn Doktor Polski Bescheid weiß.«

Er nahm den hinteren Weg, fuhr auf den Traktorspuren am Rande der Felder auf Polskis Farmhaus zu. Als wir an dem wie ein Schiff gebauten Windschutz vorbeikamen, fiel mir ein, daß ich hier die Prozession fackeltragender Männer gesehen hatte. Unterhalb des Gehölzes hatten sich die Männer versammelt, und der Tote war am Kreuz aufgerichtet worden. Ich hoffte, Vater würde die rechte Weggabelung einschlagen, damit ich sicher sein konnte

– beim Anblick von Fußspuren oder zertretenem Mais –, daß ich nicht geträumt hatte. Vater wandte sich nach rechts. Ich hielt den Atem an.

Was war das da in dem umgepflügten Feld? Ein Kreuz, ein Toter hing daran, schwarze Lumpen und ein schwarzer Hut, ein Knochenschädel und gebrochene Hände und verdrehte Füße.

Ich erstarrte; ich stammelte und zitterte, als ich ihn fragte, was das war.

Vater fuhr noch immer schnell die Wagenspuren entlang. Er wandte nicht den Kopf. Er grinste bloß und sagte: »Erzähl mir nicht, du hättest noch nie eine Vogelscheuche gesehen.«

Er trat aufs Gas.

»Und es muß eine verdammt gute sein.«

Ich blickte zurück und sah sie im leeren Feld hängen, die alten Kleider mit Stroh ausgestopft. Mein Hautausschlag vom Giftsumach juckte vom Schweiß, und am liebsten hätte ich mir das Gesicht zerkratzt.

»Sie hat dich ganz schön erschreckt!« Er lachte.

3

Die offizielle Version war, daß Tiny Polski, der von Vaters Erfindungen gehört hatte, ihn besuchte und bat, zu ihm nach Hatfield zu kommen. Wir lebten damals in Maine, nicht in Dogtown, sondern in den Wäldern. Vater versuchte es ein Jahr lang mit wirtschaftlicher Unabhängigkeit: Er zog Gemüse und baute Solarzellen und hielt uns von der Schule fern. Polski versprach Geld und einen Anteil an der Farm. Vater lehnte ab. Polski sagte, er habe ungewöhnliche Probleme zu bewältigen, weil er die Wachstumsperiode mit technischen Mitteln verlängern wolle, er ziele auf zwei Ernten im Jahr ab. Es war eine gute Gegend, um Kinder großzuziehen; ein sicheres, glückliches Tal, Meilen von jeder Stadt entfernt. Also akzeptierte Vater. So lautete die Geschichte, die er mir erzählte. Aber ich wußte es besser. In Maine hatte es nicht gut um uns gestanden. Vater hatte sich geweigert, das Gemüse mit Insektiziden zu besprühen – die Würmer fraßen es, bevor es reifen konnte. Regen und Sturm verwüsteten die Solarzellen. Eine Zeitlang aß Vater nichts und wurde ins Krankenhaus gebracht. Er nannte es den »Klingelpalast«, aber er kam lächelnd wieder heraus und sagte: »Hab' überhaupt nichts gespürt.« Er war wieder gesund, außer daß er ab und zu unsere Namen vergaß. Sozusagen mit nichts waren wir nach Hatfield gefahren. Er liebte es, ganz unten anzufangen.

Es war unmöglich, an Polski oder sonst jemanden als Vaters Boß zu denken. Vater nahm keine Befehle entgegen. Er bezeichnete Polski als »den Zwerg«, nannte ihn »Roly« und »Doktor Polski« – »Doktor« war purer Sarkasmus, um irgendwelche freundschaftlichen Gefühle von vornherein zu entmutigen. Er glaubte, daß Polski ihm, genau wie die meisten anderen Männer auch, unterlegen war.

»Er besitzt Menschen«, sagte Vater. »Aber mich besitzt er nicht.«

Polski erwartete uns auf seiner Veranda, als wir in den Hof fuhren. Seine Augen waren grau und hart. Er war älter als Vater, klein und rundlich, wie mit Sägemehl ausgestopft. Er trug ein kariertes Hemd; ein Gürtel um die Mitte bauschte seinen lockeren Overall in zwei Säcke. Sein Jeep war blitzblank, seine Stiefel waren nie schlammverkrustet, sein Hut zeigte keine Schweißflecken. Er rauchte nicht. Er war stets für Dreckarbeit gekleidet, machte sich aber nie schmutzig. Wir waren noch nie in seinem Herrenhaus gewesen, aber ob das daran lag, daß Vater sich schlichtweg weigerte einzutreten, oder ob wir nicht eingeladen worden waren, konnte ich nicht sagen. Vielleicht war Polski zu schlau, Vater einzuladen und sich dann eine seiner Ansprachen über den ganzen Dreck und die Cheeseburgers anhören zu müssen. Ich hatte durch die Fenster gesehen und den polierten Tisch und die Kristallvase mit den Blumen erblickt, die Teller auf der Anrichte und Ma Polskis emsigen Rücken, als sie sich bückte und saubermachte. Nichts davon wirkte einladend. Und Ma Polski sah wie ein Teil des Zimmers aus.

»Schöner Tag«, sagte Polski.

»Können Sie laut sagen«, meinte Vater.

»Hoffe, am Wochenende ist's auch so. Hab' was vor am Samstag.«

Er hatte eine komische Aussprache, aber Vater gab keinen Kommentar dazu ab. Er war aufgeregt. Schon während der Fahrt war er ungeduldig gewesen, scharf darauf, Polski das Gerät, das er gebaut hatte, zu zeigen, seine »Kühlanlage«. Er war stolz darauf, was immer es sein mochte. Trotzdem saß er noch im Wagen und kaute auf seiner Zigarre herum.

»Haben Sie 'n Streichholz, Doktor?«

Polski zog die eine Augenbraue hoch und wiegte sich auf seinen Absätzen. Die Frage verblüffte ihn. Er sagte: »Haben Sie die ganze Fahrt wegen einem Streichholz gemacht, Mr. Fox?«

»Jawoll.«

»Bin sofort zurück.« Polski lispelte ein bißchen; seine Unterlippe blieb an seinen Vorderzähnen hängen. Er ging nach drinnen.

Vater studierte meinen Hautausschlag an Gesicht und Armen. Er sagte: »Du hast die Räude. Ich hoffe, du hast deine Lektion gelernt.«

Er sprang hinaus und baute hinter dem Truck Block und Flaschenzug auf. »Das wird ihn aus den Stiefeln kippen«, sagte er. Er schwang die Kühlanlage auf den Fahrweg. »Er wird den Mund nicht mehr aufkriegen.«

Polski kam mit einer Schachtel mit großen Küchenstreichhölzern zurück, schaute auf die Kühlanlage und sagte: »Ziemlich klein für 'nen Sarg.«

»Ich frag' mich, ob Sie noch was für mich tun könnten«, sagte Vater. »Ich brauch' ein Glas Wasser. Bloß ein Glas normales Leitungswasser.«

Polski betrat, »ein Glaß normaleß Leitungßwasser« vor sich hinmurmelnd, das Haus. An der Art, wie er es sagte und wie die Tür hinter ihm zuknallte, erkannte ich, daß er langsam gereizt wurde. Er kam wieder mit dem Wasser heraus, gab es Vater und sagte: »Sie sind ein geheimnisvoller Mann, Mr. Fox. Jetzt aber los.«

»Sie sind ein Gentleman.«

Jetzt sah Polski mich zum erstenmal richtig an. »Giftsumach. Bist ja ganz voll davon. Wenn das nichts ist.«

Ich trat einen Schritt zurück und berührte beschämt mein Gesicht. Von einer Vogelscheuche hatte ich mich zum Narren halten lassen. Inzwischen war ich dahintergekommen. Es war durchaus vernünftig, die Vogelscheuchen nachts aufzustellen, damit es die Vögel nicht merkten. War das meine Lektion?

»Also gut, was ist es?« sagte Polski zu Vater.

»Ich erklär' Ihnen mal, was es nicht ist«, sagte Vater, öffnete die Holzkiste und enthüllte das Metallfach mit der eingehängten Klappe und dem Gummischlauch, den wir in Northampton gekauft hatten. »Es ist kein Sarg, auch kein Stück verfaultes Fleisch. Ha!« Er zog die Klappe auf und sagte: »Jetzt erzählen Sie mir mal, was Sie drinnen sehen.«

»Nichts.«

»Du bist Zeuge, Charlie.«

Polski lachte . »Ein Zeuge mit zugeschwollenen Augen!«

Vater kippte ein bißchen was von dem Wasser aus dem Glas, schien es an den Spritzern abzumessen, bis das Glas ungefähr noch zweieinhalb Zentimeter hoch gefüllt war. Er stellte das Glas in das Metallfach, schloß die Klappe, schloß die Tür, schloß den Haken und zündete dann ein Streichholz an.

Polski sagte: »Erzählen Sie mir nicht, daß Sie jetzt das Glas Wasser kochen.«

»Hab' Besseres zu tun.«

»Ich auch!«

Polski zog die Lippen hoch. Er kochte.

Vater sagte: »Sie werden nicht enttäuscht sein.«

»Was ist das für ein Gestank? Kerosin?«

»Richtig. Billigster Brennstoff in Amerika.«

»Und der stinkendste.«

Vater sagte: »Geschmacksache.«

Polski begann zu würgen. »Und Sie sagen, Sie werden nichts kochen?«

»Nicht direkt.«

Vater genoß es. Er arbeitete an der Rückseite der Holzkiste, wo sich die Röhren und das Heizelement befanden. Kühlanlage war ein guter Name für diese Kiste aus Rohrverbindungen. Er hatte einen Docht entzündet, der über ein feines Stahlrohr vom Brennstofftank aus befeuchtet und genährt wurde; beim Justieren der Flamme stiegen schmierige Rußwolken aus dem Ofenrohr. Aus dem Inneren drang ein Gluckern, das Geräusch eines hungrigen Magens, aber außer einem Schwall mickriger Spritzer in den Röhren passierte nichts, kein Motorsummen und auch kaum Hitzeentwicklung.

»Rülpst oder furzt sie?« sagte Vater. »Das ist hier die Frage.«

Polski grunzte unangenehm berührt, zwinkerte mit den Augen und schaute ungeduldig drein, während er mit den Fußsohlen Kieselsteine herumschob. Flockige Hitzewolken stiegen schwarz aus dem Ofenrohr. Polski wich zurück.

»Wenn diese Röhren dicht sind, dann fliegt das in die Luft«, sagte er. »Überdruck.«

»Verstecken Sie sich im Haus, wenn Sie wollen«, sagte Vater. »Aber sie besitzt einen ganzen Satz Sicherheitsventile. Sie raucht nur deswegen, weil ich sie voll aufgedreht hab'. Aus Demonstrationsgründen.« Er zerrte an seinem Mützenschirm. »Sie kann's aushalten.«

Voller Stolz betrachtete er die Maschine; er schien so sicher zu sein, so vertrauensselig, daß ich halb und halb erwartete, sie würde mit einem Flammenknall aufspringen und ihm ins Gesicht hinein explodieren. Wir hatten andere Explosionen erlebt. »Bloß ein Test«, pflegte Vater zu sagen. Die Werkstattdecke war versengt, und die Fingerspitze hatte Vater nicht beim Öffnen einer Thunfischdose verloren, wie er manchmal behauptete.

Polski sagte: »Wenn ich je ein Glas Wasser kochen will, dann schieb' ich's in die Röhre. Werd' bloß nie ein Glas Wasser rösten wollen.«

Polski schaute mich beifallheischend an, dann verdüsterten sich seine Züge, als er die fettigen Rauchwolken sah. Er zog den Kopf zwischen die Schultern, und er wartete mit zusammengekniffenen Augen auf den großen Knall.

Vater blinzelte mir zu. »Gefällt's dir, wie sie schnurrt?«

»Grummel, grummel«, sagte Polski.

»Nirgendwo ein Kabel«, sagte Vater und spazierte langsam um die Kiste herum. »Sie ist an nichts angeschlossen. Hab' kein As im Ärmel versteckt. Keine beweglichen Teile, Doc. Nichts, was sich abnützen könnte. Hält ewig.«

»Genau das Richtige für meinen Hühnerstall«, sagte Polski und sah mich an. »Den Winter über. Hält die Vögelchen warm wie 'ne Toastscheibe, und sie legen regelmäßig, wenn sie der Rauch nicht vorher umbringt.«

»Er ist ein großer Witzbold«, sagte Vater. »Das mit dem Rauch kann korrigiert werden. Eine Sache der Feineinstellung. Ich will jetzt nur vorführen, wozu sie fähig ist.«

»Ich würd' sagen, sie ist fähig, Stinktiere arbeitslos zu machen.«

Polski räusperte sich, spuckte aus und schob mit dem Schuh Staub über den Speichel.

Vater sagte: »Wie geht's dem Spargel?«

»Viel zuviel davon. Liegt an dem trockenen Wetter. In der Hitze schießt er wie verrückt. Schlechte Qualität. Hab' mehr, als ich lagern kann.«

»Verkaufen Sie halt was«, sagte Vater.

»Das könnte Ihnen so passen.«

»Jeder mag Spargel.«

»Der Markt ist verstopft«, sagte Polski. Er füllte seinen Mund mit Spucke und benützte einen Strahl davon als Antwort. »Will Ihnen gar nicht sagen, was ich fürs Pfund bekomm'. Als nächstes werd' ich pro Tonne verkaufen. Oder überhaupt verschenken.«

»Guter Einfall.«

»Im Armenhaus werd' ich landen.«

»Mit Sicherheit«, sagte Vater.

»Sie aber auch, Mr. Fox.«

»War schon dort. Bildet ungemein.«

Polski sagte: »Das Kühlhaus ist vollgestopft. Ich möchte, daß Sie sich später mal die Zünder ansehn. Ich weiß nicht, wieviel sie heute reinbringen, aber wenn's mehr ist als ein paar Wagenladungen, dann steck' ich in Schwierigkeiten. Ich meine, dann haben wir alle Schwierigkeiten. Letztes Jahr konnte ich ihn nicht schnell genug stechen. In manchen Wochen hab' ich einen Dollar pro Pfund gekriegt. Dieses Jahr ruiniert's mich. Ich erstick' unter Bergen von . . .«

Er jammerte weiter und spuckte und nuschelte ärgerlich und schleuderte Staub auf, bis er schließlich, fast schon ein Schrei, sagte: »Ich denk', das Glas Wasser muß jetzt gar gekocht sein!«

Vater sagte ruhig: »Würd' mich kein bißchen überraschen.«

»Was dagegen, wenn ich's aufmach', Mr. Fox? Ich hab' zu arbeiten. Zeigen Sie mir, was immer Sie mir zeigen wollen.«

Vater wandte sich an mich. »Er will, daß wir's aufmachen.«

Polski kollerte schon wieder wie ein Truthahn. »Red du mit ihm, Charlie. Auf mich hört er nicht.«

»Spannen Sie nicht meinen Jungen vor Ihren Karren«, sagte Vater.

Nach Luft japsend, sagte Polski mit erstickender Stimme: »Würden Sie nachsehen, was dieses Ding zustande gebracht hat!«

Vater nahm einen Zug von seiner Zigarre. Er probierte, er kostete. Er schluckte. Er paffte und blies Rauchringe in die windstille Luft. Ein blauer Ring, der allmählich Griffe und Pedale und einen Reiter bekam und davonradelte. Wir beobachteten, wie er sich den Feldern entgegensenkte, sich auseinanderzog, wie ein sinkendes Komma aus einem Satz, den ein Reklameflugzeug in den Himmel schreibt; wir sahen zu, wie er Vaters Kunstpause mit sichtbarer Verzögerung füllte.

»Also los«, sagte er.

Er löste die Türverriegelung, zog die Metallklappe auf, und ohne sich zu bücken oder hineinzuschauen, holte er das Wasserglas heraus, mit einer Armbewegung wie ein Zauberer. Er reichte es Polski, der es schnell von einer Hand in die andere schob und sich dabei auf die Finger blies.

»Heiße Sache«, sagte Polski. »Ich mein' kalt.« Er blies auf seine sauberen Fingerspitzen. »Da hat nichts gekocht. Soviel ist sicher.«

Vater sagte: »Nur zu, gießen Sie es aus.«

Polski versuchte es. Er drehte das Glas um und schüttelte. »Läßt sich nicht gießen.« Er klopfte auf den Glasboden. »Kommt nicht raus.«

»Eis«, sagte Vater. Das Wort erlaubte ihm, gleichzeitig zu grinsen und zu zischen.

»Wenn das nichts ist.« Gegen seinen Willen war Polski beeindruckt.

In den Eingeweiden der Kühlmaschine gluckerte es immer noch sanft, immer noch stieg rußiger Rauch auf. Sie wirkte komisch, wie ein dicker Junge mit offenem Mantel, der eine Zigarre pafft.

Polski wärmte das Glas mit seinen Händen, klopfte dann die Eisscheibe heraus und schleuderte sie in die Rosenbüsche.

»Hätte wissen müssen, daß es eine Eisbox ist«, sagte er. »Bei Ihnen hätte ich mit so was rechnen müssen.«

»Aber wo kommt der Saft her?« fragte Vater spöttisch. »Wo ist das Stromkabel?«

»Sie sagten was von Leichtöl.«

Vater meinte: »Sie glauben, ich hab' Eis in einer Feuer-Box gemacht?«

»Sieht so aus.«

»Und Leichtöl ist spottbillig. Die Maschine ist ein Energiesparer.«

Polski sagte: »Ich hab' zu tun. Ich ersticke in Spargel.«

»Wollen Sie wissen, wie sie funktioniert?«

»Ein andermal.«

»Stecken Sie Ihre Hand in diese Kammer. Fühlen Sie, wie kalt sie ist. Das zieht Ihnen die Haut von den Fingerspitzen. So was haben Sie noch nie gesehn.«

»Nein«, sagte Polski. »Aber davon gehört. Sie haben was erfunden, das schon vor dreißig Jahren erfunden worden ist.« Polski ging davon. »Ist so, als würden Sie mit einem Toaster zu mir kommen. ›Schaun Sie, keine Drähte. Und der Toast springt hoch.‹ Schön, aber trotzdem ist's immer noch ein Toaster. Und das hier ist immer noch eine Eisbox. Sie können nichts erfinden, was schon erfunden ist.«

»Das ist Perfektion!« sagte Vater, und Polski zuckte bei dem Wort zusammen. *Pafekssion.* »Ich hab's perfektioniert. Die anderen waren klein. Keine Leistung. Schwache Kühlaggregate. Bis gestern nachmittag verstand niemand was von Kühlmitteln. Gasbetrieb. Brachte keinen Eiswürfel zustande, selbst wenn man Schnee reinschaufelte. Ammoniakwasser, Lithiumbromid. Salzlauge. Aber dieses Baby hier« – und er berührte es zart –, »dieses Baby arbeitet mir einer hochexpansiven neuen Flüssigkeit, angereichertes Ammoniak und Wasserstoff unter Druck. Ist nur ein Modell. Ich habe vor, eine richtig große zu bauen. Was halten Sie davon?«

Polski sagte: »Das ist die andre Seite. Die Brandgefahr.«

»Nicht bei richtiger Ventilation«, erklärte Vater, keinesfalls bittend. »Nicht, wenn sie richtig abgedichtet ist. Ich hab' auf diese Ventile einen Patentantrag laufen. Vergessen Sie den Rest, die ursprüngliche Idee. Das ist Poesie.«

»Und ein großes Risiko.« Polski hörte überhaupt nicht zu. »Eine große Maschine wäre sehr feuergefährlich. Überall Rauch. Ein Hochofen. Wenn das Ding mal in die Luft fliegt, könnte man die Einzelteile noch in Pittsfield aufsammeln. Wissen Sie, wo so was wie das hingehört? An irgendeinen abgelegenen Ort, wo sie Atombomben testen, wo niemandem was passieren kann – dahin gehört sie, weit weg. Nicht hierher, wo sie alles kaputtmachen und die Pferde erschrecken wird. Mit so was riskiert man sein Leben.«

Er zeigte Vater sein entschlossenes Gesicht.

»Es gibt kein Risiko«, sagte Vater. »Berücksichtigen Sie doch mal das Prinzip dieses Gerätes. Eine Feuer-Box, die Eis herstellt. Kein Lärm! Kein Strom!«

»Elektrizität ist billig.«

Vater lächelte ihn an. »Wie alt sind Sie, Doktor?«

Die Unterlippe vorwölbend, spuckte Polski auf den speichelbedeckten Boden.

»Und was ist in zehn Jahren?« sagte Vater. »Was dann? Oder zwanzig Jahren. Denken Sie an die Zukunft.«

»In der Zukunft leb' ich nicht mehr.«

»Da haben wir Amerikas Grabschrift. Das ist kriminell. Das ist Schwachsinn.«

»Überall können Feuer ausbrechen«, sagte Polski. »Darauf kann ich verzichten.«

Vater überschüttete ihn mit Gelächter. »Es ist doch nur ein winziges Flämmchen«, sagte er, als würde er Jerry eine Kerze erklären; er sprach langsam, halb spöttisch, halb belehrend. »Eine Pilotflamme. Hier unten – schaun Sie sich das Lichtchen an. Kaum zu sehen. Ach was, für eine Zehn-Cent-Zigarre braucht man eine größere Flamme!«

»Mir ist schon klar, daß es 'ne raffinierte Sache ist«, sagte Polski und schaute auf seine Armbanduhr, die in Haaren vergraben war. »Hab' schon immer gesagt, Sie haben den Erfindergeist der Yankees. Aber ich hab' jetzt keine Zeit dafür. In ein paar Stunden steck' ich bis zu den Ohren im Spargel. Und das ist eine ernsthafte Angelegenheit.«

Vater sagte: »Sie sind also nicht daran interessiert« – er trommelte mit dem Fingerstumpf auf dem Deckel herum –, »ist das korrekt?«

»Sie halten das Ding anscheinend für eine Goldmine.«

»Nur eine Goldmine ist eine Goldmine.«

Polski ging mit knirschenden Schritten zur Veranda. Halb rutschend auf dem Kies, drehte er sich um und sagte: »Mit diesem komischen Kasten werden Sie nicht reich werden, Mr. Fox.«

Vater stieß ein Lachen aus, aber seine Augen blieben dunkel im Schatten des Mützenschirms. Er sah Polski nach. »Wenn ich je reich werden wollte – was nicht der Fall ist –, dann würd' ich ein bißchen Spargel anbauen.«

»Damit werden Sie nicht reich.« Polski drehte sich nicht um. »Davon kriegen Sie bloß Magengeschwüre.«

Vater hakte seine Daumen in die Hosentaschen und stand breitbeinig da – die Haltung eines Polizisten. »Wir überlassen Sie Ihren Magengeschwüren, Doktor.«

»Gehn Sie nicht im Zorn, Mr. Fox«, rief Polski von der Veranda, immer noch ohne zurückzusehen. »Ich sagte Ihnen doch, es ist ein feiner Apparat, aber ich habe keine Verwendung dafür.«

Er zog sich ins Haus zurück und rief seine Frau: »Shovel.« – Sie hieß Cheryl.

Vater sagte: »Ich werde Spargel anbauen und fünzig Wilde fürs Stechen anheuern. Ja, das werd' ich machen. Und du, Charlie, kriegst ein neues Paar Schuhe und die besten Arbeitshosen, die es für Geld gibt.« Er löschte die Flamme der Kühlmaschine, betrachtete sie dann liebevoll, als wäre sie ein lebendes Wesen, und sagte: »Dieser kurzsichtige Truthahn bezeichnete dich als komischen Kasten.«

Er lächelte, und sein Gesicht wurde breit.

»Eine bessere Reaktion kann man sich gar nicht wünschen.«

Ich sagte: »Aber die Maschine gefiel ihm nicht besonders.«

»Das ist eine hübsche Untertreibung.« Vater schüttelte sich vor Lachen und stammelte: »Er haßt sie ganz eindeutig!« Ein Schnauben. Dann äffte er nach: »›Iß' ein großes Rißiko.‹ Die typische Verachtung des Unwissenden – die dümmste Reaktionsweise. Aber ich bin dankbar dafür. Deswegen bin ich hier. Das ist genau das, was mich in Schwung bringt, Charlie. Stell dir bloß vor, was passiert wär', wenn sie ihm gefallen hätte. Ja, da hätte ich mir wirklich Sorgen gemacht. Ich hätte mich geschämt. Ich wäre wieder ins Bett gegangen.«

Polski verließ sein Haus durch die Hintertür. Er kletterte in seinen Jeep und legte den Rückwärtsgang ein.

»Da fährt er«, sagte Vater. »Old Dan Beavers. Drück diesen Gimpeln einen L.-L.-Bean-Katalog in die Hand, und sie halten sich für Grenzpioniere.«

Polski holperte jetzt über den unebenen Weg zu den oberen Feldern.

»Das verrostete Ding da, das er als Jeep bezeichnet, ist ein komischer Kasten«, sagte Vater, mit seinem Fingerstummel deutend. »Aber das hier ist eine Erfindung. So etwas kannst du nicht mit Geld kaufen.«

Er war seiner selbst so ungeheuer sicher, es gab nichts, was ich hätte sagen können, und er fragte nicht. Schweigend luden wir wieder die Kühlmaschine auf den Pick-up-Truck.

Ich sagte: »Sieht aus wie ein dicker Junge.«

»Das hier ist ein kleines Baby. Aber wenn wir die Große machen, die werden wir so nennen – Fat Boy.« Er spähte auf meinen Hautausschlag und meinte: »Du siehst ja furchtbar aus.«

Wir fuhren die Straße runter. »Fat Boy«, sagte Vater wieder, die Worte wie Gummi kauend. Während wir dahinfuhren, warf ich ihm einen verstohlenen Blick zu und sah, daß er lächelte. Warum?

4

Vater lächelte immer noch, als wir an dem Feld mit der Vogelscheuche vorbei auf eine kleine, grasüberwachsene Straße fuhren, die zu einem schwarzen Kiefernwäldchen führte. An einen Stumpf war das Schild *Kein Durchgang* genagelt. Dahinter stand, zwischen den Kiefern, das Haus, das weit und breit als Affenhaus bekannt war.

Ich hatte es aus der Ferne gesehen. Nie hatte ich so dicht herangehen wollen, um hineinsehen zu können. Außerdem stand ja auf dem Schild, daß es verboten war. Ich war ziemlich sicher, daß einige der Wilden dort lebten, denn ich hatte dort in der Nähe Radiomusik und manchmal Geschrei gehört.

Die Schindeln waren einst weiß gewesen, jetzt aber waren sie farblos und verwittert. Das Holzhaus sah aus, als würde es sich in einen Baum zurückverwandeln, in einen versteinerten Baum. Keines der Fenster hatte Vorhänge, nur wenige hatten noch Scheiben. Der einzige Schutz bestand in dem dunklen Immergrün der Bäume. Wir fuhren den mit Kiefernnadeln bedeckten Pfad hinauf, und als wir näher kamen, sah ich, daß die Fliegengittertür aufgeschlitzt war und daß sich eine Regenrinne gelockert hatte, die nun wie ein durchgedrehter Wetterhahn vor sich hinnickte. Das Wasser, das an den Wänden herunterfloß, hatte moosige Wasserflekken an den Brettern hinterlassen. Alles sah verrottet und verfallen und gespenstisch aus. »Komm, Charlie. Ich zeige dir was.«

Weigern konnte ich mich nicht. Gemeinsam betraten wir das Haus. Es roch nach Schweiß und gekochten Bohnen und alter Wäsche und Holzrauch. In gelben Krusten löste sich die Tapete von den Wänden, der Anstrich hatte überall Blasen geworfen.

Ich sagte: »Die Bude hier nennen sie das Affenhaus.«

»Wer nennt es so?«

»Die Kinder.«

»Ich würd' ihnen das Fleisch von den Knochen prügeln! Daß du mir das nie sagst.«

Es gab weder Stühle noch Tische, und das erste Zimmer glich aufs Haar allen anderen Zimmern, Matratzen flach auf dem Boden und auf den Matratzen grüne Armeedecken; in einer Ecke waren zerdrückte Pappkoffer aufgestapelt, und dazwischen lagen Lumpen und Socken. Der restliche Müll: geöffnete Sardinendosen und Beutel mit Brotkanten und leere, saure Milchflaschen. Ein Transistorradio auf einem Regal wurde nur noch von Klebeband zusammengehalten. Im ganzen Haus verstreut lagen weitere Matratzen und weiterer Abfall herum, alte Kleider und Haarbürsten und schmutziges Geschirr. Es war verdreckt und verwüstet wie ein Affenkäfig. Aber es war kein lebendiges Durcheinander – es wirkte verlassen, eine Müllkippe, als wäre, wer immer auch hier gewohnt haben mochte, für immer fortgezogen.

»Schau dir diese armen Menschen an«, sagte Vater. Er hob eine schäbige Decke auf und schlug sie gegen die Wand. »Schau dir an, was sie besitzen.«

Zornig stampfte er von Zimmer zu Zimmer, auf der Suche nach etwas, das, wie er wußte, nicht hier war. Ich folgte ihm in sicherer Entfernung. Er fuchtelte heftig mit den Armen herum, zeigte auf die schmierigen Sachen.

»Abends kommen sie hierher – hier schlafen sie!«

Er trat gegen eine Matratze.

»Schau dir an, was sie essen!«

Von seiner Schuhspitze aus machte eine Sardinendose einen Froschsprung in den Gang.

»Sie essen ja nicht mal den Spargel, den sie stechen, den verdammten Spargel . . .«

Jetzt wußte ich, daß er von den Wilden sprach.

». . . obwohl ich's ihnen nicht verübeln könnte, wenn sie ihn stehlen würden.«

Er marschierte lautstark in den hinteren Teil des Hauses, steckte den Kopf aus dem Fenster und gab ein trauriges Lachen von sich.

»Ihr Bad nehmen sie in einem Eimer. Ihr Geschäft verrichten sie in diesem Schuppen. Ist das richtig so? Ich frage dich! Und da wunderst du dich, daß sie wie Ziegen riechen und unmögliche Sachen tun, wenn sie in so einem Kehrichteimer leben?«

Ich hatte mich über nichts dergleichen gewundert. Was mich verwirrte, war, daß Vater, der sie stets Wilde nannte und mir einhämmerte, mich von ihnen fernzuhalten, so viel über sie wußte. Er war geradewegs zu diesem Haus gefahren und schnurstracks hineinmarschiert, ohne die geringste Furcht, einer der Wilden könnte in einer Kammer herumlungern oder unter einer Decke versteckt sein, um sich auf Vater zu werfen und ihm die Kehle durchzuschneiden.

Ich sagte: »Laß uns lieber hier weggehen.«

»Sie heißen Besucher willkommen, Charlie. Das ist eine alte Sitte von ihnen – noch aus dem Dschungel. Sei gut zu Fremden, sagen sie, weil du nie weißt, wann du selbst ein Fremder sein wirst – im Dschungel verirrt, ohne Wasser, verhungernd, dem Tode nah. Das ist das Gesetz des Dschungels – Barmherzigkeit. Nicht Grausamkeit, wie die Leute glauben. Es gibt viel zu bewundern bei diesen Wilden. Ganz sicher heißen sie Besucher willkommen.«

»Aber wir sind hier nicht im Dschungel«, sagte ich.

»Nein«, sagte Vater, »denn kein Dschungel ist so mörderisch und ekelhaft wie das hier. Ihre grünen Bäume haben sie gegen diese Hölle getauscht. Es ist tragisch. Und es macht mich verrückt, denn am Ende verschärfen sie das eigentliche Problem bloß noch.«

Er machte sich auf den Weg aus dem Haus.

»Ich brauch' frische Luft«, sagte er.

Aber anstatt loszufahren, lud er die Kühlmaschine, seine Eisbox, von der Ladefläche ab. Er stellte sie auf Gleitkufen, und wir zogen sie ins Haus. Vater baute sie im Hinterzimmer auf, brannte den Docht an und schob eine Schale Wasser hinein.

»Wenn sie das Eis sehen, drehen sie durch«, sagte Vater.

»Du meinst, du willst ihnen die Maschine einfach so geben? Und die ganze Arbeit, die du hineingesteckt hast?«

»Du hast gehört, was dieser Zwerg Polski sagte. Er hat keine Verwendung dafür. Und wir haben einen eigenen Kühlschrank. Die Leute hier werden es zu würdigen wissen. Der Betrieb kostet sie nichts. Sie können ihre Lebensmittel darin aufbewahren und Geld sparen. Wenn sie von den Feldern heimkommen, können sie sich einen schönen kalten Drink leisten. Das nimmt ein bißchen von dem Elend, das hier herrscht. Nur darauf kommt's an.«

Er kniete auf dem Boden, justierte die Flamme.

»Eis bedeutet Zivilisation«, sagte er.

Er schnalzte bewundernd mit der Zunge.

Ich sagte: »Sie werden sich wundern, wer die Eisbox hier aufgestellt hat.«

»Sie werden sich nicht wundern.«

Wir ließen das alte Haus mit seinen Matratzen und dem Mäusedreck hinter uns zurück; ich hatte das Gefühl, die Wildnis kennengelernt zu haben. Es lag sehr nah bei unserem eigenen, ordentlichen Haus, und doch war es wild und fremd. Es war abgetrennt von uns. Es stand leer und einsam. Es hatte mich geängstigt, nicht weil es so gefährlich, sondern weil es so schäbig und hoffnungslos aussah. Es hatte schlimm begonnen und war immer schlimmer geworden, und so würde es bleiben, mit all seinem Müll – die Blechbüchsen und vollgeschmierten Wände, das zerkratzte Holz, der rostige Wascheimer, der Abfluß, der nicht funktionierte, der verstreute Abfall, die gekrümmten Schuhe, die mich an gekrümmte Füße denken ließen.

»Es ist erschreckend«, sagte ich.

»Ich bin froh, daß du so empfindest«, sagte Vater.

Er fuhr die Straße hinunter, seufzte beim Schalten.

»Das ist Amerika«, sagte er. »Es ist eine Schande. Bricht mir das Herz.«

Danach war ich froh, wieder auf vertrautem Gebiet zu sein und Vater bei den üblichen Kleinigkeiten zu helfen. Ich schwitzte in der Hitze, und der Giftsumach juckte scheußlich, aber ich beklagte mich nicht. Und Vater verlor kein Wort darüber. Er war davon überzeugt, daß ich mich in den Büschen herumgetrieben hatte – und der Hautausschlag meine gerechte Strafe war.

Polski besaß zehn schäbige Schafe und eine kleine Herde Kühe. Wir reparierten den Transformator am Elektrozaun, der sie voneinander trennte, und säuberten den Abfluß am Trog.

Vater sagte: »In diesem Land gab es mal für einen Mann wie mich genügend Spielraum.«

Gegen Mittag gingen wir zu dem großen fensterlosen, gekühlten Lagerraum. Innerhalb der dicken Mauern war es kalt. Der überlastete Stromkreis stotterte, Stille lag in der Luft, und ich roch den scharfen Geruch von in der Dunkelheit reifendem Spargel. Die Spargelstangen waren zu Drei-Pfund-Bündeln zusammengebunden. Weil die Spitzen zart und empfindlich sind, lassen sie sich schwer lagern. Der Spargel hier war so sorgfältig in die Regale gepackt, als handle es sich um Bündel scharfer Munition. Es war klar, daß Polski kaum noch über freien Lagerraum verfügte, aber Vater meinte, es wäre bei der momentanen gewaltigen Nachfrage erstaunlich, daß Polski überhaupt Spargel einlagerte.

»Und schau dir das mal an!«

Hoch oben an einem Haken hing ein Nerzmantel, wahrscheinlich Ma Polskis, der hier zum Schutz vor Motten in der Kälte aufbewahrt wurde. Er war dunkelgolden, und als Vater den Strahl seiner Taschenlampe darauf richtete, leuchtete jedes feine Härchen auf.

Das brachte Vater zum Lachen, über den Zustand der Welt, wo menschliche Wesen auf dem Fußboden eines Abbruchhauses schlafen müssen, während gleichzeitig Tonnen von Spargel und ein Nerzmantel in einem peinlich sauberen klimatisierten Raum lagern, dessen Kühlung allein schon ein Vermögen kostet. »Ein schrecklicher Scherz«, sagte er. »Wie dumm die Leute doch sind! Und wenn die Wilden wüßten, wie sie betrogen werden, würden sie Polski den Kopf abschneiden und in dem Pelzmantel davontanzen.«

Er entdeckte eine Sicherung, die unter der Belastung des Kühlsystems durchgebrannt war. Während er die Sicherung austauschte, sagte er: »Der Zwerg hatte recht. Er hat hier kein freies Brett mehr, und sie ernten immer noch. Denk an meine Worte, dieser Mann wird uns bald einen Besuch abstatten. Er brütet etwas aus. An das, was er heute morgen zu mir gesagt hat, wird er sich nicht mehr erinnern. Manche Leute lernen es nie.«

Nachmittags arbeiteten wir am Straßenrand, wo wir einen Abflußkanal freischaufelten, der im Märztauwetter eingestürzt war. Es war ebenso heiß wie gestern, und Vater hatte sein Hemd ausgezogen. Ich hielt den Schubkarren im Gleichgewicht, den er füllte. Dann hörte ich Stimmen.

Drei Kinder strampelten auf ihren Fahrrädern von der Schule die Straße runter nach Hause, Hatfield-Kinder. Ich duckte mich, wollte von ihnen nicht gesehen werden, wie ich hier in meinen alten Klamotten schuftete, zusammen mit meinem Vater, der wie ein Straßenarbeiter gebückt einen Graben aushob. Ich schämte mich meines Vaters, der sich nicht darum kümmerte, was andere dachten. Ich beneidete ihn um seine Unabhängigkeit, und mich haßte ich, weil ich mich schämte. Die Kinder klingelten mit ihren Fahrradglocken und riefen laut, um meine Aufmerksamkeit zu erregen und mir eins auszuwischen. Sie hatten keine Ahnung, daß Vater Monate damit zugebracht hatte, eine feuerbetriebene Eisbox zu erfinden, und sie heute morgen weggegeben hatte, einfach so, um anschließend wie jeder andere Farmarbeiter den Spaten in die Hand zu nehmen.

Ich konnte ihnen nicht in die Gesichter schauen. Im Vorbeiflitzen riefen sie wieder. Nach einer Weile blickte ich auf und sah sie die Landstraße entlangholpern.

Vater hackte immer noch am Abflußkanal herum – oder vielmehr bohrte er den Schlamm mit einem von ihm erfundenen Spaten heraus, der wie ein Schuhleisten aussah.

Er sagte: »Brauchst dich nicht mies zu fühlen. Du hast heute ein paar erstaunliche Sachen gesehn, Charlie. Und was haben diese Hosenscheißer getan? Im Schulhof Kleber geschnüffelt, mit ihrem Spielzeug angegeben, sich Bilder angeschaut, Krawall gemacht. Ferngesehen – mehr tun sie ja in der Schule nicht. Macht die Augen kaputt. Das hast du nicht nötig.«

5

Polski kam nach dem Abendessen, genau wie Vater vorausgesagt hatte. Die Zwillinge und Jerry waren bereits im Bett, und Mutter behandelte meinen Hautausschlag. Vater beschrieb Ma Polskis im Kühlhaus hängenden Pelzmantel.

»All diese Eitelkeit und Ausgaben«, sagte er. »Und diese närrische Frau ist noch wesentlich häßlicher, wenn sie ihn trägt! Mit diesen Zähnen und dem Mantel sieht sie wie ein wahnsinniges Waldmurmeltier aus, das einem das Bein abnagt, wenn man's nur einmal schief anschaut. Stell dir bloß vor, zwanzig hübsche Tierchen zu ermorden und abzuhäuten, damit eine unglückliche Frau . . .«

Vater hörte Polskis Jeep in die Einfahrt rattern, stand auf und sagte: »Zeit fürs Bett, Charlie.«

Mutter brachte mich nach oben, und in meinem Schlafraum sagte sie: »Ich habe mich den ganzen Tag um dich gesorgt. Warum schaust du so traurig drein?«

Ich sagte: »Ich glaub', daß uns was zustoßen wird.«

»Was meinst du damit?«

»Was Schreckliches.«

Mutter sagte: »Wenn man jung ist, kommt einem die Welt unglaublich vor. Sie scheint so groß und fremdartig, sogar bedrohlich. Denkt man zuviel drüber nach, dann fängt man an, sich Sorgen zu machen.«

»Aber Dad ist nicht jung.«

Mutter starrte mich an.

Ich sagte: »Und er macht sich Sorgen.«

»Nein«, sagte Mutter. »Aber er hat gerade jetzt eine Menge im Kopf. Ich hab' ihn früher so erlebt – brütend. Er kommt dabei auf wunderbare Gedanken. Bald schon wird er uns von seiner neuen Erfindung berichten.«

»Irgendwas *wird* uns zustoßen«, sagte ich.

»Etwas Gutes«, sagte Mutter. »Und jetzt schlaf, Liebling.«

Nachdem sie das Licht ausgeknipst hatte, wollte ich beten. Ich schloß fest die Augen, aber mir fiel nichts ein. Ich wußte nicht, was ich beten sollte. Ich dachte: *Bitte*, aber das war schon das ganze Gebet, das ich zustande brachte. Und der dumpfe Ton der Stimmen unten ließ mein Herz heftig schlagen. Ich ging zur Tür, schlich zum obersten Treppenabsatz und hörte Vater höhnisch rufen.

»Sie bringen mich ganz durcheinander, Doc! Ich weiß wirklich nicht mehr, ob ich blind oder taub bin. Erst heute morgen habe ich Ihnen das funktionierende Modell einer spottbilligen Kühlanlage gezeigt. Sie gingen weg und sagten, Sie müßten Ihre Tomaten gießen. Und jetzt sitzen Sie hier, verpassen wahrscheinlich ihre Lieblingsshow im Fernsehen und bitten mich . . .«

»Ich habe Ihnen doch erklärt, daß ich interessiert bin«, sagte Polski mit gepreßter Stimme.

»Ich muß taub wie ein Holzpflock sein«, sagte Vater. »Davon hab' ich nichts gehört.«

»Und ich bin auch jetzt noch interessiert.«

Vater sagte: »Von Ihrem Interesse und zehn Cents könnte ich mir keine Tasse kalten Kaffee kaufen.«

Ich spähte durchs Geländer. Vater marschierte im Paradeschritt durchs Wohnzimmer. Polski hatte einen niedrigen Stuhl gefunden. Er saß darauf, wie ein Mädchen auf der Toilette sitzt, die Knie zusammen.

Polski sagte: »Nach der heutigen Ernte ist das Kühllager voll. Was ich wissen möchte: Was soll ich mit der Ernte von morgen und übermorgen machen?«

Vater sagte: »Sie können weiterhin überlastete Sicherungen durchknallen lassen. Ist ein hübscher Zeitvertreib.«

»Es muß eine Möglichkeit geben, die Scheune zurechtzumachen. Ich meine isolieren und dort, wo das Heu ist, einen Kühler aufbauen. Die Zimmerleute kann ich einstellen, aber die Kühlung stellt ein Problem dar. Wenn Sie sich darum kümmern würden, dann kämen wir mit der Ernte über die Runden.«

»Versteh' ich nicht. Heute morgen zeigte ich Ihnen ein absolut perfektes Kühlgerät, und Sie hatten nichts Besseres zu tun, als in Ihrer Kiste davonzufahren. Was für einen Ausdruck hatten Sie doch noch gleich dafür? Ah ja, komischer Kasten, so nannten Sie es. Ich konnte mich nur am Kopf kratzen! Weit und breit war kein komischer Kasten zu sehen! Doktor«, sagte Vater würdevoll, »ich kratz' mich immer noch am Kopf.«

»Diese Eismaschine war eine gute Idee«, sagte Polski. »Aber im Moment brauch' ich was Solides, Vernünftiges. Das Kühllager, das Sie mir letztes Jahr gebaut haben, war okay für die Ernte vom letzten Jahr. Aber dieses Jahr haben wir eine Rekordernte und müssen uns entsprechend darauf einrichten. Glauben Sie jetzt bloß nicht, ich erwarte ein Wundermittel . . .«

»Eine Scheune zu isolieren ist kein Problem«, sagte Vater. »Mit einer Schlauchleitung kann man Schlackenwolle in die Wände blasen. Aber diese Scheune besitzt einen ganz schönen Rauminhalt. Wieviel? Dreitausend Kubikmeter – vielleicht mehr? Man braucht eine Kühlung auf mehreren Ebenen, um eine gleichmäßige Temperatur zu bekommen, sonst frieren Sie ein paar Spargelstangen ein und rösten den Rest. Gebläse, Thermostate, Spulen. Sie reden von fünfzehnhundert Metern Kupferrohr, ganz zu schweigen von der Verdrahtung und den elektrischen Vorrichtungen.«

»Ich sehe, Sie verstehen das Problem.«

»Sie wollten sich meine Kühlmaschine nicht einmal anschauen – die Eismaschine, die ich Ihnen heute morgen gezeigt habe.«

»Sie ist zu klein.«

»Ein Vorführmodell ist immer klein.«

»Ich brauch' was hundertmal Größeres.« Polski fing wieder an zu kollern.

»Sie haben keine Ahnung von den Verwendungsmöglichkeiten.«

»Ich will kein Feuer.«

»Die Stromrechnungen werden Sie pleite machen. Dreitausend Kubikmeter. Wie viele Kilowatt? Kostet ein Vermögen.« Und er wiederholte: »Ein Vaamögen!«

»Hören sie auf, mir Geld zu sparen, Mr. Fox.«

»Es ist nicht das Geld, es ist diese verschwenderische Einstellung, gegen die ich Einspruch erhebe. Doktor, das bringt unser Land auf den Hund.«

»Ich regier' dieses Land nicht, das ist kein Punkt, über den wir uns unterhalten müssen. Ich seh' ein, die Zeit ist kurz bemessen, aber ich brauche mehr Kühlraum, und ich verlasse mich auf Sie.«

»Ich frage mich nur – ich denke nur laut, verstehen Sie –, ich frage mich nur, worum es eigentlich geht?«

»Es geht darum«, sagte Polski, »daß es so verdammt viel Spargel dieses Jahr gibt. Das ist der Sinn.«

»Stechen Sie ihn zu schnell, oder verkaufen Sie zu langsam?«

»Ich verkaufe überhaupt nicht – andere Leute tun das. Deshalb ist auch der Preis ganz unten.«

»Hören Sie, sind Sie im Lagergeschäft oder im Verkaufsgeschäft? Ich frage nur, weil ich von diesen Sachen nichts verstehe. Ich bin ein Handwerker, kein Ökonom.«

Immer noch auf dem Stuhl zusammengekrümmt, wandte Polski Vater sein verkniffenes Gesicht zu und sagte mit mürrisch- trotziger Stimme: »Ich werde verkaufen, wenn die Preise wieder hochgehn – nicht eher. Bis dahin kommt jeder gestochene Spargel ins Kühllager.«

Vater sagte: »Das ist die mieseste, dreckigste Sache, von der ich je gehört habe.«

»Es ist Geschäft.«

»Dann ist es ein unehrliches Geschäft. Sie erzeugen künstlich einen Mangel an Spargel – obwohl kein Mangel besteht. Damit der Preis hochgeht – obwohl der Preis jetzt durchaus gut ist. Nun, es ist nicht ganz so schlimm wie ein Banküberfall, aber schlimm genug. Ich würde sagen, es ist ungefähr so, als würde man aus dem Opferkasten für die Armen klauen.« Vater stand jetzt drohend vor Polski, ein schreckliches Lächeln im Gesicht. »Und was kriegen Sie dafür? Ein paar Dollar, eine neue Hose, eine blecherne Armbanduhr, die im Dunkeln leuchtet – vielleicht noch so einen Jeep oder zwei. Glauben Sie, daß es das wert ist?«

»Jeder richtige Farmer beobachtet den Markt«, sagte Polski und preßte die Knie zusammen.

»Man kann den Markt beobachten, und man kann den Markt manipulieren«, sagte Vater. Er war nun von einer wilden Freundlichkeit. »Machen Sie sich's bequem, Doktor. Sie müssen sich nicht auf dem Ding zusammenquetschen. Der Stuhl hinter Ihnen besitzt eine Hydraulik.«

»Ich hab's hier durchaus bequem, danke.«

»Ich sag's nur, weil Sie auf meinem Fußmassage-Gerät sitzen.«

Polski sprang auf.

Den stiefelartig geformten Stuhl hochhebend, sagte Vater: »Die Leute vernachlässigen ihre Füße ganz schrecklich. Sehen Sie diesen Schlitz? Man steckt bloß den Fuß hier rein und wackelt mit den Zehen. Das bringt die mechanischen Finger innen in Gang. Seltsamerweise funktioniert es sogar. Wollen Sie Ihren müden alten Füßen eine Wohltat tun?«

Polski sagte nein und ging zu dem Stuhl, der große Ähnlichkeit mit einem Zahnarztstuhl besaß. Fast zaghaft setzte er sich darauf, aber trotzdem kippte der Stuhl gegen seinen Willen nach hinten, umarmte ihn förmlich, hob seine Beine vom Boden und schwang ihn zu Vater herum.

»Hydraulik«, sagte Vater.

Die Kinnlade vorgereckt, als würde ihm ein Zahn gezogen, sagte Polski verbissen: »Ich muß eine Farm leiten und so ungefähr zwanzig Tonnen an Produkten verkaufen. Und zu so guten Bedingungen, wie es geht.«

»Ganz einfach. Verkaufen Sie, und schaffen Sie so Lagerraum für mehr. Was Sie am Preis verlieren, holen Sie mit der Menge wieder raus und verdienen dabei immer noch recht gut. Das ist vernünftiger, als den Markt ganz abzuwürgen. Aber nein, daran sind Sie nicht interessiert, weil Sie ja ganz hoch oben schweben – durch Sklavenarbeit. Profit? Ich habe diesen Stuhl nicht zusammengeschweißt und nicht diese Fußmassage gebaut, damit ich mich mit fünfzig Riesen im Jahr zur Ruhe setzen kann. Ich hab's wegen Rückenschmerzen und wunden Füßen getan, und wenn ich damit die Schmerzen eines anderen lindern kann, um so besser. So bin ich nun mal. Aber Sie wollen den Markt bluffen und das große Geld machen. Das ist kein Geschäft mehr – das ist Raub.«

»Ich bin nicht hergekommen, um über die ethischen Aspekte der Landwirtschaft zu diskutieren, Mr. Fox. Ich habe ein Problem, und Sie scheinen die Lösung dafür zu haben, würden Sie also bitte mit diesem Unsinn aufhören?«

Polski war grün geworden. Er litt.

Vater sagte: »Sie haben sich meinem Kühlgerät gegenüber sehr kühl verhalten.«

»Es kam mir nicht sehr praktisch vor.«

»Wenn Sie das glauben, dann haben Sie den Bezug zur Realität verloren. Es ist die praktischste Erfindung der Welt. Und es läuft mit allem – nicht nur mit Leichtöl, sondern auch mit Methangas, das man aus einer Lösung von Hühnerscheiße rausblubbern lassen kann, und davon gibt's hier genug. Außerdem muß man, obwohl ein paar Rohre mehr verlegt werden müssen, dabei nichts verdrahten.«

»Wie lange würde der Aufbau dauern?«

»Ein Klacks. Sie sagten, Geld wäre kein Problem?«

»Innerhalb vernünftiger Grenzen.«

»Machen Sie keinen Rückzieher«, sagte Vater.

»Sie wären bereit, eine feuerbetriebene Kühlanlage zu installieren, ja? Für den Überschuß?«

Vater zögerte, ehe er antwortete. Nie zuvor hatte ich ihn zögern sehen. Ich nahm an, er ging im Kopf die Kalkulation durch.

Er sagte: »Ich gerate wirklich in Versuchung, es zu probieren.«

»Das ist Ihre Chance, Fox. Sie würden uns beiden einen Gefallen tun.«

Vater schaute an die Zimmerdecke und sagte: »Ich sehe eine große Kühlanlage und ein großes Lager vor mir. Auf sieben oder acht Ebenen, so groß wie zwei Scheunen oder größer, innen Laufstege und Scheinwerfer und die Isolation außen. Schaut aus wie eine Kathedrale, mit einem Kamin als Kirchturm. Und die Ausbuchtung da auf dem Boden? Das ist die Kraftanlage, die Hauptmaschinerie, die Kühlanlagen, die Tanks mit Kühlmittel, der Brennstoffvorrat. Ihre sämtlichen Rohre und Tanks liegen unter dem Boden, durch Bleihüllen geschützt, für den Fall von Atomkriegen, Unfällen und göttlichen Schicksalsschlägen. Ihr Kamin besitzt Scheidewände und Wicklungen, um die Hitze zu konservieren und sie wieder zurück in die Hauptversorgung einzuspeisen, in das Feuer selbst – Hitze-Recycling, könnte man sagen. Aber dabei entsteht Abwärme, unausgenützte Hitze – das gibt's immer –, deswegen haben wir Röhren in den Kamin eingebaut. Wir blasen das über ein Gitter, und jetzt kommen die Brutapparate ins Spiel. Das ist die Batterie im doppelten Sinne – der Eierbrutplatz, die Wärme für die jungen Küken, die Sie dann in naher Zukunft wieder mit Brennstoff versorgen werden. Methangas. Nichts wird verschwendet. Sie haben Ihre Kühlung. Sie haben Ihr Eis. Sie haben Ihre Wärme. Verkaufen Sie die Eier, die Sie nicht brauchen, der Rest fürs Frühstück. Frieren Sie Ihr Gemüse ein.

Und nutzen Sie die Hühnerscheiße fürs Methan. Es ist ein Perpetuum mobile. Führen Sie eine Leitung ins Haus, und Sie haben Air-condition – kühl im Sommer, warm im Winter. Billig, einfach zu bedienen, kein Abfall, narrensicher und profitabel. Da ist nur noch eins.«

Wie ein Waschbär aus einer aufgesprungenen Falle war Polski aus seinem Hydraulikstuhl herausgekrochen. Mit sanft hoffnungsvollem Lächeln beobachtete er Vater, lächelte traurig, als Vater diese Vision einer Kühlanlage beschrieb. Sich mehrfach räuspernd, sagte Polski mit unsicherer Stimme: »Ja und?«

»Ich will Ihnen keinen Gefallen tun. Sie wollen diese Anlage doch bloß, um die Leute zu betrügen, die Preise hochzutreiben und den Markt abzuwürgen.«

Ich dachte, jeden Moment würde Mr. Polski zu heulen anfangen.

»Sie können mich nicht zwingen, Spargel zu verkaufen.« Polski schaute sich um, als suche er einen Platz zum Spucken; das Gesicht immer noch zerknautscht, sagte er: »Ich wollte, ich wüßte, was ich damit anfangen soll.«

»Essen.«

»Sie reden sich um einen Job, Mr. Fox.«

»Besser, als wenn Sie mich dazu überreden, bei der Art von Job.«

Polski sagte: »Reden Sie nur weiter. Ich werde vielleicht auf Ihre Dienste verzichten müssen.«

»Vorsicht, ja?« Vater ging durchs Zimmer, fischte eine Zigarre aus seinem befeuchteten Zigarrenbehälter und ließ sich viel Zeit beim Anzünden. Als sie brannte, starrte er sie an und sagte: »Ich werde dorthin gehen, wo ich die Anerkennung finde.«

Polski hatte sich von Vater abgewandt und sprach jetzt zu seinen eigenen Füßen. Er sagte: »Ich will's Ihnen nicht zusätzlich schwermachen.«

»Leute, die so was sagen, meinen stets das Gegenteil. Das klingt wie eine Drohung.«

»Nehmen Sie's, wie Sie's wollen.«

»Mutter!« rief Vater laut. Und Polski fuhr zusammen. »Er hat mir eben gedroht!«

Mutter, wo immer sie stecken mochte, antwortete nicht.

Polski sagte: »Ich wußte, es war ein Fehler, herzukommen.« Langsam schlurfte er zur Tür. In dem Augenblick tat mir Polski leid; er wirkte so klein, Vater blies ihm in Trompetenstößen Zigarrenrauch nach, und an den Schultern der Jacke des kleinen Mannes waren jetzt die Fältchen der Niederlage zu erkennen, während sein kleiner Kopf sich durch die Tür schob. Ich hatte mir gewünscht, daß Vater Frieden mit Polski schloß und daß alles so weiterging wie bisher. Jetzt, das wußte ich, mußte etwas geschehen.

Auf allen vieren kroch ich in mein Zimmer zurück, überlegte, was es sein würde.

Als nächstes hörte ich, wie Polski seinen Jeep anließ, Vater irgendwas vor sich hinmurmelte, und dann sehr deutlich, wie ein Muhen im Stall, Mutters Stimme.

»Du Narr.«

»Ich bin glücklich, Mutter.«

»Was willst du?«

»Bewegungsfreiheit. Ist mir eben klargeworden.«

»Bitte, Allie . . .«

Und Vater sagte: »Das hier hab' ich nie gewollt. Ich hab's satt, daß jeder so tut, als wär' er der alte Dan Beavers in seinen L.-L.-Bean-Mokassins, seinen doppeltgenähten Jeans und mit seiner japanischen Bocksäge – all diese falschen Pioniere mit ihren Proviantwagen voller Küchlein und Wunderbrot und Käseaufstrich aus der Spraydose. Also raus aus dem Duraflamm-Holzhäuschen und dem rustikalen Elfenbeinturm aus Plastik, Dan, reden wir mal über Selbstversorgung!«

»Du redest Unsinn.«

»Hör zu«, sagte Vater, aber ich hörte nichts mehr.

6

Als Vater am nächsten Tag sagte: »Wir fahren einkaufen«, war ich überzeugt, wir würden zur Müllkippe fahren. Wir kauften selten im Laden. Es war auch kaum nötig – was unsere Ernährung betraf, waren wir praktisch Selbstversorger. Harte Arbeit hielt uns auf Tiny Polskis Land fest, außerdem lauerte tagsüber Gefahr in den Geschäften – wir konnten wegen Schulschwänzens von Polizisten oder Schulaufsichtsbeamten geschnappt werden. »Dann wirst du in die Schule gesteckt«, sagte Vater, »und ich in das rauhe Gegenstück dazu – in den Knast. Was haben wir getan, um eine solche Bestrafung zu verdienen?« Insgeheim wollte ich gern zur Schule gehen. Ich kam mir wie ein alter Mann oder ein Monstrum vor, wenn ich andere Kinder sah. Und wenn ich ehrlich war, schmeckte mir der Kuchen aus der Massenproduktion besser als Mutters Bananenbrot. Vater sagte, im Laden gekaufter Kuchen besteht aus Abfall und Gift, aber ich vermutete, daß er ihn in Wirklichkeit nur deshalb ablehnte, weil ich ihm die paar Male, wo er mich beim heimlichen Essen erwischt hatte, gestehen mußte, daß ich den Kuchen mit Geld bezahlt hatte, das mir Polski für kleinere Arbeiten gegeben hatte. Polski erzählte mir, daß Vater ein Sonderling sei, ein weiteres Geheimnis, das bewahrt werden mußte. In Hatfield oder Florence kauften wir Salz, Roggenmehl, Obst und Schnürsenkel und andere Kleinigkeiten, aber gewöhnlich bedeutete Einkaufen einen Trip zu den Müllkippen und Abfallhalden um Northampton herum, wo wir Vater halfen, die ekelhaften Müllberge nach Draht und Metall zu durchwühlen, Sachen, die er für seine Erfindungen brauchte.

Möwen umschwärmten die Müllkippe; fette, schmutzige Krakeeler, die sich auf Plastikbeuteln niederließen und sie aufzureißen versuchten. Sie jagten sich gegenseitig, kämpften um jeden Brokken und gerieten in helle Aufregung, wenn die Müllfahrzeuge kamen. Vater haßte sie. Er nannte sie Geier. Sie kreischten, und er kreischte zurück. Aber wenn er sich mit einer Mistgabel in der

Hand die lockeren Berge aus Beuteln und Kisten hochkämpfte und die Vögel anbrüllte, die ihn umschwärmten und dicht über seinen Kopf strichen, dann schien es manchmal, als kämpften Vater und diese faulen, furchtlosen Möwen um dieselben Brocken.

»Hier haben wir einen einwandfreien Satz Räder«, sagte Vater, verscheuchte die Möwen und zerrte einen alten Kinderwagen aus Dunst und Gestank, Orangenschalen abschüttelnd. Andere Leute brachten Sachen zum Müll – Vater fischte Zeug heraus und schleppte es davon. »Irgendein Trottel hat das weggeworfen.«

Heute aber, an einem normalen Wochentag, rasten wir an den Gewächshäusern und Rosengärten in Hadley vorbei, fuhren durch Northampton und dann auf die Schnellstraße zu. Mutter saß vorn bei Vater in der Kabine, und ich hockte hinten zusammen mit den Zwillingen und Jerry.

»Ich werd' nach Fahrrädern mit Zehngangschaltung suchen«, sagte Jerry.

Clover sagte: »Wir können Eiscreme kaufen.« Und April sagte: »Ich will Schokolade.«

Ich sagte: »Wird Dad nicht erlauben. Außerdem gehn wir nicht einkaufen – das ist nicht der Weg.«

»Ist er doch«, sagte Jerry. »Das ist Vaters Abkürzung.«

Nein – wir waren weit entfernt von Northampton, auf dem Land. Wir kamen an den Connecticut River und fuhren an ihm entlang. Hier war der Fluß breit und schmierig und weniger blau als in der Nähe von Hatfield. Auf der anderen Seite standen Backsteingebäude, und bald tauchte Springfield auf. Wir fuhren über die Brücke; wegen des starken Windes in der Mitte des Flusses mußten wir uns an den Seitenwänden des Wagens festhalten. Im Fluß trieben Berge von Plastikschaum, gelblich verfärbt wie ausgelassenes Fett.

Noch nie hatten wir in Springfield eingekauft. Die Leute auf den Gehsteigen schienen das zu wissen. Sie starrten uns an, wie wir da hinten auf der Ladefläche des Wagens standen und uns am Dach des Führerhauses festhielten. Wir fuhren bis zum Marktplatz, wo wir parkten – die Leute starrten immer noch. Vater stieg aus und bleute uns ein, ihm zu folgen und zusammenzubleiben. Er war guter Laune, aber sobald wir das K-Mart-Einkaufscenter betraten, fing er an zu murren und zu fluchen.

Mutter sagte: »Bist du dir wegen der Hüte sicher?«

»Machst du Witze? Bei fünfundvierzig Grad im Schatten. Sie kriegen einen Sonnenstich, wenn ihre Köpfe nicht bedeckt sind.«

Wir probierten Fischerkappen mit Lüftung und Sonnenhüte und Matrosenmützen. Die Preise versetzten Vater in Rage. Er sagte: »Baseballmützen sind gut genug«, und kaufte uns welche.

Die Mützen auf den Köpfen, folgten wir ihm im Gänsemarsch, wie kleine Enten. In diesem Geschäft hier verkauften sie alles – Popcorn, Gummireifen, Gewehre, Toaster, Mäntel, Bücher, Motoröl, eingetopfte Palmen, Leitern und Schreibpapier. Vater hob einen elektrischen Toaster hoch.

»Schaut euch das an. Ist nicht mal richtig geerdet. Man bringt sich durch einen Stromstoß um, ehe man noch den ersten Toast fertig hat. Man toastet sich selber mit dieser Verdrahtung . . .«

Er sprach laut, erregte Aufmerksamkeit. »Mit Quecksilberchlorid getränkt!« sagte er. Ich spürte, die Leute, die uns anstarrten, wußen, daß wir selten einkaufen gingen. In der Öffentlichkeit wirkte Vater beunruhigend. Er kümmerte sich nicht um Fremde. Vor ein paar Tagen im Eisenwarengeschäft in Northampton hatte er gefragt: »Arbeiten Sie für die Japaner?«, und ich wäre vor lauter Scham am liebsten im Erdboden versunken. Heute war er sogar noch gereizter.

»Bezeichnest du das als Dosenöffner?« fragte er gerade. »Damit ist man im Nu einen Finger los oder reißt sich auf und verblutet. Es ist eine tödliche Waffe, Mutter!«

Wir trabten zur Camping- und Freizeitabteilung. Ein Mann in Hemdsärmeln näherte sich uns. Er hatte ein glattes Gesicht und plattgedrückte Haare und sah gar nicht wie ein Camper aus, aber er sagte hallo zu uns allen, blinzelte den Zwillingen zu und machte wie jeder eine Bemerkung über ihre Ähnlichkeit.

»Was kann ich heute für Sie tun?« fragte er und nickte, so daß ich seine Frisur besser sehen konnte. Die Haare waren von einem Ohr aus hochgekämmt und säuberlich in Strähnen über den Kopf geklebt – unwillkürlich schaute man nicht auf das Haar, sondern auf die kahlen Stellen dazwischen.

Vater sagte, er wollte sich ein paar Feldflaschen ansehen.

Mit den Lippen formte Jerry das Wort »Camping«, aber ich brachte ihn durcheinander, indem ich die Nase runzelte.

Der Mann reichte eine Flasche hinüber. Vater drückte mit den Daumen drauf und sagte, sie wäre so fadenscheinig, daß er sie mit Leichtigkeit zerquetschen könnte. Er sah näher hin und lachte laut auf.

»›Made in Taiwan‹ – verstehen ja 'ne Menge von Feldflaschen. Haben nicht umsonst den Krieg verloren.«

»Sie kostet nur einen Dollar neunundvierzig«, sagte der Mann.

»Sie ist keinen Nickel wert«, sagte Vater. »Außerdem suche ich sowieso eine größere.«

»Wie wär's mit diesen Wasserbeuteln?« Der Mann ließ einen an seinem Stöpsel baumeln.

»Mit einem Stück Segeltuch und Nadel und Faden kann ich das selber machen. Wo stammt dieses miese Ding her? Korea! Verstehn Sie, das ist es – sie haben miese Fabriken und Sklavenarbeit in Korea und Taiwan. Kleine Kulis machen diese Sachen. Im Morgengrauen raus, den ganzen Tag schuften, nie ein bißchen frische Luft. Kinder machen das Zeug. Sie sind an die Maschinen gekettet – die Füße erreichen kaum die Pedale.«

Der Vortrag war für uns bestimmt, aber der Mann hörte zu und runzelte die Stirn.

»Sie sind dermaßen unterernährt, daß sie kaum geradeaus schaun können. Augenkrankheiten, Rachitis. Sie wissen nicht, was sie herstellen. Könnten genausogut Badematten sein. Deshalb haben wir in Südkorea Krieg geführt, um für arbeitsintensive Industrien zu kämpfen, was bedeutet, daß unterernährte Kinder für uns Wasserbeutel und Blechtassen machen, was das Zeug hält. Aber bloß kein Mitgefühl. Das ist Fortschritt. Das ist die Einstellung der Orientalen. Jeder sollte Kulis haben, richtig?«

Der Wasserbeutel in den Händen des Mannes sah jetzt wie etwas Böses aus. Der Mann legte ihn beiseite, glättete sein Haar, und wir standen schweigend daneben – Mutter, die Zwillinge, Jerry und ich –, während Vater nörgelte. Ich hatte den Hemdkragen hochgestellt, um meinen Hautausschlag zu verbergen.

»Was steht als nächstes auf der Liste?«

Mutter sagte: »Schlafsäcke.«

»Im Regal«, sagte der Mann.

Vater ging hinüber. »Nicht mal wasserdicht. Nützt einem 'ne Menge im Monsunregen.«

»Sie sind für eine Zeltsituation gedacht«, sagte der Mann.

»Und wie steht's mit einer Regensituation? Und wo kommt das Ding her? Gobiwüste, Mongolei, die Gegend?«

»Hongkong«, sagte der Mann.

»Hab' ich ja nicht weit daneben getippt!« sagte Vater; vor lauter Befriedigung konnte er nicht mehr ruhig stehen. »Massenhaft Camping dort in Hongkong. Erkennt man auf einen Blick. Schau dir bloß mal die Nähte an – in zwei Tagen fallen sie auseinander. Mit einer einfachen alten Decke wär' man besser dran.«

»Decken gibt's in der Haushaltsabteilung.«

»Und wo sind *die* hergestellt – Afghanistan?«

»Kann ich Ihnen nicht sagen, Sir.«

Vater sagte: »Was stimmt mit diesem Land nicht?«

»Es ist besser als ein paar Länder, die ich Ihnen nennen könnte.«

»Und verdammt viel schlimmer als ein paar andere«, sagte Vater. »Wir könnten dieses Zeug in Chicopee herstellen und hätten Vollbeschäftigung. Warum tun wir's nicht? Mir gefällt die Vorstellung kein bißchen, daß wir dürre orientalische Kinder zwingen, Plunderkram für uns zu machen.«

»Niemand wird gezwungen«, sagte der Mann.

»Jemals in Südkorea gewesen?«

»Nein«, sagte der Mann; sein Gesicht nahm den gehetzten Ausdruck an, den Leute bekamen, wenn Vater mit ihnen sprach. Polski hatte ihn vergangene Nacht gehabt.

»Dann wissen Sie gar nicht, wovon Sie reden, oder?« sagte Vater. »Zeigen Sie mir ein paar Rucksäcke. Sie können sie behalten, wenn sie aus Japan stammen.«

»Sie sind chinesisch – Volksrepublik. Wird Sie nicht interessieren.«

»Geben Sie her«, sagte Vater, und den kleinen grünen Rucksack wie einen Lumpen haltend, wandte er sich Clover zu. »Vor ein paar Jahren noch befanden wir uns praktisch im Kriegszustand mit der Volksrepublik. Rotchinesen, so bezeichneten wir sie. Rote, Schlitzaugen, Gelbe. Frag irgendwen. Jetzt verkaufen sie uns Rucksäcke – wahrscheinlich für den nächsten Krieg. Wo ist da der Haken? Es sind drittklassige Rucksäcke, würden nicht mal Sandwiches halten. Glaubst du, daß wir den Krieg gegen die Chinesen gewinnen werden?«

Clover war fünf Jahre alt. Sie hörte Vater zu und kratzte sich mit zwei Fingern den Bauch.

»Muffin, mir ist's egal, was du denkst – diesen Krieg werden wir nicht gewinnen.«

Der Verkäufer hatte angefangen zu grinsen.

Vater sah es und sagte: »Dann werden Sie nicht mehr lächeln, mein Freund. Der nächste Krieg wird hier ausgefochten werden, das ist so sicher wie . . .«

Das gleiche hatte er schon im Winter gesagt, mit den gleichen Worten, obwohl ich glaubte, er hätte nur Phrasen gedroschen. Heute befand er sich in derselben Stimmung. Fast rechnete ich damit, daß er dem Verkäufer erklären würde: »Mich werden sie als ersten erwischen – die Cleveren bringen sie immer zuerst um.«

Er stieß den Rucksack beiseite. »Verkaufen Sie so was Ähnliches wie Kompasse, oder bin ich da am falschen Platz?«

»Da hab' ich eine vollständige Auswahl«, sagte der Mann. Mit der flachen Hand strich er den Rucksack glatt, faltete ihn wie ein Wäschestück und legte ihn mit einem kleinen Aufstöhnen weg. Er stellte eine Schachtel auf den Verkaufstisch. »Der hier zählt zu meinen besseren«, sagte er und holte einen Kompaß heraus. »Er hat alle Eigenschaften der teureren Modelle, kostet aber nur zweieinviertel Dollar.«

»Muß ein chinesischer Kompaß sein«, sagte Vater. »Er zeigt ständig nach Osten.«

»Zu seinen Merkmalen gehört eine Stabilisierungskontrolle. Wenn Sie sie freigeben . . . so« – er löste einen Haken an dem Gehäuse –, »dann schwingt die Nadel unbehindert. Sehen Sie, da ist Norden, drüben bei den Automatikfahrzeugen. Tatsächlich ist dieser Kompaß direkt hier in Massachusetts gefertigt worden.«

»Dann packen Sie ihn ein«, sagte Vater. »Sie haben soeben was verkauft.« Er legte den Arm um Mutter. »Wie schaut die Liste aus?«

»Baumwollkleidung, Nadeln und Zwirn, Moskitonetze . . .«

»Stoffe«, sagte der Mann. »Nächster Gang. Schönen Tag noch.«

Im Weggehen sagte Vater: »Auf der Müllkippe wären wir besser dran gewesen.« Im nächsten Gang schnappte er sich ein Stück Stoff, das wie ein Brautschleier aussah, und sagte: »Das ist das Zeug.«

Die Verkäuferin sagte: »Neunundsiebzig pro Yard« und klapperte mit ihrer Schere. Sie war alt und zitterte und sah böse aus, so wie sie mit der Schere die Luft durchschnitt.

»Nehm' ich.«

»Wie viele Yards?« Schnipp-schnapp. Sie war ungeduldig. Sie hatte einen leichten Flaum auf den Wangen.

»Geben Sie uns den ganzen Ballen«, sagte Vater. »Und wenn Sie sich wirklich nützlich machen wollen«, fügte er hinzu und griff mit einer Hand in Jerrys Haar, »verpassen Sie diesem Jungen einen Haarschnitt. Erlösen Sie ihn aus seinem Elend.«

Aber die alte Dame lächelte nicht, weil sie den ganzen Ballen zum Messen entrollen mußte, um den Preis festzusetzen.

Wir machten uns auf die Suche nach anderen Sachen. Noch nie hatte ich meine Eltern an einem einzigen Vormittag so viel einkaufen sehen, nicht mal zu Weihnachten. Wir verließen K-Mart und gingen zu Sears und dem Army-Navy-Store. Wir kauften Taschenlampen und amerikanische Feldflaschen, Rucksäcke, Jagdmesser, gummierte Schlafsäcke und für uns alle neue Schuhe. Geldausgeben machte Vater mürrisch und gereizt. Er stritt sich mit den Verkäufern herum und jammerte, daß er beraubt werde. »Ich kann's mir leisten, mich berauben zu lassen«, sagte er. »Aber was ist mit den armen Tölpeln, die sich's nicht leisten können?« Ich hatte keine Ahnung, warum er diese Sachen kaufte, und es war beunruhigend, ihn argumentieren zu hören. Selbst Mutter wurde allmählich nervös.

Im Drugstore füllte er einen Drahtkorb mit Sachen wie Gaze und Salben (»Für unseren Verbandskasten«); mittendrin hörte er auf, die Aspirinpreise zu vergleichen, und ging zu dem Magazinständer, um sich ein Exemplar von *Scientific American* zu holen. Er ärgerte sich, daß es mit Mädchenmagazinen zusammenlag, und sagte: »Eine Beleidigung.«

»Schau dir das an«, sagte er und deutete auf den Magazinstand, »die Hälfte davon ist harte Pornographie. Es gibt verheiratete Männer, die so was noch nicht gesehen haben. Für Medizinstudenten absolute Neuigkeiten! Ist das zu glauben? Kinder kommen wegen einem Lutscher her und sehen dann das da. Aber frag irgendeinen Lehrer, und er wird dir erklären, das ist genau das, was der Onkel Doktor verordnet hat. Charlie, worauf starrst du?«

Ich schaute auf ein Titelblatt mit einer nackten, knienden Frau; ihr glatter, leuchtender Hintern ragte hoch wie eine preisgekrönte Birne.

»Du liebäugelst eindeutig mit einer Nackten«, sagte er, ehe ich antworten konnte. »Aber gönn dir ruhig einen letzten Blick – gönn dir einen letzten Blick. Mutter, die Leute vergraben sich unter diesem Müll und tun so, als wär' alles in Ordnung. Kotzen könnt' ich. Es macht mich verrückt.«

Mutter sagte: »Ich nehme an, du willst, daß sie es verbieten.«

»Nicht verbieten. Ich glaube an die Meinungsfreiheit. Aber müssen wir es direkt hier bei den Comics und den Lutschern haben? Es ist Dreck, es wertet den menschlichen Körper ab, es zeigt Menschen als ein Stück Fleisch. Jawohl, weg damit und die Comichefte gleich hinterher – alles schädlich. Wie gehn die Geschäfte?«

Er war nun vor der Kasse, sprach mit der Kassiererin.

»Bestens«, sagte sie. »Wir können nicht klagen.«

»Überrascht mich nicht«, sagte Vater. »Sie müssen ja ein Bombengeschäft mit der Pornographie machen. Es heißt, der Pornoeinzelhandel ist die neue Wachstumsindustrie – das und die Drecksblättchen. Muß eine ganz schöne Befriedigung sein, die Dollars auf die Weise zu schaufeln . . .«

»Ich arbeite hier nur«, sagte sie und drückte die Tasten.

»Na klar doch«, sagte Vater. »Und warum sollten Sie's nicht verkaufen. Es ist ein freies Land. Sie glauben nicht an Zensur. Sie haben schon mal ein Buch gelesen. Es war grün, richtig? Oder war es blau?«

Gehetzt, ja, so schaute sie drein; wie ein nervöses Kaninchen, das den Geruch eines Gewehrlaufs in die Nase bekommen hatte.

Er bezahlte den Verbandskasten und sagte: »Sie haben vergessen, ›Schönen Tag auch noch‹ zu sagen.«

Draußen sagte Mutter: »Du kannst nie Ruhe geben?«

»Mutter, dieses Land ist vor die Hunde gegangen. Niemand kümmert sich um was, und das ist das schlimmste. Die Haltung der Leute. ›Ich arbeite hier nur‹ – hast du es gehört? Verkauft Dreck, kauft Dreck, frißt Dreck . . .«

»Wir wollen ein Eis«, sagte Clover.

»Hörst du? Appetit auf diesen Dreck – unsere eigenen Kinder. Die Schuld haben wir! In Ordnung, Kinder, kommt mit.«

Er nahm uns zu einem A-&-P-Supermarkt mit, und kaum drinnen, bei der Obstabteilung, packte er ein Bündel Bananen. »Zwei Dollar!« sagte er. Dann nahm er zwei in Zellophan gewickelte Grapefruits. »Fünfundneunzig Cent!« Und eine Ananas. »Drei Dollar!« Und ein paar Orangen. »Das Stück neununddreißig Cent!« Er hörte sich wie ein Auktionator an, wie er da am Frischobststand entlangging und die Preise verkündete.

»Kaufen wir denn nichts?« sagte ich, als wir den Markt mit leeren Händen verließen.

»Nein. Ich will bloß, daß ihr euch an diese Preise erinnert. Drei Dollar für eine Ananas. Lieber ess' ich Würmer. Man kann Regenwürmer essen, versteht ihr. Reines Protein.«

Zusammen mit Mutter stieg er in die Fahrerkabine des Wagens, und wir kletterten hintendrauf. Ich konnte hören, wie seine Stimme das Rückfenster vibrieren ließ, während wir durch Springfield fuhren. Er redete immer noch, als wir an einer Straßentankstelle hielten. Jetzt lag der Fluß vor uns – das Wasser strömte dahin, und knospende Bäume standen am Ufer. Aber der Fluß war grau wie Badewasser, und was wie kleine weiße Wellen aussah, waren in Wirklichkeit tote Fische, die mit dem Bauch nach oben dahintrieben.

Die Wagentür knallte zu. »Ein Dollar zehn die Gallone«, sagte Vater zu dem verblüfften Mann an der Zapfsäule. Der Mann stand mit triefender Nase da, auf seinem Hemd stand *Fred*. »Der Preis hat sich in einem Jahr verdoppelt. Macht also zweizwanzig nächstes Jahr und wahrscheinlich fünf im übernächsten – wenn wir Glück haben. Einfach wunderbar. Wissen Sie, was die Produktion eines Barrels Rohöl kostet? Fünfzehn Dollar – mehr nicht. Wie viele Gallonen gehen auf ein Barrel? Fünfunddreißig? Vierzig? Rechnen Sie's aus. Oh, ich hab' vergessen, Sie arbeiten ja nur hier.«

»Geben Sie die Schuld dem Präsidenten – nicht mir«, sagte der Mann und ließ den Tank weiter vollaufen.

Vater sagte: »Nein, Fred, ich gebe dem Präsidenten nicht die Schuld. Er tut, was er kann. Ich gebe den Ölgesellschaften die Schuld, der Autoindustrie, dem Big Business. Den Arabern. Palästinensern – wissen Sie, was die in Wirklichkeit sind? Philister. Gleicher Wortstamm, schauen Sie nach. Außerdem, Fred, geb' ich mir selbst die Schuld, weil ich keine billigere Methode zur Ölgewinnung aus Schiefer entwickelt habe. In diesem Land gibt es Billionen Tonnen an Schiefervorräten.«

»Wir haben keine Wahl«, sagte Fred und schniefte. »Wir werden einfach weiter zahlen müssen.«

»Ich habe eine Wahl in der Sache«, sagte Vater. »Ich werde nicht mehr zahlen.«

Fred sagte: »Macht dann acht Dollar und vierzig Cent.«

Einen Augenblick lang glaubte ich, Vater würde sich weigern zu zahlen, aber er holte seine Brieftasche hervor und zählte das Geld in Freds schmutzige Hand, während wir von der Ladefläche des Pick-ups aus zusahen.

»Nein, Sir, ich zahl' nicht mehr«, sagte Vater. »Beantworten Sie mir eine Frage. Wenn Sie sehen, wie die Dinge jetzt stehen, überlegen Sie dann manchmal, wie das alles später werden soll?«

»Manchmal. Hören Sie, ich hab' ziemlich viel zu tun.« Er schaute zur Seite, zog die Schultern hoch und wich zurück. Gehetzt.

»Ich frage mich das die ganze Zeit. Und ich sag' zu mir: ›So kann's nicht weitergehen. Der Dollar ist gerade noch zwanzig Cent wert.‹«

»In New Jersey ist's schlimmer«, sagte Fred. »Ich hab' da einen Cousin. Seit Januar haben sie Rationierung gehabt.«

»Eine ganze Welt wartet da draußen!« rief Vater und deutete mit seinem Fingerstummel ins Weite.

Erschreckt von dem Finger trat der Mann noch weiter zurück.

»Ein Teil der Welt ist immer noch leer«, sagte Vater. »Meist unbewohnt. Essen Sie Spargel?«

»Wie bitte?«

»Wissen Sie, warum Spargel so teuer ist – alles Gemüse, was das anbelangt? Weil die Farmer ihre Produkte horten, bis die Preise steigen. Dann bringen sie ihr Zeug auf den Markt. Wenn sie genau wissen, daß sie den Konsumenten in der Mangel haben. Sie könnten zum halben Preis verkaufen und immer noch reich werden. Das wußten Sie nicht, oder? Die Kerle, die ihn stechen, kriegen einen Dollar die Stunde, keine gewerkschaftlich organisierten Arbeiter – nur Wilde, Leute aus dem Busch, die ihn aus dem Boden reißen. Das Gemüseziehen macht keine Schwierigkeiten – die meiste Arbeit besorgt der liebe Gott. Wenn Sie mal wieder Spargel essen, denken Sie an das, was ich Ihnen gesagt hab'. Die Ölgesellschaften machen's genauso – horten ihr Produkt, bis der Preis hochgeht. Ich will damit nichts zu tun haben. Weizen? Getreide? Mais? Wir verkaufen das Zeug den Russen, um die Preise zu Hause oben zu halten, dabei könnten wir genauso leicht Schnaps zur Treibstoffgewinnung daraus brennen. In der Zwischenzeit, zahlen, zahlen, von den kleinen Koreanern lassen wir uns Schlafsäcke machen, und unsere Army rüsten wir mit chinesischen Rucksäcken aus – niemand fragt, wo ...«

Bei Erwähnung der chinesischen Rucksäcke sagte Fred: »He, ein paar Kunden warten auf mich.«

»Lassen Sie sich von mir nicht aufhalten, Fred.« Vater packte seine Hand und schüttelte sie. »Vergessen Sie nicht, was ich Ihnen gesagt hab'.«

Auf der Straße steckte Vater den Kopf aus dem Fenster und sagte: »Dem hab' ich aber die Augen geöffnet!«

Manche Bäume trugen Knospen, andere winzige blasse Blätter; ein süßer Hauch von Frühling lag in der Luft. Auf einigen Weiden standen Kühe, so still wie Statuetten; zur Straße hin abfallend, schäumten kleine runde Apfelbäume förmlich in weißer Blütenpracht. An der Art, wie Vater fuhr, erkannte ich, daß er immer noch wütend war, aber in Anbetracht all dieser Schönheit – die herrlichen Bäume in der milden, blumenduftenden Luft und der Sonnenschein auf den Wiesen – verstand ich nicht, was nicht in Ordnung war oder warum Vater geschrien hatte. Kurz vor Northampton bog er in eine Nebenstraße ab. Hier gab es haufenweise gelbe Feldblumen, und die blutigrote Farbe einer Kardinalsblume leuchtete wie ein pochendes Herz zwischen den Buschrippen hervor.

Jerry sagte: »Wenn wir Camping machen, dann hab' ich mein eigenes Zelt, und du darfst nicht rein.«

»Dad hat aber keine Zelte gekauft«, sagte ich.

»Ich mach' mir eine Hütte, so mit schrägem Dach«, sagte er. »Dich lass' ich nicht rein.«

Clover sagte: »Ich mache auch Camping.«

»Wird dir nicht gefallen«, sagte Jerry. »Du wirst heulen. Genau wie April.«

»Ich glaub' nicht, daß wir Camping machen«, sagte ich.

»Und wofür ist dann all das Zeug hier?« sagte Jerry. Wir hockten hinten auf der Ladefläche zwischen den Papiertüten und Pappschachteln. »Wohin fahren wir dann?«

»Einfach nur weg von hier.« Nachdem ich es ausgesprochen hatte, glaubte ich es.

April sagte: »Mir gefällt's hier. Ich will nicht wegfahren. Den Sommer mag ich am liebsten.«

»Charlie weiß nicht alles«, sagte Jerry. »Er ist ein Dummkopf. Deswegen hat er auch Ausschlag.«

Clover sagte: »Ich hab' gesehn, wie er dran gekratzt hat.«

»Es ist eine Krankheit«, sagte April. »Geh weg von mir – ich will mich nicht bei dir anstecken!«

Ich haßte es, mit diesen dummen, unwissenden Kindern zusammensitzen zu müssen; bei dem irren Tempo, mit dem Vater durch diese herrlichen Hügel und Felder und Obstgärten raste, die so frisch erblüht waren, daß sie noch keine einzige Blüte verloren hatten, beschlich mich das Gefühl, wir könnten jeden Moment gegen eine Mauer knallen. Ich erwartete etwas Plötzliches und Schmerzvolles, denn in diesen letzten Tagen war alles ungewöhnlich gewesen. Die Kinder hatten davon keine Ahnung, aber ich war mit Vater zusammengewesen und hatte ihm zugehört und Dinge gesehen, die mit dem, was ich wußte, nicht zusammenpaßten. Selbst vertraute Dinge wie diese Vogelscheuche – sie war wie ein Dämon aufgerichtet worden und hatte mir einen furchtbaren Schrecken eingejagt.

Ich sagte: »Irgendwas wird uns passieren.«

»Ich hab' ein komisches Gefühl«, sagte Clover.

Ich erzählte nicht, was mir durch den Kopf gegangen war, während Vater in Springfield eingekauft hatte – Vater war ein enttäuschter Mann. Er war wütend und angeekelt. Aber wenn er auf irgendwas Drastisches abzielte, würde er für uns sorgen. Seine Pläne schlossen uns immer mit ein.

Als wir das Städtchen Florence erreichten, fuhr er an den Straßenrand und rief: »Charlie, du kommst mit. Die anderen bleiben hier.«

Vor gut einem Monat hatten wir hier Saatgut gekauft. Heute gingen wir wieder in das gleiche Geschäft. Es war trocken in dem Laden, und er war voller Spinnweben. Es roch nach Sackleinen.

Und der Staub von Samen und Schoten reizte meinen Ausschlag; es juckte.

»Sie schon wieder.« Die Stimme kam hinter einem Stapel praller Säcke hervor. Ein Mann tauchte, seine Schürze abklopfend, auf. Tiefe Falten durchzogen sein Gesicht; sein Blick richtete sich sofort auf meinen Giftsumach-Ausschlag.

»Mr. Sullivan«, sagte Vater und reichte dem Mann ein Blatt Papier, »ich brauch' von jedem fünfzig Pfund. Hybriden, die ertragreichsten, die Sie haben, und wenn sie gegen Mehltau behandelt sind, um so besser. Ich hätte sie gern versiegelt in wasserdichten Beuteln. Ich brauch' sie heute noch. Ich mein', jetzt sofort.«

»Sie gehen ran, Mr. Fox.« Aus seiner Schürzentasche holte der Mann eine Brille, blies auf die Gläser, schob sich die Bügel über die Ohren und studierte das Blatt Papier. »Das kann ich schaffen.« Über die Brillengläser hinweg sah er Vater an. »Aber Sie und Polski haben da noch einige Arbeit vor sich, wenn Sie all den Samen in den Boden bringen wollen. Ist ein bißchen spät dafür, nicht?«

Vater sagte: »In Australien ist es Winter. In Mozambique ernten sie Kürbisse, und in Patagonien rechen sie die Blätter zusammen. In China ziehen sie sich gerade ihre Pyjamas über.«

»Ich wußte gar nicht, daß Chinesen Pyjamas tragen.«

»Sie tragen nichts anderes«, sagte Vater. »Und in Honduras pflügen sie immer noch.«

»Was soll das?«

Aber Vater beachtete ihn nicht. Aus einem Regal mit Blumensamen suchte er sich Umschläge heraus, auf denen *Burpee* stand. »Purpurwinden«, sagte er. »Sie lieben den Sonnenschein und werden mich an Dogtown erinnern.«

Mit all den Samensäcken und den Beuteln und Schachteln der Campingausrüstung blieb für uns Kinder hinten auf der Ladefläche des Wagens kaum noch Platz. Mir graute schon vor dem Geschleppe, aber daheim angekommen, sagte Vater: »Laßt alles, wo es ist. Ich zieh' eine Plane drüber, für den Fall, daß es regnet.«

»Dad, fahren wir irgendwohin?« fragte Clover.

»Aber sicher tun wir das, Muffin.«

»Camping?« fragte Jerry.

»So was Ähnliches.«

»Wieso packen wir dann nicht unsere Koffer?« fragte April.

»Wenn man seine Koffer nicht packt, heißt das noch lange nicht, daß man nicht verreist. Schon mal was davon gehört, mit leichtem Gepäck zu reisen? Schon mal was davon gehört, alles liegenzulassen und abzuhaun?«

Zusammen mit Mutter in der Küche hörte ich mir das an. Ich sagte: »Ma, wovon redet er? Wohin fahren wir?«

Sie kam zu mir rüber und drückte meinen Kopf an ihre Schürze. »Armer Charlie. Wenn dir was im Kopf rumgeht, schaust du wie ein kleiner alter Mann aus. Mach dir keine Sorgen, alles wird gut werden.«

»Wohin?« fragte ich wieder.

»Dad wird es uns sagen, wenn es soweit ist«, sagte sie.

Sie hatte also keine Ahnung! Sie wußte sowenig wie ich. In diesem Augenblick fühlte ich mich ihr sehr nah, und eine Mischung aus Liebe und Traurigkeit durchströmte mich. Aber es war noch mehr, denn sie war vollkommen ruhig. Ihre Loyalität Vater gegenüber gab mir Kraft. Meine Traurigkeit wurde dadurch um nichts geringer, doch ihr Glaube ließ auch mich glauben und half mir, ihre Geduld zu teilen. Trotzdem bemitleidete ich sie, wie ich auch mich selbst bemitleidete, weil ich so gar nichts wußte.

Nachmittags schien Vater locker und entspannt. Er machte keine Anstalten zu arbeiten. Zwei Stunden telefonierte er, was sehr selten vorkam – womit ich nicht sein Kreuzverhör meine, sondern die lange Zeit. »Ich rufe aus Hatfield, Massachusetts!« sagte er in den Hörer, als riefe er um Hilfe. Normalerweise hätten wir mit dem Lastwagen die Runde durchs Farmgelände gemacht, aber an diesem Nachmittag hatten wir frei. Er sagte uns, wir könnten mit den Rädern herumfahren, und als er seine Telefonate erledigt hatte (»Wir haben Glück!«), ging er in seine Werkstatt und trug seine Werkzeuge zusammen; die ganze Zeit über pfiff er vor sich hin.

Gegen vier Uhr ging er ins Haus. Kurz darauf kam er wieder heraus, einen Briefumschlag in der Hand. Immer noch pfiff er. Er sagte mir, ich sollte den Brief zu Polski rüberbringen.

Polski spritzte, als ich ankam, mit übergestreiften Gummihandschuhen seinen Jeep ab.

»Dein Ausschlag schaut besser aus«, sagte er. »Was hast du da für mich?«

Ich gab ihm den Brief. Er stellte den Schlauch ab und sagte: »Ich wollte dir einen Vierteldollar fürs Jeepputzen geben, aber ich hab' heut morgen keine Spur von dir gesehen.« Er riß den Umschlag auf und hielt den Brief auf Armeslänge weg, um ihn lesen zu können. Auf dem Bogen waren die kühnen Schwünge von Vaters wunderschöner Handschrift zu sehen. Es war nur eine kurze Mitteilung. Und es schmerzte mich, daß Vater mich daran hinderte, so schreiben zu lernen, indem er mir nicht erlaubte, zur Schule zu gehen. Ich wußte, daß er diese elegante Schrift in der Schule gelernt hatte; bei ihrem Anblick kam ich mir armselig und dumm vor.

Polski spuckte und seufzte. Er sagte: »Ich will verdammt sein.« Und: »So also steht's, ja?«

Sein Gesicht war so grau wie altes Fleisch. Ich wollte gehen, aber er sagte: »Charlie, komm mal her. Ich hab' dir was zu sagen. Möchtest du einen Keks? Wie wär's mit einem ordentlichen Glas Milch?«

Ich sagte okay, obwohl mir der Vierteldollar fürs Jeepwaschen oder auch nur die Erlaubnis, verschwinden zu dürfen, lieber gewesen wär', denn genau wie bei Vater schloß Polskis Freundlichkeit immer eine kleine Lektion ein. Wir gingen zur Veranda hoch. Er setzte mich auf die Schaukel und sagte: »Bin sofort wieder da.« Ich schaute über die Spargelfelder und sah im goldenen Licht des Nachmittags den Fluß und die Bäume. Unser eigenes Haus hockte klein und feierlich in dem Rechteck des Gartens. Es besaß ein goldenes Dach, und das Verandadach war eine Augenbraue, und die Farbe war so weiß wie Salz.

Polski kam mit einem Glas Milch und einem Teller mit Schokoladenplätzchen heraus. Ich trank einen Schluck Milch und nahm ein Plätzchen.

»Nimm noch eins«, sagte er. »Nimm dir, soviel du magst.«

Da wußte ich, daß es eine lange Lektion werden würde.

Er sah mir zu, wie ich zwei Kekse aß. Anscheinend brachte ihn die Art, wie ich sie zermalmte, zum Lächeln, und ich hatte das Gefühl, die Malmgeräusche drangen mir aus den Ohren.

Er sagte: »Ich wollte dir was sagen, Charlie.« Er schwieg und rückte auf der Schaukel dichter an mich heran – so dicht, daß ich das Glas Milch abstellen mußte. Er sagte: »Dein Vater hält mich für einen Dummkopf.«

Ich antwortete nicht. Was er sagte, stimmte halbwegs; die ganze Wahrheit war schlimmer.

Er nickte in mein Schweigen hinein, wertete es als ein Ja. Sein Mund verzog sich zu einer lächelnden Warnung, und er sagte: »Lange vor deiner Geburt pflegte man in Massachusetts verurteilte Mörder aufzuhängen. Es klingt schrecklich, aber die meisten von ihnen verdienten es. Hier in der Gegend gab es einen Mann, der Mooney hieß – Spider Mooney nannten sie ihn, ich nehm' an, du errätst, warum ...«

Ich hatte keine Ahnung, warum; in meinem Kopf formte sich das Bild eines behaarten Mannes auf allen vieren, mit schwarzen, hervorquellenden Augen. Polski redete weiter.

»Er lebte mit seinem Vater. Ging nie zur Schule. War nicht viel älter als du, als er mit dem Klauen anfing, zuerst kleine Sachen im Kaufhaus, dann größere Dinge. Er wurde Gewohnheitsdieb. Und dann zum Räuber. Hab' ich gesagt, daß sein Vater nicht ganz richtig im Kopf war? Also ja, so war's, vollkommen hinüber. Schützengrabenneurose sagen die Leute dazu. Wenn man ihn anschrie oder ein lautes Geräusch machte, fiel er um. Knallte wie ein Ziegelstein zu Boden. Und er steckte voller verrückter Ideen. Ganz schöner Hammer, so ein Vater, eh? Als Spider Mooney ungefähr zwanzig war, brachte er einen Mann um. Nicht einfach bloß so, er schnitt ihm mit einem Rasiermesser die Kehle durch. Hätte dem Burschen ums Haar den Kopf abgesäbelt – farbiger Bursche –, hing nur noch an einem kleinen Hautlappen. Die Polizei schnappte ihn mühelos – sie wußten, wo sie suchen mußten! Im Haus seines Vaters, wo sonst? Mooney wurde zum Tode verurteilt. Durch Erhängen.«

Polski sah plötzlich auf und sagte: »Könnte sein, daß da ein bißchen Regen auf uns zukommt.«

Er saß absolut still da, schaute eine ganze Minute lang in den Himmel, ehe er den Faden der Geschichte wiederaufnahm. Jetzt starrte er zu unserem Haus, und das Haus schien direkt zurückzustarren.

»Am Tag, als er aufgehängt werden sollte, banden sie Mooney die Hände zusammen und führten ihn in den Gefängnishof. Es war das alte Charles-Street-Gefängnis in Boston. Es war sechs Uhr morgens. Du weißt, wie miserabel man sich um sechs in der

Früh fühlt? Genauso fühlte sich Mooney, bloß noch schlimmer, weil er wußte, daß er in ein paar Minuten am Strick baumeln würde. Sie führten ihn rüber zum Galgen. Unten an den Stufen blieb er stehen und sagte: ›Ich will meinem Vater was sagen.‹«

»Sein Vater war dabei?«

»Jawohl, Sir.« Polski richtete seine schmalen Augen auf mich. »Sein Vater sah sich die ganze Sache an. Als eine Art Zeuge – nächster Angehöriger, verstehst du. Mooney sagte: ›Bringt ihn her – ich will ihm was sagen.‹ Seine letzte Bitte mußten sie erfüllen. Ganz gleich, was ein Verurteilter erbat, sie mußten seinen Wunsch erfüllen. Wenn er im Januar einen Himbeerkuchen wollte, dann mußten sie ein Stück auftreiben, und wenn sie's von Florida hochschicken ließen. Mooney verlangte nach seinem Vater. Der Vater kam herüber. Mooney schaute ihn an. Er sagte: ›Komm ein bißchen näher.‹

Der Vater trat ein paar Schritte näher.

›Ich will dir was ins Ohr flüstern‹, sagte Mooney.

Der Vater kam ganz nah an ihn heran, und Mooney beugte sich vor und brachte seinen Kopf ganz dicht an das Ohr seines Vaters, so wie man's macht, wenn man jemand etwas zuflüstern will. Dann stieß der Vater urplötzlich einen Schrei aus, der Tote wieder lebendig gemacht hätte, und taumelte zurück, hielt sich den Kopf und schrie immer weiter.«

Polski ließ seine Worte wirken, obwohl ich mich schon darauf gefaßt gemacht hatte, Polski würde mir den Schrei vorführen, damit ich wußte, wie er sich angehört hatte.

Ich fragte: »Was sagte der Sohn zu ihm?«

»Nichts.«

»Aber warum hat dann der Vater geschrien?«

Polski fuhr sich mit der Zunge über die Zähne.

Er sagte: »Weil Mooney seinem Vater das Ohr abgebissen hatte! Er hatte es immer noch im Mund. Er spuckte es aus, und *dann* erst sagte er: ›Für das, was du aus mir gemacht hast.‹«

Ich sah Spider Mooneys feuchte Lippen, das Blut an seinem Kinn, das kleine verkrümmte Ohr auf dem Boden.

»Biß dem alten Mann das Ohr ab«, sagte Polski.

Er stand auf.

»›Für das, was du aus mir gemacht hast.‹«

Ich blieb auf der schwankenden Schaukel sitzen. Polski war fertig, aber ich wollte mehr hören. Ich wollte einen richtigen Schluß. Aber die Geschichte war zu Ende. Mir blieb nur die Vorstellung des alten Mannes, der zusammengekrümmt seinen Kopf umklammerte, und Mooneys, der an den Stufen zum Galgen innehielt, und des Ohres, das wie ein verdorrtes Blatt auf der Erde lag.

»Dein Vater ist der übelste Bursche, den ich je kennengelernt hab'«, sagte Polski. »Schlimmer noch als Zahnschmerzen – ein Alleswisser, der manchmal recht hat.«

Dann, als geriete alles Sägemehl in ihm in Bewegung, fügte er hinzu: »Inzwischen weiß ich, daß er gefährlich ist. Richte ihm das aus, Charlie. Sag ihm, er ist ein gefährlicher Mann, und eines Tages wird er euch noch alle umbringen. Richte ihm aus, ich hätte das gesagt. Und jetzt trink die Milch aus, und ab mit dir!«

Vater saß in seinem Hydraulikstuhl, als ich heimkam. Er paffte eine Zigarre. Eine Rauchwolke hing wie ein Ausdruck von Zufriedenheit über seinem lächelnden Gesicht. Er wedelte den Rauch mit der Hand weg.

»Was hat er gesagt?«

»Nichts.«

Vater lächelte immer noch. Er schüttelte den Kopf.

»Ehrlich«, sagte ich.

»Du lügst«, sagte er sanft. »Das ist in Ordnung. Aber wen versuchst du zu beschützen – ihn oder mich?«

Mein Gesicht war heiß. Ich starrte zu Boden.

Vater sagte: »In vierundzwanzig Stunden spielt all das keine Rolle mehr.«

7

Das letzte, was ich sah, als wir von zu Hause fortfuhren, waren viele an die unteren Zweige unserer Bäume gebundene rote Bänder, die schlaff im Morgentau hingen. Es war die Stunde nach der Morgendämmerung. Alles wirkte in dem warmen, schwachen Licht pelziggrau, bis auf diese Bänder. Die Wilden hatten sie in der vergangenen Nacht angebunden.

Wir hatten am Abendbrottisch gesessen und Stimmen und das Rascheln im hohen Gras gehört. Vater sagte: »Hallo«, und ging zur Tür. Als er das Außenlicht anknipste, sah ich mehr als ein Dutzend dunkle Gesichter, die sich auf dem Vorplatz versammelt hatten. Ich dachte: Sie sind seinetwegen gekommen – sie werden ihn fortschleppen.

»Es sind die Männer, Mutter.« Er sagte nicht: die Wilden.

Sie sagte: »Haben sich den richtigen Zeitpunkt ausgesucht.«

Vater wandte sich ihnen zu und winkte sie herein.

Der erste war groß und, wie sich herausstellte, der schwärzeste von allen; er schlich grinsend herein, in der Hand eine Machete. Ich dachte: Oh, Gott. Er trug sie beiläufig, wie einen Schraubenschlüssel; wenn es ihm in den Sinn gekommen wäre, hätte er sie hochnehmen und Vater in zwei Hälften zerhacken können. Die anderen folgten ihm mit Katzenpfotenschritten, obwohl sie gewaltige Schuhe trugen. Bekleidet waren sie mit weißen Hemden, mit noch weißeren, aufgenähten Flicken, aber sehr sauber und gestärkt. Sie murmelten und lachten und füllten das Zimmer mit dem Hundegestank, den ich von ihrem eigenen Haus her kannte, mit dem Geruch von Schweiß und Mäusedreck und Heizöl. Die Zwillinge und Jerry glotzten sie an – sie fürchteten sich, und Jerry hätte bei dem Geruch fast sein Abendessen wieder ausgespuckt.

Aber auch die Männer, selbst der mit der Machete, schauten etwas verängstigt drein. Ihre Gesichter waren verschrammte, schiefe Masken, ihr Haar so schmierig schwarz wie der Schwanz einer Bisamratte, oder es stand büschelweise in steifem Gekräusel ab wie die aufgeplatzte Polsterung eines Stuhlkissens. Die meisten waren dunkle, hakennasige Indianer, der Rest Schwarze oder fast schwarz, mit langen, baumelnden Händen. Manche Gesichter waren so schwarz, daß ich weder Nasen noch Wangen erkennen konnte. Sie schauten uns an, schauten sich im Zimmer um, als wären sie nie zuvor in einem richtigen Haus gewesen und müßten sich erst klar darüber werden, ob sie alles auseinandernehmen oder niederknien und losheulen sollten. Ihr Schweigen, die ganze Verwirrung, dampfte wie stille Wut im Zimmer.

Vater klopfte dem großen Mann auf die Schulter und sagte: »Na, was wollt ihr Störenfriede denn?«

Die Männer lachten wie Kinder, und jetzt erkannte ich, daß sie gehorsam zu Vater aufsahen. Ihre Gesichter leuchteten vor Bewunderung und Dankbarkeit. Als mir klarwurde, daß wir uns in Sicherheit befanden, kamen mir die Männer gleich weniger häßlich und hinterhältig vor.

»Das ist Mr. Semper«, sagte Vater. Er benutzte den Händedruck, um den großen Mann nach vorn zu ziehen. »Er spricht perfekt Englisch, nicht wahr, Mr. Semper?«

Mr. Semper sagte: »Nein«, wieherte auf und warf Mutter einen hilflosen Blick zu.

Ich kannte Semper. Sein Gesicht hatte ich um Mitternacht auf den Feldern gesehen. Er hatte die Vogelscheuche getragen. Jetzt bemerkte ich eine blasse Narbe in der Nähe seines Mundes, wie das Gekritzel einer Unterschrift. Ich war froh, daß ich die Narbe in jener Nacht nicht gesehen hatte.

»Schau mal, ob du ein paar Bier entdeckst, Mutter. Die Herren sind durstig.«

Bald hatte jeder seine Flasche Bier in der Hand. Mr. Semper reckte seinen Kiefer vor und riß den Kronkorken mit seinen Backenzähnen von der Flasche. Die anderen machten es genauso und zogen sich die Kronkorken aus dem Mund. Die Augen auf Vater gerichtet, nahmen sie ab und zu einen scheuen Schluck.

»Was bringst du mir, Bruder?« sagte Vater.

Die Machete auf der Handfläche balancierend, sagte Mr. Semper: »Das.«

»Die ist aber wunderschön«, sagte Vater. Er strich mit dem Daumen über die Schneide. »Damit könnt' ich mich rasieren.«

Mr. Semper wechselte in das schnelle Geschnatter einer anderen Sprache.

Vater verstand ihn! Er wandte sich uns zu und sagte: »Sie danken uns für die Kühlmaschine. Hab' ich es euch nicht gesagt? Sie sind zivilisiert! Seht ihr, echte Gentlemen.« Er sagte etwas zu den Männern in ihrer Sprache.

Mr. Semper kreischte vor Lachen. Sein Zahnfleisch war wunderbar geformt, wie glattes Wachs schmiegte es sich um die Wurzeln seiner Zähne. Er beobachtete Vater mit schwimmenden, verhangenen Augen, und als Vater eine Schale mit Erdnüssen herumgehen ließ, nickte Mr. Semper, seine Lippen öffneten sich, und er murmelte seinen Dank.

Das eigentlich Unglaubliche für mich war, daß sich diese Schar Männer überhaupt in unserem Haus befand. Seit Monaten hatte ich sie schweigend durch die Felder gehen sehen, zuerst pflanzend, dann, als Erntezeit war, vornübergebeugt den Spargel stechend. Ich war überzeugt, daß es dieselben Männer waren, die ich in jener Nacht fackeltragend bei der Vogelscheuchen-Zeremonie gesehen hatte. Die Männer waren mir wie Wilde vorgekommen, ihr Haus hatte mich mit seinem Gestank erschreckt, ihre Gesichter schienen verquollen und grausam. Und nun saßen sie hier, fünfzehn der merkwürdigsten Männer, die ich in meinem ganzen Leben gesehen hatte. Doch aus der Nähe wirkten sie nicht wild. Sie schauten armselig und gehorsam aus. Die Flicken an ihren Hemden paßten zu den Abschürfungen in ihren Gesichtern, ihre Hände waren von der Arbeit aufgesprungen, ihre Haare staubig. In ihren großen, kaputten Schuhen standen sie krumm da, ihre zerlumpten Hosen ließen sie – nicht gefährlich, wie ich erwartet hatte, sondern schwächlich und harmlos erscheinen.

Vater sagte: »Sie wollen euch kennenlernen.«

Er stellte uns vor, die Zwillinge, Jerry und mich, und wir schüttelten sämtliche Hände. Ihre Handflächen waren zerklüftet und feucht, ihre Haut war schuppig. Sie hatten gelbe Fingernägel. Ihre Hände waren wie Hühnerfüße, und meine eigene Hand roch hinterher danach.

»In weiser Voraussicht habe ich eine gute Landkarte gekauft«, sagte Vater, entfaltete sie und strich sie unter einer Lampe glatt. Die Männer drängten sich heran, um einen Blick darauf zu werfen.

»Eine Karte ist genausogut wie ein Buch – sogar noch besser, wirklich. Die hier hab' ich seit Monaten studiert. Ich weiß alles, was ich wissen muß. Schaut euch an, wie leer die Mitte ist – keine Straßen, keine Städte oder Dörfer, keine Namen. So hat Amerika auch mal ausgesehn!«

»Viel Wasser da«, sagte Mr. Semper und fuhr mit dem Zeigefinger die blauen Flüsse entlang.

Die Karte zeigte Land, wie eine Stirn geformt, eine hervorragende Küstenlinie mit leerem Landesinneren. Die blauen Adern der Flüsse, das Grün der Tiefebenen und das Orange der Berge – keine Namen, nur leuchtende Farben. Vaters Finger war bestens dafür geeignet, auf diese Karte zu deuten, während er sagte: »Das ist unser Ziel«, denn der stumpfe, abgefetzte Finger deutete auf nichts anderes als eine große Leere.

»Bist du sicher, daß du nicht mit uns kommen willst, Bruder?«

Mr. Semper fletschte die Zähne, seine Nasenflügel blähten sich wie bei einem Pferd.

»Sie bleiben lieber hier und lassen alles über sich ergehen«, sagte Vater. »Ironie des Schicksals, nicht wahr? Wir machen so eine Art Platztausch – tauschen die Länder.«

Mr. Semper lachte, klatschte in die Hände und sagte: »Sie gehn weit weg!«

Vater sah ihn grinsend an. »Ich bin der spurlos verschwindende Amerikaner.«

Schwarze Adern traten neben Mr. Sempers Augen hervor, spannten die glänzende Haut, wie gefangene Würmer. Er kam an unsere Seite geschlurft und legte seine langen Arme um die Zwillinge, um Jerry und mich. »Dies Vater viel großer Mann. Er mein Vater, auch.« Mr. Sempers Atem roch feucht nach verdauten Erdnüssen. »Wir seine Kinder.«

Es schien mir lächerlich, so etwas zu sagen, aber dann fiel mir ein, daß Vater diese Männer freundlich behandelt hatte, weil sie arm waren. Das war Mr. Sempers Art, sich für die feuerbetriebene Eismaschine zu bedanken.

Die anderen Männer schwiegen. Vater lächelte ihnen zu und gestikulierte mit den Händen. Dann murmelte er etwas, wandte sich an Mutter und sagte: »Das ist Spanisch und heißt: ›Tu nichts, was ich nicht auch tun würde.‹«

»Da hast du deinen Bewegungsspielraum«, sagte Mutter.

Nachdem Mr. Semper Vaters Finger umklammert und zum letztenmal etwas in Vaters Gesicht gemurmelt hatte, raschelten sie durch das Gras davon, und Vater hob die Machete und ließ sie durch die Luft zischen wie ein Piratenentermesser.

»Allie, sei vorsichtig«, sagte Mutter.

»Ich brenne drauf loszuziehn!«

»Platztausch«, sagte sie. »Diese armen Männer.«

»Das ist alles, was sie zu tauschen haben – sie besitzen sonst nichts. So wird es uns auch ergehen. Ohne sie hätte ich nie daran gedacht. Sie haben mich erst auf die Idee gebracht.«

Draußen entstand Bewegung. Die Männer hatten unter den Bäumen angehalten.

»Aber es ist ein Schwindel«, sagte Vater. »Ich hab' das Gefühl, ich überlass' sie den Geiern.«

Die Bänder, die von den Männern an die Zweige gebunden worden waren, entdeckte ich erst am nächsten Morgen. Es waren billige, rote Bänder, aber im grauen Morgenlicht wirkten sie kostbar und festlich und verliehen den Bäumen einen Hauch von Großartigkeit.

Bald konnte ich die Bänder und das Haus nicht mehr sehen. Unser Gehöft wurde kleiner und rutschte nach unten weg mitsamt den Bäumen. Dann war alles hinter der Krümmung der Straße verschwunden.

Wir fuhren an Polskis Haus vorbei, und ich dachte an das, was er mir erzählt hatte. Die Geschichte von Mooney verwirrte mich. Bedeutete das Ohrabbeißen, daß ihm klargeworden war, daß sein Vater ihn grausam behandelt hatte, oder bewies es lediglich, daß sich Kriminelle nicht ändern und selbst im Angesicht des Galgens noch bösartig und hinterhältig sind? Was Polski sonst gesagt hatte, daß Vater ein Besserwisser und gefährlich sei, konnte ich nicht weitergeben. Vater wußte, daß ich log. *Aber wen versuchst du zu beschützen – ihn oder mich?* Die Antwort lautete: weder noch. Ich versuchte, mich zu schützen.

Nichts davon spielte jetzt noch eine Rolle. Wir verließen Hatfield. Vater hatte seine Donnerbüchse und seinen Atomzertrümmerer mitgenommen, ebenso den größten Teil seiner Werkzeuge, ein Paar Bücher und alle Sachen, die wir gekauft hatten – die Campingausrüstung. Aber den Rest, das Haus mit der gesamten Einrichtung, ließen wir zurück – alles an Mobiliar, das Geschirr, die Betten, die Vorhänge, Mutters Pflanzen, das Radio, die Glühbirnen in ihren Fassungen, unsere Kleidung in den Schubladen, die auf dem Hydraulikstuhl schlafende Katze. Und die Tür hatten wir einen Spalt offenstehen lassen. War das Vaters Art, uns zu beruhigen? Wenn ja, dann hatte er Erfolg damit. Bis auf ein paar Ersatzkleidungsstücke in unseren Rucksäcken hatten wir nichts gepackt.

Vater war aufgewacht und hatte gesagt: »Okay, los geht's.« Ohne einen Blick nach rechts oder links zu werfen, eilte er durchs Haus. »Wir haun hier ab.«

Erst später begriff ich, daß wirkliche Flüchtlinge genauso handelten. Sie beendeten ihr Frühstück und flohen, ließen das Geschirr in der Spüle und die Haustür halb offen. Da lag mehr Dramatik drin, als wenn wir unsere Habseligkeiten sorgfältig eingepackt und das Haus leer gemacht hätten.

Zwischen den Feldern, eine Meile entfernt, tauchte das Haus nun in Miniaturgröße wieder auf. Nie hatte es friedlicher ausgesehen. Es war unser Mauseloch. Und weil noch all unsere Sachen drin waren und die Uhr noch tickte, fühlte ich, wir könnten jederzeit zurückkehren und alles so vorfinden, wie wir es hinterlassen hatten, und es wieder in Besitz nehmen.

Deshalb störte es mich nicht, daß wir fortgingen. Aber mit welchem Ziel? Da ich es nicht kannte, machte mich die Langsamkeit, mit der die Zeit verstrich, verrückt. Hinter Springfield nahm Vater die Schnellstraße, und Städte und Dörfer ragten neben den Ausfahrten auf. Wir sahen Schornsteine und Kirchen und große Gebäude. Wir gewöhnten uns an Busse mit verdreckten Scheiben und vorbeidonnernde Lastwagen, die Abgasfahnen hinter sich herzogen; schwarze Planen klatschten um ihre Ladungen. Auf den Zulassungsschildern stand *Connecticut*, dann *New York*. Zum Lunch hielten wir an einer Howard-Johnson-Raststätte. Vater sagte: »Dieser Platz ist die Verkörperung von allem, was ich verachte«, und wollte nichts essen. Die gebratenen Muscheln, sagte er, bestehen wahrscheinlich aus Bindfaden. »Cheeseburgers!« brüllte er. Dann New Jersey. Hier gab es die höchsten Schornsteine und die schmutzigste Luft, die ich je erlebt hatte; die Vögel waren klein und ölig. Die Leute, die in Autos vorbeifuhren, vor allem die Mädchen, starrten Jerry und mich an. Wir zerrten die Schirme unserer Baseballmützen runter, damit sie nicht so glotzten. Ich schloß die Augen und betete um unsere baldige Ankunft. Vater fuhr so schnell, daß ich das Gefühl hatte, daß wir auf der Flucht waren, daß wir uns vor dem nachfolgenden Gewitter in Sicherheit brachten; wir rasten eine lange, schnurgerade Straße hinunter, durch eine Landschaft, die wie ein schmutziger Ausguß war. Nie zuvor hatte ich solche Flammen aus Schornsteinen sprühen sehen. Wir konnten das *Flapp-flapp* der Feuerbüschel hören, die aus den schwarzen Rohren züngelten.

Baltimore, stand auf einem Schild, *Die nächsten sieben Ausfahrten*. Wir nahmen die dritte; vor uns lag ein Einkaufszentrum, genau wie das, an dem wir heute morgen in Springfield vorbeigekommen waren. Wir fuhren durch eine Vorstadt, die mich an Chicopee erinnerte, dann gelangten wir in die eigentliche Stadt. Sie war hügeliger als alle Städte in Massachusetts. Die Backsteinmauern der Häuser und Hotels erhoben sich entlang abfallender Straßen. An diesem frühen Abend spiegelte sich das Zwielicht in dem nahen Wasser, über dem sich der rosablaue Himmel wölbte – kein Vergleich mit der gewohnten Schwere, die ich von Hatfield her kannte, schimmelgrüne Sonnenuntergänge, von Goldstrahlen durchschossen. Baltimores milchiges Meereslicht und seine wachsfarbenen Wolken ergaben eine leuchtende, von Bäumen unbehinderte Blässe. Die wenigen kleinen Bäume, die ich entdecken konnte, kämpften gegen den Wind an.

Ein paar Minuten später, bei Sonnenuntergang, änderte sich das alles. Ein Teil des Himmels überzog sich mit dunklem Grau, der andere flammte rot auf, ein Haufen klauenförmiger Wolken von der Farbe gebrühter Hummerschalen, gesplittert und gebrochen, so wie man Hummer knackt, türmte sich am Horizont. Dieser strahlende, karmesinrote Himmel war neu für mich. Ich machte Vater darauf aufmerksam.

»Luftverschmutzung!« rief er. »Strahlenbrechung von den Abgasen!«

Er fuhr weiter, steuerte unseren Laster durch den Verkehr auf den tiefergelegenen Teil der Stadt zu. Er parkte auf der Windseite vor einem Lagerhaus.

»Was tun wir hier?« fragte Jerry.

Vater deutete mit seinem Finger auf die Spitze des Lagerhauses. Er sagte: »Das ist unser Hotel.«

Es war der gelbweiße Bug eines Schiffes; wie Nasenlöcher die Aussparungen für die Ankerketten, darunter lange Roststreifen. Den Rest des Schiffes konnten wir nicht sehen, aber nach dem Bug zu urteilen, mußte es riesig sein. Ich sagte nicht, wie froh ich war, daß wir eine feste Bleibe hatten. Es war jetzt dunkel. Ich hatte geglaubt, wir würden ein Lager am Straßenrand aufschlagen und da schlafen.

Wir gingen die Gangway hoch, und ein Matrose an Deck wies Vater den Weg. Wir vier Kinder hatten eine Kabine für uns, Mutter und Vater die Kabine daneben. Alles roch säuerlich nach trocknender Farbe. Ein winziger Raum mit Dusche und Waschbecken lag zwischen unseren beiden Kabinen. Wir verstauten unsere Sachen unter den unteren Schlafkojen und warteten darauf, daß sich irgendwas ereignen würde. Morgens in Massachusetts, abends auf einem Schiff – dazischen lagen sechshundert Meilen. Es schien, als könnte Vater Wunder vollbringen.

»Es ist ein Schiff!« sagte Clover. »Wir sind auf einem richtigen Schiff!«

Vater steckte seinen Kopf in unsere Kabine und sagte: »Na, was haltet ihr davon?«

Das Schiff wurde beladen. Die ganze Nacht hindurch quietschten und drehten sich die Kräne, die Förderbänder summten unter uns, und durch die Stahlwände unserer Kabine hörte ich, wie Fracht in den Laderaum geschoben wurde.

Wir blieben in diesem Dock, während die Fracht – beschriftete Kisten und sogar Autos in Kabelschlingen – übernommen wurde. Wir aßen im leeren Speiseraum, und tagsüber beobachteten wir das Hin- und Herschwingen der Kräne. Andere Passagiere konnte ich nicht entdecken. Und Vater weigerte sich immer noch, zu sagen, wohin es ging. Das beunruhigte mich, ich fühlte mich dadurch besonders abhängig von ihm. Ich kannte den Namen des Schiffes nicht, und bis jetzt hatte ich noch niemanden gesehen, mit dem ich sprechen konnte. Die Mannschaft beachtete uns nicht. Wir waren Vater ausgeliefert.

Am Morgen, ehe wir ablegten, verließen wir das Schiff und fuhren mit unserem alten Wagen quer durch die Stadt, über eine Brücke und weiter in Richtung Wasser, wo am Ende der Straße ein Strand lag. Mutter blieb im Fahrerhaus sitzen und las, während wir den Strand entlangliefen, Steine übers Wasser flitzen ließen und die Segelboote anschauten. Weiter unten war eine verfallene Mole, ein paar Felsbrocken im Wasser, andere umgekippt im Sand.

»Die Flut kommt«, sagte Vater. Er warf seinen Zigarrenstummel in die Brandung. »Wer zeigt mir, wie mutig er ist?«

Ich wußte, was nun kam. Er hatte das schon ein paarmal mit uns gemacht. Er würde uns herausfordern, würde sagen, wir sollten uns draußen auf einen Felsen setzen und dort bleiben, bis uns die steigende Flut bedrohte. Ein Sommerspiel, das wir in Cape Cod gespielt hatten. Aber jetzt war immer noch Frühling in Baltimore – viel zu kalt zum Schwimmen –, und wir waren alle voll bekleidet. Ich glaubte nicht, daß er es ernst meinte, deshalb sagte ich, ich würde es versuchen, und erwartete, daß er lachte.

Er sagte: »Los, laß uns nicht warten.«

Eine Welle brach sich und wich zurück, zog Sand und Steinchen mit sich. Ohne Kleider oder auch nur Schuhe auszuziehen, rannte ich zu einem unkrautbewachsenen Felsen an der Brandungslinie und hockte mich darauf und wartete nur, daß Vater mich zurückrief. Die Zwillinge und Jerry lachten. Vater stand weiter oben am Strand und sah kaum zu mir herüber. Anfangs störten mich die Wellen nicht. Sie stiegen erst knapp hinter mir hoch, zogen vorbei, verwandelten sich in Schaum und Gischt und verschwanden.

»Charlie hat Angst«, schrie Jerry.

Ich sagte nichts. Ich kniete unsicher, hielt mich mit den Fingerspitzen an dem Felsen fest. Es war wie ein Sattel ohne Steigbügel. Ich wußte nicht, ob ich nun Vater bluffte oder er mich. Eine Reihe von Wellen machte mir Beine und Schuhe naß. Ein See bildete sich vor meinem Felsen. Die Wellenkronen ließen meine Finger taub werden.

Ich legte mir in Gedanken einen Vorwand zurecht, um aufgeben zu können, als ich im gelblichen Spätnachmittagslicht Vaters Silhouette sah, die Sonne hinter seinen Schultern. Er war dunkel, ich kannte ihn nicht, und er beobachtete mich wie ein Fremder, mehr mit Neugier als mit Zuneigung. Und ich kam mir ihm gegenüber wie ein Fremder vor. Wir waren zwei Leute, die innehielten – der eine auf einem Felsen, der andere im Sand, Kind und Erwachsener. Ich kannte ihn nicht, er kannte mich nicht. Ich mußte warten, um herauszufinden, wer wir waren.

Genau in dieser Sekunde, während Vater wie ein beliebiger Spaziergänger dastand und mich mit seiner lässigen Haltung verunsicherte, kam die Welle. Sie traf mich von hinten, rollte meinen Rükken hoch und schäumte um meinen Hals, stieß mich, riß mir den Boden unter den Füßen weg und gab mich dann ebenso schnell wieder frei. Zitternd vor Kälte umklammerte ich mit aller Kraft den Felsen; ich glaubte, die Brust würde mir bersten von meinem unterdrückten Schrei:

»Er hat's getan!« kreischte Jerry und rannte in Kreisen am Strand herum. »Er ist ganz naß!«

Jetzt konnte ich Vaters Gesicht sehen. Etwas Wildes flog darüber, wie eine verzweifelte Erinnerung, die sein vorgerecktes Kinn erstarren ließ. Dann lachte er und brüllte, ich sollte an Land kommen. Aber ich ließ noch zwei weitere Wellen über mich schlagen, ehe ich aufgab und ans Ufer taumelte; gegen meinen Willen fing ich an, vor lauter Kälte zu heulen.

»Schon besser«, sagte Vater, während die Zwillinge mich bejubelten und meine nasse Kleidung berührten. Aber es klang, als würde er sich ein Kompliment machen, nicht mir. »Zieh die Schuhe aus.«

Vater trug in jeder Hand einen Schuh, während wir den Strand entlang zu Mutter und dem Pick-up-Truck gingen.

»He, der Junge sollte lieber die Schuhe anziehn.« Es war eine Stimme hinter uns. »Hier liegt massenhaft Glas und Zeug herum.«

Wir drehten uns um und sahen einen Schwarzen vor uns. Er drückte ein Radio an sein Ohr; über den Kopf hatte er eine Wollsocke gezogen. Er blinzelte beim Anblick von Vater, der doppelt so groß wie er war und lächelnd vor ihm stand.

Vater sagte: »Sie sind genau der Mann, den ich suche.«

Der Mann schaltete sein Radio aus. Er schaute ehrlich verwirrt drein. Er sagte, sein Name sei Sidney Torch, und er sei hier nicht zu Hause, aber er hätte an diesem Strand hier ein paar Kinder Glasflaschen zerbrechen sehen, und es wäre gefährlich, barfuß herumzulaufen, man könnte sich leicht die Füße zerschneiden.

Aus keinem anderen Grund habe er sich eingemischt, sagte er, denn er sei ein Niemand, bloß auf dem Weg zu Besuch bei seinem Bruder, und er habe uns nie zuvor gesehn.

Vater sagte: »Ich wollte Ihnen etwas sagen.«

Sein Ton war freundlich, und der Schwarze, der ihm von der Seite her einen Blick zuwarf, begann in sich hineinzulachen.

»Niemand liebt dieses Land mehr als ich«, sagte Vater. »Deshalb verlasse ich es. Ich ertrag' es nicht, zuzusehen.« Er schlenderte weiter und legte seinen Arm um Sidney Torch. »Als meine Mutter starb, war's genauso. Ich konnte nicht zusehen. Sie war stark wie ein Ochse, aber sie brach sich die Hüfte, und nach einem Krankenhausaufenthalt erwischte sie eine doppelte Lungenentzündung. Und so lag sie sterbend im Bett. Ich ging zu ihr und hielt ihre Hand. Wissen Sie, was sie zu mir sagte? Sie sagte: ›Warum geben die mir kein Rattengift?‹ Ich wollte nicht zusehen, ich konnte nicht hinhören. Also ging ich weg. Es muß ein furchtbarer Kampf gewesen ein – ein ständiges Hin und Her –, aber sie war zum Tode verurteilt. Nach ihrem Tod ging ich wieder heim. Vielleicht sagen manche Leute, das ist der Gipfel der Herzlosigkeit. Aber ich hab's nie bereut. Ich liebte sie zu sehr, um ihr beim Sterben zuzuschaun.«

Die ganze Zeit über drehte Mr. Torch nervös an seinen Radioknöpfen. Ich hatte Vaters Story nie zu hören bekommen, aber es war typisch für ihn, daß er private Dinge aus seinem Leben einem Fremden erzählte. Vielleicht war das seine Art, sich vor Verrat zu hüten: seine Geheimnisse Leuten gegenüber auszuplaudern, die er zufällig traf und nie wiedersehen würde.

»Das ist eine wirklich traurige Geschichte«, sagte Mr. Torch.

»Dann haben Sie die Pointe nicht verstanden«, sagte Vater.

Mr. Torch schien ganz durcheinander, und als Mutter mich so tropfnaß sah und Vater anschrie – »Was versuchst du zu beweisen?« –, schnappte Mr. Torch nach Luft und wich zurück.

Aber Vater wandte sich wieder an ihn. Er hatte ihm ein Angebot zu machen. »Mr. Torch«, sagte er, »ich bin bereit, Ihnen diesen Pick-up-Truck für zweiundzwanzig Dollar zu verkaufen, denn das würde mich die Abmeldung kosten.«

»Ich hab' bloß gemeint, Ihr Junge sollte seine Schuhe anziehn.« Mr. Torch sagte das sehr sanft.

Vater sagte: »Oder Sie geben mir Ihr Radio dafür. Im Wagen ist eins. Ich brauch's nicht.« Er streckte die Hand aus, und der Schwarze überließ ihm nachgiebig das Radio.

Wir fuhren zum Schiff zurück. Mr. Torch saß zusammen mit Jerry und mir hinten. Er sagte: »Euer alter Herr kann wirklich reden. Er könnte Prediger sein. Er könnte predigen, bis einem die Ohren abfallen. Aber eins sag' ich euch. Ein Geschäftsmann ist er nicht!« Er lachte vor sich hin und sagte: »Wohin fahrt ihr?«

Wir sagten, wir wüßten es nicht.

»Ist das euer Vater hinter dem Steuer? An eurer Stelle wär' ich da nicht so sicher!«

Jerry sagte: »Mein Vater ist Allie Fox.«

Mit einem langen Fingernagel bohrte Mr. Torch zwischen seinen Zähnen.

»Das Genie«, sagte ich.

»Das ist richtig«, sagte Mr. Torch.

Beim Schiff angekommen, gab ihm Vater die Autoschlüssel und sagte, er könne das Radio auch wiederhaben. Er habe es sich anders überlegt. Wir gingen die Gangway hinauf – und das war's.

»Endlich frei!« sagte Vater. Wir standen auf dem schmalen Deck vor unserer Kabine. Die Lichter von Baltimore gaben der Stadt die Aura einer glühenden Wolke. Die Nacht war nicht dunkel, sondern von verschiedenen diffusen Lichtern erfüllt. Die Verkehrsgeräusche klangen gedämpft und unruhig. Eine Brise strich über das Schiff hin, und es schien, als hätten wir überhaupt keine Verbindung mit der Stadt und wären schon auf See. Wir starrten auf den Teil des Docks, von wo aus Mr. Torch mit unserem Pick-up-Truck weggefahren war.

Mutter sagte: »Wenn die Polizei ihn anhält, glauben die, er hat ihn gestohlen. Sie werden ihn verhaften.«

»Kümmert mich nicht!« sagte Vater. Er war sehr mit sich zufrieden. »Ich hab' ihn einfach weggegeben. ›Nimm ihn!‹ sagte ich. ›Ich brauch' ihn nicht!‹ Habt ihr den Ausdruck in seinem Gesicht gesehn? Ein Pick-up-Truck mit neuem Radio, ganz umsonst! Genau wie die Kühlmaschine. Hab' ich einfach weggegeben! Wie den Job bei Polski. Klar Schiff machen!«

Mutter sagte mit scharfer Stimme: »Was hast du schon weggegeben! Eine verbeulte Kiste, bei der die Verschrottung zuviel

Mühe gemacht hätte. Eine zusammengebastelte Eismaschine, die zum Himmel stank. Einen Job, der sich von Anfang an nicht gelohnt hat.«

»Genau meine Meinung.«

»Dann tu nicht so, als wärst du besser, als du bist.«

Vater starrte immer noch auf Baltimore.

»Good bye, Amerika«, sagte er. »Falls jemand fragt, sag, wir waren schiffbrüchig. Good bye, mit all deinem Müll und deinem ganzen Dreck! Und einen schönen Tag auch noch!«

8

Unser Schiff, die *Unicorn*, legte mitten in der Nacht in Baltimore ab. Die Kabinenwände vibrierten, als würden sie auf den Zähnen einer Kreissäge herumtanzen. Meine Koje grummelte und rüttelte mich wach. Ich drückte mein Gesicht gegen das Bullauge und sah das Schwappen der Dünung; als würde weiße Tünche über schwarzes Eis gespritzt. Ein Nebelhorn heulte, der Klang einer Glockenboje und Gischt, als würden Steinchen in einem Blecheimer geschüttelt. Die Eisentür ratterte, aber von den Kindern wachte keines auf. Am Morgen waren wir auf hoher See.

Und dann, mitten im Ozean, erwachte das Schiff zum Leben. Beim Frühstück war der Speisesaal voll – zwei Familien besetzten die anderen drei Tische. Die eine Familie war sehr groß. Wir stellten uns vor, die Erwachsenen sagten guten Morgen zu Vater und Mutter, und die Kinder schnitten uns Grimassen. Wir waren stille Fremde, sie lärmten und schienen hier richtig zu Hause zu sein. Es waren die Spellgoods und die Bummicks.

»Sie sind Mr. Fox«, sagte einer der Männer an unserem ersten Tag auf See zu Vater. »Meinen Namen werden Sie schon vergessen haben. Aber ich erinnere mich an Ihren.«

»Natürlich tun Sie das«, sagte Vater. »Meiner läßt sich auch leichter merken als Ihrer.«

Es war der Reverend Gurney Spellgood. Er war Missionar. Zu jeder Mahlzeit sang er mit seiner Familie – zwei vollbesetzte Tische – einen Choral, ein Danklied, ehe sie über das Essen herfielen. Das Benehmen der Bummicks war noch merkwürdiger, denn diese vierköpfige braungesichtige Familie stritt ständig, und während sie sich gegenseitig an Lautstärke zu übertreffen suchten, fingen sie mittendrin an, sich in einer anderen Sprache anzuschreien. Vater sagte, es sei Spanisch und die Leute seien Mestizen. Mr. Bummick, fett wie ein Schwein, erzählte Vater eines Tages auf dem Achterdeck, daß es schon immer sein Wunsch gewesen sei, ein Fenster in Baltimore einzuschmeißen, dann an Bord eines Schiffes zu rennen und abzudampfen. »Sie würden mich nie erwischen!« Vater sagte, wir sollten uns von den Bummicks fernhalten.

Außer bei der täglichen Andacht der Spellgoods sahen wir sie selten, abgesehen von den Mahlzeiten. Am zweiten Tag saßen die neun Spellgoods beim Dinner nicht an ihren Tischen.

Vater sagte zu Mr. Bummick: »Was ist aus unseren singenden Freunden geworden? Ich nehme an, sie sind seekrank – füttern die Fische, eh?«

Mr. Bummick sagte nein, sie seien beim Kapitän. Es gehörte zu den Gepflogenheiten des Kapitäns, seine Passagiere abwechselnd zu sich zum Essen einzuladen.

»Merkwürdig«, sagte Vater, »ich hab' daran gedacht, den Kapitän einzuladen, mit mir zu essen. Hab' mich aber dagegen entschieden. Mir gefällt seine äußere Erscheinung nicht.«

Die Bummicks starrten ihn an. »Bloß ein Scherz«, sagte Vater.

Er lächelte nie, wenn er einen Witz machte. Tatsächlich klang er besonders mürrisch, wenn er komisch sein wollte. Es war peinlich, die Verwirrung in anderer Leute Gesichter zu sehen und genau zu wissen, daß er scherzte.

Am nächsten Abend aßen die Bummicks beim Kapitän.

»Ich glaube, er hat uns vergessen, Reverend«, sagte Vater zu Gurney Spellgood. »Ich würde es sehr begrüßen, wenn Sie für uns ein Gebet sprächen.«

»Die Letzten werden die Ersten sein«, sagte Reverend Spellgood und faltete lächelnd die Hände.

Vater sagte: »Einige.«

»Bitte?«

»›Männer werden kommen von Norden und Süden und sitzen am Tische des Königreich Gottes. Und siehe da, *einige* der Letzten werden die Ersten und *einige* der Ersten werden die Letzten sein.‹ Lukas.«

Reverend Spellgood sagte: »Ich habe Matthäus zitiert.«

»Sie haben falsch zitiert«, sagte Vater. Sein Fingerstumpf schnellte nach oben. »Matthäus sagt *viele*, nicht *einige*. Aber das Beste kommt in Kapitel neunzehn. ›Jeder, der verlassen hat Häuser oder Brüder oder Schwestern oder Vater oder Mutter oder Kinder oder Land um meines Namens willen, wird hundertfacher Lohn zuteil, und sein ist das ewige Leben.‹«

Reverend Spellgood sagte: »Das ist meine Losung, Bruder. Sie kennen meine Mission.«

»Trotzdem fiel mir auf«, sagte Vater und wedelte mit seinem Finger in Richtung der zwei Tische mit den Spellgoods – auch eine Oma war dabei –, »daß Sie niemand zurückgelassen haben.« Schnell fügte er hinzu: »Kleiner Scherz.«

Von da an versuchte Reverend Spellgood, Vater in Gespräche über die Heilige Schrift zu verwickeln und bei Andachten an Deck dabeizuhaben. Am nächsten Morgen hielt ihn Reverend Spellgood an, als er auf Deck mit seinen Karten herummarschierte. Ich stand in der Nähe und fischte von der Reling aus.

Vater sagte: »Im Augenblick sehen wir nach nichts Besonderem aus, Reverend, aber Zeit und Erfahrung werden uns glätten, und wir beten, daß wir zu blanken Pfeilen im Köcher des Allmächtigen werden.«

»Hesekiel?« sagte Reverend Spellgood.

»Joe Smith«, sagte Vater und lachte. »Prophet und Märtyrer und Gründer einer der zwanzig reichsten Gesellschaften der Vereinigten Staaten.«

Gesellschaften – Vater würzte das Wort mit einem Schuß reinen Hasses.

Reverend Spellgood blickte über das Meer hin und sagte: »›Du tratest nieder seine Rosse im Meer, im Schlamm der Wasserfluten.‹«

»Hosea.«

»Nein, Habakuk«, sagte Reverend Spellgood. »Drittes Kapitel.«

»Das ist Chloroform«, sagte Vater. Aber es wurmte ihn, daß er das Zitat falsch eingeordnet hatte. Er wandte sich an Spellgood vor dessen großer Familie und sagte verärgert: »Und wie viele Liegestütze schaffen Sie? Hah!«

Die Spellgoods schwiegen.

Vater sagte: »›Denn des vielen Büchermachens ist kein Ende, und viel Studieren macht den Leib müde.‹ Salomo. Außerdem hab' ich Wichtigeres zu tun.« Und er widmete sich wieder seinen Landkarten.

Von einer von Reverend Spellgoods Töchtern, einem Mädchen namens Emily mit einem kinnlosen, entenartigen Gesicht, erfuhr ich, wohin die *Unicorn* fuhr. Es war jetzt heiß und sonnig. Baltimore lag drei Tage hinter uns, und es schien, als wäre aus dem Frühling Sommer geworden. Die Mannschaft lief ohne Hemden herum. Den größten Teil des Tages brachte ich mit Fischen zu.

Emily kam auf mich zu und sagte: »Du fängst ja nie was.«

»Ist zu heiß«, sagte ich, weil ich zuvor immer nur in Bächen oder an schattigen Stellen des Connecticut River gefischt hatte. »Bei heißem Wetter gehn die Fische auf Grund und fressen nichts.«

»Wenn das hier bei dir heiß ist, dann wart mal, bis du nach La Ceiba kommst«, sagte sie.

»Wo ist das?«

»Dort, wo das Schiff hinfährt, Dummkopf. In Honduras.«

Zum erstenmal in meinem Leben hörte ich diesen Namen; er klang nach einem düsteren Geheimnis.

Dann gesellte sich ein junger Spellgood zu uns. Emily sagte: »Der Junge hier weiß nicht mal, wohin wir fahren!« Beide lachten sie über mich.

Dafür, daß ich jetzt wußte, wohin Vater uns brachte, ließ ich mich gern auslachen. Und nun verstand ich auch die Sache mit Mr. Semper und den Wilden. Sie stammten aus Honduras. Vater tauschte die Plätze mit ihnen. Auf der Karte vor der Funkkabine sah Honduras wie die Landstirn auf Vaters Karte aus, nur kleiner, ein leerer Schildkrötenpanzer, von der Seite gesehen, mit Fingerabdrücken kreuz und quer, und La Ceiba ein kleines Pünktchen an der Küste. Vom vielen Betatschen war die Stadt kaum noch zu sehen. Nadeln auf der Karte zeigten, wie wir seit Baltimore vorankamen. Die letzte Nadel steckte in gleicher Höhe wie Florida, deshalb also war es so heiß.

Die See war glatt wie eine Rollschuhbahn – grün nahe beim Schiff, in der Ferne blau. Keine Brise wehte. Das Deck war die reinste Bratpfanne; in der Hitze hatte die Farbe Blasen geworfen. Ich fischte weiter.

Emily Spellgood ließ mich nicht in Ruhe. Sie war ungefähr in meinem Alter und trug dreiviertellange Hosen. Sie sagte: »In La Ceiba ist es viel, viel heißer. Du bist noch nie dort gewesen, aber wir schon. Mein Vater ist dort richtig berühmt. Wir haben eine Mission im Dschungel. Es ist wirklich schön.«

Ich wollte einen Fisch fangen, um ihr etwas unter die Nase halten zu können. Ich zog meine Angelschnur ein und beobachtete die Schwärme der Seemöwen, die uns folgten. Sie hingen starrend über dem Heck, sie kreisten in unserem Kielwasser, sie tauchten nach Abfällen, die aus der Kombüse gespült wurden. Nie ließen sie sich auf dem Schiff nieder, aber sie rissen mir Brotbrocken aus der Hand, wenn ich sie ihnen hinhielt. Vater haßte sie. »Geier!« Aber durch sie kam ich auf eine Idee. Ein paar von ihnen hatte ich dabei beobachtet, wie sie makrelengroße Fische hinter dem Schiff aus dem Meer holten

Für den Haken nahm ich Speckschwarte – keinen Schwimmer und nur so viel Senkblei, damit ich die Leine auswerfen und schleppen konnte. Emily blieb hinter mir stehen und sagte: »Es heißt *Guampu*, wir haben ein phantastisches Motorboot und all die Indianer . . .«

Meine Leine spannte sich. Ich riß an. Zwischen all dem Möwengekreisch ertönte ein menschlicher Schrei. Ich hatte einen Vogel an der Angel. Der Haken mußte ihm mitten im Hals stecken, denn als er aufflog, nahm er meine Leine mit, zerrte sie wie eine Drachenschnur hinter sich her und kreischte. Er schlug hart mit den Flügeln und versuchte freizukommen. Er stürzte ins Kielwasser des Schiffes, kam wieder hoch; es sah aus, als würde er über meinen Kopf hinweg fortfliegen. Aber als sich die Leine straffte, taumelte er durch die Luft und stieß jämmerliche Schreie aus. Die anderen Möwen umflatterten ihn närrisch, hackten aus Neugier und Furcht nach seinem Kopf.

Ich ließ die Leine los. Wie ein Forellenköder peitschte sie über das Wasser, und der große, in Panik geratene Vogel strich mit verzweifelten Flügelschlägen, fünfzig Meter Angelschnur mit dem Schnabel hinter sich herzerrend, über die Wellen. Er flog nicht weit. In kurzer Entfernung klatschte er ins Wasser, planschte mit dem Kopf wie eine Hausente und harkte mit den Flügeln die See.

»Du hast ihn getötet«, sagte Emily. »Du hast den armen Vogel getötet. Das bringt Unglück – und grausam ist es auch! Ich dachte, du wärst nett, aber du bist ein Mörder!« Sie rannte das Deck hinunter, und kurz darauf hörte ich sie schreien: »Dad, der Junge hat eine Seemöwe getötet!«

Den restlichen Tag lief ich herum, einen Druck im Hals, als hätte ich einen Haken geschluckt.

Vater sagte: »Bring eine für mich um, Charlie« – wie hatte er es erfahren? –, »aber laß dich von niemand erwischen.«

Als ich das nächstemal Reverend Spellgood begegnete, sah er mich an, als würde er mich am liebsten über Bord werfen. Dann sagte er: »Hast du Jesus guten Morgen gesagt? Oder machst du bloß wie dein Dad Liegestütze und kehrst dem Herrn den Rücken zu?«

Ich sagte: »Mein Vater schafft fünfzig Liegestütze.«

»Samson schaffte fünfhundert. Aber er war besonders kräftig.«

An diesem Abend waren wir zum Dinner beim Kapitän eingeladen. Zuvor hatte ich ihn nur einmal zur Kenntnis genommen, als er seine Kapitänsmütze trug. Ohne die Mütze, in seiner Khakikleidung, wirkte er wie ein beliebiger Farmer, ein bißchen mürrisch, mit beginnender Glatze, ungefähr in Polskis Alter. Er hatte so gut wie keinen Hals, so daß seine Ohrläppchen bis zum Kragen reichten. Seine blauen Augen waren wimpernlos, was ihm einen Ausdruck gab, als würde er alles, was man sagte, bezweifeln, eine Art fischiges Starren, wie ein kalter Kabeljau auf einer Platte. Er hatte einen kleinen schmalen Mund und Fischlippen, die Luft einsaugten, ohne sich zu öffnen.

Sein Eßzimmer hatte eine niedrige Decke, und die Möbel waren so dunkel, daß sie wie gepökelt wirkten – gepökelte Regale, gepökelte Wandschränke und eine gepökelte Holztruhe, auf deren Deckel *Capt. Ambrose Smalls* stand.

Kapitän Smalls sprach mit einem anderen Mann, als wir das Zimmer betraten. Über einige Pläne gebeugt, standen sie am Tisch, und der Mann, dessen Hemd und Hände schmierig waren, riß sich die Kappe herunter, als er uns sah, redete aber weiter.

»Es müssen die Schweißnähte sein«, sagte er. »Kann mir nicht vorstellen, was es sonst hier sein könnte. Es sei denn, die Pumpe verliert ihre Saugkraft. Glauben Sie, wir sollten das Schott dicht machen?«

»Es ist Nummer sechs – eines der größten«, sagte der Kapitän. »Kontrollieren Sie lieber die Ballasttanks. Sie sagen, es sieht schlimm aus?«

»Im Augenblick ist es nur ein Kondensationsproblem.«

Der Kapitän richtete sich auf und straffte die Schultern. »Die guten Leute hier haben Hunger. Bis später.«

Der Mann rollte seine Pläne zusammen und schob sich aus dem Zimmer.

Vater sagte: »Warum bringen Sie Ihren Problemen nicht das Schwimmen bei, anstatt sie zu ertränken?«

Der Kapitän preßte den Mund zusammen und betrachtete Vater mit seinen flachen, wimpernlosen Augen.

»Haben Sie ein Leck in Ihrem Kahn, eh?« Vater runzelte die Stirn – er scherzte.

Der Kapitän sah ihn mit seinen fischigen Augen an. »Eine Bilgenpumpe auf der Backbordseite tanzt aus der Reihe. Nichts, worüber Sie sich Sorgen machen müßten. Mein Problem.«

»Wird wohl eine Zylinderkopfdichtung sein«, sagte Vater. »Seewasser ist Gift für Dichtungen. Zerstört das Material, selbst eure sogenannten Wunderfasern. Diese Hitze. Und Dichtungen vertragen keine Nachlässigkeit. Sie sterben einem einfach unter den Händen weg. Aber macht nichts – wir können schwimmen.«

»Keine Zylinder – es ist eine Zentrifugalpumpe. Und wir sind noch nicht mal sicher, ob's die Pumpe ist«, sagte der Kapitän. »Nehmen Sie bitte Platz.«

Vater entfaltete seine Serviette, indem er sie wie ein Wäschestück ausschlug. Er stopfte sie sich unters Kinn, machte sich ein Lätzchen. Jerry und die Zwillinge machten es ebenso; ich legte meine Serviette über meinen Bauch, so wie Kapitän Smalls es getan hatte. Mutter breitete ihre Serviette über den Schoß. Vater schaute mich an und lächelte, weil ich's dem Kapitän nachgemacht hatte.

»Müssen die Propellerflügel sein«, sagte Vater. »Oder der Motor. Würde Ihnen nicht raten, das Schott abzudichten. Füllt sich bloß auf, und vor lauter Zufriedenheit stellen Sie die Pumpe ab. Das würde Schwingungen auslösen. Resonanzschwingungen. Würde Ihre Zähne klappern lassen, Ihr ganzes Schiff auf Teufel komm raus . . .«

»Ihre Suppe wird kalt«, sagte der Kapitän. »Besuchen Sie Honduras zum erstenmal?«

Vater löffelte Suppe und antwortete nicht.

Mutter sagte: »Es ist mehr als ein Besuch. Wir haben vor, eine Weile dort zu bleiben.«

»Jemals zuvor dort gewesen?«

Vater sagte: »Ich kenn' einen Wilden, der einst dort gelebt hat.

Und ich hab' mal eine Banane aus Honduras gegessen. Schmeckte mächtig gut, also dachte ich mir, warum nicht auswandern?«

Der Kapitän ignorierte ihn. Zu Mutter sagte er: »In vielen Punkten hinkt Honduras fünfzig Jahre hinter unserer Zeit her. La Ceiba ist ein Provinznest.«

»Paßt mir ausgezeichnet«, sagte Vater. »Bin selbst ein Überbleibsel aus der alten Zeit. Aber wir gehen nach Mosquitia.«

Mutter starrte ihn an. Das war ihr neu.

»Dort herrscht noch die Steinzeit«, sagte der Kapitän. »Wie Amerika vor den ersten Siedlern. Nur Indianer und Wälder. Keine Straßen. Alles Dschungel.«

»Amerika wird auch immer mehr zum Dschungel«, sagte Vater und runzelte erneut die Stirn.

»Und Sümpfe«, sagte der Kapitän. »Sie sind so schlimm, daß man nie mehr rauskommt, wenn man mal drin ist.«

»Klingt toll«, sagte Vater. Er schien ehrlich erfreut. »Sie kennen das alles wie Ihre Hosentasche, ja?«

»Nur den Küstenstreifen, aber der ist schon schlimm genug. Im Landesinneren werden Sie mich nie zu sehen kriegen. Ein paar von der Mannschaft stammen von dort. Einer sitzt zur Zeit im Schiffsgefängnis. Ich zahl' ihn im Hafen aus, und er wird nie wieder einen Fuß auf irgendein Schiff setzen. Eine Menge dieser Kerle machten mir Kopfschmerzen, aber ich hab' hier nun mal das Kommando.«

»Muß nett sein, wenn man König im eigenen Land ist«, sagte Vater.

Der Kapitän starrte ihn an, dabei war ich überzeugt davon, daß er es ernst meinte und ihm ein Kompliment gemacht hatte.

»Gurney Spellgood hat da eine Missionsstation. Seine Kirche liegt irgendwo flußaufwärts.«

Vater sagte: »Ich glaube, seine Theologie steht auf wackligen Füßen.«

»Und in welcher Branche sind Sie tätig?« fragte der Kapitän, verärgert über das, was Vater über Reverend Spellgood gesagt hatte.

Vater gab keine Antwort. Er haßte direkte Fragen, wie beispielsweise: Wohin wollen Sie? Was machen Sie? Und: Wozu ist das? Wir fragten nie.

Um das Schweigen zu brechen, sagte Mutter: »Allie – mein

Mann – hat sich immer sehr für die Bibel interessiert. Er und Reverend Spellgood sprachen darüber. Mehr hat er damit nicht sagen wollen. Er ist der einzige Mensch, den ich kenne, der tatsächlich Zeugen Jehovas in sein Haus einlädt. Er verhilft ihnen zum Dritten Grad.«

Vater sagte: »Ich hab' damit herumexperimentiert, auf ganz allgemeine Art und Weise. Die Bibel ist wie eine Bedienungsanleitung, nicht wahr? Für die westliche Zivilisation. Aber die Sache funktioniert nicht. Und so habe ich überlegt: Wo liegt das Problem? Sind wir es, oder ist es das Handbuch?«

»Und was haben Sie mit ihrer netten Familie in Mosquitia vor?«

Eine direkte Frage. Aber Vater sah ihr ins Auge.

»Mir die Haare wachsen lassen«, sagte Vater. »Sie werden bemerkt haben, daß ich das Haar lang trage? Es gibt einen Grund dafür. Ich bin viel gereist, aber ich bleib' lieber für mich. In Amerika fällt das schwer – all diese persönlichen Fragen. Ich ertrag's nicht, sie zu beantworten. Was das mit Haaren zu tun hat? Ich werd's Ihnen sagen. Die Friseure haben mir immer die meisten Fragen gestellt. Sie veranstalteten regelrechte Interviews mit mir. Aber nachdem ich mir nicht mehr die Haare schneiden ließ, hörten die Fragen auf. Um des lieben Friedens willen, denk' ich, werd' ich mir einfach weiter die Haare wachsen lassen.«

»Vor ein paar Jahren hatten wir noch einen wie Sie an Bord. Er wollte den Rest seines Lebens in Honduras verbringen. Er ging an Land. Wir übernahmen unsere Fracht. Ananas. Der Bursche kam wieder mit uns mit. Konnte es nicht ertragen. Zwei Tage hielt er durch.«

»Warten Sie nicht auf uns«, sagte Vater, »außer Sie wollen, daß Ihre Ananas verfaulen.«

Der Kapitän sagte: »Einmal habe ich meine Familie auf einen Törn mitgenommen. Sie verbrachten ein paar Tage oben in Tegoose und besichtigten dann die Ruinen. Netter Urlaub.«

»Ich hab' eher das Gefühl, wir haben die Ruinen hinter uns gelassen«, sagte Vater. »Und was bittere, gehetzte Nationen anbelangt, kurz bevor wir nach Baltimore kamen, mußten wir noch ein bißchen einkaufen. Wir fuhren nach Springfield, zu einem dieser Einkaufszentren, die mehr Einkaufsirrgärten sind. Wir kauften Schuhe, und als ich die Rechnung zahlte, schaute ich durch eine

Tür in den Lagerraum, wo ein Schwarzes Brett für die Angestellten hing. In großen Lettern stand da eine Parole: »Wenn du dem Kunden genau das verkauft hast, was er wollte, dann hast du ihm nichts verkauft.« Ein Schuhgeschäft. Am liebsten wär' ich in meinen alten Schuhen davongelaufen.«

»Das ist Verkaufsförderung«, sagte der Kapitän.

»Das ist der Ruin«, sagte Vater. »Wir essen, wenn wir keinen Hunger haben, wir trinken, wenn wir nicht durstig sind, wir kaufen, was wir nicht brauchen, und werfen weg, was nützlich ist. Bloß keinem das verkaufen, was er wirklich will – verkauf ihm, was er nicht will. Tu so, als hätte er acht Füße und zwei Mägen und Geld wie Heu. Das ist nicht etwa nur unlogisch – das ist böse.«

»Deshalb gehen Sie also nach Honduras.«

»Wir haben einen Urlaub nötig. Hätten wir Geld, wären wir zur Insel von Juan Fernandez gefahren. Aber wir wollten das Schwein nicht verkaufen.«

Mutter lachte darüber. Sie lachte oft – sie fand Vater witzig.

»Meine Familie ist erwachsen«, sagte der Kapitän. »Meine Frau ist glücklich, wo sie ist, und zwar in Verona, Florida. Und das Schiff hier ist mein Zuhause. Ich hab' schon in vielen Häfen festgemacht – die Ostküste, Mexiko, Mittelamerika, durch den Panamakanal und auf der anderen Seite wieder rauf. Ich sage Ihnen, abgesehen von ein paar Palmen mehr oder weniger, ist es aber überall das gleiche.«

»Sie haben Angst«, sagte Vater. »Wenn ein Mann sagt, die Frauen sind alle gleich, dann zeigt das, er hat Angst vor ihnen. Ich bin in der ganzen Welt rumgekommen. Ich war an Orten, wo es nie regnet, und an Orten, wo es nie aufhört zu regnen. Ich würde nicht sagen, diese Länder sind alle gleich, und die Menschen sind so unterschiedlich wie Hunde. Ich würde nicht fortgehn, wenn ich glaubte, sie wären alle gleich, und wenn ich Schiffskapitän wär', würde ich in meiner Koje bleiben. Ich erwarte, daß verschiedene Orte verschieden sind. Wenn Honduras das nicht ist, werden wir wieder nach Hause fahren.«

»Gurney singt ein Loblied darauf. Bummick arbeitet für die Fruit-Company. Das ist eine andere Geschichte, aber es muß ihm wohl gefallen, sonst würde er nicht bleiben.«

»Wenn genügend Freiraum vorhanden ist, werden wir glücklich

sein. In Amerika ist uns der Platz ausgegangen, und ich sagte: ›Haun wir ab!‹ Normalerweise sagen die Leute so was nicht. Ist Ihnen das jemals aufgefallen? Die Amerikaner gehen nie von zu Hause weg. Sie sagen, sie wollen ein neues Leben anfangen. Also gehn sie nach Pittsburgh. Wo ist also das neue Leben? Oder sie ziehen nach Florida und glauben, sie wären emigriert. Wie ich schon sagte, ich bin viel gereist, aber ich hab' nie Amerikaner getroffen, die vorhatten, dort zu bleiben, wo sie waren, mit Ausnahme von ein paar Krüppeln und Schwachsinnigen, die sowieso nicht wußten, wo sie waren. Die meisten Amerikaner sind Tauben, die ihren eigenen Schlag suchen, und keiner von ihnen hat den Mut, das zu tun, was wir tun – sich aufzuraffen und für immer in ein fremdes Land gehen. Ich vermute, Sie halten das für treulos, aber ein Mann kann nur soundsoviel schlucken. Ich? Schon auf diesem Schiff fühl' ich mich besser. Deshalb erzähl' ich Ihnen, was ich daheim niemand erzählen konnte. Wenn ich gesagt hätte, ich verschwinde, dann hätten sie mich einen Verbrecher genannt. Die Amerikaner glauben, die Staaten endgültig zu verlassen stellt einen kriminellen Akt dar, aber ich seh' keine andere Möglichkeit. Wir brauchen Ellbogenfreiheit, damit wir denken können. Gerade jetzt«, fuhr Vater fort – und nun lachte er –, »denke ich mit meinen Ellbogen, wie Sie vielleicht bemerkt haben!«

Die ganze Zeit über waren die Zwillinge, Jerry und ich an die Wand gequetscht; beim Essen stießen wir uns mit den Armen. Die Zwillinge hatten, genau wie der Kapitän, zerkrümelte Crackers in ihrer Suppe. Aber sie hatten sie nicht gegessen, weil sie wie Spülwasser aussah. Und Jerry, der Würste haßte (Vater sagte immer, sie würden Pferdelippen und Kuhohren reintun), rührte bis auf ein paar Erbsen das Hauptgericht nicht an. Die Kleinen traten sich gegenseitig unter dem Tisch. Ich schämte mich ihretwegen und aß deshalb alles, was der schwarze Kellner vor mich hinstellte. Ich saß am Tischende des Kapitäns, und er lobte mich, sagte, ich hätte ja einen ordentlichen Appetit und würde zu einem großen Burschen heranwachsen, und fragte, ob ich ein Loch im Magen hätte.

Er sagte zu mir: »Wenn du willst, zeig' ich dir die Brücke. Ich habe dich fischen sehen. Wir haben Sonar an Bord – du kannst die Fischschwärme auf dem Schirm ausmachen und weißt genau, wann du deine Angel auswerfen mußt. Willst du raufkommen?«

Ich fragte Vater, ob ich dürfte.

»Du hast gehört, was er gesagt hat, Charlie. Hier führt der Kapitän das Kommando. Das Schiff ist sein Land. Er kann tun, was ihm gefällt. Er macht die Gesetze. All die Männer hier und Bilgenpumpen gehören ihm, egal, ob sie funktionieren oder nicht.«

»Ich zeig' Flagge, die Stars and Stripes, Mr. Fox«, sagte der Kapitän. »Ich mach' mein Land nicht runter.«

»Ich auch nicht«, sagte Vater.

Der Kapitän saugte langsam Luft ein, dann sagte er: »Ich hab' gehört, wie Sie es taten.«

»Ich habe kein Land«, sagte Vater. »Und eines Tages, bald schon, werden Sie auch keins haben, mein Freund.«

Mutter sagte: »Kapitän, ich würde gern unter Deck gehen und die Frachträume, den Maschinenraum und die Mannschaftsräume sehen. Interessiert sicher auch die Kinder. Wäre ein guter Unterricht – sie könnten ein paar Bilder davon machen.«

»Sie müssen wissen, wir unterrichten unsere Kinder selbst«, sagte Vater. »Ich war unzufrieden mit den Schulen. Bloß Spielwiesen und Malen mit den Fingern. Fließbandlehrer, analphabetische Kinder. Der Blinde führt den Blinden. Natürlich kommen sie alle total vermurkst heraus – zum Verzweifeln.«

»Heimunterricht hat seine Grenzen«, sagte der Kapitän.

»Haben Sie's auch versucht?« sagte Vater.

Der Kapitän sagte, er fände die öffentlichen Schulen in Ordnung, und: »Ich hab' nie irgendwelchen Ärger mit dem Schulsystem gehabt.«

Daraufhin langte Vater zu einem der Borte hoch und zog ein Buch hervor. Er drückte es Clover in die Hand und sagte: »Schlag es auf, Muffin, und lies vor, was du siehst.«

Clover öffnete das Buch und las: »Kompaßfehler werden manchmal bei Kompaßklakuationen als spa-spezifischer Terminus verwandt. Es ist die al-alga-algabraasche Summe der Vari-variationen und der Dah-viation. Weil Vari-variation von der gee-geographischen Lage abhängig ist und Dah-deviation von der Fahrtrichtung des Schiffes . . .«

»Das genügt«, sagte Vater und klappte das Buch zu. »Fünf Jahre alt. Würd' das gern mal von einem Schulkind hören.«

Clover lächelte den Kapitän an.

»Kluges Mädchen«, sagte der Kapitän.

»Nehmen Sie die Energiekrise«, sagte Vater. »Schuld daran sind die Schulen. Windenergie, Wellenenergie, Solarenergie, Gasgewinnung – das läuft alles bloß so nebenbei mit. Es macht ihnen Spaß, darüber zu reden, aber jeder fährt mit arabischem Sprit und dem Öl der Eskimos zur Schule, während sie über Windmühlen quatschen. Überhaupt, was ist so neu an Windmühlen? Die Holländer verwenden sie seit einer Ewigkeit. Die Schulen lehren weiter veraltete Lektionen und hinken hinter den neuesten Entwicklungen her – kein Wunder, daß die Kinder Klebstoff schnüffeln und Drogen nehmen! Ich mach' ihnen keinen Vorwurf. Ich würde auch Drogen nehmen, wenn ich mir all diesen Quatsch anhören müßte! Und keiner erkennt, wie einfach alles sein könnte. Also, ich denk' nur laut, aber nehmen wir mal den Magnetismus. Haben Sie je ein vernünftiges Wort über magnetische Energie gehört?«

»Generatoren haben Magneten«, sagte der Kapitän.

»Elektromagneten. Sie verbrauchen Energie. Das bedeutet Brennstoff. Ich rede von natürlichen Magneten.«

»Mir ist nicht klar, wie das funktionieren sollte.«

»Von der Größe eines Riesenrads«, sagte Vater.

»Gibt keine in der Größe.«

»Tausend Stück, an einem Räderpaar.«

»Sie würden einfach zusammenhängen«, sagte der Kapitän.

»Da bin ich Ihnen voraus«, sagte Vater. »Man baut sie in verschiedener Winkelstellung ein, über dreihundertsechzig Grad weg, so daß man durch die wechselnden Magnetfelder einen Anziehungs-Abstoßungs-Effekt erhält.«

»Wozu soll das gut sein?«

»Eine Maschine, die ewig läuft, ein Perpetuum mobile. Der Witz ist, daß man mit so was eine ganze Stadt erleuchten könnte. Aber erzählen Sie irgend jemandem davon, und er sieht Sie an, als wären sie verrückt.« Vater sah den Kapitän an, als wollte er ihn herausfordern, ihn auf diese Art und Weise anzuschaun.

Mutter sagte: »Allie ist ein Erfinder.«

»Ich hab' mich schon immer gewundert«, sagte der Kapitän.

»Genaugenommen«, sagte Vater, »gibt es so was wie eine Erfindung nicht. Ich mein', es ist keine Schöpfung. Man vergrößert lediglich etwas, das bereits existiert. Bringt die Sachen auf einen

Nenner, daß sie zusammenpassen. Sie könnten es in der Schule unterrichten – Edison wollte das ›Erfinden‹ als Schulfach eingeführt wissen, wie Staatsbürgerkunde oder Französisch. Aber die Schulen haben sich fürs Fingermalen entschieden, anstatt den Kindern das Lesen beizubringen. Sie ermutigen Widerreden. Die Schule als Spielplatz! Selbst Harvard ist ein Spielplatz!«

»Der Kapitän bietet dir Kaffee an, Allie.«

Der Kapitän hielt die Kaffeekanne über Vaters Tasse.

Vater sagte: »Ist's nicht immer so? Man kommt auf ein wirklich ernsthaftes Thema zu sprechen, wie zum Beispiel das Ende der Zivilisation, so wie wir sie kennen, und die Leute sagen: ›Ah, vergiß es – nimm einen Drink.‹ Eine komische Welt. Bin verdammt froh, daß wir ihr auf Wiedersehn sagen.«

»Sie wollen also keinen Kaffee?« sagte der Kapitän.

»Nein, danke. Das Koffein macht mich nur redselig. Mir gefällt dieses Bananenschiff! Ich geh' jetzt zurück in meine Kabine und rauche einen Joint.«

Ich dachte, dem Kapitän würden die Augen rausplatzen.

»Nur ein Scherz«, sagte Vater.

9

Die *Unicorn* kam nun langsamer voran. Ich sah es an den Nadeln auf der Karte. Ich erzählte es Vater, und er sagte: »Behalt die Nadeln im Auge, Charlie. Ich hab' alle Hände voll damit zu tun, mich vor Gurney Spellgood und seinen Gospelsängern zu verstecken. Er betet, daß ich mich ihm anschließe – ich bete, daß er mich in Ruhe läßt. Wir werden sehen, wessen Gebete erhört werden.«

Später am Morgen, als ich mir die dichtgedrängten Nadeln anschaute, sprang Emily Spellgood hinter mich und sagte: »Warum fischst du nicht?«

»Keine Lust.« Ich ging hinaus aufs Deck.

Sie kam mir nach, sagte: »Wo kommst du her?«

»Springfield«, sagte ich; es war der größte Ort, den ich kannte.

»Hab' noch nie von Springfield gehört«, sagte sie. »Wie heißt ihr Team?«

Wovon redete sie? Ich sagte: »Ist ein Geheimnis.«

»Wir sind aus Baltimore. Baltimore hat die Orioles. Das ist mein Team. Beinah hätten sie die Baseball-Weltmeisterschaft gewonnen. Ich hab' einen neuen Büstenhalter an.«

Ich ging zum Heck.

»Ich weiß, warum du nicht fischst«, sagte sie. »Die Seemöwe, die du getötet hast, hat dir die Angelschnur weggenommen. Das hast du aber verdient, weil du ein Mörder bist. Du hast einen unschuldigen Vogel, eine Kreatur Gottes, ermordet. Die Möwen sind gut – sie fressen den Abfall. Mein Vater hat ein Gebet für die tote Möwe gesprochen.«

Ich sagte: »Mein Vater hat ein Gebet für deinen Vater gesprochen.«

»Dazu hat er kein Recht,« sagte sie. »Mein Vater braucht keine Gebete. Er verrichtet das Werk des Herrn. Ich möchte wetten, du hast nicht mal ein Team.«

»Doch hab' ich eins. Sie sind im Fernsehen.«

»Was ist dein Lieblings-TV-Programm?«

Das brachte mich in Verlegenheit. Wir besaßen keinen Fernseher. Vater haßte das Fernsehen ebenso wie das Radio und die Zeitungen und Filme. Ich sagte: »Fernsehprogramme sind Gift.« Das war einer von Vaters Standardsätzen.

»Du mußt krank sein«, sagte Emily, und ich fühlte, daß Vater mich im Stich gelassen hatte, weil ich darauf nichts zu sagen wußte.

Emily sagte: »Ich schau' *The Incredible Hulk, The Muppet Show, Hollywood Squares* und *Grizzly Adams* an, aber meine Lieblingssendung ist *Star Trek*. Am Samstagnachmittag seh' ich *Creature Double-Feature* – ich hab' schon *Frankensteins Begegnung mit dem Monster aus dem Weltall* und *Godzilla* gesehen. Konntest du wirklich Angst kriegen. Am Sonntagmorgen sehen wir alle *The Good News Show* und singen die Choräle. Mein Vater hat auch schon in der *Good News Show* gepredigt. Als er das Evangelium verlas, ist er aus der Reihe gekommen und mußte aufhören. Er sagte, die Lichter hätten ihm in den Augen weh getan. Die Scheinwerfer können einem einen bösen Sonnenbrand einbringen – deshalb sind auch alle Leute da so rot. Ich wette, dein Vater ist noch nie im Fernsehen gewesen.«

Ich sagte: »Mein Vater ist ein Genie.«

»Ja, aber was *macht* er?«

»Er kann mit Feuer Eis machen. Ich hab's selber gesehen.«

»Wozu soll das gut sein?«

»Ist besser als Beten«, sagte ich.

»Das ist eine Sünde«, sagte Emily. »Gott wird dich dafür strafen. Du kommst in die Hölle.«

»Wir glauben nicht an Gott.«

Das schockierte sie. »Gott hat dich grad gehört!« rief sie. »Okay, wer hat dann die Welt erschaffen?«

»Mein Vater sagt, wer immer es auch war, er hat schlechte Arbeit geleistet, und warum sollten wir ihn dafür anbeten, daß er alles versaut hat?«

»Jesus hat es uns befohlen!«

»Mein Vater sagt, daß Jesus ein törichter jüdischer Prophet war.«

»Er war kein Jude«, sagte Emily. »Das ist mal sicher. Du mußt in eine richtig dämliche Schule gehn, wenn du das glaubst.«

Ich wollte nicht über Schule reden – über Gott auch nicht –, weil ich mich nur noch zur Hälfte an die Sachen erinnerte, die Vater mir erzählt hatte.

Emily sagte: »Wir lernen Kommunikation in der Schule. Bei Miss Barsotti. Sie hat einen neuen Impala. Er ist wirklich hübsch – weiß, mit roten Sitzen und Air-condition. Mit einer Gallone fährt er achtzehn Meilen. Sie hat mich mitgenommen, auf dem Beifahrersitz. Unsere Schule in Baltimore hat zwei Schwimmbecken – das eine hat die olympischen Maße. Ich hab' mein Abzeichen für die Zwischenprüfung. An dem Tag – der Tag, wo sie mich mitgenommen hat – kaufte mir Miss Barsotti einen Whopper und eine Coke. Sie sagt, ihr Boyfriend ist auf dem Öko-Trip.«

Endlich ging ihr die Luft aus. Ich hatte keine Schule, keine Schwimmbecken, keine Miss Barsotti. Ich schaute über die Reling auf die grüne Tafel des Ozeans und dachte: Wenn das die Sorte Schleimer ist, die zur Schule geht, dann hat Vater recht. Aber sie wußte Sachen, die ich nicht wußte, sie bewegte sich in einer größeren und komplizierteren Welt, sie sprach eine andere Sprache. Ich kam da nicht mit. Sie fragte nach meinen Lieblingen unter Filmstars und Sängern, und obwohl ich Vater diese Leute als Possenreißer und Clowns hatte abtun hören, lag keine Überzeugung in meiner Stimme, als ich wiederholte, was er gesagt hatte. Sie wollte meine Lieblingsfrühstücksflocken wissen – ihre waren Froot Loops –, und ich traute mich nicht, zu sagen, daß Mutter unsere Flocken aus Nüssen und ausgerolltem Hafer machte, weil mir das gewöhnlich und vulgär vorkam. Sie sagte: »Ich kann Disco-Tanzen«, und ich war verloren.

Ich sagte: »Dein Vater ist Missionar. Du lebst überhaupt nicht in Baltimore.«

»Doch leben wir dort. Mein Vater hat zwei Kirchen. Eine ist in Guampu – Honduras –, und die andere ist in Baltimore. Die in Baltimore ist eine Drive-in-Kirche.«

»Was für 'ne Art Drive-in?«

»Gibt nur eine Art – mit Autos, im Freien. Die Leute fahren rein und beten – natürlich am Sonntagmorgen, wenn dort kein Kino ist. Oje, bist du blöde. Du bist wie ein Zombie.«

Emily Spellgood stammte aus jener anderen Welt, deren Betreten uns Vater verboten hatte. Und doch erschien sie mir bezaubernd, etwas, womit man angeben konnte. Dagegen schien unser Leben langweilig und hausbacken, wie die Flicken auf unserer Kleidung. Aber wenn ich schon dieses Leben nicht haben konnte, dann war ich froh, daß wir weit weggingen, wo uns niemand sah.

Kapitän Smalls rettete mich. Er trat auf den kleinen Vorbau am Oberdeck hinaus und sagte: »Komm rauf, Charlie. Ich will dir was zeigen.«

»Ich geh rauf und helfe ihm, das Schiff zu steuern«, sagte ich und ließ Emily Spellgood stehen.

Auf der Brücke zeigte mir Kapitän Smalls den Kompaß und die Seekarten. Er ließ mich das Ruder halten und führte mir das Sonargerät vor – Fischschwärme tauchten als Schatten und Leuchtsignale auf. Zwei Decks tiefer stand Emily immer noch an der Heckreling. In ihrer Nähe waren zwei Männer der Crew; der eine spritzte einen Frachtlukendeckel ab, der andere wischte mit einem Mop.

Ich sagte: »Mein Vater hat einen mechanischen Mop erfunden. Man tanzt so mit ihm herum, aber arbeiten tut er von ganz allein.«

»Dein Vater scheint ein Mordskerl zu sein.«

»Er ist ein Genie«, sagte ich.

»Hoffen wir's«, sagte der Kapitän. »Du weißt, wohin er euch führt?«

»Jawohl, Sir.«

»Siehst du den Mann auf dem Königsmast am Vordeck?«

Ganz oben strich der Mann weiße Farbe auf einen Pfeiler.

»Das kann er deshalb so gut, weil er ein halber Affe ist. Dort, wo er herkommt, leben sie praktisch auf den Bäumen. Manche von ihnen haben Schwänze. Stimmt's, Mr. Eubie?«

Mr. Eubie stand am Ruder, bewegte es aber nicht. Er sagte: »Aber sicher, Kapitän.«

»Da geht ihre alle hin – wo er herkommt.«

Ich schaute scharf zu dem hängenden Mann; die Ähnlichkeit mit den Männern bei Polski war unverkennbar.

»Der Moskito-Dschungel«, sagte der Kapitän. »Manche Leute dort haben noch nie einen Weißen gesehn oder wissen nicht einmal, was ein Rad ist. Frag Reverend Spellgood. Wenn sie essen wollen, klettern sie einfach einen Baum hoch und packen eine Kokosnuß. Sie können umsonst leben. Alles, was sie brauchen, haben sie direkt vor ihrer Nase – umsonst. Die meisten von ihnen tragen keine Kleidung. Es ist ein freies und leichtes Leben.«

Ich sagte: »Deswegen gehn wir hin.«

»Aber es ist kein Ort für euch«, sagte der Kapitän. »Stell dir einen Zoo vor – bloß daß die Tiere draußen und die menschlichen Wesen in Käfigen gefangen sind –, Häuser und eingezäuntes Gelände und Missionen. Du schaust durch den Zaun und siehst, wie dich all die Kreaturen anstarren. Sie sind frei, du nicht. So ungefähr ist das.«

»Mein Vater wird wissen, was zu tun ist.«

Der Kapitän sagte: »Tegoose ist schon ganz schön schlimm, aber wenigstens ist es eine Stadt. Ich würde meine Familie nicht allein in den Dschungel schicken, damit sie bei lebendigem Leib zerbissen und angegrinst und angebrüllt wird.«

»Wir werden nicht allein sein«, sagte ich.

»Ich hasse Wanzen«, sagte der Kapitän. »Auf diesem Schiff wirst du nie eine Wanze finden. Ich kann sie nicht ausstehn. Aber dein Vater muß sie wirklich gern haben. Schlangen, Käfer, Wanzen, Fliegen, Moskitos, Schlamm, Ratten.« Er schüttelte den Kopf. »Und der Gestank.«

Das Telefon rasselte. Kapitän Smalls nahm den Hörer ab, und eine nicht menschlich klingende Stimme quasselte los. Er sagte: »Jau«, und hängte auf, wandte sich dann an Mr. Eubie. »Wir kommen in schlechtes Wetter.« Zu mir sagte er: »Kann sein, daß wir einen Sturm abkriegen. Du ziehst jetzt besser Leine, aber besuch mich mal wieder.«

Beim Lunch fragte mich Vater, was der Kapitän über ihn gesagt hatte. »Ich wette, er hat mich runtergemacht, eh?«

»Nein«, sagte ich. »Er hat mir bloß sein Sonar gezeigt.«

»Ich frage mich, was er sonst noch zu Weihnachten gekriegt hat.«

Jerry sagte, einer der jüngeren Spellgoods hätte ihm von Skorpionen erzählt. Man starb, wenn sie einen stachen. Clover und April hatten sich mit einem von der Mannschaft unterhalten. Clover sagte: »Er hat uns ›Grasarsch‹ beigebracht.«

Vater sagte: »Ich bin mal von einem Skorpion gestochen worden und leb' immer noch. Und ich sprech' Spanisch wie ein Eingeborener. Was das Sonar anbetrifft, Charlie, ich hab' alles darüber gelesen und könnte diesem Kapitän mehr beibringen, als er je lernen kann!«

»Du bist paranoid«, sagte Mutter und verließ den Tisch.

»Über irgendwas ist sie wütend«, sagte Vater. Dann schaute er uns an. »Glaubt ihr, ich bin paranoid?«

Wir sagten nein.

»Dann kommt mit.«

Er führte uns aufs Achterdeck. Reverend Spellgood hatte gerade von seinem üblichen Platz aus, einer Winch-Plattform, zu predigen begonnen. Er stand da, unter dem wolkenbedeckten Himmel, die Haare zur Seite geweht, und krähte seine versammelte Familie an. Bei Vaters Anblick sprang er herunter und begrüßte ihn. Vater sagte, wir wären beschäftigt. Reverend Spellgood sagte, er hätte ein Geschenk für ihn – eine Bibel.

»Brauch' keine«, sagte Vater.

Spellgood fand das komisch. Er keckerte und schaute über die Schulter auf seine Familie. »Sie brauchen eine von diesen hier, Bruder«, sagte er und zeigte ihm eine in Blue-jeans-Stoff gebundene Bibel.

»Können Sie behalten.«

»Das ist die neueste Ausgabe«, sagte Spellgood. »Die Blue-jeans-Bibel. Ein ganzes Team von Bibelgelehrten in Memphis übersetzte sie. Die Idee stammt von einem Psychologen.«

Vater nahm sie und drehte sie in der Hand. Dann hielt er sie zwischen zwei Fingern, als wäre sie tropfnaß.

»Es gibt auch eine spanische Fassung. Wir verwenden sie in unserer Gemeinde. Den Leuten gefällt es. Die anderen, mit dem Goldblatt und den Bändern und all dem, haben ihnen einen furchtbaren Schrecken eingejagt. Diese hier ist für sie, Bruder.«

Vater zeigte sie uns. Der Jeansstoff war echt, mit einer Naht über dem Umschlag und einer kleinen Nietentasche auf der Rückseite.

»Schaut euch das gut an, Kinder«, sagte Vater. »Das gehört genau zu den Sachen, vor denen ich euch gewarnt habe.« Er reichte sie Reverend Spellgood und sagte: »Ihr Königreich ist nicht von dieser Welt, Reverend. Das meine schon.«

»Möge Gott Ihnen vergeben.«

Vater sagte: »Der Mensch ist Gott.«

An den Ladeluken des Achterdecks vorbei gingen wir bis zu den hohen Stahlpfeilern. Die Ladebäume, die in Baltimore die Fracht an Bord gehievt hatten, waren gesichert, jeder mit sechs schweren Kabeln. Vater sagte, das wären die Wanttaue. Sie hielten die Bäume an ihrem Platz fest, sagte er, und seien durch Blöcke oben am Piekfall befestigt.

»Am Königsmast«, sagte ich.

»Sorry, Charlie. Der Königsmast.«

»So hat ihn der Kapitän genannt.«

»Na, wenn er ihn so genannt hat, dann muß das sein Name sein«, sagte Vater. »Das da ist ein Davit, und das hier sind, wie gesagt, Wanttaue. Ich frage mich, wie hoch ihr in diesen Wanttauen klettern könnt. Glaubt ihr, ihr schafft es bis zur Spitze?«

Der Himmel oder doch drei Viertel des Himmels waren purpurn und blaßgelb und rauchig. Der Wind peitschte leichten Sprühregen. Wolken hatten sich aufgetürmt und sahen wie alte Hüte aus, mit Spitzen und Federbüschen, und das Meer sah nicht länger tropisch aus. Es hatte die gleiche Farbe wie im Hafen und zeigte tanzende Schaumkronen; es schien von unten gestoßen zu werden, von Formen wie Walbuckeln und Haifischfinnen.

»Glaubst du, du schaffst es, Charlie?«

Das Schiff rollte langsam, und ich sah die Pfeiler und Ladebäume und die Wanttaue, die sie hielten, vor- und zurückschwingen. Vom Hochschauen wurde mir schlecht. Ich erklärte Vater, daß mir übel sei. Er sagte, ich sollte eine Weile auf den Horizont schauen, dann würde mir's bessergehen.

»Seekrankheit ist lediglich ein Irrtum im Inneren des Ohrs.«

»*Jee-sus!*« Windböen trieben Reverend Spellgoods Stimme fetzenweise zu uns. ». . . laassen . . . der Gnaade des Heerrn . . .« Und der Wind stöhnte in den Wanttauen, so wie in Polskis Zäunen in Winternächten, der verlorenste Ton der Welt, Luft, die aus einem Draht einen dünnen Schrei sägt.

Ich sagte: »Könnte regnen.«

»Wasser hat noch niemand geschadet.«

Jerry sagte: »Charlie hat Angst.«

»Charlie hat keine Angst«, sagte Vater. »Er sucht die Wanttaue nach Handgriffen ab, nicht wahr, Sohn?«

»Da ist eine Leiter an dem Mast«, sagte Clover.

»Jeder Narr kann eine Leiter hochklettern«, sagte Vater. »Aber diese Wanttaue – wenn man dort klettert, hängt man direkt überm Wasser.«

»Da hoch?« Ich deutete in die Richtung, wo sie das Deck kreuzten.

»Nein«, sagte er, »auf der Außenseite.« Er zeigte auf den gischtdurchsetzten Wind. »Das ist der Spaß dabei. Zur Zeit der großen Segelschiffe haben das Jungen in deinem Alter ständig gemacht.«

Er prüfte mich, wie am Strand in der Nähe von Baltimore, wo er mich herausgefordert hatte, auf dem Felsen zu sitzen. Der Königsmast war nicht höher als die Ulmen, die ich in Polskis Wiesen erklettert hatte, aber das Rollen des Schiffs und das weiß schäumende Meer drehten mir den Magen um.

Ich sagte: »Mir tun die Füße weh.«

»Nimm die Hände.«

Flüsternd sagte ich: »Dad, ich habe Angst.«

»Dann wirst du's tun müssen«, sagte er, »denn das ist die einzige Möglichkeit, die Angst loszuwerden. Oder möchtest du dich lieber diesen Sektierern anschließen und die ganze Sache vergessen?«

Die Spellgoods hatten mit einem Choral angefangen, den der Wind in ein Geächze und Gestöhne verwandelte.

Die Wanttaue hatten keine quergespannten Drähte. Sie waren einfach und kompakt – sechs Kabel, die sich zu den Blöcken an der Spitze des Königsmasts hochzogen. Wenn ich an einem Kabel mit Armen und Beinen hochkletterte, würde ich herumbaumeln. Ich sah eine bessere Methode. Wenn ich eine Strecke kletterte und dann meine Füße gegen das am weitesten entfernte Tau stemmte, konnte ich mich vertikal fortbewegen, so als würde ich eine Wand hochgehen, indem ich mich an einem gespannten Seil festhielt. Es war zu machen.

»Du zögerst es hinaus«, sagte Vater. »Davon kriegst du bloß noch mehr Angst.«

»Vielleicht schreit mich der Kapitän an.«

»Also vor der Flasche hast du Angst!«

Jerry sagte: »Laß mich's versuchen, Dad.«

»Einer nach dem anderen.«

Das war die Spitze, die ich brauchte. Um zu sehen, wie Jerry es versuchte und scheiterte, mußte ich es als erster tun. Ich streifte die

Schuhe ab und kletterte auf die unteren Blöcke, die die Wanttaue hielten. Ich zog mich hoch. Vater sagte: »Guter Junge.« Noch ein Stück, und ich schaute auf seine Baseballmütze.

Der Wind drückte auf mich, und die Möwen kreischten mich wie verrückt an, als wollten sie für die eine, die ich getötet hatte, Rache nehmen. Und Reverend Spellgoods schrille Stimme konnte ich hören, der den Choralgesang seiner Familie anführte. Ich hatte erst drei Meter geschafft, und schon war der Wind so stark wie auf einem Berggipfel, denn das Deck wurde von der Segelplane an der Reling geschützt. Ich hoffte, Vater konnte meine flatternden Hosen sehen und wie der Wind beim Klettern meine Beine nach außen zerrte. Auf halber Höhe wandte ich mich um, stemmte meine Füße gegen das äußere Tau und keilte mich so wie eine Spinne in einer Ritze fest, um meine Arme auszuruhen.

Ich starrte direkt aufs Meer hinunter. Es kochte schäumend unter mir, und Gischtspritzer trafen meine Füße. Hier oben spielten die Taue eine andere Melodie im Wind, einen einsameren, verloreneren Schrei, denn sie standen dichter zusammen, und das Rollen des Schiffs ließ mich schwingen. Zum erstenmal fror ich auf dem Schiff. Von der Bewegung und der Kälte wurde mir schlecht, also schaute ich eine Weile aufs Meer. Das Wetter war so schlimm geworden, daß sich unmöglich sagen ließ, wo das Wasser und der Himmel zusammenstießen, und das verstärkte meine Übelkeit. Alles sah aus wie alte Decken. Hoch oben vom Mast kreischten mich weiter die Möwen an und hackten mit ihren Schnäbeln nach dem flaumigen Nebel.

Gegen die Taue gestemmt, machte ich weiter, versuchte, horizontal zu laufen. Die Kabel waren fettig, und meine Hände und Füße rutschten in der Schmiere, wenn ich mich zu schnell bewegte. Vater war winzig, als ich das nächstemal hinunterschaute. Diese kleine Gestalt auf dem Deck zwang mich, so etwas zu tun! Und er sah nicht einmal herauf. In dem starken Wind kämpfte ich mit den glitschigen Kabeln; ich merkte, daß ich nur noch zwei Meter vor mir hatte. Aber das war das schwerste Stück – die Kabel waren so dicht zusammengebündelt, daß ich nicht mehr dazwischen paßte. Deutlich konnte ich die Rollen in den Blöcken und die Messingplatte des Herstellers erkennen, gesprenkelt mit Salz, an der Spitze des Königsmasts verbolzt.

Das ganze weiße Schiff stampfte und rollte nun in den schwarzen Hügeln der See. Ich spürte, daß ich nicht höher klettern konnte. Ich hielt mich krampfhaft fest, und eine andere Furcht überkam mich – daß ich es nicht mehr schaffen würde, runterzuklettern. Ich konnte nur fallen. Meilen entfernt, auf dem weiß schäumenden Wasser, stieß die dunkle Kappe einer Wolke wie ein Dämon durch die anderen schäbig gelben Wolken. Ich wußte nicht, ob die Wasserspritzer, die mich trafen, Regen oder Gischt waren, aber ihr Prasseln erschreckte mich und ließ meine Hände erstarren.

»*Achtung!*« Die Stimme des Kapitäns drang aus dem Lautsprecher. Ich war erstaunt, sie trotz des Windes zu hören. »Rodriguez und Santos zum Achterdeck. Legt Schwimmwesten an, und bringt eine Leine mit. Mr. Fox, bleiben Sie, wo Sie sind!«

Ich dachte, er meint mich, und klammerte mich fest. Bevor ich mich umschaute, arbeitete sich ein Schwarzer unter mir die Taue hoch. Er trug eine gelbe Schwimmweste; hinter ihm spannte sich ein Seil. Eines gefiel mir – er kletterte auf die gleiche Art, wie ich es getan hatte, zuerst mit Armen und Beinen, dann gegen die Kabel gestemmt, wie eine Spinne. Seine Augen waren weit aufgerissen, er atmete schwer. Direkt unter mir tauchte er auf, legte seine Arme um meine Taille und pflückte mich runter, ohne ein Wort zu sagen. Dann schlang er seine Beine um das Tau und ließ sich hinuntergleiten; mich ließ er wie einen Mehlsack über dem Wasser baumeln. Sein fester Griff und sein Hundegeruch waren schlimmer als der Anblick der kochenden See unter uns. Der Schwarze gab mich an einen anderen Mann an Deck weiter, und dieser Mann setzte mich sanft vor Vaters Füßen ab.

Der Kapitän war dabei, Vater anzubrüllen, ohne eine Antwort abzuwarten. *Was glauben Sie, wer Sie sind?* Und: *Wollen Sie den Jungen umbringen?* Und: *Sie haben nicht das Recht . . .*

Vater stand mit verschränkten Armen da. Er trotzte dem Kapitän mit dem Lächeln eines Tauben.

»Haben Sie den Verstand verloren?« brüllte der Kapitän.

Vater nahm die Arme herunter und schaute ungerührt drein.

»Wenn Sie ein bißchen Aufregung brauchen, die können Sie haben, wir kriegen ein ordentliches Unwetter ab. Aber wenn Sie mir weiter solchen Ärger machen, dann setz' ich Sie in San Juan an

Land. Denken Sie dran, Mr. Fox.« Er wandte sich mir zu und sagte: »Das war wirklich dumm, Charlie. Ich dachte, du hättest mehr Verstand.«

Vater schwieg, bis der Kapitän davonmarschiert war, dann sagte er: »Wenn du ein bißchen schneller geklettert wärst, hätte er dich nicht gesehn. Übrigens, bis oben hast du's nicht geschafft.«

Jerry flüsterte: »Feigling.«

Da wünschte ich, daß ich herabgestürzt wäre in die See und ertrunken wäre. Es hätte ihnen leid getan. Ich war drauf und dran, über Bord zu springen, aber ein Blick aufs Wasser schreckte mich ab.

Es war erst drei Uhr nachmittags, aber der Himmel war eine graue Decke, und die Schaumkronen der Wogen wurden zu weißen Flocken geschlagen, die langsam wie Kleister die Wellenhänge heruntertrieben. Ich taumelte, aber nicht von dem Schrecken, den mir die Wanttaue versetzt hatten – auch Jerry und die Zwillinge taumelten.

Vater sagte: »Mit dem Schiff stimmt was nicht. Schaut.«

Er nahm einen Shuffleboardpuck und setzte ihn mit der glatten Seite verkehrt herum auf Deck. Der Puck zitterte über Deck, traf einen Davit und knallte seitlich gegen eine Relingstrebe.

»Das Schiff geht rauf und runter«, sagte Jerry.

»Bloß runter«, sagte Vater. »Es giert. Würde es ordentlich rollen, dann müßte dieser Shuffleboardpfannkuchen zurückrutschen. Aber er bleibt auf einer Seite.«

Clover sagte: »Das Deck ist ganz schief.«

»Das Schiff hat Schlagseite«, sagte Vater. Er schaute zur Brücke hoch und grinste. »Deswegen ist er so fuchtig. Willst du raufgehn und deinen Freund fragen, was nicht stimmt?«

Er redete mit mir. Ich schüttelte den Kopf. Nach dem, was der Kapitän zu Vater über meine Kletterei gesagt hatte, wagte ich es nicht, ihm gegenüberzutreten. Der Kapitän begriff nicht, daß dies ein Spiel war, das wir oft spielten. Und wenn ich es besser gemacht hätte, wäre Vater nicht erwischt und angebrüllt worden.

»Er will den Kapitän nicht fragen«, sagte Vater. »Wie steht's mit euch, Kinder? Wollt ihr raufgehen und hören, was er zu sagen hat?«

Clover sagte: »Ich wollte dich gerade fragen.«

»Braves Mädchen.«

In ihrem gelben Regenmantel, sich an der Reling festhaltend, kam Mutter das Deck runter. Sie sagte: »Einer der Männer hat mir grad erzählt, daß Sturm aufkommt. Ihr geht beser rein – es ist schon stürmisch.« Sie sah mich an. »Charlie, du bist ganz voll Schmiere!«

»Er ist die Taue hochgeklettert – auf meine Anordnung. Auf Anordnung des Kapitäns kam er runter.«

Mutter schaute hilflos auf Vater, in echter Qual. Ich dachte, sie finge gleich an zu weinen.

»Sei mir nicht böse, Mutter.«

»Bring sie rein«, sagte sie.

Vater sagte: »Der Sturm ist nicht das Problem – es ist das Schiff. Ich denke, er hat das Schott dicht gemacht, nachdem es vollgelaufen war. Konnte es nicht auspumpen. Wieviel wiegt eine Gallone Wasser, April?«

»Acht Komma drei drei sieben Pfund«, quiekte April.

Clover zog einen Schmollmund. »Ich wollte das sagen.«

»Mit dem Gewicht eines vollen Schotts und der schweren See ist ein Teil der Ladung verrutscht. Wenn die Backbordpumpe im Eimer ist, kann er durch Füllen oder Leeren der Ballasttanks kein Gegengewicht schaffen. Im Grunde ist es ein Pumpenproblem. Wir haben eine Schlagseite von ungefähr zwanzig Grad. Seht ihr das Deck? Ragt nach oben. Man könnte mit den Skiern runterfahren.« Vater sah mich an. »Schöner Kapitän – kann sein Schiff nicht mal auf geradem Kiel halten!«

Die Spellgoods lagen in der Nähe der Winch-Plattform, die zu ihrer Freiluftkirche geworden war, auf den Knien. Sie trugen spitze Regenkappen und sahen, wie sie da nebeneinanderhockten, wie ein Lattenzaun aus.

»Kommt her, Brüder und Schwestern!« rief Reverend Spellgood. Quer über seiner Nase klebte eine nasse Haarsträhne. »Betet eine Weile mit uns. Betet darum, daß die See sich beruhigt.«

»Das ist gar nichts«, sagte Vater. »Wird noch viel schlimmer werden. So weit südlich? Wahrscheinlich ein Hurrikan – hat wahrscheinlich schon einen Namen, wie Mabel oder Jimmy.«

»Dann betet für den Hurrikan«, sagte Reverend Spellgood. »Beten ist das Ewige, was uns treibt.«

Vater dröhnte los. Er sagte ihm, er solle etwas Praktisches tun. Er sagte, das Schiff hätte zwanzig Grad Schlagseite und gierte.

»Beten ist praktisch! Das Gebet ist die Luftpostmarke auf Ihrem Liebesbrief an Jesus!«

Vater prustete weiter und stieß uns durch die Kabinentür. Er sagte: »Gurney ist ein verängstigter Mann. Seine Blue-jeans-Bibel hat ihm den Hosenboden aufgerissen. Er weiß nicht, was geschieht, also betet er, als ob's außer Mode käme. *Ich* weiß, was geschieht – Schott vollgelaufen, Ladung verrutscht, Backbordschlagseite, Gierung. Ein lösbares Problem, wenn man weiß, wie. Zu *beten* gibt's da nichts. Aber ich hab' hier nicht das Kommando – ihr habt den Mann gehört. Ich bin ein zahlender Passagier und hab' vor, so lange Rommé zu spielen, bis die Essensglocke läutet, falls die nicht auch kaputt ist!«

Er schien sehr zufrieden mit sich, daß er herausgeknobelt hatte, was mit dem Schiff nicht stimmte. In den Stunden vor der Abendessenszeit war er das einzige Familienmitglied, das nicht grün aussah. Er schlug sogar ein Tischtennismatch vor, aber die Platte war so schief, daß ein Spiel unmöglich war.

An diesem Abend beim Dinner, nach dem Dankeschoral (»Wir danken Gott für seine Gaben, die wir von ihm empfangen haben« – ich kannte das Lied mittlerweile auswendig), hielt Reverend Spellgood eine Ansprache. Wegen der Neigung des Bodens stand er gekrümmt da, wie ein Mann mit Rückenschmerzen. Obwohl er sich an seine Familie wandte und zu den Seinen sprach, wußte ich, er wollte, daß ihn alle hörten, denn er sprach sehr laut.

Er sagte folgendes: »Einst war ein Sturm auf See, und die Passagiere eines Schiffes in diesem fürchterlichen Sturm waren so seekrank, daß sie ihr Stew fast rauswürgten. Wie Schweine wälzten sie sich auf dem Boden, schreiend und heulend. Den ganzen Tag tobte der Sturm, und sie glaubten, der Tod klopft an ihre Tür. Einer dieser kranken Menschen sah einen kleinen Jungen, der nicht seekrank war, und er fragte das Kind: ›Junge, warum bist du nicht krank, wenn alle anderen ihre Gedärme auskotzen und das Meer so schrecklich ist?‹ Der Junge steht auf und sagt schlicht und unschuldig: ›Mein Vater ist der Kapitän.‹ Dieser Junge glaubte, dieser Junge vertraute, dieser Junge unterschied sich von all den Kotzern und Speiern. Die anderen rollten elend herum, stöhnend und zweifelnd und krank wie Hunde, während dieser Junge fröhlich wie eine Grille war. Dieser Junge trug etwas Wertvolles in seinem Herzen. Er hatte vertrauen. ›Mein Vater ist der Kapitän.‹

Das war der christliche Weg«, sagte Spellgood, aber seine Worte klumpten zusammen. Er sah grün aus, hielt sich an seinem Stuhl fest und entfernte sich kurz darauf, um, wie ich vermutete, zu kotzen. Mittlerweile war die Suppe aus sämtlichen Tellern geschwappt, und bis auf das Klappern von Porzellan war es still im Speisezimmer.

»Eine hübsche Geschichte«, sagte Vater. »Aber du hast gekotzt, Charlie, also nehm' ich an, du vertraust dem Kapitän nicht – ah, wen haben wir denn da.«

Es war Kapitän Smalls. Er sah verwirrt aus, als wäre er durch die falsche Tür gekommen; er setzte sich nicht. Hinter ihm schlich Reverend Spellgood herein und betrachtete sorgenvoll sein Essen.

Der Kapitän hielt eine kleine Rede. Wahrscheinlich hätten wir bemerkt, daß das Wetter umgeschlagen sei. Aber wir würden es bestehen, und er hoffe, daß niemand närrisch genug sei, an Deck zu gehen, geschweige denn, in der Takelage herumzuklettern. An der Stelle richtete er seine Fischaugen auf Vater. Ja, sagte er, der Sturm ziehe nach Nordost, und wir segelten durch die Bahn des Sturmes nach Südwesten. Wenn wir schnell genug seien, kämen wir durch, ehe er zu stark würde. Wären wir langsam, dann landeten wir mittendrin. Schlechtwetter sei nichts Ungewöhnliches, aber vernünftige Vorsichtsmaßnahmen sollten getroffen werden, beispielsweise sich der Takelage fernzuhalten und auf Deck keine Dummheiten zu machen. Und alle Glasflaschen und sonstigen Gegenstände sollten verstaut werden. Er endete damit: »Wie Sie wissen, habe ich nicht mehr Kontrolle über das Wetter wie ein Fisch.«

Wir überraschten ihn, indem wir kräftig auflachten, denn nachdem er dies gesagt hatte, setzte er sein fischigstes Gesicht auf, sein Mund klaffte wie bei einem Schellfisch.

Mr. Bummick sagte ihm, daß er seine losen Flaschen verstauen würde. Er erklärte, es handle sich lediglich um Haarwasser und Cremegläser und Tonikum.

»Und ich mach' meine leer«, sagte Vater. »Aber wie steht's inzwischen mit dem Schiff? Sie haben das Schiff in der Gewalt?«

Alle Blicke anderten von Vater zum Kapitän.

Der Kapitän sagte: »Ich habe das Schiff in der Gewalt, Mr. Fox.«

Jetzt richtete sich die Aufmerksamkeit auf Vater. Er wandte sich an uns und sagte: »Ich brauche einen runden Gegenstand.«

Seine Hand fuhr zu Jerrys Gesicht. Beiläufig tricksend, tat Vater so, als würde er einen Tischtennisball aus Jerrys Mund quetschen. Die Spellgood-Kinder waren erstaunt, und Mr. Bummick hing vor lauter Verblüffung die Zunge raus. Aber wir hatten Vaters Partyzaubereien früher schon erlebt – die Kartentricks, den verschwindenden Ring, die Art, wie er bei Up Jenkins gewann. Vater, der alle Unterhaltung verbot, mußte sämtliche Unterhalter in einer Person verkörpern.

»Dank dir, Jerry«, sagte er. »Aber was ich sagen wollte, Kapitän, wie erklären Sie das?«

Er legte den Zelluloidball auf den Tisch. Los ging's, *pock-pock-pock*, zwischen den Suppentellern über die Tischplatte, und *pucka-pucka-pucka*, auf den Boden, und *pippiti-pippiti-pip-pip-pip*, zwischen den Beinen des Kapitäns hindurch und *puuk*, gegen die Wand neben den Bummicks, wo er liegenblieb.

»Jemand könnte sich das Kreuz brechen, wenn er darauf ausrutscht«, sagte der Kapitän. »Ein Leben lang verkrüppelt.«

»Der Pingpongball ist in Sicherheit, und dort bleibt er auch. Warum? Weil ihr Schiff zwanzig Grad oder mehr Schlagseite hat. Ist das Schott voll Wasser? Die Ladung verrutscht? Fehlerhafte Pumpe? Haben Sie Schwierigkeiten, ihre Ballasttanks zu füllen, um ein Gegengewicht für die ungleiche Lastverteilung zu schaffen? Ich weiß nicht. Ich denk' bloß laut. Aber wenn Sie das Schiff in der Gewalt haben, warum liegt es dann nicht auf ebenem Kiel? Den ganzen Nachmittag sind wir bergauf gestiegen, und wenn sich jemand das Kreuz bricht, Kapitän, dann nicht wegen dieses Pingpongballs – nein, auf Ihren abschüssigen Decks wird jemand Hals über Kopf abstürzen, und ich würd' gern die rechtliche Lage kennen, wenn ich wegen Ihrer Seemannskunst am Ende gelähmt bin.«

Anstatt auf unseren Tisch schaute der Kapitän zu den anderen Tischen. »Es kommt alles in Ordnung«, sagte er. »Zwei meiner Männer arbeiten schon daran.«

Vater sagte: »Ihr Schiff hat so stark Schlagseite, daß mir die Haare auf die falsche Seite fallen! Die Spellgoods treffen deswegen die Melodie nicht, und der Reverend fängt seine Gebete mit ›Amen‹ an. Meine Kinder können nicht schlucken, das Blut steigt ihnen in die Köpfe, wenn sie sich hinsetzen. Es ist so schief, daß meine Frau sich den Knöchel kratzt, wenn sie glaubt, sich am Ohr zu kratzen!«

Mr. Bummick mußte so lachen, daß er einen Hustenanfall bekam.

»Er glaubt, ich scherze«, sagte Vater stirnrunzelnd. »Ich erzähle bloß die Wahrheit. Ich muß alles verkehrt herum machen, oder es funktioniert nicht. Ich verschüttete Kaffee, und er klatschte zurück und traf mich ins Gesicht. Ich komme mir wie ein Astronaut vor. Mein Magen glaubt, ich bin in Australien.«

»Jetzt reicht's, Mr. Fox«, sagte der Kapitän, aber Mr. Bummick lachte und hustete weiter.

»Und schaun Sie«, sagte Vater und hielt seinen Fingerstumpf hoch, »ihr Schiff steht dermaßen kopf, daß ich mich beim Rasieren geschnitten und mir dabei den halben Finger abgetrennt habe.« Schnell – wegen der entsetzten Schnaufer: Es war ein sehr häßlicher Finger – sagte er: »Nur ein Scherz.«

Der Kapitän wandte Vater den Rücken zu und sagte: »Keine Sorge, Leute. Alles festgenagelt.«

Er ging zur Tür. Sein Gang bewies Vaters Standpunkt. Die eine Schulter war höher als die andere.

Vater sagte: »Ich bin nicht festgenagelt, Kapitän.«

»Ich kann veranlassen, daß Sie sich keinen gottverdammten Zentimeter mehr bewegen können, Mr. Fox.«

Vater sagte: »Das würde ich begrüßen, Kapitän. Aber ich habe den Neigungsgrad Ihres Schiffes studiert, und meine Beobachtungen führen mich zu dem Schluß, daß es giert.«

»Wieso?«

»Oh, weil das Zentrum des Seitenwiderstandes des Rumpfs näher beim Bug liegt als das Gravitationszentrum des Schiffes! Weil es sich dreht – abgesehn von dem Schwanken und Wogen! Weil ich glaube, daß wir in schwerer See nicht viel Glück haben werden!«

Er hörte auf zu reden, gerade als eine Welle die Backbordseite traf, den Speisesaal seitlich wegdrückte und mehr Suppe aus allen Tellern schwappen ließ. Der Kapitän schwankte und mußte sich am Türgriff festhalten, um die Balance wiederzufinden.

»So was in der Art«, sagte Vater. »Jetzt ist nicht die Zeit, falschen Stolz zu zeigen. Wir wissen, diese Welt ist unvollkommen. Die den unbelebten Objekten angeborene Stupidität – heißt es nicht so? Gurney Spellgoods Gebete helfen nichts. Ich denk', Gott versucht, uns mitzuteilen, daß er uns helfen wird, wenn wir uns selbst helfen. Es taugt nichts, ›Keine Sorge‹ zu sagen, denn das hier ist die Karibik, und – verbessern Sie mich, falls ich mich täusche – hier wachsen sich kleine Stürmchen zu großen schlimmen Hurrikans aus. Was da am Bullauge vorbeipfeift, ist kein Jumbo-Jet – das ist der Wind.«

Der Kapitän sagte: »Das Essen wird kalt, mein Freund.«

»Bah«, sagte Vater – nie zuvor hatte ich ihn »Bah« sagen hören –, »spielt keine Rolle, weil es ohnehin niemand lange im Magen haben wird. Aber was ich gerade sagen wollte, ich glaube, dieses Schiff hat Schlagseite. Hab' ich recht?«

»Es ist ein kleines Problem der Gewichtsverteilung.«

»Der Pingpongball hat sich nicht bewegt, nennen wir es also ruhig Schlagseite. Es ist schwer, Fracht bergauf zu ziehen, nicht wahr?«

»Wir machen es mit der Winde.«

»Er gibt zu, daß was verrutscht ist«, sagte Vater.

»Nur ein kleines Problem.«

Windgepeitschter Regen prasselte gegen das Glas des Bullauges wie ein Schauer auf ein Backblech.

»Um so besser«, sagte Vater, »denn ich habe eine kleine Lösung. Meine Vermutung geht dahin, daß es ein Pumpenproblem ist, das Schott dicht mit ein paar Tonnen Golfstrom, keine Möglichkeit, das Gewicht umzuverteilen. Kapitän, ich glaube, ich kann Ihnen helfen.«

»Das bezweifle ich.«

»Ist mir klar. Ich würde mich gern beteiligen. Und wenn ich nicht in der Lage bin, das Schiff geradezurichten – wenn Sie mit meiner Arbeit nicht zufrieden sind –, können Sie mich und meine Familie im nächsten Hafen an Land setzen.«

»Könnte Kuba sein.« Der Kapitän strich sich mit der Hand über den Mund. Lächelte er?

Vater sagte: »Diese Aussicht müßte sie doch in Versuchung führen.«

Der Kapitan schwieg. Regen und Wind prasselten gegen das Bullauge. Schließlich starrte er Vater durchdringend an, wandte sich aber an die anderen. »Leute, ihr seid Zeugen. Wenn dieser Mann meine Zeit verschwendet, wird er dafür zahlen.«

»Sie haben nichts zu verlieren.«

»Sie sind hier der einzige, der irgendwas zu verlieren hat. Sie und Ihre Familie – Gott helfe Ihnen.«

»Die sind in Ordnung.«

»Mr. Fox, kommen Sie nach dem Dinner zu mir, und ich geb' ihnen eine Chance. Aber essen Sie lieber reichlich, denn morgen früh könnten Sie sich in einem fremden Land wiederfinden, wo man Leute wie sie zum Frühstück verspeist.«

Kapitän Smalls ging hinaus und knallte die Tür hinter sich zu. Allgemeines Schweigen; niemand wußte, wohin er schauen sollte.

Vater sagte: »Hab' ich nicht gesagt, daß dieses Schiff auf dem Kopf steht? Alle Lettern in meiner Buchstabensuppe sind verkehrt herum!«

Niemand lachte. Der Sturm hatte sich verstärkt, und nun wußte jeder, warum das Schiff schief lag. Der Rest der Mahlzeit wurde schnell von schwankenden Stewards serviert, die ihre Tabletts mit zwei Händen anstatt mit den Fingerspitzen hielten.

Der Streit danach, den ich von der Kabinentoilette aus hörte, drehte sich um mich. Vater wollte, daß ich mitkam. »Da lernt er was«, sagte er. Aber Mutter sagte nein. Sie wollte nicht, daß ich die halbe Nacht aufblieb und mir vielleicht den Kopf im Maschinenraum anschlug. Vater sagte, ich wüßte mehr über das Reparieren von Pumpen als diese Wilden, aber darum ging's ihm nicht – er wollte, daß ihm jemand Gesellschaft leistete. Er arbeitete nicht gern allein. Er brauchte in seiner Nähe eine Person, die sich seine Sprüche anhörte. Bei der Arbeit wäre ich keine große Hilfe gewesen – meine Hände schmerzten immer noch von der Kletterei.

Mutter sagte: »Du hast uns in Schwierigkeiten gebracht, Allie. Jetzt kannst du uns wieder rausbringen.« – Sie redete so mit ihm, wie sie vielleicht mit Clover reden würde.

»Der Käpitän steckt in Schwierigkeiten«, sagte Vater, zuversichtlich wie eh und je. »Normalerweise hätte ich keine Hilfe angeboten – ich hätte gern gesehen, wie ihm das Lachen ganz vergangen wär'. Aber ich sorg' mich um die Sicherheit der Passagiere, und ich glaube, es ist an der Zeit, daß dieses Schiff ordentlich vorankommt. Hier ist meine Werkzeugkiste. Wo ist meine Baseballmütze? Ohne meine Baseballmütze kann ich gar nichts machen.«

Bevor er loszog – und er sah genauso aus wie jeden Morgen, wenn er bei Polski zur Arbeit ging –, steckte er den Kopf in unsere Kabine und sagte zu mir: »Soll ich deinem Freund was ausrichten?« Ohne auf eine Antwort zu warten, tauchte er in den Korridor; bei jedem Schwanken des Schiffes knallte er mit seiner Werkzeugkiste gegen die Wand.

Da wußte ich, daß er es allein meinetwegen tat: weil der Kapitän mich auf die Brücke eingeladen hatte, weil ich das Sonar bewundert und weil der Kapitän ihn vor mir angebrüllt hatte: »Haben Sie den Verstand verloren?« Er hatte bereits bewiesen, daß er Gurney Spellgood mit Zitaten überlegen war, und Mr. Bummick hielt keinen Vergleich mit ihm aus; nun versuchte er, den Kapitän auf dessen eigenem Gebiet zu übertreffen.

Ich zweifelte nicht daran, daß er Erfolg haben würde. Noch nie hatte ich erlebt, daß ihm etwas fehlschlug. Die Leute mißverstanden Vater manchmal, weil er stirnrunzelnd dreinschaute, wenn er scherzte und lachte, wenn er es ernst meinte. Er versorgte einen auch mit Informationen, die man nicht nötig hatte, zum Beispiel: »Das sind Davits.« Aber diejenigen von uns, die ihn kannten, zweifelten nie an ihm. Wenn es eine Sache gab, die Vater nicht wußte, dann war es diese: Er brauchte sich uns gegenüber nicht zu beweisen. Zu der Zeit glaubte ich, er genoß es, Risiken einzugehen. Doch was riskiert schon ein starker Mann? Er war furchtlos, also waren wir sicher. Ich war der Junge in Reverend Spellgoods Geschichte – ich glaubte an Vater. Ich hatte keine Angst.

Die ganze Nacht hindurch wurde das Schiff vom Anprall der Wogen und des Windes durchgerüttelt, ein Ton wie das Knallen von kieselharten Steinen gegen den Rumpf. Ich schlug mir den Kopf am Kojenrand auf, und Clover und April weinten. Sie weckten mich auf, um mir zu erzählen, daß sie nicht schlafen konnten. Ich lauschte der rauhen See. Manchmal schien es, als würde das Wasser über den Boden und durch die Gänge schwappen, als befänden wir uns unter der Wasseroberfläche. Die ganze Nacht über ertrank ich in meinen Träumen. Der Morgen war dunkel, das Schiff stampfte und rollte immer noch. Aber es schlingerte nicht mehr. Das Rollen war eine leichte Bewegung – nicht die plötzlichen Stadien des Fallens, Wellen, die alle nur gegen eine Seite und die abfallenden Decks peitschten. Es war eine freiere, losgelöste Bewegung, ein schaukelndes Gegen-die-Wellen-Schlagen, das meine Bleistifte auf dem Tisch in unserer Kabine langsam vor- und zurückrollen ließ.

Vater war nicht beim Frühstück. Reverend Spellgood führte seine Familie bei »Wir danken Gott für seine Gaben« an, und die Bummicks aßen schweigend. Mutter schlug ihr gekochtes Ei mit dem Löffel auf, als wollte sie ihm eine Gehirnerschütterung verpassen. Sie sagte: »Wenigstens verlangt Dad nicht, daß wir singen.«

Aber er kam singend herein. Die Tür zum Speisezimmer ging auf, und Vater trat ein, immer noch seine Baseballmütze auf dem Kopf. Sein Gesicht war grau und stoppelig, mit fettigen Schmierflecken auf der Nase. Er sang:

Under the bam,
Under the boo,
Under the bamboo tree!

»Amen, Bruder«, sagte Reverend Spellgood.

»Sie können es die Macht des Gebets nennen, Gurney, aber ich nenn' es Hydrostatik. Gott, ich könnte einen Ochsen verspeisen.«

Er erzählte uns, was er getan hatte. Bis Mitternacht hatte er an einer Pumpe gearbeitet. »Die Muffen waren kaputt«, sagte er. Dann war das Meerwasser aus dem Schott gepumpt worden. Aber das hatte die Schlagseite nur leicht behoben. Der Crew Anweisungen gebend (»Hat Spaß gemacht – so wie bei Polski, mit den Wilden palavern«), hatten sie die Pumpe umdirigiert, einen Ballasttank geleert und dann mit der Winde die verrutschten Fracht-Container zurückgezogen. »In einem war ein neuer Toyota – ein riesiger großartiger dämlicher Landcruiser, einer von diesen Nippon-Alpträumen.« Erst bei Morgengrauen waren sie mit der Arbeit fertig, aber nun hatte das Schiff Geschwindigkeit aufgenommen und aufgehört zu gieren.

»Dein Freund, der Kapitän, ging gegen vier ins Bett, als es auf der Kippe stand.« Vater zwinkerte mir zu. »War zuviel für ihn. Hab' ich dir nicht vom Vier-Uhr-morgens-Mut erzählt?«

Der Steward brachte ihm Kaffee und Eier. Vater redete ihn auf spanisch an. Zähneklappernd hörte ihm der Mann zu.

Dann sagte Vater zu uns: »Ich hab' ihm erklärt, daß er sich keine Sorgen zu machen braucht. Ich hab' unten alles in Ordnung gebracht. Dürfte jetzt keine Schwierigkeiten mehr geben. Was mich anbetrifft, ich hau' mich in die Falle. Lächle, Mutter.«

»Ich hab' an den armen alten Kapitän gedacht. Du kannst ein furchtbarer Tyrann sein, weißt du.«

Vater stemmte seine Ellbogen auf den Tisch und flüsterte: »Es war wunderbar, wie die Männer meine Befehle befolgten. Sobald ich erst mal die Pumpe in Ordnung gebracht hatte, waren sie auf meiner Seite. Mutter«, sagte er – und sein weißes Gesicht erschreckte mich –, »ich hätte eine Meuterei anzetteln können!«

Das Schiff wirkte stiller, als Vater schlief; im Laufe des Tages milderten sich die Wolkengebirge, der Sturm ließ nach, und die Gesänge und Predigten übertönten nun den Wind in den Wanttauen. Die Sonne kam wieder heraus, eine tropische Sonne, die alle Feuchtigkeit vom Schiff sengte. Am Spätnachmittag tauchte dann Vater auf. Er war rasiert und sauber und schlenderte zum Achterdeck. Sowohl die Spellgoods als auch die Bummicks fragten ihn, wann wir ankommen würden. Vater erwog verschiedene Möglichkeiten. Er sonnte sich in ihrer Bewunderung, nannte die Männer der Crew beim Namen und nahm sie, Spanisch sprechend, auf die Schippe.

Kapitän Smalls blieb auf der Brücke. Er lud niemanden ein, mit ihm zu essen. Wir bekamen ihn nicht wieder zu Gesicht.

»Er schämt sich bloß«, sagte Vater. »Ist ganz normal. Ich glaub', er denkt, ich hab' Collegebildung.«

Emily Spellgood folgte mir von Deck zu Deck. Sie schenkte mir eine Angelschnur, die sie einem ihrer Brüder gestohlen hatte. Vater hatte es fertiggebracht, selbst dieses prahlerische Mädchen zu beeindrucken. Die restliche Zeit fischte ich; sie stand dabei hinter mir. Ich erwischte ein paar flache, knochige Fische, einen mit steifen aufgerichteten Flossen wie Flügel und einen, so dunkelviolett wie ein Stiefmütterchen.

Emily sagte: »Ich muß auf die Toilette.«

Mein Gesicht wurde heiß. Ich tat so, als würde irgendwas mit meiner Angel nicht stimmen.

»Hast du eine Freundin, Charlie?«

Ich sagte nein.

»Ich könnte deine Freundin sein.«

Sie sah so traurig und schlicht und einsam aus. Und sie war ein paar Zentimeter größer als ich. Ich sagte: »In Ordnung«, aber es müßte ein Geheimnis bleiben.

Sie berührte mein Bein und drückte es. Es war das erstemal, daß mich ein Mädchen berührte, und mein Bein zuckte so heftig, daß ich glaubte, es würde aus dem Gelenk springen. Ihre Augen weiteten sich, und sie flüsterte: »Jetzt geh' ich auf die Toilette und denk an dich.«

Sie rannte fort, und ich wartete. Ich dachte, mein Giftsumachausschlag sei wiedergekommen, so sehr juckte es mich. Beim Fischen konnte ich kaum geradeaus schauen. Als ich sie das nächstemal sah, betete sie neben der Winch-Plattform.

Das war der Tag, an dem wir La Ceiba erreichten. Das Meer war glatt und grün, dahinter ragte eine Bergkette auf, schwarz und blau, mit tiefhängenden Wolken als rauchige Walzen. Wir fuhren auf den Pier zu, und die Wolken sanken an den Bergen weiter herab und in das Geäst der Bäume hinein; sie enthüllten einen Kamm von Gipfeln, manche wie die spitz gezackten Rücken von Monstereidechsen, andere wie Backenzähne.

II

DAS EISHAUS IN JERONIMO

10

Sieben Pelikane mit dunkel geflecktem Gefieder flogen wie ein Geschwader von Jagdflugzeugen in niedriger Höhe über die grüne See dahin. Vater sagte: »Ich hasse diese Vögel.« Auch Möwen und Geier gab es. »An einer Küste, die Geier anzieht, muß was dran sein«, sagte er. Am Strand war eine Kuh zu sehen, am Pier standen Eisenbahnwaggons, und die flach hingestreckte Stadt von La Ceiba sah gelb und verstopft aus. Hunderte von Männern drängten sich zu unserem Schiff, nicht um uns willkommen zu heißen, sondern um untereinander zu streiten. Alles hier war rückständig. Vater sagte: »Ihr Kinder könnt vorgehen – eure Rucksäcke habt ihr«, aber die Hitze und der Lärm schüchterten uns so ein, daß wir warteten, bis er mit der Paßkontrolle fertig war und sein Werkzeug und das Saatgut in den Karren eines Schwarzen lud. Dann folgten wir Mutter, die den Atem anzuhalten schien.

Die immer noch singenden Spellgoods wurden von einer Truppe schwarzer Chorsängerinnen in rosa Kleidchen mit zurückgeschobenen Strohhüten begrüßt. Die Bummicks wurden von Leuten umarmt, die genau wie die Bummicks aussahen – ein Junge, eine Frau und zwei alte Männer in Khakianzügen. An dem Pier waren hölzerne Motorbarkassen festgemacht, die Lattenkisten mit Trockensuppen und Reissäcke übernahmen. Sie hatten Sonnensegel statt Kabinen und Namen wie *Little Haddy* und *Lucy* und *Island Queen*.

Noch nie hatte ich so viele Leute gesehn, die nichts taten, außer herumzusitzen und herumzustehen und sich gegenseitig zu beschimpfen. Aber wo der Pier auf die Hauptstraße traf, verkauften sie körbeweise Obst und in grüne Blätter gewickelte Fettbällchen. Ich sah eine dicke schwarze Frau in zerrissenem Kleid mit einem weißen Kakadu auf der Schulter. Sie trug schmutzigblaue Schlafzimmerslipper und verkaufte Orangen. Vater kaufte sechs Orangen und sagte zu uns: »Wieviel haben die im A & P in Springfield gekostet?«

Clover sagte: »Eine neununddreißig Cent.«

»Und ich hab' grad für einen Vierteldollar sechs gekauft. Ich glaub', wir sind am richtigen Platz!«

Vater wühlte sich durch die Menge, und Mutter sagte: »Ich liebe ihn, wenn er glücklich ist. Schaut ihn euch an.«

Er eilte zum Strand, und als wir ihn erreichten, sagte er: »Ich kann mir nicht vorstellen, daß jemand diese Stadt überfällt. Ich kann mir wirklich keine Landungsboote an diesem Strand vorstellen. Du etwa, Mutter?«

»Warum sollten sie sich die Mühe machen?«

»Genau das meine ich ja.«

Er sagte, er wolle hinuntergehen und den Sand zwischen den Zehen spüren. Der Schwarze blieb auf der Straße, unsere Habseligkeiten in seinem Karren. Er sah aus, als sei er es gewohnt, zu warten. Wir gingen an einem direkt am Meer gelegenen, langen, flachen Gebäude vorbei. Am Strand davor bewachte ein Junge mit einem Gewehr zwei andere Jungen, die im Sand eine tiefe Grube aushoben. Vater sagte, die Grabenden wären Gefangene – das flache Gebäude sei das Zentralgefängnis.

»In den Staaten haben Knackis wie die hier Fernsehen, also erzählt mir nicht, Löcher graben sei Folter. Sie begraben lediglich ihren Groll.«

Die Kuh trottete langsam auf ein paar Schuppen zu; ihre Hufe sanken tief in den braunen Sand. Noch nie hatte ich eine so dürre, knochige Kuh gesehen; und überhaupt, was tat eine Kuh hier? Ganz in der Nähe benagte ein Hund einen Schädel, der aussah, als stammte er von einem Hund. Das Meer war braun, die trägen Wellen schwappten Plastikflaschen und Lumpen und aufgehackte Kokosnüsse auf den schwärzlichen Sand. Von der Reling der *Unicorn* aus hatte ich diesen Strand in blendendem Weiß gesehen, aber aus der Nähe, mit den grabenden Gefangenen, der Kuh, dem den Schädel anknurrenden Hund – da erzeugte all das zusammen mit der stinkenden Luft die Atmosphäre eines verkrusteten, rissigen Dschungelufers. Die Moskito-Küste, so hatte Vater es genannt – ein guter Name. Barfüßige Menschen beobachteten uns, aber im Wasser schwamm niemand. Unten am Strand warf ein Mann ein schlaffes, rundes Netz in die flachen Wellen. Dann zog er es heraus, schüttelte das Senkblei zurecht und hielt es mit den Zähnen fest, während er es entwirrte. Und wieder warf er es hinein. Ich sah ihm zu, wie er das achtmal wiederholte – nicht mal eine Elritze. Es war mehr Waschen als Fischen. Wir konten Leute an dem Pier rufen hören und das Klirren der Schiffsmasten und -bäume. Von der untergehenden Sonne in Gelb getaucht, lag die *Unicorn* da. Es tat mir leid, daß wir uns nicht mehr an Bord befanden.

Wir trotteten an dem Mann mit dem Netz vorbei zu der Stelle, wo sich die Schuppen am Strand zusammendrängten. Menschen wohnten darin, obwohl es bloße Holzbuden waren und nicht mal als Hühnerställe getaugt hätten wegen der locker zusammengenagelten Bretter und der undicht wirkenden Dächer. Aber menschliche Wesen lebten in ihnen, kochten und schliefen hier – ich sah Feuer und Hängematten. Wegen der Hütten war das Laufen hier gefährlich. Von jeder Hintertür aus zog sich eine Furche schwarzen Wassers durch den Sand – Schleim, Schaum und Schlimmeres floß ins Meer. Der Strand war die Müllhalde und die See der Abwasserkanal.

Mutter sagte: »Allie, ich hab' genug gesehn.«

Während wir im Dämmerlicht zur Straße und zu unserem Karren zurückgingen, hörten wir Musik. Ein Junge mit einer Flöte stolperte auf uns zu. Er spielte ein trillerndes Sonnenuntergangslied. Es überzog den Strand mit einem zarten Zauber, so purpurartig blau wie der Himmel über dem Meer. Es war ein fremdartiges Lied, mit einer tröpfelnden Melodie, die süß und erfrischend wie Regentropfen die Luft durchtränkte. Der Junge war ein Schatten und seine Flöte nicht größer als ein Zweig, aber das Lied war eine Einladung an uns, noch etwas länger an dieser Moskito-Küste zu bleiben. Es barg Versprechen und Bitte zugleich, verschmelzend wie die Flut des Gezirps einer Goldamsel in einem dichtbelaubten Baum.

Dann war er verschwunden, und durch die plötzliche Dunkelheit drangen scharfe Stimmen. Ich fürchtete mich. Wir waren so weit von zu Hause weg. Vater und Mutter gingen vor uns, hielten sich an der Hand und flüsterten miteinander. Wir Kinder folgten, und ich dachte: Was nun?

Jerry sagte: »Alles hier ist dreckig und stinkig, ich hasse es.«

»Laß ihn das nicht hören«, sagte ich.

Nachts betraten wir die Stadt unter der leuchtenden Muschel des Mondes; es war Magie – der Lichtschein der alten Straßenlaternen, die soliden Gebäude, die schützenden Bäume, die halb verlassenen Straßen und das Summen des Verkehrs. Wir gingen zu einem Hotel, und von unserem Zimmer aus war die Stadt wie Samt. Ich stellte mir vor, der ganze Ort wäre aus grünen Kissen gemacht, gruselig still und kühl. Ich träumte von Wiesengras und rollte mich herum, streckte die Arme aus und flog in milchigem Licht über Orte, die ich kannte. In meinen Träumen konnte ich oft fliegen – nicht hoch, aber hoch genug, daß die Leute mit emporgewandten Gesichtern zu mir aufschauen mußten. Es war eine herrliche Nacht, und am Ende dieser stürmischen Seereise war es wie eine Heimkehr.

Am Morgen aber kreischten Vögel, deren Namen ich nicht kannte, vor den Fenstern, und in der Düsternis des staubigen Zimmers zeigten sich Sonnenstreifen in den Läden. Ich stieß die Fensterläden auf und sah, daß die Stadt vom Sonnenschein aufgerissen worden war. Sie war geborsten und ohne Farbe und mit Leuten vollgestopft, die tatsächlich noch das Wiehern des Gauls vom Pferdewagen überschrien. Jetzt gab es keinen Zauber mehr, nicht mal irgend etwas Vertrautes. Die Gerüche und Geräusche waren etwas, worüber ich mich nicht hinwegsetzen konnte, und es war so heiß, daß ich die alte Farbe am Fenstersims roch. Ich war zum Narren gehalten worden, der ganze Anblick war mir verhaßt. Es hatte so lange gedauert, bis wir hier angekommen waren – selbst wenn wir jetzt sofort wieder abreisten, würden Tage vergehen, bis wir wieder daheim in unserem eigenen Haus waren.

Mutter und Vater befanden sich in einem anderen Zimmer. Wir Kinder schauten aus unserem Fenster auf die Stadt mit vielen kleinen Läden. Auf der anderen Seite des Palmenparks, in dem Männer mit Hüten standen und nichts taten, erhob sich eine weißgetünchte Kirche. Die Radiomusik auf der Straße – der Straße! – war so laut, daß der Lärm die Luft zu erhitzen schien.

Ich erinnerte mich an den trostlosen Strand, an die jugendlichen, Sand schaufelnden Gefangenen, einer bis zu den Schultern in der Grube. Ich hatte Bäume erwartet, Dschungel, Stille und flatternde Vögel. Vater hatte uns etwas versprochen, das besser war als unser Zuhause, nicht diesen verstaubten Ort. Es war der reine

Alptraum, eine sommerliche Wüste, eine vom Sonnenlicht zerstörte Stadt.

In dem Hotel roch es nach Teppichen und Küchendünsten. Das Zimmer, in dem unsere vier Betten standen, war eine kahle Zelle, aber an der einen Wand hing ein Bild, wahrscheinlich aus einem Tankstellenkalender ausgeschnitten – eine Landschaft in New England, ein Wäldchen, ein Teich, in dem sich ein grüner Berg spiegelte, und ein rotes Kanu. Wer immer es ausgeschnitten und an die Wand gehängt hatte, wußte, daß diese Landschaft schöner war als diese Stadt. Jerry sagte: »Sieht aus wie der Wyola-See.«

Vater scheuchte uns hoch. Er blies Zigarrenrauch in unser Zimmer und sagte, er sei am Verhungern. »Er ist immer noch glücklich«, sagte Clover. Aber als wir zum Frühstück in den Speisesaal gingen, hörten wir Gesang: »Wir danken Gott für seine Gaben ...« Es waren die Spellgoods, die auch hier übernachtet hatten. Mit gesenkten Köpfen sangen sie über ihrem Frühstückstisch. Emily hörte auf, auf ihrem Teller herumzukratzen, als sie mich sah. Der Speisesaal sah genauso aus wie der Speisesaal auf der *Unicorn*. Die Spellgoods saßen an zwei Tischen, wir an unserem. Und an den anderen Tischen fingen Angestellte der Fruit-Company, die wie Bummick aussahen, mit dem Frühstück an.

»Da sind Sie ja, Mr. Fox«, sagte Reverend Spellgood. »Ich glaube fast, der Herr in seiner Güte möchte, daß wir uns doch noch zusammentun! Wenn Sie noch ein bißchen in der Gegend bleiben, dann kommen Sie doch einmal mit Ihrer Familie, und besuchen Sie uns. Sie finden uns in Guampu, wo wir das Werk des Herrn verrichten.«

»Mir gegenüber hat der Herr Guampu nicht erwähnt«, sagte Vater. »Ich wünschte, er würde sich mal melden. Ich könnte ihm ein paar Tips geben, falls er noch andere Welten plant. Aus der hier hat er eindeutig Chaos gemacht.«

Reverend Spellgood sagte traurig: »Lieber Freund, es ist viel Arbeit zu tun.«

»Das habe ich bemerkt.«

»Sie haben mir nie erzählt, was Sie hier vorhaben«, sagte Reverend Spellgood.

»Da haben Sie vollkommen recht, Gurney. Ich hab's Ihnen nie erzählt.« Mit diesen Worten setzte sich Vater hin, und wir frühstückten, zerquetschte Bohnen, wie roter Lehm, ein kleines Viereck feuchter Ziegenkäse und ein Haufen heißer Tortillas.

Vater sagte: »Wir verschwinden von hier.«

»Aus der Stadt?« fragte Mutter.

»Aus dem Hotel. Die meisten Leute hier im Raum tragen Waffen. Selbst der Gurney hat eine – unterm Hemd trägt er eine Pistole. Vermutlich seine Art, die Rüstung des Herrn anzulegen. Ich bin draußen gewesen. Überall Soldaten und Schuhputzer. Ich weiß nicht, wer schlimmer ist, sie oder die Missionare.«

Quer durch den Raum starrte mich Emily Spellgood an.

»Mir ist nicht klar, warum wir hier rumtrödeln müssen«, sagte Mutter. »Wir könnten schon auf der Straße sein.«

»Es gibt keine Straßen – darin liegt die Schönheit dieses Landes«, sagte Vater. »Aber wir sind nicht die Schweizer Familie Robinson, und wir sind keine Siedler auf Staatsland. Ich werde ein Stück Land kaufen, Bargeld auf den Tisch. Ich hab' keine Lust, von irgendeinem dieser Revolverschwinger angeschnorrt zu werden oder mir mit vorgehaltener Pistole die Seele klauen zu lassen. Später sind wir auf uns angewiesen, und es ist mir gleich – o Gott, da kommt er wieder.«

Es war Reverend Spellgood, der seine Famile aus dem Frühstücksraum führte. Er zwinkerte Vater zu und sagte: »Guampu.«

Emily schlich hinter meinen Stuhl und flüsterte: »Ich geh' auf die Toilette, Charlie.«

»Charlie wird rot!« sagte Jerry.

Bei strömendem Regen zogen wir am gleichen Tag in ein anderes Hotel, »The Gardenia«, am Ostrand von La Ceiba an einer sandigen Straße dicht am Strand. Noch immer klatschte der Regen herab, riß die Blätter von den Bäumen. Er fiel senkrecht, laut, in dicken, grauen Tropfen und hörte ebenso schnell auf, wie er begonnen hatte. Dann schien die Sonne wieder, und es dampfte, und die Gerüche kehrten zurück.

Das Gardenia war ein zweistöckiges Gebäude mit Stuckfassade, in deren verblaßter grüner Farbe sich Risse zeigten. Die lange Veranda lag dem Meer zugewandt; von hier aus hatten wir einen guten Blick auf den Pier, wo die *Unicorn* immer noch vor Anker lag. Dieses Schiff war meine Hoffnung. Männerstimmen und der Lärm von Förderbändern und störrischen Frachtkarren hallten über das

Wasser. Tagsüber waren wir die einzigen Gäste im Gardenia, aber abends, kurz bevor wir zu Bett gingen, versammelten sich Frauen auf der Veranda, saßen in Korbstühlen und tranken Coca-Cola. Später erklang Musik und Lachen, und von unserem Zimmer aus hörte ich Männer und Geschrei und knallende Türen und manchmal splitterndes Glas. Von all den Leuten sah ich nichts, obwohl ich oft genug durch sie geweckt wurde – durch stampfende Füße und Lieder und Schreie. Am Morgen war alles still. Nur eine einzige Person war da, eine alte Frau mit einem Besen, die den ganzen Dreck zu einem Haufen zusammenfegte und in einem Eimer fortschaffte.

Der Manager des Hotels war ein Italiener namens Tosco. Er trug ein Silberarmband und zwickte uns zu fest in die Gesichter. Früher mal hatte er in New York gelebt. Er sagte, es sei die Hölle gewesen. Vater sagte: »Ich weiß genau, was Sie meinen.« Tosco gefiel es in Honduras. Es war nett und billig. Hier konnte man alles tun, was man wollte, sagte er.

»Wie ist der Präsident?« fragte Vater.

»Genau wie Mussolini«, sagte Tosco.

Der Name verdüsterte Vaters Gesicht; der Schatten dieses Namens lag noch darüber, als er sagte: »Und wie war Mussolini?«

Tosco sagte: »Zäh. Stark. Fackelte nicht lang.« Er machte eine Faust und schüttelte sie unter Vaters Kinn. »So!«

»Dann macht er besser einen Bogen um mich«, sagte Vater.

Vater war jeden Tag in der Stadt. Unterdessen unterrichtete uns Mutter am Strand unter dem Gewitterhimmel. Es war wie Spiel. Mit einem Stock schrieb sie in den feuchten Sand, gab uns arithmetische Aufgaben auf oder ließ uns Wörter buchstabieren. Sie erklärte uns die verschiedenen Wolkenformen. Trafen wir zufällig auf einen toten Fisch, dann stocherte sie ihn auseinander und benannte die einzelnen Teile. Unter den Palmen wuchsen Blumen – sie pflückte sie und erklärte uns die Namen der Blütenbestandteile. Daheim in Hatfield hatten wir im Haus gelernt, um dem Schulaufsichtsbeamten aus dem Weg zu gehen, aber ich zog diesen Unterricht im Freien vor, bei dem wir uns mit dem beschäftigten, was wir zufällig am Strand fanden.

Sie war nicht wie Vater. Vater hielt uns Vorträge, aber sie schwang nie große Reden. Wenn er da war, widmete sie ihm ihre ganze Aufmerksamkeit, war er aber in der Stadt, dann gehörte sie uns. Sie beantwortete all unsere Fragen, selbst die dümmsten, wie zum Beispiel: »Woher kommt der Sand?« Und: »Wie atmen Fische?«

Wenn wir zum Gardenia zurückkehrten, saß Vater gewöhnlich mit jemandem aus der Stadt auf der Veranda. »Das ist Mr. Haddy«, sagte er dann. »Ein echter, alter Küstenbewohner.« Und der Mann mit der Haut einer Backpflaume stand auf und begrüßte uns knarrend. Es gab nichts, was Juanita Shumbo nicht über Truthahnzucht wußte – sie war eine alte schwarze Frau mit roten Augen. Mr. Sanchez war den Patuca rauf- und runtergepaddelt – er war winzig und braun mit einem gekrümmten Schnurrbart. Mr. Diego sprach Zambu wie ein Eingeborener, sagte Vater und brachte den Mann dazu, einen Zambu-Gruß, eine Art Niesen, von sich zu geben. Es gab noch viele andere, und jeder von ihnen hörte Vater aufmerksam zu. Sie waren respektvoll und schienen ihn, wie sie so nervös auf ihren Stühlen in der Sonne saßen, voller Bewunderung zu betrachten.

»Er geht großartig mit Fremden um«, sagte Mutter. Mich aber beunruhigten die Fremden, weil ich keine klare Vorstellung von Vaters Plänen hatte oder wie diese Leute da hineinpaßten. Ich wünschte, ich hätte Vaters Mut. Da er mir fehlte, klammerte ich mich an ihn und Mutter, denn alles, was ich als angenehm und tröstlich gekannt hatte, war mir weggenommen worden. Die anderen Kinder waren zu jung, um zu erkennen, wie weit wir von zu Hause fort waren. Bis auf die immer noch am Pier liegende *Unicorn* war die Vergangenheit ausgelöscht worden.

Als wir eines Nachmittags vom Strand zurückkamen, sahen wir, wie Tosco am Hotel auf seinen Chevrolet einredete. Er stellte ihm Fragen und beschimpfte ihn. Er stand vorn am Kühler und schrie und schlug ihn und rüttelte ihn schließlich mit einem Tritt durch.

»Er ist dämlich«, sagte er und schlenkerte schmerzerfüllt seinen Fuß. »Er will sich nicht rühren. Er haßt mich.«

»Mein Mann wird ihn reparieren.«

Am gleichen Abend, zusammen mit einem seiner neuen Freunde – es war Mr. Haddy –, reparierte Vater den Wagen. Er sagte, Maschinen besäßen Körper, aber keinen Verstand. Mr.

Haddy starrte, als hätte Vater etwas Weises von sich gegeben. Tosco war für die Reparatur so dankbar, daß er sagte, wir könnten seinen Wagen jederzeit benutzen. Am nächsten Tag sagte Mutter, sie wolle uns auf eine Spazierfahrt mitnehmen, solange Vater in der Stadt sei. Ob wir nach Tela wollten, fragte Tosco. Nein, sagte Mutter, nach Osten, in Richtung Trujillo. Tosco lachte. Er sagte: »Sie werden bald zurück sein«, und gab Mutter die Schlüssel.

»Welche Straße muß ich nehmen?«

Er sagte: »Da ist bloß eine.«

Wir fuhren durch die Stadt, und ich merkte gleich, daß sie sowohl reicher als auch ärmer war, als ich vermutet hatte. Es gab Hühnerställe, wie die Hütten am Strand, aber auch große Häuser und grüne Rasen. Die besten waren von Zäunen umgeben. Das kam mir am merkwürdigsten vor, denn das Connecticut Valley ist ein Land ohne Zäune, außer für Pferde und Kühe. Es erinnerte mich daran, daß Kapitän Smalls gesagt hatte, Honduras sei wie ein Zoo, allerdings mit den Tieren draußen und den Menschen in den Käfigen. Bis jetzt aber waren wir draußen.

Wir kamen auf die ebene Hauptstraße und bogen links ab. Wir fuhren weniger als eine halbe Meile, und die Straße zeigte tiefe, mit Gestein aufgefüllte Rinnen und Wagenspuren. Vor uns führte eine Brücke über einen Fluß. Es war eine Eisenbahnbrücke, aber eine andere gab es nicht, und so fuhren auch die Autos darüber. Mutter wartete und fuhr dann über die Bohlen und Eisenbahngeleise der Balkenbrücke. Unter uns wuschen Frauen ihre Kleidung in dem kakaofarbenen Fluß.

Jenseits der Brücke gab die Straße endgültig den Geist auf. Zuerst weit und breit Dreckwasser, das durch die Tür sickerte, dann eine schmale Fahrspur und schließlich überhaupt keine Straße mehr, sondern ein trockenes Flußbett, in dem die Steine höher waren als unsere vordere Stoßstange.

»Endstation«, sagte Mutter.

Wir waren eine Meile vom Gardenia entfernt.

Wir versuchten andere Straßen. Eine endete am Strand, eine andere am Flußufer – das gleiche Flußufer wie zuvor –, und eine dritte wurde zu einem Steinbruch, der Teil eines Berges war. Am Ende von zwei dieser Straßen sprangen dürre bellende Hunde gegen unsere Fenster. Es war eine Stadt der Sackgassen.

»So leicht gebe ich nicht auf«, sagte Mutter. Wir fuhren Richtung Tela auf der Straße nach Westen. Die Berghänge standen voller schlanker Palmen, und unter ihnen, dort, wo das Land flach war, gab es Bananenplantagen und Grapefruitbäume und Ananasstauden. Mutter hielt den Wagen an, damit wir studieren konnten, wie Bananen wuchsen, aber als wir aus dem Auto stiegen, sahen wir in dem hohen Gras am Straßenrand eine Versammlung von Geiern. Mit ihren kahlen Köpfen beobachteten sie einen Hund, der an den rosa Rippen einer toten Kuh nagte. Der Hund hatte sich unter einem deckenartigen Hautlappen hineingefressen. »Die Kuh muß von einem Auto angefahren worden sein«, sagte Mutter, »und dann hat man den Kadaver ins Gras gezerrt.« Ab und zu hüpfte ein Geier aus der Schar – dreiundzwanzig gab es in der Versammlung –, hackte nach den baumelnden Fleischstreifen und versuchte, sie wegzureißen. Aber der Hund, knurrend und würgend, ließ die Geier warten, und die meiste Zeit über starrten diese schrecklich aussehenden Vögel wie Hexen mit Totenschädeln. Ihre Flügel waren wie schleppende Röcke.

Ein Stück weiter auf dieser Straße sahen wir einen toten Hund. Fünf Geier rissen an einem Loch in seinem Bauch. Die Geier schlugen mit den Flügeln und hüpften beiseite, um unseren Wagen durchzulassen. Dann kehrten sie zu dem Hundekadaver zurück. Clover und April sagten, ihnen würde schlecht davon und ob wir nicht zurückfahren könnten? Also kehrten wir um, ohne Tela gesehen zu haben.

Das war Honduras – bis jetzt. Tote Hunde und Geier, ein verdreckter Strand und Hühnerställe und Straßen, die nirgendwo hinführten. Der Blick vom Schiff war wie ein Bild gewesen, aber nun befanden wir uns in diesem Bild. Nur Hunger und Lärm und Grausamkeit. Daneben fielen die Grapefruits kaum ins Gewicht, und der Sonnenschein machte es nur schlimmer. Hatte uns Vater deswegen von zu Hause fortgeschleppt?

Vater saß mit einem anderen Mann – einen, den ich noch nie gesehen hatte – auf der Hotelveranda. Als er Mutter sah, erhob sich der Mann unsicher; er hatte eine feuchte Aussprache.

»Ich spreche gerade mit Ihrem Mann«, sagte er. »Er ist verrückt.«

»Verrückt? Wie ein Fuchs!« sagte Mutter.

Ein Donnerschlag, und Regen klatschte aufs Dach. Er fiel plötzlich und senkrecht, schlug kleine Krater in den Sand.

»Das ist die hübscheste Frau, die ich in meinem Leben gesehn hab'«, sagte der Mann.

Mutter sagte: »Sie sind nicht sehr alt. Vielleicht erklärt's das«, und schob die Kinder weg.

»Bleib da«, sagte Vater zu mir. »Das ist Mr. Weerwilly. Wir reden über Grundbesitz.«

»Gut, gut«, sagte der Mann.

»Das ist mein Ältester, Charlie.«

Mit schräggeneigtem Kopf sah mich Mr. Weerwilly an und sagte: »Aber ich bin Deutscher, also nenn' ich dich Karl. Weißt du was, Karl? Dieser Mann ist verrückt.«

Ich schaute Vater an. Er grinste. Ich sagte: »Nein.«

»Jawohl! Er ist verrückt! Ich sage ihm, das ist ein verrottetes Land. Er sagt, es gefällt ihm sehr gut. Das ist verrückt. Verstehst du, Karl, das ist die letzte Kolonie der Welt, und ich bin einer der Bauern hier. Wie viele Deutsche gibt's hier? Nicht mehr als zwanzig. Aber Tausende von Amerikanern – Tausende!«

»Nicht in Jeronimo«, sagte Vater.

Mr. Weerwilly sagte: »Er glaubt, Jeronimo ist wunderbar. Das ist verrückt. Er kennt Jeronimo nicht. Jeronimo ist nicht wunderbar. Es ist besser als La Ceiba, das ist wahr. Vierhundert Dollar für einen Acre? Hier wär's teurer.«

»Du hast gehört, was er gesagt hat, Charlie.« Vater richtete seinen Blick auf Mr. Weerwilly.

»Wenn die Straße hinführt, gehn die Preise hoch«, sagte Mr. Weerwilly. »Ich habe kein Geld. Ich bin Bauer. Ich muß Ihnen mein Land verkaufen.« Er fing an zu lachen. »Aber was können Sie in Jeronimo tun?«

»Ich kann tun, was ich will.«

»Besonders viel wollen Sie nicht.«

Ich haßte diesen Mann, ich haßte seine laute Stimme. Seine schwerfällige Zunge quoll ihm im Mund auf und brachte seine Worte durcheinander. Er packte mich beim Knie; seine wulstigen Lippen versprühten Spucke.

»Ich arbeite allein mit meinen Händen«, sagte er. »Die Fruit-Company hat Maschinen. Will ich ein bißchen Land roden oder sonst was, dann nehm' ich eine Machete. Die Company hat Bulldozer. Die Company kann vom Hubschrauber aus Insektizide versprühen. Ich? Ich hab 'ne kleine Pumpe. Die Company zahlt den Arbeitern zuviel – zwei *Lemps* am Tag. Was kann ich tun? Für eine Bananenstaude krieg' ich einen *Lemp* – nur einen Dollar. Einen Cent für eine Orange; und eine Grapefruit – einen Cent.« Er trank gurgelnd sein Bier und sagte: »Deswegen bin ich am Verhungern.«

Vater sagte zu mir: »Er verhungert nicht. Er hat mein Geld in der Tasche.«

»Sie sind verrückt«, sagte Mr. Weerwilly.

Ich sagte: »Ich glaub', ich geh' rein.«

»Geh nur, Karl«, sagte Mr. Weerwilly. »Bye-bye.«

»Bleib, wo du bist«, sagte Vater zu mir. »Frag ihn, ob er mein Geld in der Tasche hat.«

Ich fragte ihn, aber Mr. Weerwilly zog ein häßliches Clownsgesicht und drückte mein Bein. »Weißt du, warum ich diesen Mann mag, Karl? Weil er die Company haßt. Und weil er kein Missionar ist. Und er kann Sachen machen.«

»Wie?« sagte ich.

»Sachen!« sagte Mr. Weerwilly. »Er erzählt mir, wie ich Wasser zu meinen Terrassen hochbringen kann. Nicht mal meine Freunde erzählen mir so was. Also mag ich ihn. Außerdem zahlt er bar.«

»Du bist Zeuge, Charlie«, sagte Vater. »Merk dir das.«

»Aber wir sind sehr verschieden«, sagte Mr. Weerwilly. »Sie sind ein amerikanischer Imperialist. Sie nehmen mein Land. Ich bin ein armer Kommunist, bloß ein kleiner Bauer. Ich muß an Sie verkaufen. Jetzt hab' ich nur noch mein Haus und einige wenige Bäume.«

Mr. Weerwilly redete weiter. Er wiederholte sich und lispelte und spuckte und trank Bier. Die Zeit verstrich langsam. Warum bestand Vater darauf, daß ich hier saß, im Regen, der herunterprasselte?

Mr. Weerwilly sagte: »Aber ich weiß, warum Sie diese hübsche Frau und die Kinder nach Jeronimo bringen – weil Sie verrückt sind.«

»Sie haben die Lady gehört«, sagte Vater. »Wie ein Fuchs.«

»Und hier können sie Nahrungsmittel für nichts kaufen. Sie tragen bloß ein Hemd. Für fünf *Lemps* können sie ein Mädchen kriegen.«

»Vorsichtig, Weerwilly«, sagte er und schenkte dem Mann ein wildes Grinsen.

Ärgerlich richtete Vater seinen Fingerstummel auf ihn, und Mr. Weerwilly zuckte zurück. Ich nehme an, der Mann hielt Vaters stumpfen Finger an der Faust irrtümlich für einen Revolverlauf. Mr. Weerwillys Hand kroch zum Hemd.

Vater sagte: »Charlie, frag den Mann, wo sein Vertrag ist.«

Ich stellte die Frage.

»Danke«, sagte Mr. Weerwilly. »Du hilfst mir, mich an die Sache zu erinnern.« Unter seinem Hemd holte er einen Umschlag hervor und ließ ihn auf den Tisch klatschen.

Vater riß ihn auf. Aber ich schaute nicht auf ihn. Ich starrte Mr. Weerwilly an. Beim Herausziehen des Umschlags war sein Hemd auseinandergeklafft, und seine Hand hatte ein schwarzes Lederhalfter berührt, das er über die Brust geschnallt trug.

»Er hat es so eilig.«

Vater sagte: »Sieht aus wie ein Harvard-Diplom.«

»Spanisch«, sagte Mr. Weerwilly.

»Ich kann lesen«, sagte Vater.

Ich konnte die Augen nicht abwenden von der Wölbung der Pistolentasche unter Mr. Weerwillys Hemd.

»Er glaubt, ich betrüge ihn.«

Vater las sorgfältig, runzelte die Stirn, fuhr mit dem Fingerstummel über die Seite. Dann sagte er: »War mir ein Vergnügen, mit Ihnen Geschäfte zu machen.«

Mr. Weerwilly trank sein Bier aus und rülpste. Er stand auf, packte mich bei den Haaren und drehte meinen Kopf so, daß ich ihm ins Gesicht schaute. Er lächelte mich auf seine häßliche Art an und sagte: »Vielleicht ist er gar nicht so verrückt.«

Dann lachte er, berührte die Wölbung unter seinem Hemd.

Als er gegangen war, sagte Vater: »Vielen Dank, daß du dageblieben bist, Charlie. Ist er nicht ein trauriger Fall? Er war betrunken. Ich dachte nicht, daß er mir's geben würde. Er hätte mit meinem Geld abhaun können.« Vater faltete das Papier zusammen und steckte es wieder in den Umschlag. »Er ließ sich schwer festnageln.«

Ich sagte: »Er hatte eine Pistole.«
»Richtig. Er dachte, er hätte mich vorm Lauf.«
»Hattest du keine Angst?«
Sanft nahm er meine Hand. Seine eigene Hand war heiß und klebrig und zitterte. Er sagte: »Nein.«
Er ließ los und griff nach dem Umschlag.
»Ich hab', was ich wollte.«
»Ein Stück Land?«
»Jeronimo«, sagte Vater.
»Eine Stadt?«
»Wisch dir das Grinsen aus dem Gesicht«, sagte er. »Es ist eine kleine Stadt.«
Der Regen klatschte aufs Dach, schlug auf die Hibiskushecke und ließ die Blüten nicken. Er schwärzte den Sand und trommelte auf Toscos Chevrolet, und Donnerschläge dröhnten über die tintige See.
»Immerhin«, sagte Vater, »ich werde der Bürgermeister sein.«
Wir saßen da, bis der Regen nachließ, dann setzten sich Mutter und die Kinder zu uns, und Tosco servierte das Abendessen draußen auf der Veranda.
Jerry sagte: »Wir haben eine tote Kuh gesehn«, und erzählte Vater, wie ein Hund am Straßenrand daran gefressen hatte, beobachtet von Geiern »mit Schnäbeln wie Kartoffelschälmesser«. Clover und April beschrieben den toten Hund auf der Straße und wie die Geier sich drängten, um Stücke aus dem Kadaver zu hacken. Clover sagte: »Sie hackten so lange, bis mir schlecht wurde.«
»Vater scheint nicht beeindruckt«, sagte Mutter.
»Ich kann diese Vögel nicht ausstehen.«
Mutter erzählte ihm von den Straßen, wie man durch Rinnen und Furchen fuhr, daß man über eine Eisenbahnbrücke mußte, über schlüpfrige Geleise und lose Bohlen, und wie es dann plötzlich zu felsig war, um weiter voranzukommen – daß eine Straße zu einem Steinbruch und eine andere zum Meer führt und daß die Straßen keine Straßen waren und daß man nach weniger als einer Meile auf Bäume stieß oder einen Hund, der dann oft auch noch tot war. Die Straßen führten nirgendwohin.
»Darauf trinke ich«, sagte Vater.
Clover sagte: »Und die Leute gehn zur Toilette auf die Straße.

Jawohl«, protestierte sie, weil April angefangen hatte zu kichern. »Ich habe einen gesehn!«

»Gut für den Rhabarber«, sagte Vater.

»Wir haben nur verrückte Sachen gesehn«, sagte Clover.

»Er lächelt immer noch«, sagte Mutter.

»Erzähl ihnen die große Neuigkeit, Charlie.«

Ich sagte: »Dad hat eine Stadt gekauft.«

»Eine ganz kleine«, sagte er.

»Mach keine Witze«, sagte Mutter.

»Hier ist die Urkunde«, sagte er. »Und ich kann euch auf einer Karte zeigen, wo es ist. Der Name steht hier schwarz auf weiß – sieht ungefähr so groß wie South Hadley aus. Ein betrunkener Deutscher hat's mir verkauft. Er versuchte, dort Bananen anzubaun. Gibt ein paar Eingeborene dort, aber davon abgesehen nur Sonnenschein.«

Jerry sagte: »Ich wette, es gibt dort einen toten Hund.«

»Vielleicht einen lebenden«, sagte Vater. »Aber keine Hundefänger. Keine Polizisten, kein Telefon, keine Elektrizität, keinen Flugplatz – nichts. Es ist so unbedeutend, wie ein Ort nur sein kann. Dieser Deutsche verdammte ihn, aber für mich klang das alles wie höchstes Lob. Aus dem Nichts beginnen, sagt man oft. Nun, Jeronimo ist ein Nichts.«

»Wie kommen wir dahin?« fragte Mutter.

»Bring mich nicht mit nebensächlichen Fragen durcheinander«, sagte Vater. »Aber ich hab' genug verraten. Von dem Deutschen abgesehn, gibt's von hier bis zum Grundbuchamt keine Menschenseele, die weiß, wohin wir gehn. So betrachtet, ist es besser als eine unbewohnte Insel.« Sein Fingerstummel schnellte hoch. »Und jetzt still. Kein Wort mehr drüber!«

In diesem Augenblick fuhr ein Wagen vor dem Gardenia vor und parkte in einer Pfütze. Vier Frauen in leuchtenden Kleidern stiegen aus. Sie hatten lange schwarze Haare und trugen Handtaschen. Sie gingen quer über die Veranda zur Bar am anderen Ende. Das Gelächter kam mir bekannt vor.

»Hier kommen die Damen der Nacht«, sagte Vater. »Die Sitzung ist vertagt.«

Tosco kam auf Vater zu, als wir gerade in unsere Zimmer gehen wollten. Er dankte ihm noch mal dafür, daß er seinen Wagen repariert hatte, und wiederholte, daß wir ihn jederzeit benutzen könnten.

»Sie sind ein Gentleman«, sagte Vater.

Tosco sagte: »Aber jetzt brauchen Sie keinen Wagen, eh? Ich höre, Sie kaufen Jeronimo.« Er küßte seine Fingerspitzen. »Es ist wunderschön, Jeronimo.«

Der nächtliche Krawall war schlimmer als sonst; das Lärmen hielt fast bis zum Morgengrauen an. Dann schaute ich über den glitzernden Hafen und sah, daß die *Unicorn* verschwunden war.

Ich fühlte mich hilflos und halb blind nach dem Verschwinden des weißen Schiffes, als wäre etwas Festes, Greifbares aus meinem Kopf gezaubert worden. Es war Hoffnung. Ich hatte mich sicher gefühlt, weil das Schiff dagewesen war – wir konnten heimkehren. Jetzt fühlte ich mich verlassen.

Danach wich ich nicht von Vaters Seite. Jede Ausrede war mir recht, um ihn in die Stadt zu begleiten. Ich saß geduldig in Läden und Magazinen, während er die Ausrüstung kaufte, die wir, wie er sagte, in Jeronimo brauchten – Eisenwaren, so nannte er es, Rohre und Armaturen. Die Fruit-Company gäbe die Sachen billig ab, sagte er. Ich tat das, was mir aufgetragen wurde, und fand mich gewöhnlich im Schatten eines Baumes kauernd wieder, zusammen mit dem Mann namens Mr. Haddy, während Vater – Gestelle mit Kupferrohr und alte Boiler inspizierend – seine Schrotthändleransprache hielt, daß er ihnen das alte Zeug vom Hals schaffe und nicht die geringste Ahnung habe, was er damit anfangen würde.

»Ein Jammer, das Zeug wegzuwerfen«, sagte er und tat so, als täte er ihnen einen großen Gefallen, wenn er die Sachen mitnahm.

All das hatte ich früher schon gehört, aber ich blieb trotzdem in seiner Nähe. Mit dem Auslaufen der *Unicorn* war unser letztes Band zu Amerika zerrissen. Vater hatte teilweise recht gehabt, als er mich beschuldigte, ich hätte mich auf Kapitän Smalls Seite gestellt – ich hatte geglaubt, dieser alte Mann würde sich um uns kümmern; bei Tiny Polski hatte ich manchmal das gleiche Gefühl gehabt.

Nun aber führte Vater allein das Kommando. Er hatte uns an diesen fernen Ort gebracht und in seinem Zaubererstil mit dem Kauf einer Stadt überrascht; und er deutete auf die Kupferrohre und die alten Boiler.

»Dies sind die Rohmaterialien der Zivilisation«, sagte er. Aber all das war mir egal. Ich wollte ihm nur nahe sein. Ich fürchtete die Tollkühnheit seines Mutes und dachte an den Deutschen und seine Pistole. *Wenn er stirbt*, dachte ich, *sind wir verloren*. Sobald ich ihn aus den Augen verlor, machte ich mir Sorgen und hörte nicht auf, mich zu sorgen, bis ich ihn pfeifen oder singen hörte: »Under the bam, Under the boo.« Er merkte, daß ich mich an ihn hängte. Oft beugte er sich runter und sagte zu mir: »Wie mach' ich das?«

Ich sagte: »Fein.« Aber ich wußte nicht, was er machte oder warum. Was immer es war, ich wußte nur: Er bewegte sich unter den Eingeborenen.

11

»Wovon reden Sie?« sagte Mr. Haddy. Er hatte ein Froschgesicht und derart vorstehende Zähne, daß die beiden vorderen knochentrocken waren, so weit ragten sie heraus. »Das Wasser ist still in der Nacht.«

»Nicht dort, wo ich herkomm'«, sagte Vater. »Da ist's Tag und Nacht immer gleich. Also los.«

Mutter sagte: »Überhaupt, wem gehört das Boot?«

Mr. Haddy protestierte immer noch. »Ich sag' nicht: *Ihr* Wasser ist still in der Nacht – ich sag: *dieses* Wasser. Ist mächtig rauh am Tag, und manchmal regnet's wie der Teufel. Aber nachts schläft's wie ein Baby.«

Er sprach mit flacher Stimme, schob die Worte mit der Zunge träge heraus, begleitet vom Schluckauf nachdrücklicher Betonung, und er verfiel ins Kreolische, wenn Vater unvernünftig wurde.

»Bringen Sie uns bloß von hier weg«, sagte Vater.

»Außerdem«, sagte Mr. Haddy, »brauchen wir den ganzen Tag, um diese alberne Fracht auf meine Barkasse zu laden.«

»Dann mal ein bißchen flott!«

»Und vielleicht ist's zu viel«, sagte Mr. Haddy. »Das ganze Eisenzeug.«

»Probieren wir's aus.«

Mr. Haddy schaute Mutter an. »Ihr Mann, er hat was übrig für Blödsinn, Ma.«

Es war nicht schwer, unsere Habseligkeiten vom Gardenia zum Pier zu schaffen, wo Mr. Haddys Barkasse, *Little Haddy*, vertäut war. Die Säcke mit Saatgut, die Campingausrüstung, die Werkzeugkisten – das schafften wir mit einer Fahrt rüber. Anders war es mit den Boilern und Rohren. Diese schwere Ladung kam schließlich in einen Waggon der Stadt, der die Geleise der Hauptstraße von La Ceiba entlang zum Pier runtergezogen wurde und auf seiner Fahrt eine Prozession von Menschen hinter sich herzog.

»Dieses Dreckzeug wird mein Boot zum Sinken bringen«, sagte Mr. Haddy. »Wird's versenken, *jawohl.*«

Die *Little Haddy* war eine hölzerne Barkasse mit dem Steuerrad in einer Kajüte mit flachem Dach am Heck. Sie hatte vierzig Fuß offenes Deck, ein Teil davon mit Segelplane überdacht. Über der Reling hingen Gummireifen als Stoßdämpfer. Die Farbe war abgeblättert und abgeschlagen, darunter zeigten sich graue salzige Planken. Unter der Wasserlinie wuchs am Rumpf ein grüner Belag; alles zusammengenommen gehörte es zu der Sorte Boot, die ich an der Küste von Massachusetts in Schlammflächen versunken oder umgedreht oberhalb der Gezeitenmarke gesehen hatte. Selbst die Leinen wirkten ausgeblichen und fadenscheinig wie altes, weggeworfenes Tauwerk. Einige der Decksplanken hatten sich aus der Halterung gerissen und die Kalfaterung bloßgelegt, an vielen Stellen war Teer drübergeschmiert worden. Der Laderaum war so flach, daß Mr. Haddy sich hinknien mußte und sich dabei den Kopf anschlug, um unsere Ausrüstung zu verstauen; schnell war er gefüllt. Der Rest – die Boiler, drei Stück, und die Rohre – mußte an Deck festgezurrt werden. Jedesmal, wenn etwas an Bord gehievt wurde, stöhnte *Little Haddy* auf, sank tiefer ins Wasser und schien sich die Nase zu schneuzen.

Die Leute von der Stadt, die dem Waggon gefolgt waren, standen in seinem Fleckchen Schatten und sahen Vater und Mr. Haddy beim Laden zu. Vater kannte mehrere der Zuschauer beim Namen. Er scherzte mit ihnen auf spanisch und englisch. Kaum eine Woche in La Ceiba, und schon pflegte er freundschaftlichen Umgang, wurde sogar respektiert, obwohl niemand am Pier eine Hand rührte, um ihm zu helfen, seine Ladung zusammenzuschnüren und auf die Barkasse zu schwingen.

Vater stöhnte unter der Anstrengung des Hebens und sagte: »Denen ist's egal, ob ich mir 'nen Bruch hebe.«

»Du kannst ja hierbleiben, Onkel«, sagte einer der Zuschauer.

»Um nichts in der Welt würde ich bleiben«, sagte Vater. Er dirigierte ein Bündel Kupferrohre an Deck, wo sie auseinanderfielen und gegen das Holz klapperten.

»Schöne Stadt, La Ceiba.«

Vater sagte: »Kein Ort für Kinder.«

»Gibt viele Kinder hier!«

»Dann erklärt mir eins«, sagte Vater, ging auf die Leute zu und ließ den Schweiß von seinem Gesicht tropfen, »wenn all diese Menschen Obst anbauen, es ernten, verpacken, verladen, eindosen und was sonst noch dazugehört – warum sind sie dann alle so verdammt winzig und schwächlich? Ich werd' euch sagen, warum. Sie machen alles, nur essen sie es nicht! Noch nie in meinem Leben hab' ich so viele Knirpse gesehn. Haut und Knochen, mehr ist nicht dran. Gebt's zu, ihr seid Schwächlinge.«

Die Leute lachten, hockten zusammengekauert im Schatten des Waggons. Die Mittagssonne traf auf den eisernen Pier, und am Ende, wo Jerry und die Zwillinge spielten, wirkte der Pier im Hitzegeflimmer wie Wasser und schien so wellig wie die See. Pelikane hingen schlaff auf Pfosten, der Küstenstreifen loderte. Hier prallte das Sonnenlicht hart und schmerzhaft auf den Sand.

»Die Stadt gehört der Company«, sagte Vater. »Eine Ein-Ernte-Wirtschaft und *eine* Company, der die Ernte gehört. Könnt ihr behalten. Aber ich werde meine Familie hier nicht hungern lassen.«

»Wir hungern nicht«, sagte ein Mann. »Sind kräftige Leute, sehr kräftig.«

Es war ein großer Mann; um den Kopf hatte er einen Lumpen geschlungen, seine Armmuskeln zeigten grüne Tätowierungen, und selbst barfuß war er noch größer als Vater.

»Ihr seid Witzfiguren und Knirpse«, sagte Vater. »Ihr eßt zu viele Hamburgers, ihr schält euern Reis, ihr nehmt weißen Zucker. Was ihr braucht, sind Vitamine. Du« – sagte er zu dem großen Mann, während er ihm die Finger in die Brust stieß –, »du brauchst Mark in den Knochen.«

Der Mann lachte laut auf. Vaters Beschimpfung störte ihn nicht. Er ließ seine Muskeln vor der Menge spielen.

»Okay, Samson«, sagte Vater. »Traust du dir ein Experiment zu?«

»Schon wieder Blödsinn«, sagte Mr. Haddy, »und mein Boot ist immer noch nicht beladen.«

»Wie viele Liegestütze schaffst du?« sagte Vater zu dem Mann.

»Sumsun!« brüllte ein anderer Mann.

Der große Mann sagte: »Ich könnte die Wanne da hochheben.«

»Sicher könntest du das. Du könntest sie hochreißen und umkippen und würdest es fertigbringen, dir dabei wahrscheinlich sämtliche Zehen abzuquetschen. Aber wie viele Liegestütze schaffst du, Affenmann?«

Mutter sagte: »Sei vorsichtig, Allie.«

Mr. Haddy nahm sie beiseite und sagte: »Der große Kerl taugt verdammt gar nichts.«

»Macht Platz«, sagte Vater. »Gebt dem Gentleman Bewegungsspielraum.«

Inmitten des Rings der Gaffer, die anfeuernd brüllten, fing der große Mann an. Vater kauerte vor ihm und sagte ihm: »Das Kinn ganz runter und den Rücken gerade.« Vater zählte, während der Mann sich hoch- und runterwuchtete. Dann lag der Mann mit einem Grunzen flach und konnte sich nicht mehr hochstemmen.

»Zweiundzwanzig«, sagte Vater. »Nicht übel, aber schaut ihn euch an – völlig aus dem Leim gegangen.« Er umarmte Mutter und sagte: »Soviel würde meine junge Braut vor dem Frühstück schaffen.«

Der Mann rollte sich herum und rappelte sich auf. Vom Luftschnappen waren seine Augen zusammengekniffen; die Anstrengung ließ ihn leicht verkrüppelt aussehen.

»Halt mal«, sagte Vater. Er gab mir seine Baseballmütze und die Zigarre.

»Puppenspiel«, sagte Mr. Haddy, was auf kreolisch soviel wie Kinderkram bedeutete.

Vater krempelte sich die Ärmel hoch, ging auf dem Pier in Position, die Krümmung seines Rückens bereits schweißgetränkt. Mit schnell pumpenden Armen machte er zweiundzwanzig Liegestütze. Die Zuschauer zählten. Er hielt einen Moment inne, grinste den großen, keuchenden Mann an und machte weitere achtundzwanzig. »Fünfzig!« sagte er. Dann legte er noch mal fünfundzwanzig zu. Als er aufstand, hatte er ein rotes Gesicht und war außer Atem, aber er sagte: »Das sind mal fünfundsiebzig für den Anfang. Könnte noch viel mehr machen, aber ich hab' zu tun.«

Das begeisterte sie, und als er sich wieder ans Beladen der Barkasse machte, traten acht Männer vor, um zu helfen. Den restlichen Nachmittag brachten sie damit zu, gemeinsam mit Vater und Mr. Haddy das Eisenzeug auf das Boot zu schaffen.

»Ist schon komisch«, sagte Vater zu Mutter. »Sie helfen mir, weil sie mich für stark halten. Wenn ich schwach wäre, würden sie keinen Finger rühren. Man sollte meinen, es müßte genau umgekehrt sein. Und du fragst, wieso diese Leute Wilde sind?«

»Ich habe nichts gefragt«, sagte Mutter und ging die Kinder einsammeln.

»Andererseits«, sagte Vater, »spielt es keine Rolle, ob ein Mann ein Wilder ist, solange er ein Gentleman ist. Merk dir das, Charlie.« Dann ging er vor sich hin glucksend an Bord der Barkasse.

Die Nacht brach herein. Die Stadt sah freundlicher aus. Kleine Lichter brannten am Pier, und die Hafenbüros zeigten erleuchtete Fenster. Die Palmen, tagsüber so spindelig und zerrupft, hatten gefiederte Kronen, und diese dunklen Federbüschel schützten die gemütlichen Gebäude. Ein paar blutigrote Strahlen des Sonnenuntergangs streiften noch über die Berge im Westen. Darunter kuschelte sich die Stadt. Sie lag flach da, ein Teich winziger Lampen in der Dunkelheit, und ein paar schwache Flimmerplättchen glimmten von den erleuchteten Hütten an den Berghängen.

Jerry gähnte unbehaglich auf Mutters Schoß – er war zu groß, um es da bequem zu haben –, und die Zwillinge schliefen bereits unter der Plane. Es war zehn Uhr. Seit Mitte Nachmittag hatte es zweimal geregnet, und immer noch zackten in plötzlichen Ausbrüchen Blitze über das Meer. Es schien grausam, die Stadt zu dieser späten Stunde verlassen zu müssen. Wir waren eine Familie, die früh zu Bett ging, und es war längst Schlafenszeit. Ich beneidete die Leute, die ich in den Häusern sehen konnte, die an den Fenstern standen – sogar die, die ich mir in den Hütten am Strand in Hängematten schwingend vorstellte. Es erregte mich nicht, auf diesem schmalen Boot zu sein und zu hören, wie die See gegen den hölzernen Rumpf schwappte. Ich saß auf einer Kiste und zitterte. Mutter legte sich mit Jerry zu den Zwillingen – alle steckten sie in Schlafsäcken. Ich sah zum Land hinüber. Ich wollte nicht weg von hier.

Der Motor hatte die letzte Stunde langsam vor sich hin getukkert. Mr. Haddy hob eine Falltür, langte mit einem langstieligen Schraubenschlüssel hinein und holte ein lautes *Rat-tat* aus der Maschine heraus, das die geborstenen Decksplanken erzittern ließ. Ich erstickte fast an den Auspuffgasen.

Vater sagte: »Ich habe Schneebesen mit besseren Motoren gesehn als den hier. Hör dir die Fehlzündungen an. Nennst du das Gleichlauf?«

»Was sind das für Vögel?« sagte ich. Seit Sonnenuntergang hatte ich sie beobachtet. Sie hatten kleine, schnittige Körper und flache Schwingen und kreisten, wie Schwalben tauchend, um die Lichter am Pier.

»Irgendein Nachtvogel«, sagte Vater, ohne aufzusehen. Er lauschte immer noch mißbilligend dem Maschinengeräusch.

»Sind Fledermäuse«, sagte Mr. Haddy.

Hunderte von ihnen – genug, um die Lichter zu verdunkeln. Jetzt konnte ich es kaum erwarten, mit dem Boot abzulegen.

Vater ging nach vorn. Er sagte: »Wir sind soweit, Mutter. Ich hab' dir einen Kaffee in der Kombüse gekocht.«

»Ich war den ganzen Tag soweit«, sagte sie. »Die Kinder schlafen.«

Mr. Haddy pfiff undeutlich durch seine vorstehenden Zähne. Er sagte: »*Yerry me, Ta Taam?*«, und ein Mann, der am Pier geschlafen hatte, erhob sich wie ein aufgescheuchtes Insekt, löste die Leinen und warf sie auf Deck. Mr. Haddy blies die Luft aus seinen Backen und stieß einen Hebel nach unten – ein Eisenstock im Ruderhaus, einem Schaltknüppel eines Traktors ähnlich –, und Ta Tom gab dem Boot einen Tritt mit dem Fuß. Wir waren unterwegs, hinaus auf die schwarze See.

»Ja, Fledermäuse«, sagte Mr. Haddy.

Er lehnte sich aus dem Ruderhaus.

»Ich wünschte, wir würden nach Utila fahren«, sagte er.

Ich fragte ihn, warum.

»Sind nur zwei Stunden. Nach Santa Rosa zehn.« Seine langen Finger baumelten am Steuerrad.

Ich sagte: »Ich dachte, wir führen nach Jeronimo.«

»Jeronimo ist im Dschungel. Dort kriegst du keine Boote zu sehn. Bloß Kerle mit Schwänzen.«

»Frag den Mann nicht aus«, sagte Vater. »Was dagegen, wenn ich mal das Ruder übernehm', Mr. Haddy?«

Mr. Haddy rührte sich nicht vom Ruder weg. Tatsächlich verstärkte sich sein Griff an den Speichen noch. Er sagte: »Gegen die Regeln.«

»Welche Regeln?«

»Die auf meinem Boot. Ich bin der Steuermann, ihr die Passagiere,«

»Machen Sie einen Spaziergang«, sagte Vater.

Mr. Haddy blieb, wo er war.

Vater sagte: »Ich kenn' jeden Lunarstern in beiden Hemisphären. Ich bin ein Meister des Quadranten und Sextanten. Von der Reflexion in einem Teereimer könnte ich die meridionale Höhe der Sonne ablesen.«

»Regeln«, sagte Mr. Haddy.

Vater sagte: »Und wie viele Liegestütze schaffen Sie?«

Darüber mußte Mr. Haddy lachen. Aber das Ruder ließ er nicht los. Er drängte sich dicht ran und drückte seine Nase gegen die schmutzige Scheibe des Ruderhauses.

Die Palmen am Ufer warfen das Echo unserer Maschine zurück; es hallte über La Ceibas eisernem Pier, als wir ihn umrundeten, um nach Osten, in die tiefste Nacht zu fahren.

Vater sagte: »Wir haben Treibstoff, wir haben zu esen, wir haben all unser Zeug. Massenhaft Trinkwasser und nichts Verderbliches. Ich bin verdammt froh, daß wir fahren. Nichts für ungut, Mr. Haddy, aber diese Stadt ist nichts für Kinder.«

Wir schauten zurück. Schon die kurze Entfernung ließ die Stadt ausgeglichen und schön erscheinen; ein flacher Lichtteich unter den Schatten der Berge und den Knäueln der silbernen Sturmwolken.

»Sie wissen, wohin Sie fahren, Vadder.«

»Mr. Haddy, wir fahren nach Hause. Überlassen Sie mir das Ruder, und Sie werden sehn, wie bald wir dort sind.«

Mr. Haddy umarmte das Ruder und steuerte uns durch die mondbeschienene Dünung der See. Vater seufzte. Er leckte an einer Zigarre – es war eine lange aus Honduras. Einen ganzen Korb hatte er davon. Er setzte die Zigarre in Brand, und die Flamme, die von der Spitze züngelte, zeigte seine hitzigen Augen, die Mr. Haddy anloderten.

»Das erste Hochseeboot, das ich je gesehn hab', ohne einen Kompaß an Bord«, murmelte er. »Zum Glück hab' ich meinen mitgebracht. Aber wo er ist, werde ich Ihnen nicht sagen.«

Entlang des Ufers standen kleine Hütten, flackernd wie Laternen unter den hohen Palmen. Dann folgten tiefere Dunkelheit und winzigere Lichter und kein Ufer mehr, sondern ein immer schwärzer werdendes Gefälle von Land und See und spärliche Flämmchen in der wachsenden Finsternis.

»Ich weiß, wohin du schaust, Charlie«, sagte Mr. Haddy.

Ich sagte nicht, daß ich auf die Lichtpunkte am Ufer schaute.

»Als ich klein war«, sagte er und blickte mit mir zum Ufer hinüber, »lebten wir weit weg bei Brewer's Lagoon. Dort hab' ich Zambu gelernt – die schwarzen Indianer brachten's mir bei. Eines Nachts war viel Unruhe in meinem Zimmer, eine Bewegung, Flattern und Schlagen. Ich wachte auf und rief meine Ma: ›Ma, komm schnell! Passiert was!‹ Sie kommt mit einer Fackel rein und sagt: ›Puppenspiel, stiehl mir nicht die Zeit – du hast von Duppies geträumt.‹ Duppies – so heißen unsere Geister. Dann wurde sie ganz grau. ›Was ist das für Blut auf deinem Kissen?‹ sagte sie, und wie sie kreischte. Ich schaute zum Kissen, und es war rot. Blut! Sie packte meinen Kopf, ob er in Ordnung war. Er blutete, aber ich spürte nichts.«

»Warum bluteten Sie?« fragte ich.

»›Hah!‹ sagte meine Ma und stampfte auf den Fußboden, und eine Fledermaus, so groß wie sonstwas, klatschte gegen die Wand. Sie jagte sie weg, schaute sich dann wieder meinen Kopf an. Diese große alte Fledermaus hatte an meinem Ohr gesaugt und mit den Zähnen reingebissen. Und das Blut rann heraus. Und im ganzen Zimmer überall Fledermausdreck. Und der Fledermausdreck stank wie Mungo.«

Seine weitgeöffneten, braungefleckten Augen sahen mich an.

»Ich weiß, wohin du schaust. Fledermäuse.«

Das stimmte nicht, aber jetzt tat ich es.

Vater schwieg, rauchte, sah aus, als wollte er Mr. Haddys Hand vom Ruder reißen.

»Ich kannte einen Kerl«, fuhr Mr. Haddy fort, »dem hat eine Fledermaus den Zeh ausgesaugt, im Schlaf. Ja, ja, die Fledermäuse gehen auf dich los. Manche von ihnen sind groß wie Kissen. In der Gegend von Bluefields sind sie so groß wie Ameisenbären, beißen einem die Zehen durch.«

Im dunklen Ruderhaus konnte ich seine trockenen Zähne sehen, weiß wie Farbe, und hören, wie er durch sie zu pfeifen versuchte.

»Flughunde«, sagte Vater.

»Oh, sicher, Flughunde«, sagte Mr. Haddy. »Und all die anderen Arten.«

»Sie fressen Bananen«, sagte Vater.

»Aber wenn sie ihre Bananen nicht kriegen, dann gehn sie einfach auf einen los.«

»Erzählen Sie uns von Haifischen«, sagte Vater.

»Hab' ein paar Haie gesehn«, sagte Mr. Haddy.

»Groß wie Hunde?«

»Größer.«

Vater deutete mit dem Fingerstummel und sagte: »Da ist Norden, Mr. Haddy.«

»Hätte ich Ihnen sagen können. Ich weiß, wo Norden ist, so wie ich meinen eigenen Namen weiß.«

»Jetzt in diesem Moment«, sagte Vater träumerisch, »malt gerade jemand drüben in Amerika gelbe Linien auf eine Straße, und jemand anders schweißt gerade Zwiebeln für den Supermarkt ein oder wirft einen Entsafter in den Müllschacht und sagt: ›Kaputt.‹ In einer wunderschönen Küche macht gerade jemand eine Suppe mit Schokoladengeschmack auf, weil er seinen Wagen nicht ankriegt, um auswärts zu essen. In Wirklichkeit wollte er einen Cheeseburger. Jemand hat sich gerade mit einer Wurst mit rotem Nitrat vergiftet und lächelt, weil sie so gut geschmeckt hat. Und alle schimpfen sie auf den Präsidenten. Sie wollen ihn generalüberholt haben.«

Vater schwieg einen Augenblick.

Mr. Haddy sagte: »Da ist Norden.«

»Da«, sagte Vater, das Gesicht der Dunkelheit zugewandt, »da ist ein Innendekorateur, wahrscheinlich eine Witzfigur, er steht in der Halle einer Bank. Er ist angeheuert worden, sie umzudekorieren. Es geht abwärts mit der Bank. Sie braucht Kunden mit Sparkonten. Vielleicht hilft eine neue Halle. Aber der Dekorateur weiß nicht, welche Farbe er nehmen soll oder wohin mit den Geranien. Er sagt zu dem Bankier: ›Was möchten Sie, daß dieser Raum *aussagt?*‹«

»Bin mir darüber nicht zu sicher«, sagte Mr. Haddy.

»Jemand erfindet einen neuen Namen für Corn-flakes«, sagte Vater. »Ein anderer ist gerade an ihnen gestorben.«

»Ist nicht gut«, sagte Mr. Haddy.

»Aber wir sind auf dem Weg nach Hause«, sagte Vater.

»Hab' ich Ihnen schon mal von dem Tiger und meiner Ma und dem Yampi erzählt?«

»Erzählen Sie, Mr. Haddy. Aber geben Sie mir zuerst das Ruder.«

Mr. Haddy sagte: »Das gebe ich Ihnen nie. Ich bin der Kapitän, ich bin der Steuermann, das ist mein Boot.«

Vater schwieg. Manchmal verströmte er einen bestimmten Geruch, wenn er wütend war, und ich bekam nun einen Hauch davon ab, ein bißchen Glut von der Wut eines Katers.

»Sie sind Passagier.« Aber Mr. Haddys Stimme hatte ihre Kühnheit verloren.

»Wenn ich der Passagier-Typ wäre, dann würd' ich dort drüben sein«, sagte Vater. Er deutete nach Norden, Richtung Vereinigte Staaten. »Geh ins Bett, Charlie.«

Ich rollte meinen Schlafsack neben Mutter aus und kroch hinein. Die Maschine vibrierte in meinem Rücken. Die unzähligen Sterne über mir waren wie eine Dünung von Meeresleuchten – eine Million winzige Sternen-Fischchen, die tot in der Himmelsdünung dahintrieben.

Als ich aufwachte, war es dunkler als zu der Zeit, als ich mich hingelegt hatte. Eine dichte, feuchtkalte Finsternis lag um das tukkernde Boot, kein Stern war zu sehen. Das Bündel Schlafsäcke in meiner Nähe sagte mir, daß Jerry und die Zwillinge noch schliefen. Im Ruderhaus brannte ein kleines Licht.

Vater steuerte, neben ihm Mutter mit einer Karte. Mr. Haddy war nirgendwo zu sehen. Mit den Händen am Ruder und dem sein Gesicht verzerrenden Laternenschein sah Vater begierig und ungeduldig aus. Ich fragte ihn, wo Mr. Haddy war.

»Hab' ihn über Bord geworfen«, sagte Vater. »Die Anstrengung war zu groß für ihn.«

Wie sehr vertraute ich Vater? Vollkommen. Ich glaubte alles, was er sagte. Ich schaute sogar vom Heck in unser schäumendes Kielwasser, in der Erwartung, die Zähne in Mr. Haddys sinkendem Gesicht zu sehen.

Mutter sagte: »Er nimmt dich auf den Arm, Charlie. Mr. Haddy schläft.«

»Hab' ihn ins Bett geschickt«, sagte Vater. »Gott, ich wünschte, wir hätten eins von diesen Booten.«

Er hatte eine erloschene Zigarre im Mund und bediente das Steuerruder mit gespreizten Fingern, sein feuerhelles Gesicht der Scheibe des Ruderhauses zugewandt.

Mutter hatte ihn von hinten leicht an der Schulter gefaßt, ihre weiße Hand hielt ihn zurück, so wie sie Jerry und die Zwillinge an der Reling der *Unicorn* zurückgehalten hatte. Ihr Gesicht war bleich, von fließendem glattem Haar gerahmt und ohne Ausdruck. Ihre dunklen Augen spiegelten die Dunkelheit vor uns, schienen die Flamme der Laterne zu absorbieren. Sie war ruhig, aber Vater war nach vorn gekrümmt, als spannte er sich an, um sich von ihrem Griff frei zu machen. Schatten von Muskelknoten zeigten sich an seinem Kinn, sein Gesicht verzerrte sich vor Anstrengung, die Finsternis zu durchdringen. Seine Augen leuchteten voller Gewißheit, wie glitzernder Schellack. Er war unternehmungslustig und auf der Hut. Er bewegte die Augen nicht – er drehte den ganzen Kopf, wenn er zur Seite sehen wollte.

Vater und Mutter verharrten einige Zeit in dieser Haltung, ohne zu sprechen, und je länger ich schaute, desto mehr glichen sie einem Wilden und einem Engel, und dieses Boot schien ein Beispiel für das Leben zu sein, das wir führten, durch dunkles Wasser pflügend mit schwarzem Dschungel auf der einen, tiefem Meer auf der anderen Seite, und über uns die mondlose Nacht.

Den Dschungel sah ich erst später, als Mr. Haddy erwachte und mir erzählte, daß wir gerade die »Treidelpassage« bei der Guayamoreto-Lagune, knapp hinter Trujillo, passierten.

Die Dunkelheit, wie bodenlose Tinte, weichte allmählich auf, wurde schließlich grau und dann, ohne mehr von der See zu enthüllen, pulverfarben. Rings um uns verdickte sich die pulvrige Morgendämmerung, wurde in einem Sonnenaufgang ohne Sonne grobkörniger und aschig und ließ uns flüchtige Blicke auf eine seifige See und die Küstenlinie zukommen; der Dschungel türmte sich auf wie schwarze Tangklumpen. Bald schon stand die Sonne eine Stunde hoch über dem kahlen, ebenen Strand.

»Vadder steuert mein Boot«, sagte Mr. Haddy verblüfft. Aber er war der einzige an Bord, der überrascht war, daß Vater das Kommando übernommen hatte. »Hat sich letzte Nacht selbst zum Kapitän ernannt. Ich sage, ist gegen die Regeln, aber hat verdammt nichts genutzt.«

Ich glaube, insgeheim waren wir alle froh darüber, und die Tatsache, daß Vater das Boot eines anderen Mannes durch unbekannte Gewässer zu einer fremden Küste steuerte, war Beweis, daß er alles tun konnte.

»Oh, Herr«, sagte Mr. Haddy, als ein Blitzstrahl durch den Nebel fuhr. Lichtdurchglühte, bärtige Wolken, die dann wieder verblaßten. Totenstille, dann ein Donnerschlag, so nah an einer Bombenexplosion, wie ich es noch nie gehört hatte, und bald prasselten Regentropfen, so groß wie Murmeln, auf das Wasser. Streifen der Morgendämmerung und Sturmwolken trafen sich in diesem weiten Himmel über der tropischen See, und die Sonne trieb den schräg hereinbrechenden Sturm gegen das Ufer. Der Regen fiel nicht gleichmäßig. In der Barkasse kämpften wir uns die Küste entlang nach Osten durch die bogenförmigen Konturen des peitschenden Regens – eben noch auf Vaters Eisenwaren klatschend und das ganze Deck überflutend, dann Stille, die nassen Planken geschwärzt.

Bis auf eine leichte Dünung war die See so ruhig, wie sie gewesen war, als wir La Ceiba verlassen hatten. Die Wolken teilten sich – der ganze Himmel voll von ihnen über dem glatten Meer, seitlich wegtreibend und ihre Form ändernd, Säulen und Dachsparren, in sich zusammenbrechend, sich ihren Weg zur Küste bahnend. Die Sonne brach durch und blendete uns. Sie war feuerhell und sehr heiß, der untere Rand der Scheibe tauchte immer noch in die Spülwasserwolke, und als sie auf uns niederknallte, sog sie Dampf und Gestank aus jeder Planke der durchweichten Barkasse.

»Zum Frühstück sind wir in Santa Rosa«, sagte Mr. Haddy. »Ist nicht mehr weit – vielleicht eine halbe Stunde. Kann man fast schon sehen.«

»Ich habe Neuigkeiten für Sie, Sir«, sagte Vater. »Wir werden gleich hier frühstücken. Schaut, was Mutter und ich gefangen haben, während ihr für die Welt gestorben wart . . .«

Er lehnte sich zurück und zog eine Reihe gestreifter Fische aus einem Korb. Mr. Haddy nannte sie Schafskopffische. Sie waren an den Kiemen aufgefädelt, fünf fette Fische.

»Jetzt nehmen Sie diese Fische aus, Mr. Haddy, und Mutter

bringt den Herd in Gang. Die Kinder machen das Deck frei, und wir essen was Richtiges. Oder würden Sie lieber in Santa Rosa einlaufen und die Bohnen vom letzten Monat essen?«

Mr. Haddy nahm einen Fisch und fing an, ihn aufzuschlitzen. Weiter vorn waren Jerry und die Zwillinge aus ihren Schlafsäcken gekrochen und rieben sich die Augen. Mutter stellte eine Schüssel mit frischem Wasser hin, damit wir uns waschen konnten, dann machte sie Feuer im Herd (ein in der Mitte durchgeschnittenes Stahlfaß mit einem Gitter darüber) und setzte den Kaffee auf.

»Ich erzähl' euch noch was«, sagte Vater. »Wir unterbrechen nicht in Santa Rosa.«

Mr. Haddy öffnete die Schafsköpfe wie Briefumschläge und drückte Schläuche grauer Eingeweide raus. Mit ein paar dieser schleimigen Spaghetti an den Fingern sagte er: »Zuerst sagen Sie, Sie wollen nicht nach Trujillo, weil Sie keine Missionare sehen wollen. Dann machen Sie einen Fischhändler aus mir und sagen, wir legen nicht in Santa Rosa an. Ist gar nicht so schlecht, Santa Rosa, zum Teufel.«

Vater sagte: »Ich habe mir die Karte angesehen.«

»Vadder und seine Karte«, sagte Mr. Haddy. Er schuppte die Fische, als würde er sie und seinen Daumen bestrafen wollen, und ließ die trüben Silberschuppen übers Deck fliegen.

»Ich hab' nicht gesagt, wir fahren nicht dorthin«, sagte Vater. »Ich hab' gesagt, wir unterbrechen nicht in Santa Rosa.«

Wegen der gelegentlichen Böen aßen wir den Fisch unter der Plane am Vordeck. Mr. Haddy schnitt einen Fischkopf auf; im Gehirn war ein Stückchen einer klaren Substanz, wie Glas, ein Knöchelchen. Vater beschloß, es um den Hals zu tragen. »Wie ein Zambu«, sagte Mr. Haddy, und dann sagte er, daß wir aufschauen sollten. Dort, unter Sturzbächen von Regen, waren eine Mole und ein paar gelbe Gebäude und der grüne Streifen des Dschungelufers. Mr. Haddy sagte: »Das dort ist Rosy.«

Es war, sagte Vater, eine düstere Beleidigung der grünen Moskito-Küste gegenüber, nicht mehr als zehn flache Gebäude und ein Kirchturm. Dampf und Rauch, rotgedeckte Dächer und ein halbes Dutzend Kinder auf der Mole.

»Wir stoppen in Rosy?« sagte Mr. Haddy.

Vater sagte: »Ich stoppe nie, bis ich dort bin, wo ich hin will.«

»Wenn ich am Ruder stünde, würde ich da drüben anlegen, Vadder«, sagte Mr. Haddy. Er schaute mich traurig an. Das Weiß seiner rotgeränderten Augen war mit braunen Flecken durchsetzt. Die Mole und den Strand hatten wir passiert. Mutter sagte, er solle sich nicht sorgen. Er sagte, er sei nicht besorgt, bloß ziemlich durcheinander.

»Immer mit der Ruhe«, schrie Vater vom Ruderhaus aus.

Die Zwillinge waren am Bug. »Man kann den Grund sehen«, sagte April. Jerry rannte vor, um zu gucken.

»Ich weiß nicht mal, warum ich nicht steuere«, sagte Mr. Haddy. »Früher hab' ich immer am Ruder gestanden. Da – das braune Brandungswasser – das ist die Flußmündung. Was hat der Mann jetzt vor?«

In der Küstenlinie gab es einen Bruch, und in dieser weiten Öffnung traf eine Flußströmung auf die steigende Flut. Die seitlich stürzende Brandung spülte den Treibsand zu Sandbänken hoch. Weiter oben konnte ich Stöcke und Äste sehen, die dem Meer entgegengewirbelt wurden.

Vater schwang das Boot herum, dieser braunen Binnenflut entgegen. Ein Fischer, knietief in den grünen Brechern stehend, warf sein Netz über das Wasser und winkte uns zu. Die *Little Haddy* bohrte ihre Nase in die Strömung, daß das Wasser beiderseits des Bugs aufspritzte.

»Das ist nicht der Weg, Vadder!« rief Mr. Haddy. Er saß immer noch mit mißbilligendem Gesicht bei den Überresten unseres Frühstücks, Fischgräten und Brotkrusten und Kaffeetassen.

»Der Kerl ist durchgedreht«, murmelte er.

Er stand auf und ging zum Ruderhaus, um sich zu beschweren.

»Bitte, Mister. Das ist kein Cayuka. Das ist eine Barkasse!«

»Setzen Sie sich«, sagte Vater.

»Ich bin der Steuermann«, sagte Mr. Haddy. »Ich steuere nicht diese Flüsse hoch.«

»Das ist kein gewöhnlicher Fluß – das ist ein Strom«, sagte Vater. »Ist merkwürdig. Als ich Santa Rosa das erstemal auf der Karte sah, ist mir der Fluß gar nicht aufgefallen, und als ich ihn entdeckte, wirkte er klein. Erst der Regen brachte mich auf die Idee. Jetzt ist Flut. Dieser Fluß hat genug Wasser, um uns das größte Stück Weg nach Jeronimo hinaufzubringen.«

»Das ist kein Gewässer für Barkassen! Wir zerschellen an einem Felsblock!«

»Er vertraut mir nicht«, sagte Vater.

»Wenn ich Ihretwegen nicht mein Patent verlier', dann verlier' ich durch Sie mein Boot. Oh, mein Hut!«

Die Barkase hatte angefangen, in der Strömung zu bocken; die Segelplane schleuderte von einer Seite zur anderen. Die Eisensachen klirrten und rieben aneinander. »Allie!« rief Mutter, als sie von einem Gischtschauer durchweicht wurde. Das Boot schien jetzt leicht und tauchte locker in die Brandung der Flußmündung. Ich klammerte mich fest, voller Angst, es könne kentern.

»Allein schaffe ich das nicht«, sagte Vater. »Ich brauche Ihre Hilfe, Mr. Haddy. Also vor zum Bug mit Ihnen, und wenn Sie irgendwelche Felsen sehn, rufen Sie mir eine Warnung zu. Wir kämpfen gegen die Strömung, hat also keinen Sinn, die Maschine zu drosseln. Nun, was sagen Sie« – wieder klatschte Gischt gegen die Scheibe des Ruderhauses –, »sind Sie dabei oder nicht?«

»Wieder so ein Blödsinn«, sagte Mr. Haddy. Er lächelte nicht. »Mag diese Flüsse nicht. Die Kerle da oben in dem Dschungel – schwarze Kerle –, sie haben Schwänze!«

Es sei der Aguan-Fluß, sagte Vater; am Santa-Rosa-Ufer versammelten sich Menschen, die vielleicht glaubten, wir würden an Land gehen. Sie schleppten Obstkörbe, Bündel mit Kokosnüssen und Strohmatten mit. Als sie uns auf die Mitte des Stroms zustreben sahen, gegen die treibenden Stöcke und die Trümmer der zerbrochenen Bambusrohre, schrien sie uns zu, riefen uns an Land. Auch ihre herumspringenden Hunde kläfften zu uns herüber.

Wir fuhren weiter, an der Siedlung vorbei, die hinter Santa Rosa lag, vorbei an schiefen Schuppen und Hütten auf Pfählen und an Reihen umgedrehter Kanus. Wir passierten die torgleiche Einfahrt zu einer grünen Lagune und arbeiteten uns weiter voran, kämpften in dem Fluß, der gegen unseren Bug schlug. Es war heißer hier, denn die Sonne stand über den Palmen, und die Sturmwolken waren verschwunden. Es gab keine Berge, nicht einmal Hügel. Außer dem Flußufer mit Palmen und niedrigen Büschen und gelbborkigen Bäumen gab es nichts zu sehen; der Himmel reichte bis zu den Baumspitzen herunter. Der schlammige Hochwasserfluß hatte die Büsche am Ufer überflutet.

Mr. Haddy hing mit einem Lot über dem Bug. Seine Stimme klang sorgenvoll, und er hatte uns seinen Hosenboden zugewandt. Von Zeit zu Zeit rief er: »Fels backbord!« Oder: »Fels direkt voraus!« Der Ozean lag achtern, und dann verschwand er hinter einer Flußbiegung, zusammen mit der frischen Brise und dem scharfen Salzgeruch und den Fischdüften. Bis auf den schmalen Arm des Flusses waren wir vom Dschungel eingeschlossen, und jeder Baum schrillte von Vögeln und Insekten. Das Boot bekam einen anderen Charakter. Auf See hatte es heruntergekommen und sehr klein gewirkt. Hier aber, wie es diesen schmalen Fluß hochpflügte, schien es groß und kraftvoll, die Maschine dröhnte gegen die Ufer, erschreckte die Reiher und jagte die Schmetterlinge auf.

»Schaut euch den Verkehrsrowdy an«, sagte Vater, als Mr. Haddy schimpfend die Lotleine an einem Mann in einem Kanu vorbeizog. Mr. Haddy zeigte Jerry und den Zwillingen bestimmte Vögel und pfiff schrill zu den Frauen an den kiesigen Uferstellen hinüber, die im Wäschewaschen innehielten und zu uns herübersahen.

»Die haben noch nie eine Barkasse gesehn«, sagte Mr. Haddy.

Mutter sagte: »Wie weit fahren wir?«

»Bis wir auf Grund stoßen«, sagte Vater.

Wir schafften fünfzehn oder mehr Meilen, fuhren bis Mittag den Fluß hoch, ehe Mr. Haddy überall um uns herum Felsen auszurufen begann. Er gab keine richtigen Signale mehr, er heulte nur noch auf. Das Wasser war hier nicht so schlammig – ich konnte Aale und ganze Schulen winziger Fische auf dem Kiesgrund sehen. An manchen Stellen war zwischen den Ufern kaum genug Platz, daß sich die Barkasse in ihrer Breite durchquetschen konnte; das schnellfließende Wasser spritzte auf Deck und ließ uns nur langsam vorankommen.

Es war in einem dieser engen, sich windenden Kanäle, als ich die Männer in den Bäumen sah. Ich hielt sie für wurzelähnliche Stümpfe, merkwürdige Felsbrocken – für alles mögliche, bloß nicht für Männer. Ihre Köpfe waren auf Zweige gestützt, manche Männer kauerten unter Büschen, schwarze Männer mit glänzender Haut. Einige knieten, die Gesichter von uns weggedreht. Wir waren ihnen so nah, daß ich Vater nicht Bescheid sagen konnte, ohne daß sie mich gehört hätten. Einige hielten Stöcke und Speere und Fischnetze, aber sie verhielten sich ruhig und bedrohten uns nicht.

Ich ging zum Bug, wo Mr. Haddy überhing. Auch er sah sie – er starrte in die Bäume. Dann stolperte ein alter Schwarzer, nur mit einem Paar Khakishorts bekleidet und einen Eimer schleppend, aus dem Wasser zum Ufer.

»Wie geht's?« sagte Mr. Haddy.

Der Mann ließ den Eimer auf die Schlammbank fallen, kippte die Fische darin aus.

»Zambu«, sagte Mr. Haddy. »Haben keine Schwänze.«

Während er das sagte, wandte er den Blick vom Fluß ab und ließ das Lot schlaff werden. Unter uns gab es einen heftigen Stoß – etwas schlug von unten gegen die Barkasse, und die Zwillinge wurden aufs Deck geworfen. Jerry sagte: »Ich habe mir in die Zunge gebissen!«

Von der Strömung getrieben, drehte die Barkasse weg und legte sich, den Herd umkippend, auf die Seite. Sofort hingen wir fest. Im gleichen Moment setzte der Motor aus, und das Treibgut der Flußäste türmte sich am Rumpf hoch. Vater beförderte den schwelenden Herd, der in seinem eigenen Dampf versank, mit einem Tritt in den Fluß.

»Endstation, Mr. Haddy«, sagte er. »Fragen Sie diesen Gentleman, wo wir sind.«

Mr. Haddy fragte nicht. Er sah zu, wie der kniende Mann die Fische einsammelte, und rief Vater zu: »Das hier ist Fish-Bucket!«

Der Fluß brandete um uns herum; sieben oder acht Männer tauchten am Ufer auf, alle schwarz mit großen Köpfen. Sie trugen Shorts und führten Netze und Stöcke mit sich. Vater sprang mit einer Leine vom Heck. Durch hüfthohes Wasser kletterte er ans Ufer.

Die Männer beobachteten, wie er die *Little Haddy* an einem Baum festmachte. Sie traten etwas zurück, als wollten sie ihm Platz machen, obwohl sie zehn Meter entfernt standen.

Vater sprach sie freundlich auf spanisch an.

Sie starrten. Sie schienen ihn zu verstehen, antworteten aber nicht.

»Wie geht's?« rief Mr. Haddy vom Bug.

»Gut hier«, sagte einer der Männer.

Vater sagte: »Sie sprechen Englisch?« Er fing an zu lachen.

Das gefiel den schwarzen Männern. Sie rissen ihre Münder auf und beobachteten, wie er lachte.

»Guten Morgen, Vadder. Mein Name ist Francis Lungley. Können wir helfen?«

Vater sagte: »He, ich hab' überall nach euch gesucht!«

12

Jeronimo, ein Name nur, war das schlammige Ende eines schlammigen Pfades. Weil es einst eine Lichtung gewesen und nun überwuchert war, wuchsen Gebüsch und Unkraut hier undurchdringlicher als in jedem Dschungel. In gewisser Weise unterschied es sich in nichts von fünfzig anderen Buschplätzen, an denen wir während unseres Marsches von dem Zambu-Flußufer, das Mr. Haddy Fish-Bucket genannt hatte, vorübergekommen waren. Es war heiß, feucht, stinkig, voller Insekten; die Blätter waren schlaff und dunkelgrün. »Wie alte Dollarnoten«, sagte Vater.

Ich mußte daran denken, wie wir mal in Massachusetts beim Fischen gewesen waren. Vater deutete auf einen kleinen schwarzen Stumpf und sagte: »Das da ist die Staatsgrenze.« Ich schaute diesen verrotteten Stumpf an – die Staatsgrenze! Jeronimo war genauso. Uns mußte gesagt werden, was es war. Wir hätten es sonst nicht für eine Ortschaft gehalten. Ein gewaltiger Baum stand da, ein Säulenstamm, der ein dichtes Laubdach vielblättriger Äste mit winzigen Hähern darin stützte. Es war eine Guanacaste, die einen halben Morgen Schatten warf. Die Reste von Weerwillys Hütte, von seinem Fehlschlag, waren noch da; sie wirkten traurig und zufällig. Aber diese traurigen Überreste ließen Jeronimo nur noch wilder erscheinen an diesem nassen Nachmittag.

Und dann gab es einen rauchenden Stuhl im Gras, einen Sessel, der dort schwelend stand. Die Polsterung war verkohlt, und ein paar Sprungfedern waren zu sehen; der Gestank trieb in die Büsche. Dieser verbrannte Stuhl, nutzlos und qualmend, war so unbedeutend wie der Ort selbst, und der einzige Mensch, der sicher war, daß wir unser Ziel erreicht hatten, war Vater.

Die Zwillinge setzten sich hin und quengelten. Jerrys Gesicht war rot vor Hitze. Jerry sagte: »Ich wette, er läßt dich auf den Baum klettern, Charlie. Ich wette, du hast Angst und drückst dich.«

Aber Vater war in die brusthohen Büsche marschiert. Seine Baseballmütze war seitlich gedreht, und er brüllte.

»Nichts – nichts! Das ist es, wovon ich geträumt habe – nichts. Schau, Mutter . . .«

Mutter sagte: »Du hast recht. Ich sehe absolut nichts.«

»Siehst du's, Charlie?«

Ich sagte nein. Er kämpfte sich immer noch durch die Büsche.

»Ich sehe hier ein Haus«, sagte er. »Dort eine Art Stall, mit einer Werkstatt – eine richtige Schmiede, mit einer Esse. Da drüben das Nebengebäude und die Maschinerie. Wir müssen alles roden und abbrennen, und dann haben wir vier oder fünf Morgen gutes Akkerland. Wir werden unseren Wassertank auf diese Anhöhe stellen und einen Teil des Flusses abzweigen, damit wir die Felder bewässern können. Ein paar von den Bäumen werden wir opfern müssen, aber es gibt genug, und außerdem werden wir sowieso Bauholz für eine Brücke brauchen. Ich glaube, das Haus sollte nach Osten schauen – da haben wir die Hügel vor uns und die Morgensonne. Da unten sehe ich einen Liegeplatz und einen Steg zum Bootshaus. Ein paar überdachte Laufgänge rechts und links vom Haupthaus schützen uns vor den Regenschauern. Der Grund und Boden liegt hoch genug, aber um ganz sicherzugehn, heben wir das Haus noch ein Stück an und richten darunter die Küche ein. Dort hinten würd' ich gern eine Entwässerungsanlage sehen – ich rieche einen Sumpf. Aber das wird leicht zu bewerkstelligen sein – ein paar Abflußrohre, drei Fuß Durchmesser, schaffen das, und sobald wir das Wasser unter Kontrolle haben, können wir Reis anbauen und ein paar schwierigere hydraulische Aufgaben lösen. Das Problem ist die Kraftanlage. Ich sehe sie in der Kuhle da, leicht windgeschützt. Wir können uns den Brennstoff, der dort wächst, zunutze machen – schaut aus wie Hartholz. Wir holen es mühelos vom Hang weg . . .«

Die ganze Zeit über luden die Zambus und Mr. Haddy ihre Lasten unter dem Guanacaste-Baum ab. Mr. Haddy zog seine Schuhe aus und hörte stirnrunzelnd Vater zu. Vater redete weiter, steckte das Haus ab, markierte seine vorgeschlagenen Wege und teilte das Land in Bohnenfelder und Abflußkanäle auf. Vor zehn Minuten waren wir angekommen.

Aber selbst Vaters dröhnende Stimme konnte aus Jeronimo nicht mehr machen als eine Ansammlung sauer riechender Büsche in einer überwucherten Lichtung.

Die Zambus sahen es auf ihre Weise. Hinter Jeronimo lagen Hügel, und ein Bach floß hindurch, und die Zambus nannten die Hügel Berge – die Esperanzas – und Bach Fluß – den Bonito –, und Jeronimo war in ihren blutunterlaufenen Augen eine Farm – die Estancia. Diese großartigen Namen waren alle falsch und imaginär, aber sie waren wie die Namen der Zambus selbst. Der halbnackte, schnatternde Mann, der auf den schmalen Bachlauf zeigte und ihn als Bonito River bezeichnete, nannte sich selbst John Dixon. Der ungestüme, krausköpfige Mann in den zerrissenen Shorts – Francis Lungley – sagte uns die Namen der Berge, und der Dümmste, Bucky Smart, sagte zu der verrotteten Hütte Estancia.

Sie konnten es nennen, wie sie wollten, ich wußte, daß Jeronimo nicht mehr war als eine Hütte mit einem Wellblechdach in einem Buschflecken, einem Feld mit dürren Bananenstauden, die, von braunem Brand befallen, der wie Bärte an ihnen hing, zusammengebrochen waren. Hier drüben ein zerfallenes Ruderboot und dort drüben ein paar gefällte Baumstämme, bei denen sich niemand die Mühe gemacht hatte, sie zu zersägen und aufzuschichten. Was noch an Zaunpfählen vorhanden war, hatte sich wieder in Bäume verwandelt, eine Reihe von Schößlingen, die auch ein Schweinegehege hätten abgeben können, und Schlamm und Fiebergras und dieser stinkende Sessel.

Vater kam zurück und sagte: »Es ist wunderschön.«

In diesem Augenblick trampelte und wühlte sich ein räudiges schwarzes Schwein durch das Gras und rannte an uns vorbei. Der Zambu Bucky stand auf und schnitt ihm eine häßliche Grimasse, als wollte er es mit seinen Vorderzähnen totbeißen. Er verfolgte es mit seinen Blicken, zuckte dann die Schultern und hockte sich auf seine Fersen. Er müßte müde sein – den ganzen Weg von Fish-Bucket hatte er zuerst Clover, dann April getragen.

»Das hier ist ein Weißbart-Pekari«, sagte Mr. Haddy.

»Worry«, sagte Francis Lungley.

»So nennen diese Jungs sie – Worries. Das eine hier bedeutet vielleicht fünfzig oder hundert weitere im Wald.«

»Weerwilly muß in dieser Hüte gelebt haben«, sagte Vater. »Was für ein Loch. Nicht mal tot möchte ich mich in diesem Müllhaufen erwischen lassen.«

»Auf jeden Fall«, sagte Mr. Haddy, mehr denn je wie ein Frosch aussehend, als er sich Vater zuwandte, »sind da schon ein paar Leute drin, ersparen Ihnen also die Mühe.«

Runde Gesichter im Fenster der rostigen Hütte starrten uns weißäugig durch Ranken von Kletterpflanzen an.

»Purpurwinden«, sagte Vater und rannte auf die Hütte zu.

Die Gesichter zogen sich etwas zurück, als Vater eine Perlenblüte pflückte und sagte: »Wie ist euer Name?«

»Maywit«, war die zittrige Antwort.

»Er sagt ihm den Namen der Blume«, sagte Mr. Haddy. »So heißt die Blume, Maywit, nicht die Leute. Die heißen wahrscheinlich Jones. Jones vom Dschungel. Jones, der Hühnchenmann.« Mr. Haddy kratzte seinen Skalp. »Ich wünschte, ich wäre auf meiner Barkasse. Aber Vadder mußte ihr ein Loch ins Hinterteil reißen.«

Vater versuchte immer noch, die Leute in der Hütte zu einer Antwort zu bewegen, aber die Gesichter waren vom Fenster verschwunden.

Wir schlugen unsere Zelte unter den ausladenden Ästen des Guanacaste-Baums auf und brachten nach Vaters Anweisung ein rauchendes Feuer in Gang, um die Moskitos fernzuhalten. Mutter ordnete unsere Habseligkeiten und Nahrungsbeutel und hängte sie an die Zweige, außerhalb der Reichweite der Ratten – zwei hatten wir schon gesehen. Die Rucksäcke und Zelte erinnerten Vater an das Einkaufen in Springfield. Er brachte Jerry dazu, die Geschichte zu erzählen, wie amerikanische Campingausrüstung von Sklavenkindern in China und Japan hergestellt wurde. Vater unterbrach und lieferte seine Krieg-in-Amerika-Rede, aber die Zambus lachten an den falschen Stellen.

Als wir zu essen anfingen, sagte Mr. Haddy: »Da kommt Jones, der Hühnchenmann.«

Es waren die Maywits, die Platten mit Früchten trugen – Limonen, Bananen, Avocados – und ein paar Handvoll Manioka und eine Kalebasse mit etwas, das sie Wabool nannten. Schüchtern präsentierten sie all dies Vater, der es unter uns verteilte und sagte: »Das wird euren Stuhlgang in Schwung halten.«

Er zeigte Mr. Haddy eine Avocado und sagte: »Zwei Dollar im A & P. Zwei *Lemps* für eine!«

»Butterbirne«, sagte Mr. Maywit nervös.

»Wie geht's?« sagte Mr. Haddy.

»Gut hier«, sagte Francis Lungley.

»Red' nich' mit dir«, sagte Mr. Haddy. »Du«, sagte er zu Mr. Maywit, »wie geht's?«

Aber der war zu verschreckt, um etwas zu sagen.

Vater sagte: »Ich möchte, daß ihr alle unsere Freunde und Nachbarn, die Maywits, kennenlernt.«

Sie gafften uns an, wir gafften sie an. Ihre Familie bestand ebenfalls aus Vater, Mutter und vier Kindern. Aber das kleinste Kind war nackt und wurde von einem der Mädchen wie ein Rucksack getragen. Sie waren unsere Spiegelbilder – geschrumpfte Schatten von uns. Der Mann war klein und hatte braune, borkenähnliche Haut, die Frau hatte ängstliche Augen, und die Kinder hatten schmutzige Beine.

»Das ist ihr wirklicher Name – Maywit?« fragte Mr. Haddy.

Vater sagte: »Achten Sie nicht auf diesen Störenfried.«

Der Mann gab ein zustimmendes »Ow« von sich. Dann blinzelte er die Fliegen von seinen Augenlidern und sagte: »Wir war'n grad dabei, aus Ihrem Haus zu verschwinden, Vadder.« Er sprach es »Huß« aus.

»Sie gehn nirgendwohin«, sagte Vater. »Sie bleiben an Ort und Stelle. Ich habe Arbeit für Sie.«

»Noch mehr Blödsinn«, sagte Mr. Haddy und brachte die Zambus zum Kichern.

»Wollen Sie Arbeit?«

Der Mann sagte, er hätte nichts dagegen. Mit wildem Blick schaute er auf seine hochgereckten Zehen.

»Das ist Ihr Haus. Sie können's behalten, solange Sie sich nützlich machen«, sagte Vater. »Ich habe dort drüben ein eigenes Haus, hinter den Abflußkanälen und den Laufgängen, gerade oberhalb des Ankerplatzes und links vom Stall, wo er an die Bohnenfelder grenzt.«

»Sehe kein Haus«, sagte der eine leise. Die Zambus und die Maywits und Mr. Haddy suchten die Büsche mit den Augen ab, suchten nach den Dingen, die Vater genannt hatte. Da waren keine Abflußkanäle, keine Laufgänge, kein Stall, kein Haus, kein Bohnenfeld. Dann schauten sie auf seinen Finger.

»Wenn ihr's nicht seht«, sagte Mr. Haddy, »heißt das nicht, daß es nicht da ist«, und dann schüttelte es ihn vor Lachen.

Vater lächelte immer noch den gleichen Büschen zu, als Clover sagte: »Dad, ein paar Ameisen versuchen, in mein Zelt zu krabbeln.«

»Hier wimmelt's von Ameisen«, sagte Mr. Haddy. »Von Tigern auch. Manche dieser Paviane sind größer als ein ausgewachsener Mann. Und auf dem Pfad bin ich in Affenscheiße getreten.«

»Ist gepinkelt«, sagte die Frau mit den ängstlichen Augen, Mrs. Maywit.

»Jawoll, gepinkelt.« Mr. Maywit zerquetschte eine Ameise zwischen den Fingern und schnippte sie weg. Er machte das nicht angeekelt, sondern sanft, mit einer Art Trauer.

»Hört auf diese Leute«, sagte Mr. Haddy. »Sie wissen, wovon sie reden. Sie leben hier. Fragt mich nach der Küste, soviel ihr wollt, aber fragt mich nicht nach dem Dschungel.«

Das stimmte. An der Küste war Mr. Haddy eine Persönlichkeit, in diesem Dschungel kicherte und spottete er nur. Aus seinem Element herausgerissen, spielte er den Clown.

»Sie schleppen Blätter«, sagte Mr. Maywit. »Tun einem nichts.«

Vater sagte: »Morgen mache ich eine Plattform für die Zelte und ein paar Insektenfallen. Ich will nicht, daß Ameisen und Spinnen über meine Kinder krabbeln.«

Mr. Maywit fragte: »Sind sie aus Nicaragua, Vadder?«

»Ist nicht aus Nicaragua«, sagte Mr. Haddy. »Wie kommst du darauf?«

»Haben dort Ärger. Die letzten Leute, die vorbeikamen. Ging alles drunter und drüber. Waren aus Nicaragua.« Er sprach langsam, verwirrt, als wäre er eben erwacht und bemühe sich, Interesse für seine eigenen Worte aufzubringen.

»Wir kommen aus den Vereinigten Staaten«, sagte Vater.

Mrs. Maywit seufzte anerkennend, und Mr. Maywit sagte: »Das ist ein anderes Land, wahrlich.«

Vater ließ seine Hand auf den schwammigen Boden fallen. »Aber das hier ist nun unser Zuhause«, sagte er. »Glauben Sie, das hier ist fremdes Land?«

Mr. Maywit schüttelte den Kopf. Nein, das glaubte er nicht.

Die Luft um uns herum war suppengrün, wie das Wasser in einem Fischbassin, und grüne Schatten stiegen auf, als die Sonne sank.

Mutter sagte: »Kommen hier viele Leute vorbei, wie zum Beispiel die aus Nicaragua?«

»Manchmal Prediger, Ma«, sagte Mrs. Maywit und starrte Mutter mit ihren erschreckten Augen an. »Kirche Gottes. Jehovas Zeugen. Evangelisten.«

»Und Tunker«, sagte Mr. Maywit.

»Und Tunker.«

»Wenn wir welche sehen«, sagte Vater, »werde ich Ihnen zeigen, wo die Tür ist. Sobald wir eine Tür haben!«

»Egal«, sagte Mr. Maywit.

Die Sonne stand nun hinter den Hügeln, und obwohl der Himmel noch erleuchtet war, hatten sich grüne Schatten an unseren Baum geschlichen. In der Dunkelheit besaß Jeronimo mehr Substanz. Da waren Geräusche – Insektengezirpe, Vogelschreie, das feuchte Murmeln des Flusses –, und diese Geräusche verliehen der Gegend Raum und Umfang, und die Gerüche formten sie. Am äußersten Rand pfiff ein Jeronimo-Vogel zart in einem Baum.

In der zunehmenden Dunkelheit hielt Vater eine kleine Ansprache.

»Wir sind in drei Sprüngen hergekommen«, sagte er und erzählte ihnen, wie wir voller Eile unser Heim verlassen hatten und nach Baltimore gefahren waren, dann nach La Ceiba, dann auf die *Little Haddy*. Es klang wie ein Abenteuer – mir war die Reise eher zufällig vorgekommen, und sie hatte auch nicht viel Spaß gemacht. »Wonach wir gesucht haben? Ich werd's euch erzählen«, sagte er. »Wir haben nach euch gesucht.«

Er führte jeden der Anwesenden auf, sogar die schweigenden Zambus, die die Saatgutsäcke und Metallrohre von Fish-Bucket geschleppt hatten – irgendwie kannte er ihre vollständigen Namen. Für mich war bemerkenswert, daß er seit zwei Tagen nicht mehr geschlafen hatte. Er hatte die *Little Haddy* beladen, fünfundsiebzig Liegestütze auf dem Pier gemacht, sie die Küste entlang und den Fluß hochgesteuert und uns dann alle im Gänsemarsch nach Jeronimo geführt. Er war merkwürdig energiegeladen und redselig, wenn er nicht geschlafen hatte.

Jerry und die Zwillinge schliefen. Mutter nickte ein. Aber Vater marschierte in dem grünen Feuerlicht auf und ab und schlug auf die rauchige Luft ein und sagte, daß er glücklich sei und Pläne habe und froh sei, daß so viele Menschen hier waren, um diesen historischen Augenblick mitzuerleben.

Er sagte, er glaube nicht an Zufälle.

»Ich habe euch gesucht«, sagte er. »Und was habt ihr getan? Ihr habt auf mich gewartet! Hättet ihr nicht gewartet, ihr wärt an irgendeinem anderen Ort gewesen. Aber ihr wart hier, als ich kam. Ich brauche gute Leute, und ich habe das Gefühl, daß ihr mich braucht.«

Jedermann stimmte zu, daß es so war.

Francis Lungley sagte: »Ich gehn runter zu diese Fluß. Weiß nicht, wieso. Muß einfach gehn. Dann seh' ich dieses alte Boot umkippen.«

»Deshalb schau' ich aus dem Fenster«, sagte Mr. Maywit mit der gleichen verblüfften Stimme. »Weiß nicht, warum. Ich sehe diesen Mann von 'einigten Staat'n. Steht im Gras. Deshalb.«

Mr. Haddy sagte: »Ich habe einen Traum. Über einen Mann. Und dies ist der Mann, trägt die gleichen Kleider wie der Mann in dem Traum und einen spitzigen Hut. Treff' ihn in meinem Traum.«

Aber ich wußte, daß Mr. Haddy schwindelte. Er hatte mir selbst erzählt, daß er Vater auf dem Pier in La Ceiba getroffen hatte und geglaubt hatte, er sei Missionar der Brüdergemeinde. Ich widersprach ihm jetzt nicht, weil die Stimmung um das Jeronimo-Lagerfeuer feierlich geworden war.

»Ich wurde hergesandt«, sagte Vater. »Ich werde euch nicht erzählen, wer mich sandte oder warum. Und ich werde euch nicht erzählen, wer ich bin und was ich zu tun beabsichtige. Das ist bloß Gerede. Ich werde euch *zeigen*, warum ich hier bin. Wartet ab, und seht zu. Und wenn euch nicht gefällt, was ihr seht, dann könnt ihr mich töten.«

Die Müdigkeit hatte seine Stimme rauh gemacht. Er zischte diese Worte noch einmal (»Ihr könnt mich töten«), ließ sie einsinken. Es gab Gemurmel. Mr. Haddy kratzte seinen großen Zeh und sagte, er werde es nie wagen, Vater zu töten, obwohl er sehr hoffe, daß seine Barkasse recht bald repariert würde.

Vater fuhr fort: »Ich bin nicht hergekommen, um euch herumzukommandieren. Ich kam her, um für euch zu arbeiten. Wenn ich nicht genug arbeite, sagt es mir, und ich werde mehr arbeiten.

Kommt zu mir und sagt: ›Mister, das mußt du aber noch ein ganzes Stück besser machen.‹ Ich arbeite für euch, Leute, und ihr werdet Sachen sehen, die ihr noch nie gesehn habt. Was soll ich als erstes tun? Es liegt bei euch.«

Niemand sprach.

»Wollt ihr was zu essen?« sagte Vater. »Wollt ihr eine Brücke und ein paar Bohnen und eine Wasserpumpe und einen Hühnerstall?«

Mr. Maywit räusperte sich.

»Ich habe es vernommen«, sagte Vater. »Ich werde gehorchen. Und die Indianer oben in den Hügeln werden herunterschauen und ihren Augen nicht trauen. Vor lauter Verblüffung werden sie ganz aus dem Häuschen geraten.«

Alle lauschten wie gebannt. Die einzigen Geräusche kamen vom Dschungel, und hier und da hörte man ein Klatschen, wenn nach Moskitos geschlagen wurde. Hinter unseren Zelten und unserem kleinen Feuer war der Dschungel tiefschwarz. Die Schwärze kreischte, grunzte – sie war aufgestiegen und hatte uns mit ihrem Lärm und ihren süß-sauren Schlingen umhüllt. Die verborgenen Insekten summten aufgeregt, und die dunklen Bäume gaben einen Ton wie kehrende Besen von sich.

»Und jetzt gehn wir zu Bett«, sagte Vater, »bevor wir alle bei lebendigem Leibe aufgefressen werden.«

Er aber blieb am Feuer.

»Schlafen Sie nicht?« sagte Mr. Haddy.

Vater sagte: »Ich schlafe nie!«

Am nächsten Tag pflanzten wir die Wunderbohnen. Vater machte eine Zeremonie daraus. Er reihte die Männer auf und ließ sie mit selbstgebastelten Schaufeln graben – Planken, die Vater zu Schaufelblättern gehobelt hatte. Mr. Haddy grub nicht. Er sagte: »Ich bin kein Bauer – ich bin Seemann.« Und Vater sagte: »Er will sich seine langen Finger nicht schmutzig machen.« Die Männer standen Schulter an Schulter und stachen in die Erde. Es war nicht schwierig. Der Deutsche Weerwilly hatte hier einen Garten gehabt – die meisten seiner Bohnenstangen standen noch da.

Am Nachmittag hatten wir einen Morgen verkrautetes Land umgegraben. Vater holte seine Saatbohnen. Sie hießen Wunderbohnen, sagte er, weil sie eine Vierzig-Tage-Sorte waren. Den ersten, die er pflanzte, gab er Namen. »Das ist Kapitän Haddy«, sagte er und hielt eine Bohne hoch. »Das ist Francis«, und er hielt eine weitere hoch. Dann steckte er sie in die Löcher. »Die hier ist Mr. Maywit. Die ist Charlie. Die ist Jerry . . .«

Er stellte sich breitbeinig über die Furchen, und als ihm die Namen ausgingen, pflanzte er schneller. Das halbe Feld bestand aus Wunderbohnen, der Rest aus Wundermais und Tomaten und Paprika – das Saatgut, das wir in Florence, Massachusetts, gekauft hatten. Es regnete am Nachmittag. Vater sagte, damit habe er gerechnet. Auch das gehörte zur Zeremonie, sagte er.

Als wir an diesem Abend alleine waren, sagte Mutter zu ihm: »Trägst du nicht ein bißchen dick auf, Allie?«

Aber Vater lachte bloß und sagte, daß es seine Absicht gewesen war, uns aus den Staaten herauszubringen und zu retten. Er hätte nicht gedacht, daß er auch noch andere Leute retten würde. Doch genau das war geschehen. Wäre er nicht hergekommen, dann hätten diese Leute stinkfaul herumgelungert, und die Geier hätten sich ein Festmahl aus ihnen gemacht. »Ich möchte den Leuten eine Chance geben, ihr Wissen anzuwenden«, sagte Vater.

Am folgenden Tag fragte er Mr. Maywit, was für einen Beruf er habe.

»Zu meiner Zeit bin ich Kirchendiener gewesen. Oben in Limon«, sagte Mr. Maywit. Und er erklärte: »Die Heiligen polieren, daß sie glänzen. Gottesdienst vorbereiten. Die Nummern an die Tafel hängen. Kirchenbänke saubermachen.«

Vater schaute entmutigt drein.

»Kann' auch bißchen rasieren.«

»Haareschneiden?«

»Schneiden und frisieren. Und Haare einbrennen. Und eindrehen. Glätten. Und ich weiß, wie man sie aufbauscht – Lockenflut.«

Kleine Nachtratten, Pakas genannt, nagten sich durch die Ecken der Nylonzelte. Wir aßen die Pakas. Sie schmeckten gut, und Vater sagte, dies sei die ausgleichende Gerechtigkeit. Wir bauten eine hölzerne Plattform für die Zelte, um ihre Böden trocken und die Zelte geradezuhalten – in dem nassen Boden hielten die Pflöcke nicht. Unten am Fluß bauten wir eine Falle, die Fisch in einen Drahtkäfig beförderte, und aus einem simplen Dach und einem Rahmen und ein paar Moskitonetzen bastelten wir einen moskitosicheren Erker zurecht, in dem wir uns versammeln konnten. Das waren pfiffige Tricks, keine Erfindungen, aber sie machten das Leben angenehmer, und innerhalb weniger Tage konnte ich das Skelett einer Siedlung in Jeronimo erkennen.

Jeden Abend drehten uns die Zambus den Rücken zu und krochen in den Dschungel. Jeden Morgen tauchten sie zerknautscht und feucht wieder auf. Sie hätten da ein Camp, sagte Vater. Gegen Ende der ersten Woche verließ Mr. Haddy mit einigen der Zambus Jeronimo. Mr. Haddy kam nicht sofort wieder zurück, die Zambus schon; sie zogen Baumflöße in Geschirren, die Vater für sie gemacht hatte. Auf diesen Flößen befanden sich die letzten Vorräte von der *Little Haddy*.

Die Boiler, die Tanks und das restliche Altmetall wurden weggeschleppt und gestapelt. Einige der Rohre verwandte Vater für seine erste richtige Erfindung in Jeronimo, ein einfaches Schaufelrad, das einen Gürtel aus Kokosnußschalen zu einem Turm am Flußufer hochzog und eine Trommel mit Wasser füllte. Die Höhe, in der sich die Trommel befand, gab genug Druck, um das Wasser durch Rohre überallhin zu leiten, wo wir es haben wollten; das meiste floß zu einem umschlossenen Schuppen, den wir als Badehaus bezeichneten. Hier wuschen wir Sachen, duschten und kochten Wasser zum Trinken ab; insgesamt verbesserte es unsere Lebensqualität.

Das Abflußwasser floß durch einen Steinkanal unter dem Badehaus hindurch zu einem Abort am Rande der Lichtung, wo unsere Latrine stand. Der Abort war immer sauber, aber die Latrine der Maywits war so voll Kot und fliegenumschwärmt, daß Vater sagte: »Jeder, der *diesen* Thron benützt, ist Herr der Fliegen.«

Die erste Erfindung, eine Pumpe, war ein Stück primitiver Technologie. Die Maywits und Zambus waren von dem Klatschen und Spritzen ungemein beeindruckt, aber sie sagten, sie könnten nicht begreifen, weshalb Vater dies in der Regenzeit gemacht habe, wenn es doch überall Wasser gab.

»Wir bauen für die Zukunft, für die Trockenzeit«, sagte Vater. Er sagte, das gehöre zum zivilisierten Leben. »Und wißt ihr, warum es eine perfekte Erfindung ist?«

»Weil man nicht mit 'nem Eimer runtergehn muß«, sagte Mr. Maywit.

»Das ist wohl absolut klar«, sagte Vater. »Nein, es ist perfekt, weil es Eigenantrieb besitzt, vorhandene Energie verwendet und die Umwelt nicht verschmutzt. Bau eins von diesen Dingern oben in Massachusetts, und sie lassen dich für unzurechnungsfähig erklären. Haben kein Interesse an Perfektion.«

Ein paar Tage später, nach schweren Regenfällen, stieg der Fluß und riß das Schaufelrad aus den Winkelstützen und Stangen. Vater verstärkte es mit Metallbändern, und es versorgte uns weiterhin mit Wasser und spülte weiter die Latrine aus. Jedesmal, wenn er was machte, sagte Vater: »*Darum* bin ich hier.«

Vaters Taktik war, daß niemand faulenzen sollte. »Wenn ihr seht, daß ich mich hinsetze, dann könnt ihr dasselbe machen«, sagte er. Aber er aß sogar im Stehen. Ein Teil des Bohnenfeldes war in Parzellen aufgeteilt – eine Parzelle für jedes Kind, das sein Stück frei von Unkraut zu halten hatte. Es gab genügend andere Aufgaben, die uns übertragen waren, zum Beispiel Feuerholz sammeln und die Fischfalle reinigen. Und wenn wir unsere Arbeiten erledigt hatten, mußten wir Steine von der Größe von Hühnereiern sammeln und damit die Wege pflastern. Es gab also immer etwas zu tun, was bestimmt nicht schlecht war, da es uns von der Hitze und den Insekten ablenkte. Und auch von der Ungewißheit, denn obwohl Vater zuversichtlich sagte: »Darum bin ich hier«, wußten wir nicht, warum wir hier waren, und wir trauten uns auch nicht zu fragen.

In den ersten Wochen beschränkte sich die Arbeit hauptsächlich darauf, das Land urbar zu machen. Beim Säubern des Landes von Büschen und kleinen Bäumen zeigten sich mehr von Weerwillys Aktivitäten, und einige der Geräte, die er im Stich gelassen hatte, kamen zum Vorschein. Wir fanden einen Pflug und mehrere Ballen Draht, eine Anzahl kleiner Werkzeuge, eine Laterne, die noch gut funktionierte, und ein Faß mit genügend Öl für mehrere Monate. Diese Entdeckungen erfüllten Vater mit Begeisterung und überzeugten ihn davon, daß Weerwilly gescheitert war, weil er, sorglos wie die Leute in Amerika, gutes Brennholz und guten Draht verschwendet hatte. Er sagte, wenn die Maywits ein bißchen intelligenter gewesen wären, dann hätten sie das Zeug gefunden und selbst benutzt, um ihre Unterkunft zu verbessern, statt Herr der Fliegen zu spielen.

Eines Tages folgte ich einigen der Zambus, die Land rodeten, und stieß dabei auf einen Vogel, der in einem Klumpen Gras herumzappelte. Aber nicht das Gras hielt ihn fest – es war ein Gewebe, ein dickes, feuchtes Spinnwebennetz, wie strähnige Wolle. Ich kniete nieder, entwirrte das Knäul und ließ den Vogel frei, ehe ich auch nur daran dachte, nach der Spinne zu gucken. Dann sah ich sie – so groß wie meine Hand, braun und haarig, genau zu der Farbe der Fiebergraswurzeln passend. Der Zambu Bucky sagte, es sei eine Hanancy-Spinne und daß sie Vögel nicht nur fange, sondern auch fresse, und sie werde auch mich fressen, wenn ich nicht aufpasse. Der Vogel, pfirsichfarben und grau, gehörte zu einer Art, die, wie Bucky sagte, nur für ein paar Wochen im Jahr erschien. Ich nahm an, es sei ein Zugvogel, zu unschuldig, um sich vor den Spinnen im Dschungelgras in acht zu nehmen. Und mich beunruhigte der Gedanke, daß wir auch ein bißchen wie dieser Vogel waren.

In dem Gras konnte man alles finden – Skorpione, Schlangen, Draht, Hühnerknochen, Mäuse, Pakas, Weinflaschen, Ameisenhaufen und Schaufelblätter. Wir schnitten das Gras, um den Moskitos die Brutplätze zu nehmen, und fanden dabei häufig andere nützliche Gegenstände. Während zum Beispiel die Säuberung weiterging (unter Mutters Aufsicht, die von Vaters Wunsch angesteckt war und Jeronimo total scheren wollte, um uns von allem Ungeziefer zu befreien), hoben Mr. Maywit und Vater Löcher für die Pfähle unseres neuen Hauses aus, und Vater sagte dauernd, eigentlich brauchten sie ein Grabgerät für Pfostenlöcher, bis, noch am gleichen Tage, plötzlich Francis Lungleys Machete klirrend gegen einen metallenen Gegenstand stieß. Er brachte das Ding zu Vater, der sagte, es sei das Schaufelende eines solchen Grabgeräts.

Er bewegte die Schaufelblätter, die wie ein Schnabel aussahen, und sagte: »Jetzt fehlen bloß noch die Griffe, dann kann's losgehn.«

Er brauchte keine Stunde, bis er das Ding funktionsbereit gemacht hatte.

»Ich brauchte einen Pfostenlochgraber, und, siehe da, er wurde gefunden.

Nun frage ich euch: War das Zufall, oder war es Teil eines großen Plans?«

Der beste Fund bei der Säuberung des Geländes war ein Stapel Holz, das bereits zu Brettern geschnitten war. Vater sagte, es sei bestes Mahagoni – so gut, daß er halb entschlossen sei, ein Klavier daraus zu bauen. Für das Haus sei es zu schwer, aber er wisse genau, wofür er es verwenden werde. Es wurde anderswo zum Trocknen aufgestapelt, und die Schlangen witschten nur so heraus.

»Sucht da drüben, ob ihr noch mehr von dem Holz findet«, sagte er, und tatsächlich wurde am gleichen Tag noch weiteres Holz gefunden. Die Zambus lachten, weil es an der Stelle lag, wo Vater gemeint hatte.

Mutter arbeitete zusammen mit den Zambus; sie trug eins von Vaters Hemden, das Haar hatte sie mit einem Kopftuch hochgebunden. Vater hatte gesagt, kein Zambu werde aufhören zu arbeiten, solange eine Frau noch auf den Beinen war und dem Gebüsch zu Leibe rückte. Bald war der größte Teil des Geländes gerodet. Es sah aus, als wäre hier eine Schlacht geschlagen worden – verbrannte Erde, schwarze Stümpfe, Dampf und Rauch, der aus Erdrissen quoll. Mr. Maywits mit Purpurwinden behangene, rostige Hütte stand auf einer Insel aus Bananenbäumen. Was einmal unser Haus werden sollte, war ein rechteckiges Gehege aus dreißig Pfosten, die ungefähr sechs Fuß aus dem Boden ragten. Sobald der Fußboden auf diese Pfosten gesetzt war, wurden die Küchengeräte vom Guanacaste-Baum dorthin gebracht. Der unter dem Fußboden liegende Teil des Hauses wurde unsere Küche.

Auch ein paar Tafeln Wellblech wurden bei der Landsäuberung freigelegt. Aber sie gefielen Vater nicht, und einige Tage lang ging er mit drei Zambus flußaufwärts, um Bambus zu schneiden. Er zog früh am Morgen los, und etwa eine Stunde später kamen acht Fuß lange Bambusrohre den Fluß herunter nach Jeronimo getrieben. Die anderen Zambus, die Maywits und Mutter zogen sie ans Ufer. Aber den Hauptteil der Arbeit besorgte doch der Fluß, sagte Vater. Er besaß ein geniales Talent, jede Arbeit zu verharmlosen.

Die Bambusrohre, mit einem Durchmesser von ungefähr zwölf Zentimeter, wurden sorgfältig in zwei Hälften gespalten und innen geglättet, so daß sie Rinnen ähnelten. Wir legten sie über die Dachsparren und paßten sie wie Dachziegel ein – und verbanden sie der Länge nach miteinander und bedeckten die Reihe der Rinnen mit einer überlappenden, anders herum liegenden Schicht. So entstand ein absolut wasserdichtes Dach. Vater freute sich so sehr, daß er sang:

Under the bam!
Under the boo!

Die Wände konstruierte er genauso – wir hatten vier Zimmer und eine Veranda, die Vater die Galerie nannte. Das ganze Gebilde besaß ein überhängendes Dach und sah aus wie ein großes Vogelhaus.

Das Haus und die Arbeitsprojekte in Jeronimo nahmen Vater so in Anspruch, daß unser Unterricht ausfiel. Mutter sagte zu Vater, sie würden uns vernachlässigen. »Wir sollten uns wieder mal den Kindern widmen«, sagte sie. »Wie soll es mit ihrer Schulbildung weitergehen?«

»Das hier ist genau das Schulwissen, das sie brauchen«, sagte Vater. »Jeder in Amerika sollte die kriegen. Wenn Amerika verheert und verwüstet ist, dann sind es diese Fähigkeiten, die unsere Kinder retten werden. Nicht Gedichte schreiben oder Fingermalen, oder: Wie heißt die Hauptstadt von Texas? Sondern überleben, aus den rauchenden Trümmern eine neue Zivilisation aufbauen.«

Es war sein alter Spruch, Krieg in Amerika, aber nun glaubte er, ein Heilmittel dagegen zu haben.

Die Maywits und die Zambus betrachteten das Bambushaus wie ein Wunder.

Vater sagte: »Sie malen keine Bilder, sie flechten keine Körbe und schnitzen auch keine Gesichter aus Kokosnüssen oder Salatschüsseln. Sie singen weder, noch tanzen sie, noch schreiben sie Gedichte. Sie können keine gerade Linie ziehen. Deswegen mag ich sie. Das ist Unschuld. Sie sind von der Religion ein bißchen angehaucht, aber darüber werden sie wegkommen. Hier ist Hoffnung, Mutter.«

Während des Hausbaus ermunterte uns Vater, ihm zusammen mit den Kindern der Maywits zuzuschauen. Clover und April kamen gut mit den kleinen Mädchen aus – obwohl Clover sie herumkommandierte und sie immer wieder das Alphabet aufsagen ließ –, und Jerry spielte mit dem Jungen namens Drainy, der ebenfalls zehn war. In meinem Alter war niemand, also konnte ich ungehindert Vater helfen oder für mich allein spielen.

Drainy hatte hervorquellende Augen, einen kahlgeschorenen Kopf und Lücken zwischen den Zähnen. Er besaß eine Sammlung kleiner Autos und Spielzeugfahrräder aus Kleiderbügeldraht. Während er mit Jerry spielte, fand ich ein paar dieser Drahtspielzeuge und ließ sie über den Boden rattern. Vater fragte mich, was ich da hätte.

Ich zeigte sie ihm. Sie waren sehr geschickt gemacht. Sie besaßen bewegliche Teile, und eines ähnelte bis ins kleinste Detail einem Dreirad mit Pedalen und Rädern.

Alles Mechanische faszinierte Vater. Er setzte sich hin und untersuchte sie. Nach ein paar Minuten sagte er: »Die sind mit kunstvollem Werkzeug gebaut worden. Siehst du, wie der Draht da gebogen und verbunden ist? Nirgendwo ist gelötet worden, und die Winkel und Biegungen sind perfekt geformt.«

Er sah mich an und blinzelte.

»Charlie«, sagte er, »ich glaube, da versteckt jemand Werkzeug vor uns. Ich hab' die Leute hier völlig falsch eingeschätzt. Diese Art Präzisionswerkzeuge könnte ich gebrauchen.«

Er zeigte die Sachen Mr. Maywit, der sagte, aber sicher, sie gehörten Drainy. Drainy wurde zur Galerie beordert.

»Woher hast du die?« fragte Vater.

»Hab' ich gemacht.«

»Überleg dir's genau, Sohn«, sagte Vater. »Ich möchte, daß du mir genau zeigst, wie du sie gemacht hast. Ich gebe dir ein Stück Draht. Und du holst jetzt dein Werkzeug und machst so ein Ding für mich.«

Vater gab dem Jungen ein paar dünne Drähte, aber Drainy rührte sich nicht. Er hielt sie dümmlich in seiner schmutzigen Hand und saugte an seinen Zähnen.

»Willst du mir dein Werkzeug nicht zeigen?«

Mr. Maywit schubste den Jungen an der Schulter.

»Hab' kein Werkzeug.«

Vater sagte: »Du kannst diese Sachen also auch nicht machen?«

»Doch, kann ich«, sagte Drainy. Er hockte sich hin, nahm den Draht zwischen die Zähne, und indem er ihn kaute und wie Zahnseide durch die Lücken zog und wie einen Markknochen benagte, formte er ihn zu einem Zahnrad, das er hochhielt, damit Vater es bewunderte.

Mr. Maywit stammelte vor Aufregung: »Er macht's mit seinen Zähnen!«

Vater sagte zu Drainy: »Paß auf deine Hauerchen auf, und putz sie dir jeden Tag gut. Ich werde dich später noch brauchen.«

13

Es war kein leichtes Leben, diese ersten Wochen in Jeronimo. Es war kein Kokosnußkönigreich mit freier Kost und Grashütten und sonnigen Tagen, *under the bam, under the boo*. Die Wildnis war häßlich und nicht zu nutzen, und wo waren die gefährlichen Tiere? Die Dschungelbäume hatten etwas Stures, so wie sie sich gegenseitig den Platz streitig machten und uns weder Schatten noch Schirm waren. Ich fand die Lianen grausam und ihr Wurzelwerk selbstsüchtig. Das alles bedeutete Arbeit und noch mehr Arbeit, einen Tageslauf, der jede Stunde, die es hell war, in Anspruch nahm. Auf der *Unicorn* und in La Ceiba, ja selbst in Hatfield hatten wir mehr oder weniger das getan, was uns Spaß machte. Vater hatte uns in Ruhe gelassen und sich um seine eigenen Angelegenheiten gekümmert. Oft hatte ich ihm geholfen, manchmal aber auch nicht. Hier war alles anders.

Bei Sonnenaufgang ertönte eine Glocke; zu der Zeit hatte Vater bereits Feuer gemacht und Kaffee aufgesetzt. Die Maywits frühstückten mit uns – in der Woche, in der wir in Jeronimo ankamen, hatten sie aufgehört, für sich selbst zu kochen. Nach dem Frühstück, das aus Ananas und Haferschleim bestand, schrie Vater nach den Zambus und gab uns unsere »Ziele« für den Tag. Montags nannte er uns unsere Ziele für die Woche – das Haus fertigbauen, soundsoviel Steine sammeln, eine bestimmte Fläche Land roden oder Bohnenstangen schneiden oder Gräben ausheben, die als Kanäle dienen sollten. Die Maywits waren hauptsächlich die Gärtner, die Zambus rodeten hauptsächlich Land und bauten, und die Kinder – die Maywits und wir – betätigten sich als Sammler und Reinigungskolonne.

Wir erledigten unsere Arbeiten am Vormittag. Mittags herrschte schon schreckliche Hitze – es war inzwischen Juli. Zum Mittagessen gab es heiße Suppe, denn Vater war der Meinung, es sei notwenig, daß wir eimerweise Schweiß vergossen – das halte uns auf natürliche Art kühl. Die Nachmittagsarbeit wurde oft durch Regen unterbrochen, aber die Güsse hielten nicht lange an, und bald waren wir wieder an der Arbeit. Am späten Nachmittag wurde jegliche Arbeit eingestellt, denn dann kamen die schwarzen Fliegen und die Moskitos, und ihre Stiche waren eine Qual.

Kurz vor Sonnenuntergang wuschen wir uns der Reihe nach im Badehaus. Eine von Vaters neuen Regeln lautete: Jeden Tag eine Dusche. In Hatfield hatten wir uns nie so saubergehalten. Hier jedoch entwickelte Vater sich zum Reinlichkeitsfanatiker. Auch unsere Kleidung mußten wir täglich wechseln. Die zu waschende Kleidung wurde in einen Zuber geworfen, und einen der Gerüche von Jeronimo verbreitete die stinkende Brühe kochender Kleider. Mrs. Maywit hatte die Sachen ihrer Familie immer im Fluß gewaschen – nun benutzte sie die Blechwanne. Vater war erfreut, daß die Maywits unserem Beispiel folgten und ebenfalls täglich duschten. Nur die Zambus blieben, wie sie waren – ihre Ausdünstungen waren wie der Geruch, den Vater ausströmte, wenn er sehr wütend war.

In den ersten Tagen hatten wir die dunklen Moskito-Stunden zwischen Abendessen und Schlafenszeit in dem insektensicheren Erker verbracht. Seit das Haus fertig war, saßen wir auf der ebenfalls insektensicheren Galerie, bis es an der Zeit war, ins Bett zu gehen. Die Maywits saßen oft bei uns. Mr. Maywit erzählte uns dann von den Indianern in den Bergen und oben am Fluß. Er gab gern Informationen. Er sagte, es stimme, was Mr. Haddy uns erzählt hatte, daß einige der Indianer lange Schwänze hätten. Er sagte, einer der Indianerstämme bestehe aus Riesen, ein anderer aus Pygmäen.

Mr. Maywits seltsamste Geschichte handelte von Indianern, die er »Munchies« nannte. Er sagte, diese Munchies lebten in einem bestimmten Teil von Mosquitia, und er gestand, daß er bei unserem ersten Anblick geglaubt habe, wir könnten Munchies sein. Die Munchies hielten sich in geheimen Städten im Dschungel versteckt. Sie seien schon länger hier als die Miskito-Indianer oder die Payas, die Twahkas oder die Zambus. Aber man brauche vor den Munchies keine Angst zu haben. Sie seien friedliebend und tugendhaft. Außerdem seien sie sehr groß und bauten Pyramiden und seien in jeder Beziehung ein edles Volk.

Vater sagte: »Sie haben den wichtigsten Teil vergessen, Mr.

Maywit. Es sind weiße Indianer. Weißer als ich – und weißer als Sie.«

Die Maywits hatten die Farbe von Instantkaffeepulver und schwarze Haare und grüne Augen.

»Sie haben welche gesehn?« fragte Mr. Maywit.

»Dad weiß alles«, sagte Clover.

»Ich weiß Bescheid über diese Munchies«, sagte Vater. »Erzählen Sie uns von ihrem Gold, Mr. Maywit.«

»Ich weiß nichts von Gold.«

»Sie haben Goldminen«, sagte Vater. »Nuggets, so groß wie Walnüsse. Sie hämmern sie zu dünnen Plättchen und schreiben darauf. Sie rollen das Gold und machen Arm- und Fußringe daraus. Goldstaub und Goldtafeln – Goldbarren, einen Meter breit.«

»Hat Haddy ihnen das erzählt?«

Vater sagte: »Nein. Aber sparen Sie sich ihren Atem, Mr. Maywit. Ich will nichts von weißen Indianern hören, die Engel sind. Ich will was über die Teufel von Nicaragua hören.«

»Die Ärger und Unheil bringen?«

»Ja, aber auch von denen, die machen, daß alles schiefgeht, die einem Kopf- und Zahnschmerzen anhexen und platte Reifen verursachen, die die Moskitos reinlassen und Sachen verstecken, die einem gehören, so daß man sie nie wiederfindet. Die, die nachts komische Geräusche machen, daß man nicht schlafen kann, die einem die Hose runterzerren und einen in Brand stecken.«

»Nie von ihnen gehört. Wo haben Sie das her?«

»Ist nur logisch. Wenn es goldene weiße Munchies in geheimen Städten gibt, dann muß es auch schreckliche Teufel geben, die einem übel mitspielen, nicht wahr?«

Mutter sagte: »Allie nimmt Sie auf den Arm, Mr. Maywit. Er sagt das alles nur so. Ich glaube, das mit den Munchies ist eine äußerst interessante Geschichte.«

»Aber er kennt sie schon.«

»Erzählen Sie mir etwas, was ich noch nicht weiß«, sagte Vater. »Vergessen Sie die Munchies und die Teufel. Wenn man an sie glaubt, bringt man nie etwas fertig, weil man dann sein halbes Leben lang über die Schulter schielt. Ich persönlich glaube nicht an Munchies, es sei denn, ich wäre selber ein Munchy.« Er runzelte die Stirn. »Was durchaus im Bereich des Möglichen liegt.«

Jerry sagte, er glaube nicht an Munchies, und April sagte, es sei ein alberner Aberglaube wie der Osterhase und der Nikolaus und Gott.

Mr. Maywit sagte, wir könnten denken, was wir wollten, aber er glaube wirklich und wahrhaftig an Gott, und Mrs. Maywit ebenfalls. Sie hätten mit eigenen Augen Gott gesehen, drüben in der Erkenntniskirche in Santa Rosa.

»Und wie sah Gott aus?« fragte Vater.

»Wie eine Rohrdommel in einer Wolke«, sagte Mr. Maywit. »Das hat Ma Kennywick gesagt.«

»Sie haben also Gott nicht gesehn?«

»Nein, Ma Kennywick sieht Gott, und ich sehe Ma Kennywick.«

»Bei den Evangelisten«, sagte Mrs. Maywit mit den ängstlichen Augen.

»Es war ein Erlebnis«, sagte Mr. Maywit.

»Davon bin ich überzeugt«, sagte Vater. »Erzählen Sie mir jetzt etwas, was ich nicht schon weiß.«

»Wissen sie etwas über die Duppies?«

Ich sagte: »Mr. Haddy weiß über sie Bescheid.«

»Aber Mr. Haddy ist weg«, sagte Vater. »Also wollen wir dem Gentleman hier das Podium überlassen. Nur zu, Sir, Sie haben uns Ihren Beweis für die Existenz Gottes geliefert – das heißt, Ma Kennywick hat gerufen, der Allmächtige sieht aus wie eine Rohrdommel in einer Wolke. Nun erzählen Sie uns, was ein Duppy ist.«

»Die Evangelisten haben mir von ihnen erzählt, und viele Leute, sogar Zambus, glauben an Duppies. Hauptsächlich, Vadder, sind es Geister.«

»Die Geister von Toten«, sagte Vater.

»Von Lebenden.«

»Verstehe.«

»Jeder hat einen Duppy. Sind das gleiche wie Sie selbst. Aber sie sind ein anderes Ich. Sie haben ihren eigenen Körper.«

»Also besteht die Welt zur Hälfte aus Menschen und zur anderen Hälfte aus Duppies?«

»Egal«, sagte Mr. Maywit.

Mrs. Maywit drehte an ihren Fingern. Sie sagte: »Man kann sie nicht erwischen.«

»Unsichtbar?« sagte Vater.

»Sie sind hier«, sagte Mr. Maywit. »Irgendwo. Warten. Zeigen sich ab und zu. Aber sind nicht scharf auf einen. Bringen einen zum Schreien, ja, das machen die Duppies. Darum sehen die Evangelisten sie, wenn der Geist über sie kommt. Ich habe meinen Duppy noch nie gesehn.«

Vater sagte: »Woher wollen Sie wissen, daß ich nicht Ihr Duppy bin?«

Mr. Maywit sagte kein Wort mehr. Er starrte Vater an, und sein Kaffeepulvergesicht wurde schlaff vor Furcht. Um seine Augenhöhlen wuchs ein weiterer Ring. Es war, als verstünde er endlich, wer dieser Mann war, und ergebe sich diesem Glauben.

»Das reicht, Allie«, sagte Mutter. Sie redete auf Mr. Maywit ein. »Merken Sie nicht, daß er scherzt?«

»Schon gut.« Aber Mr. Maywits Stimme zitterte dabei.

Vater interessierte sich für das, was Mr. Maywit gesagt hatte, machte aber weiter seine Witze über Munchies und Duppies. Ich war überzeugt, daß er einiges davon glaubte – es war zu gut, um nicht daran zu glauben. Lebende Geister! Weiße Indianer! Und ich wußte aus Erfahrung, daß Vater sich immer dann über etwas besonders lustig machte, wenn er ernsthaft darüber nachdachte. Wenn jemand einfach schrecklich war, scherzte Vater. Und versuchte jemand, komisch zu sein, zitierte Vater die Bibel oder sagte: »Haben Sie nicht gehört, daß ein Krieg bevorsteht?«

Er war auf andere Weise kompliziert. Nach unserer Ankunft in Jeronimo behauptete er, er könne ohne Schlaf auskommen. Er war wach, wenn wir zu Bett gingen, und bereits an der Arbeit, wenn wir morgens aufstanden. Er sagte auch, er könne tagelang ohne Essen auskommen und werde nie krank, und er werde auch nicht von den Moskitos gestochen. Die Maywits und die Zambus glaubten an ein Wunder, ich dagegen wußte, daß er damit ein Beispiel geben wollte – wenn er hart arbeitete und nicht klagte, würden die anderen es ihm gleichtun.

Arbeit und fehlender Schlaf machten ihn nicht gereizt. Tatsächlich hatte ich ihn nie glücklicher erlebt. Und Mutter, die ihn in dieser Stimmung liebte, war ebenfalls glücklich.

Jetzt hatten wir ein Haus, und eine Reihe von Erfindungen erleichterte uns das Leben. Die Zambus, die wir durch Zufall am Fish-Bucket-Ufer getroffen hatten, schienen zufrieden. Sie liefen in Turnhosen und kurzärmeligen Hemden herum, die Mutter für sie aus Segeltuch gemacht hatte. Und mit Vaters Hilfe besserten die Maywits ihr eigenes Haus aus.

Unsere Wunderbohnen wuchsen und gediehen, und Vater sagte, in ein paar Wochen könnten sie geerntet werden. Auch was wir sonst zu beiden Seiten der Bewässerungsgräben gesät hatten, entwickelte sich gut. Betrat man Jeronimo über den Pfad von der Sumpfmündung her, sah man nun eine kleine Siedlung – Häuser, Gärten, mit Steinen gepflasterte Wege und das Schaufelrad, das Wasser in das Faß schleuderte. Es war die zivilisierte Siedlung, die Vater am ersten Tag vor sich gesehen hatte, als wir anderen nichts als hohes Gras und eine Schlammbank und einen qualmenden Stuhl erblickt hatten.

Ich hatte mehr Glück als alle anderen. Als erst die Zwillinge und dann auch Muter und Jerry mit Magenbeschwerden das Bett hüten mußten, wurde ich nicht krank. Und ich merkte, daß Vater mich deswegen ein bißchen lieber mochte. Er deutete an, daß jeder, der krank war, das Kranksein nur vortäuschte oder zumindest übertrieb. Er sagte nie: »Er ist krank.« Sondern immer: »Er sagt, er ist krank.« Oder: »Sie behauptet, sie sei krank.«

»Ich hab' nicht die Zeit, krank zu werden«, sagte er. »Wenn ich mehr Zeit hätte, würde ich mich wahrscheinlich hundeelend fühlen!«

Eines Tages kam Mr. Haddy wieder. Mittlerweile hatte Vater angefangen, das Gebäude zu errichten, das er als »das Kraftwerk« bezeichnete; bis jetzt bestand es lediglich aus einem großen Gerippe geschälter Stämme, zwei Stockwerke hoch, hinten in der Senke des gerodeten Landes. Dort wurden die Boiler mit Gepolter abgeladen. Wir hörten den Motor, ehe wir die Barkasse sahen. Vater ließ mich einen Baumstamm hinaufklettern, damit ich das Boot sehen konnte.

»Wer ist es?« fragte er. Zum erstenmal, seit wir in Jeronimo waren, klang seine Stimme ärgerlich.

»Es ist die *Little Haddy*«, sagte ich. Ich sah die zerschlissene Plane und das kleine Ruderhaus.

Vater schien erfreut, aber als er zu der kleinen Anlegestelle kam, verschwand die Freude. Mr. Haddy war nicht allein. Ein Mann begleitete ihn – ein Weißer, der einen Koffer an Land trug.

Mr. Haddy erklärte, er habe die Barkasse bei Fish-Bucket ausgepumpt und zusammengeflickt. Ohne Boiler und Altmetall habe sie so wenig Tiefgang, daß sie mühelos den flachsten Fluß hinauftuckern könne. Zwei Wochen lang hatte die Reparatur in Santa Rosa gedauert. Danach beschloß er, den Versuch zu wagen, bis ganz nach Jeronimo zu gelangen, indem er den Bonito River hinauffuhr, wo er sich vom Aguan abteilte.

»Ich bringe euch ordentliches Essen aus Rosy – Muscheln und Krebse.« Die Schalentiere befanden sich in Fäßchen an Deck. Dann zeigte er uns eine tote Schildkröte. Die Schwimmflossen waren abgehackt, und der Eidechsenkopf hing aus der mit kleinen Krebsen bewachsenen Schale. »Und eine Flußschildkröte.«

Aber Vater zeigte sich nicht interessiert.

Er fragte: »Und wer ist dieser Hamburger?«

»Das hier ist Mr. Struss aus Rosy.«

»Guten Tag«, sagte der Mann. Er trat einen Schritt vor auf die weiche Uferbank und stellte seinen Koffer ab. Dann nahm er seine Sonnenbrille ab und versuchte zu lächeln, aber das Sonnenlicht blendete ihn, und er kniff die Augen zusammen und legte sein Gesicht in tiefe Faltenbogen. Er war etwas älter als Vater und massig, und unter jeder Ausbuchtung seines Körpers war ein dunkler Schweißfleck – Monde unter den Armen und ein nasser Streifen um seine Taille. Er richtete sein Leidenslächeln auf uns. »Was für reizende Kinder.« Er schaute über uns hinweg. »Und Sie haben sich ein wunderschönes Haus gebaut.«

»Was wollen Sie?« sagte Vater, der den Pfad blockierte und in Ruhe zusah, wie der Mann im Schlamm einsank.

Die Zambus hatten ihre Werkzeuge niedergelegt, und die Maywits waren vom Garten angetrabt gekommen. Es waren jetzt ungefähr siebzehn Leute, die Vater und den Fremden beobachteten.

»Mr. Haddy sagte, er würde diese Richtung fahren. Freundlicherweise hat er mich mitgenommen.«

Mr. Haddy sagte: »Er ist zahlender Passagier, aber das Steuern hab' ich allein besorgt. Er hat das Lot bedient. Er kennt den Weg.«

»Ich bin früher schon hier gewesen. Mr. Roper kennt mich. Nicht wahr, Mr. Roper?«

Er sprach zu Mr. Maywit.

Vater sagte: »Hier gibt's keinen Mr. Roper. Ein Fall von Personenverwechslung. Die Hitze läßt Sie phantasieren.«

Mr. Maywit glotzte bloß und machte den Mund nicht auf.

Der Mann war verwirrt. Er setzte seine Sonnenbrille wieder auf, zupfte an den Schweißflecken seines Hemds und sagte: »Ich kam, um Ihnen allen eine Frage zu stellen.«

»Wir sind nicht interessiert an ihren Fragen«, sagte Vater.

»Sie haben sie soeben beantwortet, Bruder. Und ich bin froh, daß ich gekommen bin. Denn die Frage lautet: ›Seid ihr errettet?‹ Und ich habe das seltsame Gefühl, der Herr . . .«

»Der Herr ist dort oben in dem Baum«, sagte Vater und deutete mit seinem Fingerstummel auf eine Rohrdommel, die auf einem Ast saß.

Der Mann starrte Vaters Finger an und rückte sogar seine Sonnenbrille zurecht, um besser sehen zu können.

»Verschwinden Sie«, sagte Vater und bedachte den Mann mit seinem Lächeln eines Tauben.

»Sie können nicht für all die Leute hier antworten.«

»Ich antworte überhaupt nicht«, sagte Vater. »Was mich betrifft, haben Sie nicht einmal den Mund geöffnet oder eine Frage gestellt. Das steht Ihnen gar nicht zu. Der Ort hier gehört mir, und Sie haben nicht meine Erlaubnis, an Land zu kommen. Wenn Sie mit den Leuten reden wollen, dann werden Sie es anderswo tun müssen, außerhalb von Jeronimo. Ungefähr eine halbe Meile nördlich von hier kommen Sie an einen kleinen Sumpf. Das ist Swampmouth, die Grenze von Jeronimo. Sie können die Stelle gar nicht verfehlen. Gehen Sie dorthin, und predigen Sie, soviel Sie wollen. Machen sie sich auf die Socken, Mr. Struss.«

Er gab dem Mann seinen Koffer.

»Der Herr hat mich gesandt«, sagte Mr. Struss.

»Quatsch«, sagte Vater. »Der Herr hat nicht den blassesten Schimmer, daß dieser Ort existiert. Wüßte er's, dann hätte er schon vor langer Zeit etwas unternommen.«

»Der Fluß gehört Ihnen nicht, Bruder.«

»Haben Sie vor, auf dem Wasser zu laufen?« sagte Vater. »Wenn ja, dann verlieren Sie kein weiteres Wort, bis Sie in der Mitte des Flusses sind.«

Mr. Struss musterte uns. Fliegen hatten sich auf seinen Schultern niedergelassen, und er schnaufte heftig.

»Ihr wißt, ich bin ein gerechter Mensch«, sagte Vater zu uns. »Wenn jemand von euch mit ihm gehen will, ich halte ihn nicht auf. Lauft nach Swampmouth und hört euch an, was der Herr da anzubieten hat. Irgend jemand interessiert?«

Mr. Maywit und seine Frau schauten ängstlich auf Vater. Die Zambus hatten angefangen zu kichern.

»Entschuldigen Sie, Mr. Roper, würden Sie bitte . . .«

»Mund halten«, sagte Vater, und Francis Lungley lachte auf.

Mutter sagte: »Es ist besser, Sie tun, was mein Mann sagt. In Swampmouth gibt es ein paar Einbaumkanus, und ich gebe Ihnen einen Lunchbeutel mit. Sie werden keine Schwierigkeiten haben, zur Küste zurückzukommen.«

»Der Herr wünscht mich hier«, sagte Mr. Struss.

Vater sagte: »Das ist genau das, was mir an Leuten wie Ihnen so gefällt – Sie sind ohne jede Anmaßung. Aber ich werde Sie nicht in Versuchung führen, als Märtyrer in die Schar der Heiligen einzugehen. Also hauen Sie ab, auf Nimmerwiedersehen.«

Von der Veranda unseres Hauses aus sahen wir ein wenig später Mr. Struss das Ufer entlang in Richtung Swampmouth marschieren. In der einen Hand trug er seinen Koffer, in der anderen Mutters Lunchbeutel. Er war allein.

Vater sagte: »Da kommt dieser Hamburger den ganzen Weg daher, um eine dämliche Frage zu stellen.« Er brachte sein Gesicht an Mr. Maywits Gesicht heran und sagte: »Sind Sie errettet?«

»Jawohl, Vadder.«

Der Reihe nach fragte er dann alle anderen, und sie sagten ja und lachten mit ihm. Er fragte mich, und ich sagte ja, aber ich stand dabei am Fenster und sah, daß Mr. Struss herüberschaute, als er uns lachen hörte. Er sah aus, als ob ihm übel sei, ging aber weiter.

Die Tage vergingen. Die Sonne schien, es regnete nur selten, alles wirkte gedämpft von Hitze und Staub. Aber die Nächte waren wild von den schrillen Geräuschen der Insekten und vom Vogelgezwitscher, das manchmal zu Geschrei anschwoll. In der Dunkelheit hörten wir deutlicher, wie die Affen mit weichem Klatschen die Zweige streiften und wie die Grillen zirpten, als knisterte ein Feuer, als würde jeder Busch und jeder Baum brennen. Nachts brennen. Nachts war die Hitze noch erstickender als bei Tag, und der Schlaf war wie ein kurzer Tod. Es war ein traumloses Hinabtauchen in diesen nächtlichen Aufruhr.

Vater verbrachte die Tage mit angestrengtem Nachdenken – er sagte nichts, aber seine Augen verrieten, daß es stürmisch zuging in seinem Kopf. Und jeder Mann schuftete mit Vater an dem Kraftwerk. Bisher war es nur ein Skelett, mit Rohren, die sich zu den Pfählen bogen, und Männern, die wie Affen in den Verstrebungen hingen und Vaters Anweisungen befolgten. Es ging nur langsam voran, und lange Zeit sah es nach überhaupt nichts aus.

Den Tag nach der Bohnenernte erklärte Vater zum Feiertag. Es war unser erster freier Tag nach sechs Arbeitswochen. Die Zambus schossen ein Baumhuhn, und die Maywits kochten Maniok und Pisang und Früchte. Vater wollte nicht zulassen, daß ein Huhn von den Maywits geschlachtet wurde. »Das hieße, von unserem Kapital zu leben.« Nachmittags feierten wir ein Fest vorm Haus. Mr. Maywit und Mr. Haddy erzählten abwechselnd Geschichten von der Moskito-Küste – von Piraten und Kannibalen –, und Clover und April sangen: »Under the bam, Under the boo.«

Vater hielt uns eine Rede. Wir seien Ziegel, sagte er. Und lang und ausführlich erklärte er, was alles man mit Ziegeln machen könne. Und nur einmal wurde er ärgerlich – als Mr. Haddy das Essen lobte. Vater haßte es, wenn jemand über das Essen redete, sei es beim Kochen oder beim Essen. Narren tun so etwas, sagte er.

Es sei anspruchsvoll und unanständig, darüber zu sprechen, wie die Sachen schmeckten.

Er nannte diesen Tag unser erstes Erntedankfest.

Es war inzwischen August geworden. Mr. Maywit sagte, er wisse das, ohne auf den Kalender zu schauen, weil der Sickla-Vogel angekommen sei. Es war ein leuchtend grüner und gelber Vogel, sehr klein, und sein Trillern erinnerte mich an die Flötenmusik, die wir an unserem ersten Abend in La Ceiba von dem Jungen am Strand gehört hatten.

Die Arbeit am Kraftwerk ging weiter. Die Mahagonibretter wurden in Position gehievt und mit den Pfählen verbolzt. Die Fußböden kamen mir sonderbar vor, aber als die Seitenwände hochgezogen wurden, nahm das Bauwerk eine vertraute Form an, und ehe es fertig war, erriet ich, was es war.

14

Fast alle, die Maywits eingeschlossen (sie hatten einmal in Trujillo ein Futtersilo gesehen), glaubten, Vater sei verrückt geworden und hätte ein Silo gebaut.

»Hoh! Was für Grünzeug wollen Sie denn da reintun?« fragte Mr. Haddy stellvertretend für alle.

Vater sagte, er werde gar nichts hineintun und bestimmt kein Getreide. »Aber wartet nur ab und seht, was ich herausholen werde! Und immer weiter herausholen werde! Hört zu!« Er flüsterte jetzt und starrte vor sich hin. »Dieses Ding läuft ewig! Es hört nie auf.«

Es war kein flaschenförmiges Gebilde wie manche Silos, und es hatte auch nicht die Form einer Thermoskanne, und Futterkästen gab es auch nicht. Es war hoch, mit rechteckigen Wänden. Es besaß keine Fenster und nur eine Lukentür in etwa sieben Meter Höhe, zu der keine Treppe hinaufführte – ein schlichtes Holzgebäude, ein riesiger Mahagonischrank, aufgestellt in unserer Lichtung im Dschungel. Eine Kiste, aber eine gigantische Kiste, mit einem Blechdeckel. Es war ein Kuriosum von Großartigkeit – wie eine ägyptische Pyramide. Die Größe allein rechtfertigte es. Es brauchte keinen anderen Zweck. Aber ich wußte, es war die Kühlanlage, nur tausendmal vergrößert.

Kaum war das Ding errichtet, kamen Scharen von Leuten, um es sich anzusehen. Ich vermutete, sie hatten unser Gehämmer in den Wäldern gehört, Vater hieß sie willkommen. Es waren Indianer aus den Bergen und spanisch sprechende Farmer und Kreolen und Zambus. Die Indianer hielten sich nicht lange auf, aber andere blieben, Mr. Harkins und Mr. Peaselee, die alte Mrs. Kennywick (eben die, die den lieben Gott in der Erkenntniskirche gesehen hatte) und noch ein paar mehr. Sie sagten, sie hätten beobachtet, wie das Haus – so nannten sie es – gewachsen sei. Sie bewunderten es. Es sei höher als die Bäume und oben flach – mit nichts weit und breit vergleichbar. Sie hätten es aus der Ferne gesehen.

Ihre Neugier war ein Vorteil. Gerade als Vater Hilfe brauchte, kamen diese Leute aus den Wäldern und sagten, sie seien bereit zu helfen. Mit der Fertigstellung der anderen Gebäude und der ersten Ernte und den schnell näher rückenden anderen Ernten – wir hatten alles angebaut, was wir brauchten – war, wie jeder in Jeronimo glaubte, unsere Arbeit getan. So gesehen war das Kraftwerk, wie Vater es weiterhin nannte, eine verwirrende Überraschung. Wozu diente es? Was sollte es hier?

Vater versprach weitere Wunder, aber noch verschlang das Bauwerk weiteres Holz, und Ziegelsteine wurden gebraucht.

»Wo sind die Ziegel, Vadder?« fragte Mr. Maywit.

»Sie stehen auf ihnen.« Vater zeigte mit dem Fingerstumpf auf den Boden. »Lehm! Das sind alles Ziegel – sie warten bloß darauf, gemacht zu werden!«

Auch Eisenarbeiten waren zu tun.

»Die Eisenzeit kommt nach Jeronimo«, sagte Vater. »Vor einem Monat noch herrschte hier die Steinzeit – Erdfrüchte mußten mit Holzschaufeln ausgegraben und Ratten mit Steinäxten erschlagen werden. Wir kommen flott voran. In ein paar Tagen werden wir 1832 haben! Übrigens, Leute, ich habe vor, das zwanzigste Jahrhundert ganz und gar zu überspringen.«

Es waren mehr Installationsarbeiten zu erledigen als in einem Wasserwerk, aber alles ging rasch und reibungslos vonstatten. Die neuen Leute waren froh über die Arbeit und hörten Vater, der die ganze Zeit redete, gern zu.

»Wollt ihr etwas wissen über die Krankheiten des zwanzigsten Jahrhunderts?« sagte er.»Ich werde euch die schlimmste nennen. Die Menschen ertragen es nicht mehr, allein zu sein. Halten es nicht aus! Also gehn sie ins Kino, holen sich Drive-in-Hamburger, setzen ihre privaten Telefonnummern in die Schundblätter und sagen: ›Bitte ruf mich an!‹ Es ist eine Krankheit. Die Menschen hassen ihre eigene Gesellschaft – sie heulen, wenn sie sich im Spiegel sehen. Es ängstigt sie, so wie ihre Gesichter aussehen. Vielleicht ist das der Schlüssel zu dem ganzen Dilemma . . .«

Die meisten Klempnerarbeiten bestanden darin, Rohrleitungen zu biegen – genug, um eine Kuh zum Schielen zu bringen. Einige der Krümmungen bestanden aus den fertigen Kniestücken, die wir aus La Ceiba mitgebracht hatten, andere fertigten wir in der

Schmiede. Die Schmiede wurde mit den ersten Ziegeln erbaut, und das Gebläse (ein einfaches Feuer war nicht heiß genug) bestand aus zwei Paddeln und einer Lederblase. Vater sparte seine Schweißfackel auf, um jeden Verschluß zu plombieren, weil er das Zylindergas nicht verschwenden wollte. Der Anblick von Vater mit der Schweißmaske vorm Gesicht, hinter deren Sichtfenstern seine Augen hin und her huschten, mit den Stulpenhandschuhen, der Asbestschürze und der zischenden Fackel faszinierte die Zuschauer. Und selbst unter der Maske redete er noch weiter.

»Warum werden die Sachen immer mieser und schlechter?« drang die echohafte dünne Maskenstimme wie aus einer Seemuschel hervor. »Warum werden sie nicht besser? Weil wir hinnehmen, daß sie auseinanderfallen! Aber das muß nicht sein – sie könnten ewig halten. Warum werden die Sachen immer teurer? Jeder Dummkopf sieht ein, daß sie auf Grund der verbesserten Technologien billiger werden müßten. Es ist die pure Verzweiflung, die Senilität des Verhaltens hinzunehmen . . .«

Seine Reden gefielen ihnen, aber den Funkenregen und die fliegenden Späne toten Metalls liebten sie. Voll Verblüffung sahen sie, wie unter dem Strahl der blauen Flamme Eisenstäbe weich wurden und wie Teer tropfte.

Die Schweißfackel war eins von Vaters Spielzeugen. Es gab andere – seine »Donnerbüchse« und sein »Atomzertrümmerer« und einfachere Geräte wie den »Biber«, der Rohre bearbeitete und Gewinde schnitt, einen handbetriebenen Kiefer eigener Fertigung mit einem zahnbewehrten, von Klampen gehaltenen Maul. Für ihn waren es Spielzeuge, für die anderen Zauberwerkzeuge. Wenn er ein rostiges Rohr nahm, es ausbohrte, zurechtbog, Gewinde hineinschnitt und so viele Gelenke einpaßte, daß es wie eine Kurbelwelle aussah, dann versammelten sich alle und sahen ihm zu. Dann war er ein Zauberer, der in seiner Eisenmaske ein Stück Altmetall in ein Bestandteil der Installation verwandelte, die der Magen und die Eingeweide des Kraftwerks war. Er behauptete, daß er mit dieser Grundausrüstung noch aus der einfachsten Stange oder dem einfachsten Rohr einen winzigen Computerschaltkreis machen könnte.

»Aus dem dicksten Eisenblock hier könnte ich Mikro-Chips machen. Ich könnte stummes Metall zum Reden bringen. Genau das nämlich sind Computerschaltkreise – Wörter und Sätze in einer primitiven Sprache. Man hält Computer nicht für primitiv«, sagte er, und seine Worte waren direkt an Mr. Harkins gerichtet. »Aber sie sind es – mechanische Wilde.«

Er sagte, er baue ein Monster. »Ich bin Doktor Frankenstein!« brüllte er durch seine Schweißmaske. Einen Satz Rohre bezeichnete er als Lungen, einen anderen als Hinterteil und zwei Tanks als ein Paar Nieren. Er sprach von dem Kraftwerk immer so, als sei es ein Mensch: »Es braucht heut einen Magen.« Oder: »Das wird direkt an seine Leber angepaßt.« Oder: »Wie wär das als seine Speiseröhre?«

Harkins und Peaselee lachten darüber und fragten Vater, ob sein Monster auch einen Namen hätte.

Vater meinte: »Sag's ihnen, Charlie.«

Ich erinnerte mich. »Fat Boy«, sagte ich.

Alle flüsterten den Namen.

Jerry und die Zwillinge waren überrascht, daß ich etwas wußte, was sie nicht wußten – nicht nur den Namen, sondern auch den Zweck, wie es funktioniert und wie es aussehen würde, wenn es fertig war. Sie bekamen ein bißchen mehr Respekt vor mir, und eine Weile lang hörten sie auf, mich »Crummo« und »Spackoid« zu rufen.

Selbst Mutter war neugierig und wollte wissen, woher ich so viel wußte. Ich erzählte ihr, daß ich das kleine Modell gesehen hatte. Ich erinnerte mich an den Morgen, an dem Vater und ich die kleine Kühlmaschine auf den Pick-up geladen hatten und an der Vogelscheuche vorbei zu Polski gefahren waren, um es ihm vorzuführen, Vater glücklich und später kochend, und wie der hölzerne Kasten würgend und glucksend eine Eisscheibe in einem Becher produziert hatte. Und mir fiel noch mehr als das wieder ein – der Gummischlauch in Northampton und der Polizist und wie Vater sagte: »Keiner kommt auf die Idee, dieses Land zu verlassen. Aber ich denke daran, jeden Tag!« Und das Affenhaus. Und: »Es ist eine Schande.«

Das lag alles weit zurück, aber als ich das hoch aufragende, fensterlose Gebäude am Rand der Lichtung sah, verstand ich, warum wir hergekommen waren – um Fat Boy zu bauen, um Eis herzustellen.

Dies hier war der ferne, leere Fleck, von dem Vater immer gesprochen hatte. Hier konnte er tun und lassen, was er wollte, ohne jemandem das Warum erklären zu müssen. Hier gab es keinen Polski, der sagte: »Grummel, grummel.« Vater erklärte: »Du siehst Jeronimo und weißt nicht, welches Jahrhundert wir haben. Das hier ist ein Teil des ursprünglichen Planeten, mit Leuten, die dazu passen, und da wundert sich jemand, warum ich dem Missionar einen Tritt gegeben hab'?«

Vater hatte seine Wildnis gefunden.

Aber die Leute fürchteten sich vor Fat Boy. Mit Francis Lungley fing es an. Er sagte, er höre nachts darin Geräusche. Mr. Maywit sagte, das Haus habe einen eigenen Geruch, nicht von Maschinen, sondern wie Tigeratem. »Sind Fledermäuse drin«, sagte Mrs. Kennywick, was stimmte. »Nachts hat das Biest zweiundzwanzig Augen«, sagte Mr. Haddy, was nicht stimmte. Sie alle beobachteten unser Kraftwerk ängstlich, als wäre es ein gefährliches Ungeheuer. Niemand ging hinein, wenn Vater nicht voranging, aber Vater hatte die Angewohnheit, drinnen zu singen, und das erschreckte jeden. Eines Morgens sagte Mr. Harkins, es sei verschwunden. Wir rannten aus dem Haus und sahen es vor uns. Vater sagte: »Es ist gerade zurückgekommen.« Die Zambus hörten immer noch Geräusche darin. Es seien Stimmen. Hexen, sagten sie.

Vater sagte ihnen, sie sollten sich beruhigen.

»Davor braucht ihr keine Angst zu haben«, sagte er. »Es ist nicht neu. Es ist nicht einmal eine Erfindung.«

Aber sie hatten immer noch Angst.

»Es ist ein Wunderwerk, aber kein Zauberwerk. Die Leute nennen mich einen Erfinder. Ich bin kein Erfinder. Und was mache ich hier?«

»Blödsinn«, sagte Mr. Maywit. Er hatte das Wort von Mr. Haddy aufgeschnappt.

»Ich werde euch sagen, was ich hier mache – was jeder, der irgend etwas erfindet, tut. Ich vergößere.«

Redend und redend hämmerte er auf das Schulterstück eines Boilers ein. Vater sagte, die meisten Erfindungen seien entweder Anpassung oder Vergrößerung.

»Nehmt den menschlichen Körper«, sagte er. Er enthalte die gesamte Physik und Chemie, die wir kennen müßten. Die besten Erfindungen basierten auf der menschlichen Anatomie. Er selbst besitze zwei Patente für Ideen, die er dem Körper abgeschaut hatte – seinen sich selbst abdichtenden Tank und seinen Metallmuskel. Er sagte, es gebe keine bessere Ingenieurstechnik als Kugel und Kugelgelenk der menschlichen Hüfte. Und die Computertechnologie sei lediglich der ungeschickte Versuch, ein Gehirn zu bauen, aber das Zentralnervensystem sei millionenmal komplizierter.

»Isolierung? Seht euch ein Fettgewebe an!« Man müsse die natürlichen Dinge studieren. Jeder, der sich einen Alligator oder eine Schildkröte genau ansehe, könne ein gepanzertes Fahrzeug herstellen. Die Welt der Natur zeige dem Menschen, was möglich sei. »In einer Welt ohne Vögel würde es keine Flugzeuge geben. Flugzeuge sind bloß vergrößerte Spatzen – Bauchlander mit Beinfreiheit.«

Die Zambus starrten Vater an, und die anderen hörten ihm unruhig zu. Ein Mann, der um so mehr redete, je mehr er arbeitete!

»Was ist ein Wilder?« sagte er. »Einer, der sich nicht die Mühe macht, sich umzuschauen und zu sehen, wie er die Welt verändern kann.«

Jeder schaute herum und sagte, genauso sei es.

Unzivilisiertheit, fuhr Vater fort, sei nichts anderes, als zu sehen und nicht zu glauben, daß man es selber machen könne, und das sei ein furchtbarer Zustand. Der Mann, der einen Vogel sehe und ihn zu einem Gott mache, weil er sich nicht vorstellen könne, selbst zu fliegen, sei ein Wilder der ursprünglichsten Art. Es gebe Stämme, die nicht soviel Verstand besäßen, Hütten zu bauen. Sie liefen nackt herum und holten sich eine doppelte Lungenentzündung. Und das, obwohl sie in der Nachbarschaft von Vögeln lebten, die sich Nester bauten, und von Hasen, die sich Löcher gruben.

Solche Leute seien absolute Wilde, die nicht einmal genug Phantasie hätten, sich bei Regen unterzustellen.

»Ich behaupte nicht, daß alle Erfindungen gut sind. Aber gefährliche Erfindungen sind immer unnatürliche Erfindungen. Wollt ihr ein Beispiel? Ich nenne euch das beste, das ich kenne, Käseaufstrich, den man aus einer Aerosoldose aufs Sandwich spritzt. Schlimmer geht's nicht mehr.«

Mrs. Kennywicks Lachen ertönte, *heck-heck*, und Mr. Haddy

sagte, er habe noch nie von Käse gehört, der aus einer Dose herausspritze.

»Wie Rasierschaum«, sagte Vater. »Kommt raus wie Fertigcreme. Abscheulich. Die Ozonschicht? Wird davon aufgefressen. Und vier Dinge stimmen daran nicht – die Käsebearbeitung selber, das Rausspritzen, die Dose und das Sandwich.«

Er hämmerte immer noch auf den Boiler ein.

Er sagte: »Noch nie habe ich irgend etwas gemacht, das nicht zuvor schon in ähnlicher Form existiert hat. Ich suche mir einfach etwas aus oder einen Teil davon und mache es größer – wie meine Ventile und meinen Metallmuskel und meinen Selbstdichter. Die Idee habe ich von der menschlichen Anatomie – Herzklappen, willkürlicher Muskel, Verkleidung der Magenwände. Hört zu, ich hab' Gastanks schlag- und stichfest gemacht. Aber es war nur eine Frage der Schuppen und ihrer Anbringung und – wollen wir ehrlich sein – eine Sache der Verbesserung. Ich meine, man muß die Arbeit ein bißchen besser machen als Gott.«

Wann immer Vater Gott erwähnte, blickten die Leute von Jeronimo gen Himmel und schauten schuldbewußt und beschämt drein oder kniffen die Augen zusammen, als rechneten sie mit Donnergrollen. Vater merkte es und wechselte das Thema.

»Die Leute reden immer über die Erfindung des Rades. Was ist so großartig am Rad? Es ist nichts im Vergleich zu Kugellagern, aber in der Natur kommen Kugellager vor – wir haben in jeder Hüfte eins! Die Entwicklung von Linsen und Objektiven? Alle optischen Erfindungen sind Nachahmungen – des menschlichen Auges –, obwohl ich zugebe, daß das menschliche Auge im Vergleich dazu ziemlich schlecht abschneidet.«

Mr. Haddy sagte, das habe er auch schon gedacht. Alles nur Augen und Nasen mit unterschiedlichen Bezeichnungen. Und die Kräne und Ladebäume am Pier von La Ceiba seien das gleiche wie Arme, bloß größer und wuchtiger.

»Sie haben's begriffen«, sagte Vater. »Und was ist das?«

Er hatte aufgehört, den Boiler mit dem Hammer zu bearbeiten, und zerrte ihn ins Innere von Fat Boy.

»Das ist irgendein Blödsinn«, sagte Mr. Haddy. »Und da drinnen werden Sie mich nie erwischen.«

»Menschliche Innereien«, sagte Vater. »Die Eingeweide und lebenswichtigen Organe. Das Bruststück. Verdauungstrakt. Atmung. Kreislauf. Fettgewebe. Und warum es bauen? Weil es eine unvollkommene Welt ist! Deshalb tue ich, was ich tue. Und deshalb glaube ich nicht an Gott – hört auf, nach oben zu schaun, Leute! –, denn wenn man die Welt verbessern kann, spricht das nicht gerade für Gott, oder?«

Aber niemand antwortete, und niemand wagte es, allein in das Kraftwerk hineinzugehen. Es war dunkel und zu kühl und voller Eisenrohre. Keine Fenster, die Isolierung machte es feucht und klamm, aus den dunkelsten Ecken drangen murmelnde Geräusche.

»Nichts, wovor man sich fürchten müßte«, sagte Vater und sah mich an. Ich wußte, was nun kam. Er warf eine Niete nach mir. »Charlie fürchtet sich nicht. Wollt ihr sehen, wie er bis ganz nach oben klettert?«

Die Gesichter in der Lichtung blitzten mich wie Uhrenzifferblätter an.

»Er wird nicht lebendig rauskommen«, sagte Francis Lungley.

»Das ist eine dumme Bemerkung«, sagte Vater.

Clover sagte: »Dad, warum zittert Charlie denn so?«

»Charlie zittert nicht.«

Also mußte ich gehorchen.

Ich hatte den Blasebalg bedient. Ich ließ los, wischte mir die Hände ab und blickte in all die Uhrengesichter. Ihr besorgtes Geblinzel drückte fünf vor zwölf aus, und ich fragte mich, warum. Einige waren auf mich gerichtet, andere auf Vater. Hätten sie nur nicht so flach und verängstigt ausgesehen, ich wäre leichteren Herzens in den Bau hineingestiegen. Sie raubten mir den Mumm.

Ich sagte: »Oh, verdammt!«, und ging hinein.

Vater knallte die Tür hinter mir zu und sperrte fast das ganze Tageslicht aus. Durch die Bodenquerbalken, die noch mit Brettern belegt werden mußten, sah ich lediglich die staubigen Sonnenstrahlen, die durch die Spalten der Lukentür drangen.

Mir war, als befände ich mich im Körper eines riesigen Ungeheuers, unter den kalten Rändern des Magens. Eisenrohre stiegen seitlich an den Wänden hoch. Schmierig vom Dichtungsmittel und nach frischen Schweißnähten riechend, hatten sie den Gestank fauler Eier oder von Fürzen an sich, wie verwesendes Fleisch, und das schlüpfrige Aussehen von Wasserversorgungsanlagen. Wo die Sonnenstrahlen auf ein paar rostige Rohre trafen, konnte ich sehen, wie sehr die rötlichen Lackblasen Fleisch ähnelten. Die kleinste Bewegung meiner Füße erzeugte ein Dröhnen, ein bauchtiefes Echo.

Vor einer Woche hatte ich die Außenseite mit Leichtigkeit erklommen. Jetzt aber war ich zum erstenmal im Innern, allein, bei geschlossener Tür, im Dunkeln, und ich sollte ganz nach oben klettern. Ich würgte meine Angst hinunter und sah hoch – der Weg nach oben war der Weg hinaus. Ich fing an, die Rohre hinaufzuklettern, durch den Mittelteil, von den Tanks aus, die Vater Nieren nannte, über den rostigen Magen zu dem Stahltunnel, den Vater als Speiseröhre bezeichnete. Die einzigen Geräusche, die durch die Wände drangen, waren die Schreie von Clover und April, die mit den Maywit-Kindern spielten – im Sonnenschein.

In den Rohren war keine Flüssigkeit. Durch das Echo hatte man das Gefühl, in einem gigantischen toten Lebewesen zu sein. Die Schatten waren kühle, gebogene Rohre, die beim Klettern knirschten. Ich schwang mich auf ein stacheliges Gitter, das Drainy Maywit mit seinen Zähnen geformt hatte, und kroch darüber, ertastete mir mit den Fingern den Weg.

In dem Augenblick, als ich zu mir sagte, *Schau nicht runter*, schaute ich nach unten. Und schaute und schaute. Ich erkannte, was ich sah. Nein, dies war kein Bauch – es war Vaters Kopf, der mechanische Teil seines Gehirns und die Verschlingungen seines Verstandes, genauso stark und gewaltig und mysteriös. Alles enthüllte sich mir, aber es war zuviel, wie eine Buchseite, voller Geheimnisse, nur zu klein gedruckt. Alles paßte so nahtlos und war so gut verbolzt und so sauber befestigt! Ich erkannte, daß es geordnet war, aber die Ordnung – die Dimensionen dieser Ordnung – erschreckte mich. *Wie der menschliche Körper*, hatte er gesagt. Aber dies war der dunkelste Teil seines Körpers, und in dieser Dunkelheit waren die Gelenke und Winkelstützen seines Geistes, ein Dschungel aus gekrümmtem Eisen und dickbauchige, an dünnen Drähten hängende Tanks und überlötete Narben, Röhren wie Kletterpflanzen, die Last von Metallschläuchen, die sich der Decke entgegengabelten, und überall die Balance kleiner Scharniere.

Es machte mich schwindlig. Ich verstand nicht genug davon, um mich sicher zu fühlen. Ich dachte: Du könntest hier sterben oder hier drinnen gefangen, verrückt werden.

Ich kämpfte mich zur Tür und stieß sie auf. Unter der Luke waren Strohhüte. Irgend jemand – nicht Vater – schrie zu mir herauf. Sie lehnten eine Leiter an das Bauwerk und ließen mich herunterkommen, und alle schauten mir besorgt ins Gesicht.

»Jedenfalls jammert er nicht,« sagte Francis Lungley.

»Du bist der nächste, Fido«, sagte Vater und drängte Lungley zur Tür. »Hinein mir dir! Du bist dran – mach dich mit dem Ding vertraut!«

Einen nach dem andern schickte er die Männer hinein, knallte die Tür zu und ließ sie zwischen den Rohren zur oberen Luke hinaufklettern, damit sie keine Angst mehr hatten, bis auf Mrs. Maywit, Mrs. Kennywick und die Kinder. Sie sagten, sie seien bereit, und Vater sagte: »Das ist das, was wirklich zählt – Bereitschaft.«

Er sagte, er schicke die Männer hinein, damit sie ihre Furcht besiegten, und ich glaubte ihm. Aber ich vermutete auch, daß er sie mit seiner Yankee-Erfindungskraft verblüffen und ihnen einen kurzen Einblick in seinen Geist gewähren wollte – in das Modell seines Verstandes. Was mich betraf, so erwähnte ich es nicht. Ich wußte, was ich gesehen hatte. Und ich war froh, daß Vater mich hineingetrieben hatte – er machte einen Mann aus mir.

Jeder verglich das Erlebnis mit etwas anderem. Mr. Maywit sagte, es sei, als stände man oben im Kirchturm der Tunker-Kirche. Die Zambus sagten, es sei wie in einer bestimmten Schieferhöhle in den Esperanzas, und Mr. Harkin sagte, er habe mal so einen Traum gehabt, aber als er es genauer zu erklären versuchte, brach ihm die Stimme, und Tränen traten ihm in die Augen. Mr. Haddy sagte: »Hoh! Ist wie in so einem Maschinenraum von einem Bananenboot. Boiler und enge Stellen.« Als er all das hörte, quengelte Jerry, er wolle auch hinein, aber Vater verbot es.

»Ich hoffe, ihr habt alle das Netz über den Verdunstungslungen bewundert«, sagte Vater. »Drainys Werk!«

Drainy hatte das Netz mit seinen Zähnen gemacht – so wie er auch sein Drahtspielzeug machte –, mit Klammern und Haken und Schließen, die er mit seinen Backenzähnen an Ort und Stelle festbiß.

»Und wie ihr vielleicht bemerkt habt, atmet Fat Boy nicht«, sagte Vater. »Deshalb wollte ich, daß ihr ihn jetzt seht, ehe er zum Leben erwacht. Denn dann ist er gefährlich, dann ist Eintritt verboten. Dann muß er arbeiten, und wir wollen nicht, daß ihm dabei jemand in den Eingeweiden herumstampft.«

Die glatten Mahagonibretter des gewaltigen Eishauses fingen das Grün und das Gold in der Dschungellichtung ein und glühten wie Haut.

»Ihr werdet nicht glauben, was der Junge alles kann.«

Vater war stolz darauf und froh, daß Leute anwesend waren – Augenzeugen. Niemand zweifelte an ihm oder an dem, was er tat. Morgens führte er uns gern herum, von der Pumpe am Fluß zum Badehaus und durch die Felder. Er machte uns darauf aufmerksam, wie gepflegt alles war, das Wasser strömte, und die Räder drehten sich, und der Mais schoß in die Höhe, und die Kolben hingen schwer an den Pflanzen. Wir gingen über Pfade, die wir gepflastert hatten, an Pflanzen vorbei, die wir gepflanzt hatten.

Was Vater am ersten Tag in Jeronimo versprochen hatte, war nun für jedermann deutlich zu sehen – Nahrung, Wasser, Schutz, alles so, wie er es vorhergesagt hatte, nur ordentlicher und glücklicher, als wir uns vorgestellt hatten. Bei den frühmorgendlichen Inspektionen nahm er Mutter am Arm, und seine Worte zur ihr waren für alle bestimmt.

Er nannte diese Kerbe im Dschungel eine überlegene Zivilisation. »Gerade so, wie unser Amerika hätte sein können«, sagte er. »Aber es verfaulte und wurde jähzornig – die Gier trieb die Schlimmsten zum Betrug, und die Besten fielen dem System zum Opfer.«

Die Zambus wußten nicht, wovon er redete, aber sie mochten die Art, wie er redete. Er konnte sie zum Lachen bringen, wenn er rief: »Rheostaten! Thermodynamik! Der angewandte Mittelwert!«

Er sagte: »Ich war der letzte Mann.«

Aber auch wenn er nicht zum Spaß daherredete, mußte ich meinen Kopf unten halten, er hätte sonst gesagt: »Warum lachst du, Charlie?«

Und wer hätte nicht über manches, was er sagte, lachen müssen!

»Wir müssen die Klappe halten«, pflegte er zu sagen, »oder alle

Welt fällt hier über uns her. All die flotten Burschen würden Tankstellen und Drive-in-Kinos und Schnellgaststätten aufmachen. Und Kataloge herausgeben. Oh, bestimmt, sie würden hier eine nützliche Einrichtung und dort eine nützliche Einrichtung schaffen. Neben dem Eishaus einen K-Mart errichten und sich die vorbeiflutenden Käufer schnappen. Und ihr könnt euren letzten Dollar darauf wetten, daß sie oben am Swampmouth-Pfad genügend Platz für eine Toyota-Vertretung fänden. Von hier bis zu den Hügeln gäb's nur Parkplätze. Sie würden uns mit nützlichen Einrichtungen ersticken!«

Mr. Maywit sagte: »Ich wünschte, wir hätten einen Chinaladen.«

»Er will einen Chinaladen!« sagte Vater.

Mr. Maywit zuckte zurück. »Ein bißchen Salz und Mehl und Öl.«

»Sparen Sie Ihr Geld«, sagte Vater. »Sie brauchen keinen Chinaladen. Das Meer ist voller Salz – Meersalz, das beste Salz, das es gibt. Keine Zusätze. Mehl ist eine Kleinigkeit, sobald der Mais soweit ist – wir werden es uns selber mahlen. Schaun Sie hin – Wundermais! Ich hab' das Saatgut den ganzen Weg von Massachusetts hergebracht. Ist dreimal so groß wie eure Sorten hier.«

»Er sprach von Öl«, sagte Mr. Harkins.

»Ich hab's gehört, und meine Antwort ist: ›Erdnüsse!‹ Neben den Kartoffeln gibt es einen halben Morgen mit Erdnüssen. Aber laßt ihnen Zeit. Hetzt sie nicht. Sie laufen uns schon nicht weg.«

Kaum waren die Kartoffeln und die Yamswurzeln geerntet, untersagte er den Anbau von Maniokstrauchern. Das sei die Ernte des faulen Mannes, sagte er. Wie Bananen. Es mußte kein Unkraut gejätet werden, das stimmte, aber Maniok laugte den Boden aus und besaß keinen Nährwert. Es anzubauen würde aus uns allen kleine Gnome machen.

Die Arbeit an Fat Boy ging weiter – das Einpassen und Schweißen weiterer Rohre, das Abdichten der Tanks, die Fertigstellung der Brennkammer und des Kamins. Jetzt hatte niemand mehr Angst davor. Die Zambus zogen es sogar vor, drinnen zu arbeiten, weil es dort wesentlich kühler war. Der Bau besaß Doppelwände, und Dach und Südseite waren mit polierten Blechplatten beschlagen, die die direkten Sonnenstrahlen zurückwarfen.

»Wären es Solarzellen, könnten wir uns selbst mit Elektrizität versorgen«, sagte Vater. »Aber wir brauchen weder Elektrizität noch fossile Brennstoffe – dies ist eine überlegene Zivilisation.«

Wir suchten nach Lecks, indem wir das Leitungssystem mit Wasser füllten. Ein feiner Strahl sprühte aus neuen Fugen, die Vater markierte und abdichtete, nachdem das Wasser wieder abgelassen war. Dann erklärte Vater das Werk für vollendet und sagte, daß er und Mr. Haddy nach Trujillo fahren würden.

»Plasma – für Fat Boy«, sagte er. Er hatte dafür gesorgt, daß Wasserstoff und Ammoniak nach Trujillo geschickt wurden. Aus Angst, die Neugier der Missionare zu erregen oder noch mehr unwillkommene Besucher vom Schlage des Mr. Struss oder der Spellgoods oder gar Toyota-Händler anzulocken, hatte er es nicht den ganzen Weg bis Jeronimo verschiffen lassen.

»Ich hab' früher in der Tunker-Kirche Fenster mit Ammoniakwasser geputzt«, sagte Mr. Maywit.

»In der Erkenntnis-Kirche«, sagte Mrs. Maywit.

»Egal«, sagte Mr. Maywit.

Mr. Haddy bemerkte, daß es in ganz Jeronimo keine einzige Glasfensterscheibe gebe, was stimmte.

»Mit Ammoniak kann man alles machen«, sagte Vater. »Die Ammoniakuhr ist das präziseste Zeitmeßgerät der Welt. Sie glauben mir nicht?« Mr. Maywit runzelte die Stirn. »Hören Sie? Das Ticktack da drinnen ist die Oszillation des Stickstoffatoms im Ammoniakmolekül. Francis weiß alles drüber, nicht wahr?«

Francis sagte: »Aber sicher, Vadder.«

»Ich verwende angereichertes Ammoniak«, sagte Vater. »Was glaubt ihr, was ich in La Ceiba gemacht hab'? Auf der Plaza rumgespuckt, wie all die andern Gringos? Nein, Sir. Ich hab' mein Ammoniak aufgepeppt. Das ist mein Geheimnis, wirklich. Je stärker es angereichert ist, um so schneller die Verdunstung. Ihr werdet sehen.«

Mr. Maywit sagte: »Ich hör's.«

»Macht er alles selber, bloß so aus Blödsinn,« sagte Mr. Haddy, während die Zambus starrten. »Er reichert's an. So wird's gemacht.«

»Es ist toxischer«, sagte Vater. Die Zambus lachten über das Wort »toxisch«. »Aber sobald es in dem geschlossenen System ist, besteht keine Gefahr. Und es hält ewig. Eure Magensäure, zum Beispiel, ist nicht toxisch, enthält aber mächtige Substanzen. Sie könnte ein ordentliches Loch in euer Hemd brennen, wenn sie ausfließen würde. Und in der Natur kommt Ammoniak vor – ihr wißt, verfaulende Pflanzen, Seewasser, Erde, sogar Urin.«

Mr. Maywit sagte, das habe er auch schon gehört. »Wolln Sie, daß ich mit nach Trujillo komm'? Ich kauf' etwas Salz und Öl für Ma.«

Vater legte seine Hand auf Mr. Maywits Mehlsackhemd, dort, wo *La Rosa* auf der Schulter stand. »Ich brauch' Sie hier, Mann. Von jetzt an sind Sie mein Oberaufseher. Sie müssen bleiben, damit Sie mir sagen können, was ich tun soll.«

Dann sprach er mit allen – Mrs. Kennywick, den Zambus, Harkins, Peaselee, den Maywits und uns.

»Ich nehm' Befehle von euch entgegen«, sagte er. »Ihr habt hier das Kommando. Und wenn ihr wollt, daß Fat Boy arbeitet, müßt ihr mich den Fluß runter nach Trujillo schicken. Damit ich seine lebensnotwendigen Säfte hole.«

Nach und nach brachte Vater sie so weit zu sagen: Ja, bitte geh . . .

»Pflückt in der Zwischenzeit ein paar von den Tomaten hier.« Er knuffte Mr. Maywit in die Rippen. »Der hier will einen Chinaladen!«

Mutter fragte ihn, wie lange er fortbleiben werde. Vater sagte: bis zu einer Woche, »sofern nicht unvorhergesehene Umstände eintreten«.

Die *Little Haddy*, für den Fluß von allem Ballast befreit, verließ am nächsten Tag Jeronimo in Richtung Küste. Mr. Haddy bediente das Lot, Vater stand am Ruder. Mr. Haddy sagte für alle vernehmlich: »Aber es war einmal *meine* Barkasse.«

Wir rannten am Ufer entlang, fast bis nach Swampmouth, verloren sie dann aber in dem dunkelgrünen Blätterwerk, das Vater einmal mit alten Dollarnoten verglichen hatte, aus den Augen.

Ohne Vater war es in Jeronimo sehr still – keine Reden oder Lieder, und das Gehämmer hörte auf. Die einzigen Geräusche waren das Klatschen und Spritzen, das *Prunt-prunt* des Pumpenturms am Ufer und das Rauschen des Wassers in den Kanälen. Der Rest war das übliche Gemurmel des Dschungels, ebenso beständig wie Schweigen, Vögel und Insekten und Affengeschrei, dessen Intensität mit der Hitze wechselte und das nach Einbruch der Nacht zu einem gedämpften Geheul wurde.

Mutter übernahm nicht das Kommando. Wenn Vater da war, machten wir, was er wollte, er hielt uns auf Trab. Aber Mutter machte keine Erfindungen und hielt niemals Reden. Wenn sie sprach, war es oft die an irgend jemanden gerichtete sanfte Bitte, ihr bestimmte örtliche Gebräuche zu zeigen.

Das Trocknen der Pfefferschoten war ein gutes Beispiel dafür. Als sich die kleinen roten Schoten an den niedrigen Büschen zeigten, sagte Mrs. Maywit, sie müßten getrocknet werden. Wäre Vater hier gewesen, er hätte einen zehnseitigen Blechbottich gebaut und ihn als seinen Pfeffertrichter oder sonstwas bezeichnet, zum Trocknen von Pfeffer, so wie er die Fischfalle und das Badehaus und die Bambusziegel gemacht hatte.

Aber Mutter ließ sich von Mrs. Kennywick und Mrs. Maywit erklären, wie man die Schoten aufknüpfte und aufhängte. »Sie wissen es am besten«, sagte sie. Es war eine Tagesarbeit, das Pfefferknüpfen; Mutter und die anderen Frauen hockten nebeneinander auf einer Matte im Hof und knoteten die Pfefferschoten mit Bindfäden zusammen, so daß sie wie Feuerwerkskörper aussahen. Vater hätte das nicht getan, und ganz bestimmt hätte er sich nicht hingekauert. Er hätte sich einen Stuhl gebaut, wahrscheinlich mit verstellbarer Rückenlehne und mit Arbeitsfläche, pedalbetrieben, wartungsfrei, aus jungen, mit Dampf behandelten und gebogenen Bäumchen. »Schau, wie er sich den Konturen des Körpers anpaßt, Mutter!«

Mutter ließ sich von den Zambus beibringen, wie man Tiere ausnahm und häutete, zum Beispiel Pakas, und wie man Fische auf eine Planke pflockte und trocknete und wie man Fleisch räucherte. Es waren langsame, schmutzige, traditionelle Methoden, aber sie habe ja auch keine Eile, sagte sie. Und das waren nun unsere Lektionen in Jeronimo: die Haushaltsarbeiten der Dschungelmenschen, die Zubereitung von Sachen, die wir sammelten oder fingen. Sie vergewisserte sich, daß jeder von uns das Ausnehmen und Räuchern begriff. Wir durften erst spielen, als wir diese Lektion gelernt hatten.

Das war anders als Vaters Art. Er war ein Umgestalter, ein Neuerer. Er fand nichts dabei, ein Dutzend Leute Holz schälen oder Gräben graben zu lassen – den Grund verriet er ihnen erst, wenn sie fertig waren. Dann sagte er etwa: »Ihr habt euch eben eine bleibende Verbesserung geschaffen!« Oder er forderte sie auf, zu erraten, wofür eine bestimmte Sache gedacht war (wozu Fat Boy dienen sollte, hatte bis jetzt noch niemand erraten), und lachte, wenn sie ihm die falsche Antwort gaben. Er hatte seine eigene Art, Dinge zu tun, und es machte ihm Spaß, anderen Leuten klarzumachen, daß ihre Methoden Energieverschwendung seien. »Jetzt zeige ich euch mal, wie ihr es hättet machen sollen«, sagte er dann, und während sie dumm glotzten, fragte er: »Na, wie gefällt euch *dieser* kleine Trick?«

Ein guter Zuhörer war er nie gewesen. Aber er wußte so viel, daß er es nicht nötig hatte, zuzuhören. Wie die Donnerbüchse, so hatten wir seine Stimme gehört, wo immer wir waren, und seit dem Tag unserer Ankunft war sein Gerede ein ebenso beständiges Geräusch gewesen wie der Lärm der Heuschrecken von früh bis spät und sogar lauter als das *Googn-googn-googn-googn* der Heulaffen. Nun aber war seine Stimme verschwunden. Nichts wurde gebaut, es gab keine Inspektionsgänge, die Schmiede blieb kalt. Niemand gab uns »Ziele« auf, niemand berief Versammlungen auf der Galerie ein, und sein »Ich brauche bloß vier Stunden Schlaf!« hörten wir auch nicht mehr.

Wir reinigten die Fischfalle, jäteten Unkraut und pflückten die ersten Tomaten. Mutter lenkte alles. Sie machte Vorschläge, gab aber keine Befehle. Sie machte Maniokbrot – woran Vater nicht gedacht hatte. Mrs. Maywit gab ihr das Rezept. Und Mrs. Kennywick zeigte ihr, wie man aus verfaulten Bananen Wabool machte.

In ihrer ruhigen, forschenden Art fand Mutter etwas Verblüffendes heraus. Sie kam auf die Idde, daß es unserer Erziehung guttun würde, die Namen der Bäume in und um Jeronimo zu lernen. Sie fragte die Zambus, wie die Bäume genannt und wozu sie genutzt würden, so daß, als Gedächtnisstütze für uns, ein kleines beschriftetes Schild an jeden Stamm geheftet werden konnte. Sie fand heraus, daß ein paar Bäume am Südrand der Lichtung Sapotillbäume waren. Selbst die Maywits wußten das nicht. Die Zambus nannten sie »Chiclets« und »Hoolies« und erklärten, wie man den

Bäumen den gummiartigen Saft abzapfte und wie man ihn kochte und flach klopfte.

»Hier gibt's genug Chiclegummi, um eine Tonne Gummi herzustellen«, sagte sie und fand das komisch. »Das würde Allie sagen. Wartet nur, bis er davon hört. Er wird uns allen Gummistiefel machen.«

Bei Vater war Arbeit Arbeit, bei Mutter war Arbeit Lernen und Spiel, aber meist ließ sie uns tun, was wir wollten. Wir fühlten uns nicht beaufsichtigt wie in Vaters Anwesenheit, und nach und nach wagten wir uns weiter von der Lichtung weg, ja sogar ganz fort von Jeronimo, fort von dem Geplätscher unseres Bewässerungssystems und dem *Googn* unserer Affen.

Loszuziehn, einen Pfad zu hauen und ein Camp zu errichten – das war mein Einfall gewesen. Es war wie eine von Vaters Herausforderungen, aber jetzt forderte ich mich selbst heraus zu gehen, indem ich die anderen anstachelte – es machte mir Mut. Auch die Maywit-Kinder stachelten wir an. Wir gaben ihnen Schimpfnamen, und bald schrien sie sich gegenseitig »Rotzer« und »Scheißer« zu. Alice und Drainy hatten keine Angst, aber die Kleinen, Leon und Veryl (die »Pipi« genannt wurde), waren schüchtern und hinkten immer hinterher.

Wir fanden einen Pfad, der vom Fluß fort in einen Teil des Dschungels führte, wo es von kreischenden Vögeln nur so wimmelte – Rohrdommeln und Crascos. Hier gebe es Monster, sagte Drainy, und alle Maywit-Kinder waren der Meinung, daß man an Orten wie dem hier seinem Duppy begegnete. Clover sagte, sie seien doof, so etwas zu glauben. Wir schlugen unser Camp in der Nähe eines tiefen Tümpels in einer kleinen Dschungelmulde auf, ungefähr eine halbe Gehstunde, zwischen flammenden Bäumen und Lianen hindurch, von Jeronimo entfernt.

»Sind Monster im Wasser«, sagte Drainy, und keiner von ihnen wollte in den Teich gehen. Aber es lag nur daran, daß sie nicht schwimmen konnten; wir dagegen konnten es. Und da herumzuschwimmen, während sie zusahen, gab uns ein Gefühl der Überlegenheit, und Jerry erklärte ihnen, sie seien allesamt Spastis.

Aber vor Riesensalamandern oder Schlangen oder grünen Eidechsen fürchteten sie sich nicht. Einige dieser Eidechsen waren so groß wie Katzen. Wenn wir sagten: »In dem Baum dort ist dein Duppy«, machten sie sich in die Hose, weil sie ihn nicht sehen konnten. Aber wenn wir ein haariges, schweineähnliches Tier durch die Büsche schnüffeln sahen, dann sagte Alice: »Oh, das ist eine Bergkuh.« Auf mich wirkte es wie ein Monster, aber das kleine Mädchen hatte keine Angst, also konnten wir auch keine haben.

Für unser Camp bauten wir zuerst ein schräges Dach aus Zweigen, dann eine Hütte und Hängematten aus Ranken. Clover und Alice machten für uns Sitze, gruben eine Feuerstelle und pflückten Blumen. Clover war nicht stark genug, um die schwere Arbeit selber zu machen, aber sie wußte, wie sie die Maywit-Kinder zum Arbeiten bringen konnte. Ich sah, daß sie genau wie Vater war. Sie war entschlossen wie er und hörte auf nichts und war nicht eher glücklich, als bis sie die anderen dirigieren konnte.

Hier wuchs eine bestimmte fächerartige Pflanze, die eßbar war, sagte Alice, jedenfalls die Wurzeln davon. Clover brachte jedermann dazu, diese Wurzeln in selbstgefertigten Körben zu sammeln, und wir aßen sie. Sie schmeckten wie rohe Karotten und wurden »Yautia« genannt. Zusammen mit den Bananen und den Früchten, die wir unterwegs gesammelt hatten, gab es reichlich zu essen in diesem Camp.

Clover beklagte sich, daß Jerry und April nie halfen. Alice sagte: »Pipi ist ein Rotzer, wirklich. Dauernd essen und nie sammeln.« Drainy sagte, er würde mehr arbeiten als alle anderen. In Jeronimo stritt niemand, aber hier meckerte jeder.

Also beschloß ich, Geld zu erfinden. Es taugte nichts, wenn alles umsonst war. Von jetzt an, sagte ich, müßten wir unser Essen im Campladen kaufen.

»Wo ist der Campladen, Dicker?« fragte Clover.

Ich sagte das erste, was mir einfiel – »Du sitzt drauf« –, und deutete auf ihre kleine Bank. Clover stopfte ich damit den Mund, daß ich sie zur Ladenverwalterin machte; ich erklärte, Steine und Kiesel würden als Geld zählen, weil es hier an diesem moosigen Ort wenig davon gab.

Leon sagte: »Will was zu essen kaufen, Ma.«

»Wo ist dein Geld?«

»Hab' keins.«

»Dann fang an zu graben.«

Es war ein neues und ein gutes Spiel. Wir machten uns auf Steinsuche, und jeder sammelte einen kleinen Haufen. Für mich war's leicht, weil ich in den Teich tauchen und so viele Steine, wie ich nur wollte, vom Grund aufklauben konnte. Ich wurde der reichste Mensch im Camp.

Clover leitete auch die Schule, die unter dem ersten Schrägdach untergebracht war. Drainy stand der Kirche vor – ein Baum, an dem er ein Drahtkreuz befestigt hatte. Aus Zweigen bauten wir Zäune, und in einer der anderen Hütten bastelte Drainy einen Drahtkasten, den er als Radio bezeichnete. Das Gerät existierte nur in der Phantasie, aber das Telefon war echt – zwei mit einem Stück Schnur verbundene Kokosnußhälften.

»So, als wären wir wieder daheim«, sagte Jerry.

Aber das war es nicht. Es war die Lebensweise der anderen Leute, mit Radios und Schulen und Kirchen – und Geld. Trotzdem war ich in unserem Camp glücklich – glücklicher als in Jeronimo. Mir gefiel es wegen seiner Verborgenheit und vor allem deswegen, weil es mit Sachen angefüllt war, die Vater verboten hatte. Im Laden Geld ausgeben und am Telefon reden – das waren angenehme Dinge. Und als Clover der Unterrichtsstoff ausging, wurde ich Schullehrer. Ich zeigte den Maywits, wie man Geld zählte und rechnete, und brachte ihnen bei, ihre Namen zu schreiben. Jerry wollte ein Schild aufstellen – »Kein Druchgang« –, aber ich sagte, das mache die Leute bloß neugierig. Statt dessen schaffte ich es, daß wir alle zusammen halfen, ein Loch für eine Fallgrube in den Pfad zu graben, um Eindringlinge oder auch größere Tiere wie Bergkühe zu fangen. Drainy sagte, es gebe hier in der Gegend Tiger – er meinte Dschungelkatzen oder Jaguare –, und ich wollte einen erwischen. In den Boden der Falle steckten wir zugespitzte Stöcke und bedeckten das Ganze mit einer Schicht aus Zweigen und Dreck, damit es wieder wie ein Teil des Pfades aussah. So machten es die Zambus, sagte Drainy. Vater hätte uns dafür umgebracht, aber er war immer noch an der Küste.

Wir sagte Gebete auf, wir sangen Choräle, die Alice uns beibrachte, und hielten lange Gottesdienste mit viel Gestöhne und Geächze im Schutz des heiligen Baumes ab.

Wir halfen nach wie vor in Jeronimo, sammelten Pfefferschoten und jäteten Unkraut und sahen nach der Fischfalle und erledigten unsere anderen Aufgaben. Aber wenn die Arbeit erledigt und Mutter zufrieden war, dann entwischten wir in unser Camp im Dschungel und kehrten zu all den Dingen zurück, die Vater haßte. Es entschädigte für all das, was wir in Massachusetts nie gehabt hatten, und stillte in mir das Heimweh nach den Vereinigten Staaten. Auf die Art überwand ich mein Heimweh.

Wir tauften unser Camp »The Acre«.

Das Camp half mir, Vaters Stolz auf Jeronimo ein wenig zu verstehen. Ehe wir unser Camp bauten, hatte ich nicht begriffen, weshalb er mit dem, was er in Jeronimo gemacht hatte, so prahlte. Vater hatte darauf bestanden, daß wir uns den Garten und die Pfade und die Wasseranlagen genau betrachteten. Er wollte, daß wir bewunderten, wie wir bei Regen knochentrocken und an heißesten Tagen kühl bleiben konnten und nicht von Insekten geplagt wurden. Er war glücklich. Und in »The Acre« verstand ich den Grund. Ich schaute mich um und erkannte, daß das Muster des Lebens und die Dinge, die wir uns gebaut hatten, nur uns allein gehörten. Auch die Maywit-Kinder freuten sich über das, was wir getan hatten. Aber ich fühlte, daß wir etwas Größeres vollbracht hatten als Vater, denn wir aßen die Früchte, die in der Nähe wuchsen, und nutzten alles, was wir fanden, und paßten uns dem Dschungel an. Wir hatten kein Werkzeug und kein Saatgut mitgebracht und nichts erfunden. Wir lebten geradeso wie Affen.

Drainy hatte den Einfall, daß wir uns alle taufen lassen sollten. Er sagte, wenn nicht, würden wir alle in die Hölle kommen, und er bestand darauf, uns nach Art der Tunker zu taufen – wir sollten in den tiefen Teich hineinspringen, während er Gebete über uns sprach. Da es Spaß zu machen versprach, zogen wir uns bis auf die Unterwäsche aus und bereiteten uns auf die Taufe vor.

»Ich bin der Täufer«, sagte Drainy. »Ich weiß, wie man so was macht.«

»Bloß eins«, sagte Alice. »Drainy kann nicht schwimmen. Er kann kein Täufer sein, wenn er nicht schwimmen kann. Die Monster im Wasser packen ihn.« Sie marschierte davon.

Ich sagte zu Drainy: »Wenn du wirklich Angst hast, vergessen wir's.«

»Ich hab' keine Angst«, sagte Drainy, setzte sich ans Ufer und ließ die Füße ins Wasser baumeln. »Und ihr kommt in die Hölle, wenn ihr nicht eintaucht.«

Clover sagte: »Wir glauben nicht an die Hölle. Nur dumme Menschen glauben an die Hölle.«

Drainy sagte: »Wenn Alice ihre Hosen runterzieht und ihr Ding zeigt, dann kommt sie in die Hölle. Bestimmt!«

Alice war im Schulhaus. Sie streckte ihren Kopf zum Fenster heraus und schrie: »Drainy Roper, verschwinde von hier!«

Dann schlug sie eine Hand über den Mund.

»Das is' nich' sein Name«, sagte sie.

Clover sagte: »Du hast Drainy Roper zu ihm gesagt. Roper – das sagte der Missionar, bevor Vater ihn rausgeschmissen hat.«

»Das ist unser Name«, sagte Veryl.

»Halt die Klappe!« schrie Alice.

Drainy zog seine Füße aus dem Teich und sagte, ja, das sei ihr Name – Roper. Der Missionar hatte recht. Und er war ein Tunker. »Wenn er hier wär'«, sagte Drainy, »könnte er den Täufer machen.«

»Wenn ihr Roper heißt, warum heißt ihr dann Maywit?« fragte Jerry.

»Sie haben zwei Namen«, sagte April.

»Wir haben einen Namen«, sagte Drainy. »Und der ist nicht Maywit.«

Ich fragte: »Und woher kommt Maywit?«

»Euer Vater hat ihn uns gegeben«, sagte Alice. »Und mein Vater hat ihn angenommen.«

»Wenn's nicht sein Name war«, sagte ich, »warum hat er ihn dann angenommen?«

»Er hat Angst«, sagte Alice.

Drainy sagte: »Vor eurem Vater.«

»Ihr seid Scheißer«, sagte Clover.

Drainy sagte: »Euer Vater kann zaubern.«

»Was er macht, ist keine Zauberei – es ist Wissenschaft«, sagte ich.

»Wissenschaft ist schlimmer«, sagte Alice.

Sie wollten mir nicht glauben, und mir tat es leid, daß Vater sie dazu gebracht hatte, ihren Namen zu ändern. Ich sagte: »Manchmal hab' ich auch Angst vor ihm.«

Jerry und die Zwillinge lachten. Aber sie wußten nicht, was ich wußte. Clover sagte, Vater sei freundlich, und man brauche keine Angst vor ihm zu haben. Als Erfinder hätte er ein Vermögen machen können, sagte Jerry.

»Warum wird er nicht reich?« fragte Alice.

»Weil er hierherkommen wollte«, sagte ich, »um eine Stadt im Dschungel zu baun. Mehr als eine Stadt.«

Das überzeugte die Maywit-Kinder nicht, und als ich ihnen erzählte, daß Vater gesagt hatte, in den Vereinigten Staaten werde es Krieg geben, lachten sie bloß. Das machte mich mutlos, und mein Reden klang hohl und leer, denn aus welchem anderen Grund sollte jemand die Vereinigten Staaten beiseite schieben, um sich im Dschungel die Eingeweide aus dem Leib zu schwitzen? Und ich wußte noch mehr als das. Ich hatte das Innere von Fat Boy gesehen. Ich hatte den flüchtigen Eindruck wieder vor Augen, und wann immer ich jetzt an Vater dachte, sah ich hängende Tanks, die Wildnis der gebogenen Röhren – wie ein Gehirn in einem Ärmel – und all die winzigen Scharniere vor mir. Es war so gewesen, als sähe man das Haus irgendeines Menschen, den man dadurch besser kennenlernte. Ich konnte einen Menschen am besten anhand der Sachen, die er machte, beurteilen, und in der Kraftanlage hatte ich Vaters Geist gesehen, eine Version seines Geistes – seine Rätsel und Neigungen und seine gewaltige Größe –, und es hatte mich erschreckt.

Wir sprachen über Vater im Flüsterton, und das war dann auch der Anlaß, daß wir die Taufe ganz fallenließen und statt dessen loszogen, um verrückte Ameisen zu sammeln. Wir ließen sie im Teich treiben und beobachteten, wie sie sich auf der Haut der Wasseroberfläche abkämpften.

Als wir an diesem Tag von »The Acre« zurückkehrten, sahen wir die *Little Haddy* am Bootssteg. Einige Männer schleppten große Gasflaschen den Weg zu Fat Boy hinauf, andere rollten Stahlbehälter über Stämme, die als Schienen dienten.

Pipi schrie auf, als sie Vater sah. Er bediente außerhalb von Fat Boy eine Handpumpe und leerte einen der Behälter in ein Rohr. Was Pipi so ängstigte, war seine Maske. Es war eine Gasmaske, zur Sicherheit, aber sie verlieh ihm eine Schnauze und riesige Insektenaugen. Auf den Behälter war ein Totenkopf gemalt.

»Das hat er immer auf, wenn er mit Gift arbeitet«, sagte ich.

Das Wort Gift hatte eine schlimmere Wirkung auf die Maywit-Kinder als die Rüsselkäfermaske, und sie rannten, die Finger im Mund, schnurstracks in ihr Haus.

Vater hatte zehn Tage gebraucht, um das Ammoniak und den Wasserstoff von Trujillo nach Jeronimo zu schaffen. Mutter erzählte uns die Geschichte seiner Abenteuer. Drohungen in der Stadt. Neugierige Leute. Soldaten, die ihn beschuldigten, Sprengstoff zu schmuggeln. Streitereien und beinahe eine Schlägerei. »Wie viele Liegestütze schaffen Sie?« Ärger mit Geiern. Heikle Momente auf dem Fluß, der an manchen Stellen zu flach war. Der Bootsboden scharrte über den Grund, unfreundliche Zambus, und noch mehr Geier. Eine langsame und gefährliche Fahrt. Mit im Flußbett schleifendem Kiel hinein nach Jeronimo.

Es gab nur vier Leute mit Gasmasken – Vater, Haddy, Harkins und F. Lungley. Wegen der Gefahr von Dämpfen durften wir nicht in die Nähe des Eishauses, bis die Überleitung von Ammoniak und Wasserstoff beendet und die Rohre versiegelt waren. Vater arbeitete die ganze Nacht hindurch, ohne Lampen oder Feuerschein. Der Vollmond tauchte die Lichtung in einen milchigrosa Schimmer, wie Perlmutt, und Fat Boy sah wie ein Block aus dunklem Marmor aus, ein Monument oder Grabmal im Dschungel.

Die vier maskierten Männer liefen durcheinander, kamen aus der Luke heraus und liefen wieder hinein, und wir hörten nichts als das Klirren von Stahlbehältern und Gasflaschen und Vaters Stimme: »Aufpassen!« Und: »Vorsichtig!« Und: »Hier rüber!« Und das *Googn* der Heulaffen, die sie Paviane nannten.

Am Morgen war Vater sehr aufgeregt. Wenn irgend etwas schiefgegangen wäre, sagte er, dann wären wir mit dem halben Tal himmelhoch geflogen – und wahrscheinlich in Hatfield gelandet, in Fetzen. »Ich habe gerade die gefährlichsten zwölf Stunden meines ganzen Lebens hinter mich gebracht«, sagte er.

»Kommt mir so vor, als wären sie auch für uns gefährlich gewesen«, sagte Mutter.

»Sicher, aber ihr wart euch der Gefahr nicht bewußt, also konntet ihr in seliger Unkenntnis schlafen.«

Mutter sagte: »Das gefällt mir.« Und sie wandte ihm den Rükken zu.

»Ich bin der einzige Mensch hier, der weiß, wie tödlich dieses Zeug ist. Ich habe die volle Verantwortung übernommen. Hatte ich Angst? Nein, Ma'am.«

»Es hätte uns umbringen können!«

»Ihr hättet gar nicht gewußt, was euch trifft. Darauf kann ich euch meine gußeiserne Garantie geben. Ihr wärt atomisiert worden, mit einem Lächeln im Gesicht.«

Mutter sagte: »Vielen Dank, Freund.«

»Keine Sorge. Jetzt ist alles abgedichtet. Heute nachmittag werde ich ihn anheizen.« Vater sah, daß ich von der Tür aus zuhörte. »Schluß mit dem Grinsen, verbreite die Neuigkeit, Charlie. Ich will, daß jeder drüben ist und zuschaut.«

»Deshalb bin ich hier«, sagte Vater nach dem Mittagessen. »Deshalb bin ich hergekommen.«

Mit einer Handvoll Streichhölzer stand er vor der Brennkammer Fat Boys. Mr. Haddy stand neben ihm, ganz in der Nähe die Maywits mit ihren graugesichtigen Kindern. Clover und April saßen mit den Zambus auf dem Boden, Harkins und Peaselee auf Fäßchen, Mrs. Kennywick in dem Sessel, den sie von Swampmouth rübergeschleppt hatte. Ein paar Fremde sahen von jenseits der Bohnenfelder zu.

»Ich wette, ihr wißt immer noch nicht, wozu es ist«, sagte Vater.

»Zum Kochen«, sagte Mr. Haddy und reckte seine Zähne vor.

»Kein Herumgerate«, sagte Vater. »Sie haben gesehn, wie Lungley und Dixon die Wasserschalen ins Regal im Inneren dieses Monsters stellten. Nun werden wir mit diesem hoffnungsvollen Streichholz ein kleines Feuerchen anzünden.«

»Dampfmaschine. Kesselschmiede.« Für die nervösen Leute spielte Mr. Haddy den Clown.

»Schluß damit! Aber bleiben Sie in der Nähe. Sie werden Ihren Augen nicht trauen.«

Er rief Pipi herüber und sagte, da sie die Jüngste sei, solle sie das erste Feuer anzünden. »Wenn wir alle längst tot und begraben sind, dann wirst du immer noch dasein, Pipi. Du kannst deinen Enkeln erzählen, daß du an diesem historischen Tag dabei warst. Sag ihnen, daß du das Feuer angezündet hast.«

Vater riß ein Streichholz an seinem Hosenboden an und zeigte ihr, wohin sie es halten mußte. In der Brennkammer lag etwas Zündmaterial. Pipi hielt das Streichholz daran, und die Flamme flackerte hoch.

Die Zambus packten ihre Ohren, Ma Kennywick blies die Luft aus ihren Backen, und Mr. Maywit sagte: »Egal.« Mehrere Minuten lang war kein Laut zu hören, nur das Prasseln des Feuers. Die Vögel und Insekten von Jeronimo verstummten. Die Menschen hielten den Atem an und wurden vor lauter Warten blau im Gesicht.

Im Inneren von Fat Boy hörte man ein Tröpfeln, als würde Flüssigkeit in das Gebrodel eines Rohres fallen, und wir alle bewegten uns – wir wandten uns vom Feuer ab, dorthin, wo das Geräusch im Mittelteil ertönt war.

Mr. Haddy leckte seine Zähne. »Show!«

»Moment«, sagte Vater.

Weitere kleine Sturzbäche, das Zittern von Rohren und das Knirschen schwellender Tanks – es war, als lockerte sich etwas im Bauch Fat Boys. Es war kein klarer Ton, eher eine Vibration, drinnen und um die Anlage herum. Der Boden summte unter unseren Füßen. Flüssigkeit verlagerte sich, stieg noch immer, und dann kam eine abschließende Woge, die die Vibration verlangsamte, und die ganze Anlage schien sich zu bewegen. Der Dschungel ringsum murmelte im gleichen Takt, es war wie das Pochen einer Ader im Kopf, wenn sich die Eingeweide kräftig rühren.

Mr. Maywit sagte: »Da kommt was Komisches raus aus dem Turm.«

»Rauch«, sagte Vater.

»Jetzt hat er kein Bauchweh mehr«, flüsterte Drainy.

Vater sagte: »Das dauert jetzt eine Weile. Macht's euch alle bequem. Setzt euch, wo ihr seid, und laßt euren Geist wandern. Aber denkt nicht an Krieg oder Wahnsinn.«

»Genau das ist es, woran ich denke«, sagte Ma Kennywick.

Mrs. Maywit richtete ihre ängstlichen Augen auf Vater und sagte: »Dürfen wir beten?«

»Wenn Sie den Drang danach verspüren, nur zu. Aber ich wünschte mir aufrichtig, Sie würden es nicht tun, denn dann werden Sie das hier als Wunder betrachten. Aber es ist kein Wunder. Eher schon ein vergrößertes Stück Thermodynamik.«

Doch an den Gesichtern und der Haltung der Leute erkannte ich, daß sie alle beteten. Sie saßen zusammengedrängt da, den Nacken eingezogen wie Vögel im Regen.

Von Zeit zu Zeit schürte Vater das Feuer. Aber es mußte nicht viel nachgelegt werden – es war ein kleines Feuer, und nachdem das Pfeifen und Saugen angefangen hatte, hielt er es gedämpft.

»Hier ist der Ort, wo alles geschieht«, sagte Vater. »Hier ist der Mittelpunkt der Welt. Ihr müßt nicht irgendwohin gehen – ihr seid schon da!«

So verging eine halbe Stunde. Dann hörte Vater auf zu reden und kletterte die Leiter hinauf. Er las das hervorstehende Thermometer ab und wirkte zufrieden. Noch einmal fünfzehn Minuten, sagte er, und nachdem diese Zeit vergangen war, stieg er erneut die Leiter hinauf und kroch durch die Luke.

»Hoffe, wir müssen ihn nicht an seinen Stümpfen rauszerren«, sagte Mr. Haddy.

Ein paar Leute zischelten. Mr. Haddy und andere schauten zu Mutter hin.

Sie sagte: »Allie weiß, was er tut – da kommt er ja schon wieder.«

Vaters Kopf erschien in der Luke. Er machte ein Gesicht – schwer zu sagen, was für eins, er war so weit oben. Er winkte mit der Hand. Und in der Hand hielt er einen weißen Ball, wie einen Klumpen Rohbaumwolle.

»Was hat Vadder da?«

Vater brüllte etwas.

»Habt ihr noch nie einen Schneeball gesehn?«

Er warf ihn, und der Schneeball klatschte ins Gras, weißer als Reiherfedern.

Wir liefen hin, um ihn zu berühren – und während wir ihn berührten, die Stacheln seiner Kristalle spürten, begann er zu schwinden. Aber da brachte Vater schon im Triumph die Eiskuchen heraus.

15

An diesem Teil des Flusses, schmaler und flacher als alles, was ich gesehen hatte – zwanzig Meilen, ehe Berge und Dschungel ihn zu einem Rinnsal krümmten –, fielen die Menschen an den Ufern auf die Knie und winkten uns zu und beteten. Mittlerweile wußten sie, wer wir waren und was wir beförderten. Die Nachricht von Fat Boy hatte sich über das ganze Flußtal ausgebreitet.

»Will jemand etwas zu trinken?« rief Vater zu den Menschen am Ufer hinüber, die uns für Missionare hielten. Mr. Haddy fand die Frage ungemein komisch. Er prustete jedesmal, wenn Vater sie stellte. Später dann fing Vater Mr. Haddys Blick auf und brüllte sogar in den unbewohnten Flußgegenden: »Wünscht hier irgend jemand etwas zu trinken?« Und er brachte ihn so zum Lachen.

Aber das Knien und der gezeigte Respekt stimmten Vater schließlich mürrisch. »Die Idioten glauben, wir machen den ganzen Weg, um ihnen Bibeln aufzuhalsen!«

Wir waren zu fünft auf dem Boot – außer Vater, Mr. Haddy und mir waren Clover und Francis Lungley mit von der Partie. Es war nicht die *Little Haddy*. Unser neues Boot, gebaut in den Wochen, nachdem Fat Boy mit der Eisproduktion begonnen hatte, entsprach einem Pipanto-Kanu, spitznasig, breitbäuchig, mit fast flachem Boden. Angetrieben wurde es von einem Pedalmechanismus, der ein Heckrad in Gang setzte, ähnlich den Schwanenbooten im Boston Public Garden. Wegen seiner Form und seiner Fracht taufte Vater es *Eiszapfen*.

Mit Ausnahme der Pedale und der Zahnräder und eines Teils der Kette (sie stammten von Mr. Harkins Fahrrad – »Ich hab' sein Raleigh-Rad ausgeschlachtet!« sagte Vater) stammte der Antriebsmechanismus des *Eiszapfens* aus der Schmiede in Jeronimo, und einige kleinere Teile kamen von den Drahtnagezähnen Drainy Maywits. »Dieses Kind ist ein menschliches Mikrometer!« Mittschiffs hatte Vater eine Eiskammer aufgebaut. Es gab zwei nach vorn gerichtete Sitze und zwei Seite an Seite im Heck, vor dem

Cockpit des Pedaltreters, das Vater als »den Wunschsitz« bezeichnete – »Denn wer immer darin in die Pedale tritt, wünscht sich, woanders zu sein«. Flußaufwärts bediente Francis die Pedale. Es war das perfekte Boot für den oberen Fluß. Es schwamm so leicht, daß Vater behauptete, er könnte damit über Land fahren, vorausgesetzt, es hingen ein paar Tautropfen im Gras.

Mr. Haddy sagte: »So eine Barkasse wie die hier haben diese Leute noch nie gesehn.«

»Sie scherzen«, sagte Vater. »Sie haben alles gesehn. Flußreisen sind einfach. Das hier ist eine Hauptverkehrsstraße. Seit Jahren sind die Missionare in Kanus rauf- und runtergefahren. Um ehrlich zu sein, ich betrachte es nicht gerade als große Leistung.«

»Eins sag' ich Ihnen«, sagte Mr. Haddy – er schrie vom Bug aus, wo er hinter Clover saß –, »Eis hatten sie keins dabei!«

»Das ist eine reine Mutmaßung . . .«

Francis Lungley kreischte bei dem Wort auf.

». . . aber hier waren sie.«

Mr. Haddy zuckte die Schultern. Er trug einen der *La-Rosa*-Mehlsäcke, die Mutter zu Hemden verarbeitet hatte. Auf seinem Rücken stand: *Enriquecida con Vitaminas* – mit Vitaminen angereichert.

»Ich möcht' dorthin vorstoßen, wo sie nie hingekommen sind«, sagte Vater.

Von unserem Lärm aufgeschreckt, stiegen blaue Schmetterlinge wie Drachen zu den farnigen Zweigen hoch, die über dem Fluß hingen. Das Geplansche und Spritzen unseres fußbetriebenen Rades klang wie eine Waschmaschine, die Kleidung im Seifenschaum herumwirbelte. Einige der Vögel in den Bäumen erkannte ich, die Häher und den Kaiserspecht, die Kakadus und Crascos, und ich kannte die Schreie der versteckten Arten, das plötzliche Hupen des kleineren Pava, die Rufe der Baumwachtel und das Baßgeigenbrummen des Baumhuhns. Die gleichen Vögel lebten in der Nähe unseres Camps »The Acre«, immer noch unser geheimes Versteck vor Vater und seiner Arbeit und seinen redseligen Ambitionen.

»Ich möchte eine Ladung Eis in die heißeste, dunkelste, übelste Ecke von Honduras bringen, wo die Menschen um Wasser beten und noch nie Eis gesehen und noch nie von Dosen gehört haben, geschweige denn von Aerosoldosen.«

»Aber Seville ist so«, sagte Francis Lungley und nickte. Auch er trug ein *La-Rosa*-Hemd. Auf seinem stand *Molino Harinero* und *45.36 Kgs Netos.* »Wirklich, Seville ist Dreck.«

Er hatte Seville angeboten, seit Vater nach dem ärmsten Platz, den man sich vorstellen konnte, verlangte. Das hatte eine der ersten Streitereien in Jeronimo ausgelöst. Mr. Haddy, Mr. Harkins und Mr. Peaselee wollten das Eis flußabwärts nach Santa Rosa oder Trujillo bringen. Vater fragte: »Was soll das? Die großen Schiffe laufen diese Häfen an – und in den Städten gibt es mehr Elektrizität, als gut für sie ist. Ihr wollt bloß eure Freunde beeindrucken. Nein, wir versuchen es flußaufwärts.«

Das war der Moment, als Francis Lungley sagte, er sei einmal in Seville gewesen, so weit flußaufwärts, wie man kommen konnte. Mr. Haddy und die anderen sagten, sie wollten auf keinen Fall zu einem dampfenden, fledermausverseuchten Ort, wo die Leute keinen Respekt, aber wahrscheinlich Schwänze hätten. Vater zeigte sich interessiert. Francis sagte, er sei dort beinahe zweimal ums Leben gekommen – das erstemal aus Angst, dann aus Hunger. Es war ein heruntergekommenes, dahinsiechendes Dorf, wo die Menschen Dreck fraßen und wie Affen aussahen – zumindest so häßlich wie Affen. Sie hatten Rattenhaare, und die meisten liefen nackt herum. Sie waren nicht mal Christen.

»Klingt so, als sei das genau der Ort, den ich suche«, sagte Vater.

Dann stimmte Mr. Haddy zu und sagte, oh, ja, Heiden seien die besten Fischer und die kräftigsten Ruderer und: »Diese Jungs wissen, wie man arbeitet, aber wirklich.«

Aber als wir uns mit schäumendem Kielwasser den Fluß hochkämpften (Affen zur Rechten, Kinkajus zur Linken), sagte Vater: »Fällt mir schwer, zu glauben, daß hier nicht schon ein paar Missionare gewesen sein sollen, die ihre Seelen mit Flitter und Käseaufstrich aus Spraydosen und Reis in Kochbeuteln gekauft haben.« Er beobachtete einen Affen auf einem Ast. »Schokoriegel.« Wir fuhren vorbei. Er blickte zurück zu dem Affen. »Diät-Pepsi.« Jetzt wandte er sich den Kinkajus zu. »Heftpflaster.« Er schnippte seinen Zigarrenstummel in den Fluß. »Da läuft einem das Wasser im Mund zusammen, nicht wahr?«

»Sie sehen Seville, Vadder«, sagte Francis und trat heftiger in die Pedale; sein *La-Rosa*-Hemd war schwarz von Schweiß.

»Ich will das Wrack eines Dorfes sehn, das keinen Namen hat, wo sie seit zweitausend Jahren Moskitos erschlagen und ranziges Wabool gegessen haben.« Vater deutete auf die Berge. »Jenseits dieser Hindernisse, wo alles die reine Hölle ist und die Menschen bei lebendigem Leib geröstet werden!«

»Jammerschade, daß wir nicht in Brewer's Lagoon sind«, sagte Mr. Haddy. »Einige der Dörfer sind Kehrichthaufen.«

Wir waren noch vor der Morgendämmerung aufgebrochen – so früh, daß die Nachtmoskitos noch herumschwirrten und uns stachen. Aber obwohl wir bis Mittag einige Meilen zurückgelegt hatten, waren die Berge von Olancho, die das Ende des Flusses markierten, wo Seville lag, noch fern. Zum Essen machten wir am Ufer fest. Es war so dicht überwachsen, daß wir das Boot nicht verlassen konnten. Das Ufer war unter Buschfarnen und Metern von Lianen versteckt. Mutter hatte uns einen Korb zurechtgemacht, mit Obst und Maniokbrot und frischen Tomaten und einem Jeronimo-Drink, den Vater »Dschungelsaft« nannte, aus Guajavas und Mangos. Clover sagte, der Saft sei nicht kalt genug.

»Ist ausreichend kalt«, sagte Vater. »Hört zu, daß mir keiner ans Eis geht!«

Er kontrollierte den Kasten auf dem Boot, um sich zu vergewissern, daß das Eis noch einwandfrei war. Das Eis war mit Bananenblättern umwickelt, und die Kammer war mit dem Gummi ausgeschlagen, das wir den Bäumen abgezapft hatten. Er hatte uns schließlich doch keine Gummistiefel gemacht.

»Man verliert immer ein bißchen«, sagte er. Das Eisstück war geschrumpft in seiner Bananenblatthülle. »Das ist der natürliche Schwund, die Reibung« – seine Hände führten es vor –, »ausgelöst durch heftige Erschütterung. Richtig, Francis?«

Francis Lungley schälte eine Banane. Er tat es vorsichtig mit den Fingerspitzen, so als würde er ein Geschenk öffnen.

»Ich meine, wie liegen wir im Rennen?«

Seville sei noch ein Stück entfernt, sagte Francis. Er könne nicht genau sagen, wie weit. Er legte sein Gesicht in angestrengte Falten, als Vater ihn nach den Meilen fragte. »Wieviel Mann paddelten in dem Cayuka, als du damals hier warst?«

»Kein Cayuka«, sagte Francis. »Nur Füße.« Er zeigte uns seine rissigen Füße. Vom Pedaletreten waren seine Knöchel ölig.

Vater ging in die Luft. »Jetzt erzählt er uns das! Er ist gelaufen! Nun werden wir vermutlich erst morgen da sein.« Er riß die Heckleine vom Ast und sagte, die Mittagspause sei vorüber. »Wenn du hier bleiben willst, nur zu«, sagte er zu mir. »Aber wir werden hier nicht rumhängen und zusehen, wie du dich vollstopfst.«

Ich stopfte das Sandwich, das ich mir gemacht hatte, in die Tasche, und wir legten ab. Unter Vaters Gebell schossen wir bald wie ein Motorboot dahin.

»Worüber brütest du?«

Ich sagte: »Ich wollte da hinten eine von diesen Avocados pflücken.«

»Du siehst Gespenster«, sagte Vater. »Hier in der Gegend gibt's keine Avocados.«

Aber es waren welche da – kleine, wilde Avocados. In »The Acre« hatten wir sie gegessen. Alice Maywit hatte sie erkannt. Der Zambu John hatte ihr davon erzählt. Wir schälten sie und zerquetschten sie zusammen mit Salz und pflanzten den Samen. Ich schaute auf Francis, aber seine Augen waren auf Vater gerichtet.

»Sind keine richtigen Butterbirnen«, sagte Francis. »Bloß Buschsorte.«

»Wenn ich schon so viele Autoritäten an Bord habe, wieso kommen wir dann so langsam voran?«

Kein Fluß ist gerade. Flüsse winden sich und verlaufen kreuz und quer und führen einen manchmal rückwärts – die Nase des Bootes zeigt in die Richtung, aus der man gerade gekommen ist. Flußfahren, das ist so, als würde man ewig zurückgeschickt und nie ankommen. Die Sonne verlagert sich seitwärts vom Bug nach Steuerbord, wo sie schwankend steht, bis eine Flußbiegung sie nach Backbord befördert. Kurz darauf rutscht sie nach achtern. Du weißt genau, daß du vorwärts gefahren bist, aber die Sonne scheint dir nicht länger ins Gesicht – sie heizt dir den Hinterkopf auf. Ein paar Minuten später knallt sie dir auf die Knöchel. Dann zurück nach Steuerbord. Eine weitere Biegung, und sie lodert um das Boot herum, nutzlos für jede Navigation. Sie sagt einem nur, wieviel Zeit vergangen ist. Für Küstenfahrten war die Sonne ein guter Orientierungspunkt, hier verwirrte sie nur.

Im Dschungel sind alle Flüsse Labyrinthe, aber dieser hier war noch ein schlimmeres Labyrinth als die meisten – damit konnte nur ein kleines Cayuka oder ein erfindungsreiches Pipanto wie das unsere fertig werden. Das Unangenehme war nicht, daß wir zurück-, sondern daß wir nirgendwohin zu fahren schienen. Wir gelangten beispielsweise an ein von Wasserlilien und Hyazinthen und grün gerippten Blättern erstícktes Ufer und sahen eine Biegung vor uns. Wir folgten ihr, und nach einer halben Stunde, während sich die Hyazinthen hochtürmten und die Äste am Ufer gegen das Boot schlugen und uns in die Gesichter klatschten und Vaters Baseballmütze zur Seite stießen, merkten wir, daß wir den falschen Weg eingeschlagen hatten. Oder wir landeten in einem Sumpf, der so kompakt wie festes Land war, oder in einer von schwarzen Bäumen umgebenen Lagune oder knallten gegen Stümpfe. Dann mußten wir zurück und uns durch die dichten Blumen und Stämme kämpfen, die wir für ein Ufer gehalten hatten. Einmal jenseits dieser Barrieren schienen wir auf einem neuen Fluß oder Nebenfluß dahinzusegeln, eben noch schmal, dann weit wie ein Teich und ohne Öffnung. Und so wanderte die Sonne im Kreis, und Vater fluchte und sagte, warum man fünfzig Flußmeilen zurücklegen müsse, um fünf Landmeilen voranzukommen?

Während der Fahrt fertigte er eine Karte von dem Fluß an, markierte die Untiefen und Biegungen und falschen Abzweigungen, die Sandbankhalbmonde in den Buchten, die Sümpfe und Lagunen – all die Irreführungen seines schwankenden Verlaufs. Es war mehr als eine gewundene Form. Es war ein Haufen von Knoten, ineinander verschlungen wie Würmer im Winter und irgendwie sinnlos. Selbst Vater, der Komplikationen mochte, nannte es ein übles Labyrinth und sagte, wenn er einen Bagger und einen Kahn voller Dynamit hätte, dann würde er die Krümmungen ausbiegen und geradeklopfen, daß man von einem Ende zum anderen das Tageslicht sehen konnte.

Das war sein Hauptthema. Wenn wir uns in einem Sumpf verirrten, sagte Vater: »Ich werde etwas dagegen unternehmen.« Und wenn wir auf Inseln stießen, sagte er: »Bei der ersten Gelegenheit versenk' ich sie.« Und wenn wir in einen Tümpel gerieten: »Hier muß ein Kanal durchgezogen werden – ich brauche bloß Dynamit und willige Hände.«

Vater war nun mit Clover am Bug, während Mr. Haddy mit den Pedalen an der Reihe war. »Weg mit all diesen Hindernissen – eine

Art Schöpfkelle bauen, die dieses Sargasso-Kraut an den Wurzeln abschneidet und löst. Ordnung in das ganze Durcheinander bringen. Wie ungemein amerikanisch, werdet ihr alle sagen – der Mann will Veränderungen von Dauer in diesen friedlichen Dschungel bringen! Aber ich habe nichts von Gift gesagt, und ich beabsichtige ganz sicher nicht, es kommerziell zu machen. O Gott, wie gern würde ich das in die Finger kriegen!« Und er grinste das Gewirr und die Krümmungen an. »Macht mich wirklich ganz verrückt!«

Sein Gesicht rötete sich immer mehr; groß, wie er war, schaute er ziemlich unbehaglich drein, wie er da in der nadelspitzen Nase des schmalen Bootes kauerte. Die Hände in die Hüften gestemmt, so schwankte er wie jemand, der freihändig auf einem Fahrrad fährt. Alle paar Augenblicke steckte er den Kopf in den Lagerraum und sagte: »Zumindest das Eis hält durch, was ich von der Mannschaft nicht gerade sagen kann. Treten Sie in die Pedale, Mr. Haddy! Schluß mit dem Krebsefangen. Halten Sie auch nach Avocados Ausschau?«

Wir passierten einen Halbkreis von Hütten. Francis Lungley sprach von einem Dorf.

»Ich sehe Zeichen der Verdorbenheit«, sagte Vater. »Ich sehe eine Blechbüchse!« Bei einer anderen Gruppe von Uferhütten sagte er: »Überall Kaugummihüllen!«

Dann kam nur noch ein weiters Dorf, das man kaum als Dorf bezeichnen konnte – einige wenige offene Hütten und ein paar Bananenbäume. Das stimmte Vater hoffnungsvoll. Zwei Männer saßen am Flußrand und schlugen mit Felsbrocken auf die unter Wasser liegenden Steine ein. Francis Lungley sagte, die Männer würden fischen – sie würden die unter den Steinen verborgenen Kreaturen betäuben. Nach dem Draufschlagen drehten sie die Steine um und zogen zerquetschte Aale und Kaulquappen und Frösche heraus.

»Wir müssen dicht dran sein«, sagte Vater.

Francis klatschte sich auf den Kopf. »Ich vergessen! Diese Mahagonies!« Er lächelte den Bäumen zu, als erwartete er, sie würden zurücklächeln. »Ist hier in der Nähe.«

Vater sah zufrieden aus. »Sie haben sie nicht umgehackt. Haben nichts zum Umhacken. Primitive Werkzeuge. Haben keinen Verwendungszweck für die Bäume. Sitzen bloß da und schauen zu, wie sie wachsen. Na, wenn das kein gutes Zeichen ist.«

Hier wuchsen Grasähren aus dem Wasser, und die Stümpfe tief abgeschlagener Bäume standen in Tümpeln. Spinatklumpen tanzten auf dem Fluß, und schwarze Lianen baumelten wie vom Sturm heruntergerissene Hochspannungsdrähte. Alles bestand nur aus grünen Trümmern und Wrackteilen; es hätte das Chaos sein können, das eine abflauende Flut zurückgelassen hatte. Aber es war der Fluß; da gab es Schößlinge ursprünglicher Blätter, und das Land dampfte aus Kraterlöchern mit schaumigem Wasser. Schlamm und Moskitos – und es ließ sich schwer sagen, wo der Fluß endete und das Land begann. Ein eindeutiges Ufer existierte nicht, und wenn nicht hinter all dem die hohen Bäume gewesen wären, ich glaube, wir wären umgedreht und zurückgefahren – weiter hätten wir ganz bestimmt nicht gekonnt. Viele der kleineren Bäume waren abgestorben, und unter den Ästen der verfaultesten Bäume zitterten braune Schwärme. »Fledermäuse«, sagte Mr. Haddy. »Das sind Fledermäuse.« Er wiederholte für Clover seine Blutsaugerstory, aber sie sagte: »Mir können Sie keine Angst einjagen.«

Ich starrte auf einige Büsche und sah menschliche Gesichter. Die Gesichter waren vollkommen still und rund und starrten mir mit weißen Augen, die nicht blinzelten, entgegen. Ich fürchtete mich nicht, bis mir einfiel, daß sie die ganze Zeit über schon dagewesen sein mußten, daß sie uns beobachtet hatten, wie wir uns mit unserem Boot durch den Spinat und das Unkraut kämpften.

Vater sah sie. Er sagte: »Ich habe eine kleine Überraschung für euch.«

Beim Klang seiner Stimme, noch während wir sie anschauten, verschwanden die Gesichter. Sie bewegten sich nicht, sie verschwanden einfach – in der einen Minute glotzten sie uns an, in der nächsten waren sie weg. Sie hatten sich in Blätter verwandelt, aber nicht mal Blätter rührten sich.

»Raus zum Essen«, sagte Vater. »Holt die Laufplanken . Wir gehen ihnen nach. Du zuerst, Charlie.«

»Warum ich?« Aber ich wußte, ich hätte nicht fragen sollen.

Vater sagte: »Weil du hier der Tapferste bist, Sonny.«

Das stimmte nicht. Aber die Gefahren, die ich wegen Vater auf mich nehmen mußte, waren seine Art, mir zu zeigen, daß es keine Gefahren gab. Auf dem Felsen in Baltimore, den Königsmast auf der *Unicorn* hoch, das Klettern im Fat Boy – all das war eine Art Training für Situationen wie diese hier gewesen. Vater wollte, daß ich stark war. Die ganze Zeit über hatte er gewußt, daß er mich auf Schlimmeres vorbereitete, auf dieses Balancieren auf Zehenspitzen durch den spinatartigen Sumpf über Laufplanken, vorbeischwankend an den schaumigen Tümpeln und Kletterpflanzen.

»Stampf mit den Füßen, Charlie.«

Ich tat es, und eine Schlange, die in sechs Windungen von einem niedrigen Zweig hing, rollte sich zusammen, ließ sich ins Wasser fallen und schwamm davon.

Danach stampfte ich bei jeder sich bietenden Gelegenheit mit den Füßen, und ein Stück weiter wand sich eine kurze, fette Viper, vom Tritt meines Schuhs überrascht, in ein Baumstumpfloch, bis nur noch die graue Schwanzspitze zu sehen war.

Vater sagte: »Bei diesen Leuten kann man nie wissen. Vielleicht sind's Munchies – hah!«

Die letzte Laufplanke schoben wir wieder noch vorn und wiederholten die Prozedur, um uns einen Weg durch den Brei zu bahnen; so schafften wir dreißig Meter. Kaum zu glauben, daß Leute hier gewesen waren, mitten im Sumpf gestanden hatten. Wie waren sie ohne Klatschen und Spritzen verschwunden?

Wir gelangten an Büsche, die wie Hecken waren; jenseits davon waren die Bäume größer, mit Stämmen wie dicke, in Falten hängende Röcke. Papageienvögel und andere Vögel, so klein, daß sie Insekten hätten sein können, kreischten um unsere Köpfe. Über den Wipfeln der Mahagonibäume gab es größere Vögel, die entweder ganz oben saßen oder schattenhafte Flüge vollführten, wie fliegende Truthäne. Ihre Schwingen schlugen in langsamen, gleichsam bürstenden Schlägen gegen die Baumwipfel. Es hätten Baumhühner sein können – ich hörte das Kontrabaßgeschwirr –, aber Vater sagte, es seien Geier, und er würde ihnen liebend gern die dürren Geierhälse umdrehen.

»Seville«, sagte Francis und deutete auf eine Öffnung, die ein paar Meter vor uns lag – noch mehr Dschungel, außer daß es hier dunkel und dort sonnig war. Mücken und Fliegen wirbelten im Licht herum und sprenkelten es.

Mr. Haddy sagte: »Bis jetzt gefällt mir der Ort noch nicht.«

»Was für Häuser sind das, Dad?« fragte Clover.

»Diese Art von Behausungen, das sind natürlich . . .«

Er gab nie zu, daß er etwas nicht wußte, aber diese Hütten ließen sich nicht so leicht erklären. Es waren kleine, büschelige Hökker, aus dem gleichen spitzigen Gras gebaut, durch das wir über die Laufplanken gegangen waren. Dürres Zweigwerk hielt die oben gebündelten Strähnen trockenen Grases zusammen. Keine Hütten – eher Bienenkörbe, die einen Haarschnitt brauchten.

»Wahrscheinlich halten sie da drin ihre Tiere, Muffin«, sagte Vater.

»Gibt keine Tiere hier«, sagte Francis. »Hab' keine gesehn.«

»Um so besser«, sagte Vater. »Wenn sie tatsächlich in diesen Dingern wohnen, dann sind wir am richtigen Ort.«

Mr. Haddy gluckste und sagte zu mir: »Die richtigen Orte für Vater sind immer die falschen Orte für mich.«

Glücklich betrachtete Vater das jämmerliche Dorf.

Doch bloß die Hütten waren jämmerlich. Dieser Dschungel, der Beginn des Hochwaldes, war groß und ordentlich – jeder Baum hatte Raum gefunden, für sich zu wachsen. Die Bäume waren auf verschiedene Arten angeordnet, entsprechend ihrem Umfang oder ihrer Blattgröße; am Dschungelboden die mit den großen Blättern, während die alles überragenden Bäume mit ihren winzigen Blättern sich in große Höhen reckten; dazwischen die Farne. Ich hatte mir Dschungel immer als erstickendes Spaghettigewirr vorgestellt, hängend und kreuz und quer, eine Masse haariger grüner Seile und klettenhafter Stengel – ein hinterhältiger Salat, der einem seinen stinkenden Atem ins Gesicht blies und einen mit seinen Stengeln festhielt.

Hier war es eher wie in einer Kirche mit Säulen und Fächern und hängenden Blumen und nur dem kleinsten Hauch von weißem Himmel über dem gekrümmten Dach der Äste. Über all dem lag nichts Erstickendes, und obwohl die Vögel lärmten, wirkte alles still und bewegungslos – kein Wind, nicht einmal eine kleine Brise in der Feuchtigkeit der grünen Schatten und blaubraunen Stämme. Und kein Gewirr – nur ein Wald der Senkrechten, umfassend, geduldig und beschützend. Es war, als sei man in einem Haus mit einem hübschen Dach über dem Kopf. Diese Ordnung und Größe ließ die kleinen Hütten darunter besonders elend aussehen.

Das Dorf – falls es ein Dorf war – war verlassen. Ohne Menschen wirkte es wie der Überrest eines Lagers, in dem Reisende – zu faul oder zu krank, um ordentliche Schrägdächer zu bauen – ein paar Büsche weggehackt, ein Feuer neben einem Felsen zusammengeschaufelt und eine ungemütliche Nacht verbracht hatten, ehe sie wieder loszogen, um irgendwo zu sterben. Das einzige Zeichen von Leben war ein kranker, junger Hund, der uns hinter einem Abfallhaufen hervor – Obstschalen und abgenagtes Zuckerrohr – ankläffte und sich nicht die Mühe machte, aufzustehen. Ich gab dem hungrigen Kerlchen das Sandwich, das ich mir zur Mittagszeit in die Tasche gestopft hatte. Er versuchte, mich zu beißen, dann fraß er das Sandwich. Im Mittelpunkt der fünf Hütten, alle aus Grasbüscheln gemacht, gab es eine verräucherte Feuerstelle und ein paar zerbrochene Kalebassen. Kein menschliches Wesen ließ sich sehen.

Und doch hatten wir vorhin von den Laufplanken aus Gesichter gesehen.

Mr. Haddy sagte: »Kann ihnen keinen Vorwurf machen, daß sie von diesem Ort abgehaun sind. Lungley, was du sagst, ist wahr. Das hier ist Dreck.« Er schaute sich um und befeuchtete beim Sprechen seine Zähne. »Wir könnten heimgehn, Vadder. Wir könnten unsere eigenen Moskitos erschlagen.«

Vater fächelte sich mit seiner Baseballmütze Luft zu. Er sagte: »Weit weg können sie nicht sein. Wahrscheinlich unten an der Drive-in-Hamburgerbude.« Er blickte auf und sah Mr. Haddy in Richtung der Laufplanken weggehen.

»Möchte hier jemand ein Getränk?«

Mr. Haddy blieb stocksteif stehen, als hätte er einen Pfeil zwischen die Schulterblätter gekriegt. Lachend drehte er sich um, eine Art niesendes Lachen.

»Oder«, sagte Vater – er bückte sich und hob etwas vom Boden auf –, »vielleicht lassen sie ihre Taschenlampen reparieren. Werft einen Blick auf dieses angeblich unverwüstliche Stück.«

Es war eine bröckelige Taschenlampenbatterie, die rostige Hülse aufgeplatzt, die Farbe abgeblättert und kaum zu erkennen, zerdrückt, wie sie war. Sie sah aus wie eine alte Wurst.

»Francis, du sagtest, es seien Wilde!«

Der arme Zambu, der vielleicht noch nie eine Taschenlampenbatterie gesehen hatte – in Jeronimo waren Taschenlampen verboten –, lächelte Vater bloß an und zeigte seine Zähne wie ein Hund, der eine Tür zuknallen hört.

»Aber wenn sie diesen Kram benützen, dann *sind's* wahrscheinlich Wilde.«

Wir setzten uns hin und warteten und beobachteten die Ameisen.

»Könnten auch an der Tankstelle sein, in langer Reihe, warten drauf, mit Super vollzutanken.«

»Hab' hier nirgendwo Tankstelle gesehn«, sagte Francis.

»Du würdest dich doch nicht über mich lustig machen, oder?«

Es gab genügend Anzeichen, daß hier jemand lebte – Strohbetten in den Hütten, schwirrende Fliegen über dem Abfallhaufen und ein Dreifuß mit etwas darauf, das auf den ersten Blick wie ein verbranntes Kleinkind aussah, aber in Wirklichkeit ein im Feuer gerösteter Affe war.

Vater sagte: »Wie hast du mit ihnen geredet, als du damals hier warst?«

Francis öffnete den Mund und wackelte mit seiner blauen Zunge.

»In welcher Sprache?«

Francis wußte nicht, was Vater meinte. Er sagte, er habe einfach mit ihnen geredet, und sie hätten mit ihm geredet. »Sie verstehn.«

Das war eine Jeronimo-Erklärung. Die Leute sprachen Englisch, Spanisch und Kreolisch, aber sie wußten nicht, wann sie von einer Sprache in die andere wechselten. Es schien, als brauchten sie anderen bloß ins Gesicht zu sehen und wüßten, in welcher Sprache sie zu sprechen hatten. Und manchmal vermischten sie alles, und das klang dann wie eine neue Sprache. Ich selber hatte auch diese Angewohnheit. Ich konnte mit jedermann reden, und oft merkte ich nicht, daß ich kein Englisch sprach. Aber jeder an der Moskito-Küste, ganz gleich, wie er aussah oder welche Sprache er sprach, behauptete von sich, er spräche englisch und sei englischen Ursprungs.

Vater, der mit Clover die Lichtung abschritt, sah wie ein Mann aus, der seine Tochter im Zoo herumführt – ungeduldig und stolz und ununterbrochen redend. Dann hörten wir von der anderen Seite der Feuerstelle seine laute Stimme.

»Okay, das Spielchen ist vorbei – wir können euch sehn! Schluß mit dem Verstecken – ihr verschwendet eure Zeit! Kommt da raus, wir tun euch nichts! Kommt hinter den Bäumen vor!«

Seine Stimme hallte gegen die geraden Bäume und die hohe Decke des Dschungels. Ein paar Minuten machte er so weiter, brüllte die Büsche an, während wir zuschauten. Clover spähte zwischen die Farne, auf die Vater mit einem Stock einschlug. Er sah so aus wie Tiny Polski, wenn er in Hatfield Wachteln jagte.

Das Verblüffende daran war, es funktionierte. Wir entdeckten, daß wir von mehr als zwanzig Menschen umgeben waren. Noch während wir starrten, tauchten sie auf die gleiche Art und Weise auf, wie sie zuvor verschwunden waren, ohne eine Bewegung oder ein Geräusch. Vater, der eben noch geschrien hatte: »Kommt raus!«, war überrascht, als sie im nächsten Augenblick tatsächlich da waren und er das gleiche noch einmal in ihre Gesichter schrie. Wir wußten nicht, ob Vater sie wirklich gesehen oder nur so getan hatte.

Die Frauen trugen zerlumpte Kleider, die Männer Shorts. Aber diese Kleidung verbarg ihre Nacktheit nicht. Sie schien eher zur Repräsentation getragen zu werden, als irgendwelchen Bedekkungszwecken zu dienen. Durch die Risse und Löcher konnten wir ihre Geschlechtsteile sehen. Und die Kinder – in Clovers und in meinem Alter – waren splitternackt, was uns peinlich war.

Vater sagte: »Machen gar keinen so üblen Eindruck. Bist du sicher, daß wir am richtigen Ort sind?«

Francis sagte ja.

Wir erwarteten, daß Vater hallo sagte. Er tat es nicht. Er wandte den Leuten den Rücken zu, als würde er sie schon lange kennen, und er sagte über seine Schulter hinweg, auf sie gemünzt: »Okay, gehen wir, kommt mit, wir haben zu tun.«

Drei der Männer – sie sahen ein bißchen wie Francis aus, bloß nackter und mit buschigeren Haaren – folgten Vater zu den Laufplanken.

»Ihr bleibt hier«, sagte Vater zu uns. »Ruht euch aus, lernt euch kennen, macht euch vertraut.«

Er marschierte ungeduldig los, mit seiner Mütze nach den Fliegen schlagend, und dann hörten wir ihn auf die Planken stampfen, um die Schlangen aufzuscheuchen. Wortlos folgten ihm die drei.

Clover sagte: »Er ist überall sofort zu Hause.« Sie redete wie Mutter.

Durch den Dunst vom Rauch der Feuerstelle starrten die Leute Clover an. Sie hatten graue, verschwommene Gesichter und trugen angesengte Lumpen. Schlamm war an ihren Beinen festgebacken.

»See-ville, Mann«, sagte Mr. Haddy. »Was für ein Blödsinn!«

Francis sagte: »Hier beinah gestorben, Haddy. Zweimal.«

Jetzt sahen die Leute uns an.

»Was hast du mit diesem Völkchen gemacht, Lungley?«

»Hab' nichts gemacht.«

»Wie geht's?« sagte Mr. Haddy zu den Leuten. Er reckte seine Zähne vor und machte den Mund auf, um zu lauschen.

Niemand antwortete. »Müssen krank sein«, flüsterte Mr. Haddy.

Die nackten Kinder versteckten sich hinter ihren Eltern. Wir schauten uns gegenseitig über die Lichtung hinweg an, und es war, als läge eine ganze Welt zwischen uns.

Sie drehten die Köpfe. Zwischen den Säulen der Bäume hervor kam ein alter Mann schleifend auf die Lichtung gehumpelt. Er trug eine abgeschnittene, gestreifte Hose, eine Drahtbrille und Socken ohne Schuhe – seine Zehennägel hatten gelb verfärbte Risse. Um den Hals hatte er einen Fetzen geknotet. In seinen Haaren steckten abgebrochene Strohhalme. An jedem Handgelenk trug er eine Fahrradklammer wie ein Armband.

»Das ist der Gowdy«, sagte Francis.

»Schaut aus, als möchte er gern ein Getränk«, sagte Mr. Haddy. »Hoh!«

Die nächsten Worte, die wir hörten, kamen von Vater. Er war noch nicht zu sehen. »Vorsichtig! Gleichmäßig da! Nicht fallen lassen!«

Wir hatten das Eis so sorgfältig in Bananenblätter gepackt, daß die Blöcke wie kleine Päckchen aussahen, mit Ranken zusammengebunden. Die schweigsamen Männer trugen jeder zwei Päckchen. Vater führte sie in die Mitte der Lichtung und wies sie an, die Päckchen auf den Boden zu legen.

»Wer hat hier das Kommando?« sagte Vater.

»Mann mit Brille«, sagte Francis. »Er der Gowdy.« Er nickte in Richtung des Mannes, der etwas vor der Gruppe starrender

Menschen stand. Als er merkte, daß alle Augen auf ihn gerichtet waren, klaubte der alte Mann ein bißchen was von dem Stroh aus seinem Haar.

Vater schüttelte die Hand des Mannes. »Du der Gowdy?«

»Gowdy«, sagte der Mann und kicherte.

»Wir haben eine kleine Überraschung für euch«, sagte Vater in seiner freundlichen Art. »Sollten die anderen Leute nicht besser rüberkommen?« Er holte sein Taschenmesser hervor und zwinkerte uns zu. »Ich möchte ihnen was zeigen.«

Als die Leute nah genug waren, schnitt Vater die Ranken durch und schob die Blätter beiseite – ein Eisblock kam zum Vorschein. Er stieß mit der Klinge wie mit einem Eispickel zu und hackte eine Ecke ab. Den Eisbrocken gab er dem Gowdy.

Der alte Mann, der nicht wußte, ob es heiß oder kalt war, schlenkerte es hin und her, genauso, wie Tiny Polski es in Hatfield getan hatte. Die Leute drängten sich heran, um es zu berühren. Sie lachten und schubsten, um dicht heranzukommen, und traten auf ihre Kinder. Diejenigen, die das Eis berührt hatten, rochen an ihren Fingern oder gingen ein Stückchen zur Seite, um sie abzulekken.

Vater zwinkerte uns immer noch zu, als er zu dem alten Mann, dem Gowdy, sprach. »Wie lautet das Urteil?«

»Ihnen einen guten Morgen, Sir. Mir geht's gut, danke. Wohin sie gehn. Ich gehn in den Busch.« Gowdys Drahtbrille war von den drängenden Menschen krumm geschlagen worden. »Heute ist Montag, Dienstag, Mittwoch. Vielen Dank, das ist eine gute Lektion.«

Beim Sprechen schlenkerte er mit dem Eis.

»Hat keinen blassen Schimmer«, sagte Vater zu uns.

Das Eis schmolz in der Hand des alten Mannes. Wasser rann seinen Arm herab, hinterließ Schmutzstreifen auf seiner Haut. Es tropfte von dem Knoten an seinem Ellbogen.

»Völlig ahnungslos«, sagte Vater. Er legte seinen Arm um die Schultern des alten Mannes und schenkte ihm ein breites Lächeln.

»Was ist das?« sagte Vater und deutete darauf.

»H-Eis«, sagte der Gowdy.

»Allmächtiger Gott!« donnerte Vater und gab dem Gowdy einen Stoß, daß der alte Mann beinah zu Boden gefallen wäre.

Kaum hatte er ausgeredet, da fiel auch schon ein jeder dieser Leute einschließlich des Gowdys auf die Knie. Die plötzliche Bewegung erschreckte die Vögel. Sie schwärmten hoch, groß und klein, brachten die Äste darüber zum Erzittern und machten die nistenden Vögel munter, die wie Truthähne von den Baumwipfeln abschwirrten. Das kranke Hündchen jaulte und stolperte, während die Leute tiefgebeugt knieten, ihre Kehlen befingerten und vor sich hinmurmelten.

»O Vadder, der du bist im Himmel . . .«

»Schluß damit!« sagte Vater. »Steht auf – los, auf die Beine!« Er versuchte, sie hochzuzerren, dann wandte er sich an Francis und schrie: »Du Verräter, du hast mich auf die falsche Fährte gesetzt. Besten Dank!«

Mr. Haddy lachte leise vor sich hin, erleichtert, daß die Leute hier Christen waren. Vielleicht freute er sich auch insgeheim darüber, daß Vater, der sich selten täuschte, einen Fehler gemacht hatte, als er das Eis hierherbrachte, wo doch Mr. Haddy selbst es viel leichter zur Küste verschiffen und weit mehr Eindruck hätte schinden können. Er trat vor, um die verwirrten Leute zu beruhigen, die immer noch japsten und beteten, und sagte: »Ihr seid gute Leute, aber hier sind wir wahrlich im tiefsten Busch.«

Vater war so wütend, daß er auf die gleiche Art verschwand wie vorhin die Seville-Leute bei den Laufplanken. Er löste sich in eine Rauchwolke auf und ließ nur seinen zornigen Geruch zurück. Wir holten die restlichen Päckchen vom Boot und redeten mit den Dorfbewohnern. Sie sagten, sie hätten vier- oder fünfmal Eis gesehen. Sie sagten, es sei ein wunderbarer Stoff, und beschrieben es als kalte Steine, die sich in Wasser verwandelten. Missionare hatten es ihnen gebracht, und sie hielten auch uns für Missionare und Vater für unseren Prediger. Sie wollten wissen, wo wir lebten und ob wir Essen oder Salz für sie hätten. Der Gowdy brüstete sich damit, daß im Dorf jeder getauft sei.

Er sagte, sie warteten – warteten darauf, daß sie in den Himmel kämen und den Herrn Jesus sähen. Mr. Haddy sagte, es sei ein ziemlich mieser Platz zum Warten, voller Affenscheiße, aber er könne verstehen, daß sie so bald wie möglich abhauen wollten, in Richtung Himmel oder anderswohin. Vater kam zurück – zu spät, um irgendwas davon zu hören, was sicherlich nichts schadete.

»Bin mal um den Block gegangen«, sagte er.

Er weigerte sich, mit irgend jemandem in Seville zu sprechen. Er sagte lediglich, daß Francis ihn verraten habe. Als der Gowdy versuchte, mit seinen Leuten einen Choral in Gang zu bringen, brüllte Vater, als habe er sich mit dem Hammer auf den Daumen geschlagen, und sagte dann, er werde auf dem Boot auf uns warten.

Wir verließen Seville. Die Leute hatten angefangen, sich des Eises wegen zu streiten.

Die Fahrt zurück nach Jeronimo verlief wegen Vaters mürrischer Stimmung meist schweigsam. Aber es war eine schnellere Reise. Der Flußverlauf war uns nun nicht mehr fremd, und wir fuhren mit dem Strom. Vater verbesserte seine Landkarte, und wir nahmen keine falschen Abzweigungen. Ich bediente die Pedale. Vater saß mit Clover auf dem Schoß im Bug und schmollte, weil die Leute in Seville zuvor schon Eis gesehen hatten und weil sie beteten. »Genausogut könnten sie in Hatfield Spargel stechen«, mehr sagte er nicht. Er umarmte Clover wie ein großer Junge seinen Teddybären. Francis und Mr. Haddy wußten, daß sie ignoriert wurden. Sie krochen mittschiffs bei der Eiskammer herum, ohne was zu tun zu haben.

Nach einer Weile sagte Francis, er sähe Pipantos. Jemand folgte uns, sagte er. Vater antwortete nicht und drehte sich auch nicht um.

»Kleine«, sagte Mr. Haddy und schaute an mir vorbei. »Pipantos.«

Ich blickte mich um, sah aber nichts. Ich mußte mich ums Steuern kümmern.

»Me yerry«, flüsterte Francis. Er begann, wie ein Busch-Zambu zu murmeln. Er sagte, er höre sechs Ruderer – drei Pipantos.

»Noch nie so eine Barkasse gesehn«, sagte Mr. Haddy.

Die Dunkelheit brach herein. Sie schien aus dem Flußufer herauszuwachsen. Die Bäume schwollen an, von der Schwärze aufgebläht. Der Himmel verlor sein hohes Dach. Nadelköpfe von Sternen tauchten auf und erhellten sich zu Tropfen.

»Sie sind noch hinter uns in dem Felsgestein.«

Die Nacht schloß sich um uns. Das Wasser vor uns hatte immer noch einen spiegelnden Schimmer, und hinter uns schäumte unser Kielwasser.

Bald sahen wir die Laternen von Jeronimo und die Funken von Fat Boys Schornsteinen. Die Lichter an Land waren klein und sehr still, aber sie strömten vom Ufer herab und versickerten als gelbe Teiche im Fluß. Ich hörte jemanden sagen: »Da kommen sie.«

In dieser Nacht im Schlafzimmer sagte Jerry: »Ich hätte mit Dad gehn können. Aber ich wollte nicht. Wir waren den ganzen Tag in ›The Acre‹. Ma hat es uns erlaubt.«

»Ich habe zwei Schlangen gesehn«, sagte ich. »Eine hätte mich fast gebissen.«

»Wir haben noch eine Fallgrube gebaut. Du weißt nicht, wo sie ist. Du wirst reinfallen und dich dabei umbringen, Charlie.«

»Schlaf, Scheißer.«

Durch die Bambuswand hörte ich später, wie Mutter Vater tröstete. Zuerst glaubte ich, sie redete mit April oder Clover, so sanft war ihre Stimme. Aber sie sprach von dem Eis und dem Boot und von Vaters schwerer Arbeit. Alles sei großartig, sagte sie. Sie war stolz auf ihn, und alles andere zählte nicht.

Vater widersprach nicht. Er sagte: »Es war nicht das, was ich erwartet habe. Ich wollte das nicht. Sie beteten mich an, Mutter.«

»Irgendwann würde ich gern mal flußaufwärts fahren«, sagte Mutter.

»Werden wir. Es ist nicht das, was du dir vorstellst. Es wird dir nicht gefallen. Es ist übel, aber auf die langweiligste Art und Weise. Oh, ich nehme an, sie sind in Ordnung – für irgendwas werden sie das Eis verwenden können. Aber was kannst du mit Leuten anfangen, die bereits verdorben sind? Es macht mich verrückt.«

Es dauerte zwei Wochen, bis wir wieder nach Seville fuhren, und in diesen zwei Wochen verbrachten wir Kinder viel Zeit in »The Acre«, in unserem kleinen Lager am Teich. Der Gedanke, daß unser Lager handfester war als irgendwas in Seville, gefiel mir. Aus grünen Ranken webten wir Hängematten. Wir aßen wilde Zwiebeln. Von den Hängematten bekamen wir Ausschlag, von den Zwiebeln Magenkrämpfe. Eines Tages kroch eine Wasserratte aus dem Teich, und wir jagten sie in eine Falle und erschlugen sie mit Stöcken. Dann schnitten wir sie in Stücke und trockneten die Fleischstreifen auf einem Dreibein nach Zambu-Art. Doch am nächsten Tag waren die Fleischstreifen verschwunden. Pipi sagte, ein Monster sei gekommen und habe sie gegessen, aber ich nahm an, es sei ein Tier gewesen, weil das Dreibein nicht hoch genug war.

Wir sammelten Beeren – manche waren eßbar, andere hielten die Moskitos ab, wenn man sie sich auf die Haut rieb und den Saft trocknen ließ. Alice Maywit zeigte uns eine Traube purpurfarbener Beeren und sagte: »Die hier sind giftig.«

Clover sagte: »Glaub' ich nicht. Du hast nur Angst oder so. Ich wette, das sind Brombeeren oder so was.«

»Willst du eine essen, Mädchen?« fragte Drainy. Er zeigte ihr seine Drahtbeißerzähne.

Clover schaute drein, als wollte sie es versuchen, bloß um anzugeben und zu beweisen, daß sie recht hatte, aber ich versetzte ihr einen Stoß und sagte ihr, sie solle die Finger davon lassen.

»Nicht schlagen!« sagte sie. »Das ist die Regel – Dad hat's gesagt!«

»Wir sind hier nicht in Jeronimo«, sagte ich. »Das hier ist unser ›Acre‹, und wir haben unsere eigenen Regeln.«

Das war das Erfreuliche an »The Acre« – daß wir tun konnten, was immer wir wollten. Hier hatten wir Geld, Schule und Religion und Fallen und Gift. Keine Erfindungen oder Maschinen. Wir hatten Geheimnisse – ja, wir wußten sogar den richtigen Namen der Maywits. Wir konnten so tun, als ob wir Schulkinder seien, oder wir konnten wie Zambus leben. Dieser Tag war ein gutes Beispiel. Drainy schlug vor, daß wir alle unsere Kleider auszogen, und zerrte seine eigenen Shorts runter, um zu zeigen, daß er es ernst meinte. Dann machte es Pipi nach und Clover und die anderen ebenfalls. Alice streifte ihr Kleid über den Kopf und ließ ihre Unterhosen fallen, und ich zog meine Shorts aus. Wir acht standen kichernd und splitternackt da, aber ich schämte mich so, daß ich in den Teich sprang und so tat, als ob ich schwimmen wollte, während die anderen ihre Körper verglichen und herumtanzten.

Alice stand am Rand des Teichs.

»Schon mal eine Muschi gesehn?«

Sie kniete mit gespreizten Knien und preßte die schwarzen Falten mit ihren Fingern, und einen Augenblick lang glaubte ich zu ertrinken.

»Was ist das?« Sie schloß ihre Schenkel und lauschte.

Ich hörte nichts außer den üblichen Geräuschen. Alice sagte, sie höre Bremsen. Sie sah eine auf sich zufliegen und schaute sie starr an; sie wurde sehr unruhig. Alice sagte, es bedeutete, daß Fremde in der Nähe seien.

Schnell zogen wir unsere Kleider an und verließen das Lager auf dem Flußpfad. Wenige Minuten später sahen wir Kanus. Das seien Indianer, sagte Alice. Sie hätte das durch die Bremse gewußt. Die Kanus waren alte, voll Wasser gesogene Einbäume, und die Ruderer sahen aus wie die Leute in Seville – ihre dünnen Arme staken aus Lumpen hervor, und in ihren buschigen Haaren hingen Strohhalme.

»Sie versuchen, uns nachzuspionieren«, sagte Jerry.

Aber sie konnten nicht sehen, daß wir sie beobachteten. Wir hatten sie überlistet und lachten leise vor uns hin – sogar April, die normalerweise Angst hatte –, als wir sahen, wie sie sich in ihren alten Kanus flußaufwärts kämpften.

»Sie kommen von Jeronimo«, sagte Clover.

»Gut, daß sie uns nicht nackt gesehn haben!« sagte Drainy.

»Unser Lager finden sie nie«, sagte ich. »Niemand wird ›The Acre‹ finden.«

Ich war froh, daß wir diesen sicheren Platz im Dschungel hatten. Und jetzt, seit ich Seville gesehen hatte, wußte ich, daß wir ein wohlgeordnetes Lager besaßen – besser als die Dörfer, die von den echten Dschungelmenschen gebaut worden waren.

In Jeronimo erwähnten wir die Kanus. Niemand hatte sie gesehen. Vater sagte: »Vielleicht Munchies! Vielleicht Duppies!«, und versuchte, die Maywits zu erschrecken.

Am Morgen sagte Vater, wir würden wieder nach Seville fahren. Mr. Peaselee, der Feuerwache hatte, ließ Fat Boys Feuer ausgehen. Das Eis schmolz. Vater sagte: »Vielleicht müssen wir die Fahrt abblasen. Alle auf die Galerie!« Er hielt einen Vortrag über Verantwortung und gutes Verhalten und ob wir etwa glaubten, Fat Boy könne ohne Fürsorge und Aufmerksamkeit leben? Fat Boy sei nett, wenn wir sorgfältig auf ihn achteten, aber wenn wir uns nicht um ihn kümmerten, werde er gefährlich. Wenn wir unsere Pflicht versäumten, werde er aufplatzen und sich rächen, indem er uns alle tötete. Vater sagte: »Er ist voller Gift!«

Nachdem das Feuer wieder angezündet und neues Eis gemacht und abgepackt worden war, hörte ich Vater sagen: »Man kann diese Leute keine Minute aus den Augen lassen.«

Mutter sagte: »Genau das hat Polski auch immer gesagt.«

»Vergleich mich nicht mit diesem Versager.«

»Du wirst schrill, Allie.«

»Gift«, sagte Vater. »Wasserstoff und angereichertes Ammoniak – dreißig Kubikfuß von jedem. Du würdest auch schrill werden, wenn du wüßtest, wie gefährlich es ist.«

»Ich hol' das Essen«, sagte Mutter und ging davon.

Vater sah, daß ich zuhörte. »Ich bin hier der einzige, der das alles in Gang hält. Warum, Charlie? Sag's mir.«

Ich dachte, er redet wirklich genau wie Polski.

Wir brachen auf nach Seville, nur wir, niemand sonst. Vater bediente die Pedale und redete ununterbrochen.

»Glaubt nicht, ich genieße das«, sagte er. »Ich habe nicht die geringste Lust, wieder nach Seville zu fahren. Da könnte ich ebensogut nach Hatfield zurückkehren. Aber wir haben Verpflichtungen. Wir können sie nicht nach einer Schiffsladung sitzenlassen. Ich glaubte, wir könnten sie anfeuern, ihnen Mut machen, ihnen helfen, ihren Fisch zu kühlen, und ihnen Zeit für die Landwirtschaft verschaffen – all die Dinge zu tun, die Eis einem zu tun erlaubt. Das ist der springende Punkt, nicht wahr? Ihnen den Nutzen unserer Erfahrung zukommen lassen. Aber ich weiß, was sie mit dem Eis tun werden – sie machen Würfel draus und werfen es in ihre Gläser mit Coke und gehn kaputt wie alle anderen auch.«

»Coca-Cola hast du mit keinem Wort erwähnt«, sagte Mutter.

»Laß ihnen Zeit.«

Wir schafften die Strecke bis Seville in weniger als drei Stunden; Vater trat ungestüm in die Pedale und brüllte herum, wie er mit Dynamit einen Kanal durch den Dschungel sprengen und die Hyazinthen aus dem Fluß baggern würde. In seiner ärgerlichen Stimmung machte er in seiner Phantasie die großartigsten Pläne. Bei den Mahagonibäumen wurden wir von fünf Leuten aus Seville erwartet – sie tauchten aus dem Spinat und dem Gras auf und erschreckten uns. Sie hätten uns auf dem Fluß gesehen, sagten sie. Wir hatten sie nicht gesehen. Sie tanzten um Mutter herum, erklärten ihr, sie solle vorsichtig sein.

»Das letztemal hat man uns nicht so empfangen«, sagte Vater.

»Ich glaube, sie wollen, daß wir ihnen folgen«, sagte Mutter.

Wie beim erstenmal rannte ich voraus und stampfte auf die Laufplanken, um die Schlangen zu verscheuchen. Jerry hinter mir schaute ängstlich von einer Seite zur anderen.

Er sagte: »Was ist das für ein Ding?«

»War zuvor noch nicht da«, sagte Clover.

Es war eine hölzerne Kiste inmitten der Lichtung von Seville, so groß wie ich; aus der Ferne schaute sie aus wie Fat Boy. Sie war kleiner, besaß eine gewisse Ähnlichkeit mit der ursprünglichen Kühlmaschine. Sie hatte Schornsteine und eine Brennkammer. Einige Frauen hockten in der Nähe und schürten das Feuer.

Das gefiel Vater. »Vielleicht haben wir sie doch inspiriert«, sagte er. Er rief den Gowdy, der darauf wartete, uns zu begrüßen. »Was habt ihr da?« sagte Vater. »Kommt mir bekannt vor.«

Er marschierte direkt darauf zu, während sich die Leute darum versammelten.

Der Gowdy sagte: »H-Eis!«

Vater öffnete die Tür, aber die Scharniere aus zerfetzten Ranken waren so fadenscheinig, daß die Tür runterfiel und an einer Ecke Feuer fing, als sie in die Brennkammer knallte. Vater trat das Feuer aus. Wir schauten in den Kasten hinein. Er war leer.

»Was zum Teufel soll das alles?« sagte Vater.

Sie hatten eine Kopie von Fat Boy gebaut. Aber, sagte Vater, wozu? Natürlich funktionierte es nicht. Es taugte nur zum Eierkochen oder um sich selber in Brand zu stecken. »Wer hat euch auf diese hirnrissige Idee gebracht?«

Sie lächelten. Sie behandelten diese Kiste mit einer Art Ehrerbietung und baten Vater, vor der Kiste den Choralgesang zu leiten. Das erzürnte Vater. Er verströmte seinen Wutgeruch. Der Gowdy versuchte, Vater als Geschenk das lahme Hündchen zu überreichen, aber Vater sagte, er habe genügend eigene kranke Tiere und auch kranke Menschen. Also luden wir das Eis ab und gingen, ohne es auch nur auszupacken, auf den *Eiszapfen* zurück. Er sagte zu Mutter: »Ich hoffe, du bist zufrieden.« Außerdem sagte er noch, daß er nie wieder nach Seville fahren werde.

»Ich bin nicht hergekommen, um den Leuten falsche Idole zum Anbeten zu geben«, sagte er. Aber da stand das Idol, deutlich sichtbar für alle, aus krummen Planken gebaut und mit Lianen festgezurrt.

»Es ist wirklich ein Jammer«, sagte Vater. »Eine hinreichend fortgeschrittene Technologie läßt sich von Magie nicht unterscheiden.«

16

»Wozu ist Eis *gut*?« – das hatte der kleine Leon Maywit gefragt. Aber alberne Fragen von kleinen Kindern störten Vater nicht. Er sagte: »Hauptsächlich ist es ein Konservierungsmittel – es hält Nahrung frisch, bewahrt einen also vor Hunger und Krankheit. Es tötet Bakterien, es unterdrückt Schmerzen und lindert Schwellungen. Es läßt alles, mit dem es in Berührung kommt, besser schmekken, ohne es chemisch zu verändern. Macht Gemüse knackig, und Fleisch hält ewig. Hör zu, es ist ein Betäubungsmittel. Ich könnte deinen Blinddarm mit einem Taschenmesser entfernen, wenn ich einen Eisblock hätte, um deine Nerven zu kühlen und deine Gedanken von dem Gemetzel abzulenken. An der Moskito-Küste kommt es auf natürliche Art und Weise nicht vor, es ist also der Beginn der Vollkommenheit in einer unvollkommenen Welt. Es gibt der Arbeit Sinn. Es ist umsonst. Es ist sogar hübsch. Es ist Zivilisation. Schiffe brachten es früher aus nördlichen Breiten, genauso, wie sie Gold und Gewürze brachten . . .«

Wir alle waren auf der Galerie versammelt, die Foxes, Maywits, Zambus, Mrs. Flora Kennywick und die anderen – eine von Vaters Dinnerversammlungen. Vater deutete mit seinem Fingerstummel auf die Berge, die hinter Fat Boy aufragten.

Er sagte: »Und das kommt als nächstes an die Reihe. Indianerland. Wir werden ihnen eine Tonne bringen.«

Die neueren Leute starrten auf seinen Finger, nicht auf die Berge, und gerade, als er »Tonne« sagte, lief ein leichtes Beben durch die Erde, und ihre Augen quollen hervor.

Es war ein lautloses Schwanken, ein langsames halbes Rollen, das die Galerie erzittern ließ. Das Beben dauerte zwanzig Sekunden an, wie der Fall eines Schiffsdecks. Nichts fiel herunter, nur aus dem Wald war ein menschlicher Schrei und vom Fluß ein atemloses, ängstliches Kläffen zu hören. Ich hatte das Gefühl, daß sich mit Ausnahme von uns alles bewegt hatte. Die Schale der Welt war ein bißchen ins Rutschen geraten und hatte Falten geworfen.

Dies war das erste anhaltende Zittern, aber die verschiedenen Beben und Glättungen dauerten ein volle Minute.

Vater sagte mit vibrierenden Lippen: »Gott!«

Mrs. Maywit sagte: »Oh, Gott, Roper, was tun wir?« Und sie und Mrs. Kennywick fingen an zu beten.

Als ich »Roper« hörte, schaute ich auf Mr. Maywit. Er bedeckte sein Gesicht und schluchzte: »Egal!« Der Moment ging vorüber. Ich glaube, ich war der einzige, der es hörte.

»Betet, wenn ihr unbedingt müßt«, sagte Vater, »aber mir wär's lieber, ihr würdet mir zuhören.«

Bis auf uns schauten alle besorgt drein, als könne er noch mal auf die Berge zeigen und ein weiteres Erdbeben verursachen.

»Ich denke nur laut«, sagte Vater, »aber wenn ich das Material hätte, wißt ihr, was ich tun würde?«

Mutter lächelte darüber. Ich nahm an, sie dachte: warum überhaupt etwas tun?

Von unserem Platz aus war deutlich zu erkennen, daß Jeronimo eine gelungene Siedlung war. Wir hatten die Moskitos besiegt, den Fluß gezähmt, den Sumpf trockengelegt und die Gärten bewässert. Wir hatten das schlimmste Wetter von Honduras mitbekommen – die Juniüberflutungen, die Septemberhitze – und beides überlebt. Und jetzt hatten wir ein Erdbeben überstanden – nichts war zusammengebrochen oder abgefallen! Wir seien wohlorganisiert, sagte Vater. Unser Trinkwasser wurde in einem von Fat Boys Brennkammer angetriebenen Destillierapparat gereinigt. Wir besaßen die einzige Eiserzeugungsanlage in Mosquitia, die einzige dieser Art in der Welt, mit einer Kapazität, wie Vater sagte, um Eisberge zu produzieren.

Dort unten standen die Maishalme zweieinhalb Meter hoch, und die Maiskolben waren dreißg Zentimeter lang – »so groß, daß elf davon genügen, um das Dutzend vollzumachen«. Wir hatten frisches Obst und Gemüse und einen Brutapparat (Fat Boys Abwärme) zum Ausbrüten von Eiern. »Kontrolle – das ist der Beweis für Zivilisation. Jeder kann mal irgendwas zustande bringen, aber es zu wiederholen und zu erhalten – das ist der wahre Test.« Wir bauten Reis an, der so schwer zu ernten war wie nichts anderes. Wir hatten ein fortschrittliches Kanalsystem und Duschgelegenheiten. »Wir sind sauber!« Eine wirkungsvolle Windmühlenpumpe drehte sich über dem Wasserrad in den Tagen, an denen Eis gemacht wurde. Die meisten Erfindungen waren aus örtlichen Materialien gebaut worden; drei neue Gebäude waren mit Vaters Bambusziegeln beschichtet. Wir hatten ein Hühnergehege, zwei Boote am Landesteg und die besten Spültoiletten in Honduras. Jeronimo war ein Meisterwerk an Ordnung – »angemessene Technologie« nannte Vater das.

Wir produzierten mehr, als wir brauchten. Die zusätzlichen Fische, die wir fingen, schwammen in einem Tank, den Vater als »Fischfarm« bezeichnete – seine Namen klangen immer etwas großartiger, als die Dinge selbst es waren. Wir ernteten mehr, als wir essen konnten, aber der Überschuß wurde nicht verkauft. Einiges gab er den Leuten als Gegenleistung für Arbeit, obwohl er Bettlern nie Nahrung schenkte. Er zog es vor, das Produkt aufzuschneiden – zum Beispiel Wassermelonen oder Gurken oder Maiskolben – und den Samen herauszuholen und zu trocknen. Den gab er dann jedermann, der ihm half. Arbeit gab es immer – er war entschlossen, den Fluß zu begradigen und die Hyazinthen zu entfernen. »Kann ein ganzes Leben dauern«, sagte er. »Aber ich habe ein ganzes Leben – ich bleibe hier!« Flußarbeiter wurden mit Eisblöcken und Beuteln voller Saatgut entlohnt. »Hybriden! Wundermais! Wunderbohnen! Sechzig-Tage-Tomaten!«

Wir waren glücklich in unserem Versteck. Vom Fluß aus konnte man von Jeronimo lediglich Fat Boys viereckigen Kopf mit dem Blechhut und der Reihe der Schornsteine sehen. »Kaum sichtbar«, sagte Vater. »Ich möchte nicht von albernen Missionaren geplagt werden, die in Motorbooten hier hochkommen und die Heilige Schrift über uns auskippen.«

Es war nun November, das Wetter wie in Hatfield im Juli, und Jeronimo war unser Zuhause. Und dafür, sagte Vater, hatte niemand ein Gebet aufsagen oder seine Seele aufgeben oder einen Untertaneneid ablegen oder eine Bibel zerfleddern oder eine Fahne schwenken müssen. Wir hatten den Fluß nicht verschmutzt. Wir hatten die Ökologie der Moskito-Küste erhalten. Und alles nur deswegen, weil wir unser Vertrauen in einen Yankee gesetzt hatten, »der den Trick raushatte, Dinge fertigzubringen« – er selbst. Oft genug sagte er, wenn nicht die Wirtschaftsverbrechen und die Dummheit und der Dollar für zwanzig Cent und die Sturmwolken des Krieges wären, dann hätte er das gleiche in Hatfield, Massachusetts, vollbringen können.

Das alles war ganz eindeutig von der Galerie aus zu erkennen, die eben unter dem Erdstoß gezittert hatte und wo Vater nun sagte: »Wenn ich das Material hätte, wißt ihr, was ich tun würde?«

Die anderen waren vor Angst noch grau und antworteten nicht.

Mutter sagte: »Was würdest du tun, Allie?«

»Einen Schacht graben.«

Er nahm die Maywits und Mrs. Kennywick beiseite und redete mit ihnen, weil sie am heftigsten gebetet hatten und in gewisser Weise immer noch selber bebten.

»Die Art von Schacht, die sie im Santa-Barbara-Kanal oder der Nordsee bohren. Diamantbohrspitzen, gigantische Plattformen, die ganze Bohrausrüstung. Ich würde runterbohren. Wie tief? Vier- oder fünftausend Fuß – und die Energiequellen genau da unten anzapfen.« Er stampfte mit dem Fuß auf den Galerieboden. »Auf die gleiche Art, wie eure Gummisucher einen Sapodillabaum anzapfen. Das gleiche Prinzip.«

»Du machst mir eine hübsche kleine Regenkappe, Vadder«, sagte Mrs. Kennywick. Aber ihre Stimme verriet, daß sie immer noch an das Erdbeben dachte.

»Das Rumoren hat mich dran erinnert. Warum zählt nicht irgend jemand zwei und zwei zusammen? Versteht ihr, der Fehler beim Bohren nach Öl ist, daß sie eine goldene Gelegenheit verpassen. Sie haben die ganze Ausrüstung, aber sobald das Öl rausspritzt, pumpen sie es trocken und bohren das nächste Loch. Wie närrisch und kurzsichtig!«

»Aber Vadder macht diese Dummheit nicht«, sagte Mr. Maywit zu Mutter, als wüßte er, was kommen würde. Er schaute ängstlich drein, vielleicht kam es mir aber auch bloß so vor, weil ich wußte, daß sein wirklicher Name Roper war.

»Ich würd's rausströmen lassen«, sagte Vater, »und weiterbohren. Durch den Schiefer, das Bohrgestänge verlängern, durch den Granit – noch weiter verlängern – und zu den Eingeweiden der Erde vordringen.«

»Hoh«, sagte Mr. Haddy. »Das ist wahrlich ein Blödsinn.«

»Der Erdstoß, den wir eben hatten, war ein geologisches Knarren, ein unterirdischer Furz, aus den Eingeweiden der Erde. Da unten ist Gas! Superheißes Wasser, Dampf unter Druck – so viel Hitze, wie man sich nur wünschen kann!«

Mr. Peaselee sagte: »Haben wir's jetzt nicht heiß genug, Vadder?« Und Mr. Harkins sagte, es sei so heiß, daß ihm das Blut in den Adern koche.

»Dad redet nicht vom Wetter«, sagte Clover.

»Hört euch das kleine Mädchen an«, sagte Vater.

Alle schauten auf Clover. Sie sonnte sich eine Weile unter ihren feuchten Blicken.

»Geothermische Energie! Lacht nicht. Es gibt nur ein paar Orte in der Welt, wo sie nutzbar ist, und ihr habt das Glück, an einem davon zu leben. Ganz Mittelamerika ist ein Lager höchster Energie. Ihr befindet euch auf einer geologischen Verwerfung – dünne Kruste, lockere Schieferplatten. Hört auf die Vulkane! Sie rufen es heraus, sie sagen: ›Geothermisch! Geothermisch!‹ Aber niemand fängt was damit an. Niemand versteht, wie die moderne Welt so geworden ist – niemand, außer mir, und ich versteh's, weil ich daran mitgewirkt habe. Alle anderen laufen davon oder verfolgen verschwenderische und schmutzige Technologien oder sagen ihre Gebete auf.«

»Wir beten nicht mehr«, sagte Mrs. Kennywick.

»Das Gelobte Land ist euer eigener Hinterhof! Ihr müßt nur durch dieses Blumenbeet hindurch – ihr müßt die Kruste durchbohren und die Hitze anzapfen. Wir sind auf dem Mond gewesen. Aber bis zu unserem eigenen Kellerboiler sind wir noch nicht vorgedrungen. Hört zu, da unten steckt genug Energie, um damit bis zum Jüngsten Tag kochen zu können!«

Ich mußte grinsen. Nur Vater war imstande, beim Anbohren des Erdkerns ans Kochen zu denken. »Kostet keinen Nickel«, war seine übliche Prahlerei. »Und denkt nur an den Nutzen – eine große Erfindung ist eine lebenslängliche Rente.«

Der Erdstoß und seine eigenen Ideen erregten Vater, und er steckte die anderen auf der Galerie mit seiner Aufregung und seinem Optimismus an – allein mit seinen Gefühlen, denn ich war sicher, daß sie kein Wort von dem, was er gesagt hatte, verstanden.

»Ich sehe eine Art Kreislauf, ein Bohrloch«, sagte er. »Die Bohrer gehen runter, die Wärmeenergie kommt herauf. Ich habe bewiesen, daß ich mit nichts als Rohren und chemischen Verbindungen und etwas Brennholz Eis herstellen kann. Es gehörte Grips dazu. Aber hört doch, jeder Trottel kann ein Loch graben. Und warum nicht wir? Es gibt einen Grund dafür – wir haben nicht das Material. Noch nicht. Bestimmte Dinge in dieser Welt kann man nicht aus Bambus und Maschendraht machen. Aber ich werde euch noch etwas sagen. Saugt man die geothermische Energie ab – ich meine, in riesigen Ausmaßen –, dann könnte das das Ende der Erdbeben bedeuten oder ihnen zumindest den Druck nehmen. Versteht ihr, es geht darum, einem Vulkan Zügel anzulegen!«

Mit dieser Rede stachelte er sie an, und sie schauten so eifrig drein, als würden sie im nächsten Moment nach den Schaufeln greifen und zu graben beginnen, wo er es ihnen zeigte.

Alle, bis auf Mr. Haddy. Er stand auf und räusperte sich und sagte: »Das ist 'ne gute Sache, aber es gehört fürchterlich viel Verstand dazu. Inzwischen wollen Lungley und ich den Bonito und Fish-Bucket runter ein bißchen Eis verschiffen.«

»Immer noch scharf darauf, deine Freunde zu beeindrucken, nicht wahr?«

»Hab' da unten keine Freunde«, sagte Mr. Haddy. »Aber ich kann meine Barkasse wie in alten Zeiten verwenden, laden und fahren. Das ist meine Beschäftigung, Vadder.«

»Ich nehme an, du bist nicht an geothermischer Energie interessiert?«

»Interessiert? Klar, bestimmt! Aber dieser Kram, Mann, ist wirklich groß. Wir haben all die Löcher und Pfosten nicht!«

»Noch nicht«, sagte Vater.

Mr. Haddy streckte seine Zähne hervor und blinzelte wie ein Kaninchen.

»Wieviel Eis willst du den Fluß runterbringen?«

»Paar hundert Pfund. Zwei, drei Säcke.«

»Kaum der Mühe wert«, sagte Vater. »Warum nicht eine Tonne?«

Vor Überraschung und Erleichterung lachte Mr. Haddy laut auf. »Würde meine alte Barkasse versenken!«

»Eis schwimmt, Figgy.« Mr. Haddy lächelte über das Wort. »Du kannst es ins Schlepptau nehmen.«

»Wie solln wir das machen?«

»Nimm einen Eisberg.«

»Eiskäfer und Schaufelkanus«, sagte Mr. Maywit zu mir, aber laut genug, daß Vater es hören könnte. »Vadder ist wirklich ein Zauberer!« Mr. Maywit sah sehr verängstigt aus.

»Wir könnten vor dem Frühstück einen Eisberg machen«, sagte Vater.

Das war eine Herausforderung, wie Vater sie genoß, etwas Großartiges und Sichtbares – eine Aufgabe, die gleichzeitig eine Demonstration war. Daß Mr. Haddy ein paar Säcke Eis an die Küste brachte, dagegen hatte er Einwände gehabt, aber einen Eisberg schleppen – das war eine andere Geschichte.

Ich hatte mir eine Pyramide vorgestellt, die Seiten unter Wasser, die Spitze herausragend, die von der *Little Haddy* geschleppt wurde. Aber Vaters Eisberg war eiförmig und so groß wie er, um die Kälte zu konzentrieren und das Abschmelzen zu begrenzen. Er rechnete damit, daß ein einziger, aus vielen kleinen Blöcken hergestellter großer Block nur etwa ein Drittel seiner Masse verlor, wenn sie ihn nach Bonito Oriental schwimmen ließen, und daß er in Fish-Bucket immer noch wie ein Eisberg aussehen würde. Bis zur Küste würde er es nicht schaffen. »Aber wir wollen hier ja nur etwas unter Beweis stellen – wir versuchen nicht, das Leben anderer zu verändern. Mal sehen, was dabei herauskommt.«

Er erklärte Mutter, das Unternehmen diene hauptsächlich der Festigung der Moral. »Ich hab's gern, wenn man einen Einfall hat, und niemand lacht darüber. Sie verdienen einen Eisberg.«

Mr. Haddy war sehr stolz. Mit dem Eisberg konnte er angeben, und wenn er ihn den Fluß hinunterzog, würde er das Kommando über die Kreolen haben.

»Ich führe nur Befehle aus«, sagte Vater. »Wenn Figgy einen Eisberg will, soll er einen haben.«

Alle anderen Arbeiten wurden zurückgestellt. Fat Boy wurde befeuert, und alle Pumpen wurden vorbereitet. Wir hatten Fat Boy vor sich hin schnurren lassen, aber nur dann Eis entnommen, wenn wir es für den Kühlraum brauchten, wo wir geschlachtete Hühner und Gemüse aufbewahrten. »Wir sind eine gründlich gekühlte Siedlung«, sagte Vater. Die Wahrheit war jedoch, daß Eis bisher keine Notwendigkeit darstellte. Es war eine Neuheit, wie

Vaters Idee von der geothermischen Energie. Warum fünftausend Fuß tief bohren, um an die Eingeweide eines Vulkans heranzukommen? Um Fat Boy mit einem unbegrenzten Vorrat an Hitze zu versorgen. Ein Plan rechtfertigte den anderen. Wir hätten auch ohne all das auskommen können, aber Vater sagte immer: »Warum wie die Wilden leben? Am Ende kehrte Robinson Crusoe nach Hause zurück! Wir aber bleiben.«

Er sagte: »Eines Tages wird es hier einen Kreislauf geben, in sich geschlossen und immerwährend, und das ganze Kühlsystem wird mit geothermischer Energie betrieben. Das Eis wird uns aus den Ohren quellen, und wir werden kein Stück Holz mehr schlagen müssen. Denkt an die Zukunft!«

Das war der Tag, an dem wir den Eisberg machten. Wir pumpten Wasser in Fat Boy, legten Brennholz nach und lauschten dem Zischen und Brodeln in den Rohren. Vater lief hin und her auf dem Pfad zum Ufer, wo die Eisziegel die Form eines ovalen Eisbergs annahmen.

»Es ist hübsch, und es kostet nichts. Nennt mir eine bessere Kombination von guten Eigenschaften.«

Jede halbe Stunde hatten wir einen neuen Schub Ziegel gefroren, und gegen Mittag waren wir fertig – ein großer, blauweißer Eisberg lag dampfend und schwitzend im Schlamm, mit einem in der Mitte eingefrorenen Schleppseil. Der Form nach erinnerte er ein wenig an einen Volkswagen-Käfer, nur daß er größer war, auf einer Plattform von Bambuspfählen, die zuerst als Schlitten, dann als Floß diente. Wir hatten keine Schwierigkeiten, ihn vom Stapel laufen zu lassen. Das Schleppseil war an der *Little Haddy* festgemacht, und ihre donnernde Maschine zog das Eis über die Uferböschung in den Fluß. Die Kreolen – Harkins, Peaselee und Maywit – waren im Bug und Mr. Haddy im Ruderhaus; das Eis knirschte, der Bambus stöhnte, und das schlammige Wasser spritzte hoch auf.

Von all den merkwürdigen Sachen, die unseren Dschungelfluß hinuntertrieben, war dies mit Abstand die merkwürdigste.

»Unsere Botschaft an die Welt«, sagte Vater. »Ich würde gern ihre Gesichter sehen, wenn er sich in ihr Blickfeld schiebt – mitten aus dem heißesten, übelsten, verdorrten und mit Insekten verseuchten Dschungel heraus. Sie blicken von ihrer Wäsche auf.

›Was is' das?‹ – ›Das is 'n Eiskäfer, Mudder, und er fährt die Richtung!‹«

Mutter sagte: »Sie werden denken, das sei das Ende der Welt!«

»Aber es ist der Anfang. Es ist Schöpfung, Mutter.«

Der schwankende Schweinerücken des Eisbergs schob sich um die Biegung und entschwand. Die Kinder rannten den Swampmouth-Pfad hinunter, um ihn noch einmal zu sehen. Mutter eilte ins Haus, und ich war allein mit Vater am Flußufer.

»Ich hätte mit ihnen fahren können«, sagte er. »Aber ich wollte ihnen den Spaß nicht verderben. So können sie den Ruhm einheimsen.« Er schaute zurück auf Fat Boy. »Außerdem muß ich mich um ihn kümmern. Vielleicht haben wir ihn überhitzt. Er steckt voller Gift und brennbarem Gas. Ammoniak und Wasserstoff, Charlie – das sind seine lebenswichtigen Säfte!« Er blickte auf seinen Fingerstumpf und fügte hinzu: »Aber in allen großen Erfindungen liegt Gefahr.«

Ich sah eine Gelegenheit, ihm von »The Acre« zu erzählen. Dort gab es keine Gefahr, abgesehen von den Fallen, die wir aufgestellt hatten. Wir hatten Nahrung und Wasser und Schutz. Aber ich fürchtete mich vor dem, was er zu dem Betbaum und zu der Schulhütte sagen würde. Vielleicht würde er mich dazu bringen, ihm zu erzählen, daß wir uns eines Tages nackt ausgezogen hatten und unsere Dinger miteinander verglichen hatten. Aber Vater wäre mit Sicherheit wütend geworden, oder er hätte uns ausgelacht und als Wilde bezeichnet. Also sagte ich nichts.

»Man fühlt sich ein bißchen wie Gott«, flüsterte er und sah sich um. Seine Kleidung war von den Eisziegeln und vom Schweiß durchtränkt. Und seine Finger waren gerötet. Sein Haar war lang und sein Gesicht wie ein Beil. Er richtete seine blutunterlaufenen Augen auf mich und fuhr in dem gleichen erschöpften und erstaunten Geflüster fort: »Bestimmt hat es Gott Spaß gemacht, solche Sachen wie Eisberge und Vulkane zu schaffen. Ein Jammer, daß er seine Arbeit nicht zu Ende gebracht hat. Ha!«

Bei Einbruch der Nacht kehrte die *Little Haddy* nach Jeronimo zurück. Mr. Haddy kicherte vor Stolz, aber schließlich gab er zu, daß der Eisberg bei Bonito Oriental angefangen hatte auseinanderzubrechen. Sie hatten ihn losgemacht und die Fragmente von der Strömung flußabwärts zur Küste treiben lassen. Mr. Haddy war ein bißchen betrunken, weil sie im Chinaladen in Bonito etwas Eis gegen eine Kalebasse Mishla getauscht hatten.

Aber Vater sah lächelnd auf den Fluß. Vielleicht stellte er sich vor, wie die Eisziegel nach Santa Rosa trieben und wie die Leute darauf zeigten und sie herausfischten und vor Entsetzen zurückzuckten bei dem Gedanken, daß Eis aus dem Dschungel geschwommen kam.

»Das war ein ereignisreicher Tag«, sagte er. Es hatte nichts gekostet, und das Ergebnis war, daß wir alle glücklicher waren. Deshalb, so erklärte er uns, habe er die Vereinigten Staaten verlassen – damit wir solche Tage erlebten, Tage, an denen wir in gemeinsamer Arbeit unsere Ideen in die Praxis umsetzten. Davon habe er immer geträumt.

Außerhalb der Galerie verstummten die Vögel im grauen Zwielicht, und die Fledermäuse fingen an zu zirpen. Wir waren von einem kreisförmigen Wall von Insektengekreisch umgeben. Die leichte Brise verstärkte sich in der hereinbrechenden Dunkelheit und strich über die Bäume. Unter den Blitzen eines fernen Gewitters, deren Licht die Berge vom Nachthimmel trennte, spielten wir Up Jenkins.

»Das kommt als nächstes dran. Indianerland. Wir werden ihnen eine Tonne bringen.«

Aber als er dabei den Finger hob, klammerten sich die Kreolen und Zambus in Erwartung eines weiteren Erdbebens am Galeriegeländer fest. Und ein besorgter Mr. Haddy reckte seine Kaninchenzähne noch mehr hervor.

Vater beachtete ihn nicht. Er starrte auf die Berge, wartete auf den nächsten Blitz. Er kam und ließ sein Gesicht aufleuchten.

»Man fühlt sich ein bißchen wie Gott«, sagte er.

17

Bei Tag gehörte Jeronimo uns – unser Entwurf, unsere Gärten, das Schlagen und Klatschen unserer Pumpen, der süße Nußduft von unserem gespaltenen Bambus, unsere Blumen und unsere Maschinen. Es war heiß, aber die Hitze und das Licht brannten jeden Gestank weg. Und es war immer am Tag, daß Vater sagte: »Ich erkläre dies zu einem Erfolg.«

In der Stunde vor der Morgendämmerung war es in Jeronimo am kältesten, so wie jetzt – pechschwarz und klamm, und so still in der Lichtung, daß man es von den Bäumen tropfen hörte. Alles war fremd und sehr barbarisch. Auch die Dschungelgerüche waren morgens am stärksten, das Kratzen der haarigen Ranken, die wurmigen Baumstümpfe, das faulige Schmatzen der saftstrotzenden Blätter und der Fluß, der modernd an uns vorbeiströmte.

Die Düfte und Wohlgerüche des frühen Morgens, die von taudurchtränktem Gras und feuchten Blüten herrührten, überlagerten die Zivilisationsgerüche von Jeronimo. Unter dem schwarzen Himmel war alles schwarz. Die Sterne, die um Mitternacht wie ein Abflußkanal voller zerbrochener Perlen wirkten, leuchteten zu dieser Stunde nicht – sie waren Lichtlöcher, Augenschlitze in schwarzen Masken.

Vater hatte Jerry und mich geweckt und uns gesagt, wir sollten uns anziehen.

»Wir sind soweit«, sagte er.

Wir warteten im Dunkeln, standen gähnend und zitternd in der Nähe von Fat Boys Brennkammer im nassen Gras.

»Ich bin seit Stunden auf, um das zusammenzubringen«, sagte Vater. Ich sah nur das glühende Rot seines Zigarrenstummels, sonst nichts. »Hab' kaum ein Auge zugemacht.«

»Vadder braucht keinen Schlaf«, sagte Mr. Maywit. Vater hatte ihm das also auch beigebracht.

Als sich meine Augen an die Dunkelheit gewöhnten, sah ich Mr. Maywit, der aufgeregt an einem Eisblock herumhantierte. Der

Block war fast so groß wie der Eisberg, den Mr. Haddy vor zwei Tagen den Fluß hinuntergeschleppt hatte. Etwas an Mr. Maywits zappligen Gesten drückte aus, daß er nicht mit uns kommen würde. Er schuftete zu schwer, war ganz außer Atem und plapperte mit Mr. Peaselee, als wartete er ungeduldig darauf, daß wir aufbrachen – eine Art Geleit bis zur Tür.

Der Eisklotz – in der Dunkelheit sah er wie ein fetter Klumpen Schweineschmalz aus – wurde in eine Hülle aus Bananenblättern gewickelt und auf einem schmalen Schlitten festgezurrt. Der Schlitten besaß ein Paar eng zusammenstehende Kufen und war mit Riemen versehen, so daß er von angeschirrten Männern gezogen werden konnte.

»Erzählt mir nichts von Rädern«, sagte Vater.

Niemand hatte was von Rädern gesagt.

Mr. Maywit und Mr. Peaselee flüsterten miteinander, während sie die raschelnden Bananenblätter über den Eisblock breiteten. Vaters Zigarrenstummel leuchtete auf.

»Räder taugen was für gepflasterte Straßen – auf diesen Bergpfaden bringen sie einen nirgendwohin. Zu schwerfällig. Zerbrechen bloß oder versinken im Schlamm. Aber unser Skidder hier . . .«, das war sein Name für den Eisschlitten, ». . . wird einfach über die Löcher gleiten.«

Das Eis schimmerte nun nicht mehr wie Schmalz. Die Verpakkung war fertig. Jetzt sah es wie Granit aus, der Buckel eines Grabsteins. Mr. Maywit und Mr. Peaselee traten beiseite, die Augen weit aufgerissen. »Wie steht's?« sagte Vater. »Kommt ihr mit?«

»Ka-ann nicht.« Mr. Maywit zögerte und schreckte zurück.

»Ich bin Oberaufseher.«

Vater lachte ihn an. »Hätte er beinah vergessen!« rief er. »Wenn du Oberaufseher bist, dann laß die Rinnen hier schrubben. Ich möchte, daß sie so sauber sind, daß man aus ihnen essen könnte. Und wie ist es mit dir, Mr. P.?«

»Vadder?« fragte Mr. Peaselee von unter aus seiner Hockstellung herauf und sprang murmelnd hoch.

»Kommst du mit?«

»Nein, Mann«, sagte Mr. Peaselee. »Gibt immer Ärger dort. Schmuggler. Diebe. Leute aus Nicaragua. Da oben in den Bergen, da haben sie Büchsen, wirklich.«

»Schluß damit – du hast keine Ahnung, was Ärger ist.« Vater wandte den Kreolen den Rücken zu. »Wo sind meine Dschungelmänner, wo sind meine Schlepper?«

»Hee, Vadder.«

Es war ein leises braunes Grollen, ganz nah. Die Zambus waren wie schwarze Bäume neben uns gewesen und hatten die ganze Zeit zugehört, Francis Lungley, John Dixon und Bucky Smart. Jetzt sah ich, wie sich ihre runden Köpfe vor den Sternenpunkten am Himmel bewegten.

»Ins Geschirr und los«, sagte Vater. »Marsch zurück ins Bett, Peasie. Halt deinen Schönheitsschlaf.«

Wir brachen von der Lichtung auf. Vater führte uns an, die Zambus zogen den Schlitten, Jerry und ich folgten. Vater redete immer noch.

»Ärger, sagt dieser Mensch. Eine Steigung von fünfundvierzig Grad nenne ich nicht Ärger, und was ist schon eine Handvoll Taugenichtse? Ich könnte diese Mischlinge um Gnade flehen lassen. Treibstoffknappheit, Arbeitslosigkeit, moralische Schleicher in Washington und Räuber an jeder Straßenecke! Klebstoff schnüffelnde Kinder in der Grundschule, Stänker auf jeder Kanzel, alte Hamsterladies, Affen mit weißen Kragen, zweistellige Inflationsraten und ein Brotlaib für zwei Dollar. Das nenne ich Ärger. Tote Flüsse, Städte, die wie Kalkutta aussehen – das ist echter Ärger. Du machst keinen Spaziergang, aus Angst, ein Messer zwischen die Rippen zu kriegen, also bleibst du zu Hause – und sie kommen durchs Fenster rein. Da gibt's mörderische Irre, zehn Jahre alt, die in der Nachbarschaft herumschleichen. Sie gehen in die Schule! Das ganze Land blutet sich zu Tode – *blutet* . . .«

Er redete weiter, während wir den dunklen Pfad betraten, der aus Jeronimo hinausführte. Die Vögel flogen auf beim Klang seiner Stimme.

»Unsere technologische Zukunft liegt in den kleinen Händen der Japaner, und unsere Fabrikarbeit lassen wir von Kulis für uns verrichten. Und was ist mit den hochmütigen Kameltreibern, die wie verrückt alle zwei Wochen den Ölpreis verdoppeln? Hat jemand etwas von Ärger gesagt?«

Hohe Farnwedel löschten die Sterne über uns. Der Pfad war

schmal, nasse Blätter streiften Tau auf unsere Ärmel. Bei Tag war diese Fährte ein grüner Tunnel, aber bei Nacht der Schlund einer Höhle. Vater redete weiter über die Vereinigten Staaten. »Es macht mich verrückt«, sagte er gerade. Wir folgten seiner Stimme und dem knirschenden Schlitten. Bald schon kletterten wir bergan, und nach kurzer Zeit erklärte mir Jerry, daß seine Beine müde seien. Meine zitterten von der neuen Anstrengung des Steigens, und meine Füße waren naß, aber statt ihm das zu sagen, nannte ich ihn einen Fettwanst und ein Muttersöhnchen – genau das, was Vater gesagt hätte – und fühlte mich ihm überlegen.

Der Pfad führte im Zickzack durch dünne Baumreihen. Hier waren wir noch nie gewesen. An den engen Kehren riefen die Zambus: »Ho! Ho! Ho!«, und drehten den Schlitten. Vater hatte recht, Räder wären hier nutzlos gewesen. Die lockeren Felsbrokken und der weiche Dreck hätten sie blockiert. Jerry und ich hatten Glück. Der Schlitten kam an den Biegungen so langsam voran, daß wir anhalten und Luft schnappen konnten. Die Schlittenkufen gruben tiefe Rinnen, und an den steilen Stellen des Wegs hörten wir das Schnaufen der Zambus.

»Ganz zu schweigen von den Russen«, sagte Vater.

Die Morgendämmerung brach an – sie ließ den Himmel höher erscheinen und entblößte die Bäume hinter uns. Jetzt war die Landschaft nicht mehr so dschungelhaft, außer daß in dem Grau, kurz bevor die aufgehende Sonne an den Baumwipfeln zerbarst, das pfeifende Kreischen der Vögel und das Rascheln von Schlangen oder Pakas oder Mäusen zu hören waren, das Flitzen von kleinen Tieren neben dem Pfad. In der Dunkelheit hatte ich mich wie in einer Höhle begraben gefühlt. Jetzt färbte der Sonnenaufgang den Pfad grün, und ich kam mir winzig klein auf dem dünnbewaldeten Hang vor. Jerry und ich waren zurückgefallen. Als wir den Schlitten einholten, sahen wir, daß Vater und die Zambus angehalten hatten und ins Tal schauten.

»Aber dort gibt es keinen Ärger«, sagte Vater.

Wir befanden uns oberhalb von Jeronimo und konnten die Bambusdächer sehen, die Säulen von Holzrauch, die sich mit dem Dunst vermischten, und die Matratzen des Morgennebels, die in den Feldern lagen. Das Sonnenlicht, das auf den Hang prallte, auf dem wir standen, hatte Jeronimo noch nicht erreicht. Aber die Anlage war deutlich zu sehen, selbst in dieser Dunstbrühe. Steinwege erstreckten sich zwischen den Gärten wie die Umrisse eines Sterns auf einer geflickten Flagge. Es sah wunderbar aus von hier, weder ein Dorf noch eine Farm, vielmehr eine Siedlung mit Bedacht plazierter Gebäude am Fluß, der eine gewundene blaue Ader im Muskel des Dschungels war. In größerer Entfernung stieg Rauch aus anderen Lichtungen empor.

»Sie steigen gerade aus dem Bett«, sagte Vater, der sah, wie sich die Leute in Jeronimo zu rühren begannen. »Da muß jemand mal – wahrscheinlich Figgy.«

Ich konnte Mr. Haddys Mehlsackhemd erkennen.

»Eingelullt in ein falsches Sicherheitsgefühl«, sagte Vater. »Ich gebe mir selber die Schuld. ›Schmuggler – Diebe.‹ Natürlich will Mr. Peaselee zurück ins Bett. Er weiß, daß er in Happy Valley ist!«

Jerry sagte: »Da ist Mrs. Kennywick.«

Sie ging schwerfällig zum Hühnergehege.

»Füttere die Hühner, bereite den Mais«, sagte Vater.

Fat Boy war ein Turm mit einem leuchtenden Deckel, die Reflektoren fingen in ihren Blechvertiefungen die ersten Strahlen der Morgensonne. Weit und breit gab es nichts Vergleichbares – etwas Wunderbares in einem Tal, das selbst voller Wunder war.

»Mudda«, sagte Francis, und er zerrte unwillkürlich an seinen Fingern wegen der Kleinheit von Mutter, die dort unten Wäsche auf die Leine hängte.

»Vollkommen beschäftigt.« Voll Stolz schlug mir Vater auf die Schulter.

Aber Mutter war nicht »vollkommen beschäftigt«. Sie nahm die Dinge leicht und fragte uns stets, ob wir hungrig oder müde seien oder ob wir irgendwas wollten. Nur dank Mutters Ermunterungen hatten wir den Wald duchstreift und unser Dschungellager »The Acre« gebaut. Vater behandelte uns wie Erwachsene, was bedeutete, daß er uns zur Arbeit einteilte. Aber wir waren Kinder – die Hälfte der Zeit voller Heimweh und voller Angst vor der Dunkelheit und nicht sehr stark. Mutter wußte das. Aber in dem, was man für ein Kokosnußkönigreich aus Sonnenschein und faulen Tagen hätte halten können, stolzierte ständig Vater herum und ermahnte uns, wir sollten uns an die Arbeit machen.

Die Exkursion heute würde den ganzen Tag dauern, und ich

wußte, daß es mit Mutter anders gewesen wäre. Vater mochte Sachen sagen wie: »Ich arbeite für euch.« Oder: »Sagt mir, was ich tun soll.« Aber er führte das Kommando. Er hatte aus Jeronimo einen Erfolg gemacht – es war alles sein Werk –, und er wußte es. Doch in Momenten wie diesem hier wünschte ich, Mutter wäre da. Sie wäre zusammen mit uns hinter dem Eisschlitten gegangen. Wir hätten mit ihr über die Hoffnungen geredet, die wir wie Fallschirme auf unseren Rücken trugen. Bei Vater lauschten und schwitzten wir.

»Grob geschätzt, geht's noch eine Meile diesen gewundenen Pfad hoch«, sagte Vater und schaute den Hügel hinauf. »Wir werden diesen alten Skidder weiterzerren. Sind wir erst mal oben, geht's nur noch bergab.«

Er deutete auf etwas, was wie ein Berggipfel aussah – eine Kuppe, die wir von Jeronimo aus sehen konnten. Als wir eine Stunde später oben ankamen, merkten wir, daß es kein Berggipfel war, sondern nur der Sattel eines weiteren Hanges. Und dieser Hang schien endlos weiterzugehen.

Jerry sagte: »Ich möchte mich ausruhn. Wartest du auf mich, Charlie?«

»Dad wird das nicht recht sein. Wir können uns nicht hinsetzen, während sie all die schwere Arbeit tun.«

Jerrys Gesicht brannte; es hatte rote Flecken und war ganz feucht von der Hitze. Seine Hände waren schmutzig, seine mageren Beine zerkratzt von den Brombeersträuchern, die neben dem Pfad wuchsen. Ich sagte ihm, ich würde vorauslaufen und Vater fragen. Jerry tat mir leid, aber ich wollte auch eine Rast.

»Jerry möchte eine Pause machen«, sagte ich. »Er ist müde.«

»Er *sagt*, er ist müde.«

Vater marschierte weiter. Er rief zu den Zambus hinunter: »Oben auf dem Gipfel machen wir Lunch. Danach werden wir denn eine herrliche Rutschfahrt haben und diesen erstarrten Monolithen in diese umnachtete Wildnis befördern.«

Francis Lungley grunzte.

Vater zwinkerte mir zu. »Du mußt ihre Sprache sprechen.«

Aber wo war der Gipfel? Die nachfolgenden Gipfel waren so falsch wie die darunterliegenden. Sie eröffneten lediglich den Ausblick auf andere Gipfel. Schauten wir zurück, dann konnten wir die Reihe der gekrümmten Hänge sehen, die uns wie Bergspitzen vorgekommen waren, bis wir sie erstiegen hatten. Wir hatten das Hinterteil des Berges erklettert, nur um Meilen entfernt seine sonnenbeschienenen Schultern zu sehen.

»Danach geht's bestimmt nur noch abwärts«, sagte Vater auf den steilsten Stücken.

Der Eisblock zitterte, und seine Blätterhülle raschelte, während er vorangezerrt wurde. Obwohl ich sie nicht sah, konnte ich die Zambus keuchen hören – ihr Keuchen war gleichmäßig und rauh, wie das Kratzen einer Säge.

Wir waren den feuchten Schatten unserer Bäume gewohnt, das insektenreiche Flußufer, die flachen Gärten und kühlen Senken von Jeronimo. Hier oben standen die Bäume, versengt von der Sonne, einzeln da, die Hänge waren felsig, es gab weder Schatten noch Schutz. Wir hörten Hunde bellen, und ab und zu rochen wir Rauch. Aber Menschen sahen wir keine. Vater redete immer noch, versprach uns immer noch Lunch und sagte voraus, daß es bald abwärts gehen würde.

Es dauerte nicht mehr lang, und Jerry und ich marschierten durch Schlamm – Wasser sickerte aus dem Bambusschlitten und tropfte auf den Boden. Das Eis schmolz schnell – der untere Teil der Bananenblatthülle, die ganze Isolierung, war schwarz vor Feuchtigkeit. Der Weg stieg so steil an, daß der Eisschlitten nicht gleichmäßig gezogen, sondern geruckt wurde, und bei jedem Ruck strömte Wasser zwischen den Kufen hervor.

Ich kroch mit Jerry an dem Schlitten vorbei nach vorn. Die Zambus hingen tief gebückt in ihren Riemen. Sie keuchten auf ihre sägende Weise, der Schweiß tropfte ihnen vom Kinn, und ihre Gesichter waren schrecklich verzerrt. So zusammengekrümmt, sich praktisch auf den Knien vorwärtskämpfend, sahen sie nicht mehr wie Menschen aus. Durch das harte Ziehen hatten sie sich in leidende Tiere verwandelt, mit Hundegesichtern und gequetschten Daumen. Ihre Nüstern waren weit geöffnet und ihre Augen hinter Schlitzen verborgen. Schaum stand ihnen im Nacken; sie sahen so verängstigt aus, daß wir ihnen nicht zu erzählen wagten, daß das Eis schmolz. Und wir wußten, wenn wir es Vater sagten, würde er Anfälle bekommen.

Die Mittagszeit war längst vorüber. Vater war vorausgeeilt, um einen Blick auf das Gebiet zu werfen, das vor uns lag. Als er zurückkam und sagte: »Machen wir Mittagspause«, nahmen wir an, daß wir dicht vor dem Gipfel des Berges seien.

Jerry und ich trugen das Essen in unseren Rucksäcken. Wir breiteten es auf einem Felsen aus – Tomatensandwiches, gekochten Mais, Guavas, Bananen und Dschungelsaft –, und Vater fing an zu beschreiben, um wie vieles nützlicher doch eine Drahtseilbahn auf diesem qualvollen Weg wäre.

»Eine Reihe von Dreibeinen projektieren, die ein Kabel tragen, an dem man Passagiere und Fracht befestigt und dann den Berg rauf- und runterbefördert«, sagte er. »Wäre nicht schwieriger, als einen Skilift zu bauen.«

Und während die Zambus schnauften und Jerry über seine wunden Füße jammerte, galoppierte Vater am Hang herum und sagte: »In Sektionen unterteilen – das ist es. Hier ein paar Masten hochziehn und das Zugwerk in Gang bringen. Der Förderwagen schwingt sich einfach hoch und über diese kleinen Klippen weg. Wenn man ein System engmaschiger Versatzpfeiler hätte, könnte man es manuell bedienen, darüber oder darunter oder eine gegenüberliegende Bahn als Gegengewicht schaffen und es so mit einem Eigenantrieb versehen. Dann würde einem das abwärtsfahrende Gewicht die Gondel zum Gipfel ziehen. Das ist kein gewöhnlicher Felsen, auf dem man sich die Schuhsolen kaputtmacht – das ist potentieller Ballast. Oh, Gott!«

Er war zum Schlitten rübergetrabt, um seine Ausmaße zu bewundern, hatte aber gesehen, daß das Eis schmolz.

»Wir haben Schwund! Charlie, du Früchtchen, warum hast du nichts gesagt? Los, weiter, bevor alles zerfließt.«

Er rannte voraus, sagte: »Wir hätten Gummi herumlegen sollen!«

Die Zambus seufzten und legten sich wieder in die Riemen.

Am Nachmittag hatten wir den Kamm immer noch nicht erreicht. Aber Vater brüllte so viel, daß die Zambus vorwärts stolperten. Und sie bemühten sich so sehr, ihm gefällig zu sein, daß sie mit dem Schlitten gegen einen Felsbrocken knallten, der ihn auseinanderriß. Mit einem fast menschlichen Grunzen brach der Eisblock in der Mitte durch, riß die Blätterhülle auf und zersplitterte den Schlitten.

»Das ist wunderbar«, sagte Vater ruhig. »Das ist genau das, was ich brauche. Besten Dank, Gentlemen. Und nun macht euch keine Sorgen um mich. Ich mache nur mal einen Spaziergang um den Block. Ihr bleibt hier, und falls ihr die Absicht habt, die Stücke aufzusammeln, ich verspreche euch, nicht im Weg zu stehn.« Er schenkte uns allen ein schwaches Lächeln.

Er verschwand. Eine Minute später hörten wir ihn hinter einem Felsen schreien.

Francis Lungley sah mich erschrocken an.

»Er ist wütend«, sagte ich. »Du solltest das lieber in Ordnung bringen.«

Die Zambus legten das Eis frei und bauten murrend zwei Schlitten. Es dauerte fast eine Stunde, bis wir wieder aufbrechen konnten, aber nun waren Vater und Bucky an den einen Schlitten geschirrt und Francis und John an den anderen. Das war schlimmer als zuvor, denn Vater war wütend, knurrte bei seiner Arbeit, legte sich mächtig ins Zeug und brüllte. Das zerbrochene Eis war zu kleineren Blöcken zusammengeschmolzen, und die beiden Teams kamen auf dem Pfad rasch voran. Der Kamm war aber immer noch nicht näher gerückt. Jerry und ich eilten voraus, lauschten dem schweren Atem der Männer hinter uns.

Der nächste Anstieg führte uns zu einer mit weißen Blumen und Bienen gefüllten Mulde in der Bergflanke. Der Pfad, zum erstenmal fallend (auf der anderen Seite aber stieg er wieder an), gab Vater und den Zambus Gelegenheit, es locker angehen zu lassen. Als sie uns einholten, sagte Vater: »Eure Hände und Nacken sind schmutzig. Was ist los mit euch Kindern? Könnt ihr euch nicht sauberhalten?«

Wir erklärten, daß wir Brombeersaft auf unsere Haut gerieben hatten, um die Fliegen und Bienen fernzuhalten. Diesen Trick hatte uns Alice Maywit in »The Acre« gezeigt. Der Beerensaft war ein gutes Insektenabwehrmittel. Die Zambus hatten ihn ebenfalls angewandt, nur daß man den dunklen Saft nicht auf ihrer schwarzen Haut sehen konnte.

Vater war zerstochen – seine Handgelenke und sein Nacken waren zerbeult von Insektenstichen. Ich glaubte, er sei uns dankbar für diese Information. Es war ein natürliches Schutzmittel, es funktionierte, und es war umsonst.

Aber er verabscheute den Anblick. Er sagte: »Ihr glaubt, ich habe Angst vor ein paar Insektenstichen? Ha! Wenn ihr vor Insekten Angst habt, dann habt ihr hier nichts verloren.«

Die Bienen umschwärmten ihn, während er sprach. Er schlug sie fort. »Sie merken es, wenn man sich fürchtet! Sie können Angst riechen!« Kurz darauf wurde er ins Ohr gestochen. Sein Ohrläppchen schwoll dick an und zitterte wie der Kehllappen eines Truthahns. Er sagte, er spüre überhaupt nichts.

Die Sonne stand vor uns, fiel hinter den Berg, während wir kletterten. Sie blendete uns, hatte aber ihre größte Kraft verloren. Ich fragte mich, was passieren würde, wenn sie unterging, denn während der ganzen Zeit, die wir in Jeronimo gelebt hatten – mittlerweile fast schon sieben Monate –, waren wir bei Sonnenuntergang stets nach Hause zurückgekehrt. Aber wir hatten das Dorf noch nicht erreicht. Jeronimo lag Stunden hinter uns. Vater und die Zambus grunzten immer noch in ihren Riemen, schleppten die beiden Schlitten.

Ich sagte: »Wir werden im Dunkeln heimgehen müssen.«

»Wir können nicht heimgehen, bevor wir nicht das Eis abgeliefert haben!«

Wo abliefern? Ich betrachtete die Ladung auf den Schlitten. Die Bananenblattisolierung schlotterte herum wie die Kleidung eines Mannes an einem Kind. Viel Eis war nicht mehr übrig.

»Warum habe ich nur nicht dran gedacht, Gummi rumzulegen? Diese beiden Witzbolde bestanden auf diesen nutzlosen Bananenblättern!«

Die Sonne war nun halb verschwunden, ein Stück einer kalten Frucht, und im letzten Schein leuchtete Vaters Gesicht messingfarben auf. Er trieb die Zambus an, als wollte er der Sonne ein Wettrennen zum Gipfel liefern. Aber der Sonnenuntergang war schneller, und während sie die Schlitten die Fährte entlangzerrten, blinkte die Sonnenscheibe hinter den Felsen, und ihr Nachglühen war ein staubiges Rosa am Himmel.

Jetzt schwand Vaters Entschlossenheit. Er trat aus seinem Geschirr und ging den Pfad hoch, um das sterbende Tageslicht anzuknurren.

»In Ordnung«, sagte er, »wir machen ein Lager.«

»Wo werden wir schlafen?« fragte Jerry.

»Was denn, natürlich gleich da drüben, auf der anderen Straßenseite, im Holiday Inn! Ihr beiden Kinder könnt euch am Swimmingpool ausruhn, während ich uns ein paar Zimmer besorge. Wünscht ihr ein Bett, King-size? Ich schon, und ich hoffe bloß, sie haben Klimaanlage und Farbfernsehn . . .«

Er lief im Kreis und biß beim Sprechen auf einer neuen Zigarre herum.

». . . Grillplatz, Pingpong, Cheeseburger und einen witzigen Klavierspieler in der Cocktailbar. Willst du eine Rolle Vierteldollarmünzen für die Jukebox, Jerry? Bißchen Musik machen?«

Jerry hatte angefangen zu weinen. Er hatte sich hingekniet, um eine seiner Sandalen zu schnüren, und lehnte, so zusammengekrümmt, den Kopf an sein Knie und schluchzte leise vor sich hin. Ich bemitleidete Jerry. Er hatte doch nur gefragt, wo wir schlafen würden, aber Vater machte sich weiter über ihn lustig mit seiner Rede über das Holiday Inn und ein hübsches heißes Bad und einen schönen langen Schlaf.

»Und da geht Charlie, um was Süßes zu kaufen. Vorsicht beim Überqueren der Straße, Sonny!«

Ich wußte, Vater war enttäuscht, daß wir es nicht bis zum Indianerdorf geschafft hatten, also beschloß ich, was Nützliches zu tun, anstatt wie Jerry zu schmollen oder zu heulen. Ich sagte: »Ich such' ein bißchen Holz, um ein Schrägdach zu baun.«

»Hörst du das, Fido? Er zeigt uns, wie man ein Lager macht. So wie er uns gezeigt hat, wie man die Insekten abwehrt. Das muß man diesen Kindern schon lassen.«

»Charlie weiß, wie's geht«, sagte Francis.

»Er ist ein Würstchen«, sagte Vater. »Er kennt dich.«

Es war klar, daß Vater nicht geplant hatte, im Freien zu übernachten. Die meisten Nahrungsmittel hatten wir gegessen. Wir hatten weder Zelte noch Moskitonetze, weder Laternen noch Decken und nur ein Kochgeschirr. Der Wassersack war fast leer. Aber einiges sprach zu unseren Gunsten – wir hatten Trockenzeit, also würden wir nicht naßregnen, es gab weniger Insekten hier oben, und den ganzen Tag über hatten wir Pakas und Vögel am Berghang gesehen – die konnten wir essen. Vater war mit leichtem Gepäck gereist, in der Hoffnung, den Berg zu erstürmen, aber das war fehlgeschlagen, und nun war es Abend.

»Steht nicht untätig da«, schrie Vater die Zambus an. »Tut irgend etwas!«

Die Zambus machten Feuer, während Jerry und ich eine Schrägdachhütte aus Stöcken bauten, die wir in der Nähe gefunden hatten. Dann sammelten wir trockenes Gras und bereiteten drinnen ein Bett und versuchten Vater nicht zu stören, der fluchend mit seinem Messer auf einen jungen Baum einhackte.

Er hatte kein Talent für provisorische Lager, und er war überrascht, wie schnell und gut Jerry und ich unsere Hütte bauten. Sie mußte nicht wasserdicht sein – sie sollte uns nur vor dem Wind schützen, der sich hier oben mit Einbruch der Dunkelheit verstärkte. Als Vater unser Grasnest sah, sagte er: »Habt ihr vor, ein Ei zu legen?«

Er schnitt fünf Schößlinge und sagte: »Ich werde uns ein richtiges Schutzdach bauen!« Er fing an, sie zusammenzubinden, aber ehe er den ersten Rahmen fertig hatte, war es pechschwarze Nacht; ein Jammer, denn sein Schutzdach wäre viel besser gewesen als unseres, wenn er es hätte fertigstellen können. Schließlich trat er es auseinander und sagte: »Was soll's!« Er sah mich mit ein paar Yautia-Pflanzen und sagte: »Pflücken wir Blumen, Charlie? Guter Einfall – du kannst sie in dein Poesiealbum kleben. Mutter wird sich freuen.«

Ich erklärte ihm, daß es Yautias seien und ihre Wurzeln wie Karotten schmeckten.

»Eddoes«, sagte Bucky. Eddo war sein Name für Yautia. Er hatte ein Paka mit einem angespitzten Stock aufgespießt und röstete es mit dem gleichen Speer über dem Feuer.

»Ich bin nicht hungrig«, sagte Vater. »Außerdem esse ich keine Ratten und kein Unkraut.«

Er sah uns beim Essen zu und erzählte uns, wie angeekelt er bei seinen Reisen durch Osteuropa gewesen war, weil er überall, wo er aß, stets schmutziges Besteck vorgefunden hatte. Er hatte schmierige Messer bekommen, die Löffel hatten Flecken, und zwischen den Zinken der Gabeln hingen immer noch Essensreste vom Tag zuvor. An einem anderen Ort hatte er ein Haar in seiner Milch gefunden. Er fuhr fort, das dreckige Besteck zu beschreiben, und brachte die Zambus zum Lachen, aber ich mußte dauernd denken, wie merkwürdig es doch war, daß wir hier an diesem

Berghang in Honduras hockten und verbranntes Paka und verbranntes Yautia mit den Fingern aßen, während Vater sich über dreckiges Besteck in Bulgarien beklagte. Normalerweise redete er überhaupt nicht über das Essen, und er sagte, es sei unanständig, es zu loben, während man aß. Aber an diesem Abend auf dem Berg redete er über nichts anderes als die qualvollen Mahlzeiten, die er gegessen hatte, und die Bestecksachen, die nicht ordentlich abgewaschen worden waren.

Schließlich sagte er: »Mein Eis schmilzt, und ihr habt die Schuld«, und befahl uns, das Feuer auszumachen.

Die Zambus gehorchten. Sie hatten sich ihr Lager neben einem niedrigen Windschutz aus Zweigen bereitet. Sie waren nicht mehr die Männer, an die ich von Jeronimo her gewohnt war. Hier am Berg waren sie schweigsamer und schlichter geworden und schienen ein bißchen wilder.

»Ich bin nicht müde«, sagte Vater, als Jerry und ich unter unser Dach krochen. »Ich bleibe einfach hier sitzen und warte, bis ihr wieder soweit seid.«

Er saß mit untergeschlagenen Beinen neben dem Eis. Er hatte die beiden Blöcke zusammengetan, um ihre Kälte zu konzentrieren. Am hellen Aufglühen seiner Zigarre erkannte ich, daß er wütend war – vielleicht dachte er an dreckiges Besteck. Aber ich vermutete auch, daß er das Eis bewachte. Er hatte uns davor gewarnt, es zu berühren. Die Zambus murmelten noch eine Weile, dann seufzten sie und lagen wie Klötze auf dem Boden. »Ich wollte, Ma wär' hier«, sagte Jerry, schlief aber kurz darauf ein.

Der Wind summte in den Büschen und zerrte an den Felsen und dem trockenen Gras. Das war der einzige Laut, der Wind, aber später hörte ich in diesem Summen des Windes noch ein anderes Geräusch. Ein *Plink-plink-plink*, so als würde jemand den höchsten Ton auf einem alten Klavier anschlagen. Es war das schmelzende Eis, Wassertropfen, die auf die Blechpfanne des Kochgeschirrs trafen. Ich war so hungrig, daß es weh tat, und immer noch durstig, und das Geräusch des Wassers machte mich noch durstiger.

Ich streckte meinen Kopf aus der Hütte und sah Vater auf der anderen Seite des erloschenen Feuers vor dem Eisblock sitzen. Der Block mit seiner dürftigen, ungeschickten Verpackung besaß nur noch ein Viertel seiner morgendlichen Größe, aber als Silhouette gegen den Sternenhimmel wirkte er immer noch wie ein Grabstein, und Vater sah aus wie eine weiße Leiche, die aus dem Grab gekrochen war. Das Sternenlicht machte aus seinem Gesicht einen Totenschädel und verlieh ihm Knochenarme.

»Ich will in meinem eigenen Bett schlafen!« brüllte er.

Ich suchte nach etwas, das ich sagen konnte. Schließlich beschloß ich, ihn nicht nach Wasser zu fragen.

»Was guckst du so?« sagte er heftig. »Dies ist seit der Schöpfung das erstemal, daß hier Eis geschmolzen ist. Stell dir vor! Und du sagst, das ist nichts?«

18

Ich wachte müde und in feuchten Kleidern auf; mir fiel ein, daß wir immer noch auf dem Berg waren – Vater, die Zambus und das Eis. Vater war auf die Seite gekippt und direkt auf dem Boden eingeschlafen, die Arme verschränkt und seine Baseballmütze an die Backe gequetscht. Aber er erwachte schnell und bestritt, daß er auch nur eingenickt war. Er sagte, es sei ihm langweilig geworden, uns beim Schnarchen zuzusehen. Er sagte: »Nein, wir haben nicht versagt!«, und befahl mir, den Segeltuchbeutel mit dem Wasser zu füllen, das in die Kochgeschirrpfanne getropft war.

»Macht euch nicht die Mühe, das Geschirr anzulegen.« Er spähte unter die Decke des Eisblocks. Er schob die Eisplatten in die Rucksäcke. Jede Platte hatte ungefähr die Größe eines Fußballs – gesprenkelt mit braunen, zerbröselten Blättern – und besaß die morsche Struktur eines harten Schwammes. Mehr war nicht übrig von dem großartigen Eisblock.

»Sagt nichts. Stellt mir keine Fragen. Ich möchte von keinem auch nur einen Ton hören. Und jetzt Abmarsch!«

Er sprintete den Pfad hinauf, sein Rucksack hüpfte rauf und runter, schlug gegen seinen Rücken, *whop-whop*. Francis Lungley folgte ihm mit dem anderen Rucksack, dann kamen Bucky und John mit leeren Händen, und dahinter gaben Jerry und ich unser Bestes, um Schritt zu halten. Ich schleppte den langen Wasserbeutel. Er schlug gegen meine Knie und hinderte mich am Laufen.

Es war ein heller kühler Morgen, in Licht gebadet, mit Wolkenpäckchen, die wie Geister toter Makrelen am Berghang lagen. Weiter oben hatte Vater bei einem Felsvorsprung angehalten. Ich dachte, er wartete auf uns, aber dann sah ich, daß er einen weiteren Kamm des Berges erreicht hatte. Es war der letzte Kamm. Unter uns – denn es war ein Plateau, nicht das tiefe Tal, das wir erwartet hatten – lag ganz Honduras.

Welch eine leere Welt! Ich hätte es nicht für möglich gehalten, daß eine Wildnis so traurig aussehen konnte.

Dies war ein anderes Land als das, was wir kannten – endloser Dschungel, Vulkane und kein Ozean. Kein Fluß, den wir sehen konnten, überhaupt kein Wasser. Man sah nur Baumspitzen und darüber hinweggleitende Vögel. Die Weite machte mich klein und winzig. Kein Rauch, keine Straßen, nichts deutete darauf hin, daß hier Menschen lebten. Es hieß Olancho, aber das war nur ein Name. Irgendein Name.

»Es sieht so trostlos aus«, sagte ich.

»Du hast nie Chicago gesehn!«

Die Baumspitzen zogen sich bis zum Horizont hin, und das ununterbrochene Grün verlieh dem Ganzen einen derartig starken Eindruck von Tiefe, daß es fast gar nicht wie Wald aussah. Es war ein randvoller Ozean wilder Blätter, eine so hohe Flut, daß sie bis zu den Bergen angestiegen war. Vater blickte lächelnd darüber hin, und doch war es Vater gewesen, der uns erklärt hatte, daß einen die tiefsten Fluten mit ihrer Eintönigkeit täuschten – streckte man seinen Fuß rein, dann zerrten sie einen hinaus, und man ertrank in ihrer Unterwasserströmung.

»Von jetzt an geht's nur bergab.« Es gab keinen Pfad. Vater marschierte los, rannte neben dem Getröpfel eines steinigen Bachbettes her.

Die Zambus sagten, wir müßten nach Bienen schauen. Die Indianer hier seien Bienenzüchter und hätten immer Bienenstöcke in der Nähe ihrer Hütten. Auch Hunde – halbwilde – hielten sie sich. Aber noch ehe wir Bienen oder Hunde sahen, rochen wir Rauch, und als sich der Bach zu einem Fluß weitete, wußten wir, daß wir in der Nähe eines Dorfes sein mußten. Der Wald war dunkler – wir befanden uns unter diesem Ozean von Bäumen, den wir gesehen hatten, und bewegten uns abwärts. Meine Sinne sagten mir mehr, als ich mir mit Logik erklären konnte. Der Geruch von stehendem Wasser und Holzrauch und verbranntem Fleisch und ein haariger, dreckigerer, ranziger Gestank von Latrinen und Hunden – alles brodelte durcheinander. Es war ein Suppengestank, den ich nur mit menschlichen Ansiedlungen verband – wenn auch nicht mit unserer. Die Sauberkeit in Jeronimo hatte meine Nase für diese durchdringenden Düfte geschärft.

Vielleicht hätten wir die Hütten nicht gesehen. Sie waren aus Blättern und abgeschälten Stecken gemacht und besaßen die gleiche Farbe wie die neben ihnen absterbenden Bäume. Aber die ausgehungerten Hunde waren auf uns zugejagt, und Francis sagte: »Vadder! Vadder!« Und zwei Aras krächzten ihn von einem Ast herunter an.

»Überlaß das mir«, sagte Vater. Er sah ein paar Zitronenbäume und flüsterte: »Saft.«

Am Fluß, der am Dorf vorbeiströmte, knieten Frauen im Dreck und wuschen ihre Wäsche, schlugen Hemden und Hosen gegen Felsblöcke.

»Diese Frauen waschen Wäsche«, sagte ich.

Jerry sagte: »Na und?«

»Niemand trägt Kleider«, sagte ich. »Nicht solche.«

Die männlichen Indianer auf dem Dorfplatz waren so gut wie nackt. Sie trugen nur Shorts, und die waren zerlumpt – eher Schürzen.

»Vielleicht haben sie nur ein Paar.«

Die Wäscherinnen stoben auseinander, als sie Vater sahen, aber er blieb nicht stehen. Er planschte durch den Fluß, schleuderte dann das Wasser aus seinen Sandalen und ging weiter auf die Indianer und die Hütten zu. Das hier waren nicht die absackenden Blechdachhütten, in denen die Flußkreolen hausten, und sie waren viel größer als die Rattennester, die wir in dem zerfallenden Seville gesehen hatten. Es waren weiträumige, auf Pfählen stehende Vierecke mit vorspringenden Dächern und einer Art Mansardenraum unter der Dachbedeckung aus Gras und Blättern. Zehn Stück gab es davon. Vater sagte: »Keine Bierdosen, kein Einwickelpapier von Süßigkeiten, keine Taschenlampenbatterien . . .«

Wir blieben dicht hinter ihm.

»Und keine Pfeile und Bogen«, sagte er. »Überhaupt keine Waffen. Wahrscheinlich sind wir die ersten Weißen, die sie je gesehn haben. Tut nichts, was sie erschrecken könnte. Keine lauten Geräusche. Keine hastigen Bewegungen.«

Es waren braune Indianer, ungefähr ein Dutzend, mit Chinesenaugen und schweren Gesichtern und kurzen Beinen. Manche hatten am Hinterkopf lange Haarstränen zusammengebunden. Bisher sahen wir nur diesen Wall argwöhnisch blinzelnder Männer – die Frauen hatten sich versteckt, und Kinder konnten wir nirgendwo entdecken.

»Hebt langsam die Arme«, sagte Vater.

Wir hoben langsam unsere Arme.

»Francis, du bist der Miskito-Experte. Erklär ihnen, wer wir sind.«

Francis schaute verwirrt drein. »Wer wir sind, Vadder?« fragte er.

»Sag ihnen, wir sind ihre Freunde.«

»Freunde!« brüllte Francis los. »Freunde!«

»Nicht auf englich, Dummkopf. Sag es ihnen auf miskito, oder was immer sie für eine verrückte Sprache . . .«

Die Indianer beobachteten, wie sich Vater und Francis stritten.

»Sind keine Miskito-Kerle. Sind Paya- oder Twahka-Kerle. Vielleicht sollten wir ihnen Büschel Bananen geben.«

»Du machst mich wahnsinnig«, sagte Vater und stieß Francis beiseite. Jetzt sprach er spanisch. Er fragte sie, ob sie spanisch sprächen. Sie starrten ihn an. Er sagte auf spanisch, daß wir Freunde seien – wir kämen von weit her, über die Berge. Sie starrten immer noch. Er sagte, wir hätten ein Geschenk für sie. Sie starrten weiter unter ihren verquollenen chinesischen Augenlidern hervor.

»Vielleicht sind sie alle taubstumm«, sagte Vater. Er schüttelte den Rucksack von den Schultern und ging dicht an die Männer heran. »Nur zu, macht ihn auf«, sagte er und machte das, mit den Händen feuchtelnd, in Zeichensprache für die Männer deutlich.

Ein Indianer kniete nieder und öffnete den Rucksack.

»Seht ihr? Er versteht mich einwandfrei.«

Der Indianer schaute hinein, drehte dann den schlaffen Rucksack um und kippte Wasser aus. Er sagte ein Wort, das keiner von uns verstand.

»Schnell, Francis, gib mir deinen Rucksack!«

Francis schnallte seinen Rucksack ab und sagte: »Alles Wasser, Vadder.«

»Ein bißchen was muß übrig sein – vielleicht ein kleines Stück.«

Die Indianer beobachteten, wie Vater und Francis die Suppe in den nassen Rucksäcken durchforschten. »Hab' was!« sagte Vater und hielt ein winziges Stückchen Eis hoch – alles, was von dem Eisblock übrig war –, vielleicht zwei Unzen. Wir folgten ihm, als er vortrat, um es den Männern zu zeigen.

Er legte es auf seine Handfläche. Vielleicht erhitzte die Ungeduld seine Hand, vielleicht lag es auch an dem kleinen Umfang des Eisstückchens. Was immer es war, das kleine Ding verschwand. Bevor sie es aus der Nähe betrachten konnten, schmolz es dahin und tropfte durch die Ritzen zwischen seinen Fingern.

Vater hielt seine nasse Hand immer noch ausgestreckt, aber die Indianer starrten auf seinen Fingerstumpf.

»Ich glaub's nicht«, sagte Vater ruhig. Er bewegte sich, ging davon. Einen Augenblick lang glaubte ich, daß er sich auf den Rückweg nach Jeronimo machte. Aber nein – er murmelte auf spanisch und englisch vor sich hin. Er hatte uns mit diesen verwirrten Indianern allein gelassen. Nun kam er zurück und hielt eine Ansprache.

Er habe ihnen ein Geschenk mitgebracht, sagte er. Aber das Geschenk war verschwunden. Welche Art von Geschenk kann verschwinden? Nun, das war das Interessante daran – es war Wasser, aber eine Form von Wasser, die sie nie zuvor gesehen hatten, so fest wie ein Felsen und doppelt so nützlich, gut zur Fleischaufbewahrung oder zum Abtöten von Schmerzen. Es war sehr kalt! Wir nannten es Eis, sagte er, und wir besaßen jenseits der Berge eine Erfindung, um es aus Flußwasser zu machen. Er hatte einen Eisblock mitgebracht, der so groß wie zwei Männer gewesen war, aber er war immer kleiner geworden, und als wir das Dorf erreichten, war er winzig. Das sei Pech, sagte er, denn jetzt war es verschwunden, aber einen Augenblick früher hätte er es ihnen noch zeigen können.

»Aber ich werde wiederkommen«, sagte er. »Ich werde es euch zeigen!«

Die meisten Indianer schauten immer noch auf seinen Finger.

Dann sprach einer der Indianer, sehr deutlich auf spanisch. Sein Gesicht war viereckig, und er hatte den dicksten Haarknoten, der wie ein kurzer Pferdeschwanz vorragte.

»Geht weg«, sagte er. Seine Zähne waren schwarze Stummel.

Vater lachte ihn an.

»Ich sagte, es war ein unglücklicher Zufall. Bist du dort drüben gewesen? Weißt du, wie lange es dauert, Eis so weit zu schleppen?« Von dem Befehl des Indianers überrascht, hatte er englisch gesprochen. Auf spanisch sagte er: »Entschuldige! Hast du je Eis gesehn? Es je berührt?«

»Geht weg«, sagte der Indianer.

»Danke. Seit gestern haben wir nichts mehr gegessen. Wir mußten auf diesem Berg unser Lager aufschlagen. Unser Wasser ist aufgebraucht, und diese Kinder können sich kaum noch auf den Beinen halten. Besten Dank.«

»Geht!«

Das Wort klang scharf, die schwarzen Zähne des Indianers wirkten wild und grausam, aber er sah sehr verängstigt aus. Vater hatte geredet und sich bemüht, das mit dem Eis zu erklären – vielleicht hatte er sich diese Indianer nicht genau genug angesehen, um zu erkennen, daß sie verängstigt waren. Vielleicht nahm er an, daß ihre Bestürzung etwas mit dem Wunder zu tun hatte, das geschmolzen und versickert war.

Die Indianer hatten die Farbe von Lehm; sie standen da wie Töpferwaren, die vor lauter Zittern gleich Sprünge bekommen würden. Sie überlegten, wer wir wohl waren, woher wir wohl kämen, ob wir vom Himmel gefallen seien.

»Echte Wilde«, sagte Vater. Ihre Furcht hatte er nicht bemerkt. »Ich glaube, ich hab' mir das eingehandelt, was ich gesucht habe . . .«

Sie schauten auf Vaters Fingerstummel, mit dem er herumwedelte.

»Wäre das Eis nicht geschmolzen, sie würden uns am Hals hängen – vielen Dank, ihr seid wunderbar, bitte bringt uns noch mehr und so weiter. Aber, Gentlemen, unser Plan ist dahingeschmolzen . . .«

Nun zeigten die Indianer die Zähne, so wie es zuvor ihre Hunde getan hatten – schwarze Zähne, aufgesprungene Lippen, zusammengekniffene Augen.

». . . und ich ertrage diese Steinzeit-Feindseligkeit nicht . . .«

Bucky sagte: »Wir gehn.«

Francis sagte: »Ja, Mann.«

»Ich rühr' mich nicht vom Fleck«, sagte Vater zu den zurückweichenden Zambus. »Und was ist mit dir, Charlie?«

Ich sagte: »Ich rühr' mich auch nicht.«

»Sag ihnen das.« Er packte meine Hand und zog mich vor sich, so daß ich den Indianern Auge in Auge gegenüberstand, eingehüllt in seinen Wutgeruch.

Auf spanisch sagte ich: »Ich rühr' mich nicht weg.«

»Ihr habt gehört, was er sagte!«

Hatten sie das wirklich? Sie sahen so taubstumm aus wie bei unserer Ankunft. Der Indianer, der uns befohlen hatte, wegzugehen, stand da und klaubte Pusteln abgestorbener Haut von seinem Ellbogen. Dann schaute er auf und zischte: »Geht.«

»Sag ihm, wir bleiben hier, bis wir was zu essen kriegen. Das ist das mindeste, was sie tun können. Ein bißchen Gastfreundschaft wird sie nicht umbringen. Wir sind weder Missionare noch Steuereintreiber.«

Ich sagte ihnen das. Während ich sprach, flüsterte Vater den Zambus zu: »Dieser Ort ist fremder, als Jeronimo je war. Was ich hier alles machen könnte. Sie besitzen nichts Vernünftiges. Aber schaut euch diese Hütten an. Sie wissen, wie man starke Gerüste baut.« Als ich meine Rede an die Indianer beendet hatte, wandte er sich mir zu. »Erklär ihnen, daß wir was zu essen wollen«, sagte er. »Ich will nichts für mich selbst – aber ihr, ihr braucht was zu futtern. Wir essen, dann gehen wir.«

Ich sagte es; die Indianer sahen bei meinen Worten unentschlossen drein.

»Und sag ihnen, daß es hier in der Sonne zu heiß ist. Wir möchten im Schatten sitzen.«

Ich schaffte es, das zu erklären, obwohl ich Vater nach einigen spanischen Worten fragen mußte.

Der Indianer, der zuvor gesprochen hatte (obwohl er bis jetzt nur »Geht weg« gesagt hatte), ging rückwärts zu der größten Hütte zurück und schob sich hinein.

Vater sagte: »Er wird den Gowdy fragen, ob das okay ist.«

Der Indianer tauchte wieder auf und deutete uns mit Gesten an, wir sollten uns in der Nähe dieser Hütte niedersetzen.

»Freundliche kleine Kreaturen, nicht wahr?« murmelte Vater, während wir uns setzten. »Was versuchen sie zu verbergen? Ich vermute, hier gibt's irgend etwas, das wir nicht sehen sollen. Ehrlich, ich würde gern ein bißchen rumschnüffeln.«

So müde und hungrig ich auch war, ich wäre gern von diesem Ort verschwunden, und an Jerrys Gesicht erkannte ich, daß es ihm genauso ging. Vater war unerschüttert, immer noch der einzige Eigentümer von Jeronimo, wenn nicht der König von Mosquitia, der mit seinem allmächtigen Gehabe seinen Zambus was zuflüsterte. Er schien nicht zu bemerken – oder wenn doch, dann kümmerte es ihn nicht –, daß die Indianer über die Lichtung gekrochen waren und nun im Halbkreis dasaßen und uns mit ihren sabbernden Hunden beobachteten.

»Sicher, das Dorf stinkt«, sagte Vater. »Sie sind nicht organisiert. Aber es ist ein gesundes Klima. Kühler als in Jeronimo. Fruchtbarer Boden. Kaum Insekten. Massenhaft Hartholz. Hier könnte man Wunder vollbringen, wenn . . .«

Aber Vater klappte den Mund zu, als Essen und Wasser gebracht wurden. Er zeigte sich selten von irgend etwas überrascht, deshalb wirkte sein plötzliches Schweigen genauso erschreckend wie sein sonstiges Gebrüll. Es waren die Männer, die uns die Kürbisflaschen und Körbe brachten. Er glotzte sie an und sagte, die Zähne wie ein Bauchredner zusammengepreßt: »Schaut euch das an!«

Drei dürre Männer, keine Indianer, standen über uns. Unter ihrem Dreck und ihren Bartstoppeln zeigten sie ein schmutziges Grau. Vater pfiff leise, als er sie abschätzend musterte. Sie waren groß und knochig und sahen zerschunden aus. Sie trugen zerlumpte Hosen und brüchige Sandalen. Zwei von ihnen hatten Stirnbänder angelegt, die Art, die von manchen Indianern getragen wird. Ihre Gesichter waren fiebrig und eingefallen, ihre Schädelknochen drückten gegen ihre blaßgraue Haut. Ihre Bärte und ihre knochigen Gestalten ließen mich an Heilige in einem Bilderbuch denken. Aber fast lächelten sie, und als sie das Essen hinstellten, beobachteten sie uns genau aus neugierigen Augen.

»Was hab' ich euch gesagt?« sagte Vater zu uns. »Das ist es, was wir nicht sehen sollten. Sie halten sich weiße Sklaven!«

Das Essen bestand aus gekochten Bananen, flachen fettigen Maisfladen und Wabool. Das Wasser schmeckte nach Hundefell.

»Jetzt ergibt das alles einen Sinn! He«, sagte er auf spanisch zu einem der Männer, »läßt du dir von diesen Indianern sagen, was du zu tun hast?«

»Mehr oder weniger.« Der Mann schien unbekümmert. Er behielt sein fiebriges Lächeln bei.

»Was tut ihr für sie?«

»Wir putzen ihnen die Schuhe.«

Darüber lachte Vater. »Deinen Sinn für Humor hast du noch

nicht verloren.« Er reichte die Kürbisflasche mit Wabool an Jerry weiter, ohne zu probieren.

Von jenseits der Lichtung sahen die Indianer zu, die Köpfe gesenkt. Das einzige Geräusch aus dieser Richtung war das Knurren der Hunde, die Fliegen aus ihren geschrumpften, vernarbten Hinterteilen bissen. »Wie ist dein Name?«

Der Mann befeuchtete seine Lippen bei Vaters Frage, aber ein anderer mit strähnigen Haaren sagte: »Wir haben keine Namen.«

»Habt ihr das gehört? Sie haben keine Namen.«

Vater funkelte die Indianer an. Überall um uns herum in den hohen Bäumen kreischten Vögel, mit ihren Flügeln schlugen sie gegen die Blätter, und das Geräusch des Flusses war wie das Geräusch rollender Felsbrocken.

»Wahrscheinlich hat man sie unten auf der Landstraße geschnappt und zu Gefangenen gemacht«, sagte Vater zu Francis Lungley. »Diese Kerle erledigen also die ganze Dreckarbeit.«

»Gringo«, sagte einer der Männer, als er Vater englisch sprechen hörte. Sein verhungertes Gesicht verlieh ihm einen feingezeichneten Ausdruck, der gleichzeitig gehetzt und freundlich wirkte. »Nordamerikaner, eh? Bist du von der Mission?«

»Schau' ich wie ein Missionar aus?« Dann flüsterte Vater, damit es die Indianer nicht hörten. »Nein. Wir haben eine Siedlung auf der anderen Seite der Berge. Wenn ihr da rüberkommen könntet – eines Nachts entwischen –, dann wärt ihr in Sicherheit. Das ist der beste Weg zur Küste.«

Der Mann nickte und strich sich mit der Hand durch den Bart.

»Warum seid ihr hergekommen?«

»Wollte ich gerade sagen. Ich hab' ein bißchen Eis gebracht – eine halbe Tonne. Na ja, fast. Diese Zambus und ich. Das hier sind meine beiden Jungs, Charlie und Jerry. Wisch dir den Mund ab, Charlie.«

»Wo ist das Eis?«

»Geschmolzen.«

Der Mann lächelte.

»Du glaubst mir nicht?«

»Eis«, sagte der Mann auf spanisch zu den anderen, und nun lächelten sie alle. Die drei Männer knieten vor Vater, und der erste Mann sagte: »Wo hast du dein Eis herbekommen?«

»Selber gemacht«, sagte Vater. Er nahm einen kleinen Schluck Wabool aus der Kürbisflasche. »Ihr solltet sehen, was wir da drüben haben. Gärten, Nahrung, Wasserpumpen, Hühner, Abflußkanäle und die beste eisproduzierende Maschine im Land.«

»Hast du einen Generator für Elektrizität?«

»Red mir nicht von Generatoren. Erzähl's ihm, Charlie.«

Ich erklärte, daß Vater eine Methode zur Eiserzeugung aus Feuer entwickelt hatte.

»Dein Vater ist ein intelligenter Mann.«

»Das sagt jeder«, sagte ich.

Vater sagte: »Sie sorgen dafür, daß ihr euch hier totschuftet. Wenn ihr ihnen dann nichts mehr nützt, bringen sie euch um und verfüttern euch an die Geier. Sie werden sich schon ein paar neue Sklaven besorgen.« Vaters Gesicht verdunkelte sich. »Glaubt ihr, daß sie mit uns irgendwas Hinterhältiges vorhaben?«

Der Mann sagte: »Wer weiß?« Und die anderen Männer nickten dazu.

»Ich möchte hier mit dem Kopf auf den Schultern rausmarschieren«, sagte Vater. »Glaubt ihr, daß die Indianer uns zuhören?«

»Sie hören zu, aber sie verstehen nichts. Es sind ganz einfache Menschen. Aber sie sind sehr stark.«

»Den Eindruck habe ich auch. Aber ihr solltet nicht hier sein und sie von hinten und vorn bedienen. Sie haben kein Recht, euch zu besitzen. Ihr seid Gefangene, nicht wahr?«

Der Mann, der die ganze Zeit geredet hatte, zuckte die Schultern. Das Zucken erschütterte seinen ganzen schlaksigen Körper. Er schien unbesorgt oder jenseits aller Sorgen.

Vater sagte: »Fällt euch auf, daß ich nicht viel esse? Ich werde euch sagen, warum. Weil ich einen gewaltigen Appetit habe. Wenn ich nicht esse, erledige ich dafür andere Dinge besser. Löse Probleme. Arbeite schwer. Das ist auch eine Art des Essens. Ihr solltet es probieren. Wenn ich essen würde, täte ich sonst nichts anderes ...«

Die ganze Zeit über aßen die Zambus und hörten kaum auf das, was Vater sagte. Vater schien froh zu sein, daß er mit anderen Leuten reden konnte. Vielleicht lenkte das seine Gedanken von dem Scheitern unserer Expedition ab.

Die Männer flüsterten untereinander, dann sagte einer, der bis jetzt noch nicht gesprochen hatte: »Du sagst nicht die Warheit – oder? Über das Eis.«

»Praktisch ein Eisberg«, sagte Vater. »Ist zu Dreck zerschmolzen, aber dort, wo das hergekommen ist, gibt es noch viel. Da drüben haben wir alles.«

»Waffen?«

»Ich brauche keine Waffen. Wenn ich welche nötig hätte, könnte ich ein ganzes Arsenal machen. Aber das wäre Verzweiflung.«

Aber, sagte er, sie erinnerten ihn daran, wie er sich in den Staaten gefühlt habe – wie ein Gefangener, knapp vor der Verzweiflung, mörderisch, halb verrückt. Es war die Enttäuschung darüber, wie sich alles entwickelte, so etwas wie Sklaverei, denn das System machte aus Männern Sklaven.

»Was tat ich? Ich rappelte mich auf und ging fort. Ich rate euch, das gleiche zu tun.«

In zehn Meter Entfernung kauerten die Indianer mit ihren häßlichen Hunden. Sie beobachteten, wie Vater mit den dürren Männern redete. An ihren glatten, grauen Gesichtern war es mir unmöglich, zu erkennen, was die Indianer dachten. Die Indianer mochten harmlos sein, aber die Hunde gehörten zu ihrer Gruppe. Die Wildheit der Hunde ließ die Indianer gefährlich erscheinen.

»Sie wollen, daß ihr geht«, sagte der Mann mit den strähnigen Haaren.

»Sie wissen nicht, was gut für sie ist«, sagte Vater. »Sie verdienen weder Eis noch sonstwas, wenn sie nicht mal die übliche Höflichkeit aufbringen können. Aber ihr«, sagte er, »seid ausgesprochen freundlich.«

»Das liegt in unserer Natur.«

»Meine Zambus halten euch wahrscheinlich für Munchies.«

»Ah, Mosquitia!«

Vater sagte: »Ich wünschte, ich könnte etwas für euch tun.«

»Es würde uns helfen, wenn du die Indianer nicht verärgerst. Wenn du einfach fortgehn würdest.«

»Hört zu, in einer dunklen Nacht solltet ihr euch hier davonmachen. Tut das. Verschwindet.« Auf englisch fügte Vater hinzu: »Kommt ihnen zuvor.«

»Die Indianer sagen, es gibt keinen Pfad über die Berge.«

»Klar sagen sie das, oder? Hört zu, eine Straßenkarte werdet ihr von ihnen sicher nicht bekommen.«

»Wie weit ist es bis zu deinem Dorf?«

»Einen Tagesmarsch. Mehr – wenn ihr Eis schleppt. Aber das ist euer Problem.«

»Bei Einbruch der Nacht wirst du zu Hause sein.«

Vater sagte plötzlich: »Ich hätte Lust, den ganzen Platz hier in die Luft zu jagen und euch rauszuholen.«

»Das wäre sehr dumm«, sagte der Mann, ohne zu blinzeln.

»Dann liegt's bei euch.«

»Geht«, sagte der Mann, »oder sie werden uns bestrafen.«

Wir bekamen eine Kalebasse Wabool und Wasser und ein Bündel Bananen mit. Während wir aus einem Kürbis unseren Wasserbeutel auffüllten, gingen die drei dürren Männer zu den Indianern hinüber. Die Indianer blieben auf dem Boden hocken, aber ihre Hunde rannten davon, als sich die Männer näherten. Sie begannen erst wieder zu bellen, als sie den verwurzelten Rand der Lichtung erreichten. Ohne ihre Hunde wirkten die Indianer nackter und sahen sogar etwas verängstigt aus.

So ließen wir sie hinter uns zurück, die Indianer kauernd, die drei Sklaven stehend. Die Hunde sprangen vor und zogen sich wieder zurück, jagten uns bis zum Fluß. Sie bellten und spannten sich und zeigten uns ihre wilden, feigen Augen. Sämtliche anderen Männer blieben bewegungslos. Klein saßen sie unter dem weiten Vorhang des Waldes und beobachteten, wie wir fortgingen. Die Frauen waren nicht zurückgekommen. Die Männer sahen aus, als posierten sie für ein altmodisches, furchteinflößendes Bild.

Auf dem Pfad sagte Vater: »Was ich nicht verstehen kann, wie sind sie überhaupt erst dahin gekommen.«

»Twahkas, Vadder?«

»Nein. Die anderen.« Er benutzte ein spanisches Wort. »Die Namenlosen.«

Bucky sagte: »Diese Dschungel stecken voller Affen.«

»Affen stellen nicht so viele Fragen . . .«

Sklaven auch nicht, dachte ich.

»Da geht was Merkwürdiges vor, Leute.«

Wir kletterten aus dem Wald und hinter den Felstürmen den Pfad hoch, den wir zum Bergkamm gebahnt hatten. Dann machten wir wieder eine Pause an der Stelle, wo wir letzte Nacht das Lager aufgeschlagen hatten, und ließen das Wabool herumgehen. Wir saßen auf dem zerbrochenen Eisschlitten, den wir zurückgelassen hatten, den Überbleibseln von Skidder. Vater sagte, eines Tages würde ein Fremder das finden und verkünden, daß hier eine großartige Zivilisation existiert habe, und Skidder ins Museum bringen. Das brachte ihn zum Lachen.

»Und habt ihr die Gesichter dieser Indianer gesehn, als sie das Eis sahen?«

Wir schauten ihn an.

»Ums Haar wären sie aus den Latschen gekippt.« Beim Gedanken daran begann er zu kichern.

Jerrys Blicke suchten Vaters Gesicht ab.

»Sie konnten es nicht glauben«, sagte Vater. »Die Augen quollen ihnen raus. Total baff und platt!«

Schließlich – weil alle anderen vollkommen still waren – sagte ich: »Welches Eis?«

»Das Eis, das ich ihnen gezeigt habe.«

Ich glaubte, er wollte mich wieder testen. Ich sagte: »Es ist alles geschmolzen, Dad.«

»Dieses kleine Stück«, sagte er.

Aber das stimmte nicht.

»Du hast es gesehen, nicht wahr, Jerry?«

»Ja, Dad.«

Ich dachte: Feigling.

»Dein langgesichtiger Bruder versucht, mir klarzumachen, daß wir unsere Zeit verschwendet haben. Du brauchst eine Brille, Charlie. Du hast schlechte Augen bekommen. Wahrscheinlich ein Astigmatismus, eh, Francis?«

»Aber bestimmt«, sagte der loyale Zambu.

Vater nahm Jerry auf den Rücken und trug ihn, während ich mit den Zambus hinterherging. Die Müdigkeit der Zambus zeigte sich in ihren Gesichtern. Für sie war es eine verwirrende Exkursion gewesen, um so mehr, da sie erwartet hatten, daß die Twahkas Schwänze hätten – und vielleicht glaubten sie, die drei dünnen Männer wären Munchies. Die Körper der Zambus hatten etwas Graues an sich, und das Grau hatte Schmutzflecken, wie die wolkige Oberfläche purpurner Trauben. Während wir dahinmarschierten, wurden sie immer sicherer, daß sie das Eis und die verblüfften Indianer gesehen hatten. »Liegt glatt in Vadders Hand, wie ein Felsbrocken.«

Vater sagte: »Von nun an geht's nur noch bergab.«

19

Auf diesem abwärtsführenden Pfad, im Schildpattzwielicht, dachte ich über Vaters Lüge nach. Ich hoffte, er glaubte selbst nicht daran, aber wie konnte er davor gerettet werden, sie zu wiederholen?

Irgend etwas in der Art mochte funktionieren: Vielleicht war während unserer zweitägigen Abwesenheit in Jeronimo nicht alles glatt gelaufen – vielleicht hatte sich ein kleines Problem ergeben, genug, um ihn zu unterbrechen, keine Katastrophe, sondern ein Hindernis, das ihn davon abhielt, in einer lauten Ansprache unseren Fehlschlag als Erfolg zu bezeichnen.

Die Indianer waren nicht platt gewesen! Sie hatten lediglich uns und Vaters nasse Finger aus zusammengekniffenen Augen betrachtet und ihre Sklaven vorgeschickt.

Seine Lüge machte mich einsamer als irgendeine Lüge, die ich je gehört hatte.

Trotzdem hatte er sie zuversichtlich ausgesprochen und gesagt, die Expedition sei ein Triumph, und er könne es nicht erwarten, Mutter davon zu erzählen. Immer wieder versuchte ich, mich an Eis in Vaters Händen und Erstaunen auf den Gesichtern der Indianer zu erinnern. Aber da war nichts – kein Eis, keine Überraschung. Das alles war noch schlimmer und seltsamer als seine Lüge gewesen. Sie hatten uns befohlen fortzugehen, und dann beguckten uns die dürren Männer, und die Hunde versuchten, uns in die Füße zu beißen.

»Gott, ich liebe es, am Ende eines guten Tages müde heimzugehn, mit der Sonne in den Augen!«

Auf dem Pfad voraus redete Vater weiter auf die Zambus und auf Jerry ein.

»Man kann einen Mann in Eis packen und ihn frisch wie Sellerie halten und ihn so vom Sonnenstich kurieren. Hier in der Gegend sollte das ein nützliches Mittel sein. Und hab' ich euch je von den Fortschritten in der Kälteerzeugung erzählt?«

Seine Stimme schnitt durch die Bäume und erschöpfte mich. Im Augenblick wollte ich nichts von seinem Selbstvertrauen hören. Die Vorstellung, wie Vater seine Geschichte in Jeronimo wiederholte, erschreckte mich. Und seine Lüge ängstigte mich. *Habt ihr die Gesichter dieser Indianer gesehn?* Aber die faltigen Gesichter der Indianer zeigten Verwirrung, und sie hatten versucht, uns fortzuscheuchen, indem sie uns wie ihre Hunde ihre schwarzen Zähne zeigten. Früher hatte ich geglaubt, daß Vater um so vieles größer war als ich, daß er Dinge sah, die mir entgingen. Ich entschuldigte Erwachsene, die mit mir nicht einer Meinung waren, und gab mir selbst die Schuld, weil ich so klein war. Aber dies hier war etwas, das ich beurteilen konnte. Ich hatte es gesehen. Lügen lösten ein unbehagliches Gefühl bei mir aus, und Vaters Lüge, die außerdem noch blinde Angabe war, machte mich krank und trennte mich von ihm.

»Charlie da hinten gibt sein Bestes, Leute!«

Ich liebte diesen Mann, und er nannte mich einen Narren und machte die einzige Welt, die ich kannte, zunichte.

Ich betete um eine Störung. Meine Gebete wurden erhört. In Jeronimo stand nicht alles zum besten. Das hatte ich mir gewünscht, aber wie bei den meisten Wünschen, die erfüllt werden, bekam ich mehr, als ich gewollt hatte.

Stille und ein dünner Blätterwirbel hatten sich über Jeronimo gesenkt. Im Zwielicht war es immer gedämpft und in sich zusammengesunken erschienen – es lag an der Art, wie sich die Sonne durch die Bäume kämpfte, an der Art, wie sie in weichem Schimmer vom Fluß abglitt. Es war der aufsteigende Staub. Es lag an den hängenden Schultern der Menschen nach solch einem langen, wolkenlosen Tag des Lichts.

Aber heute abend wirkte es ausgestorben. Da war eine Atmosphäre des Verschwindens und versteckten Alarms, die besagte, daß gerade eben etwas geschehen war, wie das Schweigen nach einem Schrei. Von den Eidechsen, die uns vom Unterholz aus beobachteten, kam ein leises Schaben und Scharren, und auf den Ästen suchten sich die Vögel ihre Nachtplätze, ihr höfliches Gespreize vor dem Sonnenuntergang.

Vater stoppte uns und sagte: »Jemand ist hier gewesen und wieder verschwunden.«

Fat Boy war nicht erleuchtet. Das Haus der Maywits war schwarz – keine ihrer üblichen Laternen brannte –, offene Fenster, leere Veranda, kein Rauch.

»Allie.« Es war Mutter – ihr weißes, wartendes Gesicht auf der Galerie.

Vater ging auf sie zu und fragte, was hier vorgehen würde.

Sie sagte: »Ich glaubte, euch sei auch etwas passiert.«

»Auch?«

»Die Maywits – sie sind verschwunden. Ich konnte sie nicht aufhalten.«

Vater sagte: »Das wußte ich«, und lächelte Francis Lungley zu.

Aber ich fühlte mich verantwortlich. Ich hatte gebetet, daß etwas passierte, und es war passiert. Irgend etwas, das Vater davon abhielt, nach Jeronimo hineinzuplatzen und etwas von platten Indianern und Eis daherzulügen und was die Indianer für Gesichter gemacht hätten.

Jetzt lächelte Vater Clover an. Sie war aus dem Haus gerannt gekommen und umarmte ihn und erklärte alles.

»Ein Motorboot kam und nahm alle Maywits mit. Der Mann hat dich beschimpft. Es war der Missionar, den du damals weggeschickt hast. Ma Kennywick schrie ihn an, und Mr. Peaselee machte die Pumpe kaputt, und Ma sagte, du würdest furchtbar toben, wenn du davon hörst. Aber das tust du nicht, nicht wahr? Dad, war das gespenstisch!«

Vater schaute der Reihe nach jeden an, und sein Mund wölbte sich vor Zufriedenheit. »Warum sollte ich toben?« sagte er. »Ich wußte, daß es so kommen würde.«

Jerry sagte: »Was ist mit Drainy und den anderen Kindern?«

»Sie sind weg«, sagte Clover. »Alle, im Motorboot des Mannes.«

»Was habe ich euch gesagt?« sagte Vater. Er grinste die Zambus an, und sie grinsten zurück.

Mutter war von der Galerie heruntergekommen, zusammen mit April, die apathisch dahockte. Mutter sagte: »Ich tat, was ich konnte, aber sie wollten nicht hören. Sie hörten nicht, sie erkannten mich gar nicht, solche Angst hatten sie.«

»Erzähl mir nichts«, sagte Vater fest. »Ich weiß alles darüber. Die Maywits sind mit diesem moralischen Schleimer in irgendeinem dreckerzeugenden Schweineboot durchgebrannt. Figgys Freund. Du mußt es nicht aussprechen. Ich hab' einen Blick auf die Lichtung geworfen und wußte Bescheid.«

Als er »Figgy« hörte, trat Mr. Haddy vor und sagte: »Es war ein blödsinniges Theater. Diese Leute springen überall herum, und wir kriegen kein verdammtes bißchen Ruhe. Ma Kennywick ist zu Tode erschreckt und hat seitdem Magenschmerzen. Peaselee, er brüllt auch herum, daß er irgendeinen verdammten Narren mit einer Büchse sieht, Mann, sind wir froh, daß du hier bist, Vadder.«

Vater wartete, sagte dann: »Und ich weiß noch was.«

Er lächelte, machte den Mund auf und schluckte herunter, was er hatte sagen wollen.

»Vadder weiß.« Francis Lungley erzählte das Bucky.

»Diese Maywits müssen noch 'ne Menge lernen.«

Wenn er alles wußte, warum wußte er dann nicht ihren richtigen Namen?

Ich sagte: »Maywit ist nicht ihr Name. Der ist Roper. Sie sind alle Ropers.«

»Wer sagt das?«

Ich erzählte ihm, was die Kinder gesagt hatten, erwähnte aber »The Acre« nicht, oder daß sie alle Angst vor ihm hatten. Jerry, Clover und April sagten nichts – sie überließen es mir, die Schuld auf mich zu nehmen, daß wir Bescheid wußten. Vater lächelte immer noch.

Mutter sagte: »Du hättest uns früher was davon sagen sollen.«

»Ich dachte, Vater wüßte es.«

Vater sagte: »Was weißt du noch?«

Ich wollte sagen: Diese Männer, die du als Sklaven bezeichnet hast, sahen nicht wie Sklaven aus, und die Indianer schauten verängstigt drein. Das Eis schmolz, ehe sie es sehen konnten. Du wolltest uns nicht rasten lassen, du hast Jerry mit deinem Gerede übers Holiday Inn zum Weinen gebracht, und es war eine schreckliche Sache, schlimmer als die Flußfahrten und ein Fehlschlag wahrscheinlich auch.

Statt dessen sagte ich: »Sonst nichts.«

»Dann weiß ich immer noch mehr als du«, sagte er – aber wann hatte ich das je bezweifelt? »Denn ich weiß, daß sie zurückkommen werden.«

Wir gingen runter zum Badehaus und zogen uns die Kleider aus. Vater brachte die Duschen in Gang – was für eine großartige Erfindung! Es war wie eine Autowäsche, mit Wasserstrahlen, die aus Rohren an den Wänden schossen. Wir waren alle drinnen, drängten uns in dem feinen Sprühregen im Halbdunkel zusammen – Vater, Jerry, die Zambus und ich. Fat Boys Feuer war erloschen, also gab es kein heißes Wasser, aber das störte niemanden. Der emsige, harmlose Stachel der Dusche wusch den Bergstaub und die schlimmen Erinnerungen ab.

Mutter sagte: »Da bin ich mir gar nicht so sicher, Allie.«

»Sie glaubt mir nicht«, sagte Vater. »Gib mir die Seife.«

Er war stolz auf seine Seife. Wir hatten sie selber gemacht, aus Schweinefett, das wir gegen Eis eingetauscht hatten. Es war eine schmierige, gelbe Seife, die sich wie eine Handvoll Schmalz anfühlte. »Keine Zusätze«, sagte Vater. »Ach was, essen könnte man diese Seife!«

»Du warst nicht hier.«

»Brauchte ich gar nicht.«

»Es war schrecklich«, sagte Mutter. »Dieser Missionar – Struss.«

Vater sagte: »Ich weiß.«

Durch die Wände des Badehauses rufend, sagte Mutter: »Anscheinend war er mit seinem Boot oben in Seville. Ich weiß nicht, was er dort gesehn hat, aber er muß wohl diese albernen Leute beim Beten überrascht haben. Er kam zurück und beschuldigte uns alle der Blasphemie und der Verbreitung der Lügen der Wissenschaft.«

»Seift euch ein«, sagte Vater zu den Zambus. Sie wuschen sich stets in kauernder Haltung, nie aufrecht stehend. Außerdem behielten sie beim Baden ihre Shorts an. In dem dunklen Badehaus konnte ich sie nicht sehen, aber ich hörte das Wasser auf ihre Schädel prasseln und ihr Gespucke und Gealbere.

»Könnte es sein, daß sie auf den Knien lagen und den Kühlschrank anbeteten?« sagte Mutter. »Was immer es war, dein Reverend Struss war ziemlich aufgebracht. Ganz außer sich kam er an – wir würden Unheil verursachen, sagte er, würden diese Leute vom rechten Weg abbringen. Hauptsächlich brüllte er die Maywits an – er nannte sie Ropers. Er trieb sie zum Ufer runter, wo er sie mit Wasser bespritzte. Es sei ein Akt der Reinigung, sagte er, sie von den Sünden reinzuwaschen, die wir sie gelehrt hatten. Mrs. Kennywick wußte nicht aus noch ein, und Mr. Peaselee drehte durch.«

Vater sagte: »Hätte ich dir gleich sagen können.«

»Ich befahl ihm, von unserem Land zu verschwinden. Ich sagte, du seist in zehn Minuten zurück und würdest sein Boot versenken.«

»Guter Einfall«, rief Vater durch die Wand zurück. »Hätte ich auch getan!«

»Sie packten ihre Tüten. Ich meine Tüten. Aus Papier. Und dann gingen sie alle.«

Vater sagte: »Sie sind also abgehaun.«

»Hatten Angst«, sagte Mr. Haddy. Den Mund hatte er gegen die Badehauswand gedrückt, seine Vorderzähne ragten heraus. »Der Priester hat was von Soldaten und Ärger und Gewehren gebrabbelt.«

Vater stellte das Wasser ab.

»Was für Soldaten?« sagte er, während wir tropfend dastanden.

»In den Bergen. Über den Hügeln. Flußabwärts. Oben in den Bäumen. Mit Gewehren. Russen, und was weiß ich. Peaselee hat sie gehört.«

Clover sagte: »Er sagte, du seist genauso schlimm wie die Soldaten.«

»Peaselee hat das gesagt?«

»Der Mann. Der Missionar. Er nannte dich einen Kommunisten.« Vater führte uns aus dem Badehaus. Die Zambus hüpften und tanzten und schlenkerten ihre Finger, um trocken zu werden. Vater trug einen Mehlsack um die Hüften, sein Haar tropfte, und sein Körper war so weiß wie Marmor. Er reckte einen Arm empor, wie eine Statue vor einem Gerichtsgebäude.

»Nichts von dem ist mir neu«, sagte er. »Aber ich werd' euch was erzählen, das ihr nicht wißt. Sie werden zurückkommen, so sicher wie sonstwas. Denn dies ist ein glücklicher Ort und die Welt nicht. Die Welt ist schlichtweg verfault. Die Menschen sind gemein, sie sind grausam, sie sind falsch, sie geben immer vor, etwas zu sein, das sie nicht sind. Sie sind schwach. Sie suchen ihren Vorteil. Ein käsiger kleiner Mann, der Gott in einer Schlange und den

Teufel im Donner sieht, macht dich zu seinem Gefangenen, wenn er dir gegenüber im Vorteil ist. Gib jemandem den Hauch einer Chance, und er wird dich zu seinem Sklaven machen – er wird dir die fürchterlichsten Lügen auftischen. Ich hab' sie gesehn, wie sie wirr herumrannten und Gott spielten. Und unsere Freunde, die Maywits – sorry, Charlie, die Ropers –, sie werden sich da draußen einsam fühlen. Sie werden sich fürchten. Denn die Welt stinkt!«

Mit langen, weiten Schritten ging er den Pfad hoch zum Haus. »Sie kommen zurück – wartet nur ab. Denkt dran, wo ihr das gehört habt. Denkt dran, wer das gesagt hat.«

Mutter lief neben ihm her und sagte: »Wie ist es mit dem Eis gegangen?«

Vater marschierte weiter. Er grunzte. Ich lauschte angespannt, dann hörte ich ihn mit leiser Stimme sagen: »Wir hatten Schwund. Ich wußte, es war ein Fehler, so viel so weit zu schleppen.«

Also hatte er doch nicht gelogen.

Und »The Acre« im Dschungel gehörte uns. Es war nicht das gleiche, ohne Drainy, der predigte, und Alice, die kochte, und Pipi und Leon, die Körbe flochten, aber nun, wo wir weniger waren, schien es größer, und wir konnten uns ausbreiten. Jeder von uns besaß seine eigene, fest gebaute Schrägdachhütte. Wir brachten ein Seil von Jeronimo mit und machten uns eine Baumschaukel, indem wir das lose Ende verknoteten und uns in die Schlaufe setzten. Vater hätte das in Jeronimo nicht zugelassen. Es war nichts Nützliches, denn wenn niemand schaukelte, dann hing es bloß herum – das wäre sein Einwand gewesen –, Verschwendung eines guten Seils.

Wir aßen Yautia-Wurzeln und wilde Avocados und brachten die Tarnung sämtlicher Fallgruben in Ordnung – vier Stück, die tiefen Löcher sauber mit Zweigen abgedeckt. Eines Tages sahen wir in einer Falle, wie eine Schlange eine andere Schlange fraß – die eine Hälfte schon runtergewürgt und beide Schlangen mit den Schwänzen peitschend. Die fressende Schlange konnte nicht fortkriechen oder aufhören zu fressen, also konnten wir es aus sicherer Entfernung studieren. Wir erzählten davon in Jeronimo.

»Das ist ein perfektes Symbol für die westliche Zivilisation«, sagte Vater.

An einem anderen Tag schwang sich ein Klammeraffe durch unseren Kirchenbaum und saß da und bohrte in seinen Zähnen. Er beobachtete uns neugierig, als wollte er spielen.

Dann schnüffelte er, sprang mit einem Satz vom Baum, landete neben einem Busch und riß eine kleine runde Frucht davon ab. Mit dem nächsten Satz federte er zurück in den Baum und aß sie. Er nagte die Haut auf und saugte das Innere aus, dann rollte er über den Ast und taumelte, Zweige abreißend, davon.

So entdeckten wir die Guavas. Der Affe hatte uns gezeigt, daß auf der anderen Seite des Teichs einige Büsche davon standen, und an diesem Tag brachten wir einen Korb voll mit nach Jeronimo.

Mutter sagte: »Wir können Marmelade davon machen.«

Aber Vater sagte, sie wären zu klein und zu sauer, weil sie wild wachsen würden. Wenn er sich drum kümmerte, sagte er, könnte er süße anbauen, so groß wie Tennisbälle, und: »Weil wir grade vom Essen reden, ihr fangt besser an, zu pflücken und zu schälen, sonst gibt's nichts zum Lunch.«

Wir taten, was von uns in Jeronimo erwartet wurde, unsere üblichen Aufgaben. Aber stets kehrten wir nach »The Acre« zurück, um wie die Affen zu leben. Wir vermißten die Maywits – in Gedanken benützte ich für sie immer noch diesen Namen –, aber ohne sie brauchten wir weder die Schule noch den Laden. Wir hatten die losen Seiten aus Drainys Choralbuch, aber wir hielten keine Gottesdienste mehr ab. Davon abgesehn, war's sowieso viel zu heiß, um über die Hölle nachzudenken.

Von »The Acre« wußte ich, daß wir Trockenzeit hatten. Niemand in Jeronimo wußte das oder hielt es für wichtig. In den Gärten wuchs noch alles, aber wir Kinder wußten von den Jahreszeiten – wir besaßen nichts, um sie zu überspielen.

»The Acre« war primitiv, eine zerklüftete Senke im Dschungel, aber das Gras war weich, der Teich machte es angenehm, und wir hatten alles, was wir brauchten. Wir konnten schwimmen oder am Seil schwingen. Der Teich blieb von der Trockenheit des Dschungels unberührt. Ich vermutete, daß er von Quellen gespeist wurde. Aber die übrige Gegend war sehr trocken. Wir beobachteten Ameisen, die Beerdigungen abhielten – ganze Prozessionen von Ameisen mit Leichen und Blattsonnenschirmen. In einer Ecke des Lagers, in den Wurzeln eines abgestorbenen Baumes, lebten

Schlangen. Wir hielten uns von diesem Baum fern, überlegten aber, wie wir sie in die Fallen werfen konnten, um so Schlangengruben daraus zu machen. Die Schlangen und die walnußgroßen Käfer schreckten uns nicht. Wir lernten, daß die grimmigsten Kreaturen berechenbar waren, und obwohl hier einst alles gefährlich ausgesehen hatte, schien es nun friedlicher als Jeronimo.

Wir kamen her, um Jeronimo zu entrinnen. Seit dem Bau von Fat Boy wurde Vater von Leuten besucht, die Eis wollten. Leute, die viel redeten. Sie hatten von Vater gehört. Sie machten ihm Komplimente. Vater ließ sie einfache Arbeiten tun, und sie brachten das Eis in Kanus fort. Es waren immer Fremde in Jeronimo, die Vaters Erfindungen bewunderten oder Eis wollten.

»Machen nichts anderes mit dem Eis, als ihr Bunya zu kühlen«, sagte Mr. Haddy. Bunya war ein Getränk aus saurem Saft, das die Einheimischen aus Maniok herstellten.

Vater sagte: »Spielt keine Rolle. Von mir aus können sie's auf dem Kopf tragen. Sobald sie sich erst mal an die Vorstellung von Eis gewöhnt haben, wird ihnen der richtige Gebrauch schon enthüllt werden. Jede Person wird was anderes damit anfangen – einer will Fleisch aufbewahren, ein anderer wird es als Schmerztöter verwenden, jemand wird auf die Idee kommen, seinen Fisch zu kühlen, anstatt ihn zu räuchern, und wie viele werden vom Sonnenstich kuriert werden? Sicher, es mag eine Generation dauern, aber denkt an die Zukunft – niemand sonst tut's. Fat Boy ist ewig. Keine beweglichen Teile, Figgy!«

Vater sprach oft davon, daß Dinge »enthüllt« wurden. Das sei wahres Erfinden, sagte er, den Nutzen von etwas zu enthüllen und es zu vergrößern, seine Unzulänglichkeiten herauszufinden, sie zu verbessern und das Ganze für sich arbeiten zu lassen. Eine wildwachsende Guava war für ihn etwas Unvollkommenes. Man mußte sie verbessern, um sie eßbar zu machen.

Er sagte: »Es ist barbarisch und abergläubisch, die Welt so hinzunehmen, wie sie ist. Bastle daran herum, und suche nach einer Anwendungsmöglichkeit dafür!« Gott habe die Welt unvollkommen gelassen, sagte er. Es sei die Aufgabe der Menschheit, zu verstehen, wie sie funktionierte, damit herumzuspielen und sie zu vollenden. Ich glaube, deswegen haßte er Missionare so sehr – weil sie den Menschen einredeten, sich mit ihren irdischen Lasten abzufinden. Für Vater gab es keine Lasten, die nicht mit einem Satz Räder oder Kufen oder einem System von Zugseilen versehen werden konnten.

Aber anstatt die Welt zu verbessern, sagte er, versuchten die meisten Menschen, lediglich Gott zu verbessern. »Gott – der dahingeschiedene Gott – war ein übereilter Erfinder von der Sorte, die man in jedem Patentbüro findet. Jawohl, er hatte eine großartige Idee – die Welt zu erschaffen –, aber er fing damit an und zog weiter, ehe er sie ordentlich in Gang gebracht hatte. Gott ist wie der Junge, der seinen Spielzeugkreisel in Bewegung setzt und dann aus dem Zimmer geht und ihn torkeln und taumeln läßt. Wie kann man *das* anbeten? Gott ist's langweilig geworden«, sagte Vater. »Ich kenne diese Art Langeweile, aber ich kämpfe dagegen an.«

Vater sah den Fluß und sagte: »Begradigen wir ihn.« Als wir das Eis den Berg hochschleppten, hatte er von nichts anderem als der Seilbahn für Passagiere und Fracht geredet. Er sprach immer noch davon, ein Loch zu bohren – die Dampfhitze im Erdkern anzuzapfen. Und Erfindungen selbst enthüllten unerwartete Dinge, die Vater als den »unvorhergesehenen Kniff« bezeichnete. Ein Beispiel dafür war ein frei liegendes Rohr an Fat Boys Schienbein, das Flüssigkeitstropfen aus der feuchten Luft sammelte. Vater fügte weitere Rohre hinzu und verwandelte es in einen Kondensator, der in einen Tank abtropfte. Es war das reinste Wasser, das man sich vorstellen konnte, und nun prahlte er, daß er Wasser sowohl schaffen als auch einfrieren könne – mit Feuer! Er hatte nicht erwartet, daß dieses kalte Rohr so reagieren würde. Es war ihm enthüllt worden. Er nannte es »Die Achillessehne«.

Wir Kinder sagten, beim Anblick von »The Acre« würde Vater einen Anfall kriegen oder uns auslachen. Er war ein Perfektionist. Ich konnte nicht vergessen, wie er auf dem Berg sein Schutzdach auseinandergetreten hatte und die ganze Nacht im Wind auf dem Boden saß und sagte: »Ich will in meinem eigenen Bett schlafen!« Lieber würde er leiden, als in einer schlechtgebauten Hütte zu schlafen, und oft genug betrachtete er das Essen der Zambus oder Mrs. Kennywicks Wabool und sagte: »Ich würde verhungern, bevor ich das essen würde.« Und das meinte er auch so.

Wir wagten nicht zu sagen, daß man essen konnte, was wild wuchs, und daß man auf dem Boden schlafen konnte. Seine Moskitofallen, »Insektenschachteln«, ließen Insekten durch Scheidewände ein, aus denen es kein Entrinnen mehr gab, und hielten Jeronimo so von fliegendem Ungeziefer frei. Aber man brauchte keine Netze und Insektenschachteln, wenn man den Beerensaft kannte, der wie Zitronengras wirkte. »Angst vor ein paar Insekten?« sagte er manchmal und zu anderen Zeiten: »Es ist nicht nur so, daß ich sie nicht auf meiner Haut haben will – ich will sie auch im Umkreis von drei Meilen nicht haben.« Wir hatten gelernt, so hätten wir ihm sagen können, daß die meiste Arbeit überflüssig war, und ein Badehaus war nicht notwendig, wenn man einen Teich oder einen Fluß hatte. Vaters selbstgezogene Karotten schmeckten gut, aber wildwachsendes Yautia war ebenso gut und bereitete keinerlei Mühe. Bananen und Maniok hatte er geächtet – »sie machen einen faul, und ich mag die Begleiterscheinungen von Bananen nicht«. Und das Eis – es war ein Wunder, aber wie die meisten Wunder konnte man es lediglich bewundern.

Je länger ich darüber nachdachte, um so überzeugter war ich davon, daß wir Kinder wegen »The Acre« in Jeronimo blieben. Es lag im Dschungel zwischen den Bergen und dem Fluß, am Endpunkt eines schmalen Pfades, den wir uns selbst getreten hatten. Es war unsichtbar, es war sicher.

Jeden Nachmittag verbrachten wir in »The Acre«, und es tat uns leid, daß wir hier nicht schlafen und über Nacht bleiben konnten. Wir wollten Vater beweisen, daß es möglich war. Aber am Ende eines jeden Tages schoben wir die Büsche beiseite und marschierten zurück nach Jeronimo; noch ehe wir die Gebäude sahen, hörten wir das Klatschen und Patschen der Pumpen. Vater würde lächeln, denn in der Kühle des Spätnachmittags holte er Eis aus Fat Boy und verteilte es unter die Flußkreolen und Zambus, die dafür gearbeitet hatten. Da stand er, mit seinen Zangen und seiner Flaschenzugrolle, und beförderte große Blöcke dampfenden Eises aus diesem Monsterschrank mit seiner lodernden Brennkammer.

Wenn wir zurückkamen, sagte Vater stets: »Wo seid ihr gewesen? In den Büschen herumgealbert?«

Wir pflegten zu antworten: schwimmen oder wandern.

»Schaut sie euch an, Leute. Wir bringen uns um, und sie spazieren um den Block.«

Die Leute waren Mr. Haddy, die Zambus, Mr. Peaselee und Mr.

Harkins. Sie waren seine Zuhörer, denn er hörte nie auf, ihnen von seinen Plänen zu erzählen. Diese Tage ging es um Gefrierfisch, der auf dem schnellsten Wege ins Landesinnere gebracht werden sollte, wo noch nie jemand große Flußfische gesehen hatte. »Über anderthalb Meter lang! Katzenfische! Könnte ihren ganzen Lebensstil ändern. Vor allem, wenn sie aufgeschlossen sind und kein moralischer Schleimer sie im Griff hat, der ihnen was vom Höllenfeuer predigt.«

Das war eine häufige Klage. Die Maywits waren nicht zurückgekommen. Vater sagte, das mache ihn ganz verrückt.

»Und das Komische am Höllenfeuer ist, daß es imaginär ist. Nicht aber Fat Boy! Er hat mehr Gift in sich als ein ganzes Jahrhundert von Höllen. Oh, Gott, ich könnte diesen Missionaren das eine oder andere über chemische Verbrennungsprozesse erzählen. Wenn sie Wasserstoff und Ammoniak losgehn sähen, dann würden sie an mich glauben anstatt an den toten Kreiseldreher! Wenn Fat Boy in die Luft fliegt . . .«

Dieses Jeronimo-Gerede bewirkte, daß wir in »The Acre« noch glücklicher waren. Das Lager war unser Geheimnis. Und wir hatten dort Dinge gelernt, die selbst Vater nicht wußte.

Mein Geburtstag kam und ging – genauso wie der Monat. Die Monate hatten Namen, aber die Tage keine Zahlen. Ich war vierzehn, aber immer noch nicht so groß, wie ich sein wollte. Und nun lag die Trockenzeit über Jeronimo. Nur Staub und tote Blätter.

Der Fluß war schmaler geworden, und er stank. Er verwandelte sich in ein Bächlein zwischen tiefen Streifen schmatzenden Schlamms; Fliegen schwirrten darüber, grünhaariges Zeug bedeckte es. Es schnarchte und rülpste jenseits der Anlegestelle. Etwas oberhalb von uns war alles Morast, es gab keinen Weg mehr flußaufwärts nach Seville. Unsere Boote saßen im Schlamm fest, unsere Pumpen am Rand des Flusses würgten oft an dem Schleim und Unkraut, das sie ansaugten. Seit Monaten hatte es nicht mehr geregnet, und es mochte noch einen Monat oder mehr dauern, sagte Vater, ehe es wieder regnete. Vater produzierte jetzt Eis nur noch in kleinen Mengen, und unser gesamtes Trinkwasser stammte von dem Kondensator an Fat Boys Schienbein, der Achillessehne.

Wir hatten »The Acre« Vater gegenüber nicht erwähnt, also

konnten wir ihm auch nicht erzählen, daß das Quellwasser in unserem Teich immer noch gegen den grasigen Rand schwappte.

Die Gärten in Jeronimo waren grün, produzierten Bohnen und Tomaten und Mais – die Maishalme standen hoch, aber die Pumpen keuchten noch immer. Vater sagte, er sei ein Narr gewesen, zu glauben, daß der Fluß ständig genügend Wasser führen würde – er war ebenso unzuverlässig wie alles andere auf dieser unvollkommenen Erde. Er sprach wieder davon, ein Loch zu bohren, kein geothermisches, sondern ein simples Bohrloch zum Grundwasserspiegel. Wann immer in der Zeit Leute kamen, wurden sie zum Graben an diesem Loch herangezogen.

Die Arbeit war schwer, und nicht viele Leute waren bereit, für einen kleinen Block Eis oder einen Beutel Hybridsamen im Dreck zu buddeln. Vater sagte voraus, daß die Maywits bald wieder zurückkämen und Jeronimo wieder auf vollen Touren laufen würde. Seit drei Wochen sagte er das schon.

Eines Tages sagte er zu Mutter: »Ich übertrage dir das alleinige Kommando über Jeronimo, Honey.«

»Willst du fort?«

»Nein. Aber ich muß über mein Bohrloch nachdenken.«

Er haßte den Fluß und seinen Gestank, und er redete jetzt ständig über das Bohrloch. »Geh, und hilf mir beim Graben«, sagte er jeden Morgen. Und jeden Besucher fragte er: »Was gedenkst du für mein Loch zu tun?« Er befand sich entweder drinnen oder am Rand davon, sein Gesicht so rot wie eine Tomate, den Fluß und das Klima verfluchend und bemüht, eine Maschine zur Erdbewegung zu entwickeln. »Sagen wir mal: auf dem gleichen Prinzip wie ein Staubsauger, der gleichzeitig graben und saugen kann – versehen mit Zähnen und Lungen, ausgerüstet mit Haltezangen ...«

Er jammerte, daß er mit dem Werkzeug eines Höhlenmenschen arbeiten mußte. »Wenn ich nur die richtige Ausrüstung hätte!« Er grub mit den Zambus. Er tat nichts anderes. War der Mais vom Brand befallen oder die Tomaten von Würmern oder verfaulten die Bohnen, dann befahl er uns Kindern, wir sollten uns drum kümmern. Noch war er nicht auf Wasser gestoßen. Er grub weiter. Die Aufgabe packte ihn wie ein Fieber. Er sagte: »Ich hör' nicht auf, ehe ich nicht angekommen bin, wo ich hin will.«

Dann machte er Fat Boy dicht. Das Röhren und Grugeln des

Eismachers war uns so vertraut geworden, daß ich das Gefühl hatte, ich hörte meinen Herzschlag stoppen, als er eines Morgens das Feuer löschte. Ich mußte den Atem anhalten, um zu lauschen. Fat Boy war nicht naß und tropfte nicht mehr. Er sah aus, als sei er gestorben, und Vater versteifte sich ein bißchen, ähnelte seiner Erfindung.

»Was ist mit dem Eis?« sagte Mutter.

»Was ist mit meinem Loch?«

So wurde das Loch tiefer und tiefer; es war breit genug, daß vier Männer schaufelschwingend darin stehen konnten. Es sah wie die Öffnung zu Vaters Vulkanloch aus, daneben häufte sich eine Pyramide aus Dreck und Felsbrocken. »Was beweist, wenn es noch eines Beweises bedürfte, daß man selbst mit primitiven Werkzeugen und etwas Muskelkraft was Konstruktives in dieser wertlosen Welt, die wir geerbt haben, tun kann.«

Aber er war noch immer nicht auf Wasser gestoßen. Wir bekamen keinen Besuch mehr. Die Arbeit war zu schwer. Vater grub in dem Loch, aß praktisch nichts und sagte: »Wenn ich nur die richtige Ausrüstung hätte . . .«

Die Pumpen brachten uns nur ein grünes Getröpfel von dem ausgequetschten Fluß. Wir mußten die Gärten mit der Hand bewässern, mußten Eimer mit Wasser in das Kanalrohr gießen, von wo aus es in die Bewässerungsgräben strömte. Am Flußrand stand Mutter knietief im Schlamm, und wir vier Kinder reichten Wassereimer von Hand zu Hand weiter zum Ufer hoch; Vater nannte das die »Eimer-Brigade«.

Eines Tages spielten wir kurz nach Anbruch der Morgendämmerung gerade Eimer-Brigade, als Mutter aufsah und sagte: »Mr. Haddy ist in fürchterlicher Eile.«

Er kam aus dem Dschungel herausgerannt, auf Vaters Loch zu. Kein Mensch rannte hier jemals. Irgend etwas Ernsthaftes mußte passiert sein.

»Peaselee sagt, sind ein paar Kerle auf dem Pfad!«

Das brüllte er ins Loch hinunter.

Er schaute hinab. Vater kletterte heraus und warf seine Schaufel beiseite.

»Was habe ich euch gesagt? Es sind die Maywits.«

»Er ist runtergerannt, um mir's zu erzählen.«

»Wo ist er jetzt?«

»Rennt immer noch. In Swampmouth vielleicht inzwischen.«

Vater sah, daß wir ihn beobachteten.

»Daß mir niemand ein Wort sagt. Wir können ihnen keine Vorwürfe machen, daß sie weggegangen sind. Wir sind froh, sie wieder bei uns zu haben. Wir werden so tun, als wären sie nie gegangen – sie haben eine schlimme Zeit hinter sich. Ihr glaubt, hier ist es trocken? Es ist tropfnaß im Vergleich zu der Trockenheit, die sie da draußen haben. Hört zu, für jedermann, der mal was von Jeronimo mitbekommen hat, ist die Welt ein schrecklicher Ort. Die armen Leute werden alle Zuneigung brauchen, die wir ihnen geben können. Seid nett zu ihnen. Gebt ihnen ein paar Erbsen zum Entschoten, gebt ihnen Arbeit. Wir haben ein paar zusätzliche Hände für mein Loch bekommen!«

Mutter sagte: »Es könnten ein paar Leute sein, die Eis haben wollen.«

»Ich weiß, es sind die Maywits«, sagte Vater.

Aber diesmal täuschte sich Vater. Die Maywits waren nicht auf dem Pfad.

»Männer«, sagte Mutter aufblickend. Wir drängten uns hinter ihr. »Sie sind zu dritt, Allie.«

»Die hab' ich auch erwartet«, sagte Vater, aber seine Stimme war kalt geworden. »Das sind Sklaven.«

»Warum haben sie dann Waffen, Dad?« fragte Clover.

Die Zambus schienen entsetzt. Ich hörte: »Gewehre.«

20

In diesem Augenblick wurde mir klar, was die Leute in Seville fühlten, die Flußkreolen und die Bergindianer oder sonst jemand, der uns Foxes aus dem Dschungel kommen sah. So betraten wir ihre Dörfer, groß und fremdartig und uneingeladen. Deshalb verdienten wir diesen Besuch, aber diese Erkenntnis machte es nicht leichter.

Die drei Vogelscheuchen waren anders gekleidet als in dem Indianerdorf in Olancho – schweißgetränkte Hemden und dreckige Hosen und Stiefel. Wir hatten sie uns nicht ausgesucht – sie hatten uns ausgesucht. Das war der Anblick, der sich den Wilden bot. Sie kamen schnurstracks auf uns zu, schauten weder rechts noch links. In ihren Kleidern sahen sie noch armseliger aus als halbnackt, wie wir sie im Dorf erlebt hatten. Einer hatte ein Gewehr über der Schulter, die anderen beiden Pistolen in den Händen. Sie lauschten und blinzelten, etwas dümmlich und etwas ärgerlich, als wären sie auf Katzenjagd.

Vaters Gesicht zuckte. Es war nicht Sorge. Im Kopf stellte er eine schnelle Kalkulation auf, addierte, subtrahierte, erwog Wahrscheinlichkeiten, berechnete, was sie vorhaben könnten. Ich erkannte die Kleidung der Männer – sie hatten das an, was ich die Indianerfrauen am Fluß hatte waschen sehen. Die Zambus mit ihren runden Amselaugen sahen vom Rand des Loches zu.

»Sag ihnen, sie sollen die Waffen niederlegen, Allie.«

»Überlaß das mir.« Vater trat den Männern entgegen und sagte auf spanisch: »Was gibt's?«

Die Männer lächelten ihm zu, aber ihre Hände blieben da, wo sie waren. Sie schauten sich in Jeronimo um, brachten uns mit ihren Waffen zum Schweigen. Sie trugen keine Abzeichen, obwohl sich ihre Kleidung ähnelte und nach Uniform aussah. Aufgrund der langen Haare und der Bärte wirkten sie wie Brüder. Ich hatte sie als groß in Erinnerung, aber hier wirkten sie nicht groß – nicht größer als Mutter. Einer der Pistolenbesitzer trug einen Gürtel mit einer großen Messingschnalle. Er schien intelligenter, weniger gewalttätig als die anderen beiden, vielleicht lag es aber auch daran, daß den beiden anderen Zähne fehlten. Der mit dem Gewehr trug einen Verband an der Hand – ein schmutziger Verband, der höchstens eine Entzündung bedecken konnte.

Unter den Indianern in diesem Dorf waren sie ausweichend, fast schüchtern gewesen – sie hatten mit uns geflüstert, uns Essen gebracht und uns vor den kauernden Indianern gewarnt. Doch hier zeigten sie nichts von dieser verstohlenen Verschlagenheit. Sie wirkten stark, so als wären sie es gewöhnt, Dörfer zu betreten und abzuschätzen. Sie ließen sich Zeit, ja sie murmelten sogar erst untereinander, ehe sie Vater antworteten.

»Wir glaubten nicht, daß wir dich finden würden.« Es war der mit der Messingschnalle, der sprach. Seine Zähne waren zu groß für seinen Mund, und nun sah ich, daß er nicht lächelte. Lediglich seine großen gelben Zähne zogen seine Lippen auseinander.

»Hier sind wir«, sagte Vater mit tonloser Stimme.

»Wie viele seid ihr?«

»Tausende . . .«

Die Männer schauten schnell hinter sich.

». . . wenn man die weißen Ameisen mitzählt«, sagte Vater. »Wir sind verseucht davon.«

Mr. Haddy flüsterte mir zu: »Mir gefallen diese Männer nicht.« Und dann: »He, Lungley.«

Aber die Zambus waren verschwunden – waren aus Vaters Loch geklettert und in den Wald zurückgewichen.

»Ihr kommt gerade rechtzeitig zum Frühstück«, sagte Vater. »Mach ein paar Rühreier für unsere Freunde hier, Mutter« – er redete immer noch spanisch –, »sie haben noch einen weiten Weg vor sich.«

Wir gingen alle auf die Galerie, und dort legten die Männer ihre Waffen nieder. Sie setzten sich auf den Boden und aßen Eier und Bohnen, während Vater über die weißen Ameisen redete. Termiten, sagte er, waren in alles gekrochen – Nahrung, Pflanzen, selbst in die Dächer und Fußböden der Häuser. »Sie fressen uns bei lebendigem Leib!«

Wir hörten zum erstenmal von den weißen Ameisen, aber keiner widersprach in dem Moment Vater, weil niemand ihm je widersprach. Die Männer hörten zu und schlangen ihr Essen hinunter. Als sie fertig waren, starrten sie uns mit bleichen, mageren Gesichtern an. Essen machte ihre Gesichter nicht weicher, es ließ sie nur noch hungriger und gefährlicher aussehen.

Der Mann mit den Zähnen, der zuvor gesprochen hatte, sagte, ihnen sei das Wasser ausgegangen, und dann hätten sie bei der Suche nach Wasser den Weg verloren. Sie hatten auf dem Berg kampiert.

»Ich weiß, wie das ist«, sagte Vater.

Mutter sammelte die Teller ein, und der gleiche Mann – Großzahn bestritt die gesamte Unterhaltung – sagte: »Ihr Mann hat uns erzählt, er hätte Wasser und Nahrung. Er lud uns ein. Er erzählte uns, er habe alles. Drüben, jenseits der Berge, haben sie gar nichts.«

»Es geht aufs Ende der Trockenzeit zu«, sagte Vater. »Das spüren wir. Alles ist tot oder am Absterben. Seit Wochen haben wir keinen Regen mehr gehabt. Aber die weißen Ameisen werden fett!«

Niemand erinnerte ihn an seine Prahlerei, daß Jeronimo termitensicher sei.

»Wenn's so weitergeht, werden wir anfangen müssen, die Termiten zu essen.«

Der Mann mit den Zähnen sagte: »Igitt.« Der Gedanke ekelte ihn an.

»Stadtkinder«, sagte Vater zu Mutter.

Die Männer atmeten immer noch schwer, so, als hätten sie Hunger.

»Versteht ihr, hier in der Gegend, wenn's da keinen Regen gibt, dann gibt's auch nichts zu essen. Könnt ihr jeden fragen. Wir essen grad unsere letzten Vorräte auf. Überall wimmeln die Ameisen herum. Unser Fluß hat sich in ein Bächlein verwandelt. Wenn ihr das nächstemal kommt, wird's anders ausschaun.«

»Wo sind deine Zambus?«

Vater zog die Nase kraus. »Dachten wahrscheinlich, ihr wärt Soldaten – haben eure Gewehre gesehn.«

»Wir verstehn nicht.«

»Gewehre. Ihr seid jetzt in Mosquitia«, sagte Vater. »Hatte nicht mehr die Zeit, ihnen zu sagen, daß ihr freundlich seid. Ich nehme an, sie tauchen jetzt grad ihre Pfeilspitzen in Gift, nicht wahr, Charlie?«

Er sagte das so beiläufig. Und an seiner Stimme erkannte ich, daß er eine Antwort von mir haben wollte. Ich sagte: »Ja.«

»Ihr habt sie ordentlich getäuscht!« Er war richtig vergnügt geworden. Er wandte sich von ihnen ab und schaute von der Galerie zu dem stinkenden, fast stehenden Fluß. »Wohin geht ihr?«

»Es ist sehr hübsch hier.«

Vater sah sie an. »Es wimmelt von Ameisen!«

»Wir sehen keine Ameisen.«

»Natürlich nicht. Wenn man sie sehen könnte, dann könnte man sie auch vernichten.«

»Wo ist das Eis, von dem du uns erzählt hast?«

»Wir machen kein Eis. Schaut euch diesen Fluß an – wie ein Abwasserkanal. Wir brauchen das gesamte Wasser, das wir haben, für die Felder.«

Der Mann, der bis jetzt gesprochen hatte, sagte klar und deutlich zu den anderen: »Er macht kein Eis.«

»Vom Fluß ist nicht mehr viel übrig«, sagte Vater. »Aber es reicht noch, um ein Cayuka schwimmen zu lassen. Das ist der Bonito. Er mündet in den Aguan. Ich könnte euch eine Karte zeichnen. Ist ungefähr eine Tagesreise zur Küste. Wird euch dort gefallen.«

»Uns gefällt's hier.«

»Ich wünschte, ich hätte Platz für euch. Aber die meisten Häuser sind verseucht. Ameisen. Ihr habt Glück – an der Küste werdet ihr keine Ameisen finden.«

»Nebenan steht ein leeres Haus.«

Das verlassene Haus der Maywits – sie hatten es gesehen.

»Das Haus hat kein Dach«, sagte Vater.

»Du täuschst dich.«

Vater wandte sich an Mr. Haddy und sagte: »Ich hab' dir doch gesagt, du sollst Boden und Dach rausreißen, Figgy. Hol jetzt deine Brechstange, und mach dich an die Arbeit – ich will jeden verfaulten Balken draußen haben.«

Als nächstes hörten wir, wie Mr. Haddy das Haus der Maywits mit der Brechstange auseinandernahm – das Krachen und Kreischen der Bretter. Es klang, als würden Schweine geschlachtet.

»Bitte entschuldigt uns«, sagte Vater. »Auf uns wartet Arbeit. Nein, Sir, Urlaub haben wir keinen!«

Die Männer folgten ihm hinaus.

»Mein Loch«, sagte Vater. »Ihr werdet hier oben bleiben müssen. Ich dulde keine Waffen in meinem Loch.«

Der Mann mit dem Gewehr sagte: »Gewehre«, und lächelte.

Großzahn sagte: »Wir werden uns umschaun.«

»Geht runter zum Fluß. Ihr werdet dort ein Cayuka sehn. Es gehört euch – paddelt zur Küste.«

»Das ist nicht notwendig.«

»Die Ameisen sind anderer Meinung.«

Die Männer zuckten die Schultern.

»Ich werde euch ein Geheimnis verraten«, sagte Vater. »Wir sind Selbstversorger. Wir können uns ernähren. Aber wir können niemanden sonst ernähren. Deshalb schlage ich euch vor, weiterzuziehn.«

»Wir werden deinen Vorschlag überdenken.«

Mir fiel auf, daß der Mann ein Spanisch sprach, wie ich es nie zuvor gehört hatte. Es klang gebildet, manche Sätze waren neu für mich, und es wurden keine Worte weggelassen. Es handelte sich um gebildete Männer, und sie schienen hier fehl am Platz, wo jedermanns Spanisch ein Gemisch aus Kreolisch und Englisch war. Während ich dem perfekten Spanisch der Männer lauschte, kam mir zwangsläufig der Verdacht, daß sie unehrlich waren. Aber das war eine von Vaters eigenen Verdächtigungen – stets mißtraute er gebildeten Menschen, und ich wußte, er haßte diese Männer.

»Gut. Ich werde euch einen anderen Vorschlag machen«, sagte Vater – seine Geduld ging langsam zu Ende. »Legt die Gewehre weg. Sie machen mich nervös. Ich frage euch nicht, woher ihr sie habt. Ich sage lediglich, ich bin nicht hergekommen, um in eine Gewehrmündung zu schaun. Und ich brauche kein drittes Nasenloch, okay? Seht ihr irgendwelche Schlösser an diesen Türen? Irgendwelche Zäune? Nein? Dies ist der friedlichste Platz in der Welt. Ich möchte, daß es so bleibt.«

Die Männer lächelten bloß und hielten ihre Waffen fest.

»Schnapp die eine Schaufel, Charlie, und kletter rein.«

Wir schwangen uns in das Loch hinunter.

Vater sagte zu mit im Flüsterton: »Ich dachte, diese Gentlemen seien Gefangene der Indianer. Scheint umgekehrt gewesen zu sein. Gib mir einen Tritt, Charlie, ich bin ein Narr!«

Ungefähr dreißig Minuten später gab es ein Geräusch über uns – Mr. Haddy kletterte in das Loch.

»Maywit-Haus erledigt«, sagte er. »Hab's kurz und klein gehackt. Sieht aus wie ein Skelett, aber Ameisen hab' ich nicht gesehn.«

Vater wandte ihm den Rücken zu. In der Hand hatte er einen Spaten. Er schaufelte und dachte nach.

Mr. Haddy sagte: »Ich mag diese Freunde nicht, Vadder.«

»Nicht so laut, Fig.«

»Sie sitzen unter der Guanacaste.«

»In Ordnung«, sagte Vater. »Reiß Dach und Boden von deinem Haus raus, und sag Harkins, er soll das gleiche machen. Wenn du Peaselee nicht finden kannst, übernimm sein Haus, Dach und Boden. Wir sind verseucht. Wir werden diese Häuser auseinandernehmen. Charlie, hol dir Jerry, nimm einen Beutel Hühnerdreck, und verstreu's im Kühllager. Mach's naß, bis es stinkt. Nagel den Gemüsekeller und den Bohnenschuppen mit Brettern zu. Sag Mutter, was du tust . . .«

Er gab uns weitere Anweisungen, und als er fertig war, hatte er jedes Gebäude in Jeronimo erwähnt, bis auf eins.

Ich sagte: »Was ist mit Fat Boy?«

»Laßt die Finger von ihm. Überzeugt euch bloß, daß sein Feuer aus ist.«

Mr. Haddy ließ Vater sein Kaninchenlächeln zukommen. »Wenn also die Ameisen alles auffressen und wir die Häuser einreißen, dann lohnt sich's für die Freunde nicht zu bleiben.«

»So ungefähr schaut's aus«, sagte Vater. »Ich werde die Situation auf friedlichem Wege entschärfen.«

Zur Mittagszeit war Jeronimo völlig verändert – Haddys Haus ohne Dach und Boden, das Haus der Maywits desgleichen, Peaselees Veranda rausgerissen und zerbrochen, andere Häuser abgedeckt, der Gemüsekeller vernagelt, der Kühlraum vernagelt und mit Dung verpestet, das Badehaus verstopft und verdreckt, die Pumpen auseinandergenommen – alle funktionsunfähig gemacht, »im Interesse der Desinfektion«, wie Vater sagte. Unser Haus stand noch unangetastet da, Fat Boy ebenso, aber der Rest stand unter freiem Himmel oder war zugenagelt.

»Krieg den Ameisen.«

Mr. Peaselee und Mr. Harkins waren nicht zurückgekehrt. Vielleicht war das ein Segen, denn ihre Häuser befanden sich in einem jämmerlichen Zustand, und der Anblick hätte sie bestimmt aufgeregt. Mutter sagte, Ma Kennywick sei nach Swampmouth zu ihrer Schwester gegangen – das Gehämmere und Geklopfe war zuviel für sie gewesen. Die Zambus blieben unsichtbar, aber obwohl wir sie nicht sehen konnten, wußte ich, daß sie uns durch die Schlingen und Ritzen der Blätter hindurch beobachteten.

Es war eine drastische Maßnahme, daß Vater beschlossen hatte, die meisten der bewohnbaren Häuser niederzureißen. Aber es kam nicht überraschend, und niemand machte sich Sorgen. Wir wußten, wie schnell er ein Haus bauen konnte – wir hatten es oft gesehen. Er sagte, Zerstörung und Aufbau seien Vater und Sohn. Er hatte die *Little Haddy* in ihre Einzelteile zerlegt und sie in schlankerer Form wieder zusammengesetzt, damit sie den Fluß hinaufgleiten konnte. Wir vertrauten seinem Tempo und seinem Einfallsreichtum. Aber wer hätte nach all den Monaten der Arbeit, die geleistet worden war, ahnen können, daß Jeronimo an einem einzigen Morgen zum Schweigen gebracht und in einen Slum verwandelt werden würde?

Die drei Männer verschwanden; sie zogen mit ihren Waffen in den Dschungel, mittags kehrten sie zurück.

Vater war mittlerweile guter Stimmung. Er begrüßte sie herzlich und häufte Essen auf ihre Teller. Er sagte: »Wenn ihr direkt nach dem Essen aufbrecht, schafft ihr es bis Bonito Oriental. Dort gibt's einen Chinaladen – Ling Hermanos. So viel amerikanisches Büchsenfleisch, wie ihr euch nur wünschen könnt, und ein bißchen Rum wahrscheinlich auch. Mishla und Radiomusik. Das ist das Richtige für euch Städter . . .«

Mit Clover, April und Jerry hockte ich im Winkel der Galerie.

Clover sagte: »Was hat Dad mit all den Häusern gemacht?«

»Kaputtgemacht«, sagte Jerry. »Auseinandergerissen. Charlie und ich haben Hühnerscheiße in den Kühlraum getan.«

April sagte: »Sieht schlimmer aus als damals, als wir herkamen.«

»Ich will nach ›The Acre‹ gehn«, sagte Clover.

»Das können wir nicht machen«, sagte ich.

»Charlie ist ein Feigling.«

»Bin ich nicht. Dad will, daß wir ihm helfen.«

»Hier gibt's nichts zu tun. Ist alles Scheiße.«

Jerry sagte: »Haddy glaubt, die Männer sind Verbrecher, und sie wollen irgend jemand mit ihren Waffen erschießen.«

»Sie könnten nicht auf uns schießen, wenn wir in unserm Lager wären«, sagte Clover. »Sie würden uns nicht finden.«

April sagte: »Und wenn sie's probierten, würden sie in eine Fallgrube fliegen.«

Es war ein idealer Tag für unser Lager, und in unserem Teich war mehr Wasser als in ganz Jeronimo. Ich hätte alles dafür gegeben, wenn ich den Nachmittag dort mit Schwimmen hätte verbringen können. Ich wollte hier fort und erst wiederkommen, wenn die Männer weggegangen und die Häuser wiederaufgebaut waren!

Aber als ich den Kleinen das erzählte, sagte Mutter: »Es ist nicht höflich, zu flüstern.«

Vater hatte mit den Männern geredet. Plötzlich stand er auf und sagte: »Die Herren möchten wissen, wie ich meinen Finger verloren hab'. Das ist eine interessante Geschichte!«

Er stand hoch aufgerichtet vor den Männern auf und begann, auf spanisch loszubellen.

»Es war unsere erste Nacht hier in Jeronimo. Wir waren isoliert in dieser Wildnis, wir glaubten, gut vorbereitet zu sein – wir hatten Moskitonetze, Schlafsäcke, Zelte, wie richtige Guerilleros. Wir alle gingen zu Bett und schliefen ein. Aber ich hatte meinen Türglockentraum, meinen Knopfdruckalptraum. Ich stand an der Höllenpforte und versuchte reinzukommen. Ich drückte, und zu dem Zeitpunkt wußte ich es noch nicht, aber ich hatte dabei meinen Finger durch das Moskitonetz gestoßen. Am Morgen wachte ich auf und versuchte ihn reinzuziehn. Bloß war da kein Finger mehr, sondern ein Stumpf! In der Nacht hatte irgendwas meinen Finger abgenagt – eine Ratte, eine Fledermaus, ein Gürteltier, ein Nabelschwein. Wir haben schon Viecher hier!«

Er zeigte den Männern seinen Stumpf.

»Das ist alles, was übriggeblieben ist. Gut, daß ich nicht die ganze Hand rausgestreckt habe – ich würde jetzt einen Haken dranhaben.«

Die Männer begutachteten den Fingerstumpf. Ich konnte nicht sagen, ob sie ihm glaubten, aber Vater hatte die Geschichte überzeugend und mit Nachdruck erzählt.

»Schaut euch die Bißspuren an! Nach Einbruch der Dunkelheit wimmelt's hier nur so von Viechern. Ihr seid nicht mehr in den Bergen – das hier ist der Dschungel, Jungs.«

»Wir sind im Dschungel gewesen.«

»Nicht in so einem barbarischen Dschungel – das ist nicht Olancho und nicht Tegoose. Die Leute stammen hier von Piraten und kannibalischen Kariben ab. Spinnen so groß wie junge Hunde. Geier, die einen blitzblank nagen. Das ist die Moskito-Küste! Deshalb rate ich euch, flußabwärts zu fahren, wo ihr Tür und Fenster hinter euch zumachen könnt. Wenn jemand hier im Freien schläft, dann ist morgens nichts mehr von ihm übrig – nicht mal Knochen.«

Großzahn wandte sich an seine Freunde.

»Wo wollt ihr zum Beispiel heute nacht schlafen?« fragte Vater.

Sie antworteten nicht.

»Wäre besser, in einem Haus und weit weg von hier. Ihr könntet mehr als einen Finger verlieren!«

Wir arbeiteten den Nachmittag hindurch, gruben das Loch tiefer aus, dichteten die Häuser ab und wünschten, wir wären in »The Acre«, während die drei Männer sich untereinander unterhielten. Sie wirkten unruhig, beobachteten uns bei der Arbeit. In ihren kranken Gesichtern brannten heiße, nervöse Augen, sie bewegten sich ruckartig wie Eidechsen, duckten sich, wann immer sie sich umschauten. Jedesmal, wenn sie Vater anstarrten, hielt er seinen Fingerstummel hoch und sagte: »Bald wird's dunkel sein!«

Sie krochen davon, beachteten ihn nicht.

Das regte Vater auf – ihre Gleichgültigkeit. »Ich gebe euch eine Chance«, sagte er, jetzt fast schon bittend. »Ich biete euch mein Cayuka an. Es wäre klug von euch, aufzubrechen. Hier in der Gegend wird's schnell dunkel.«

Die Männer spielten mit Clover und April unter dem Guanacaste-Baum.

Mr. Haddy sagte: »Wo schlafe ich, Vadder?«

»Ich habe ein Bett für dich«, sagte Vater, dann brüllte er zu den Männern hinüber: »Laßt die Kinder in Ruhe!«

Er packte seinen Klauenhammer und marschierte rüber zu ihnen, vorbei an den aufgerissenen oder vernagelten Häusern.

»Macht, was ihr wollt, aber laßt die Hände von meinen Kindern.«

»Sehr intelligente Kinder.«

»Sie haben intelligente Eltern«, sagte Vater.

»Ja. Sie haben uns von all den wunderbaren Dingen berichtet, die du tun kannst.«

Clover sagte: »Ich habe nichts erzählt. April war's.«

April sagte: »Clover hat mit deinem Schacht angegeben, mit dem du geothermische Energie aus Vulkanen holst.«

»Das ist ein Wasserloch«, sagte Vater. »Die Trockenheit hat Zambus aus uns gemacht. Wir kämpfen bloß um Wasser. Haltet die Klappe, Mädels, und macht euch nützlich!«

Die Männer schlichen zum Fluß. Wir konnten sie nicht sehen, wir glaubten, sie seien verschwunden, aber in der Abenddämmerung kehrten sie zurück. Es war die Stunde, in der Moskitos und Fledermäuse erwachten und herumzuschwirren begannen. Die Männer schlugen sich an die Köpfe, rieben sich die Knöchel und kratzten sich Löcher in die Hemden.

In ihrer Abwesenheit hatte sich Vaters Stimmung verändert. Er grübelte mürrisch vor sich hin, kaute auf seiner Zigarre. Er sprach mit keinem von uns, sondern marschierte murmelnd herum. Er schleppte sein Werkzeug zu Fat Boy hinüber, kletterte auf eine Leiter und hämmerte gegen die oberen Wände in der Nähe der Luke. Aber als er die Männer wieder auftauchen sah, fing er an zu lachen. Es war nun dunkel. Mr. Haddy brachte eine Laterne vom Boot. Zarte Insekten umschwirrten den Glaszylinder der Laterne. Zusammen mit Jerry stand ich da und guckte zu.

Vater lachte immer noch. Er sagte: »Ich bin ein Dummkopf. Ihr sagtet, es gefällt euch hier, und ich glaubte euch nicht. Aber mittlerweile habt ihr mich vollkommen überzeugt. Ihr meint, was ihr gesagt habt. Ihr bleibt die Nacht über hier, nicht wahr?«

»Ja.«

»Würde mich nicht überraschen, wenn ihr euch entschließen solltet, zwei oder mehr Nächte zu bleiben. Vielleicht, bis der Regen kommt und wir anfangen zu pflanzen – und bis dahin sind's noch Wochen!«

»Wir bleiben, bis wir soweit sind. Dann gehn wir.«

Bei diesen Worten hatte der Mann das Gesicht eines Insektes – eines Insektes, das sich auf eine Bohnenschote setzt und sich darin vergräbt, bis es sich satt gegessen hat. Insekten sind zu kleinen, tastenden Zuckungen fähig, aber sie besitzen nicht mehr Ausdruckskraft als eine Zange. So sahen die Männer aus – Kneifzangenlippen und Augen wie Nieten. Insekten.

»Ich bin kein Wilder«, sagte Vater. »Ich habe nicht vor, Hand an euch zu legen und euch zu Gefangenen zu machen. Ihr habt es so gewollt. Aber jetzt ist es dunkel.« Er nahm die Latrne und hob sie dicht an ihre Gesichter heran, brachte die Insekten in die Nähe ihrer Insektenaugen. »Ihr könnt nirgendwohin.«

Die Männer starrten auf die Moskitos und die schwirrenden Nachtfalter.

»Ihr wärt Narren, wenn ihr jetzt losziehn würdet. Wir haben nicht viel, aber was wir haben, gehört euch. Diese Verseuchung – schaut her, da ist eine Termite im Glas, seht ihr die Kauwerkzeuge? – hat unsere Unterkünfte zerstört. Aber wir können euch Essen und Obdach bieten.«

»Er ist ein äußerst vernünftiger Mann.«

»Ich tu', was ich kann.«

»Er versteht.«

»Als ich euch da oben sah – in diesem . . . war es ein Twahka-Dorf? –, hielt ich euch für Gefangene.«

Die Männer lächelten und klatschten sich die Insekten von Backen und Ohren weg. Vater quälte die Männer, so wie er die Laterne hielt.

»Ich dachte: ›Sklaven!‹«

Die Männer lachten, während sie die Insekten fortwedelten.

»Aber ihr wart Gäste dieser Indianer«, sagte Vater. »Und nun seid ihr unsere Gäste. Schaut . . .«

Ein Moskito hatte sich auf Vaters Arm niedergelassen. Er ließ ihn einen Augenblick sitzen, dann schlug seine Hand zu. Er zeigte den Männern den zerquetschten Moskito, den Blutfleck.

»Tot! Braucht euch nicht leid zu tun. Das ist nicht sein Blut – das ist *mein* Blut!«

Die Männer traten zurück. Vater hatte das Blut an seinen Fingerstumpf gewischt.

»Dies hier ist Mosquitia!« sagte Vater.

»Du hast recht. Hier gibt's mehr Viecher als in den Bergen von Olancho.«

»Die Moskito-Küste steckt voller Überraschungen«, sagte Vater. »Deshalb gefällt sie uns auch, richtig, Mr. Haddy?«

»Ich schlafe auf meiner Barkasse, Vadder.«

»Mach das nur, Figgy. Charlie, bring Jerry ins Haus, oder ihr werdet bei lebendigem Leib aufgefressen . . .«

Wir gingen auf das Haus zu, mittlerweile das einzige noch vollständige Gebäude in Jeronimo. Jerry nahm meine Hand – er ängstigte sich, seine Hand war feucht. Er warf den Kopf hin und her, um die Moskitos fernzuhalten.

». . . und Sie drei können die Baracke nehmen.«

Jerry fragte: »Von welcher Baracke redet er?« – Vater hatte das englische Wort dafür gebraucht. – »Wir haben keine Baracke.«

Die Laterne pendelte hin und her – Vater führte die Männer zu Fat Boy. Im Schein des insektenverseuchten Lichts schob er die Leiter an die Luke im Giebel.

Ein paar Minuten später stand Vater vor der Gittertür der Galerie; schon beim Eintreten redete er.

»Sie wollen was zu essen. Tu's in diesen Eimer, Mutter, und ich bring's rüber.«

Der Eimer kreischte mißtönend, als er ihn herunterholte, und Mutter schöpfte Wabool hinein. Dann machte sie Päckchen aus Bohnen und Reis, wickelte sie in Bananenblätter und legte sie in den Eimer.

»Wir haben sie am Hals«, sagte sie.

Vaters Gesicht war ausdruckslos, seine lange Nase wund vom Sonnenbrand. Er starrte auf den Boden, wo wir aßen. Es war, als hätte er an diesem verwirrenden Tag alle Stimmungen durchgemacht und als sei nun keine mehr übriggeblieben. Er hob die Füße und ließ sie runterklatschen, wie eine Gans bewegte er sich durch den Raum.

Er sagte: *»Am Hals?* Wir haben niemanden am Hals. Wenn ich so was glauben würde, dann wären wir immer noch in Hatfield.« Seine Stimme war flach, er schritt immer noch über den Fußboden, vor und zurück. »Niemand, der auch nur den kleinsten Funken in sich hat, hat in dieser Welt jemals jemanden am Hals oder muß eine Minute der Unterdrückung ertragen. Das haben wir bewiesen, Mutter. Wir alle haben uns unsere eigene Donnerbüchse ausgesucht, um draufzusitzen und die Konsequenzen hinzunehmen.« Mutter lächelte.

»Donnerbüchsen«, sagte Vater. »So haben wir früher unten in Maine die Nachttöpfe genannt.«

Es war nach Mitternacht und immer noch so heiß, daß die Insekten im Gras und in den Bäumen lärmten. Frösche quakten in dem wasserarmen Fluß, und ich konnte hören, wie die Strömung am Schilfrohr saugte. Das waren die Geräusche, die ich in den Sekunden nach dem Erwachen vernahm. Vater hatte seine Hände auf mein Gesicht gelegt. In der Dunkelheit glaubte ich, einer der Männer sei gekommen, um mich zu erwürgen.

»Zieh deine Schuhe an, und komm mit.«

Wir hatten keine Lampen, doch über der Lichtung lag genügend Mondschein, so daß ich die leeren Häuser und das gestapelte Holz sehen konnte, das von Dächern und Fußböden gerissen worden war. So hatte es in Jeronimo vor Monaten ausgesehen, als wir unsere Siedlung gebaut hatten.

Vater trug einen dicken Balken unter dem Arm, sonst nichts. Es war eine sehr unhandliche Waffe, falls es eine Waffe sein sollte. Wir gingen hinüber zu dem Kühlhaus, über dem der Geruch von feuchtem Hühnerdreck hing. Vater kniete im Gras nieder und schnaufte, als würde er jeden einzelnen Atemzug zählen.

»Ich hab ihnen jede Chance gegeben, zu gehn. Habe ihnen sogar mein Cayuka angeboten.« Er zerquetschte einen Moskito und zeigte mir den schwarzen Fleck, wie er es zuvor schon getan hatte. »Hab bloß kein Mitleid mit Insekten. Das ist *mein* Blut.«

Ich nickte. Ich fürchtete mich vor dem Geräusch, das meine Stimme machen würde.

»Aber sie weigerten sich. Du hast es gehört. Sie beabsichtigen, sich an uns zu hängen, wie sie sich an die Indianer gehängt haben. Erinnerst du dich an diese armen, bemitleidenswerten Männer, wie sie da mit ihren verrückten Kötern im Dreck kauerten? Charlie, die Indianer waren die Gefangenen!«

»Sie sahen verängstigt aus.«

»Nicht wahr?« Vater ließ den Kopf hängen. »Ich täusche mich nicht oft, aber wenn, dann so, daß es nicht schlimmer geht.«

Das war ein Bekenntnis. Mir fiel nichts ein, was ich hätte sagen können, um es ihm leichter zu machen.

»Gewöhnlich mach' ich keine Fehler. Das weißt du. Aber das ist ein dicker Hund.«

Er starrte nun auf Fat Boy. Er krümmte die Schultern und sagte mit der alten, heiseren, spöttischen Stimme, die er benutzte, wenn er mich testen wollte: »Kannst du die Leiter hochklettern und diesen Balken durch die Klammern an der Lukentür schieben, ohne ein Geräusch zu machen?«

»Ich denke, schon.«

»Besser, du wärst dir da ganz sicher, Charlie, denn wenn du diese Würmer aufweckst, dann fangen sie an zu schießen.«

Er gab mir den Balken. Er war schwer, aber er roch süßlich, ein geröstetes Nußaroma – er war frisch gesägt worden.

»Du kannst uns alle umbringen«, sagte er.

Ich wollte den Balken fallen lassen und fortrennen.

»Hoch mit dir.«

Wir schlichen zur Leiter, und er hielt sie fest. Ich kletterte an ihm vorbei; eine Wärmewelle von seinem Körper hüllte mich ein, der gerötete Schweiß seiner Sorgen, wie ein Dunst von Blut in der Luft. In der Mitte der Leiter kühlte mich eine leichte Brise. Ich war froh, daß es dunkel war. Ich konnte den Boden nicht deutlich sehen, nur das mondweiße Flackern – wie Tauben, die im Grase pickten – und Flecken weißgrauen Lichts auf den Bäumen. Die Finger meiner Hand waren bleich. Sie zitterten auf den Sprossen.

Nahe der Luke glaubte ich, die Männer gerade innerhalb von Fat Boy, auf der oberen Plattform in dem Gewirr der Röhren, schnarchen zu hören. Vor Monaten hatte ich diese Windungen und Mulden gesehen und geglaubt, einen kurzen Blick in Vaters Geist geworfen zu haben. Ich konnte beides nicht voneinander trennen, und nun erschien es mir schrecklich, daß diese Eindringlinge da drin waren, stinkend und wartend und sich weigernd, zu verschwinden. Männer, die er haßte, waren zu diesem intimen Ort vorgedrungen.

Eiserne Klammerbänder waren am Türpfosten befestigt. Vater mußte sie an diesem Nachmittag angenagelt haben. Ich hatte sie noch nie gesehen. In Jeronimo hatten wir keine Schlösser. Dies war das erste.

Ich hob den Holzbalken, legte ihn oberhalb der Klammern an die Tür und ließ ihn runterrutschen. Es paßte einwandfrei. Aber kaum hatte ich das getan, wurde mir klar, wie endgültig das war. Ich hatte die Tür abgedichtet – verbarrikadiert, wie Vater gesagt hätte. Meine Beine wurden schwach und fingen an zu schlottern. Schnell stieg ich die Leiter hinunter; jeden Moment erwartete ich ein Krachen und Gewehrfeuer.

»Geh zur Seite!«

Vater zog die Leiter von Fat Boy fort und ließ sie vorsichtig ins Gras gleiten. Er kam mit dem Mund ganz nahe an mein Ohr.

»Du bist diese Leiter nicht hochgeklettert.«

Sein Atem strich heiß über mein Ohr.

»Du hast diese Tür nicht verriegelt.«

Er packte meinen Arm und quetschte ihn.

»In Jeronimo haben wir keine Schlösser.«

Er hielt meinen Arm so fest umklammert, daß ich glaubte, der Knochen würde brechen. Er führte mich zur Brennkammer. Wir warfen keine Schatten.

»Ich wollte dich dabeihaben, um deine Augen zu testen. Ich nehme an, sie sind genauso gut wie meine. Ich möcht' wetten, du kannst die gleichen Dinge sehn wie ich. Schau dorthin.«

Mit der linken Hand immer noch meinen Arm festhaltend, deutete er mit der anderen Hand. Hinter dem Fingerstumpf war die Brennkammer.

»Jemand hat ein Feuer brennen lassen«, sagte er.

Aber da war kein Feuer.

Ich sagte: »Ich kann nichts sehn.«

Meine Hand starb ab. Er drückte mit aller Kraft.

»Schau«, sagte er, riß ein Streichholz an und hielt es an das aufgeschichtete Anmachholz. Es war alles vorbereitet – Zündmaterial, Stöcke, Zweige, Scheite und oben gespaltene Klötze. »Jemand hat hier ein Feuer angezündet – und ich hab' ihnen ausdrücklich gesagt, sie sollten es nicht tun.«

»Ja.«

Er ließ meinen Arm los, aber ich hatte nicht die Spur von Gefühl in meiner Hand. Es war so, als hätte er sie in der Dunkelheit abgezwickt.

»Kein Feuer«, sagte ich. Sein Gesicht war wild.

Das Anmachholz mußte mit Öl getränkt worden sein, denn es zischte auf, als die Flammen hochschossen und die Stöcke und gespaltenen Klötze knatternd in Brand steckten, lauter als Vaters Geflüster. Es röhrte gegen die Ziegel, und als Vater die Tür der Brennkammer schloß, konnte ich es im Kamin hören, dazu das schwache alberne Glucksen der Flüssigkeit, die sich in Fat Boys Rohren rührte – Gurgeln und Rülpsen, so traurig in dieser traurigen Nacht.

»Wir müssen es einfach brennen lassen. Es ist voller Scheite. Gibt nichts, was wir tun könnten, um es aufzuhalten.«

Seine Stimme klang schwächer als das Rumoren um uns herum.

»Der Teufel hat das getan.«

»Die Männer . . .« Aber was konnte ich ihm sagen, das er nicht bereits wußte? Er wußte, die Männer drinnen würden stocksteif frieren. Aber ich wollte irgend etwas sagen, denn ich sah sie deutlich vor mir, ausgestreckt und grau, mit Frost auf ihren Gesichtern.

»Fang an zu zählen, Charlie. Wenn du bei dreihundert angekommen bist, gibt's dort drinnen keine Männer mehr.«

Mehr sagte er nicht. Schweigend führte er mich zum Haus zurück. Er schluckte, als würde er ebenfalls zählen. Das Knacken des Feuers, das Rauschen in Fat Boys Rohren, das Knirschen der Fugen – es war wie das beschleunigte Ticktack begrenzter Zeit.

Ehe wir das Haus erreichten, hörten wir im Inneren von Fat Boy ein Klopfen, ein Hämmern – Gewehrkolben donnerten gegen die Wände. Vater würgte weiter und ging auf Fat Boy zu.

»Wenn sie sich hinlegen, geht's ihnen besser.«

Rasendes Gehämmer.

»Sie versuchen, die Wände zu zerschmettern.« Vater war nicht beunruhigt. Er hatte selbst die schweren Mahagonibretter zusammengefügt. Er wußte, wie stark Fat Boy war.

Drinnen knallten vier Schüsse, dann mehr. Aber sie wurden von den Doppelwänden gedämpft, und ich war mir nicht einmal sicher, ob es wirklich Schüsse waren, bis Vater sagte, die Männer würden ihre Gewehre abfeuern.

»Allie, ist alles in Ordnung?«

Mutter stand in ihrem weißen Nachthemd auf der Galerie.

Vater antwortete, aber seine Worte gingen in dem Lärm unter, der auf die Schüsse folgte – ein gewaltiger Schlag im Inneren von Fat Boy. Es war, als würden Fässer eine endlos lange Treppe runterdonnern. Die eingesperrten Männer versuchten, sich ins Freie zu kämpfen, hämmerten gegen die Tür. Sie feuerten ihre Waffen ab, und das Metall klirrte, wenn ihre Kugeln Rohre trafen – und immer noch das Faßgepolter an den massiven Wänden.

»Zähl weiter, Charlie.«

Clover, April und Jerry erschienen bei Mutter auf der Galerie. April weinte, und die anderen sagten: »Wo ist Dad?« Und: »Was ist mit Charlie passiert?«

»Was ist das für ein fürchterliches Theater?« Mr. Haddy tauchte hinter uns in seinen Schlafsachen auf – Unterhemd und gestreifte Shorts. Vor Angst tanzte er vor und zurück.

»Zieh den Kopf ein, Figgy. Alles geht in Ordnung. Noch ein Paar Minuten . . .«

»Was kracht da?«

»Grillen.«

Aber das Geräusch wurde lauter, Tunnelschreie waren zu hören, wie von lebendig begrabenen Männern, die in die Erde schrien. Das und das Geläut der Rohre. Ich kannte diese Rohre – wenn man sie berührte, riß einem das kalte Metall die Haut von den Fingern. Das ganze Gebäude zitterte. Das Blechdach ratterte. Der Krach in der Dunkelheit ließ Fat Boy riesiger denn je erscheinen. Die erstickten Echos von all dem Getrommel und der Furcht und den Schüssen rissen Löcher in die Nachtluft. Der Kampf hörte sich an, als wäre in einem gewaltigen Sarg, der über Leuten, die noch halb lebten, zugenagelt worden war, die Hölle losgebrochen.

»Sie demolieren ihn«, sagte Vater. Er war nicht verängstigt, sondern verletzt und wütend. »Sie wollen sich nicht hinlegen. Sie machen ihn kaputt.«

Er redete, als würde etwas in seinem eigenen Kopf zerbrechen.

Die Kinder weinten, und Mr. Haddy tanzte immer noch in seinen gestreiften Shorts herum.

»Nein!« brüllte Vater. Und er rannte los.

Dann kam die Explosion. Sie füllte die Lichtung mit einer Helligkeit, die mir das Gesicht versengte. Sie färbte jedes Blatt, nicht grün, sondern rötlichgold, und sie raffte die nahe liegenden Gebäude zusammen – das Kühlhaus, den Brutkasten, den Gemüsekeller –, erschütterte sie mit blasser, mehliger Flamme und fegte sie dann wie Papier davon. Sie hob Fat Boy vom Boden, zerbrach ihn und ließ ihn fallen, schob seine Planken wie Blumenblätter auseinander, als der Feuerball flammenden Gases hochschoß wie ein startender Ballon.

Vater hatte sich von der Explosion abgewandt. Die eine Seite seines Gesichts glühte, die andere war schwarz. Er hatte ein rotes Auge. Es war auf mich gerichtet, und es strahlte so hell, daß es aussah, als würde es vor lauter Blut platzen. Sein Mund stand offen. Vielleicht schrie er, aber der andere Krach war stärker.

Das Donnern war vorüber, aber die ihm innewohnende Kraft ließ die Bäume immer noch schwanken, so wie vor einem Sturm, mit peitschenden Zweigen. Vögel erwachten und fiepten. Die Bretter, die von den Wänden abgesplittert waren, hatten Feuer gefangen, und das Feuer klammerte sich an die Rohre, aus denen Strahlen mit blauer Flamme wie aus einem Gasbrenner schossen; und drinnen ein Zischen wie Bratpfannenfett und ein würgender Gestank von Ammoniak, der meine Nase reizte und zwickte und mir in die Augen biß.

Vater raste auf die Flammen zu, schlug dann die Hände vor sein Gesicht und rannte zu uns zurück. Sein Mund war schwarz, und jetzt konnte ich ihn hören.

»Folgt mir!«

Er wurde starr. Er bewegte keinen Muskel.

»Folgt mir!« brüllte er.

Mutter und die Kinder griffen nach ihm, umarmten ihn und flehten. Ich dachte, sie würden ihn umwerfen. »Dad!« riefen sie und: »Allie!« Sie weinten und versuchten, ihn so weit zu bringen, daß er sich bewegte, und wir alle erstickten fast an den Ammoniakdämpfen.

Mr. Haddy stöhnte: »Wir werden alle sterben.«

»Wir müssen raus aus diesem Gift«, sagte Vater, bewegte sich aber immer noch nicht. Ich fragte mich, ob er verletzt war. Sein Gesicht war verschmiert und dreckig. »In den Tanks ist noch mehr Wasserstoff, das Ammoniak wird uns überfluten. Bedeckt eure Gesichter!«

Auf der anderen Seite der Lichtung, die Reste von Jeronimo beleuchtend, brannte Fat Boy. Ich hatte nicht gewußt, daß ein derart helles Feuer so still sein konnte. Die Häuser flammten auf wie Körbe, aber der meiste Lärm kam von den Vögeln. Auch die Lichtung selbst, ihre Ränder und die Bäume, gerieten in Brand. Das Feuer breitete sich schnell aus. Es waren nicht die Flammen oder das Licht, sondern der Kanalgestank des Ammoniaks, der all dies wie das Ende der Welt erscheinen ließ. Ein weiterer Gastank flog in die Luft und verursachte einen fürchterlichen Windstoß aus Gift und Hitze.

Mit schrecklichem Krächzen rieb sich Vater die Augen und flehte uns an, ihm zu folgen. Aber er rührte sich nicht. Als ich ihn so sah, seine roten Augen, fing ich an zu weinen.

Ich sagte: »Ich kenne da eine Stelle . . .«

Ich ging los, und sie folgten; bald waren sie dicht hinter mir und trieben mich den kühlen Pfad entlang.

All das dauerte weniger als fünf Minuten – ich zählte immer noch.

Dann wurde die Dunkelheit von verschiedenen Stößen erschüttert, so, wie in windigen Sommernächten Türen in einem Haus zuschlagen.

III

BREWER'S LAGOON

21

Die ganze Nacht hindurch leuchtete Fat Boys Feuer über den Baumwipfeln wie ein strahlender Hut. Selbst das zischende Knallen des heißen Ammoniakgases erreichte uns hier. Die Flammen brachten Jeronimo nah heran. Stiebende Funken löschten die Sterne aus und ersetzten sie durch flammende Strohhalme, und der aufsteigende Rauch bewölkte den Himmel.

Ich saß in unserem dunklen Lager, »The Acre«, von Moskitos gequält. Ich konnte die schwarzen Beeren, mit denen wir bei Tag die Insekten abwehrten, nicht finden. Und der Rauch half auch nicht, sie zu vertreiben – und es schien unheilbringend, ein Feuer so dicht neben dem zu entzünden, das unser Zuhause vernichtet hatte. Es biß immer noch um sich, auf diese gewalttätige und gierige Art, in der sich Flammen von trockenem Holz nähren, und spuckte es dann als Asche in den Himmel. Die Kleinen waren in eine Hütte gekrochen, wo sie sich versteckten und einschliefen. Mr. Haddys Gewimmer über sein Boot war in träge Schnarchtöne übergegangen.

Vater hatte ein Eckchen gefunden und sich niedergelegt. Er schlief wie die anderen. Kein Wort hatte er gesprochen.

»Schlaf ein bißchen, Charlie«, sagte Mutter. Sie gähnte. Kurz darauf schlief sie, und nur ich war noch wach.

Während ich zwischen diesen schnarchenden Menschen saß, wurde mir klar, wie lang Vaters Nächte waren. Normalerweise war er es, der die Nacht verstreichen sah. Gerassel klang auf in der Dunkelheit und das Rascheln fallender Äste und das kurze Trommeln fallender Bäume. Da quietschten Fledermäuse, und wegen des Feuers fiepten immer noch einige Vögel, und andere pfiffen wie Klarinetten. Diese Geräusche – vor allem die Vogelgeräusche – gehörten nicht in den Dschungel. Sie waren zu grob, sie bohrten und raspelten in all den weichen, schwarzen Bäumen der Umgebung.

Aufruhr hieß dieses Geräusch, das lauteste der Nacht, und die schlimmsten Laute knackten aus den dunkelsten Plätzen. Manche hörten sich an wie plötzlich herausschießendes Wasser aus einer geborstenen Schlauchleitung. Ich lauschte, wie der Dschungel zerrissen wurde. Diese verborgenen Kreaturen, ja selbst einige Bäume besaßen Stimmen. Sie ließen ihre laute, wachsame Furcht in die Nacht hinein ertönen, aufgeschreckt durch das Feuer, das den ganzen Himmel in Aufruhr brachte. Ich war blind, und die Welt fiel nieder wie der Tau um mich herum. Es schien kein Heilmittel dafür zu geben, es ließ sich nicht abdichten oder beruhigen oder einschläfern. Alles dröhnte und brüllte mich an. Jetzt verließ mich die Hoffnung, und hellwach überwältigten mich die Sorgen. Dies war nicht Einsamkeit, sondern eher ein Alptraum der Zerstörung, ein Eisenrad, das immer weiter fuhr, weiter und weiter, ein monotoner Laut in der zeitlosen Dunkelheit, Federn und Klauen durcheinanderwirbelnd.

Aber Vater wußte Bescheid über diese bedrängenden Geräusche. Nächte wie diese, die mich ängstigte, hatten seinen Kopf mit Plänen gefüllt. Als die Morgendämmerung anbrach, kannte ich ihn besser und fürchtete ihn mehr als bei dem betäubenden Untergang von Jeronimo.

»Laß ihn schlafen«, sagte Mutter. Ich war erstaunt, daß er immer noch schlief – nie zuvor hatte ich ihn so fest schlafen sehen.

Er lag auf der Seite, in einer Igelhaltung, die Arme über dem Gesicht und die Knie angezogen – ein schnarchendes Bündel. Fliegen hatten sich auf sein Hemd gesetzt, schabten ungestört an seinen Bartstoppeln und schienen zu spielen, so still war er. Niemand sprach, niemand wollte hören, was er sagen würde, wenn er erwachte.

Es war nun Tag. Ich fühlte mich elend und klein unter den zitternden Bäumen.

In der Trockenzeitdämmerung schienen die Blätter abzusterben, als die Sonne sie traf. Der Tau trocknete auf dem Gras, die Halme verdorrten und leuchteten wie Goldfäden unter den Blattrippen der Äste. Von Feuchtigkeit und Dunkelheit befreit, verpestete der Staub auf dem Boden die Luft mit einem gelblichen Verwesungsgeruch, der süßlich in dieser ersten Stunde des Tageslichts hing. Die aufgehende Sonne erhitzte jedes lebende Wesen, auf das sie traf, und ließ es starr werden und vergoldete es mit dem Tod. In den strahlenden Bäumen hingen liebliche spröde Münzen und ganze Büsche knuspriger Goldflocken. Sobald die Sonne durch die obersten Zweige sickerte, lag alles in »The Acre« leuchtend und tot um den schwarzen Teich herum.

Kaum atmend warteten wir darauf, daß Vater erwachte. Ich döste und beobachtete die Spinnen neben dem Teich, die Art, wie sie ihre Netze wie Zithern zupften, um eine zappelnde Fliege in die Falle zu locken und einzuwickeln, ehe sie sich auf das Insekt stürzten und es wie eine Mumie verschnürten. Sie hängten die Päckchen sauber bandagierter Fliegen in einen hochgelegenen Winkel des Spinnennetzes, so, wie Indianer hier Pfefferschoten und Mais lagerten.

»Armer Dad«, flüsterte Clover.

Mr. Haddy sagte: »Sein Blödsinn hätte uns beinah umgebracht.«

»Uns ist nichts passiert«, sagte Mutter. »Charlie hat uns gerettet.«

»Das ist nicht Charlies Lager. Das ist ›The Acre‹. Es gehört uns allen«, sagte Jerry. »Die Maywit-Kinder haben geholfen, die Schrägdachhütten zu bauen. Und der Trottel wird gelobt!»

»Du hast letzte Nacht geplärrt«, sagte ich. »Du hattest Angst!«

»Hatte ich nicht!«

Mr. Haddy sagte: »Aber ich hatte Angst! Ich betete. Ich seh' den Tod da hinten. War schlimmer als die Hölle von 'nem Priester. Da sind mir Hurrikans und Wirbelstürme lieber als solch ein Feuer. Ich seh' Teufel. Ich seh' Duppies tanzen. Ich hatte solche Angst, daß ich sterben wollte.«

Clover sagte: »Was ist mit den Männern passiert, Ma?«

»Sie sind gegangen.«

»Und wenn sie nicht gegangen sind, dann kriegen wir Ärger, wahrlich«, sagte Mr. Haddy und wiederholte: »Aber wah-harlich!«

Ich sagte: »Ich hab' sie gehn sehn.«

»Denk nicht drüber nach, Charlie.« Mutter umarmte mich. »Wir sind jetzt in Sicherheit. Dein Vater wird dankbar sein, wenn er aufwacht.«

»Was *tut* Dad?« sagte April.

Sein Schlaf machte uns hilflos. Er hinderte uns daran, wegzugehen. Solange er dort lag, konnten wir nicht aufbrechen. Dieser Moment erinnerte uns daran, wie wichtig er für uns war. Wir hatten ihn nur in wachem Zustand gekannt. Es war erschreckend, ihn so still daliegen zu sehen. Wenn er tot war, waren wir verloren.

Die Sonne, nun über unseren Köpfen stehend, brannte auf seinen Rücken. Schlafende Menschen verströmen einen unterirdischen Geruch, einen Geruch wie von gekochten Wurzeln und Schmutz und Essen und Schweiß und Wunden – Leichen, so stellte ich mir vor, dampften auf diese Art, wie aufgeheizter Kompost. Vater lag bewegungslos. Vielleicht machte er all die Nächte wieder wett, die er wach gelegen hatte. Aber er sah tot aus, und er roch tot.

April sagte: »Ma, werden wir sterben?«

Mutter sagte: »Sei nicht albern.« Sie fand unsere Körbe und half uns, Yautia und Guavas und wilde Avocados zu sammeln. Sie lobte unser Lager, sie sagte, das hätten wir gut gemacht – es habe uns das Leben gerettet.

Mr. Haddy sah das Yautia und sagte: »Ihr Kinder mögt Eddoes? Meine Ma macht Eddoes!«

Vater rollte sich herum und sprang auf die Füße.

»Gehn wir«, sagte er und sank auf die Knie.

Es war früher Nachmittag. Er hatte fast dreizehn Stunden geschlafen, aber niemand erwähnte die Zeit. »Lügner, Betrüger, Degenerierte, die bis Mittag schlafen« – das waren einige der Leute, die er haßte. Stets hatte er uns eingetrichtert, daß tiefer Schlaf eine Art Krankheit sei, und uns ausgeschimpft, wenn wir verschliefen.

Er setzte sich in das goldene Gras und ließ die Hände in den Schoß fallen. »Auf was schaut ihr?«

Seine Stimme klang flach, stumpf, fast betäubt und sehr klein. Kaum, daß er die Lippen bewegte. Er schien sehr müde, und doch hatte ich ihn die ganze Nacht beobachtet, wie er fest schlafend dalag.

Mutter kniete nieder und berührte sein Gesicht. Sie sagte: »Dein Haar ist angesengt.«

Seine Augenbrauen waren Stoppeln, sein Bart war verbrannt, genau wie seine Augenwimpern. Sein Gesicht wirkte dadurch erstaunt, und zugleich hatte es etwas von einer Wurst. Auf der einen Seite war es rosa und gefältelt, mit einer aufgepreßten Landkarte, so wie er im Schlaf gelegen hatte. Ein Auge war röter als das andere. Er setzte seine Baseballmütze auf.

»Ich hatte eine furchtbare Nacht. Kaum ein Auge zugetan.«

Mr. Haddy sagte: »Hab' Hunde mehr zucken sehn als dich! Du hast wie ein Murmeltier geschlafen – nicht wahr, Ma?«

Vater sagte: »Morgens bring' ich nicht viel Geduld mit Lügnern auf.«

Dann schnüffelte er und wurde munter, als hätte er gerade irgendwas gehört. Die Luft war immer noch getränkt mit dem Geruch von Rauch und Ammoniak, von verbranntem Bambus und verschmortem Blech. Vater seufzte. Sein Gesicht wurde rissig. Er erinnerte sich, lächelte traurig.

»Es ist zu Ende«, sagte er mit seiner geschlagenen Stimme.

»All deine Arbeit«, sagte Mutter. Immer noch kniend fing sie an zu weinen. »Es tut mir so leid, Allie.«

»Ich bin glücklich«, sagte Vater. »Jeronimo ist zerstört.«

Mr. Haddy sagte: »Hochgegangen wie ein Knallfrosch.«

Vater sagte: »Wir sind frei.«

Mutter protestierte. »Alles, was du gemacht hast, ist dahin«, sagte sie. »All die Häuser, die Ernten, diese wunderbaren Maschinen. All die Arbeit . . .«

»Fallen«, sagte Vater. »Ich hätte das alles nie anfangen sollen.«

»Woher solltest du das wissen?«

»Ich bin der einzige, der es hätte wissen können. Es war nicht Unwissenheit – es war Spitzfindigkeit. Aber das ist schon immer mein Problem gewesen. Ich bin zu kompliziert, zu ehrgeizig. Ich kann nichts dafür, daß ich ein Idealist bin. Ich habe versucht, die Situation auf friedliche Weise zu entschärfen. Aber nun hat es mich voll erwischt.«

»Allie, warum . . .«

»Und ich hab's verdient. Toxische Substanzen – hier ist nicht der richtige Platz für sie. Nie wieder werde ich mit Giftstoffen arbeiten. Auch brennbares Gas will ich nicht mehr haben. Alles schlicht und einfach halten – Physik, keine Chemie. Hebel, Gewichte, Zugseile, Stangen. Keine Chemikalien, außer denen, die auf natürliche Weise vorkommen. Stabile Elemente . . .«

Mutter schluchzte: »Aber die Männer sind tot!«

»Im Feuer gehärtet, Mutter.«

Clover sagte: »Darüber hab' ich grad nachgedacht.«

»Aber nicht verschwunden. Materie kann nicht zerstört werden. Frag Figgy. Sie haben nach der Umwandlung verlangt. Geier wie sie verdienen es, wie Truthähne gegrillt zu werden . . .«

Mutter hatte die Finger über die Augen gelegt. Sie weinte leise, als Vater aufstand.

»Ich glaubte, etwas zu erbauen«, sagte er. »Aber ich habe die Zerstörung heraufbeschworen. Das ist die Konsequenz von Perfektion in dieser Welt – die opponierende Rache der Unvollkommenheit. Diese Geier wollten sich an uns mästen! Und Fat Boy hat mich im Stich gelassen. Das Konzept war falsch, und jetzt weiß ich auch, warum – kein Gift mehr, Mutter.«

Fast wimmernd sagte er das, die Hände ineinander verkrampft. Er ging zum Teich und stocherte im Wasser.

Er sagte: »Jeder kann alles in dieser Welt zerbrechen. Amerika wurde von kleinkarierten Männern heruntergebracht.«

Er redete, als sei sein Herz gebrochen. Mit den Händen schöpfte er Wasser und wusch sich Gesicht und Arme. »Wo sind wir – was ist das hier?«

»Es ist ›The Acre‹«, sagte ich.

»Unser Lager«, sagte Jerry.

»Nennt ihr das ein Lager?« Seine Stimme klang immer noch schwach.

»Hier spielen wir«, sagte Clover.

»Schöner Spielplatz. Ihr hattet die ganze Zeit Wasser?«

Ich sagte: »Es kommt von einer Quelle.«

»Man kann drin schwimmen«, sagte Jerry.

Vater schaute sich um. Ich wußte, er fand alles unpassend. Ich wollte ihm erzählen, daß es uns glücklich gemacht hatte. Er sah die Schaukel. »Ich erkenne dieses Seil wieder.«

»Ist mein Achtertau«, sagte Mr. Haddy.

»Es war Charlies Idee.«

»Hütten auch. Und Früchte. Und kleine Körbe.« Er sprach mit trauriger Stimme. »Das reinste Affenleben.«

»Das sind Guavas in dem Korb«, sagte Jerry.

»Iß ein paar, Allie. Du hast nichts gegessen.«

»Affenfutter, Affentheater«, sagte Vater. »Ich hasse das. Ich will das nicht. Warum hast du uns hergebracht, Charlie?«

»Er hat uns gerettet«, sagte Mutter. »Er hat uns mit Essen und Wasser versorgt. Allie, wir wären gestorben!«

»Er hat das Essen nicht angebaut, er hat nicht nach Wasser gegraben.« Vater weigerte sich, mich anzusehen. Er sagte: »Gehn wir. Es ist spät. Ihr sitzt hier bloß herum.«

Mutter sagte: »Wir können nicht nach Jeronimo zurück.«

»Wer sagte was von zurückgehn? Wer sprach von Jeronimo? Ich will's nicht sehn.«

Mutters Lippen formten die Frage: »Wohin?«

»Fort! Fort!«

»Wir werden noch was bergen müssen, das wir mitnehmen können«, sagte Mutter. »Wir können nicht einfach so gehn.«

»Genau so will ich gehn.« – Nur die Mütze auf dem Kopf, die Arme aus den versengten Ärmeln baumelnd, so stand er vor uns. Er sah genauso aus wie das, was er war – ein Mann, der einer Explosion entronnen war.

Mr. Haddy sagte: »Deine Werkzeuge? Deine Nahrungsmittel? Die Beutel und das Saatgut? Meine Barkasse? Ich verlass' meine Barkasse nicht!«

»Alles vergiftet«, sagte Vater. »Wir haben zuviel mitgeschleppt – zuviel Müll, zu viele Fässer Gift. Das war unser Fehler. Wißt ihr, was eine Ammoniakflut anrichten kann? Hier ist alles verseucht, und was nicht verseucht ist, ist geröstet worden.«

»Bitte, Allie, du bist außer dir.«

»Was ich sage, ist Untertreibung. Und jetzt los – ich will den Gestank aus meiner Nase kriegen.«

»Zum Fluß?«

»Mutter«, sagte er, »ich hab' den Fluß umgebracht!«

»Warum können wir nicht hier bleiben?« fragte Jerry.

»Und Fat Boys Eingeweide riechen? Das ist deine Antwort. Es wird ein Jahr lang stinken und einen verrückt machen. Nein, ich will weg« – er deutete nach Osten auf die Esperanzas –, »hinter die Berge dort.«

»Dahinter ist ein Fluß«, sagte Mr. Haddy. »Rio Sico.«

»Wissen wir alles, Figgy.«

»Fließt runter nach Paplaya und Camaron. Wir könnten nach Brewer's Village gehn. Ist meine eigene Lagune.«

»Das ist der Ort für uns«, sagte Vater.

Das war zuviel für Mutter. Mit schmerzlichem, antwortheischenden Gesichtsausdruck sagte sie: »Woher willst du das wissen?«

Vater bewegte den Teil seiner Stirn, wo seine Augenbrauen hätten sein sollen. Er lächelte unglücklich. »Weil mir der Name gefällt.«

Er marschierte um die Lichtung herum, schob Büsche auseinander und spähte zwischen Zweigen hindurch, so, wie jemand vielleicht mit den Vorhängen an einem Fenster herumspielen mochte. Seine Ungeduld machte ihn ungeschickt und nutzlos. Schließlich seufzte er.

»Okay, Charlie, ich geb' auf. Wo geht's raus?«

Ich zeigte ihm den Pfad.

»Dacht' ich's mir doch«, sagte er und marschierte los.

»Ich geh' besser voran.«

»Wer hat dir das Kommando übertragen?«

Ich sagte: »Wir haben hier Fallen gegraben und sie mit Zweigen abgedeckt. Für den Fall, daß Banditen kommen. Du könntest reinfallen.«

»Ich weiß alles über Fallgruben«, sagte er und ging weiter.

Wir folgten, trugen die Körbe mit Essen und eine Kanne Wasser.

Zwischen »The Acre« und dem Fluß lag Jeronimo. Es führte kein anderer Weg zu den Bergen. Vater forderte uns auf, schneller zu gehen, aber Jeronimo war unausweichlich – es schwelte am Ende des Pfades. Vater senkte den Kopf.

Mr. Haddy sagte: »Hoh.«

Jeronimo sah wie nach einem Bombenangriff aus. Es bestand hauptsächlich aus Pulver, einem Beutel grauer Asche, die Bäume drum herum zu Dornen heruntergebrannt. Weil sich das Feuer ausgebreitet hatte, war die Lichtung größer und kraterähnlich. Fat Boys Rohre waren zusammengebrochen und hatten sich wie Knochen weiß verfärbt; alle Pumpen waren heruntergestürzt. Kein Haus stand mehr, kein Schuppen war intakt. Die Pflanzen in den Gärten waren versengt, die Stengel warfen Blasen wie Fleisch. Der Mais lag flach, und die Kürbisse und Tomaten waren geplatzt, Saft war aus ihnen getropft – sie waren bis zum Zerfallen zerkocht worden. Manche Früchte sahen wie zerlumpte Geldbeutel aus.

Aber die Ascheruinen waren nichts im Vergleich zu dem Schweigen. Wir waren an Vogelgezwitscher und Gekreisch gewöhnt, an die hellen, klingenden Noten der Zikaden. Jetzt gab es weder ein Geräusch noch eine Bewegung. Alles Leben war aus Jeronimo ausgebrannt worden. Die Vögel, die wir sahen, waren tot, schwarz geröstet und geschrumpft, ihrer Federn entblößt, mit winzigen Flügeln und lächerlich baumelnden Köpfen. Schleimige Fische trieben an der Oberfläche des Tanks. Alles lag tot und schweigend und stinkend in der Nachmittagssonne. Ein paar größere Hügel schwelten immer noch.

»Ihr wolltet es sehn«, sagte Vater ärgerlich. »Weidet eure Augen!«

Weit entfernte Vögel keckerten tief im Wald, machten sich über ihn lustig.

Er schleppte sich durch das schwarze Gras und hob eine Machete mit verbranntem Griff auf. Dann ging er zu unserem Haus, hackte die restlichen Balken nieder und machte die Ruine komplett.

Wir blieben dort stehen, wo das Badehaus gewesen war. Die Hitze hatte die Abflußkanäle springen lassen und einige der Lehmschleusen fest zusammengebacken. Die verbrannte Luft stach mir in die Augen.

Mutter sagte: »Faßt nichts an.«

Mr. Haddy sagte: »Ist nicht mehr viel da zum Anfassen.«

»Ich hab's gehört!« Mit der Machete in der Hand kam Vater auf uns zu. Ich dachte, er würde mit einem Hieb Mr. Haddys Kopf abtrennen. Er durchschnitt damit die Luft, zielte auf Mr. Haddy.

»Ich bin noch da, Sie sind noch da – du bist noch da, Figgy. Wenn du die Kraft zum Jammern hast, dann, so würde ich meinen, ist mit dir alles in Ordnung. Zeig ein bißchen Dankbarkeit.«

Mr. Haddy streckte seine Zähne vor. »Meine Barkasse – sie hat Feuer gefangen. Sie ist ein Wrack.«

»Ich habe alles verloren, was ich besitze, und er sorgt sich um seinen Kahn.«

»Meine Barkasse ist alles, was ich auf dieser Welt besitze«, sagte Mr. Haddy. Tränen liefen ihm die Nase entlang und tropften von seinen Zähnen.

»Was taugt ein Boot, wenn du keinen Fluß hast?«

»Der Fluß ist *da*, Vadder.«

»Der Fluß ist tot«, sagte Vater. »Er ist voll von Ammoniumhydroxyd und nach Luft schnappenden Fischen. Die Luft – riechst du's? – ist verseucht. Es wird ein Jahr dauern, bis dieser Ort entgiftet ist. Wir werden sterben, wenn wir hier bleiben.«

Vater trat nach der Asche.

»Er wußte das – er wollte bloß, daß ich es ausspreche!«

Es war alles so, wie Vater sagte. Der erstickende Geruch von Ammoniak hing stechend in der Luft, und in dem Unkraut dicht beim Flußufer hatten sich tote Fische und aufgeblähte Frösche verfangen. Sie sahen schrecklicher aus als die gerösteten Vögel im schwarzen Gras. Diese Flußkreaturen waren prall und wiesen keine äußeren Verletzungen auf. Sie waren nicht verbrannt, sondern vergiftet worden. Wir mußten zwischen ihnen durchwaten und mit Stöcken ihre Körper beiseite stoßen, um ans andere Ufer zu gelangen.

Vater machte den Weg dreimal und trug die Kleinen hinüber. Beim letztenmal, während er sich mit Jerry durch den Schlamm kämpfte, Gesicht und Arme rußig und seine Kleidung bespritzt und zerrissen, fing Vater an zu weinen. Er stand einfach da im Wasser und weinte. Ich dachte zuerst, es sei Jerry – noch nie hatte ich Vater weinen hören. Sein ganzes Gesicht war zerknittert, sein Mund zog sich auseinander und wurde viereckig, und ich sah die Wurzeln seiner Zähne. Er gab japsende Laute und kleine, trockene Schluchzer von sich.

»Ich weiß, was ihr denkt. Gut, ich geb's zu – ich hab' etwas Schreckliches getan. Ich hab' zu hoch gespielt. Ich hab' all das hier verunreinigt. Ich bin ein Mörder.« Er schluchzte wieder. »Ich war's nicht!«

Er war ans Ufer geplanscht, hatte Jerry abgesetzt und führte uns nun in den Wald; er ging schnell. Nach seinem Weinen hatten wir sein Gesicht nicht mehr gesehen.

Auf dieser Ostseite des Flusses stieg das Gelände an. Innerhalb einer Stunde hatten wir die Mangroven und Platanen hinter uns gelassen und befanden uns zwischen niedrigen Zedern. Über uns zog sich ein Kamm zwischen zwei Gipfeln der Esperanzas hin. Die Trockenzeit, diese blauen, regenlosen Tage hatten den Vorteil, daß der Wald armseliger, leichter zu durchqueren war und daß mehr Tageslicht hineinfiel. Aber es roch auch stärker. Bei sehr heißem Wetter, wenn es lange nicht geregnet hat, riecht der Dschungel wie ein Skunk und so kräftig wie eine Müllkippe. Saure Schwaden trafen uns, während wir hinaufkletterten. Ein Teil des Weges war mir vertraut. Ich erzählte Vater, wie wir hier mit Francis und Bucky hergekommen waren, auf der Suche nach Bambus.

Er sagte: »Sie schlafen heute nacht in ihren eigenen Betten.«

Er ging mit gesenktem Kopf, wie jemand, der was verloren hat und seine Spur zurückververfolgt, um es zu finden. Ich fing seinen Blick ein – er sah niedergeschlagen aus.

Er sagte: »Schau nicht zurück.«

Wir entfernten uns von der Sonne auf dem verdorrten Hang zwischen abgestorbenen Bäumen. Fünf Meilen diesen sanften Anstieg hinauf lag der Sattelkamm, und von hier aus konnten wir eine neue Bergkette sehen. Mr. Haddy sagte, das sei die Sierra de San Pablo. Zwischen uns und diesen Bergen lag das tiefe Tal des Rio Sico, der nach Nordosten zur Küste floß.

Auf dem Weg zum Talgrund setzte sich Vater hin. Ich war froh, als er sagte, wir würden die Nacht hier verbringen. Letzte Nacht hatte ich keinen Schlaf bekommen.

Mutter sagte: »Ich wünschte, wir hätten Decken.«

»Decken bei dieser Hitze?« sagte Vater.

Um Vater daran zu erinnern, daß sein Boot vernichtet war, vielleicht auch, um es ihm ein bißchen unter die Nase zu reiben, entfaltete Mr. Haddy sein großes Kapitänspatent und sagte: »Hoh«, und entzündete damit ein Feuer.

»Wir haben nicht mal einen Topf zum Wasserkochen«, sagte Mutter. »Bloß diesen Krug. Und der ist fast leer.«

»Die Kinder werden eine Quelle entdecken«, sagte Vater. »Sie verstehn mehr von diesem Affenzeug als wir. Schau sie dir an. Es macht ihnen Spaß.«

Wir sammelten trockenes Gras für die Betten und machten Nester am Hang. Da saßen wir, lauschten der Brise in den Zedern und aßen die letzten Früchte, die wir von »The Acre« mitgebracht hatten.

Mutter fand etwas wildwachsenden Maniok und röstete ihn über dem Feuer. Jerry sagte: »Wenn man die Augen zumacht, schmeckt er wie weiße Rüben.« Bei Einbruch der Nacht krochen wir in unsere Nester. Fliegen waren da, aber keine Moskitos.

Hinter mir in der Dunkelheit flüsterte April: »Ich hab' ihn weinen sehen. Frag Jerry.« Und Clover murmelte: »Das ist eine Lüge – er hat nicht geweint. Er war bloß wütend. Ist alles Charlies Schuld.«

Später wurde ich wieder von Clover aufgeweckt. »Dad, Jerry hat mich in den Rücken getreten!«

Aber Vater sagte: »Niemand wird mich dabei erwischen, daß ich dieses Zeugs esse. Ich bin kein Naturmensch. Außerdem, der Jammer mit den Menschen ist, daß sie mehr essen, als gut für sie ist. Vor allem Stärkemittel. Taugt nichts, dieser Maniok . . .«

Er hatte wieder zu seiner alten Stimme gefunden. Er predigte wieder. *Schau nicht zurück*.

Die drei Erwachsenen saßen am Feuer und bewachten uns. Ich fühlte mich wieder sicher . Und ich lauschte. Zwischen dem Pfeifen der Zikaden redete Mr. Haddy über Tiger. Vater lachte ihn unbekümmert an, so als wollte er einen Tiger herausfordern, sich zu zeigen, damit er ihn auf den nächsten Baum schleudern konnte.

Er sagte:»Das ist das Beste daran – nackt abhaun, mit nichts. Wir sind einfach davonmarschiert. Es war leicht!«

Er hatte Jeronimo bereits vergessen.

Aber Mutter sagte: »Wir hatten keine andere Wahl.«

»Wir wählten die Freiheit.« Seine Stimme klang froh. »Es ist so, als wäre man schiffbrüchig. «

Mutter sagte: »Ich wollte nicht schiffbrüchig sein.«

Die Zikaden pfiffen wieder und verstummten.

»Wir sind rechtzeitig rausgekommen – ich hatte *recht*. Wir leben, Mutter.«

22

Weiter unten am Hang machten die Zedern und Pechkiefern anderen Bäumen Platz – Chicle-Bäumen und Sapodillas. Sie steckten voller Gummisaft und erinnerten mich an unsere Gummiherstellung in Jeronimo, an den kochenden Schwefelgeruch und die Laken, die wir um die Eisblöcke gewickelt hatten. Es schien Verschwendung, vorbeizugehen, ohne sie anzuzapfen. Viele der Bäume in diesem Dschungelteil des Hanges waren nützlich – da gab es Topffruchtbäume und Palmen und Bambus, und zwischen einigen verlassenen Palmblatthütten wuchsen sogar kleine Bananen. Aber wir gingen weiter durch den hohen Dschungel. Ich sah alles mit meinen Jeronimo-Augen. Wir hätten überall anhalten, es unser Zuhause nennen und mit dem Roden beginnen können.

Vater sagte: »Ich hab' nicht den Drang, hier irgend etwas zu tun. Diese Gummibäume? Ich verspüre keinerlei Versuchung, sie anzuritzen und ein Paar passende Galoschen auszukochen. Verschonen wir diese Bäume – sollen sie sich vermehren und im Überfluß gedeihen. Ja, zuvor hätte ich hier vielleicht haltgemacht und ein bißchen herumgebastelt. Aber ich bin um eine Erfahrung reicher.«

Der Pfad war eine Schlucht voller Staub, dann wurden es Kiesel und größere Steine. Hinter uns hörten wir ein Krächzen – das *Voom* eines Baumhuhns. Mr. Haddy hatte ihm einen Prügel übergezogen und stand nun da und drehte ihm den Hals um. Er trug die große, schwarze Henne an den Füßen, schwang sie wie einen Brotbeutel. Er sagte, er würde sie rupfen und an einem Stock braten, wenn wir am Fluß angekommen seien.

»Figgy hat sich nicht geändert«, sagte Vater. »Aber ich bin ein anderer Mensch, Mutter. Ein Mann, der sich weigert, sich zu ändern, ist dem Untergang geweiht. Ich habe eine befriedigende Erfahrung hinter mir.« Er redete über seine Erfahrung, wie er einst über sein Loch geredet hatte.

»Ich hatte dort einen Zusammenbruch. Ein Zusammenbruch ist nicht schlimm. Es ist eine Erfahrung. Ich bin stärker denn je.«

In anderem Ton, als wollte sie das Thema wechseln, sagte Mutter: »Ich hoffe, wir finden bald Wasser.«

»Man kann sieben Tage ohne Wasser auskommen.«

»Aber nicht, wenn man so marschiert, ich jedenfalls nicht.«

»Gib Mutter den Krug, Charlie.«

Während ich Mutter trinken ließ, fragte ich sie, ob sich Vater verändert hätte und was das bedeutete. Sie sagte, es sei nichts – falls er sich wirklich geändert hätte, würde er nicht soviel drüber reden. Sie sagte, er versuche, uns Mut zu machen.

Vater redete immer noch, aber das dichtere Laubwerk dämpfte seine Stimme und verhinderte jedes Echo. Dies war echter Dschungel, kein Berggestrüpp mehr. Der Bambus stand dicht gedrängt. Die feuchten Bäume entlang des Schluchtpfades brachten uns Kühle. Mücken und Schmetterlinge saßen auf den Pflanzen, die wie zu gewaltiger Größe gewachsene Wohnzimmerpflanzen waren – Farne und Gummibäume und Feigen mit gefleckten Blättern, manche rot mit schwarzen Streifen und von erstickender Haarigkeit, als würden sie in einer Flasche wachsen.

»Vor meiner Erfahrung hätte ich nicht daran gedacht, dies zu tun. Hört zu, laßt euch mal durch den Kopf gehn, was wir versuchen! Es ist überwältigend, wirklich. Ich hab' nichts in der Hinterhand, und schaut« – auf dem Pfad drehte er sich zu uns um und stülpte seine schlaffen, weißen Taschen um –, »hier auch nichts!«

Wir stolperten hinter ihm her, durch die Fugen grünen Lichts. Wie immer ließ sein Gerede die Zeit vergehen. Mr. Haddy sagte: »Wenn's nicht bergab ginge, würde ich überhaupt nicht gehen.« Und: »Wir werden meinen Vogel essen.«

Vater sagte: »Ich hab' Polskis Pumpen repariert und bin morgens mit mehr in den Taschen auf die Felder gegangen, als ich jetzt hab'. Oder bin nach Northampton gefahren. Belastet mit materiellen Dingen. Brieftasche voll mit Geld.«

Clover sagte: »Haben wir kein Geld, Dad?«

»Was kannst du hier mit Geld kaufen?« sagte Vater.

Jerry flüsterte: »Wir sind arm. Wir sind erledigt. Wir hätten in ›The Acre‹ bleiben sollen.«

»Geld ist nutzlos. Das hab' ich bewiesen.«

April sagte schlicht: »Ich glaub', wir werden sterben.«

Vater sagte: »Gefällt dir dieser klare Himmel nicht, Mutter?«

Ein hoher, leerer Himmel, strahlend blau und darunter unser winziger Pfad. Es war nun steiniger, dann kamen Felsblöcke – wir mußten über sie klettern, so groß waren sie. Dann war es überhaupt kein Pfad mehr, sondern ein ausgetrocknetes Bachbett. Vom strömenden Wasser waren die Felsen glattgeschliffen worden.

»Dies ist der wahre Test für Einfallsreichtum«, sagte Vater »Wir verlassen uns auf Hirn und Erfahrung. Ich bin froh, daß Jeronimo zerstört wurde!«

Mutter sagte: »Vielleicht waren die drei Männer harmlos.«

»Geier!«

Wir schauten hoch und erwarteten, Geier zu sehen. Aber er hatte die Männer gemeint.

»Genauso hat die erste Familie den Dingen gegenübergestanden«, sagte Vater. »Das ist es, Mutter. Wir sind die erste Familie auf Erden, mit leeren Händen wandern wir die glorreiche Straße entlang.«

»Ich finde es schrecklich, so zu sterben«, sagte Mutter. Sie dachte immer noch an die Männer.

»Es gibt eine schlimmere Art«, sagte Vater. »Die Art, wie sie uns getötet hätten. Ein Geier sucht sich den passenden Zeitpunkt.«

Die Unterseiten der Felsblöcke waren moosig und feucht. Da war eine Schlammpfütze, das erste Anzeichen natürlichen Wassers, seit wir Jeronimo verlassen hatten. Vater sagte: »Das Wasser hat hier einen Geruch, geradeso wie alles andere auch.« Aber dieser Wassergeruch rührte vom stehenden Wasser her; tote Insekten trieben darin wie Teeblätter. Weiteres Wasser sickerte unter den glatten Felsen hervor, und Rinnen tröpfelten von der Böschung und gaben den Lehmrändern des Pfades das Aussehen von Erdnußbutter. Es lief zusammen, wurde zu einem Rieseln, und bald war genug davon da, um ein Geräusch wie langsam kochendes Wasser in einem Topf zu erzeugen. Das Wasser hatte einen übelkeiterregenden Fäulnisgestank, aber sein platschender Ton klang hoffnungsvoll, wie ein schlichtes Lied. Und hier gab es Tiere und Vögel – Affen auf halber Höhe der Bäume, ein Stück unter ihnen kleine Agutis und Pavavögel, die verrückt kreischten, und noch mehr Baumhühner. Wenn sie hier leben konnten, dann konnten wir es auch. An einem gefährlichen Ort ließen uns alle wilden Tiere Hoffnung schöpfen.

Eine Zeitlang gingen wir neben dem Bach. Das Land war von ebenen Terrassen durchzogen. Vater sagte: »So wird ein Fluß geboren. Ihr seht es mit euren eigenen Augen. Ihr müßt es nicht in einem Buch nachschlagen. Dies ist die Quelle der Ozeane.«

Es war, als hätte Vater den Wasserlauf mit seinen Reden erschaffen, als hätte er ihn mit dem Lärm und der Magie seiner Stimme ins Leben gerufen. Allein durch reine Willenskraft, so schien es, hatte er das freundliche Tal auftauchen lassen. Wir waren im Freien, unter einer kräftigen Sonne. Im Dschungel war ich mir nicht ungeschützt vorgekommen. Es gab so viele verschiedene Arten schützender Bäume. Aber in diesem Tal kam man sich vor, als ob man im Freien sei – buschige Wände auf beiden Seiten. Der Fluß, in der Trockenzeit geschrumpft, war eine grüne Ader, die sich mitten durch ein breites, felsiges Flußbett zog.

»Das ist befriedigend«, sagte Mr. Haddy, sich eins von Vaters Wörtern borgend. »Hier können wir uns eine Barkasse halten. Oder eins von diesen Pipanto-Dingern.«

In dem seichten Fluß schwamm ein Boot mit flachem Boden. Es war ein hölzerner Trog; im Heck stand ein Mann. Er stakte es zu einer Sandbank unter ein paar Mangroven.

Vater sagte: »Ich glaube, ich kann für mich in Anspruch nehmen, dieses Boot erfunden zu haben.«

»Das ist ein Pipanto«, sagte Mr. Haddy. »Das ist ein flaches Flußboot.«

Vater sagte, die Tatsache, daß es von Zambus und Miskitos benutzt wurde, ändere nichts daran. Er habe es sich ausgedacht, es sei das beste Boot für unseren Fluß, und er sei froh, daß hier der gleiche Entwurf benutzt werde.

»Diese Menschen haben tausend oder mehr Jahre gebraucht, um dieses Boot zu erfinden. Wie lang hab' ich dazu gebraucht, Figgy?«

»Wir werden beobachtet«, sagte Mutter.

Der Mann hatte sein Boot auf die Sandbank gezogen. Wie ein Reiher stand er da, ein Bein angewinkelt, und starrte uns an. Er war sehr dünn, nicht so dunkel wie ein Zambu, mit schiefen Zähnen.

»*Naksaa*«, sagte Vater. Es war ein Allzweckwort und bedeutete: hallo, wie geht's, guten Tag, danke und alles andere auch.

Mr. Haddy gab dem Mann sein totes Baumhuhn und ließ es so aussehen, als hätten wir nur deshalb Jeronimo verlassen und wären den ganzen Weg marschiert und hätten auf dem Hang übernachtet, um dieses Geschenk zu überbringen.

»Er schaut ein bißchen verhungert aus«, sagte Mr. Haddy.

Der Mann betrachtete Vater mit leuchtenden Augen. Er sagte: »Mr. Parks.«

Da wußten wir, daß es ein Miskito war, denn Miskitos konnten kein »F« aussprechen.

Vater sagte: »Er kennt mich. Was um so erstaunlicher ist, da ich nicht mehr derselbe bin.« Er lächelte. »Ich denk', ich hab' hier einen gewissen Ruf.«

Mr. Haddy sagte zu dem Miskito: »Jawohl, das ist Mr. Farkis.«

Der Miskito redete aufgeregt auf Mutter ein. »Diese Mann gab mir meine Garten!« Er fing an, uns Vater anzupreisen. An den Mangroven vorbei zeigte er auf eine Hütte und ein paar hochgewachsene Maishalme. »Große gleich dort. Große Tomaten, wie die« – er machte eine Faust.

»Die Hybriden«, sagte Vater. »Ich bring' mich praktisch um, um Eis zu machen, und man erinnert sich an mich einzig und allein wegen des Saatguts, das ich in Florence, Massachusetts, gekauft hab'.«

»Und solche Pfefferschoten!«

»Du bist nach Jeronimo rübergekommen und hast gearbeitet, eh? Und ich hab' dich mit Saatgut bezahlt. Ein Jammer, die Sache mit dem Eis. Eine gute Idee, aber ein bißchen schwerfällig.«

Der Miskito sagte: »Ja, ja.«

Vater sagte: »Ich hab' dieses Boot erfunden.«

»Jeder hat Pipantos«, sagte Mr. Haddy. »Und die keines haben, die haben Cayukas.«

»Das ist mein Boot«, sagte Vater.

Der Miskito bestand darauf, uns seinen Garten zu zeigen, also kletterten wir das Steilufer hinter der Sandbank hinauf und gingen zu seiner Hütte. Es war eine gebrechliche, aus Gras und Palmblättern zusammengeflickte Hütte, aber drum herum breitete sich wunderschön sein Garten aus. Hochgewachsener Mais mit langen

Narbenfäden und nicht abgestützte Tomatenpflanzen, Pfeffer, grüne Bohnen und Frühkürbisse. Auch Beutelmelonen gab es. In einem Indianergarten wirkten diese Pflanzen fehl am Platz. Es gab weder Papayas noch Avocados, Flaschenkürbisse oder Grenadillen. Das war wie Hatfield – wie Jeronimo. Der Miskito hatte all das von dem Samen angebaut, den Vater ihm vor Monaten gegeben hatte, als er den Bergsattel überquerte, um uns zu besuchen. Er hatte ein Tagwerk oder mehr verrichtet und den Samen als Bezahlung erhalten. Noch nie hatte er erlebt, daß Samen derart schnell aufging und solch pralle Früchte trug.

Vater knipste eine Bohnenschote ab und sagte: »Kentucky-Wunder!«

In der Nähe der Hütte wuchsen Bananen, eine Bananensorte, die von den Indianern »Plas« genannt wurde, weil sie wie Taschenflaschen aussahen. Aber Vater sagte, der Miskito verdiene dafür keine Anerkennung – sie wüchsen von ganz allein.

Wir hörten Schlaggeräusche. Es war die Frau des Miskitos, die Reishalme gegen ein Gestell drosch und die Reiskörner auf eine Kuhhautmatte fallen ließ. Sie hörte damit auf, als der Miskito sie rief, und brachte uns Wabool und gebratene Bananen und geröstete Maiskolben. Und sie rupfte Mr. Haddys Baumhuhn und steckte es auf einen Spieß über dem Feuer.

Vater wollte nichts essen. »Nimm's nicht persönlich«, sagte er und wehrte das Wabool ab.

Mutter sagte: »Das gehört zu ihren Sitten. Das weißt du.«

»Was ist mit meinen Sitten?« sagte Vater.

Ich spürte, er hatte sich kein bißchen verändert, denn das hatte er stets in Jeronimo gesagt.

Er grinste den Miskito an.

»Ich heb's mir für später auf«, sagte er. »Hunger ist eine gute Sache. Macht einen entschlossen. Essen läßt einen glatt einschlafen. Dieses Ding da, das du in der Hand hast« – der Miskito hielt das versengte und fettige Baumhuhn –, »ist ein Schlafmittel. Das wußtest du sicher, nicht wahr? Ich rede nicht vom Verhungern, sondern vom Hunger. Das Hauptantriebsmittel der Natur. Es ist eine Art Stärke.«

Er lächelte uns zu. Wir saßen auf dem Boden und nagten Knochen ab, zusammen mit dem Schwein des Miskitos namens Ed.

»Es gibt nur eines, was ich wirklich ersehne«, sagte Vater. »Glaubst du, du kannst mir ein Bad richten?«

Mit sorgfältiger Aussprache, mit Zeichensprache und Lauten erklärte er, daß er etwas Abgeschiedenheit und heißes Wasser und einen Korb wünsche. Der Miskito versorgte ihn mit allem, was er wollte.

Vater hängte dann den feingeflochtenen Korb an einen Baum und ließ ihn von dem Miskito mit heißem Wasser füllen, so daß es wie aus einer Brause strömte. Dieses Ritual fand hinter der Hütte des Miskitos statt. Wir hörten, wie Vater den Miskito anfeuerte und Wasser spuckte und sich schrubbte.

Mr. Haddy sagte: »Vadder hat Sitten, wahrlich!«

»Diese Dusche war besser als eine Mahlzeit«, sagte Vater, als er fertig war. Sein Gesicht war rosig. Seine Ohren standen ab. Zum Trocknen sprang er in der Sonne herum. »Und es hat das schlimmste Hungergefühl vertrieben. Das hatte ich nötig. Ich bin bereit, Mutter.«

All diese Geschäftigkeit und Vaters Gerede verwirrten den Miskito. Wie um ihm einen Gefallen zu tun, schickte er seine Frau in den Garten, damit sie Gemüse holte, ungefähr vier Bündel in hübschen Körben. Und als letztes Geschenk überreichte er Vater die Stange von seinem Pipanto. Vater machte die entsprechenden Gesten, um anzudeuten, daß er diese Geschenke ablehnte, aber schließlich nahm er sie an, als der Miskito die Körbe in das Pipanto lud, daneben wartete und Vater leise, aber eindringlich zurief, an Bord zu gehen.

Mr. Haddy sagte: »Er sagt: ›Lukpara‹ – sorg dich nicht.«

Vater stieg ein und sagte: »Ich borg's nur, Fred. Du kannst es jederzeit wiederhaben.«

So kam es, daß wir an diesem Tag den Rio Sico hinunterglitten. Vater stakte, und Mr. Haddy hing über dem Bug und hielt nach Hindernissen Ausschau. »Felsen!« rief er, wenn er einen sah. Es waren nur etwas über zehn Zentimeter Freibord, aber keine Welle kräuselte die Flußoberfläche. Bis zur Küste waren es vierzig Meilen, und Vater rechnete aus, daß der Fluß mit vier Meilen pro Stunde dahinströmte.

»Nicht schnell genug, nicht wahr?« sagte er.

Sobald wir die erste große Biegung hinter uns hatten und die

Miskito-Hütte außer Sicht war, steuerte Vater das Ufer an. Er suchte sich Holz und Zweige zusammen, was er für uns als Sitze verwenden konnte, und klemmte die Planken mittschiffs fest. Er zog sein Hemd aus und baute ein Sonnensegel, stopfte die Zipfel in die Steuerbord-Dollborde und spannte es über gebogene Zweige. Mit den Ärmeln band er es fest.

»Sieht aus wie ein Sauerstoffzelt! Damit ihr keinen Hitzschlag bekommt.« Er nahm ein Bündel Zweige. »Und das hier wird uns ein bißchen Tempo machen, ein richtiger Hexenbesen!«

Er befestigte die Zweige am Ende der Stange, verschnürte sie mit Ranken und verwandelte sie so in ein besenähnliches Ruder, so daß er vom Heck aus einhändig rudern konnte.

Dann machte er einen Rauchtopf, um die Stechmücken abzuwehren, und qualmend legten wir wieder ab. Er versprach, daß wir bei Einbruch der Nacht an der Küste sein würden.

»Hat sich jemand die Miskito-Hütte angeschaut?« fragte er.

»Schaun alle gleich aus«, sagte Mr. Haddy.

»Das macht sie noch nicht zu einer richtigen Hütte, Figgy. Dieses schäbige kleine Ding wird beim ersten Regen zusammenfallen. Er war ein großzügiger Mann und hatte dank mir einen beachtlichen Gemüsegarten, aber die Hütte war ziemlich armselig.« Wir kamen an weiteren Hütten am Ufer vorbei, noch mehr Miskitos, Schweine und Hunde.

Vater sagte: »Jämmerlich.«

»Du hast ein Glitzern in deinen Augen, Allie.«

»Weil ich mir gerade überlegt habe, welche Art Hütten in diese Gegend paßt.«

»Du hast gesagt, du wolltest nichts mehr erfinden.«

»Ich bin nicht hergekommen, um in einer Grashütte zu leben«, sagte er. »Ich bin nicht Robinson Crusoe. Hab ein bißchen Vertrauen zu mir, ja? He, laßt die Finger von den Körben!«

Jerry hatte eine Tomate herausgenommen und polierte sie an seinem Knie. Vater befahl ihm, sie zurückzulegen.

»Wir werden anhalten und Affenfutter besorgen, wenn ihr hungrig seid, aber eßt nicht dieses Gemüse. Das sind Hybriden. Wenn ihr davon eßt, zehrt ihr von unserem Kapital. Wenn wir dort angekommen sind, wo wir hinwollen, dann nehmen wir sie auseinander und verwenden sie als Samen. Reif genug sind sie.«

Mutter sagte: »Das ist unfair.«

»Es ist Fortpflanzung.«

»Du hast dich kein bißchen verändert.«

Vater kehrte mit seinem Besen vor und zurück. Er sagte: »Meine ganze Denkungsweise hat sich geändert. Keine Chemikalien mehr, kein Eis, keine Apparate. Jeronimo war ein Fehler. Ich mußte einen ganzen Fluß vergiften, um das herauszufinden.«

Mutter sagte: »Jerry will doch nur eine kleine Tomate!«

»Diese eine Tomate repräsentiert eine ganze Reihe von Pflanzen. Einen ganzen Garten. Streng deine Phantasie an.«

»Bitte, streitet nicht«, sagte Clover.

Mr. Haddy sagte: »Vadder macht noch 'ne Erfahrung.«

»Alle halten die Klappe«, sagte Vater. Dann: »Hat jemand etwas von einem Hirnschaden gesagt?«

Die ganze Zeit brüllend, ruderte Vater uns mit seinem Besen weiter den Fluß runter. Und er sagte voraus, daß wir noch vor Einbruch der Nacht an der Küste in Paplaya seien, in unmittelbarer Nachbarschaft von Brewer's Lagoon. Mr. Haddy drehte sich um und streckte seine Zähne raus.

»Wir könnten diesen Strand nach Panama runterspazieren«, sagte Vater.

»Wir könnten nach Cape Cod hochspazieren«, sagte Mutter.

Vater lachte. »Cape Cod ist in die Luft gejagt worden. Wir sind sind grad noch rechtzeitig rausgekommen. Da ist nichts mehr übrig – überhaupt nichts mehr. Alles dahin, verstehst du das nicht?«

Mutter sagte: »Wovon redest du?«

»Vom Ende der Welt.« Vater deutete mit seinem Besenstiel nach Norden. »Dieser Welt. Knusprig geröstet.«

»Jeronimo ist dahinten«, sagte Mutter.

»Jeronimo war nichts im Vergleich zur Vernichtung der Vereinigten Staaten. Es lag nicht nur an den brennenden Gebäuden und der Panik. Denk an die Menschen. Erinner dich an Figgys Baumhuhn – die Art, wie das Fleisch durchs Braten von den Knochen fällt? Das ist es, was Millionen Amerikanern passiert ist. Das Fleisch ist ihnen einfach von den Knochen gerutscht. Dann kamen die Geier. Hatfield ist nur noch Asche.«

Die Zwillinge fingen an zu weinen. Mutter versuchte, sie zu trösten. Sie sagte zu Vater: »Schau, was du angerichtet hast.«

»Ich hab' nichts anderes getan, als uns zu retten.«

Jerry sagte: »Stimmt es, daß nichts mehr übriggeblieben ist?«

»Nichts, was du noch sehen möchtest«, sagte Vater. »Du glaubst, es ist schlimm hier auf dem Fluß? Mann, im Vergleich zu dem Krieg in den Staaten ist das der reinste Urlaub.«

Mr. Haddy sagte: »War da oben ein Krieg?«

»Grauenhaft«, sagte Vater.

»Du willst uns erschrecken«, sagte Mutter. »Hör auf, so zu reden, Allie. Das ist grausam. Du weißt nicht, was in den Staaten passiert ist.«

»Ich weiß, was ich gesehn hab'. Ich weiß von den Armeen, den Soldaten – all das Brennen und das Töten.« Er drosch mit seinem Besen auf den Fluß. »Sie wußten, wo ich war.«

Mutter hielt die Zwillinge in den Armen. Sie saßen unter dem Zelt, das Vater aus seinem Hemd gemacht hatte. Mutter sagte: »Er scherzt, Kinder. Achtet nicht auf ihn.«

»Schöner Scherz«, sagte Vater.

Er sah mich an und zwinkerte.

»Aber wir sind nun in Sicherheit. Dieses Boot, dieser Fluß – ihr haltet das für eine gefährliche Angelegenheit, aber ich sag' euch, wir sind gut dran. Wir leben. Das ist mehr, als ich von ein paar anderen Leuten sagen kann.«

Inzwischen war Juni. Vor einem Jahr hatten wir Hatfield verlassen. Vor zwei Nächten hatten wir gesehn, wie Jeronimo zerstört worden war. In Vaters Kopf waren die Vereinigten Staaten ausgelöscht worden, auf genau die gleiche Art wie Jeronimo – Feuer hatte es bewirkt, und übriggeblieben waren nur Rauch und ein Sturmwind von gelbem Gift. Das war es, was er behauptete.

»Sie sind hinter mir her. Es war ein knappes Entkommen.«

Ich wollte, daß er aufhörte.

Ich sagte: »Das hier ist ein wunderbarer Fluß.«

»Jetzt redest du vernünftig, Charlie! Hast du das gehört, Mutter. Er sagt, das ist ein wunderbarer Fluß. Da kannst du dein Leben drauf wetten, daß es so ist.«

Den Krieg in Amerika oder der Verlust von Jeronimo, für ihn ein und dasselbe, erwähnte er nicht mehr. Ruhig sprach er davon, wie wir neu anfangen könnten. Er sagte, all diese Katastrophen, die uns gestreift hatten, hätten seinen Verstand geschärft.

Dies war der Beweis. Wir saßen in einem Vierzehn-Fuß-Pipanto und bewegten uns rasch auf die Küste zu. Es war nichts weiter als ein Flachboot, aber wir hatten Schatten und Sitze und einen Rauchtopf. Vater hatte es in etwas Bequemes und Schnelles verwandelt. Er redete wild, aber sein Gerede hatte etwas Schöpferisches, und auf der ganzen Fahrt den Fluß hinunter hörte er nicht auf zu reden. Ich war besorgt gewesen. Gestern hatte er geweint, heute schrie er was von seiner Erfahrung und dem Ende der Welt. Er war rastlos und schien hungrig und unberechenbarer denn je. Aber auf der ganzen Erde gab es keinen, der so erfindungsreich war wie er.

23

Jerry schaukelte auf dem Balkensitz, den Vater gemacht hatte. Er flüsterte: »Dad findet sich fabelhaft«, und schaute mich dabei mit finsterer Grimasse an.

Clover senkte den Kopf. »Er *ist* fabelhaft.«

»Es gibt massenhaft Erfinder auf der Welt. Er ist nicht der einzige.«

»Er ist nicht wie die anderen«, sagte ich.

»Egal, die Welt ist sowieso vernichtet«, sagte April. »Dad hat's gesagt.«

Jerry sagte: »Woher willst du wissen, daß er nicht wie die anderen ist?«

»Seine Gründe sind anders«, sagte ich.

»Wie?«

Ich schaute nach achtern – Vaters geweitete Augen forderten mich heraus zu sprechen.

In dieser Pause klang Jerrys Flüstern schroff. »Du weißt es nicht.«

Aber ich wußte es. Vater war erfindungsreich, weil er Komfort brauchte. Er gab es nie zu, aber ich wußte es von Jeronimo und von diesem herausgeputzten Pipanto her. Er hatte sich nicht verändert, er war immer noch erfindungsreich, er brauchte immer noch Komfort – mehr als wir. Er war wild entschlossen, Dinge zu verbessern, aber er ähnelte keinem anderen Menschen. Ich konnte es Jerry nicht sagen, solange Vater zuhörte. Vater erfand seinetwillen! Er war Erfinder, weil er harte Betten und schlechtes Essen und langsame Boote und gebrechliche Hütten und Dreck nicht ausstehen konnte. Und Verschwendung – er beklagte sich über die hohen Preise, aber es war nicht das Geld. Es war die Tatsache, daß die Dinge zerrissen und zerbrachen, nachdem man sie gekauft hatte. Er dachte zuerst an sich!

Deswegen hatte er in Hatfield den hydraulischen Stuhl und die Fußmassage erfunden. Es erklärte sein mangelndes Interesse an seinen industriellen Erfindungen – »Brotarbeiten«, so sagte er dazu. Und es erklärte auch seine Eis-Manie. Und hier lag der Grund, warum er geweint hatte, als Jeronimo zerstört war. Er wollte nicht, so hatte er gesagt, wie ein Affe leben.

Sein Herumgeziehe, seine Reisen waren ebenfalls Erfindungen. Als es für ihn so aussah, als sei Amerika zum Untergang verurteilt, erfand er einen Ausweg. Das Land auf dem Bananendampfer zu verlassen zählte zu seinen scharfsinnigsten Plänen. Und Jeronimo war voll von Beispielen für seinen Einfallsreichtum gewesen, Apparate, die er entwickelt hatte, um das Leben – sein Leben – leichter zu machen. Diese Pläne und Taktiken waren seine Antwort auf die unvollkommene Welt. Aber manchmal bemitleidete ich ihn. Unbequemlichkeit und Unzufriedenheit brachten sein Gehirn zum Rotieren.

Mutter, die Jerrys Flüstern gehört hatte, sagte gerade: »Er ist ein Perfektionist.«

»Sei nicht bitter«, sagte Vater.

Mutter sah auf den Dschungel am Ufer.

»Was für ein Ort für einen Perfektionisten«, sagte sie.

Jedermann hielt ihn für einen Menschen, der sich zu helfen wußte. Aber ich ließ mich nicht täuschen. Er war das Gegenteil von einem Camper! Er baute erstklassiges Gemüse an, weil er den Geschmack von Bananen und Wabool nicht ertragen konnte. Er haßte es, im Freien zu schlafen. »Es ist unrecht und unnatürlich, auf der nackten Erde zu schlafen.« Er sprach immer liebevoll von seinem eigenen Bett. »Sogar Tiere machen sich Betten!« Ein immerwährender Vorrat an kostenlosem Eis war seine Antwort auf die Tropen, ein kompliziertes Pumpensystem seine Antwort auf die Trockenzeit. Er mochte es, wenn die Chancen gegen ihn standen. Er sagte, es helfe ihm beim Denken. Aber obwohl er ehrgeizig war, was seinen eigenen Komfort anbelangte, versuchte er nie, aus seinen Erfindungen Geld zu machen – er wollte nur ein Leben leben, das andere vielleicht nachzuahmen wünschten. Die Tantiemen aus seinen Patenten betrachtete er als »komisches Geld«. »Ich mag selbstsüchtig sein«, sagte er, »habgierig bin ich nicht.«

Selbstsüchtigkeit hatte ihn clever gemacht. Er wollte die Dinge so haben, wie er sie sich wünschte – sein Bett und sein Essen und ebenso die Welt. Seine Erklärungen für Ereignisse waren so einfallsreich wie seine Erfindungen. Hatte es in den Vereinigten Staaten Krieg gegeben? Waren sie hinter ihm her, wie er sagte? War es Tatsache, daß er gejagt wurde, weil »sie stets die Klügsten zuerst umbringen«? Wir wußten es nicht. Aber wenn man irgend etwas davon glaubte, dann konnte man hier sehr glücklich sein. Man bemerkte weder die Hitze noch die Insekten noch die Dunkelheit, die einen nachts unter sich begrub. Vaters Gerede löschte den eigenen Geruchssinn aus. Nachdem man ihn von Amerika hatte sprechen hören, tröstete einen der Gedanke, daß man so weit weg an der Moskito-Küste war. Es tröstete ihn!

Da stand er, brüllte uns seine Pläne zu und lachte über unsere Verwirrung. Dahinter konnte ein Plan stecken, wie das Verbessern der Pipanto-Stange oder die Fertigung eines Rauchtopfs aus einer Kokosnuß oder die Beschreibung des sicheren Hauses, das er bauen würde. Es konnte aber auch ein bißchen irre sein.

»Was für ein Pfusch, den Gott da aus der Welt gemacht hat!«

Noch keinen Menschen hatte ich je zuvor Gott kritisieren hören. Aber Vater redete über Gott auf die gleiche Art, wie er über Klempner und Elektriker redete. »Der tote Kerl mit dem rotierenden Kreisel«, so beschrieb er Gott. »Und dem Kreisel geht fast die Puste aus. Spürst du, wie er wackelt?«

Selten, daß er eine Pause einlegte. Es war wie ein Teil des Dschungelspektakels nach unserer Flucht aus Jeronimo. Wie das Geschrei der Pavavögel und der Zikaden und das nächtliche Trommeln, den Rio Sico entlang und dort, wo wir in den Rio Negro nach Paplaya einbogen. Aber von allen Dschungelgeräuschen, die ich hörte – und dieser Geräuschpegel konnte sehr überraschend sein –, war Vaters Stimme, die nach Trost und Komfort rief, der deutlichste und am häufigsten zu hörende Laut.

Wir brauchten einige Tage »Küstenschifferei«, wie Vater es nannte, um Brewer's Lagoon zu erreichen. Nach all dem Gerede und dem Schleppen des Bootes und der heißen salzigen Brise erwartete ich etwas Blaues – Sand, Brandung, Palmen, einen Strand. Aber Brewer's Lagoon war ein Binnenbecken und die Fahrrinne ein höhergelegener Engpaß, der in den Ozean mündete und das angenehme Geräusch der Wellen abhielt, die den Sand hochspülten und die Kiesel klingen ließen.

Wir steckten hier im Schlamm. Die Lagune war weit und seicht und sumpfig; braunes Wasser, das sich morastig bis zum braunen Ufer erstreckte. Kein Wellengekräusel – es war ein schmutziger Spiegel mit ein paar Unkrautbüscheln und abgehackten Palmen, wie alte Laternenpfähle. Eine Schicht aus Dreck und feinem Schlamm bedeckte die Ufer, und Fliegen sammelten sich dort, wo grüne Kuhfladen an den Rändern des stillen, dunklen Tümpels trockneten. »Es ist gruselig«, sagte Mutter.

»Tu nicht so hilflos.« Vater schaute mich an. »Sie ist bitter.«

Mr. Haddy krähte los, als er Brewer's Village sah. Seine Mutter lebte hier. Die Hütten türmten sich am Ufer hoch. Sie waren wie Glockenstühle geformt und in der gleichen Farbe wie die Lagune gebeizt. Zambus paddelten Einbäume zu den Landungsstegen. Es war ein feuchtheißer Nachmittag, die Sonne ein purpurner Reifen in dem grauen Dunst der See.

Vater sagte: »Hier trennen sich unsere Wege.«

»Kommst du nicht mit mir, Vadder?«

»Nein. Ich meine, du kommst nicht mit mir.«

Mr. Haddy schluckte, als versuche er, seine Angst runterzuwürgen. Aber sie schien sich in seiner Kehle zu verklemmen und flatterte wie ein Stück vom Adamsapfel. Er sagte, er sei noch nicht soweit, hier schon an Land zu gehen.

»Figgy trödelt herum.«

»Sie werden sagen: ›Haddy, wo ist deine Barkasse?‹«

»Du kannst ihnen von der Erfahrung, die du gemacht hast, berichten. Ich habe eine Frau und vier Kinder und sonst nichts. Mich hörst du nicht jammern.«

Mr. Haddy sperrte den Mund auf, atmete tief ein und jammerte: »Mir ist nichts geblieben!«

Im Pipanto vom Heck zum Bug schwankend, streifte Vater seine Uhr ab. Es war eine alte, teure Uhr – Gold mit einem goldenen Armband. Vater war stolz darauf. Sie hatte unsere Fluchten und Fehlschläge überlebt. Sie war widerstandsfähig, wasserdicht und genau, der einzige wertvolle Gegenstand auf diesem Boot. Vater hatte oft gesagt, daß sie nun das Doppelte von dem wert sei, was er dafür bezahlt hatte, und daß ihr Wert jedes Jahr steige. Wahrscheinlicher aber war, daß es ein glücklicher Fund auf der Northampton-Müllkippe gewesen war.

»Das ist Geld auf der Bank, Fig.«

Mr. Haddy schob die Hände in die Tasche. »Ich nehme deine Uhr nicht.«

»Ich brauche sie nicht mehr – oder, Mutter?«

Er zog Mr. Haddys magere Hand aus der Tasche und drückte ihm die Uhr in die widerstrebenden Finger. Und er lachte.

»Mein Sohn, gib acht auf die Zeit, und meide das Übel.«

Mr. Haddy schaute auf Mutter. Er sagte: »Erfahrung.«

»Behalte sie«, sagte Mutter. »Du warst uns ein guter Freund.«

Die Uhr kummervoll anlächelnd und seine Zähne befeuchtend, sagte Mr. Haddy: »Aber wohin gehst du, Vadder?«

Vater sagte: »Wir werden den schwärzesten Bach dieser Lagune hinaufpaddeln. Und wir werden die kleinste Spalte von diesem Bach finden, wo's weder Menschen noch Plagiate gibt. Bäume, Wasser, Erde – das Elementare. Mehr verlangen wir nicht. Wir werden uns dort oben einigeln. Sie werden mich nie finden.«

»Brewer's gefällt dir nicht?«

»Zu ausgesetzt«, sagte Vater. »Ich möchte nicht von Geiern besucht werden.«

Das Pipanto war auf Brewer's Village zugetrieben: Glockenstuhlhütten und Lagerfeuer und Schlammbänke und nasse Zambus und ein Hund.

»Ich will etwas wirklich Rückständiges. Einsiedlerisch. Unbewohnt. Eine leere Ecke. Deshalb sind wir hier. Wenn's auf einer Karte verzeichnet ist, kann ich's nicht gebrauchen.«

»Laguna Miskita ist auf keiner Karte.«

»Wie klein ist es?«

»Vadder, es ist so klein«, sagte Mr. Haddy, »wenn du dort bist, dann glaubst du gar nicht, daß du da bist.«

Während Vater das Pipanto zum Landesteg ruderte, beschrieb uns Mr. Haddy den Weg – zwei Meilen an Brewer's Ufer entlang bis zum Kanal und dann drei Meilen ins Land hinein. »So lange, bis es nicht mehr weitergeht.« Seine Dankbarkeit veranlaßte ihn, weitere Richtungsanweisungen zu geben, aber als wir ihn absetzten und er sich durch den Schlamm zur Hütte seiner Mutter kämpfte, schaute er nicht zurück. Er bewunderte seine neue Uhr, hob sein Handgelenk, und bald war er von Kindern, Kreolen und Zambus umgeben, die auf ihn einredeten.

Für mich war es schmerzlich, ihn gehen zu sehen. Er gehörte nicht mehr zu uns. Wir waren wieder allein – die erste Familie, wie Vater ständig sagte. Aber ohne unsere alten Freunde – Mr. Haddy und die Maywits und unsere Zambus und Ma Kennywick und alle anderen – waren wir so etwas wie die letzte Familie.

Wir hatten die Stelle gefunden, wo der Bach in Brewer's Lagoon hineinfloß. Vater ruderte bis dorthin, wo er sich zu einem Band von Lagunen verbreiterte. Die letzte war die Laguna Miskita. Sie mußte es sein – wir konnten nicht weiter. Bis auf einen weiteren Bach, der seitlich einmündete und selbst für ein Cayuka zu schmal war, gab es kein offenes Wasser mehr. Hier war Nirgendwo, es war eine Sackgasse, keine einzige Hütte war zu sehen. Am Ufer drehten wir unser Pipanto um und stützten es mit Pfählen ab. Das war unser Haus. Es gab Reiher und Eisvögel hier und über unseren Köpfen ein paar Pelikane. Zwischen den niedrigen grauen Bäumen am Rand stolperten einige wilde Kühe mit trüben Augen herum. Die Lagune blubberte und dampfte vor Fäulnis. Sie hatte die Farbe gekochter Leber. Fliegen umsummten uns. Selbst der Schlamm blubberte, und der Druck unterirdischer Fäulnisgase riß Löcher in die Ufer.

»Hier sind wir allein«, sagte Vater. »Schaut, keine Fußspuren!«

Er sagte, von nun an würde unser Leben ganz einfach sein – Gartenbau, fischen und den Strand absuchen. Keine giftigen Apparate, keiner der Jeronimo-Fehler, nichts Luxuriöseres als ein Spülklosett. Hier ein Fleckchen mit Gemüse, ein Hühnerstall dort, eine gute, solide Hütte, die den Regen vertragen konnte.

»Hühner?« sagte Mutter. »Wie willst du an Hühner rankommen?«

»Baumhühner«, sagte Vater. »Huhn ist lediglich eine Gattungsbezeichnung. Wir werden Baumhühner züchten – wir werden sie zähmen.«

»Was sonst?«

»Nichts. Das ist das Schöne daran. Überleben bedeutet totale Aktivität. Da bleibt keine Zeit für irgendwas anderes!«

»Das wird eine Feuerprobe«, sagte Mutter.

»Eine Feuerprobe ist eine klare Sache.«

In dieser Nacht und in vielen Nächten danach schliefen wir unter dem aufgebockten Pipanto. Nachts war es kühl, und wir machten Rauchtöpfe, um die Moskitos abzuwehren. Jeden Tag arbeiteten wir daran, den Ort komfortabler zu machen. Wir hatten es schon einmal getan, in Jeronimo, aber bis wir mit der Strandsuche begannen, besaßen wir bis auf die verbrannte Machete keinerlei Werkzeuge. Wir bauten eine Latrine und eine Kochecke, und Vater schritt einen Garten ab – die Erde war am Ufer so schwarz und locker, daß man sie kaum umgraben mußte, sagte er.

»Kann noch ein paar Wochen dauern, bis die Regenzeit anfängt. In der Zwischenzeit werden wir ein richtiges Haus bauen, ein wasserdichtes, und diese Samen zur Aussaat bereitmachen.«

Kaum war die neue Hütte im Bau, wurde April krank, dann Clover, dann Jerry, dann Mutter. Es war Durchfall, aber obendrein wurden sie blaß und hatten hohes Fieber. Sie lagen unter dem Pipanto und stöhnten und stürzten zur Latrine. Mutter sagte, es liege an all dem Herumgeziehe und Herumzigeunern und an unserer Ernährung, die aus wildwachsendem Maniok und Fisch und den Wellhornschnecken bestand, die wir aus dem Schlamm gruben.

»Wenn's das Essen ist, wieso ist dann Charlie nicht krank?« sagte Vater. »Oder wenn's die harte Arbeit ist, wieso liege ich dann nicht flach?«

»Wie kannst du es wagen, uns zu beschuldigen, wir würden simulieren!« sagte Mutter.

»Hab' bloß gefragt.«

»Tyrannisier uns nicht, Allie!«

Vater schwieg. Es war beängstigend, sie in der Stille dieser grauen Lagune streiten zu hören, aber noch schlimmer war ihr Schweigen. Zwei Tage lang redeten sie nicht miteinander, und wir Kinder flüsterten deswegen nur.

Mutter erholte sich, war aber immer noch schwach. Vater sagte: »Die Invaliden können sich um den Samen kümmern.« Und sie sammelten aus Mais und Gemüsepflanzen den Samen und trockneten ihn, während Vater und ich Baumaterial für die Hütte zusammentrugen.

Wir hatten einen liegengebliebenen Einbaum gefunden. Wir flickten ihn und verstopften seine Risse. »Irgendein Dummkopf hat es weggeworfen – es ist ein absolut einwandfreies Boot!« Täglich unternahmen wir Fahrten den Fluß hinunter nach Brewer, um Treibholz zu sammeln – Balken und Bretter, die durch den Zufluß zur Küste hereingetrieben und an Land gespült worden waren. In den Schlammbänken steckend, so fanden wir sie. Meist waren noch Nägel und Schrauben in dem Holz. Die entfernten wir, und sobald wir sie geradegebogen hatten, benutzten wir sie zur Befestigung der Fundamente unserer Hütte. Und das Abkämmen des Strandes, das Ernten von dem, was die Fluten abgelagert hatten, bescherte uns noch andere Schätze.

An der Küste sahen alle Hütten wie Glockentürme auf Stelzen aus. Nicht so Vaters. Seine Hütte ähnelte einem kleinen Hausboot, das wannenförmige Fundament gegen das Ufer gedrückt. Er gab sich große Mühe, alles wasserdicht zu machen, er teerte die Spalten und hämmerte dann Blechstreifen als Schutz vor Ratten und Feuchtigkeit darüber. Diese Hausboothütte war größer als ein Pipanto, unten aber wie ein Pipanto geformt.

Eines Tages kam ein Zambu vorbei. Er sah uns nicht, bis Vater ihn herrüberrief. Sein Gesicht schaute aus, als hätte er Prügel gekriegt, aber er trug ein sauberes gelbes Hemd und einen Strohhut. Sein Name war Childers. Er war auf dem Weg zur Kirche. Es sei Sonntag, sagte er.

Vater sagte: »Ich wünschte, du hättest mir das nicht erzählt.«

Childers' Lachen bestand hauptsächlich aus Furcht.

Vater sagte: »Wenn Gott nicht am siebenten Tag geruht hätte, wäre er mit seiner Arbeit vielleicht fertig geworden. Je darüber nachgedacht?«

Childers sagte: »Du baust da einen Lastkahn?«

»Es ist ein Haus.«

»Schaut aus wie ein Lastkahn. Oder eine Barkasse.«

Das tat es – ein überdachtes Boot auf einer Schlammbank mit Blick über Laguna Miskita.

»Wenn der Regen kommt, bleib' ich trocken wie eine Nuß. Denk drüber nach.«

Der Zambu dachte nach, lachte dann wieder auf seine erstickte Art und Weise, während Vater ihn ansah.

Der Unterschied zwischen den beiden Männern überraschte und erschreckte mich. Der Zambu in seinem gelben Hemd mit Strohhut und Spazierstock – und Vater, groß und knochig und rot im Gesicht, mit langen, schmierigen Haaren und einem Bart und wilden Augen und einem fehlenden Finger und Segeltuchshorts. Vater war magerer als der Zambu! Und bis jetzt hatte ich noch nicht bemerkt, wie wild er aussah. Hätten wir es nicht besser gewußt, wir hätten glauben können, er sei der Wilde und nicht der Zambu. Hätte der Zambu solche Haare und Augen gehabt, ich wäre um mein Leben gerannt. Aber wir hatten uns daran gewöhnt, daß Vater wie eine lebende Vogelscheuche aussah, der wilde Mann aus den Wäldern, ständig herumbrüllend.

Angst brachte den Zambu zum Kichern, als Vater um die Hütte trabte und auf ihre Vorteile hinwies.

»Beachte, wie praktisch sie ist«, sagte er. Keine Pfähle, also würde sie bei einem Erdbeben nicht zusammenbrechen. Kein Regen der Welt könnte das geteerte Dach durchdringen. Sie sei aus dem Wrack eines Schiffes gebaut, das vor der Moskito-Küste gesunken war – jedes Stück Holz hatte der Ozean abgeschliffen und geglättet. Zwei lange Kabinen für Erwachsene und Kinder, jede mit eigenem Eingang. Alles war da – Zurückgezogenheit, Stärke und Eleganz. Sie würde hier noch stehen, sagte Vater, wenn längst all die Palmblattschuppen von den Sommerstürmen fortgeblasen seien.

»Ich wünsche mir ein paar schwere Stürme, damit ich beweisen kann, daß ich recht habe. Dann rolle ich mich drinnen zusammen und lache mich kaputt. Dicke Wände halten es kühl, und durch die Luke zwischen den Kabinen haben wir eine Brise von einem Ende zum anderen. Dazu kann ich noch das Dach hochstellen. Ich verstehe nicht, warum ich mir die Mühe mache, dir das zu erzählen.«

Childers sagte: »Mein Dach ist nicht undicht.«

»Wir werden sehen. Aber offen gesagt, das ist der große Fehler, den ihr Leute hier in der Gegend macht. Dauernd wird vom Dach geredet, immer nur konzentriert ihr euch auf die Spitze. Wie steht's mit dem Boden?«

Childers wich langsam zurück.

»Der Boden ist genauso wichtig. Du kannst das Problem nicht dadaurch aus der Welt schaffen, daß du dein Haus auf Pfähle setzt und es in die Luft hebst. Das kompliziert es lediglich – macht es verletzbar, auffallend und begrenzt die Lebensdauer. Schau dir an, was in den Staaten passiert ist!«

Vaters Vortrag hatte den Zambu überrumpelt. Er antwortete nicht. Er ging immer noch rückwärts, am schlammigen Ufer entlang.

»Dieses Haus ist wasserdicht, oben und unten«, sagte Vater. »Deins auch? Ist dein Boden wasserdicht?«

Jetzt entdeckte der Zambu Mutter und die Zwillinge, die den Samen in zwei Haufen teilten. Mit altmodischer Höflichkeit tippte er an seinen Hut.

»Wie geht's, Ma?«

»Zertrampel nicht meinen Garten«, sagte Vater.

Der Zambu schaute nach unten. Da war kein Garten. Auf Zehenspitzen ging er zum Ufer, überquerte imaginäre Furchen.

»Jetzt bringst du meinen Hühnerstall durcheinander!«

Der Zambu sah nichts. Da war kein Hühnerstall. Aber er hob die Füße und breitete die Arme aus und zögerte vor Furcht, als stünde ihm ein unsichtbarer Hühnerstall im Weg.

»Merke dir das. Erfahrung ist kein Zufall. Es ist eine Belohnung, die Leuten geschenkt wird, die dahinter her sind. Das ist eine wohlüberlegte Handlung und dazu noch harte Arbeit. Du ziehst es vor, zur Kirche zu gehn – komische Idee, dort hinzugehn, wenn man den Zustand der Welt berücksichtigt und wie sie so geworden ist. Am siebenten Tag verließ Gott das Zimmer – warum solltest du denselben faulen Fehler machen? Wozu beten, wenn du genauso eine Hütte wie diese hier bauen könntest?«

»Hab' kein Werkzeug.« Der Zambu geriet in Panik. Er fing an zu rennen.

Vater folgte ihm, brüllte.

»Ich habe auch keine Werkzeuge. Alles, was du hier siehst, habe ich mit meinen eigenen Händen gemacht!«

Aber der Zambu war weg. Am Bachufer verschwand er in Richtung Brewer's Village. Er konnte nicht mehr gehört haben, was Vater sagte. Was sicher nichts ausmachte, denn was Vater ihm über die Werkzeuge erzählt hatte, stimmte nicht.

Vater sagte: »Der Mann gefällt mir nicht, wegen seiner bösartigen Neugier.«

Wir gingen wieder an die Arbeit. Vater hatte geleugnet, daß wir Werkzeug besaßen. Es war eine Lüge, eine weitere Erfindung. Es tröstete ihn.

Wir hatten Werkzeug, mehr als Werkzeug. Der Moskito-Strand versorgte uns mit den meisten Dingen, die wir brauchten. Wir hatten den Kopf eines Klauenhammers am Strand gefunden und einen Stiel eingepaßt. Wir klopften die Spitzen erhitzter Bolzen flach und machten so Schraubenzieher und Meißel. Ein rostiges Sägeblatt, das wir im Seetang hatten liegen sehen, funkelte nun vom häufigen Gebrauch. Wir bargen Draht und Blech und Flaschen von dem Wrack und zerrissene Netze, die wir flickten, und genügend Segeltuch, so daß Mutter Shorts für uns alle und für sich selbst einen Kittel machen konnte. Ihre Nadeln bestanden aus Vogelknochen. Sie hätte richtige Nadeln aus Brewer's Village haben können, aber Vater gefiel die Idee, Vögel zu töten (»Geier!«) und ihre Knochen zu schärfen, um Nadeln daraus zu machen.

Strandsuche war schmutzige, erschöpfende Arbeit. In der knisternden, fledermausverseuchten Dunkelheit vor der Morgendämmerung fuhren wir in diesen ersten Wochen in Laguna Miskita fast jeden Tag mit dem Einbaum den Bach hinunter und durch Brewer's Lagoon zu einem Hüttendorf namens Mocobila. Knapp westlich davon suchten wir, ehe die Zambus erwachten, den Strand nach nützlichen Gegenständen ab. Wir gingen nebeneinander, Vater und ich – und als es ihnen wieder besserging, schlossen sich uns Jerry und die Zwillinge an –, wir durchwühlten die wirre, verknotete Masse aus Holz und Seilen und Seetang, die von der Nachtflut abgelagert worden war.

Wir fanden mehr Gerät zum Fischen, als wir brauchen konnten, und Taue und Lumpen und Plastikkannen und Teerklumpen und Ruder und Kanupaddel und Kochtöpfe und Tiegel. Eines Tages fanden wir eine Leiter und an zwei aufeinanderfolgenden Tagen Toilettensitze.

Es war wie das Fleddern auf der Müllkippe in Northampton, aber Fleddern war kein Wort, das ich in Vaters Gegenwart zu gebrauchen wagte. Wie in Northampton war der Strand stets voller Vögel, und manchmal mußten wir sie von dem Wrack verscheuchen, um es absuchen zu können. Es gab Geier an diesem Strand, und eines schrecklichen Tages tötete Vater einen Geier mit einer Steinschleuder, bloß um uns zu zeigen, wie ihn die restlichen Geier fressen würden.

»Das ist so, wie's in Northampton war«, sagte Vater.

Jerry sagte: »Du meinst, die Müllkippe?«

»Die Stadt«, sagte Vater. »All diese Schulkinder!«

Wir beobachteten, wie die Geier blutige Klumpen aus der Brust des toten Vogels rissen, dessen Flügel wie ein kaputter Regenschirm flatterten.

Das Holz und die meisten Ausrüstungsgegenstände, die wir fanden, waren vom Meer gereinigt und weiß gewaschen worden. Das Metall war mit Rost oder Muscheln verkrustet, aber Vater liebte es, einen verschorften Tiegel zu nehmen und ihn mit Sand zu schrubben. Er brachte die Kochtöpfe in Ordnung, er montierte die Toilettensitze in unserer neuen Latrine, und er machte uns aus Gummireifen Sandalen.

Ich war froh, daß wir allein waren. Niemand konnte unsere albernen Shorts und unsere selbstgefertigten Sandalen sehen oder den Müllplatz, den wir aus Laguna Miskita gemacht hatten. Der Zambu Childers kam nie wieder.

»Hier ist eine Art industrieller Darwinismus am Werk«, sagte Vater. »Die Dinge, die an diesen Strand gelangen, sind unzerstörbare Überbleibsel, die die Stürme und Fluten und den Angriff der See überlebt haben. Sie haben sich selbst bewiesen – haben den Test von Wetter und Zeit bestanden. Wenn wir sie verwenden, schaffen wir so eine Siedlung, die nicht zerstört werden kann. Euer durchschnittlicher Crusoe-Schiffbrüchiger lebt wie ein Affe. Aber ich bin kein Dummkopf. Nehmt diese Toilettensitze. Das ist natürliche Auswahl. Die Spülkästen sind verschwunden, aber jetzt halten sie ewig.«

Er trat die armlosen Plastikpuppen und die merkwürdigen Turnschuhe und die Klumpen aus Styropor beiseite. Er verfluchte die aufgerissenen Schwimmwesten und die verrosteten Spraydosen. Wir gewöhnten uns an seinen Spruch: »Na, da haben wir einen absolut einwandfreien Ringbolzen . . .«

Mutter nannte ihn eine Elster. Ich dachte wegen seiner Stimme, aber es war wegen der Strandsuche, des Sammelns von Plunder. Er brachte oft Sachen mit, die keinen praktischen Nutzen hatten – das Pferdegeschirr zählte dazu oder der Stromstecker –, und sagte: »Ihr Nutzen wird enthüllt werden . . .«

Abgesehen von seinem Gerede über die Vereinigten Staaten (»Es war schrecklich!« – warum lächelte er dabei?) hatte er sich nicht verändert. Aber unsere Lebensumstände hatten sich sehr verändert. Wir besaßen ein Haus und Nahrung und einen festen Tagesplan, und doch war das Leben hier schwierig. Es nahm den ganzen Tag in Anspruch. Totale Beschäftigung war gut, sagte Vater – die Arbeit des Überlebens machte einen gesund. Aber wir waren oft krank, Durchfall und Fieber und Sandflohbisse, und mußten in den Hängematten bleiben. Mutter klaubte die Nissen und Läuse aus unseren Haaren. Jeder Schnitt entzündete sich und mußte mit heißem Meerwasser ausgewaschen werden.

Vater war nie krank.

»Ich prahle nicht. Ich gebe einfach nicht nach. Ich kämpfe dagegen an. Haltet euch sauber, und ihr werdet nie krank werden.«

Wir waren mit einem Stück Seife nach Laguna Miskita gekommen. Vater wollte nicht sagen, wo er es aufgetrieben hatte. Ich vermutete, daß er es dem Miskito-Indianer am Rio Sico nach dem Duschbad geklaut hatte. Diese Seife schwand schnell dahin. Aber da gab es einen Laden in Mocobila, der von einem Kreolen namens Sam betrieben wurde. Vater nannte ihn Uncle Sam. Er verkaufte Mehl und Öl und Äxte und Angelhaken an die örtlichen Zambus. Vater mied den Laden.

Uncle Sam sah uns eines Tages den Strand abkämmen und fragte Vater, ob er was von Generatoren verstünde. Seiner sei kaputt. Vater reparierte ihn, wollte aber kein Geld dafür nehmen. Schließlich, nachdem Uncle Sam ihn gedrängt hatte, war Vater einverstanden, ein Stück käsefarbener Waschseife anzunehmen. Es sei das einzige, was uns in Laguna Miskita fehle, sagte Vater. »Und bis wir's aufgebraucht haben, ist mir was eingefallen, wie wir selber welche herstellen können.« Er erinnerte uns daran, daß wir in Jeronimo Seife aus Schweinefett gemacht hatten. »Gut für all eure Wehwehchen. Ihr könntet sie sogar essen!«

Dies hier war nicht der Regenwald am Fluß und der düstere Dschungel, der uns in Jeronimo angefangen hatte zu gefallen. Hier waren wir in Küstennähe, es war flach, salzig, heiß, voller mickriger Fliegen. Es gab hier weder Tapire noch Ottern, nur Eidechsen und rattenähnliche Tiere und Seevögel, die schmierig wurden, wenn man sie briet. Wir töteten die Vögel wegen ihrer daunigen Federn, nicht wegen ihres zähen Fleisches, denn Vater wünschte weiche Kissen. Wir waren von Sümpfen umgeben, in denen abgestorbene Bäume standen. Die Bäume waren nackt und grau. Schwämme wuchsen dort, wo die Rinde abgefallen war. Bei Sonnenuntergang pfiff es in diesen Sümpfen nur so von Fledermäusen. Es gab Palmen. Vater forderte Jerry und mich heraus, sie zu erklimmen und die Kokosnüsse abzuhacken. Jerry hatte in größerer Höhe Angst, noch bevor er halb oben war, weinte er, und unten am Boden sagte er mir, Vater sei »ein Scheißer«.

»Wenn du ihm nicht hilfst, wird er dich hassen«, sagte ich.

»Ich will, daß er mich haßt«, sagte Jerry.

Manchmal dachte ich, jetzt, wo wir alleine waren, kannten wir uns besser und mochten einander weniger. Vater wußte, daß wir schwach und ängstlich waren. Nirgendwo konnte man sich verstecken. Wir sehnten uns zurück nach »The Acre«.

Immer noch herrschte Trockenzeit – wo blieb der Regen? Nach drei Wochen merkten wir, daß der Wasserpegel in Laguna Miskita um ungefähr dreißig Zentimeter pro Woche gefallen war. Zerfallene Boote kamen zum Vorschein, durchlöcherte Cayukas und Kuhschädel und Fischknochen, schwarz mit Schlamm verkrustet. Der Schandeckel eines Ruderboots tauchte eines Tages auf. Er zeichnete sich vor der Wasseroberfläche der Lagune wie ein Kirchenfenster ab. Wir zerrten ihn ans Ufer und entdeckten einen daran befestigten schleimigen Außenbordmotor. Vater nahm den Motor auseinander und reinigte ihn Stück für Stück. Wir benützten das Boot als Waschzuber. – »Zu mehr taugen diese Missionars-Dinghis nicht.«

Mutter sagte, es sei sinnlos, mit einem alten Außenbordmotor herumzuspielen, wo es so viel zu pflanzen gäbe. Die Samen hatten gerade in den Setzkästen zu sprießen begonnen. Bald mußten sie in Reihen angepflanzt werden.

Das führte zu einem Streit. Wären wir Kinder in der Nähe gewesen, hätten sie sich nicht so angebrüllt. Aber wir waren im Einbaum und fischten nach Aalen. Wir benützten das gleiche beschwerte, kreisförmige Netz, das wir den Mann an unserem ersten Tag in La Ceiba ins Meer hatten werfen sehen. Er hatte mir leid getan. Jetzt aber waren wir wie dieser arme Fischer.

Von der kleinen Bucht her hörten wir Vater sagen: »Ich werde diesen Evinrude-Motor nicht wegwerfen. Man weiß nie, wann man ihn noch brauchen kann.«

»Die Elster.«

Wir konnten sie nicht sehen. Ihre Stimmen hallten über die Lagune. Die toten Bäume und der Strand, wo vom Sickerwasser angespülte Hyazinthen angefangen hatten, sich hochzuringeln, warfen uns zerfaserte Echos zurück.

»Diese Elster hat dein Leben gerettet, Mutter. Wenn ich nicht gewesen wäre, wärt ihr alle tot.«

»Mit Jeronimo kannst du nicht angeben. Zuerst einmal hast du unser Leben in Gefahr gebracht.«

»Wer zum Teufel redet von Jeronimo?«

»Unser Leben gerettet – das hast du gesagt.«

»Jeronimo war lediglich ein Beurteilungsfehler. Ich war da zu ehrgeizig. Ich dachte, Eis sei die Lösung. Inzwischen weiß ich, daß es einzig und allein auf Selbsterhaltung ankommt. Ich habe euer Leben gerettet, indem ich euch nach Jeronimo *brachte!*«

»Du hast uns in die Luft gejagt!«

»Ich habe euch aus den Vereinigten Staaten herausgebracht. Amerika ist untergegangen, Mutter. Ich meine das wörtlich.«

»Woher willst du das wissen?«

»Dies ist der Beweis.«

Er ließ etwas klirren, das wir nicht sehen konnten.

»Plunder«, sagte Mutter.

»Die Beute des Strandläufers. Es ist der Schutt einer toten Zivilisation – der schwimmfähige Teil. Amerika ist untergegangen und diese Dinge sind an unseren einsamen Strand getrieben.«

»Das ist eine verrückte Erklärung.«

»Da stimme ich dir zu. Aber die Welt ist verrückt geworden. Und wir sind hierhergekommen. Weißt du einen besseren Ort?«

»Allie, du wirst uns hier alle umbringen!«

Ihre Stimme flatterte, vom Wasser verstärkt. Wir blieben in der kleinen Bucht, hielten Netze und Paddel umklammert und lauschten.

Clover sagte: »Ma fängt Ärger an. Alles ist ihre Schuld.«

Jerry sagte: »Du bist auch ein Scheißer, Clover. Ma hat recht. Es ist schrecklich hier. Ich hoffe, sie haut ihn auf den Kopf.«

April sagte: »Ich möchte weglaufen von diesem scheußlichen Ort.«

Ich erklärte ihnen, wenn sie nicht den Mund hielten, würde ich das Kanu umkippen, und dann könnten sie sehen, wie sie sich retteten.

»Was, wenn Dad recht hat?« sagte ich. Und wir lauschten.

Jetzt sagte er gerade: »Ich mache dir das Leben erträglich. Mehr als erträglich! Das hier ist ein Rosenbett im Vergleich zu der Öde, die wir hinter uns gelassen haben.«

»In Jeronimo?«

»In den Vereinigten Staaten! Da sind nur noch Geier übrig! Wir sind die erste Familie, Mutter. Wir wissen, was da oben passiert ist. Sobald wir unsere Saat im Boden haben, können wir uns selbst versorgen.«

»Dein Garten ist Einbildung. Deine Hühner sind Einbildung. Es gibt keine Ernte. Wir haben nichts gepflanzt. Du redest von Vieh und Weberei! Hier gibt's nichts, außer dem Müll vom Strand. Du tust nichts anderes, als mit diesem Motor herumzuspinnen. Schau dich an, Allie. Du siehst nicht mehr wie ein Mensch aus.«

Genau das hatte ich gedacht, als Childers, der zur Kirche gehende Zambu, in seinem sauberen Hemd vorbeikam. Mutter hatte es also auch bemerkt.

»Ich bitte dich, in die Zukunft zu schaun«, sagte Vater. »Benütze deine Phantasie. Es wird sich zeigen, daß ich recht habe. Aber ich bin kein Tyrann. Ich werde euch nicht gegen euren Willen hier festhalten. Wenn du nicht zufrieden bist, dann kannst du . . .«

Mehr kam nicht. Wir lauschten, aber wir hörten nichts als das gegen das Einbaum schwappende Wasser und das Kreischen der Reiher. Wir paddelten aus der Bucht heraus und sahen, daß der Hof leer, das Feuer unbeachtet war. Der Schutthaufen aus Holz und Metall vom Strand schaute aus wie der vom Sturm verstreute Abfall an einer Gezeitenmarke.

Dann sahen wir Vater. Er war allein, trug ein Paar nicht zueinander passende Gummistiefel, der eine lang, der andere kurz. Er sagte nichts. Ahnte er, daß wir den Streit mitgehört hatten?

Er hatte begonnen, den Garten am Schlammufer, gerade oberhalb der Lagune, auszustechen. Wir schlossen uns ihm an und halfen ihm, ohne ein Wort zu sagen, die Furchen für die Setzlinge zu graben. Den restlichen Nachmittag arbeiteten wir in mürrischer und beschämter Stimmung.

Mutter erschien bei Einbruch der Nacht. Sie umarmte uns. Sie sei spazierengegangen, sagte sie. Aber hier konnte man nirgendwo spazierengehen. Ihre Beine waren bis zu den Knien mit Schlamm bedeckt, ihre Haare waren verfilzt. Und ihr Gesicht war verschmiert – sie hatte geweint.

»Nimm eine Dusche«, sagte Vater. »Wirst dich danach ganz wunderbar fühlen.«

Jerry sagte: »Ma, wie lange werden wir noch an diesem Ort bleiben?«

Sie sprach kein Wort. Sie starrte Vater an.

Vater sagte: »Antworte ihm, Mutter.«

»Bis ans Ende unseres Lebens«, sagte sie.

Vater schien erfreut. Er lächelte und sagte: »Wir haben Glück – schaut nach Regen aus.«

24

Streifen kleisterfarbener Wolken jagten durch die blauen Risse im Himmel über uns, aber jenseits unserer Lagune in Richtung Brewer's Village formte sich jeden Nachmittag eine dichte Wolkenbank. Zitternd blieb sie dort hängen. Sie war grauschwarz, aus einem Material wie Stahlwolle. Groß wie ein Berghang hing sie da und quoll auf, bis die Nacht sie verdeckte.

Jeden Morgen war die Wolkenbank verschwunden, und die Streifen und Quasten der Wolken sahen aus wie Gasballons unter einer zarten Decke. Die schwarze Wolke kehrte später stets zurück und wirkte immer furchterregender. Regen gab es keinen.

Vater brüllte uns an, wir sollten ihm im Garten helfen. Jeden Tag wurde er wütender. Er sagte, wir seien stinkfaul und langsam und nie da, wenn er uns brauchte. Auch wegen des Regens war er wütend. Er hatte Regen versprochen, aber der Regen war nicht gekommen. Am schlimmsten schrie er Jerry an. Jerry hatte einen neuen Namen für ihn – »Furzer«.

Wir erwarteten, daß der Regen niederstürzen würde, so wie in Jeronimo – schwarze Ruten, die die Bäume peitschten. Aber es gab nur den täglichen Auftrieb der schwarzen Wolke und wechselnde Winde. Vater sagte, ein Stück von der Küste weg seien Gewitter und heftige Böen, und jede Minute würden wir total durchnäßt werden. Wir arbeiteten und warteten in der stillen Hitze, beobachteten den hohen dunklen Himmel über den verzweigten Baumspitzen im Osten. Der Sturm lauerte und beobachtete uns mit seinen Faltenvorhängen. Er näherte sich nicht.

Unser Lagunenwasser sank immer noch ab. Seerosenblätter schaukelten an langen Stengeln. Das Land war so trocken, daß der Schlamm hart und glatt wie Zement zusammengebacken war. Unsere Setzlinge zu pflanzen – die sprießenden Bohnen und den Mais und die winzigen Tomatenpflänzchen – bedeutete, die Kruste der Schlammbank aufzuhacken und Furchen zu ziehen. In Eimern schleppten wir Wasser heran, um die Wurzeln feucht zu halten.

Das war unser Job, die Kinder-Eimer-Brigade, während Vater an der mechanischen Pumpe arbeitete. Er baute eine, die Wasser in hölzerne Schleusen schöpfte, eine Anzahl von Rinnen mit Griffen, die das Lagunenwasser einfingen und es unter dem Klatschen und Knallen der Bretter die Schlammbank hinaufwippten und -schaukelten. Aber es gehörten sieben Männer dazu, diese Pumpe zu betreiben, und Vater schrie uns ununterbrochen an, also machten wir mit den Eimern weiter.

»Warum hängt sie da immer nur rum?« sagte er und schnitt der schwarzen Wolke eine Grimasse. »Warum regnet's nicht?«

Wasserschleppen und Nahrungssuche waren unsere einzigen Beschäftigungen, und trotzdem trocknete die Hitze unsere Furchen aus und ließ einige Gartenpflänzchen verdorren. Abends aßen wir Maniok und Hundsfisch und gekochte, kleine Bananen. Vater benahm sich verstohlen, heimlichtuerisch. Er ließ es nicht zu, daß wir ihn essen oder schlafen sahen. »Ich warte, bis die Dinge hier besser werden. Bis dahin werde ich mir keine Ruhe gönnen – und ihr werdet mich nicht dabei erwischen, daß ich dieses Zeugs esse.« Er sagte, ohne Essen brauche er weniger Schlaf.

Er benutzte die Nachtstunden dazu, den Außenbordmotor wieder zusammenzubauen. Er schliff die Teile und schnitt neue Dichtungen für die Kolben. Aber wir hatten weder Benzin noch Öl, und dort, wo die Zündkerzen hätten sein sollen, waren leere Sockel im Motor. Es schien ihn nicht zu kümmern. Er schmierte alles mit Pelikanfett ein und riß an der Startleine, würgte es und ließ es klappern und spucken. Es verströmte den Geruch eines gerösteten Pelikans.

Mutter nannte den Außenbordmotor sein Spielzeug.

»Der Apparat hält mich bei geistiger Gesundheit«, sagte Vater.

Mutter hielt bei diesen Worten den Atem an und starrte ihn so lange an, bis er sich abwandte.

»Regen!« schrie er der schwarzen Wolke entgegen.

Seine Stimme war so laut, so eindringlich und kommandierend, daß wir in Erwartung eines Platzregens die Schultern einzogen. Aber da waren nur die Wolke und der wechselnde Wind.

Er schüttelte die Hände und sagte: »Als ich hier an die Moskito-Küste kam, war ich entsetzt, daß diese Menschen so wenig getan hatten, um ihre Lebensumstände zu verbessern. Sie lebten wie die

Schweine. Ich krümmte mich beim Anblick ihrer unkrautdurchsetzten Felder und ihrer erbärmlichen Hütten. Was essen sie – Maisblätter? Nagen sie ihre Zehen ab? Schlafen sie mit dem Gesicht nach unten und lassen den Regen von ihren Schultern rinnen? Mit was wischen sie sich ab? Wo sind ihre Werkzeuge? Träumen sie, und wenn ja, von was?«

Wir waren unten im Garten und gossen die Pflanzen. Wir ließen die Eimer ruhen und lauschten.

»Das hab' ich mal gedacht«, sagte er. »Nun, nach einem Jahr, erstaunt es mich, daß sie so viel haben!«

»Jerry sagt, du hast keinen Respekt vor den Zambus«, sagte Clover.

Jerry, von ihr verraten, machte ein besorgtes und unglückliches Gesicht.

»Ich bin voller Bewunderung für sie«, sagte Vater. »Auch wenn sie wie Schweine leben. Aber das ist nichts für mich – von einem Tag auf den anderen zu leben, von der Hand in den Mund. Das ist nicht mein Stil. Das hier ist eine dauerhafte Niederlassung. Ich habe nie versprochen, daß es leicht sein würde. Wir legen ein gründliches Fundament. Dies ist ein Organismus. Wenn er mal in Betrieb ist, dann sehen die Dinge anders aus.«

»Ich denke nur laut«, fuhr er fort, und er sprach davon, Baumhühner wie Truthähne zu züchten und wieder eine Fischfarm aufzubauen und Fleisch in einer Räucherkammer zu räuchern. Das eigentliche Problem sei nicht Nahrung, sagte er – es sei der Dreck. Er wollte Bretter über die Schlammbank, die unser Hof war, legen und ein Deck bauen, immer einen Abschnitt nach dem anderen, und es in eine weite, mit Schutzschirm und Badehaus versehene Veranda verwandeln. Gesundes Essen, Sauberkeit, massenhaft heißes Wasser und keine Insekten.

»Ich sehe einen Brutplatz hier und einen Wasserturm dort drüben und einen Boiler. Mangel an Eis stellt kein Problem in den Tropen dar, Mangel an heißem Wasser schon – wer hätte das gedacht? Ich sehe eine Reihe sich kreuzender Gehwege zum Landesteg und Gerüste um den Garten, zwischen denen Pflanzen wachsen. Nur Brücken und Gehwege – eure Füße berühren nie den Boden.«

Wir würden dieses Lagunenlager in einen Pier verwandeln!

Es war eine gute Idee, aber bis jetzt hatten wir nichts weiter als die kleine wasserdichte Hütte auf der Schlammbank und einen Schuttplatz – einen Haufen Holz und Alteisen, das wir Stück für Stück vom Strand hochgeschleppt hatten. Vater sagte, er beabsichtige, es auszusortieren, aber dazu war keine Zeit. Der Garten, unsere größte Überlebenshoffnug, hielt uns beschäftigt. Und schon hatten Ratten den Schuttplatz entdeckt und hausten darin und kreischten mit den Wickelbären und den Nachtschwärmern um die Wette.

Unser Lager sah schlimmer aus als irgendeine Miskito- oder Zambu-Siedlung. Ich war froh, daß keine Besucher zu uns kamen, denn ich wußte, daß sie es merkwürdig finden würden. Wenn sie uns nicht auslachten, würden sie uns bemitleiden. Es war deutlich zu erkennen, daß wir mit nichts hergekommen waren und jetzt nur das besaßen, was wir am Strand gefunden hatten.

Am späten Nachmittag, wenn die schwarze Wolke im Osten hing und unser Rauch aufstieg, sah unsere Siedlung wie eine Müllkippe an einem grauen Ufer aus, wo verzweifelte Menschen sich zum Sterben niedergelassen hatten. »Wir sind entkommene Gefangene«, sagte Vater, wenn er an Amerika dachte. Aber wenn wir verloren waren, wenn wir in diesem Küstensumpf in der Falle saßen, waren wir dann nicht immer noch Gefangene?

Dieses Gefühl beschlich mich, wenn ich unsere Hütte und den Müll vom Einbaum, von der Mitte der Lagune aus, sah. Jerry und ich hatten den Kniff mit dem Kreisnetz rausgekriegt, und wir wurden von der Eimer-Brigade freigestellt, wenn wir Fische oder Aale brachten. Wir paddelten gern zum entferntesten Ende der Lagune, damit wir eine Zeitlang aus den Augen verloren, was Vater unser Zuhause nannte.

Ungefähr eine Woche, nachdem die Sturmwolke zum erstenmal erschienen war, fischten Jerry und ich vom Einbaum aus und hörten ein lautes Geräusch. Es klang wie Kanonendonner.

»Dad hat den Außenborder angeworfen«, sagte Jerry.

Auch ich glaubte das oder wollte es glauben – ein Außenborder würde nötig sein, um uns hier herauszubekommen.

Wir paddelten zur Siedlung, wo Vater auf dem trockenen, festen Schlamm stand. Seine Augen waren blicklos. Er lauschte.

Jerry sagte: »Du hast den Außenborder in Gang gebracht!«

»Und wenn?«

»Wir können nach Hause fahren«, sagte Jerry.

Das war ein verbotenes Wort.

»Rotzbengel!« sagte Vater.

Das laute Geräusch donnerte erneut los. Es war nicht der Außenbordmotor. Es war das Dröhnen fernen Donners.

»Warum glaubt ihr mir nie?«

Das Donnern hielt an, manchmal klang es wie Kanonen, manchmal, langsam und schrecklich, wie Backsteinmauern, die in einen Keller stürzten. Als würde eine ganze Zivilisation umkippen und sich selbst begraben, sagte Vater. Es war da draußen, wo die Wolke hing. Er grinste uns an. »Krieg!«

Von der gegenüberliegenden Seite der Lagune kam einc gewundene Antwort auf den Donner – *Dong! Dong! Dong! Dong!* – und noch mal die gleichen vier Töne, aber sanfter. Es war ein Brüllaffe. Jedesmal, wenn der Donner dröhnte, trommelten und gongten die Brüllaffen.

Aber da gab es eine noch seltsamere Reaktion auf den Donner. Wie von dem Lärm geweckt, begannen um die ganze Lagune herum Kreaturen aus ihren vergrabenen Eiern auszubrechen. Zuerst tauchten die Schildkröten und Leguane auf, dann die Alligatoren. Die Eier waren im Schlamm verborgen gewesen, aber wenn diese schlüpfrigen, schuppigen Dinger rauskrabbelten, zerrten sie die Schalen mit sich und ließen am Ufer zerbrochene Eierschalen zurück. Unter dem dröhnenden Himmel erwachte die Lagune zu kriechendem, unheimlichem Leben.

Während dieses Gewitters kam Mr. Haddy das Ufer runter aus Richtung Brewer's Village geschlurft. Seine Augen strahlten, und er grinste wie ein gerade ausgeschlüpfter Leguan; Spucke hing an seinen Vorderzähnen. Er brachte uns ein Päckchen Muschelfleisch, eine mit einem Strick zusammengebundene lebende Henne und einen Beutel Zucker. Er kratzte sich den Rücken, indem er sich an einem Baum rieb, und starrte die ganze Zeit über auf unseren Müllhaufen. Dann küßte er die Zwillinge und sagte: »Wie geht's? Ist's hier gut?«

»Gib mir mal das Seil, Charlie«, sagte Vater. Er zeigte sich von Mr. Haddys Besuch nicht im geringsten überrascht, und als ich ihm das Seil reichte, wickelte er es um die Spule des Evinrude-

Motors und riß daran, brachte damit ein *Whop-whop-whop* zustande und den Gestank von Vogelfett. Vaters Haare flogen.

»Habe euch bißchen Muschelfleisch gebracht.«

»Schau' ich hungrig aus?« Dann ignorierte Vater ihn ganz und riß weiter an der Startspule.

»Wiiep! Wiiep! Wiiep!« Mr. Haddy äffte das Geräusch nach. »Ein Blödsinn, wahrlich.«

»Das?«

»Ein Motor ohne Zündkerzen und ohne Sprit!«

»Dient nur dazu, mich bei Verstand zu halten.« Vater ließ ihn wieder herumwirbeln. »Hilft mir beim Denken. Ich plane meinen Boiler und meine Gehwege. Irgendwie muß man sich den Schlamm vom Leibe halten!«

»Hab' euch bißchen Zucker gebracht.«

»Weißer Zucker«, sagte Vater. »Ist so ungefähr das Schlimmste, was man sich in den Mund stopfen kann. Kein Gramm Nährwert drin, nur Kalorien, die so schnell verbrennen, daß sämtliche Vitamine B und C im Körper verpuffen. Verursacht Krämpfe, Nierenversagen, macht einen müde und – wußtest du das? – ist so suchterregend wie Rauschgift. Figgy, ich bin hergekommen, weil ich von diesem Gift fortwollte.«

»Das nächstemal bring' ich dir Sprit«, sagte Mr. Haddy. »Und einen Satz Zündkerzen.«

»Will ich nicht.«

»Warum verbrennst du Hühnerfett?«

»Weil wir nirgendwohin wollen«, sagte Vater.

Mr. Haddy sah Jerry.

»Wie geht's, kleiner Mann?«

»Red nicht mit ihm. Er ist in Ungnade gefallen.«

Mutter sagte: »Ich kann mir nicht vorstellen, wie du uns gefunden hast.«

»Bin die Abkürzung runtergekommen. Hab' hierhin und dorthin geschaut. Ich hab' Erfahrung, dann hab' ich Vadders Stimme gehört. Wie gefällt euch das Plätzchen? Mann, wir werden ein paar Stürme abkriegen, Ma!«

Er schaute sich im Lager um und schnüffelte wie ein Kaninchen, sog alles in sich hinein.

»Höllisches Fleckchen, diese Miskita-Lagune.«

»Wir richten uns noch ein«, sagte Mutter. »Momentan schaut's nicht besonders aus, aber Allie hat Pläne. Du kennst Allie.«

»Verrückte Ideen«, sagte Mr. Haddy.

Vater lächelte nicht. Er drehte die Maschine mit seinem Seil und sagte: »Wieder an die Arbeit, Leute.«

»Euer Garten liegt ziemlich dicht am Wasser. Ist das euer Kahn?«

»Hütte«, sagte Mutter.

»Haus«, sagte Vater.

»Haus, huh?« Mr. Haddy fuhr die Umrisse mit seinem Kopf nach. »Haus ziemlich dicht am Wasser, wahrlich.«

»Das Wasser ist da drüben«, sagte Vater, den Mund weit öffnend, um es deutlich auszudrücken. Er deutete die Schlammbank hinunter zum Lagunenufer.

»Steigt bis hier, wenn der Regen kommt. Geht über diesen Müllhaufen. Wie ist der Müllhaufen hergekommen? Brüllaffen? Paviane? Verrückte?«

Vater ging mit seinem Seil dicht an Mr. Haddy heran; er machte ein Gesicht, als wollte er es dem armen Mann um den dürren Hals wickeln. Er sagte: »Warum versuchst du, jedermann aus der Fassung zu bringen?«

Mr. Haddy wandet sich hilfesuchend an Mutter. »Versuch' ich nicht, Ma!«

»Allie ist bloß wütend, weil's nicht geregnet hat.«

Vater sagte: »Ich habe keine Kontrolle über die Elemente – hätte ich's, die Welt wäre nicht so ein Saustall. Red mir von Dingen, die ich in der Gewalt habe. Wie zum Beispiel meine Gemütsverfassung. Die habe ich im Moment in der Gewalt.«

»Es regnet, wenn's soweit ist«, sagte Mr. Haddy. »Und wenn's kommt, dann will man, daß es wieder aufhört. So ist es. Wir werden einigen Regen kriegen, wahrlich. Das wird 'ne Erfahrung werden!«

»Du bist noch nicht zur Sache gekommen«, sagte Vater. »Was genau willst du?«

»Hallo sagen und: Wie geht's? Euch von meinem neuen Boot erzählen.«

»Erzähl uns, wie du deine neue Uhr verloren hast.«

Das war's also. Vater hatte es bemerkt – von uns hatte es keiner gesehen. Mr. Haddy trug die Golduhr nicht, die Vater ihm geschenkt hatte. Das war der Grund, weshalb Vater so gereizt reagierte.

Mr. Haddy sagte: »Ist dieselbe Geschichte wie die Geschichte mit dem Boot. Ich hab' meine Uhr gegen ein Boot eingetauscht. Keine Barkasse – ein Segelboot. Bei dem flachen Wasser konnte ich es nicht durch den Kanal bringen, also bin ich gelaufen. Willst du es sehn?«

»Nein«, sagte Vater.

»Ich nenn' es *Omega*, wie die Uhr. Ist ein hübsches Ding.«

»Ich hatte diese Uhr fünfzehn Jahre.«

»Es ist drei – halb vier«, sagte Mr. Haddy, seine bittenden Augen dem Hof der dunstigen Sonne zuwendend, um zu beweisen, daß er die Zeit auch ohne Uhr wußte.

»Er hat sie einfach weggegeben!« sagte Vater.

Mutter sagte: »Ich dachte, du billigst so etwas.«

»Für mein Boot«, sagte Mr. Haddy. »Ein wunderschönes Boot.«

»Ein Boot ist nicht die Antwort.«

»Ich stelle keine Fragen.«

»Versuch, dich zu fragen, wo du in fünfzehn oder zwanzig Jahren sein wirst.«

»Ich sage dir, wo ich nächste Woche sein werde – in Cabo Gracias.« Mr. Haddy wandte sich an Mutter. »Habe mit Arbeit besorgt. Lade Muscheln und Flußschildkröten in Caratasca und schipper' sie runter nach Cabo Gracias. Kennst du den Ort?«

Mutter sagte nein.

»Das ist das Cap, an der Wonk-Mündung. Das ist ein Fluß. Daneben sieht der Patuca aus wie eine Pißpfütze. Willst du mit runterkommen, Ma?«

Mutter sagte· »Liebend gern. Wir könnten die Kinder mitnehmen.«

»Ich nehm' euch auf 'ne hübsche Segelfahrt mit, sicher. Schaut die Lamantinen an. Schaut die Schildkröten an. Noch ein paar Wochen, und die Schildkröten legen an dem Platz wie verrückt Eier. Das herrliche grüne Wasser und der hübsche Sand. Kinder gehn schwimmen, wir gehn fischen, und die ganze Welt ist hier in Ordnung.«

Genau das hatte ich gehofft, aber ein Blick auf Vater sagte mir, daß es nie eintreten würde. Sein Gesicht war schwarz. Er schickte uns fort und brüllte Mutter an.

»Würdest du aufhören, ihn zu ermutigen! Wir haben kaum mit dem Garten angefangen. Wir müssen den Gehsteig baun und den Fischteich und das Hühnergehege. Ich versuche, hier ein solides Fundament zu schaffen, und bekomme nicht die geringste Hilfe. Figgy«, sagte er, hoch aufgerichtet vor Mr. Haddy, »siehst du nicht, daß wir zu arbeiten haben?«

»Das ist der andere Grund, weshalb ich gekommen bin«, sagte Mr. Haddy nervös und packte sein Handgelenk, um die Stelle zu verbergen, wo die Uhr gewesen war. »Diese Miskita-Lagune ist kein Ort für anständige Leute. Es ist ein Sumpf und eine Plage. Hier oben haben sie Schwänze. Diese Paviane – hörst du sie? Sie machen sich wegen des Regens Sorgen, und sie haben allen Grund dazu. Denn wenn der Regen kommt, dann wird's frisch für sie, und dein Zeugs wird ganz naß, Vadder.«

»Was schlägst du vor?«

»Brewer's Village ist ziemlich anständig für eine Familie.«

»Er deutet an, daß es hier unanständig ist. Dieser Wilde, der meine Uhr weggegeben hat, unterstellt . . .«

Mutter sagte: »Sei nicht so grob, Allie.«

»Jemand hat ihn hergeschickt. Wer schickt dich, Figgy?«

»Nein, Mann!«

»Du gehst zurück und erzählst denen, die dich geschickt haben, wer immer es ist, daß hier jetzt unser Zuhause ist. Wir leben hier. Das ist eine Pionierleistung.«

Mr. Haddy nagte an seinen Lippen.

Jerry sagte frei heraus: »Ich will mit Mr. Haddy gehen.«

»Siehst du, was du angerichtet hast!«

Mr. Haddy versuchte, sich zu bewegen. Aber seine Füße waren groß und unzuverlässig geworden. Er zerrte sie – sich immer noch an seinem Handgelenk festklammernd –, er stolperte, er setzte sich fast hin.

»In Ordnung, Jerry – laß deinen Eimer fallen und geh. Beweg dich. Aber merk dir das. Wenn du gehst, dann gehst du für immer. Komm nicht zurück. Ich will dein Gesicht nicht mehr sehn!«

»Allie!« sagte Mutter.

»Das ist Taktik«, sagte Vater zu Jerry. »Bist du Manns genug, es zu tun?«

Jerry wurde rot und schaute weg, als ihm die Tränen in die Augen schossen.

»Dann geh wieder an die Arbeit, Junge.« Vaters Stimme war wie Sandpapier.

Clover sagte: »Ich wollte von Anfang an nicht gehn, Dad.« Jerry starrte sie wild an.

»Diese Muscheln werden ein herrliches Stew abgeben«, sagte Mutter. »Nimm Platz, Mr. Haddy.«

Aber Mr. Haddy hatte sich noch nicht von dem »Siehst du, was du angerichtet hast!« erholt. Er schaute auf seine Füße runter, wunderte sich vielleicht, warum sie ihn nicht von hier wegtragen wollten. Dann musterte er Vater aus den Augenwinkeln und schaute verängstigt drein.

Vater sagte: »Und hier kommt's.«

Im Osten hatte sich die schwarze Wolke aufgeblasen, während Vater gedonnert und gepoltert hatte. Der Wind ließ nach, und eine kleine Weile lang war keine Luft zum Atmen da. Schweiß verdunkelte Vaters Bart.

»Ich hasse dieses Ding.«

Der Kanonendonner, die einstürzenden Mauern, die dröhnenden Backsteine in Amerikas Keller.

»*Tonda pillitin Felsgestein!*« Mr. Haddy drückte seine Sorgen meist auf kreolisch aus.

»Und ich will dir noch was sagen. Ich weiß, warum du heute hergekommen bist – weil du endlich was über die Katastrophe in den Staaten gehört hast.«

Ich wollte, daß Mr. Haddy antwortete. Er schwieg. Vater machte einen Schritt auf ihn zu. Mr. Haddys Körper sagte nein, aber sein Gesicht sagte ja.

»Gib's zu, Figgy«, sagte Vater, und ein weiteres Donnergrollen erschütterte die Lagune.

»Ich hab' was davon gehört«, sagte Mr. Haddy.

»Daß Amerika ausgelöscht wurde!«

»Ja, Vadder.«

»Und du hast Angst«, sagte Vater. Er starrte Mr. Haddy ins Gesicht.

»Wahrlich.«

»Das ist der Grund«, sagte Vater langsam – er lächelte –, »weshalb ich das hier die Zukunft nenne.«

Die Lastkahnhütte auf der Schlammbank, das Ruderboot, die Schleusenpumpe, die zum Betrieb sieben Mann brauchte, der Garten mit Setzlingen, der Müllhaufen, die Fliegen, die springenden Ratten und die Brüllaffen, die *Dong! Dong! Dong! Dong*! trommelten.

Wenn ein Mensch leidet und Angst hat, dann sind seine Schmerzen offensichtlich, und die Verletzungen treten hervor. Ich sah eine Delle an Mr. Haddys Stirn, die ich nie zuvor gesehen hatte.

Vater sagte: »Ehe du gehst, sieh dich um – sag, was du siehst.«

Mr. Haddy blickte von einer Seite zur anderen, schluckte und sagte: »Du redest von diesem Müllhaufen, Vadder?«

Jerry flüstert mir zu: »Müllhaufen ist richtig. Der ganze Ort ist ein Schuttplatz. Deswegen wollte ich gehn. Du nicht?«

»Ich sehe ein blühendes Dorf«, sagte Vater. »Ich sehe gesunde Kinder. Mais auf den Feldern, Tomaten an den Stöcken. Fische schwimmen, und Pumpen gurgeln. Große weiche Betten. Mutter webt an einem Webstuhl. Baumhühner, die einem aus der Hand fressen. Affen, die Kokosnüsse pflücken. Eine Seilfabrik. Ein Räucherhaus. Die totale Aktivität. Das ist es, was ich sehe. Und jeder . . .«

Mr. Haddy war losgelaufen. Er rannte nun, getrieben von der Wucht von Vaters Worten. Da waren nur Worte. Nichts von all den Dingen existierte. Dann war Mr. Haddy verschwunden, und Vater sprach zu uns.

». . . jeder, der das nicht sieht, hat hier nichts zu suchen.«

Bald darauf riß er an dem Seil am Außenbordmotor. Es war, als strangulierte er jemanden.

Ich dachte an Mr. Haddy, wie er mit seinen großen, klatschenden Füßen in die Dunkelheit stolperte, als Jerry noch einmal sagte: »Du nicht auch, Charlie? Wolltest du nicht mit ihm gehn?«

»Nein«, sagte ich.

»Dad ist verrückt.«

So, wie er es sagte, bekam ich eine Gänsehaut.

»Deswegen will ich gehn«, sagte er und fing an zu schluchzen, das Gesicht gesenkt. Er wollte nicht, daß ich es sah.

»Wenn wir ihm nicht helfen, werden wir alle sterben«, sagte ich.

»Ich will ihm nicht helfen!«

Jerry ging's elend. Er jammerte, daß Dad ihn verfolge und die Zwillinge bevorzuge. Dad war hinter ihm her und sagte ständig: »Du bist ein schmutziger Junge.« Er nannte ihn einen Drückeberger. Er zwang ihn, auf Bäume zu klettern. Von uns allen hatten Durchfall und Darmgrippe Jerry am schlimmsten erwischt, und man sah es ihm an – blasse Backen, staubiges langes Haar, magerer Nacken und Schorf, wo er seine Flohstiche gekratzt hatte.

Das Wetter hatte sich auf Vater ausgewirkt. In der feuchten Hitze und der Stille der Lagune war er schweigsam geworden. Bei dem Gewitter hatte er angefangen, mit Mutter zu streiten. Er wurde launisch, er brüllte, er hackte auf Jerry herum. Er wußte, daß Jerry ihn »Furzer« nannte, und nun ließ er den armen Jungen nicht mehr in Ruhe. Jerry war wütend und hilflos.

»Ich will nach Hause«, sagte Jerry. Es war das verbotene Wort.

»Das hier ist unser Zuhause«, sagte ich, und ich erklärte ihm, daß Amerika zerstört worden sei, daß wir gerade noch davongekommen waren. Nichts war übriggeblieben, bis auf das, was an den Strand der Lagune gespült wurde.

»Das sagt Dad.«

»Mr. Haddy hat es auch gesagt!«

»Mir egal«, sagte Jerry. Er kratzte an seinen Stichen. Nie hatte er elender ausgesehen. »Ich find's schade, daß Mr. Haddy weggegangen ist. Er wird nie zurückkommen.«

»Verstehst du nicht? Wir müssen Dad vertrauen.«

»Ich trau' ihm nicht. Er ist bloß ein Mann, der in unserer Hütte schläft.«

Ich konnte ihn nicht aufmuntern. Und sein Zorn ließ Zweifel in mir aufkommen; heimlich – während Vater ein Gehege für die Baumhühner, die er züchten wollte, zusammenhämmerte – fragte ich Mutter. Was war mit den Vereinigten Staaten geschehen – waren sie zerstört worden?

Die Frage machte sie traurig. Aber sie sagte: »Ich hoffe es.«

»Nein«, sagte ich.

»Ja.« Sie strich mir die Haare aus den Augen und umarmte mich. »Denn wenn es so ist, dann sind wir die glücklichsten Menschen der Welt.«

Ich sagte: »Und wenn nicht?«

»Dann begehen wir einen schrecklichen Fehler«, sagte sie.

Ich war zu groß für ihren Schoß. Ich kniete neben ihr, und einen Augenblick lang dachte ich, Vaters Gehämmer und der Donner seien der Schlag ihres Herzens.

»Aber es ist so«, sagte sie. »Du hast Mr. Haddy gehört.«

Und ich hatte den Donner gehört. Aber auch das war ein Versprechen ohne Beweis. Mutter bat mich, ihr zu glauben. Es war wie das Wetter, diese Donnerperiode mit all dem plötzlichen Krach, den Versprechungen von Regen und Stürmen. Niemand wußte, wann es kommen würde oder wie es sein würde oder wie lange wir noch unseren Garten mit den geknickten Setzlingen bewässern mußten. Niemand wußte irgendwas.

25

Als der Regen kam, klatschte er so herunter, als sollten wir dafür bestraft werden, daß wir an dem Donner gezweifelt hatten – jetzt war ich bereit, alles zu glauben. Er fiel nicht schwer nieder, sondern stach wie Eisenschwerter aus dem schwarzen Himmel, schnitt in unsere Rücken und fetzte Zweige von den Bäumen. Er hämmerte in den Sand, er prasselte auf die Felsen, er drosch auf das Meer und übertönte die Brandung. Das hatte nichts mehr mit Regen zu tun – es war wie Messerklingen und Schrotschüsse.

An diesem Tag waren wir am Strand – Jerry, Vater und ich – und zerrten Draht für den Hühnerstall hoch. Im Osten gingen wolkenbruchartige Regengüsse nieder, fünfmal, dann weitere fünf, und dann barst die Wolkenbank und kam bläulichschwarz auf uns zugerast. Große harte Tropfen wurden aus ihr herausgeschleudert, und ganze Regenböen schlugen uns entgegen, und lange Regenschwaden wurden zum Strand hingetrieben.

Vaters Mütze flog davon, und seine Kleidung flatterte und wurde schwarz und klebte an seinen Muskeln. Sein Bart klatschte herunter, und zu seinen Füßen brodelte es, während der Regen Kiesel aus dem Boden grub. Im selben Augenblick begann er zu brüllen. Er hob die Fäuste. Wir hörten ihm aufmerksam zu, selbst Jerry war gehorsam – kein Gerede mehr vom »Furzer«. Wir hatten das nicht erwartet, obwohl Vater erfreut war und fast erstickte, als die Schrotkörner sein Gesicht trafen.

»Das ist es! Was habe ich euch gesagt! Packt den Draht – ein bißchen Bewegung!«

Wir plagten uns über den Sand beim Engpaß und machten uns auf den Rückweg zu unserer Lagune, kämpften gegen den Wind an, der vom Dschungel her wehte. Vater ruderte wie verrückt und grinste, als der Regen in den Bach stürzte. Im Einbaum stand das Wasser zehn Zentimeter hoch, als wir die Bachmündung hinter uns hatten, und da sahen wir, wie das Gewitter die Lagune traf, sie durchpeitschte und Klumpen aufrührte.

»Der Wind dreht«, sagte Vater. »Es ist ein Wirbelsturm.«

Jerry sagte: »Jetzt brauchen wir den Garten nicht zu wässern.«

Wo war der Garten? Wo war die Hütte? Die Lagune war finster geworden. Der weiße Rand, der sich gegen das Ufer preßte, war der Schaum der Wellen. Dann sah ich es. Unter den gebeugten Bäumen, hinter dem peitschenden Glitzern des Regens, lag das Gewirr unseres Lagers, schwarz getränkt, während alles andere drum herumwirbelte – fliegende Zweige, zerfetzte Blätter, Wassersäulen.

Vater sagte: »Ich werde schon was finden, was du tun kannst, Jerry. Der Regen bringt uns wieder ins Geschäft.« Er packte Jerry am Arm und kreischte: »Glaubst du mir jetzt?«

Der Regen schlug Jerry ins Gesicht, aber Vaters Hand war unter Jerrys Kinn und hob sein Gesicht diesem Toben entgegen.

»Ja«, sagte Jerry, den Mund voll Regen. »Ja! Bitte, laß mich.«

Die Fensterläden der Hütte waren dicht und festgemacht. Mutter und die Zwillinge waren drinnen, aber das Gewehrfeuer des Regens auf dem Dach war so laut, daß wir nicht hören konnten, was der andere sagte. Da die Fenster abgedichtet waren, war die Luft schal und erstickend. Wir saßen mit gekreuzten Beinen da, aßen Fisch und Yautia und lauschten dem Regen, der auf unser Lager hämmerte und auf die Hütte prasselte.

Vater lächelte und formte mit den Lippen die Worte: »Wir sind vollkommen trocken.«

Mutter runzelte die Stirn, als wollte sie sagen: »Es ist alles so schrecklich.«

»Undankbare!« brüllte Vater, den Sturm übertönend.

Die ganze Nacht hindurch waren Geräusche zu hören – das Scharren loser Bretter, die aus dem Müllhaufen gefegt wurden, das Krachen stürzender Bäume, ganz in der Nähe, das Zischen des Regens, wenn er auf die Blechplatten an den Wänden unserer Hütte traf. Es regte mich auf und ließ mein Herz schnell schlagen. Das Pochen meines Herzens hielt mich wach. Ich stellte mir vor, daß der Regen die Ratten aus dem Müllhaufen getrieben hatte. Sie waren verzweifelt, in Massen drängten sie sich um die Hütte, ihre nassen, schwarzen Rücken strömten wie ein schmieriger Sturzbach, und sie nagten an unseren Wänden. Das Unwetter hatte das Land wüst und leer gemacht. Wir befanden uns nicht am Ufer einer Lagune. Wir waren ein Tüpfelchen in der ungeheuren Weite von Honduras, am Rande seiner ungestümen Küste.

Die Fensterläden zerrten und rissen, wollten aufgehen. Es war der Druck des Windes, der sie hob und in den Scharnieren rattern ließ. Wir vier Kinder schliefen im vorderen Teil der Hütte. Die Kleinen waren eingeschlafen. Ich lag wach, wie in der Nacht, als wir aus Jeronimo geflohen waren, und heute nacht war der rasende Klang des Regens wie Feuer – Flammen schlugen gegen unser Haus, erfüllten die Luft mit dem aschigen Gestank von Schlamm. Ich drückte auf mein Herz, um es langsamer schlagen zu lassen, damit ich atmen und schlafen konnte.

Ein Fensterladen rüttelte schlimmer als der andere. Ich packte ihn, um ihn festzumachen, und er knallte mir auf den Daumen. Als ich meine Hand wegzog, fingen die Bretter ein fürchterliches Geratter an, und ehe ich ihn sichern konnte, flog der ganze Fensterladen hoch, splitterte ein Brett auf und zog die Schrauben aus dem Scharnier. Regen schoß durchs Fenster. Ich griff nach dem schlagenden Laden, und ein kaltes, nasses Ding legte sich über meine Hand. Ehe ich schreien konnte, langte ein anderes kaltes, nasses Ding herein und tastete nach meinem Mund.

»Brüll nicht«, sagte eine blubbernde Stimme.

Zuerst dachte ich, es sei Vater, mit einem verrückten nächtlichen Einfall. Die säuerlich riechenden Finger lagen auf meinen Zähnen. Ich sagte: »Dad . . . «

Aber es war Mr. Haddy, sein tropfendes Gesicht mit den hervorquellenden nassen Augen am Fenster. Er ließ mich los und flüsterte: »Komm her, schnell.«

Ich schlüpfte hinaus, nur mit meinen Shorts bekleidet. Das war eine von Vaters Ideen – »trag im Regen sowenig wie möglich«, sagte Vater, »denn Haut trocknet schneller als Kleidung«.

Mr. Haddy stand mit händenden Armen im Schlamm. Ich konnte ihn nicht deutlich sehen, aber ich hörte den Regen auf seinen Hut trommeln.

»Hab' den Lukendeckel kaputtgemacht«, sagte er.

»Du hast mir einen Schrecken eingejagt.« Ich zitterte vor Kälte. Der Regen brannte auf mir und peitschte meine Haut.

Mr. Haddy nahm meine Hand, brachte sein Gesicht so dicht an mich heran, daß der Regen von seinem Gesicht auf meines rann, und sagte: »Du erzählst Vadder nicht, daß ich hergekommen bin in diesem« – ein Blitz färbte sein Gesicht purpurn und seine Lippen schwarz und seine Zähne blau – »Schlammrenner!«

»Wie bist du hergekommen?«

»Gestakt und gerudert«, sprudelte er. »Du bist ein guter Junge, Charlie, wahrlich.«

Ich hatte den Eindruck, daß er sehr hungrig war und mich im nächsten Moment beißen würde.

»Der Bach ist nicht breit genug für zwei Ruder.«

»Er steigt.«

Am Ufer sah ich sein Ruderboot.

»Komm in die Hütte, und trockne dich«, sagte ich.

»Vadder drin?«

»Ja.«

»Ich geh' nicht rein.« Er rutschte zum Ufer runter. »Hab' ein paar Päckchen für dich.«

Er stemmte ein Faß aus dem Heck des Bootes und klatschte es in den Schlamm. Dann kauerte er sich daneben, holte einen Plastikbeutel aus der Tasche und gab ihn mir.

»Das sind Zündkerzen, und da ist Sprit. Nimm's.«

»Es regnet, Mr. Haddy.« Mehr brachte ich nicht heraus. Es war Mitternacht, es stürmte, und er hatte einen Fensterladen zerbrochen und seine Hand auf meinen Mund gepreßt – um diese Sachen zu bringen. Wofür sollten sie sein?«

»Regnet wahrlich. Deshalb bin ich gekommen.«

»Dad schläft.« Ich hoffte es.

»Er schikaniert mich.« Mr. Haddy rollte das Faß am Ufer entlang, stieß es in den Müllhaufen und lehnte einen Balken dagegen. Er sagte: »Das ist für Vadders Außenbordmaschine.«

»Was soll ich damit tun?«

»Du erzählst ihm nicht, woher das kommt. Sag ihm, du hast's gefunden. Charlie, willst du, daß ich sterbe?«

»Nein.«

»Dann kein Wort über Haddy«, sagte er. »Jetzt hilf mir, mein Boot ins Wasser zu bringen.«

Wir zerrten das Boot ins Wasser, und Mr. Haddy stieg ein. Ein Blitz zackte über die Bäume am anderen Ende der Lagune. Ein gelbblauer Schimmer blähte den Himmel auf, flackernd wie eine

Leuchtstoffröhre, und erhellte die häßlichen Wolken. Jetzt saß Mr. Haddy über sein Ruder gebeugt.

»Wird steigen. Alle Flüsse werden Hochwasser haben, und euer Garten wird ertrinken. Überall wird Wasser sein. Dann wird Vadder vielleicht seine Außenbordmaschine anwerfen und nach Brewer's Village runterkommen. Wir kümmern uns um ihn. Ich bring' euch alle zum Wonk runter. Bißchen fischen und Schildkröten fangen.«

»Er will nicht, daß sich irgend jemand um ihn kümmert.«

»Willst du ertrinken?«

»Vater wird uns nicht ertrinken lassen. Er hat einen Plan. Er will, daß es regnet. In der Hütte ist's trocken. Das ist unser Zuhause.«

Dong!

»Der Pavian hat dich grad gehört, Charlie.«

Die Brüllaffen trommelten im Donnergrollen über die schwarze Lagune, und das Dröhnen und Prasseln des Regens machte eine tiefe Höhle in die Erde und füllte den Himmel mit gefährlichen Felsbrocken, zu groß, als daß man sie hätte sehen können. Und überall um uns herum, in der Nässe und in dem Lärm, waren diese dunklen, unheimlichen, unsichtbaren Affen.

Da fiel es mir wieder ein.

Ich sagte: »Mr. Haddy, stimmt das mit den Vereinigten Staaten – sind sie ausgelöscht worden?«

»Schlimm! Schlimm! Überall! Schau« – aber da war nichts zu sehen –, »Überschwemmung!«

»Bist du sicher? Wo hast du's gehört? Du meinst, es ist nichts mehr da?«

Überschwemmung, sagte er mehrmals mit entsetzter Stimme. Er bewegte die Arme. Die aufgebockten Ruder halfen mir, die Oberflächen zu erkennen.

»Alles dahin!«

Das war das letzte, was ich hörte. Spritzend stach er die Ruderblätter ein, drehte das Boot zur Seite und ruderte, undeutlich stöhnend, in den Regen hinaus. Das Ufer verschwand. Er nahm die Lagune mit sich und all die Bäume und ließ mich da stehen, den Stacheln des senkrecht niedergehenden Regens ausgesetzt. Die Schwärze der Nacht war über und unter mir. Der Regen schloß sich hinter Mr. Haddy und dem Schlagen seiner Ruder. Er war wie ein Mann, der in einen Berg hineinruderte.

In dieser Grube ungeteilter Finsternis gab es nur Regen und Affengeheul. *Dong! Dong! Dong! Dong!*

Am Morgen stieg Dampf von den kalten Strudeln der Lagune auf und von den Wurzelknoten und dem niedergepeitschten Gras und den geborstenen Bäumen. Das Land war mit rosa Würmern bedeckt. Wie unter einem Schock lag es nach den zwölf Stunden schweren Regens da, geschlagen und still.

Die meisten Pflänzchen in unserem Garten klebten im Schlamm, flach wie Briefmarken, oder trieben in den Furchen, die wir gegraben hatten. Unser ganzes Furchenfeld war seitlich zum Ufer weggerutscht und ballte sich am Strand. Der Garten war voll Wasser gelaufen – die kleineren Pflanzen waren ertrunken, die größeren umgekippt, so daß sie die blassen Härchen ihrer Wurzeln zeigten. Zweige, zerfetzte Blätter und Äste bedeckten die Lagune.

Vater sagte: »Ich bin bereit zu wetten, daß wir die einzigen trokkenen Leute des Landes, wenn nicht der ganzen Welt sind.«

»Es regnet in unseren Garten, und er denkt, die ganze Welt ist naß«, flüsterte Jerry. »Warum können wir nicht abhaun?«

Ich nahm Jerry beiseite und zeigte ihm das Spritfaß und die Zündkerzen.

»Wir können mit dem Außenborder von hier verschwinden«, sagte Jerry. So glücklich hatte ich ihn seit Wochen nicht gesehen. »Wir können Mr. Haddy suchen – er wird uns nach Hause bringen!«

»Wir können nicht nach Hause«, sagte ich. »Unser Zuhause ist nicht mehr da. Dad hatte recht . . .«

»Nein!«

»Mr. Haddy hat's mir erzählt. Er würde nicht lügen. Bitte weine nicht.«

Aber er hatte schon angefangen. Er preßte seinen Arm vors Gesicht, um es zu verbergen.

»Wir gehn woandershin«, sagte ich. »Wir werden nach Brewer's Village gehn oder irgendwo an die Küste, wo's besser ist als hier!« Auf die Art redete ich weiter auf ihn ein, damit er zu weinen aufhörte, und dann ließ ich ihn schwören, daß er nichts vom Sprit und den Zündkerzen verraten würde.

Clover war mit Vater am Strand und sagte: »Unser hübscher Garten ist ruiniert.«

»In der Sonne wird er sich wieder erholen«, sagte Vater und ließ uns Gräben zur Entwässerung graben.

Über Nacht hatten die Bäume um die Lagune ein leuchtendes Grün angenommen; der Regen hatte ihre Blätter gewaschen. Sie glitzerten in einem Glanz wie frische Farbe. Das Grau war aus der ganzen Gegend verschwunden, und tiefblau lag die Lagune unter dem klaren Himmel. Das Land war schwarz. Vogelrufe schwebten über das Wasser.

Treibholz vom Müllhaufen war herumgewirbelt worden, aber nachdem Jerry und ich es eingesammelt und aufgestapelt hatten, war das Benzinfaß nicht mehr zu sehen. Ich schob den Beutel mit den Zündkerzen unter mein Bettpolster. Was sollten sie uns nützen, wenn Vater zum Bleiben entschlossen war? Aber sein Außenbordmotor, das erste, was ich an diesem Morgen kontrollierte, war vom Sturm nicht verrutscht worden. Er war immer noch an seinem Stumpf festgeklammert und straff mit Plastik umwickelt, wie eine Kalbshaxe.

Vater sagte, man müsse diese närrische Energieverschwendung bewundern – die Natur läuft Amok und ertränkt alles. Es war eine gewaltige, irrsinnige Vergeudung von Wasser, wie ein Mordversuch, den ein pfiffiger Mann überstehen konnte, indem er in seine wasserdichte Hütte kroch – all diese Anstrengung für nichts und wieder nichts, denn wir lebten ja noch.

»Es war uns nicht bestimmt, zu sterben!«

Das Unwetter hatte alle bis auf Vater erschreckt. Vater war mehr davon beeindruckt, wie es Bäume vernichtet und vor allem entwurzelt hatte. Er schätzte, daß in der Nacht ungefähr fünfzehn Zentimeter Regen gefallen waren. Das mußte man doch einfach bewundern. »Und schaut euch die gepeitschten Büsche an! Und stellt euch die Geschwindigkeit vor! Man könnte eine Maschine bauen, die vom fallenden Regen angetrieben wird – der gesammelte Regen würde ein Schwungrad drehen, nach dem gleichen Prinzip wie beim Wasserrad, bloß wirkungsvoller – keine Schaufel!« Nur sei eben kein Verlaß auf den Regen, denn die Welt sei unvollkommen. Die Natur versuche, einen zu verbrennen, dann auszuhungern, dann zu ersäufen, und sie zwinge einen, wie ein Wilder mit einem Stock einen Garten zu graben. Sie überrasche einen und mache einem Angst, daß irgend etwas schiefgehe. Und diese Angst machte frömmelnde Irre aus den Menschen statt Neuerer und Umgestalter.

»Aber es wird Wochen dauern, bevor irgend jemand einen Garten pflanzt, und bis dahin wird unserer in Blüte stehn.«

Mutter sagte, der Schaden ängstige sie – wir würden kämpfen müssen, um den Garten zu retten.

Vater sagte: »Ich habe Spaß an einem guten Kampf.«

Im Verlauf dieses heißen Tages richteten sich die meisten Pflanzen wieder auf, genau, wie er vorausgesagt hatte. Sogar die kleinen Schößlinge folgten Vaters Befehlen, und was am frühen Morgen wie der Ruin eines ertränkten Gartens ausgesehen hatte, fing wieder an, zu wachsen und zu gedeihen.

Das wichtigste sei, sagte Vater, die Pflanzen zu schützen. Nicht die Menge an Regen sei so schlimm, sondern die Heftigkeit – der Wind, die Regengüsse, die Erosion. »Wenn wir uns nicht darum kümmern, werden die Pflanzen aus ihren Löchern geschlagen«, sagte er. »Aber wir *werden* uns darum kümmern.«

Wir sägten Bambusstücke zurecht und versahen einige Pflanzen mit einem Kragen, andere stützten wir mit Erdwällen ab, um sie aufzurichten. Vater fragte, ob das nicht einfallsreich sei?

»Ich glaube es erst, wenn wir Gemüse haben«, sagte Mutter.

»Geduld!«

Gegen Abend kamen die Wolken angesegelt, und die ersten Tropfen trafen uns wie Schläge. Vater befahl Jerry und mir, nackt weiterzuarbeiten an der Wiederherstellung des Gartens, und wir taten es, bis zu den Knöcheln im Schlamm, während der Regen unsere Rücken peitschte.

»Er behandelt uns wie Sklaven«, sagte Jerry. »Ich würde gern den Außenbordmotor in Gang bringen, um all dem hier zu entkommen.«

»Wir sind schon entkommen«, sagte ich.

»Selbst wenn Amerika verbrannt ist, selbst wenn Amerika zerstört ist – besser als das hier ist es immer noch. Das hier ist eine stinkende Müllkippe. Ich will nach Hause.«

»Aber der Garten ist jetzt in Ordnung«, sagte ich. »Wenn alles wächst, wird es hier bald anders aussehen.«

»Warum bist du immer auf Dads Seite?«

»Er hat mit dem Regen recht gehabt – er hat mit dem Garten recht gehabt!«

»Es regnet immer noch«, sagte Jerry. In diesem Augenblick donnerte es, und er verzog das Gesicht zu einem ängstlichen Lächeln. Die dicken Regentropfen trommelten auf unsere kleine Hütte.

Am nächsten Tag war der halbe Garten verschwunden. Einige der Pflanzen trieben in der Lagune, wohin Regen und Sturm sie getrieben hatten, andere lagen geknickt in den Furchen. Die Bambuskragen hatten nichts genützt. Sie dienten lediglich dazu, die Pflanzen unter der Wucht des niederprasselnden Regens zu verletzen.

»Es hat keinen Sinn«, sagte Mutter.

»Daß ich nicht lache«, sagte Vater. »Du redest, als hätten wir eine andere Wahl! Wir tun, was wir können. Was anderes gibt es nicht. Ein Garten ist unsere einzige Hoffnung, Mutter. Hast du eine bessere Idee?«

Mutter sagte: »Warum packen wir nicht einfach und gehen?«

»Wir haben nichts zu packen«, sagte Vater. »Und nichts, wohin wir gehen können.«

»Nach Brewer's Village zum Beispiel. Mr. Haddy sagte . . .«

»Figgy ist damit beschäftigt, zu sterben. Sind sie alle, bis auf uns.« Er hatte sich eine Schaufel genommen, mistete die Furchen aus und pflanzte die dünnfaserigen Schößlinge wieder ein. Er sah, daß wir ihn beobachteten, und sagte: »Haltet euch an mich, Leute, oder ihr werdet auch sterben.«

Jerry kniete sich hin und sagte: »Ich hasse ihn.«

Clover hörte es. Sie sagte: »Ich werde Dad erzählen, was du da gerade gesagt hast.«

»Ich möchte, daß du's ihm sagst, Scheißer. Ich möchte sehen, wie er ganz verrückt wird.«

Das brachte Clover zum Weinen. Sie lief zu Mutter und sagte: »Jerry hat mich beschimpft!«

»Keiner gibt einen Ton von sich«, sagte Vater. Er warf seine Schaufel hin und wickelte den Außenbordmotor aus. Er drehte ihn und drosselte ihn mit seinem Seil und brachte ihn zum Spukken. Als ich ihn so sah, hätte ich ihm beinahe von den Zündkerzen und dem Sprit erzählt. Aber er hatte gesagt: *Wir haben nichts zu packen. Und nichts, wohin wir gehen können.* Es würde ihn noch wütender machen. Er würde mich fragen, woher ich die Sachen hatte und warum und wieso. Er würde toben, wenn ich Mr. Haddy erwähnte.

Ich wünschte, Mr. Haddy wäre nicht gekommen und hätte mir nicht dieses Geheimnis aufgehalst.

»Das ist, um ihn bei Verstand zu halten«, sagte Jerry.

Ich betrachtete Vater, wie er an dem Seil riß.

»Es funktioniert nicht«, sagte Jerry und lachte.

Wir konzentrierten uns auf das, was vom Garten übriggeblieben war. Aber hier unten am Strand erkannte ich, daß nicht der Regen den schlimmsten Schaden angerichtet hatte. Der Wasserspiegel der Lagune war gestiegen, wie Mr. Haddy es vorausgesagt hatte, und das Wasser hatte die Pflanzen überflutet, die in der Nähe der Wasserkante gestanden hatten. Jerry wollte es Vater erzählen, um ihm zu zeigen, daß er einen Fehler gemacht hatte, aber ehe er dazu kam, fing es wieder an zu regnen. Wir zogen unsere Sachen aus und begannen zu schöpfen. Es regnete fünfmal an diesem Tag. Gegen Mittag war es so finster, daß wir in der Hütte Kerzen anzünden mußten, um unsere Krabben zu sehen.

Vor ein paar Tagen hatten wir rings um uns nur Staub und graue Bäume gesehen. Nun steckten wir in einer Wildnis von Schlamm und Wasser. Da waren Frösche, wo zuvor keine Frösche gewesen waren, und Schlangen und überall Tierfährten. Eidechsen hinterließen am ganzen Ufer ihre Spuren, wie Striche auf Notenblättern, mit kleinen Notenabdrücken über und unter den Linien ihrer Schwänze. Jetzt gab es noch mehr Vögel und Krabben und Panzerkrebse, sie alle vom Regen zum Leben erweckt. Wir fingen sie mit Leichtigkeit. Mutter kochte sie auf dem Herd. Ich fing an zu glauben, daß wir auch ohne Garten überleben könnten.

Eines Morgens kam Vater in die Hütte geschlichen. Schlamm bedeckte seine Brust und die Vorderseite seiner Oberschenkel, ölige Schmiere war an seinen Händen, tropfte von Bart und Nase. Er war wütend. Er hatte vermeiden wollen, daß wir ihn sahen. Aber wir starrten ihn an, und selbst Mutter war verblüfft.

»Liegestütze«, sagte er und griff nach dem Seil des Außenbordmotors.

»Die Geier sind wieder da«, sagte Vater und blickte auf. Die grauen Möwen und fetten Pelikane waren landeinwärts geflogen, um sich von den Kreaturen zu ernähren, die aus dem Schlamm gekrochen waren. Geier folgten ihnen, aber statt zu fressen, hockten sie in den Bäumen und warteten. Vater kreischte die Vögel an, um sie fortzuscheuchen. Sie kreischten zurück. Er haßte die Geier, sagte er – haßte ihre wahnsinnigen Augen und ihre dreckigen Schnäbel, die Art, wie sie herabstießen, wie sie um Abfall kämpften. Und als wollte er Rache nehmen – aber was hatten sie uns getan? –, fing er sie, indem er sie Köderhaken schlucken ließ, und dann rupfte er sie und briet sie. Er aß sie. Sein Hunger war Haß. Er benutzte ihr Fett für seinen Außenbordmotor und ließ ihr Blut und ihre Federn im Schlamm zurück. Eines Morgens sahen wir, daß er einen Geier getötet und ihn hoch in einen Baum gehängt hatte. Er hing dort, hingerichtet, bis ihn die anderen Vögel zerrissen hatten.

»Wißt ihr, warum ich Geier hasse?«

Mutter sagte: »Allie, bitte!« Und sie wandte sich ab.

»Weil sie mich an menschliche Wesen erinnern.«

Er leugnete, daß die Lagune stieg. Selbst nachdem die Uferlinie den größten Teil des Gartens verschlungen hatte und das Fundament des Räucherhauses bedeckte, wollte er noch nicht zugeben, daß sich die Lagune füllte. Er sagte, das Land setze sich.

»Es ist ein Sinkeffekt. Deshalb hab' ich die Hütte wasserdicht gemacht. Ich habe das erwartet!«

Er hämmerte eine Markierung in den Schlamm, am Rand der Lagune. Am nächsten Morgen war die Markierung verschwunden – entweder unter Wasser oder fortgeschwemmt. Vater behauptete, ein Geier hätte sie irrtümlich für einen Scheißhaufen gehalten und aufgefressen.

Die Stürme hatten unser Lager gesäubert. Zerstörung hatte es ordentlicher gemacht. Das halbfertige Gehege für die Baumhühner war verschwunden. Die Latrine schwamm im Bach. Die Bretter für die Gehsteige waren mit Schlamm bedeckt. Die Sieben-Mann-Pumpe war zusammengebrochen – auf dem Rücken liegend wirkte sie klein und simpel.

Und die Hütte hatte zu sinken begonnen. Früher hatte sie hoch auf der Schlammbank gestanden, auf ihrem eigenen, wasserdichten Boden. Jetzt stieg der Schlamm rings um sie herum. Sie sah aus wie eine Familiengrabstätte, wie eines dieser bunkerartigen Gebilde mit Türen, die man auf alten Friedhöfen halb in die Erde eingebettet findet.

Es beunruhigte Mutter. Sie sagte, sie könne nicht kochen, wenn sie dabei im Wasser knie, und was, wenn die Hütte weiter sinke, bis der Schlamm durch die Luken käme? Vater verschob innen den Herd und versah ihn mit einem Abzug. Die Hütte sah mehr denn je wie ein kleiner Kahn aus, und nun schwappte die Lagune gegen die Vorderseite.

»Allie, es macht mich verrückt.«

Vater nahm ein Seil und ein paar Rollen, und mit Unterstützung eines Baumes, mit dem er die Anordnung der Zugseile verstrebte, versuchte er, die Hütte von der Lagune wegzuziehen. Er mühte sich, aber es hatte keinen Sinn. Die Hütte hing im Schlamm fest. Er ließ sie so, am Baum vertäut.

»Das sollte nicht passieren«, sagte er. »Sie hat nicht im Schlamm zu versinken.«

An den Seiten brachte er Holzstämme an, in Höhe des schwappenden Schlamms, um die Hütte zu stabilisieren und am weiteren Absinken zu hindern. Er sagte, es tue ihm leid, daß wir keine Zeit hätten, zur Küste zu gehen, denn die Stürme würden massenhaft interessante Sachen an den Strand spülen. Die wildeste See schenke einem die besten Dinge, sagte er – Eisenketten, Stahlbehälter, Segeltuch meterweise. Nur die gewöhnliche Flut beschere einem Klodeckel. Aber wir blieben an der Laguna Miskita und versuchten, das Lager zu sichern. Wir gruben Furchen, wir schöpften Wasser, wir fischten. Die Stürme fielen über uns her. Sie krochen herauf und verdunkelten den Tag. Sie ließen uns frieren, sie trieben uns in die Hütte. Sie stahlen unser Holz, sie zerstörten unsere Furchen, sie verdreckten den Platz mit Schlamm und versetzten die Affen in Aufregung. Den Stürmen folgten stets Schwärme aasfressender Vögel.

»Sandsäcke«, sagte Vater. »Wenn wir Sandsäcke hätten, wären wir gut dran. Ich wette, unten in Mocobila gibt's haufenweise Sandsäcke. Die wissen dort gar nicht, was sie damit anfangen sollen. Sie sind alle viel zu sehr damit beschäftigt, zu sterben.«

Der Regen und die steigende Lagune raubten das meiste von dem, was wir hatten, und der Wind nahm uns den Rest. Jetzt war außer unserer Hütte kaum noch was da. Der Müll lag verstreut da, das Spritfaß war verschwunden. Aber das machte mich eher froh. Ich mußte kein Geheimnnis mehr bewahren. Ich würde keinen Ärger bekommen, und im übrigen konnte man sowieso nirgendwohin. Jerry sagte, daß Vater bald aufgeben und uns nach Brewer's Village bringen werde. Er habe gar keine Wahl – das Lager sei ein Fehlschlag, es sei falsch von Vater gewesen, sich an diesem abgelegenen Ort zu verstecken.

Innerhalb einer Woche war unser Garten verschwunden. Kein einziges Pflänzchen war übriggeblieben. Es war kein Saatgut mehr da. Wir lebten von Landkrabben und von nassem Yautia. Wir liefen mit schmutzigen Beinen herum. Der Schlamm trocknete und überzog unsere Haut mit einer grauen Schicht. »Haltet euch sauber«, sagte Vater. Aber die heiße Dusche, die er gebaut hatte, war das nächste, was verschwand. Die Lagune kroch unter die vordere Hälfte der Hütte, und nachts konnte ich sie jetzt hören, wie Knochen, die unter dem Boden klopften. Die Hütte neigte sich nach vorn, spannte das Seil. Bei den Stürmen hörte ich den Haltestrick ächzen.

»Irgendeine Sickerstelle?« fragte Vater. Aber da war keine. Die Hütte blieb trocken. Das war Vaters einzige Befriedigung – die Hütte hatte kein Leck. Er prahlte damit, als der Regen niederprasselte.

»Unter der Vorderfront ist Wasser«, sagte ich.

»Bug«, sagte Vater. »Unter dem Bug.«

Er fing an, Sachen zu sagen wie: »Geh an Bord.« Oder: »Geh nach achtern.«

»Wir sind an diesem Baum angeseilt«, sagte er. »Wenn die Leine reißt oder der Baum sich losmacht, nehmen wir das Kanu. Wir können nicht fortgeschwemmt werden! Jerry, wisch das Deck!«

Eine starke Strömung zog sich durch die Lagune. Der Anblick erschreckte Vater. In den Wirbeln und Strudeln trieben entwurzelte Büsche und Äste und Kokosnüsse und schwarze Früchte und tote, aufgeblähte Tiere – alles schwamm schnell auf den Bach und das Meer zu.

Das Land war weich geworden und hatte sich in einen Sumpf

verwandelt. Die Bäume standen im Wasser, die Pfade waren verschwunden, und noch immer stieg das Wasser, bis unser Lager, das sich einst über die ganze Länge der Lagunenbank erstreckt hatte, nur noch eine kleine flache Insel war – unsere Hütte auf einem Stück Schlamm. Neue Bäche hatten Brüche in das Lagunenufer gegraben. Keine lebende Seele war in diesem Irrgarten schlammiger Wasserwege zu sehen. Vögel umschwärmten uns. Vater stand vor unserer schiefen Hütte und verfluchte sie. Er wollte sie alle töten.

Die Welt war ertrunken, sagte er.

Er stellte eine Liste der Dinge, die wir brauchten, auf: Ketten, Rollen, Schließen für ein Schaufelrad und Pedale, Holz für Gehwege, Segeltuch, Saatgut, Schläuche, Blechstreifen, Maschendraht, Salz.

»Saatgut?« fragte Mutter. »wo willst du denn säen?«

»Hydroponik«, sagte Vater. »Anbau im Wasser. Denk drüber nach.«

Er sagte, er sei sicher, daß die meisten Sachen, die wir brauchten, am Strand in der Nähe von Mocobila liegen würden. Sobald der Regen nachlasse, wolle er mit dem Einbaum einen kurzen Abstecher machen, um einen letzten Blick auf die Moskito-Küste zu werfen.

»Und wenn wir sterben?« fragte April.

»Es gibt Schlimmeres.«

Clover sagte: »Was ist schlimmer als sterben?«

»Zu Geiern zu werden.« Vater klatschte mit der flachen Hand auf seine Liste. »Es fängt bereits an. Wie ein Geier hab' ich dieses Blatt Papier, diesen Bleistift gerafft. Aber ich brauche all das Zeug nicht – ihr braucht's!«

»Vielleicht schicken sie einen Suchtrupp nach uns aus«, sagte Clover.

»Wen meinst du mit ›sie‹?«

»Die Leute.«

»Was für Leute? Glaubst du, die Küstenwache da unten wartet drauf, daß wir ein Notsignal senden? Suchtrupps, die in Regenmänteln an Bord nach uns Ausschau halten? Nein – die sind alle torpediert worden. Muffin, glaub mir, außer uns ist niemand übriggeblieben.«

Mutter sagte: »Allie, warum gehen wir nicht zusammen von hier weg? Wir haben immer noch das Kanu. Wir könnten den Fluß hinunterfahren, wir könnten . . . «

»Den Fluß runter!« Vater lachte zornig auf. »Bei *der* Strömung? Bei all den abgebrochenen Ästen und den verfaulten Früchten? Nie!«

»Warum nicht?«

»Weil ich kein abgebrochener Ast bin. Tote Sachen schwimmen flußabwärts. Das ist doch die reinste Beerdigungsprozession. Wenn wir uns der Strömung ergeben, sind wir verloren.« Er deutete mit seinem Fingerstummel in Richtung Küste. »Alles strebt dorthin. Aber wir müssen dagegen ankämpfen – da unten wartet der Tod.«

»Wir könnten in Brewer's Village leben. Das weißt du ganz genau.«

»Wie Wilde. Wie Geier. Lieber sterbe ich, ehe ich mich in einen dieser abfallfressenden Vögel verwandel'. Von der Hand in den Mund? Ich? Nein, Mutter. Ich habe die Dinge in der Hand. Und wenn ich so nicht überleben kann, dann werde ich in Flammen aufgehen – ich werde mich in eine menschliche Fackel verwandeln. Dann sollen wenigstens die Vögel micht nicht kriegen. Ha!«

Clover sagte: »Und was ist mit uns?«

»Wir werden alle in Flammen aufgehen! Es ist keine Schande, daß wir die letzten sind. Es bedeutet, daß wir uns behauptet haben.«

Er lächelte immer noch. Und sein Gesicht leuchtete, als hätte er innerlich schon vor Hitze zu schwelen begonnen.

Wir nahmen an, daß er es ernst meinte, und so waren wir überrascht, als Mutter lachte.

Vater forderte sie mit heißen Augen heraus.

Mutter sagte: »Allie, wir sind zu naß zum Brennen.«

»Ich habe Brennstoff.« Er riß den Mund weit auf, um sie zu verspotten – er sah wild aus.

»Wir haben nichts!«

»Benzin«, zischte Vater. »Wir werden darin baden. Ein Streichholz und *whoof!*«

Es war, als hätte er zu Mutter gesagt, er besäße eine Waffe. Sie stammelte: »Hier ist kein Benzin.«

»Ein ganzes Faß.«

Mutter sagte nichts.

»Hab's im Schlamm gefunden. Irgendein Idiot hat's über Bord geworfen, aber der hat mit dem Ertrinken genug zu tun gehabt. Das Faß ist an unseren Strand gespült. Ich hab's an einen Baum gebunden.« Er lächelte in unsere ängstlichen Gesichter. »Ist keine Schande, auf seine eigene Art zu sterben.«

Jerry sah mich an. Ich schüttelte den Kopf. Ich wollte nicht, daß er Vater erzählte, wie uns Mr. Haddy das Faß mit Benzin gebracht hatte. Er sagte: »Charlie hat Zündkerzen.«

»Charlie hat überhaupt nichts.«

»Zeig sie ihm«, sagte Jerry.

Ich holte den Beutel und gab ihn Vater. Er riß die Plastikverpakkung auf und testete die Zündkerzen mit dem Daumennagel.

»Ich hab' sie im Schlamm gefunden«, sagte ich und warf Jerry einen drohenden Seitenblick zu.

Vater schwitzte. Er kam dicht an mich heran. Sein Gesicht war heiß, seine Lippen weiß und aufgesprungen. Ich dachte, er werde mich im nächsten Moment schlagen oder von mir wissen wollen, woher ich sie hatte, und mich der Lüge bezichtigen. Aber er zögerte. Vielleicht schämte er sich, daß er von Selbstmord gesprochen hatte, daß er gesagt hatte, wir sollten uns mit Benzin übergießen. Er öffnete den Mund, aber bevor er etwas sagen konnte, schrie Mutter auf.

»Allie!«

Vater wandte sich ihr zu.

Mit Furcht in den Augen sagte Mutter: »Das Haus hat sich gerade bewegt!«

Vater spürte es – wir alle hatten es gespürt – in dem Augenblick, in dem er den Mund öffnete. Es war ein weicher Stoß, ein Drängen gegen die Fußbodenbretter, ein seitliches Schieben unter unseren Füßen. Vater hatte angefangen zu lachen und hatte mich schon vergessen. Er lief hinaus und rief: »So hab' ich's geplant!«

In dieser Nacht wurden wir von einem Donnerschlag geweckt, der die Hütte erschütterte. Aber der Kanonendonner war der Außenbordmotor, der an dem Balken vibrierte, an dem er festgeklammert war. Es hallte über die ganze Lagune und den sie umgebenden Sumpf. Vater stellte die Maschine ab, und jetzt hörte ich die Fledermäuse und das gleichmäßige Klatschen des Regens und die Affen, die auf Vaters Lärm reagierten.

Dann schwammen wir. Ich fühlte es, fühlte, wie das Wasser unsere Hütte schulterte und unsere Hängematten schaukelte. Das steigende Lagunenwasser hatte unsere kleine wasserdichte Hütte gehoben und in einen Kahn verwandelt. Am Morgen war überall um uns herum Wasser, und der schlammige Schimmer der Lagune machte rings um uns alles hell. Die Bäume waren weit entfernt, aber unser Haltetau fesselte uns immer noch an den einsamen Baum im Wasser. Wir befanden uns außerhalb der Strömung, und der Außenbordmotor war an dem Geländer auf dem kurzen Deck hinter der Hütte befestigt. Das Kanu mit dem Spritfaß und allerlei Plunder, den Vater gerettet hatte, war hinten angebunden – am Heck, wie mich Vater erinnerte.

»*Wer hatte recht?*« Er nahm Mutters Hand und sagte: »Ich könnte nicht sterben, selbst wenn ich mir Mühe gäbe.«

Mutter sagte: »Und wenn unsere Arche leckt?«

»Wir haben Baumstämme unter uns! Wir sind stabil – wir sind unsinkbar! So habe ich's geplant!«

Mutter stand am Herd und briet den Frühstücksfisch.

»Tugboat-Annie«, sagte Vater. »Jetzt werde ich essen. Dafür hab' ich's mir aufgespart. Und jetzt kann's regnen!«

Aber die Hütte schabte noch immer über den Grund, und wenn sie durch unsere Bewegungen schaukelte, hörten wir den dumpfen Schlag unter uns, wo das Hinterteil der Hütte über den weichen Boden der Schlammbank glitt. Vater verzehrte eine gewaltige Portion zum Frühstück. Dann holte er seine Stange und stakte uns ins offene Wasser hinaus.

Jerry sagte: »Sobald wir an die Küste kommen, werde ich Mr. Haddy suchen. Er wird uns nach La Ceiba fahren. Und dort nehmen wir den Bananendampfer.«

Clover sagte: »Dad, Jerry sagt, wir wollen zur Küste.«

»Willst du sterben, Junge?«

Jerry sagte: »Aber wir sind sicher – das hast du doch selbst gesagt.«

»Jeder kann zur Küste runtertreiben«, sagte Vater und stieß mit der Stange. »Das hätte ich auch ohne Maschine geschafft. Aber ich habe daran festgehalten. Ich habe gekämpft« – und er stieß wieder die Stange in den Schlamm –, »ich bin nicht dafür geschaffen, Gemüse anzubaun. Ich bin ein Erfinder – ich mache Dinge, Jerry. Aber die Moskito-Küste kannst du vergessen. Das ist der Rand des Abgrunds. Ein falscher Schritt, und es ist aus mit dir.« Er stieß unsere schwimmende Hütte in tieferes Wasser. »Der Tod lauert da unten. Strandgut. Geier. Aasfresser. Alles Kaputte, Verfaulte und Tote ist in diesem Strom und wird zur Küste runtergezogen. Und die Küste ist das, was den Vereinigten Staaten am nächsten liegt. Wie sollen wir wissen, ob dort nicht alles vergiftet ist? Ich habe immer gegen die Strömung gekämpft« – er stieß die Stange ins Wasser –, »und es ist ein ungleicher Kampf gewesen. Aber ich habe nie nachgegeben. Wann hab' ich mal gesagt: ›Okay, lassen wir uns treiben, und möge Gott uns helfen‹? Nie! Deshalb gewinnen wir.«

Jerry sagte: »Wir haben nichts, wohin wir gehen können – das hast du selbst gesagt.«

»Du reißt diese Bemerkung aus ihrem Zusammenhang!« Vater stieß die Stange in den Schlamm und stemmte sich dagegen. »Du zitierst mich falsch. Tut er doch, nicht wahr, Charlie?«

Ich sagte: »Wenn wir nicht zur Küste fahren, wohin fahren wir dann?«

»Ich mache Dinge! Ich habe Landkarten in meinem Kopf! Auf diesen Karten gibt es mehr sichere Orte, als ihr euch träumen laßt. Schaut das Haus an, das ich gebaut hab'. Es schwimmt! Schaut euch den Außenbordmotor an« – er umwickelte die Spule mit dem Startseil und ließ ihn losknattern –, »er funktioniert! Irgendein Idiot hat das Ding weggeworfen! Schau uns an, Mutter – wir haben nur dreißig Zentimeter Tiefgang und an der Außenseite vierzig Zentimeter. Mit diesem Fahrzeug können wir überallhin. Da unten sterben sie alle, aber wir werden leben. Glaubt ihr, ich wäre so dumm, zu riskieren, daß wir alle ertrinken? Wenn uns die ganze Welt gehört?«

Und während er so sprach, drehte er die Hütte und nahm Kurs aufs Landesinnere, auf den Patuca – gegen die Strömung.

IV

AUF DEM PATUCA

26

»Ich hab' euch vor dem sicheren Tod gerettet«, sagte Vater.

Ja, wir waren am Leben in dieser Wasserwelt.

»Was werdet ihr für mich tun?«

Was konnten wir verweigern? Wir schuldeten ihm alles.

»Ihr habt das zu tun, was ich sage.«

Wie sonst konnten wir ihm das zurückzahlen, was wir ihm schuldeten?

»Stromaufwärts«, sagte er. »Stromabwärts – das ist ein ewiger Abwasserkanal, und ihr wißt es.«

Aber selbst wenn es stimmte, wurde unser Weg dadurch nicht leichter. Jede Meile schien ein Fehler, denn wir waren nicht mehr frei. Es war wie das langsame Sterben in Träumen, wenn man in der Falle sitzt und zu schreien versucht, ohne eine Stimme zu haben. Niemand sagte etwas.

Im Verlauf eines Tages hatten sich unsere Lebensumstände gewandelt. Von einer verregneten, streitenden Familie, die sich mit schmutzigen Händen an eine Schlammbank klammerte und schlimmere Fluten fürchtete, waren wir zu Flußbewohnern geworden. Unsere Hauptsorge bestand darin, daß unser Rumpf von Unterwasserfelsen aufgerissen werden könnte und wir wie ein Backstein sinken würden. Jerry und ich bedienten vom Bug aus das Lot. Das Rattern und Klappern des Außenbordmotors fegte die Affen von den Bäumen – weißgesichtige Paviane und Ringelschwanzaffen waren es hier – und erschreckte alles, bis auf die Schmetterlinge.

Die schweren Gewitterregen und die Zerstörung unseres Gartens waren ein Alptraum. Aber genau in dem Moment, da wir glaubten, wir seien gerettet und könnten es bis Brewer's Village schaffen, um dort Schutz zu suchen in einer der schiefen, glockenturmförmigen Hütten, drehte Vater bei und kämpfte sich stromaufwärts.

Jerry sagte, es sehe gefährlich aus.

Ich erklärte Vater, daß ich Angst hätte.

Mutter sagte: »Allie, warum machen wir nicht mal einen Versuch an der Küste? Wenigstens wissen wir, was uns da erwartet.«

Vater bezeichnete uns als Wilde. Diese Denkungsweise hatte der Menschheit den Untergang gebracht. Nicht das Unbekannte sei gefährlich, sondern das Bekannte. Nur ertrinkende Menschen klammerten sich an das Wrack. Diejenigen, die sich die Mühe machten, das Unbekannte zu suchen, seien die Geretteten – aber wer machte sich die Mühe? Natürlich war es schwer, ein Boot einen überfluteten Fluß mit einer Maschine hinaufzusteuern! Das bewies, daß es die Sache wert war!

Er hatte in anderen Dingen recht gehabt, also machten wir auch hier mit, und wir stimmten ihm in allem bei.

»Zahnärzte in den Staaten hatten ein Interesse an Bonbonfabriken«, sagte er. »Ärzte besaßen Krankenhäuser. Detroit finanzierte Ölquellen. Amerika hatte tödlichen Krebs! Ich habe gesehen, daß alles den Bach hinunterging. Warum hat es sonst niemand gesehen?«

Eines Tages schoß eine Aerosoldose mit Insektenspray an uns vorbei. Vater fragte nicht, woher sie kam – er war zu sehr damit beschäftigt, sie zu verfluchen. Und Plastikbüchsen trieben in der Stömung. Er tobte weiter. Er tobte über fette Menschen und Politiker und Banken und Frühstücksflocken und Geier – direkt über unseren Köpfen waren Truthahngeier und Schlammgeier. Er brüllte sie an, er verfluchte alle Maschinen.

»Ich sehne den Tag herbei, an dem ich diesen Außenborder losmachen kann – an dem ich ihn in den Fleischwolf verwandeln kann, der er in Wirklichkeit ist.« Alle Maschinen seien Grabschaufler, sagte er. »Laß sie eine Minute aus den Augen, und sie begraben sich selber. Für nichts anderes taugen sie, zum Löchergraben.«

Dann fuhr er fort: »Ich hatte auch einmal ein Loch.«

Er schmatzte mit den Lippen, gratulierte sich selbst.

»Ich machte Eis aus Feuer!«

Er taufte unsere schwimmende Hütte auf den Namen *Francis Lungley*, änderte ihn dann in *President Fox* ab und kratzte schließlich mit einem Nagel *Victory* in die Bordwand. Er sagte, das sei die Welt. Sie war siebenundzwanzig Fuß lang und sechs Fuß breit. Er und Mutter hatten die »Eigner-Kajüte« (den Herd, den Stuhl und das Bett mit Pelikanfedern). Nachdem das zusätzliche Gewicht der Holzbalken über Bord geworfen oder als Brennstoff verbraucht worden war, bewegte sich unser Fahrzeug leichter auf dem Wasser, mit der schwerfälligen Anmut eines Kanalbootes oder eines motorisierten Hausbootes im Connecticut Valley. Sobald wir den Stichkanal hinter uns hatten, wo uns die Äste aufs Dach knallten, quälten wir uns, immer in der Mitte bleibend, den Fluß hinauf. Wohin auch immer, sagte Vater, Hauptsache gegen den Strom.

An diesem ersten Tag erreichten wir den Patuca. Wir waren überrascht, daß dieser große Fluß die ganze Zeit jenseits des Sumpfes, östlich von unserer kleinen Laguna Miskita, geflossen war – vier Stunden Motorgetucker. Aber der Fluß war versteckt. Wir sahen ihn erst, als wir fast schon darauf schwammen. Vater sagte, er sei überhaupt nicht überrascht – wieder einmal habe er recht gehabt! Der Regen hatte ihn über die roten Ufer bis in die Bäume anschwellen lassen; er hatte ihn lautlos und so breit gemacht, daß er an manchen Stellen kaum zu fließen schien.

Vater manövrierte das Boot am Rande der überfluteten Ufer entlang, wo die Strömung schwach war. Wir kamen langsam voran, aber wie Vater sagte: »Wo brennt's? Wozu die Eile? Das ist kein Urlaub – das ist das Leben.«

Nachts machten wir an einem Baum fest und aßen und schliefen bei qualmenden Rauchtöpfen, um die Moskitos abzuwehren. Wenn eine Wolke von Moskitos auftauchte, dann fielen Millionen wie ein schreckliches Netz über uns und gaben dabei ein lautes, hohes, schrilles Summen von sich, wie ein Radio zwischen zwei Sendern.

Der Fluß schob sich murmelnd an uns vorbei, schmatzte an unseren Stämmen, und Vater sagte, daß wir in der ganzen Welt als letzte übriggeblieben seien. Wenn wir um Hilfe riefen, würde niemand kommen. Oh, wir mochten ein paar Versprengte treffen, auf Wilde stoßen oder sogar ein hochgelegenes Dorf sehen, das verschont geblieben war. Aber wir seien die einzigen, die wüßten, daß eine Katastrophe stattgefunden habe – das große Feuer, dem der Donner des Krieges und die Flut gefolgt waren, hatte sich über die ganze Erde erstreckt. Wie sollte jemand hier in Mosquitia wissen, daß Amerika ausgelöscht worden war? Es gehörte zur begrenzten Vorstellungskraft des Menschen, zu denken, daß der Regen nur auf ihn fiel. Aber Vater wußte, es war global. In jedem Stadium, sagte er, habe er vorausgesagt, was komme. Sogar Amerikaner selbst hatten die Schrift an der Wand gesehen – sie hatten über nichts anderes gesprochen! Aber während sie dagesessen und gejammert und Däumchen gedreht hatten, hatte Vater Gegenmaßnahmen ergriffen, um unsere Vernichtung zu verhindern.

»Ich mag manchmal übertrieben haben«, sagte er. »Aber das diente nur dazu, euch von der Ernsthaftigkeit zu überzeugen und euch munter zu machen. Es ist schwer, euch zu organisieren – meistens glaubt ihr mir nicht!«

Was mache es schon, sagte er, wenn er sich in kleinen Banalitäten getäuscht habe? Er sei von großen Dingen beansprucht gewesen. Und was wir das letzte Jahr über gesehen hätten, sei die höchste Form der Schöpfung. Er habe das Gespenst, das die Welt quälte, überlistet, indem er uns von einer brüchigen und vergänglichen Zivilisation entfernte. Alle Welten endeten, aber die Amerikaner waren überzeugt davon gewesen, daß trotz der offensichtlichen Mängel ihre Welt Bestand haben würde. Nicht möglich! Aber Vater würde uns sicher den Fluß hochbringen.

»Furzer«, sagte Jerry, »Furzer, Furzer, Furzer.«

Vater hörte ihn nicht. Er schrie: »Wie kann ich unrecht haben, wenn ich gegen den Strom schwimme?«

Die Küste sei der Tod. Dorthin gehe die Strömung. Also war es nur logisch, daß dort, wo sie herkam, das Leben war – Berge und Quellen. Dort, zwischen den Vulkanen von Olancho, würden wir unser Zuhause finden.

Das erzählte er uns in der Nacht, in der Kabine, als wir an einem Baum festgemacht hatten und draußen die Frösche quakten und quarrten. Tagsüber redete er immer noch, aber wenn der Außenbordmotor lief, hörten wir kaum, was er sagte.

Der Fluß schien aus dem Boden zu quellen. Er überflutete den Dschungel. Es war eine einzige Wasserwildnis. Baumstümpfe mit gekrümmten, hochstehenden Wurzeln wälzten sich an uns vorbei. Es regnete weniger – morgens ein Sprühregen, am Nachmittag ein Platzregen. Aber, wie Vater sagte: »Wir waren wasserdicht.« Und wir sammelten Regenwaser zum Trinken. Die Sonne auf dem Fluß verwandelte den Schlammstrom in Messing. Sie verlieh dem Dschungel einen hübschen, hellen Anstrich. Sie drang durch den Morgennebel und reicherte die Luft mit goldflimmerndem Rauch an, der zwischen den Ästen tanzte. An manchen Stellen gab es Wolken weißer Schmetterlinge – ganze Regatten, die dicht über dem Wasser kreuzten. Oder blaue Schmetterlinge, so groß wie Spatzen, die ihre zerbrechlichen Flügel so zart bewegten, daß sie wie wunderschöne Seidenfetzchen dahinschwebten, die aus den Bäumen gefallen waren.

Zwei- oder dreimal täglich sahen wir Zambus oder Miskitos, die in ihren Cayukas schnell flußabwärts glitten. Oft winkten sie uns zu, aber die Strömung trug sie so schnell fort, daß sie sich, kaum daß wir sie entdeckt hatten, auch schon hinter der nächsten Biegung befanden.

»Er ist ein verlorener Mann«, sagte Vater gewöhnlich, wenn einer vorbeifuhr. »Er ist ein toter Mann. Ein Zombie, kein Zambu. Fährt runter zum Sterben.«

Sie waren naß, aber sie sahen vollkommen normal aus, wie sie da in ihrer schmutzigen Unterwäsche durch die Strudel der Strömung paddelten.

Jerry sagte, daß er demnächst in unser Kanu springen und sich von der Strömung zur Küste tragen lassen würde. Vater bekam Wind davon, vielleicht von einem der Zwillinge, und befahl ihm, in das Kanu zu steigen.

»Hinein mit dir!«

Dann machte Vater es los und ließ es den Fluß runtersausen. Jerry war zu entsetzt, um zu paddeln. Er klammerte sich am Sitz fest, zusammengekrümmt und mit gesenktem Kopf, und brüllte. Als Jerry fast schon außer Sicht war, sagte Mutter: »Allie, tu was!«, und Vater riß eine Leine hoch. Sie war an dem Kanu befestigt. Er ruckte daran, so daß Jerry aufs Gesicht fiel. Jerry zitterte am ganzen Leib, als Vater ihn und das Kanu zurückzog.

»Das war Wahnsinn!« sagte Mutter.

»Ich habe bewiesen, was ich beweisen wollte.«

»Und wenn das Seil gerissen wäre?«

»Dann hätte Jerry erreicht, was er wollte«, sagte Vater.

»Möchte noch jemand einen Versuch machen? Vielleicht lasse ich nächstes Mal wirklich los. Irgend jemand interessiert?«

An einem anderen Tag erwischte er mich beim Dösen über der Lotkette. Er bestrafte mich, indem er mich in das Kanu steckte und hinter dem Boot herschleppte (»Ich hoffe nur, das Seil reißt nicht! Sitz also lieber still!«); mein kleines Kanu bockte und drehte sich im Kielwasser.

Wir kamen an überfluteten Dörfern vorbei. Sie waren verlassen – die hölzernen Knochen der Hütten standen im Wasser, die Hütten umgekippt, andere mit zerbrochenen Dächern, sonst nichts. Diese toten, leeren Hütten bewiesen, daß Vater recht hatte. Er sagte, die Menschen seien fortgeschwemmt worden – das seien die Leute in den Einbäumen gewesen, die wir im Abwasser hätten runterpaddeln sehen, aufs Meer zu, von dem sie verschluckt würden.

»Die brauchen kein Obst mehr«, sagte er und pflückte Avocados und Limonen und Papayas und kleine Bananen von ihren Bäumen. In einigen der leeren Dörfer fanden wir Säcke mit Reis und Bohnen.

Vater sagte: »Das ist keine Plünderung. Es ist kein Diebstahl. Und ganz sicher keine Aasgeierei. Wo sie sind, brauchen sie das hier nicht mehr.«

Manchmal aber kamen uns die Vögel zuvor.

»Geier!«

Eines Tages glaubten wir ein Flugzeug zu sehen, aber unser Außenborder war so laut, daß wir die Motoren der Maschine nicht hören konnten. Vater sagte, es sei ein Truthahngeier. Welches menschliche Wesen besitze genügend Verstand, um hierherzukommen? Dies sei der leerste Teil der Landkarte. Von der ganzen Welt war dieser Teil von Honduras am sichersten und am wenigsten bekannt – die letzte Wildnis.

»Aber lobt nicht mich – lobt dieses Boot.« Unsere *Victory* war wie ein hölzernes Schwein im Wasser, sie knarrte und quietschte flußaufwärts. »Das Boot der Zukunft!«

Der Regen hatte die Ameisen gewässert und ihnen Flügel sprießen lassen. Bei Sonnenuntergang flockten diese fliegenden Termiten auf das Dach unseres Hütten-Bootes. Der Dschungel war gesprenkelt mit fressenden, geflügelten Ameisen. Die Zwillinge nannten sie »Bienchen«. Mit jeder Wetteränderung wechselte das Wasser des Flusses seine Farbe; jede Stunde war es anders. Ich mochte es messingfarben, das Grün des Tages, darunter die rote Schlammbank, wie aufgeweichter Kuchen, die schiebenden, glitschenden Spinatklumpen, die Art, wie sich das Wasser durch den bewegungslosen Dschungel bewegte.

In der Dämmerung war die Luft rußig vor Insekten, und Sumpfwasser verschmutzte die dunklen Stellen unter den Bäumen. Der Himmel wurde klarer, wenn sich die Dämmerung senkte. Schatten richteten sich auf und versteiften sich. Dann verdreckte der Himmel, und es war Nacht, nichts ließ sich mehr erkennen, das Schwarz so schwarz, daß man meinte, das Fell der Nacht im Gesicht zu spüren. War die heiße Sonne nicht mehr da, um den Geruch der Bäume wegzubrennen, so war es wie der Gestank grünen Fleisches. Der mächtige Fluß schnüffelte wie eine Horde Schweine, und Vögel hüpften in die Zweige in unserer Nähe und stießen laute, kreischende Schreie aus. Wir fühlten uns krank in dieser regungslosen, übriggebliebenen Zeit des Tages. Wir machten fest und saßen zwischen den Rauchtöpfen vor unserer hölzernen, schwimmenden Hütte und aßen, was immer wir in den ertrunkenen Dörfern zusammengerafft hatten.

»Dies ist die Zukunft«, sagte Vater. Er bohrte seine verbrannte Nase in unsere Gesichter, bis wir zustimmten, daß wir es gemütlich hatten, daß wir Glück hatten, daß wir uns großartig amüsierten.

»Das ist es«, sagte er. »Ein jeder machte den fatalen Fehler, zu glauben, die Zukunft hätte etwas mit hochentwickelter Technologie zu tun. Ich habe das selber mal geglaubt! Aber das war, bevor ich diese Erfahrung machte. Oh, Gott, alles drehte sich nur um Raumschiffe.«

»Einschienenbahnen«, sagte ich.

Clover sagte: »Raumkapseln.«

»Odorvision. Video-Cassetten statt Schule«, sagte Vater. »Alles stromlinienförmig. Mahlzeiten waren dabei, zu Pillen zu werden – grüne zum Frühstück, blaue zum Lunch, purpurne als Dessert. Du wirfst sie dir in den Mund – sämtliche Nährwerte, die du brauchst.«

April sagte: »Und Raumanzüge.«

»Richtig«, sagte Vater. »Verdummte Leute mit spitzen Ohren und Namen wie ›Grok‹ tragen Helme und wohnen in verchromten Häusern. Laufbänder statt Gehwege, Glasdome über den Städten und keine Arbeit, bis auf Spielereien mit Computern, und das Schnüffeln vom Gerüche verbreitenden Fernsehapparat. ›Hinein ins Raumschiff, Kinder, machen wir ein Picknick auf dem Mond‹ – diese Art Sachen.«

Mutter sagte: »Es könnte passieren.«

»Niemals. Alles Dreck.«

Clover sagte: »Ich glaub', Dad hat recht.«

»Science-fiction hat bei den Menschen mehr falsche Hoffnungen geweckt als zweitausend Jahre mit der Bibel«, sagte Vater. »Alles Lügen! Die Raumfahrtprogramme – meint ihr das? Das war eine hohle, prahlerische Verschwendung von Steuergeldern. Die Zukunft liegt nicht im Raum! Ich liebe das Wort – Raum! Das war's, was sie alle entdeckt haben – leeren Raum!«

April sagte: »Ich glaub' auch, daß Dad recht hat.«

»Dies ist die Zukunft«, sagte er. »Ein kleiner Motor an einem kleinen Boot auf einem schlammigen Fluß. Wenn der Motor kaputtgeht oder uns der Sprit ausgeht, paddeln wir. Keine Raumfahrer! Kein Treibstoff, keine Raumschiffe, keine Glasdome. Bloß Arbeit! Der Mensch der Zukunft wird ein Karrengaul sein. Auf dem Mond gibt's nichts als Rinnen und Blasen, und diejenigen unter uns, die diese senile, ausgebeutete Erde geerbt haben, werden weiter nichts als Holzräder, Schubkarren, Hebel und Rollen haben – die gröbste Oberschulphysik, die sie nicht mehr unterrichteten, als jeder sich davor drückte und anfing, Science-fiction zu lesen. Nein, jetzt heißt's, selbst ist der Mann oder sterben. Keine grünen Pillen, dafür reichlich Grobnahrung. Harte Knochenbrecherarbeit – simpel, aber nicht leicht. Kapiert? Keine Laserstrahlen, keine Elektrizität, nichts als Muskelkraft. Das tun wir nun! Wir sind die Menschen der Zukunft, benützen die Technologie der Zukunft. Wir haben's kapiert!«

Er wollte, daß wir uns in unserem Hütten-Boot wie die modernsten Menschen der Welt fühlten. Wir bewahrten das Geheimnis der Existenz in unserer rauchigen Kabine. Jetzt redete er nie mehr davon, die Welt mit geothermischer Energie oder Eis zu verändern. Er versprach uns Dreck und Arbeit. Das war Ruhm, sagte er.

Aber nach diesen kurzen Nächten startete er den Außenborder

und steuerte gegen die Strömung, und Jerry flüsterte mir zu: »Er bringt uns um.«

Wir hielten uns an den Rand des Flusses, krochen um die Biegungen und studierten den Verlauf der Strömung, ehe wir uns vorwärtsbewegten. Wir schafften fünf oder sechs Meilen am Tag und hatten immer noch reichlich Sprit übrig. Und was spielte es für eine Rolle, wenn wir ihn aufbrauchten? Wir hatten für diese Fahrt ein ganzes Leben vor uns.

Ich dachte, bis auf Jerry seien alle überzeugt. Aber eines Tages, als wir so dahintuckerten, spielte der Außenborder verrückt. Er quakte, der Tonfall kletterte in die Höhe, wurde rasender und tierischer und war bald ein Kreischen. Vögel flatterten aus den Bäumen auf. Dann schnappte was, und nach ein oder zwei Quaklauten starb die Maschine ab. Aber ihr Echo zitterte im Dschungel weiter. Das Boot zögerte, trieb auf und wurde richtungslos. Es schlingerte, es rollte zurück.

Lautlos trieben wir, Breitseite voran, die Flußzunge hinab, während die Ameisen auf uns fielen.

»Anker!« Vater sprang zum Bug. »Raus mit den Leinen!«

Unser Anker war wunderschön – wir hatten ihn am Strand in der Nähe von Mocobila gefunden –, eine Traubenfontäne gekrümmter Widerhaken an einem dicken Schaft. Aber er war auch sehr schwer. Vaters Hilfe war nötig, um ihn über das Geländer zu hieven, und inzwischen bewegten wir uns so schnell, daß er nicht mehr zu greifen schien. Vater sprang über Bord und schwamm mit einer Leine ans Ufer. Er sicherte uns, und der Anker faßte.

Wir befanden uns in einer Flußkurve – die Strömung trieb uns an der Leine hinaus und hielt uns gischtumsprüht in der Mitte des Stroms. Wasser spritzte von jeder Seite, und das ganze Hütten-Boot schwankte, als wir Vater an Bord halfen.

Wir hätten den Scherbolzen verloren, sagte er. Das war nicht schlimm – nur ein Splint –, aber es bedeutete, daß die Schiffsschraube abgeschwirrt und auf den Grund des Flusses gesunken war.

»Kannst du nicht eine neue Schraube machen?« fragte Mutter.

»Sicher kann ich das. Gib mir mal diese Drehbank rüber, die Mikrometerschraube, die maschinellen Werkzeuge, die Halter und Feilen. Was ist das? Du meinst, wir haben nur Spucke und einen Schraubenzieher? Dann, nehme ich an, werden wir nach dieser alten Schiffsschraube tauchen müssen.«

Wir schauten stromaufwärts auf die dunklen Buckel der Wasserflut, die der Fluß heranpumpte.

»Keine Sorge«, sagte Vater. »Wir haben ein Leben lang Zeit, danach zu suchen.« Er lächelte, kaute an seinem Bart. Er wandte sich Jerry zu und sagte: »Worüber grinst du?«

»Ein Leben lang . . . Es klingt blöd, wenn du es so sagst.«

»Wir werden sehn, wie blöd. Du wirst danach tauchen.«

»Was ist mit den Alligatoren«, sagte ich.

»Du hast keine Angst vor Alligatoren«, sagte Vater. »Du kommst nach Jerry dran.«

Mutter sagte: »Nein – ich lass' die Jungs da nicht rein.«

»Hör mir zu«, sagte Vater. »Es geht nicht darum, was du willst. Es geht darum, was *ich* will. Ich bin der Kapitän dieses Schiffes, und das sind meine Befehle. Jeder, der sich ihnen widersetzt, geht an Land. Euer Leben liegt in meinen Händen. Ich setze euch aus – euch alle!«

Von seinen großen, vernarbten Händen tropfte immer noch das Flußwasser. Seine Stimme war eine Waffe – er drohte, uns im Stich zu lassen, wenn wir nicht hineinsprangen –, am meisten aber fürchtete ich, von seinen rohen Fingern an Land geschleudert zu werden. Das Leben hier hatte seine Hände schrecklich zugerichtet.

»Leg dieses Geschirr an«, sagte er zu Jerry und gab ihm eine Leine, die er sich um die Taille binden sollte. Jerry, mit elenden, trotzigen Augen, schleuderte seine Sandalen weg und ging an die Bordwand.

»Es steckt irgendwo in diesem Bogen«, sagte Vater. »Wir haben es in der Nähe der Bäume dort verloren. Ist wahrscheinlich auf einen Felsen geknallt. Die Strömung kann ein Stück soliden Metalls nicht weit fortschwemmen. Schwimm zuerst zum Ufer, dann tauche, und hol's rauf.«

Jerry hielt sich die Nase zu und ging wie ein Korb über Bord.

»Die ganze Zeit habe ich euch auf das vorbereitet«, sagte Vater. »Alles Überlebensübungen.« Er zog einen Nagel aus seiner Tasche. »Das wird's als neuer Scherbolzen tun. Aber wir brauchen die Schraube.« Er hielt den kleinen Nagel zwischen seinen Fingern. »Es ist immer was Kleines, das einen vor der Barbarei bewahrt. Wie diese Bolzen. Wie die Schraube. Wie das hier. Der Scherbolzen hielt unsere ganze Zivilisation zusammen. Es gibt kein besseres Beispiel dafür, was doch für eine empfindliche Balance herrscht zwischen« – er schaute flußaufwärts zu Jerrys kleinen, weißen Füßen –, »wie macht er sich?«

Jerry tauchte auf und prustete Wasser, aber ehe er wieder Schwimmbewegungen machen konnte, trieb es ihn flußabwärts und er bekam das Boot zu packen.

»Ich kann nichts sehn. Das Wasser ist so schlammig.«

»Versuch's noch mal.«

»Er ist müde, Allie.«

»Er kann sich ausruhn, wenn er unsere Schraube gefunden hat.«

Mutter sagte: »Laß mich gehn.«

Vater sagte: »Was ist, wenn du ertrinkst?«

»*Was ist, wenn Jerry ertrinkt?*«

Sie sagte es mit leiser, erstickter Stimme.

Vater kratzte sich den Bart mit den Fingerknöcheln.

Er sagte: »Ich brauch' dich hier, Mutter.«

Jerry versuchte es viermal. Jedesmal trieb ihn die Strömung mit leeren Händen zu uns zurück. Zum Schluß war er so erschöpft, daß er die Arme nicht mehr hochbrachte, und Vater mußte die Halteleine ziehen, um zu verhindern, daß er ganz abgetrieben wurde.

Jetzt war ich an der Reihe. Ich schwamm ans Ufer, tauchte dann an der Stelle, die Vater angedeutet hatte, auf den Grund. Ich steckte meine Hände in den Schlamm und harkte ihn durch. Der Schlamm glitt durch meine Finger. Der schäumende Fluß war wie Gemüsesuppe; das Sonnenlicht schnitt hinein und zeigte mir lange Schatten, die in meiner Phantasie zu Alligatoren wurden. Als mir die Luft ausging, durchbrach ich die Wasseroberfläche und sah, daß ich fast bis zum Boot getrieben worden war.

»Du gibst dir nicht genug Mühe«, sagte Vater. Er ließ mich zurückschwimmen.

Der Schlick und das Kraut auf dem Grund des Flusses ekelten mich an. Die dunkle Strömung saugte an meinen Beinen. Schlamm trieb mir ins Gesicht. Aber schlimmer noch war es, an Vaters Seil zu hängen – wie ein Hund an der Leine. Blieb ich dran, war ich in seiner Gewalt. Machte ich mich vom Seil los, würde ich flußabwärts geschwemmt werden und ertrinken.

Es war ein Hundeleben. Ich war froh, daß Jerry all diese Sachen gesagt hatte. Warum hatte ich Vater nicht gesagt, was ich von ihm dachte? Ein Hundeleben – weil wir nicht zählten, weil er immer recht hatte, immer der Erklärende war, und vor allem, weil er uns befahl, diese schwierigen Dinge zu tun. Er wollte nicht sehen, daß wir dabei erfolgreich waren, er wollte über unseren Fehlschlag lachen. Und nicht mal ein Jagdhund konnte einen kleinen Schraubenpropeller am Grunde dieses Flusses finden.

Ich sagte ihm, ich hätte Wasser geschluckt, mir sei schlecht, und ich könne nicht noch einmal tauchen.

Er gluckste – ich hatte gewußt, daß er das tun würde – und sagte: »In einer Krise sind Kinder absolut nutzlos. Eine Ironie, denn Kinder sind die Ursache der meisten Krisen. Ich meine, ich kann für mich selbst sorgen! Ich brauche kein Essen, ich brauche keinen Schlaf – ich leide nicht. Ich bin glücklich!«

April sagte: »Dad, ist das eine Krise?«

»Manche Leute würden es behaupten. Wir haben einen Motor, den wir nicht benutzen können. Wir haben ein Boot, das sich nicht vorwärtsbewegt. Wir haben zwei Krüppel, die die Schraube nicht finden können. Wenn der Anker oder die Leine reißt, dann wälzen wir uns den Abflußkanal runter. Und es wird dunkel. Und dies ist der Dschungel, Muffin«, sagte er. »Manche Leute würden unsere Lage wahrscheinlich als kritisch bezeichnen.«

Mutter sagte: »Ich möchte es versuchen, Allie.«

Aber Vater schlug sich das Seil um die Hüften. Das andere Ende befestigte er am Geländer. Er sagte, nur seinen eigenen Knoten vertraute er, seine Rettungsleine zu halten.

Mit heftigem Klatschen ging er über Bord. Wir beobachteten, wie er tauchte; wir rechneten damit, daß er die Schraube beim ersten Versuch finden würde. Er kam hoch – ohne die Hände zu heben. Wieder tauchte er. Er schwamm kräftig genug, um sich gegen die Strömung zu behaupten, aber als er ein drittes Mal tauchte, kam er nicht mehr hoch.

Wir warteten. Wir sahen, wie sich das Wasser über der Stelle kräuselte.

Clover sagte: »Wo ist er?«

»Vielleicht sieht er sie«, sagte Mutter.

Ein jaulendes Netz von Moskitos kam und ging.

April sagte: »Er ist schon lange unten.«

»Da unten ist's dunkel«, sagte Jerry.

Wir hatten den Atem angehalten. Jetzt holten wir Luft.

Weitere Minuten vergingen. Ich könnte nicht sagen, wie viele. Hier verstrich die Zeit nicht präzise. Tag bedeutete Licht, Nacht Dunkelheit – Zeit war klumpig. Jede heiße Stunde war gleich, lautlos und blind. Er hätte eine Stunde unten sein können.

Mutter ging zum Geländer und zog an der Leine. Es ging ganz leicht, und sie zerrte sie an Bord, rollte sie zusammen, bis sie die Leine in ganzer Länge aus dem Wasser hatte. Das Ende, wo sich der Knoten befunden hatte, war geknickt wie der Schwanz eines Köters.

»Er ist weg!« schrie Clover. Sie wurde starr. Sie weinte so sehr, daß sie würgte, dann weinte sie noch mehr, weil sie keine Luft bekam.

Jerry sagte: »Ich seh' ihn nicht.«

Aber Jerry schaute nicht mehr hin. Er starrte mich an. Sein Gesicht war entspannt – sehr weiß und hoffnungsvoll, wie jemand, der sich morgens im Bett aufrichtet.

Mutter schüttelte den Kopf. Sie starrte auf das reißende strudelnde Wasser. Sie sagte kein Wort. Ich kam mir plötzlich sehr stark vor. Noch vor einem Moment war die Nacht hereingebrochen, nun aber war plötzlich alles heller. Der Himmel war klar. Winzige Insekten schwirrten überm Fluß. Eine Stille senkte sich herab, wie das Rieseln der Moskitos, und überzog das Wasser mit Silber und maserte es wie ein neues Grabmal. Diese Stille versiegelte es.

»Er ist irgendwo! Er ist irgendwo!« Aber Aprils Stimme schreckte weder den Fluß noch die Bäume auf. Sie riß an ihren Haaren. Sie klammerte sich an Clover, und gemeinsam würgten sie an ihren Schluchzern.

»Wir können treiben«, sagte Jerry. »Für heute nacht machen wir fest, und morgen fahren wir den Fluß runter. Es wird einfach sein.«

Ich sagte: »Und wenn Dad recht hatte?«

»Habt keine Angst«, sagte Mutter.

Jerry sagte: »Wir haben keine Angst!«

Mutter sagte: »Ich kann nicht denken.« Ihr lauschendes Gesicht war lieblich. Sie registrierte kein einziges Geräusch. Sie hörte nicht, daß April sagte, wir würden sterben, oder wie Clover nach Vater rief oder wie Jerry unsere leichte Fahrt runter zur Küste beschrieb. Der kleine Jerry, befreit, sprang an Deck herum.

»Hört«, sagte Mutter.

Das Wasser tröpfelte silbern, das unordentlich hängende Gewirr des Dschungels – es war ein Insektenkönigreich der kleinen Pfiffe, eine Welt der Zikaden.

Ein Zambu fuhr in einem Cayuka vorbei. Es war wie verstreichende Zeit, die Dauer des Kommens und Gehens. Es war die einzig gültige Zeit hier – die Bewegung eines Menschen. Dieser Zambu lebte.

»Wir werden nicht sterben«, sagte ich.

Mutter hörte mich nicht, aber ich meinte es so. Unser Boot war klein, und es hing unsicher an einer Leine inmitten des Flusses – es hing mitten in der Luft, wie es schien. Aber nie hatte ich mich sicherer gefühlt. Vater war verschwunden. Wie still es hier war. Zweifel, Tod, Kummer – sie waren vorübergezogen wie der Schatten von Vogelschwingen, der uns streifte. Aber jetzt – wie lange war das alles her? – hatten wir den Schatten vergessen. Wir waren frei.

»In ein paar Tagen haben wir die Küste erreicht«, sagte Jerry.

»Wir werden dort sterben!« sagte Clover.

Das hatte Vater stets gesagt. Vermutlich glaubte ich es. Aber er war nicht mehr und hatte die Furcht mit sich fortgenommen. Ich hörte mich selbst sagen: »Wir können den Außenborder wegwerfen. Wir werden ein Ruder bauen. Die Strömung wird uns treiben.«

Jerry versuchte, die weinenden Zwillinge zu beruhigen. Er sagte: »Wollt ihr nicht nach Hause?«

Was das verbotene Wort der Auslöser?

Ein Klatschen war zu hören – wie eine Explosion in dieser pfeifenden Welt. Und plötzlich tauchte Vaters nasser, tropfender Kopf auf, sein Bart strich übers Geländer, der Klotz der Metallschraube knallte auf die Planken, und dazu sein Geheul: »Verräter!« Dann war alles Licht verschwunden.

27

Zur Strafe wurden Jerry und ich die nächsten drei Tage im Kanu hinter dem Boot hergeschleppt. Wir aßen und schliefen darin. Es schlingerte und drehte sich wie ein Köder am Ende einer Angelschnur. Es war kaum Platz zum Hinlegen. Das Faß war zwischen uns, und die säuerlichen, widerlichen Benzindämpfe vermischten sich mit dem Gestank der Abgase des Außenbordmotors, die nach verbrannten Kleidern rochen. Ich bekam stechende Kopfschmerzen. Wir knieten im Wasser, das durch die Risse des ausgehöhlten Baumstamms sickerte, und schlugen die Zeit damit tot, daß wir einen Haken vom Heck aus hinter uns herzogen, in der Hoffnung, einen Fisch zu fangen.

Vater saß am Ende der zehn Meter langen Schleppleine am Heckgeländer des Hütten-Bootes, mit dem Rücken zu uns. Ich haßte seine Schultern, sein schmieriges Haar, die Krümmung seines Rückgrats. Ich stellte mir vor, wie es sein würde, ein Messer hineinzustechen, dicht unter seinem zerfetzten Kragen. Manchmal sah ich es mich selbst tun. In meiner Phantasie gab es kein Blut – keinen Schrei, keinen Kampf. Nur das Pfeifen entweichender Luft, wenn die Klinge hineinglitt und das Heft gegen das Fleisch stieß. Dann war er erledigt – wie ein Schlauch mit einem Riß. Ich sah es so deutlich vor mir, daß mein Arm schmerzte, als hätte ich es bereits getan, als hätte ich ihn durchbohrt.

Ich lauschte zu ihm hinüber. Er mußte wissen, dachte ich, was in meinem Kopf vorging, und ich fühlte mich schuldig. Aber ich hörte nichts weiter als Mutters Argumente, die ihn zu überreden versuchte, uns wieder an Bord zu lassen. Vater ließ sich nicht darauf ein. Er sagte, wir verdienten eine schlimmere Strafe. Wegen des Motorlärms konnte ich ihn schwer verstehen. Er war stolz auf die Tatsache, daß er uns nie verprügelt oder im Zorn Hand an uns gelegt hatte. Aber für uns wäre es besser gewesen, wenn er uns gestern geschlagen hätte. Der Einbaum und die Insekten und die Hitze – das alles war schlimmer als eine Tracht Prügel.

»Schneiden wir das Schleppseil durch«, sagte Jerry. »Wir werden's ihm zeigen!«

Jerry wollte, daß wir uns treiben ließen. Vielleicht testete Vater uns, um zu sehen, ob wir den Mut dazu aufbrächten. Aber ich ließ es nicht zu, daß Jerry die Leine berührte. Ich hatte Angst, sie könne von allein reißen oder Vater könnte sie durchschneiden. Während dieser Tage schlief ich oft ein und erwachte halb von Sinnen, glaubte, wir würden in dem gebrechlichen Kanu den Patuca hinunterwirbeln.

Ich sagte: »Wenn du das Seil anfaßt, springe ich über Bord und schwimme an Land. Du wirst ganz allein sein, Jerry. Du wirst sterben.«

Während der kuzen Zeitspanne von Vaters Verschwinden, als ich glaubte, er sei bei dem Versuch, den Schraubenpropeller hochzuholen, ertrunken, hatte ich keine Angst gehabt. Wir hatten das Boot und unsere Hängematten und Mutter. Aber als er wieder an Bord kletterte, kam mit ihm auch wieder die Furcht. Und in meinem Kopf geisterte wieder der Glaube herum, daß der Sturm über die ganze Welt getobt sei und daß an der Küste der Tod lauere.

»Ich glaube diesen Quatsch nicht«, sagte Jerry, als ich es ihm erzählte.

In dem Kanu war Jerry wilder, als ich ihn je erlebt hatte, sei es auf dem Boot oder anderswo. Hier, im Schlepptau, am Ende des Seils, sagte er verbotene Dinge. Er redete ununterbrochen davon, fortzulaufen und nach Hause zu fahren. Was er sagte, verursachte mir Alpträume, denn er faßte meine schlimmsten Phantasien in Worte. Wir verdienen es, in dem Einbaum hier bestraft zu werden, dachte ich. Wir gehören hierher.

»Ich hasse ihn«, sagte Jerry. »Er ist verrückt.«

Ich erklärte Jerry, daß er ohne meine Hilfe niemals die Küste erreichen würde.

»Wir schaffen es nicht den Fluß hinauf«, sagte er. »Es ist unmöglich.«

»Woher weißt du das?«

Er trat gegen das Benzinfaß, zwei Schläge, die wie das Dröhnen einer Pauke hallten.

»Fast leer. Dad kann seinen Außenbordmotor nicht ohne Sprit laufen lassen.«

»Er wird rudern.«

»Er wird rückwärts fahren!«

Jerry lachte bei dem Gedanken daran. Er sagte, er sei froh, daß ich mich sorgte.

»Ich werde ihm sagen, daß der Sprit zu Ende geht. Paß auf, was er für einen Anfall kriegt.«

»Hör auf damit«, sagte ich.

»Du hast Angst vor ihm, Charlie. Du bist älter als ich und hast Angst. Ich habe keine Angst.«

Aber seine Stimme brach, als er das sagte, und er mußte zweimal schlucken, bis er wieder sprechen konnte. Er litt unter der Bestrafung. Er hatte in dem Kanu kaum geschlafen und sah elend aus. Wenn er sich nicht über Vater beschwerte, weinte er, schluchzte wie ein kleines Kind. Er wirkte sehr jung, wenn er weinte. Er schluchzte laut in seine Hände, mit gesenktem Kopf, damit Vater ihn nicht weinen sah. Als er eines Abends Vaters Gelächter aus der Eigner-Kajüte hörte, sagte Jerry: »Ich könnte ihn umbringen.«

Seine Stimme kam aus der Dunkelheit. Jetzt atmete er schwer, als sei es eine große Anstrengung gewesen, das zu sagen.

»Würde nicht schwer sein, ihn zu töten.« Jerry keuchte. »Wir könnten uns an ihn ranschleichen. Ihm einen Hammer überziehen. Aufs Gehirn . . .«

»Sag so was nicht, Jerry.«

»Du hast Angst.«

Ja, weil du die schrecklichen Sachen sagst, die mir im Kopf herumgehen, dachte ich. Ich fühlte förmlich den glatten Griff des Hammers. Ich hörte ihn auf Vaters Schädel krachen, der wie eine Kokosnuß auseinanderbrach – das Heraussickern farblosen Wassers. Ich sagte: »Nein.«

»Ich wünschte, er wäre tot«, sagte Jerry. Er fing wieder an zu weinen. Seine Tränen trösteten mich. Er weinte für mich.

Eines Morgens behauptete er, er sähe ein Flugzeug, eine kleine graue einmotorige Maschine, die über uns hinwegflog. Ich sah sie nicht. Ich erklärte ihm, er träume. Es war ein Truthahngeier oder ein Reiher – oder ein Papagei. Jeder fliegende Vogel hier sah wie eine Cessna oder eine Piper Cub aus. Jerry weinte, weil ich mich weigerte, ihm zu glauben. Ich redete genau wie Vater, sagte er. Schlimmer als Vater.

»Mr. Haddy hat *dir* die Zündkerzen und das Benzin gegeben. Und Dad hat sich das alles als sein Verdienst angerechnet! Wer hat denn die Fische in der Lagune gefangen? Wir! Er behandelt uns wie Sklaven, aber was war denn mit dem Garten und all seinen dämlichen Erfindungen? Alles ist weggespült worden. Wir haben ihm das Leben gerettet!«

Wieder sprach er meine Gedanken aus und flößte mir Furcht ein.

Ich sagte: »Wenn du ihm von Mr. Haddy erzählst, dann erzähle ich ihm, was du gesagt hast – daß du ihn umbringen willst.«

Das versetzte Jerry in Panik. Er wußte, daß er zu weit gegangen war.

»Außerdem«, sagte ich, »wird er's abstreiten.«

»Weil er ein Lügner ist. Er hat mit allem unrecht.«

»Das kannst du nicht sagen. Es gibt keinen Beweis. Wahrscheinlich hat er recht – Mr. Haddy war einer Meinung mit ihm! Du bist zwölf Jahre alt, und dein Gesicht ist schmutzig. Als Dad dich letzte Woche in dem Kanu hier losgelassen hat, hast du dir die Augen ausgeheult. Du warst froh, als er dich zurückzog.«

»Er hat mich reingelegt. Jetzt würde ich nicht mehr heulen. Ich würde gehen.« Aber seine Augen waren rot und verkrustet wie zwei Wunden.

Vater schaute nach achtern, und als er uns streiten sah (bei dem Lärm des Außenbordmotors konnte er nicht hören, was wir sagten), nickte er und grinste, als wollte er sagen: »Genau da gehört ihr beiden Zwerge hin.«

Mutter hatte gesagt, wenn er recht habe, dann seien wir die glücklichsten Menschen auf der Welt. Und wenn nicht, dann begingen wir einen schrecklichen Fehler. Aber sie gehorchte ihm. Auch sie fürchtete sich.

»Vielleicht können wir herausfinden, ob er recht hat oder nicht«, sagte ich zu Jerry. »Ich will nicht zur Küste, wenn alles ein einziger Friedhof ist. Und was hat es für einen Sinn, über Amerika zu reden, wenn es gar nicht mehr da ist? Dad sagt, es ist nicht mehr da. Und Mr. Haddy sagt das gleiche. Was weißt du denn, Dicker!«

Jerry sagte: »Wir haben ein weißes Haus in einem grünen Feld, mit Bäumen drum herum. Vögel sind in den Bäumen, Spottdrosseln und Häher. Die Sonne scheint. An der Feuerwache von Hatfield geht die Mittagssirene los. Leute laufen an unserem Haus vorbei und blicken den Pfad hinauf. Sie fragen: ›Wo sind eigentlich die Foxes?‹«

»Nein«, sagte ich. Aber ich sah es deutlich vor mir. Ich sah die Wolken über Polskis Scheune und die Hügel, das Tal und den Mais. Ich roch Goldraute und stinkenden Zehrwurz, Sandarak und Reisquecke, die Süße des Taus auf Löwenzahn, den warmen Teer der Landstraßen.

»›Hat ihr Alter sie weggeschafft?‹ Das ist es, was sie sagen.« Jerry sah mich an. Er war überrascht und ein bißchen erschrocken. Er sagte: »Charlie, warum weinst du?«

Ich preßte meine Hände an mein Gesicht.

»Bitte weine nicht«, sagte er. »Es macht mir Angst.«

Endlich ließ Vater uns wieder an Bord des Bootes. Wir konnten ihm nicht in die Augen sehen, nach allem, was wir gesagt hatten, so daß wir schnurstracks zum Bug gingen und das Lot bedienten. Wir waren verbrannt und zerstochen und hatten Durchfall. Im Kanu war Jerry widerborstig gewesen, aber jetzt sah er einfach nur noch elend aus und sagte kein Wort mehr gegen Vater. Statt dessen beschimpfte er die Zwillinge. Er biß April sogar in den Arm, und die Zahnspuren färbten sich purpurrot. Ich freute mich. Schon seit langem hatte ich mir gewünscht, sie zu beißen. Und Clover auch.

Die Dörfer, an denen wir vorbeikamen, waren überschwemmt oder verlassen. Immer war es das gleiche Bild: Pfähle von Hütten und ein paar Obstbäume. Es waren grüne Geisterdörfer, wo es von Ratten wimmelte. Die Kanus waren in den Schlamm eingesunken, und um die Hüttenpfähle schlangen sich neue Ranken. Wo sich Wurzeln zeigten, waren sie wie aufgeschlagene Zehen, wund und schwarz verschrammt; Unkraut hing in langen Strähnen von den Astgabeln wie Hexenhaar.

Eines Morgens aber, nachdem wir uns schon elf Tage lang den Patuca hinaufgequält hatten, kamen wir zu einem Dorf, das weder fortgeschwemmt noch überflutet war. Es lag auf einem hohen roten Ufer an einer Flußbiegung. Ein Kind kauerte am Rand im seichten Wasser und erledigte sein Geschäft, mit einem entrückten Ausdruck im Gesicht, wie ein Hund in einem Busch.

Vater verrenkte sich das Genick, um einen besseren Blick auf das Dorf werfen zu können. Dann lächelte er. Er schien es wiederzuerkennen.

Er sagte: »Ich weiß, wo wir sind.«

»Wo, Allie?«

»Wirst es sehn.«

Das kauernde Kind hörte unseren Motor. Es bedeckte sich mit dem Fetzen, den es hielt, und schoß das Ufer hinauf. Vater stellte den Motor ab und machte unser Boot an einem Baum fest.

Jetzt standen am Rand des Steilufers, wo wir den Rauch und die Strohdächer der Hütten gesehen hatten, fünfzehn Männer. Sie waren in Lumpen gekleidet und starrten mit leeren Augen zu uns herunter.

»Miskitos«, sagte Vater. »Indianer.«

Sie waren schwarz, sie waren braun, sie waren gelblich, sie waren sehr mager. Mager und mißtrausch. Sie bewegten sich nicht.

Vater sprang an Land und streckte die Hände aus.

»Hallo, ihr da *Naksaa!*«

Bald schüttelte er den Männern die Hände und überhäufte sie mit einem Wortschwall, so, wie er es machte, wenn er Fremde für sich einnehmen wollte. Seit langem hatten wir ihn nicht mehr so lebhaft und freundlich gesehen. In dieser Stimmung neigte er dazu, anderen den Fingerstumpf in die Brust zu bohren und sie leicht zu kitzeln, während er redete. Es funktionierte bei wilden Hunden und Kühen. Es hatte bei Mr. Haddy funktioniert. Und es funktionierte auch hier bei den Miskito-Männern.

Er stieß sie in die Rippen und sagte: »Ihr habt's noch mal geschafft, nicht wahr? Bist ein schlaues Kerlchen, wie? Seid mit euch zufrieden, was? Hört auf zu lachen«, sagte er, während er sie abwechselnd kitzelte. »Was ist denn so komisch?«

Mit dem Fingerstumpf brachte er die Miskitos zum Kichern und Hüpfen. Obwohl sie anfangs grimmig dreingeschaut hatten, redeten sie nun freundlich mit Vater. Sie schienen nicht länger daran interressiert zu sein, uns aufzufressen, obwohl sie immer noch hungrig aussahen. Sie winkten uns ins Dorf.

Mutter sagte zu uns: »Bleibt zusammen. Mit gefällt dieses Dorf nicht. Überlaßt das Reden Vater.«

Jerry sagte: »Es ist ja auch das einzige, was er kann.«

»Hüte deine Zunge«, sagte Mutter und ließ Jerry schmollen.

»Das Dorf ist ein Saustall«, sagte ich. »Die Leute sind am Verhungern.«

»Dad weiß, wo wir sind«, sagte Mutter. »Hört zu, was er sagt.«

Aber was konnte er sagen? Es war eine öde Ansammlung von Hütten, aus zerrissenen Bananenblättern gemacht und von verknoteten Ranken zusammengehalten. Die Hütten waren mit Dachstroh gedeckt. Dahinter war Savanne und jenseits davon – wie ein Schimmelfleck – der Dschungel. Der Boden war noch schlammig vom Regen, und das ganze Dorf stank nach Dreck und altem Wabool und dem Rauch nassen Feuerholzes. Solche Dörfer hatten wir zuvor auch schon gesehen. Das war Indianerelend. Stauden schwarz verfärbter, kleiner Bananen hingen von manchen der mitleiderweckenden Hütten herab, und ganz in der Nähe nagte ein lahmer Hund an einem schmutzigen Fischkopf. Eine plattfüßige Frau zog einen hoch mit abgebrochenen Stöcken beladenen Schlitten hinter sich her. Im Vorbeigehen murmelte sie wie von Sinnen vor sich hin. Sie sagte etwas zu Mutter – irgend etwas Böses – und lachte zwischen ihren Zahnstummeln hindurch. Eine andere mit wildem Haar, die Lumpen in einer Blechschüssel wusch, sah auf und verzog das Gesicht, dann schrubbte sie weiter.

»Was habe ich euch gesagt?« Vater redete mit uns.

Schwärme lärmender Fliegen summten um die Gesichter der Leute und um ihre großen, schmutzigen Füße und schuppigen Knöchel. Sie entdeckten die schwarzen Bananen, sie krabbelten über die Dreibein-Kochtöpfe. Ich sah keine Gärten, aber in der Nähe einiger Hütten standen Gruppen von Bananenbäumen und dürre Maniokstraücher. Ein frei herumlaufendes Schwein grunzte und stieß seine Schnauze in die Schale einer Papaya: Zwischen den Hütten stand ein nach vorn offener Schuppen mit einem Blechdach. Ein Schild darüber verkündete: *La Bodega*. Jerry und ich schauten hinein, sahen aber nur ein paar leere Regale und ein paar aufgehängte Mehlsäcke und eine Laterne.

»Seht ihr?« sagte Vater. »Ich hatte recht.«

Zwei Miskitos schlugen die Rinde von einem Stamm. Der eine benutzte einen hölzernen Schlegel, der andere ein Beil. Sie hielten mit der Arbeit inne und beäugten Vater. Dann schwieg alles, und man hörte nur noch das Schwein und das tote, monotone Summen der Fliegen.

»Das ist es«, sagte Vater.

Eine Menschenmenge hatte sich versammelt. Die Leute starrten auf Mutters Haare – die Flußfahrt und die viele Sonne hatten ihr Haar in ein streifiges Blond verwandelt –, hörten aber trotzdem Vater zu. Sie hatten vertrocknete, ausgehungerte Gesichter und wirkten alt, so wie man von Hunger alt aussieht. Zwei Männer trugen Schlangenhaut um den Hals, Korallen, rot mit schwarzen Ringen.

»Dies ist die Zukunft!«

Vater sah sich voller Bewunderung um.

Der schlammige Boden dampfte in der Sonne. Der Rauch und der Gestank von verfaulendem Dachstroh und Wabool ließen mich blinzeln. Die zerlumpten Miskitos, neben ihren mickrigen Hütten, blinzelten zurück.

»Ich muß euch gratulieren«, sagte Vater.

Die Indianer waren überrascht, aber sie lächelten ihn an und schüttelten ihm erneut die Hände.

»Ihr habt die richtige Idee gehabt.«

Sie sahen erfreut aus, als hätte ihnen das noch nie jemand gesagt. Wenn sie lächelten, sahen sie weniger hungrig aus.

Ein Miskito räusperte sich. Er sagte: »Wir bauen ein neues Cayuka.« Und er zeigte auf die beiden Männer, die über dem verschrammten Stamm standen.

»Das ist die Idee.«

»Hast du ein Hackmesser übrig?« fragte der Miskito mit dem Holzschlegel.

»Du brauchst kein Hackmesser. Einen Meißel vielleicht, zu deinem Schlegel. Ich habe einen Meißel. Wir könnten ein Abkommen treffen. Ihr werdet ein hübsches Boot haben.«

»Ist schwere Arbeit, Onkel.«

»Weiß ich. Aber wozu die Eile? Ihr habt alle Zeit der Welt.«

»Hast du eine Brettsäge, Onkel?« Das war einer der Miskitos mit der abgezogenen Schlangenhaut um den Hals.

»Was willst du mit einer Brettsäge? Nirgendwo wirst du eine Brettsäge kriegen. Gibt keine mehr. Glaub mir, mein Junge, du kannst auch ohne Brettsäge leben.«

Ein Mann mit einem Pferdegesicht fragte Vater, ob er Schwefel hätte, um Chiclegummi zu machen.

Vater sagte: »Red mir nicht von Schwefel, Freund.«

In einem Graben lag ein auf die Seite gekippter Schubkarren. Vater hob ihn auf und richtete ihn. Er betrachtete ihn liebevoll, so wie er einst Fat Boy angesehen hatte. Er sagte, das sei eine perfekte Konstruktion, das Stützrad, die Griffe, die als Hebel dienten, die eingebaute Balance. Ein Mann konnte damit bei einem Minimum an Anstrengung das Vierfache seines Gewichts anheben.

Die Miskitos lauschten Vater, der den zersplitterten alten Schubkarren pries, und begannen, ihn anzustarren, als wäre der Karren verzaubert.

»Verkauf meine Karre nicht!« Der Mann, der das sagte, spuckte sich auf die Finger und wischte die Spucke auf den Griff.

»Kann dir keinen Vorwurf machen. Mächtig praktisch, jetzt, wo die halbe Welt vernichtet ist.«

Sie schauten nicht mehr auf den Schubkarren. Vater lächelte über ihre offenen Münder.

»Habt ihr's nicht gehört?«

Die Löcher in ihren Augen sagten nein.

»Doch, doch, praktisch alles dahin.« Vater schwenkte die Arme. »Nur wenige Leute sind übriggeblieben. Da draußen« – wieder die Bewegung – »sind sie alle tot oder mit dem Sterben beschäftigt.«

Flußabwärts – das war die Welt. Sie kniffen die Augen zusammen. Der pferdegesichtige Mann sagte: »Warum sind wir nicht tot, Onkel?«

»Weil ihr zu schlau seid. Und weil ihr richtig lebt.«

Vater machte ihnen Komplimente. Er erzählte ihnen, was er uns erzählt hatte, daß dies ein Dorf der Zukunft sei, daß sie die Menschen der Zukunft seien, die neuen Menschen. Sie hätten Glück, sagte er, sie lebten bloß ihr schlichtes Leben, während alle anderen zur Hölle gefahren seien. Sie hörten ihm zu, wie er ihnen erzählte, sie hätten hier den Himmel auf Erden, hier, in diesem elenden Dorf mit seinen dürren Hähnen und seinen schwarzen Früchten und seinem einzelnen Schwein und seinen zerfetzten Hütten, und sie zupften ihre Lumpen zurecht und wurden munterer und fröhlicher.

»Sie dachten, wir wollten zum Mond«, sagte Vater. »Hört zu, niemand fährt zum Mond.«

Sie boten uns Kalebassen mit Wabool an, und Vater aß ein bißchen was davon. Ihr Kaffee war aus zerquetschten Maiskörnern gemacht, aber Vater trank ihn. Sie schenkten uns Bananen. Vater sagte: »Bei Bananen ist bei mir die Grenze erreicht.« Sie gaben ihm eine stinkende Zigarre. Vater rauchte sie und sagte: »Kenne kein besseres Mittel, die Insekten fernzuhalten.«

Und dann erzählten sie uns, daß dies kein Dorf, sondern eine Familie sei. Ihr Name war Thurtle. Jeder Miskito hier war ein Thurtle. Es gab Väter und Mütter und Kinder und Cousins – auf eine komplizierte Art waren sie alle Thurtles, groß und klein.

Vater sagte, er sei nicht überrascht, das zu hören. Familien seien die einzig noch übriggebliebene soziale Einheit. Er stellte uns vor und ließ Clover und April den Indianern ein Lied singen. Die Zwillinge sangen »Bye-Bye, Blackbird«. Die Miskito-Männer führten einen langsamen, schwerfälligen Tanz vor, stampften im Kreis und klatschten dazu.

Dieses Dorf, mit seinen Bewohnern, den Thurtles, war genauso wie zwanzig andere Dörfer, die wir gesehen und nicht beachtet hatten. Aber das war vor Monaten gewesen, und jetzt war Vater ein anderer Mensch. Dies war der Beweis, daß er anders geworden war. Er war absolut geduldig. Er forderte sie nicht auf, sich zu ändern. Er rümpfte nicht die Nase über ihr saures Wabool. Er machte nicht auf ihre summende Latrine oder ihr dünnes, verrücktes Schwein aufmerksam. Er sagte, es sei ein bemerkenswertes Dorf. Es sei das Dorf der Zukunft, wie er es uns vor knapp einer Woche auf dem Fluß beschrieben habe. Er lobte die Lebensweise der Miskitos und sagte, wie sehr er die Knoten der Ranken bewundere, die ihre Hütten zusammenhielten.

Während er redete, ballten sich über unseren Köpfen dunkle Wolken, und ein leichter Regen, begleitet von fernem Donnergrollen, setzte ein. Die Miskitos fürchteten sich vor dem Donner. Das Gewitter ängstigte sie. Vater sagte, ihre Furcht habe sie gerettet – sie hätten die Gefahr gerochen, genau wie er.

Hinter dem Laden fand er ein Faß mit Benzin. Die Miskitos sagten, es sei für den Generator, aber der Generator war kaputt. Er war durchgerostet. Sie warteten auf Ersatzteile.

»Verschwendet nicht eure Zeit«, sagte Vater. »Wozu braucht ihr Elektrizität?«

Sie sagten, für die Lampen.

»Was werdet ihr tun, wenn die Glühbirnen kaputtgehn? Ihr werdet neue brauchen. Aber weder für Liebe noch für teures Geld kann man welche kriegen. Keine Glühbirnen. Nichts!«

Vater sagte, sie hätten, was sie hätten, und was sie nicht hätten, das gebe es nicht mehr.

Die Miskitos begriffen dies schneller, als wir es auf dem Boot verstanden hatten.

Er erklärte ihnen, wenn sie Öl wollten, könnten sie Fischgedärm oder Schweinefett nehmen. Und er brauche das Benzin notwendiger als sie, denn ihm gehe der Sprit für den Außenbordmotor aus. Er sei bereit, es gegen einen Meißel und einen Toilettensitz zu tauschen, und er werde noch einen Spiegel drauflegen, falls sie wirklich einen wollten.

Sie sagten okay.

»Tauschhandel«, sagte er zu uns, als er das Benzinfaß ins Kanu lud. »So wird's von nun an gehen.«

Sie sollten froh sein, daß er ihnen das Benzin abnehme, sagte er, für sie sei es nichts weiter als ein Brandrisiko.

»Gib's zu«, sagte er und bohrte einem Mann den Finger in die Brust, »ich habe euch einen großen Gefallen getan!«

Der Mann kicherte, und die anderen Miskitos lachten.

Mutter sagte: »Ich glaube, du hast einen Treffer gelandet, Allie.«

»Ich kann mir nicht helfen, Mutter. Ich *mag* diese Leute.«

Jerry flüsterte mir zu: »Sie verhungern. Sie sind dreckig.

Sieh dir ihre Häuser an. Sie besitzen überhaupt nichts. Du kannst ihre Knochen sehn. Die Nasen laufen ihnen. Sie sind Dreckschweine.«

Ich sagte: »Dad hat gesagt, daß es so sein würde.«

»Es ist schrecklich.«

»Jerry, er hatte recht.«

Und selbst Jerry mußte zugeben, daß Vater all dies vorausgesagt hatte.

Vater fragte gerade: »Kennt ihr Up Jenkins?«

Sie sagten, da wäre ein gewisser Jenkins in Mocoron, aber der wäre am Biß einer Schlange gestorben.

»Dieses Up Jenkins ist ein Spiel.«

Das war das Spiel, das wir in Jeronimo und an der Laguna Miskita gespielt hatten. Eine Person einer Gruppe mußte eine Münze in der Hand verstecken, und die andere Gruppe mußte herausfinden, wer sie hatte. Die zweite Gruppe rief: »Fensterscheiben!« Und: »Zuknallen!« Oder: »Leise zumachen!« Und die Gruppe, die die Münze hatte, mußte die entsprechenden Bewegungen mit den Händen machen – Fensterscheibe, zuknallen oder leise zumachen. Gewöhnlich fiel dabei schon die Münze herunter – noch ehe irgend jemand erraten konnte, wer sie versteckt hielt –, und alle lachten. Es war ein albernes Spiel, aber den Miskitos gefiel es, und wir spielten es am Tresen des Ladens, bis der Regen nachließ.

Schließlich sah Vater zum Patuca hinüber und sagte: »Zeit zum Aufbruch.«

Sie wollten, daß wir blieben. Sie hatten Spaß an Up Jenkins und Vaters freundlicher Art. Aber Vater sagte, er wollte sie nicht ausnützen. Als sie sich am Fluß sammelten, um uns auf Wiedersehen zu sagen, schien es mir, daß Vaters schreckliche Voraussage richtig gewesen war. Sie waren Miskitos, aber sie sahen aus wie wir. Sie waren zerstochen und mit Schlamm bedeckt, und ihre Lumpen unterschieden sich kein bißchen von den unseren. Dies war die Zukunft, die er versprochen hatte, und wir waren Wilde in dieser Zukunft.

»Du flußauf in deinem Kahn?«

»Ja«, sagte Vater.

»Mobilgasna?«

»Wie weit ist es bis Mobilgasna?«

»Vier Stunden.«

»Wir wollen noch weiter rauf.«

»Wumpoo?«

»Wie weit ist das?«

»Zwei Tage.«

»Dann fahr' ich einen Monat lang flußaufwärts, oder ein Jahr. Ich will so weit rauf, bis ich keinen Fluß mehr hab'. Ich hab' nicht die Absicht, haltzumachen, bis ich dort ankomme, wo ich hin will.«

Auf dem Boot sagte Vater: »Sagte er Wumpoo?«

Mutter sagte: »So ähnlich jedenfalls.«

»Wumpoo klingt vertraut. Es bedeutet etwas. Was?«

Mutter sagte, sie wisse es nicht. Aber Vater hatte recht. Wumpoo klang vertraut.

In der Nacht, nachdem wir unterhalb von Mobilgasna das Boot festgemacht hatten (es war steiler hier, und das Flußufer war karg und mit Felsblöcken bedeckt), lagen wir in unseren Hängematten und hörten Vater prahlen: »Du hast heute die Zukunft gesehen«, sagte er zu Mutter. »Ist gar nicht so übel. Nur daß sie so schmutzig aussieht.«

Und dann fiel ich beinahe aus meiner Hängematte. Wumpoo ... *Guampu* ... plötzlich wußte ich wieder, was es bedeutete.

28

Nur ich erinnerte mich an Guampu, an den Namen, aber ich hatte Gründe. Ich behielt es für mich, und ich genoß es wie einen Bonbon. Keiner erwähnte es noch einmal. Die anderen waren ruhig oder doch so deprimiert von dem Dorf der Thurtles, daß sie keine Hoffnung mehr hatten.

Während der Tage, die wir im Gestank des heißen Schlamms, in den stillen Windungen des Flußoberlaufs verbrachten, glaubten sie, wir seien am Ende unserer Reisen angekommen. All das und nur das, für den Rest unseres Lebens, wie Vater gern zu sagen pflegte. Aber ich wollte weiter, wollte die Fahrt fortsetzen, Guampus wegen.

Wir sahen weitere verschmutzte Dörfer, wo Menschen Höhlen in den Dschungel gebrannt und Hütten aufgebaut hatten. Wir sahen, wie sie den Reis vom Unkraut befreiten, wie sie säten, klobige Karren zerrten und Holz zu Planken sägten. Berge tauchten auf – Ketten gelber Gipfel nach Norden und Westen, an denen Wolken vorbeisegelten, als wären die Perücken der Bergspitzen heruntergerutscht. Zwischen den Dörfern lagen Meilen dichten Dschungels. Vater beglückwünschte sich dazu, daß er uns mit dem Boot in die Zukunft befördert hatte. Wir hätten Glück, sagte er. Wir seien sicher, wir seien frei, wir hätten es bequem. Wir hätten reichlich zu essen und hinter uns einen kräftigen Motor – vielleicht der letzte Motor auf Erden. Wir glitten mit Stil durch diese letzte Wildnis! So sprach er.

Aber das Benzin von den Miskitos war schlecht, das Wasser darin verschmutzte die Ventile, und nachdem er einen Tag geflucht und geschmeichelt hatte, warf Vater den Außenbordmotor in den Fluß. »Ich will ihn nicht mehr! Ich brauche ihn nicht mehr! Macht einem bloß Kopfschmerzen – soll er ein anständiges Begräbnis haben!«

Er versank in den Algen, und das Öl bildete Flecke, die in allen Regenbogenfarben schillerten.

Wir stakten unser Hütten-Boot mit langen Bambusstangen, warfen unser ganzes Gewicht am Bug auf sie und bewegten uns so zum Heck. Auf diese Weise glitten wir langsam am schlickigen Ufer des Flusses hinauf – und hatten keine Wellen.

Die Strömung war weniger schnell, und die Sonne schien den ganzen Tag – sie verlieh dem Wasser ein warmes, butterartiges Aussehen. Die Bäume in dem hohen Wald waren schwer von Ranken und Klettergewächsen und voll vom Klappern und Toben der Affen und den heißen, zischenden Lauten der Zikaden. Von manchen Ranken hingen die Blumen wie leuchtende Lumpenbündel herab, mit Blüten, die wie Federbälle waren. Lichtungen und Strände lagen eingebettet in Flußbiegungen. Jeder dieser Flecke würde es tun, sagte Vater. Wir konnten überall anhalten und die Stelle unser Zuhause nennen.

»Warum tun wir's nicht?« fragte Mutter.

»Hab' nichts dagegen«, sagte Vater. »Wie wär's? Wollen wir hier festmachen?«

Mutter sagte ja, die Zwillinge stimmten zu, und selbst Jerry war auf eine dümmlich-launische Art versöhnt. Vater hatte sie alle weichgeklopft, die Hitze hatte sie fertiggemacht – ihre Hirne waren von der Sonne und den Flußdämpfen zermahlen wie Fischmehl in einem Tiegel.

»Nein«, sagte ich, »wir fahren weiter.« Ich schwang meinen Bambusstab und tat so, als steckte ich voller Energie.

Das machte Vater froh. Ich diente ihm als Vorwand dafür, daß er weiterfuhr. Er hob seine Stange hoch und sagte: »Wenn du nicht wärst, Charlie, hätte ich da hinten das Lager aufgeschlagen. Gute Abwassermöglichkeiten und ein kiesiger Strand. Ich bin erstaunt – ich glaube, ich habe endlich Erfolg mit dir. Vierzehn Jahre alt, und endlich zeigst du ein bißchen Rückgrat.«

Aber ich wollte nach Guampu. Wie konnte Vater diesen Namen vergessen haben? Vielleicht weil er es haßte, an die Vergangenheit, an die Irrtümer und Fehlschläge zu denken. Dreh dich um, und geh schnell davon – das war sein Motto. Nimm jeden Vorwand, um zu gehen. Bloß weg. Es hatte ihn zu dem gemacht, was er war – es war sein Genius. *Schau nicht zurück*. Doch für mich war die Vergangenheit das einzig Wirkliche, sie war meine Hoffnung – allein das Wort »Zukunft« erschreckte mich. Die Zukunft sprach zu

Vater, aber für mich war sie schweigsam und blind und dunkel. Guampu war ein Teil der Vergangenheit, und mit diesem Namen im Kopf drängte ich ihn, uns weiter den Fluß hinaufzustaken.

Vater glaubte, wir bewegten uns in die Zukunft. Ich glaubte das Gegenteil – als könnten wir einen Blick auf die Vergangenheit erhaschen. Wie auch immer, es war nicht weit, und selbst wenn ich mich täuschte, wollte ich die Befriedigung haben, zu wissen, ob mich mein Gedächtnis in die Irre geführt hatte oder nicht.

Fünf Tage, nachdem wir das Dorf der Thurtles verlassen hatten, ungefähr gegen Mittag, hörten wir ein Flugzeug. Sein dröhnendes Summen näherte sich. Obwohl wir es nicht sehen konnten, löste es ein vertrautes Gefühl bei mir aus. Ein Flugzeug über unseren Köpfen – das war, als würden einem die Haare geschnitten. Ich duckte mich, als ich es hörte, und spürte seine flitzenden Zähne in meinem Nacken. Vater bestritt, daß es ein Flugzeug war. Seitenwinde, sagte er. Aber er wurde schweigsam – sein Gesicht sah so aus, als hätte er sich gerade in nasses Gras oder in einen Kuhfladen gesetzt. Das machte mir mehr Hoffnung als Guampu.

Ich blieb am Bug und suchte den Fluß ab. Tümpel von Ölfladen schwammen an der Oberfläche, kleine streifige, haarartige Stellen, die sich in der Strömung streckten. Ich entdeckte eine grüne Flasche am Kiesgrund, und eine Dose Diät-Pepsi trieb senkrecht dahin, und immer wieder war da eine Art Lauge, wie Schaum von Seifenflocken. Ich sah ein untergegangenes, zusammengerolltes Blatt Papier flußabwärts treiben und vieles andere mehr, und ich dachte an zu Hause, denn jedes weggeworfene Stück war ein Teil der Vergangenheit. Dies waren die Abfälle der anderen Welt. Und für mich sahen sie wunderbar aus.

Am gleichen Tag hörte ich Gesang – durch die Bäume gedämpfte Musik. Das Wasser nahm sie auf und ebenso das Licht, die Hitze, der wechselnde Himmel. Ich wartete darauf, daß jemand anders etwas sagte.

»Allie.« Mutter lauschte. Sie hatte es gehört.

»Vögel.«

Es waren keine Vögel. Es war Kirchenmusik.

Jerry sagte: »Wer singt da?«

»Wilde«, sagte Vater.

Ich sagte: »Aber es könnte auch Guampu sein.«

Wir kamen um eine Biegung, der Dschungel wich zurück, die Sonne lag voll auf dem Ufer. Zurückgesetzt vom Fluß standen Bungalows mit leuchtenden neuen Wellblechdächern, die blitzend die Sonnenstrahlen widerspiegelten. In der Mitte der großen Lichtung erhob sich eine weiße Holzkirche mit steilem Dach und Glockenturm. Alles war herrlich und ordentlich und sauber, ein weißer Hafen inmitten der schiefen Bäume und der wilden Ranken an diesem gekrümmten Fluß.

Vaters Gesicht war finster. Dünne Hautfetzen hatten sich von seiner Nase und seinen Wangen gelöst und feuerrote Stellen hinterlassen. Er hatte die Bungalows, die Kirche und die Blumenbeete gesehen. Er senkte den Kopf, er sah aus, als fühlte er sich betrogen, und Schweiß tropfte wie heißer Zorn seinen Nacken herab.

»Es muß eine Mission sein«, sagte Mutter. Dann, Vaters Wut spürend – den Geruch, den er verströmte, wenn er zornig war –, sagte sie nichts mehr.

Ein Bootsliegeplatz lag vor uns. Es war ein kleiner Anlegeplatz, Planken, die auf einer Reihe von Ölfässern befestigt waren. Ein Rettungsboot mit ausgefranstem Sonnensegel und ein paar Dinghis lagen dort vertäut.

Clover fragte: »Wo sind wir, Dad?«

Vaters Mund war zusammengepreßt, aber in seinen Augen loderte Feuer, die Energie, die er Hunger nannte. Er raufte seine langen Haare und rammte seine Stange in den Fluß, schob uns näher an den Ort, näher an den Gesang und an ein anderes Geräusch heran – ein Generator knatterte in einem Schuppen am Ufer. Dies war der hintere Teil der Mission. Wir sahen ein Abflußrohr, das sich in den Fluß entleerte, und einen kleinen Berg aus Flaschen und Dosen und farbigem Papier – mehr Hoffnung.

Der Gesang hörte auf. Nur noch der Generator war zu hören.

Wir arbeiteten uns zum Landeplatz vor. Wie schwerfällig und schwarz unser Hütten-Boot neben dem schlanken Rumpf des Rettungsbootes mit seinem gelben Sonnensegel wirkte. Was war unser Boot anderes als ein geteertes, schwimmendes Wrack aus zusammengesuchtem Treibholz? Es wirkte hier lächerlich und ließ Vater wie einen Verrückten erscheinen.

»Das werden wir uns anschaun.« Vaters Stimme war Sand in einem rostigen Eimer.

Und da verlor Mutter die Nerven. Sie sagte: »Laß uns weiterfahren – kümmern wir uns nicht drum. Es hat nichts mit uns zu tun. Allie, nein!«

»Sie haben richtige Häuser«, sagte April.

»Da! Ein Rückbrett«, sagte Jerry. »Sie spielen Basketball!«

Ich nahm allen meinen Mut zusammen und sagte: »Es sind die Spellgoods.«

»Quatsch!«

Mutter sagte: »Erzähl uns, was du weißt, Charlie.«

»Die Spellgoods – erinnert ihr euch nicht? Sie haben gesagt, sie leben in Guampu. Emily hat's gesagt. Ich meine den Prediger, mit der Familie, von der . . .«

»Wer ist Emily?«

»Eins von den Mädchen. Sie war auf der *Unicorn*. Die Leute, die immer beteten.«

»Ich wußte, es waren Wilde«, sagte Vater.

»Allie, vielleicht können sie uns helfen.«

»Wir brauchen keine Hilfe!«

»Wir sind verdreckt. Sieh dir an, wie wir aussehen.«

Vater sagte: »Diese moralischen Schleimer haben sich hier versteckt und verschmutzen diesen Ort. Man sollte meinen, sie hätten mehr Verstand. Von der Welt ist sonst nichts mehr übrig!«

Er sprang auf den Anlegesteg und schaukelte wütend auf den Planken.

»Ich habe Neuigkeiten für diese Leute.«

Wir folgten ihm – jagten ihm nach – die Stufen hinauf, wo Wege mit weißgekalkten Steinen als Begrenzung angelegt worden waren. Es waren nicht mehr als zehn Bungalows, aber sie waren hübsch und ordentlich. Blumenbeete erstreckten sich vor großen Veranden, und von den Metalldächern stieg flimmernder Hitzedunst auf. Hinter den Häusern befand sich ein Streifen gemähten Grases, eine in den Dschungel geschnittene Landebahn. Aber es war kein Flugzeug da, und kein Mensch kam, um uns zu begrüßen. Wir sahen niemanden.

Aber die Fensterläden der Kirche standen offen, und jetzt hörten wir eine Stimme, die eindeutig Reverend Spellgood gehörte.

»Jee-sus«, sagte er langsam.

»Ich hau' ihm die Rübe runter«, sagte Vater.

Jerry sagte: »Ist das auch die Zukunft?«

»Das werde ich mir merken, Sonny!« Vater trat nach den weißgekalkten Steinen. »Haltet euch hinter mir.«

»Laß uns zum Boot zurückgehen, Allie. Verschwinden wir hier.«

»Sie hat Angst«, sagte Vater.

»Ich habe dich noch nie so wütend gesehn.«

»So ist's richtig«, sagte Vater. »Setz mich nur vor den Kindern herab.«

Spellgood predigte mit schriller Papageienstimme und zitierte die Bibel. »Sam-juel«, sagte er und irgend etwas über zehn Käse und die Philister von Gath.

Wir sahen durch das offene Fenster. Ich wartete auf Vaters Aufschrei. Er kam nicht – nur ein Zischen des Abscheus, das tief aus seiner Kehle drang, wie aus einem Rohr entweichendes Giftgas, wie beim siedenden Fat Boy.

Die Kirche war schattig, aber vorn, auf einem Tisch thronend und von einer ganzen Gemeinde von Indianern in weißen Hemden und weißen Kleidern angestarrt, stand ein Fernsehapparat.

Das Gerät hatte einen sehr großen Bildschirm, ungefähr so groß wie eine Autotür, und auf dem Schirm kläffte Spellgoods Gesicht. Er war dort in Farbe zu sehen, wenn auch grünlichgelb, und er hielt eine Schleuder in der Hand und erzählte eine Geschichte. Neben ihm stand ein riesiger grüner Mann mit einem Gorillagesicht, das wie aus Plastik wirkte, mit Fangzähnen und einem Helm auf dem Kopf. Während Spellgood predigte, legte er einen Stein in die Schleuder und machte sich bereit, ihn auf die gigantische Attrappe neben sich abzuschießen.

»Die haben hier Fernsehen!« sagte Jerry.

Die Indianer waren so gebannt von dem Programm, daß sie uns nicht bemerkten. Es war ein Wunder für sie – es war ein Wunder für mich.

Ich sagte: »Das Programm muß doch irgendwoher kommen. Vielleicht wird es über Satellit aus den Staaten übertragen.«

»Unmöglich«, sagte Vater. Seine Stimme klang wie von Tränen erstickt und dünn – wie an dem Tag, als er weinte, nachdem Jeronimo verbrannt war. »Amerika ist zerstört worden.«

»Woher kommt dann das Programm?«

»Aus der Kiste da. Es ist eine Video-Cassette. Ein Band, ein Trick, die alte Technik. Die Indianer halten es für Magie. Bemitleidenswert!«

Er stürmte in die Kirche, marschierte durch den Mittelgang und zog den Stecker heraus. Dann begann er, den Indianern einen Vortrag zu halten, und rief: »Wartet!« Denn kaum war das Bild verblaßt und verschwunden, standen die Indianer auf. Einer nach dem anderen gingen sie aus der Kirche. Sie waren nicht überrascht, nur gelangweilt und geschwätzig, als Vater das Programm unterbrach. Es dauerte nicht lange, da war die Kirche leer, und die Indianer in ihren weißen Baumwollsachen strebten dem Dschungel zu.

Die Spellgoods waren nirgendwo zu sehen.

»Zurück zum Boot«, sagte Vater.

»Können wir uns nicht umschaun?« fragte Clover.

»Dieser Ort existiert nicht!«

Es störte ihn, daß wir an Deck saßen und die Bungalows betrachteten und diesen Anblick der Vergangenheit genossen. Er schickte uns in die Kabine – uns vier Kinder – und schob ein Brett gegen die Tür. Wir saßen da in der Hütte und überlegten, was als nächstes kommen würde.

»Ich glaube, wir bewegen uns«, sagte Jerry.

Das Boot bewegte sich. Ich sagte: »Er bringt uns fort.«

Zehn Minuten später aber lag das Boot wieder still da. Wir hörten das Klatschen des Ankers und wie Vater mit den Tauen herumhantierte. Er murmelte Mutter etwas zu, aber seine Worte waren nicht zu verstehen.

Als die Sonne in den Rissen der Kabine verblaßte und die Luft kühler wurde, hörten wir ein Flugzeug über uns. Es flog niedrig, laut wie eine Haarschneidemaschine, dann herrschte Stille.

Clover fragte mich, warum Dad so komisch sei, und April sagte, sie wolle etwas trinken. Sie belästigten mich mit ihren Fragen, bis sie endlich einschliefen. Auch ich schlief ein, wachte aber in der Dunkelheit wieder auf. Warum nicht einfach das Kanu nehmen und an Land rudern?

Jerry war schon wach und bereit, alles zu tun, was ich sagte. Wir krochen durch die Luke, die Mr. Haddy in der Nacht, als er mir die Zündkerzen und das Benzin gab, zerbrochen hatte. Wir lagen auf der anderen Seite des weiten Flusses vor Anker, ein Stückchen oberhalb von Guampu. Wir hörten den Generator und sahen die Lichter von Guampu. Aber auch ohne die Lichter war genügend Mondschein, um zu erkennen, daß das Kanu verschwunden war.

Jerry hielt seinen Mund an mein Ohr und sagte: »Er hat's genommen.«

»Vielleicht hat er einfach die Leine durchgeschnitten«, flüsterte ich. »Damit wir nicht abhauen können.«

»Schwimmen wir.«

Wir ließen uns ins Wasser und strebten dem entfernten Ufer zu, mit Grätschstößen und indem wir uns von der Strömung treiben ließen, damit wir nicht spritzten. Auf eine freundlich winkende Art brannten alle Lichter der Missionsstation. Ich hatte geglaubt, ich würde nie wieder in meinem Leben elektrisches Licht sehen. Das einzige Geräusch, das wir hörten, war das Tuckern, das von dem Generator kam.

Wir gingen auf die Bungalows zu, hielten uns, so gut es ging, im Schatten, schlichen dann gebückt zu dem größten Haus hinüber, wo wir ein flackerndes Licht sahen. Es war das Wohnzimmer der Spellgoods. Sie waren alle drinnen und sahen auf die gleiche hypnotisierte Art fern, wie die Indianer sich das Gottesdienstprogramm angeschaut hatten. Sie aßen Eiscreme aus großen Schalen und hoben die Löffel an ihre blauen Gesichter. Ab und zu lachten sie. In der Show traten Puppen auf, ein grüner Stofffrosch und ein Gummischwein mit seidigen Haaren, und ein richtiger Mann im Anzug unterhielt sich mit ihnen, als ob sie Menschen wären – die Art Show, die bei Vater Anfälle auslöste.

Emily Spellgood lag ausgestreckt auf dem Fußboden. Sie war nur ein Jahr älter, seit ich sie zuletzt gesehen hatte, aber sie war sehr viel größer geworden und magerer. Sie hatte kurzes Haar und trug Blue jeans und Turnschuhe. Als ich sah, wie gut gekleidet sie war, fing ich an, mir Sorgen zu machen. Jerry und ich hatten lange Haare. Wir waren mit Flußschlamm bedeckt. Wir trugen nichts weiter als kurze Hosen, die tropfnaß waren. Ich kam mir wie ein Wilder vor. Ich wollte nicht bleiben.

Die Spellgoods genossen die Puppenshow, und selbst Jerry lachte, bis ich ihn dazu brachte, sich mit mir unter das Fenster zu setzen, damit wir beraten konnten, was als nächstes zu tun war.

Wir blieben da, lauschten dem Programm und den Bemerkungen der Spellgoods. Nach ungefähr zwanzig Minuten war die Sendung zu Ende. Es entstand eine Debatte, und es kamen massenhaft Vorschläge.

»Spielen wir ›Raum-Invasoren‹«, sagte einer der kleinen Spellgoods. »Ich möchte dein Modul in den Hyperraum schicken!«

»Nein, noch mal die Muppets. Mir hat der Teil mit den singenden Babys so gut gefallen. Sie sind so niedlich.«

»Wie wär's mit *Star Trek?*« fragte Emily. »Wir können sehen, ob sie aus der Zeitspalte herausgekommen sind.«

Gurney Spellgood sagte: »Nein. Es ist spät. Wir wollen uns etwas Nützliches ansehen.«

Er klappte eine Cassette in den schwarzen Kasten, und eine Sendung mit Orgelmusik und Predigt begann, die sich *Weltkreuzzug für Christus* nannte. Dann aßen sie alle noch mehr Eiscreme und sangen die Fernsehhymnen.

»Wir werden die ganze Nacht hier sitzen«, flüsterte ich.

»Mir egal«, sagte Jerry. Er sah wie ein Wolfjunges aus. »Zumindest ist es real. Ich wünschte, Dad könnte das sehen. Wo ist er überhaupt?«

Ich wollte gerade sagen: *Ich bin froh, daß er nicht hier ist*, als die Schirmtür vorn aufknallte. Die Sohlen von Turnschuhen quietschten auf der Veranda, wie Radiergummi. Jemand war draußen. Ich kroch zur Veranda und sah einen Jungen, ungefähr in Jerrys Alter, der verträumt den Insekten nachschaute, die sich um die Lichter drängten – einer der kleinen Spellgoods.

Er sah so hübsch und sauber aus in seinem weißen T-Shirt, daß er mich auf eine gute Idee brachte. Ich schüttelte mein Haar locker – es hing mir bis auf die Schultern – und kroch unter der Veranda in den Schatten. Ich stieß einen leisen Pfiff aus. Der kleine Junge zuckte zusammen.

»Wer bist du?« fragte er. Aber ängstlich war er nicht.

»Soy una amiga de tu hermana Emily.« (Ich bin eine Freundin deiner Schwester Emily.) Flüsternd konnte ich die Sing-sang-Stimme eines Mädchens vortäuschen.

Auf englisch fragte er: »Wie heißt du?«

»Rosa«, quiekte ich. *»Emily a casa?«* (Ist Emily zu Hause?)

»Sie sieht fern.«

Ich erklärte ihm, immer noch in quiekendem Indianerspanisch, daß ich mit ihr reden wolle.

»Du darfst nicht hier sein«, sagte er. »Nachts ist die Station für Twahkas verboten.«

Ich tat so, als würde ich wimmern, dann sagte ich traurig – und ich *war* traurig!: *»Lo siento mucho, chico. Voy a mi kiamp.«* Ich sagte ihm also, daß es mir sehr leid tue und daß ich nach Hause gehen würde.

»Ah, warte eine Sekunde«, sagte er und schrie: »Emily!« Dann ging er ins Haus.

Einen Moment später kam Emily heraus, aber während sie mich noch im Dunkeln suchte, stand ich auf und sagte: »Ich bin's, Charlie Fox, von dem Bananendampfer, der, der die Seemöwe getötet hat. Hab keine Angst, ich tu dir nichts. Erinnerst du dich an mich?«

Sie machte ein albernes Gesicht und sagte: »Was machst du denn hier? He, das ist ja komisch!«

»Das ist Jerry«, sagte ich, weil Jerry gerade hinter dem Haus hervorgekommen war, wie ein Wolf. »Wir sind auf dem Fluß unterwegs mit meinen Leuten. Wir hängen ein bißchen fest.«

Sie kam dicht an mich heran und sagte: »He, was ist mit dir passiert? Du bist ja ganz dreckig. Und du bist kleiner geworden. Stimmt was nicht? Dein Haar ist struppig!«

Ich machte »pst« und sagte: »Können wir irgendwo reden, wo uns niemand hört?«

Aber es war zu spät. Gurney Spellgood erschien am Fenster. »Mach's kurz, Emily.« Und dann sah er mich. Er sagte: »Deine Eltern werden sich fragen, wo du steckst, junge Dame. Zum Reden ist morgen noch genug Zeit.«

Nur mein Kopf zeigte sich oberhalb der Veranda, was auch deshalb gut war, weil ich kein Hemd trug. Aber ich hatte die langen Haare eines Indianermädchens.

»Es ist okay, Dad«, sagte Emily. »Bloß ein paar Twahkas, die getauft werden möchten.«

»Gott liebt euch«, sagte Spellgood. »Schreib ihre Namen auf, Sweetie, und gib ihnen ein Duschbad und etwas Kool-Aid.«

»Kommt mit«, sagte Emily. Sie kicherte, während sie uns durch das Feld zur Kirche führte, die im Dunkeln lag. Dahinter setzten wir uns unter einen Baum. »Er hielt euch für Indianer. Ich auch! He, seid ihr in Schwierigkeiten oder so was?«

»So ähnlich«, sagte ich. »Wir sind heute nachmittag hier angekommen.«

»Wir haben eine Taufe in Pautabusna abgehalten. Ist wirklich schlimm dort. Wir sind alle im Flugzeug hingeflogen. Habt ihr unser Flugzeug gesehn? Ist eine Cessna Directorial, ein Neunsitzer! Dad hat eine Lizenz. Er hat schon fünfhundert Flugstunden. Ist echt toll, mit einem Radio und Ventilator und allem.«

»Wie habt ihr es denn gekriegt?«

Ich meinte: *Wie um alles in der Welt*, aber sie sagte: »Beitragsspenden. Wir haben es in Baltimore gekauft. Dad hat es hergeflogen. Wir sind mit der *Unicorn* zurückgefahren. Ich dachte, du wärst vielleicht auch drauf. Ich hab' dich gesucht, hab' ich wirklich. He, die Sachen, die mir wegen dir durch den Kopf gegangen sind, waren wirklich irre! Warum ist dein Haar . . .«

»Emily«, sagte ich, »ist Baltimore okay?«

»Ist jetzt ein bißchen ausgeflippt. Sie haben Dads Drive-in-Kirche zugemacht. Konnten die Steuern nicht mehr zahlen – nicht genug Leute. Deshalb haben sie ihm das Flugzeug gegeben.«

Jerry sagte: »Ist Amerika noch da?«

»Bist du verrückt, oder was?« Emily lachte. »He, der Junge ist wirklich komisch!«

Ich sagte: »Mein Vater behauptet, Amerika wär' ausgelöscht worden. Außer uns wär' niemand mehr übrig. Weil wir hier sind. Das hat er gesagt.«

»Das ist dumm«, sagte Emily.

Ein ganzes Land stieg auf und begann zu leuchten, in dem Augenblick, in dem sie diese simplen Worte sprach. Und Vater schien winzig und verhuscht, wie eine Küchenschabe, wenn das Licht angeht.

Jerry sagte: »Yeah!«

»Oje, und ich dacht', *mein* Dad wär' seltsam!«

»Daß alles in Flammen aufgegangen ist«, sagte ich. »Das ist's, was er glaubt.«

»Wir sind vor drei Wochen dort gewesen. Hat sich nichts verändert. Es ist wirklich hübsch. Ich hab' Roller-Disco gelernt. Aber wir mußten hierher zurückkommen. Wenn's nicht wegen des

Flugzeugs wär', dann wär' ich wirklich sauer. Aber jedenfalls haben wir ein paar neue Cassetten gekauft. Wir haben ein Video-System, mit Spielen. Und *Rocky*. Handelt vom Boxen – ein echt hübscher Junge.«

Jerry fing an, auf mich einzuschlagen. »Ich wußte es«, sagte er. »Er hat die ganze Zeit gelogen. Der Lügner! Ich will nach Hause. Ich fahre in keinem Boot den Fluß rauf!«

»Dein Bruder ist wirklich komisch.«

Ich sagte: »Emily, wir sind schlimm dran.«

»Im Ernst? Nicht zu fassen!«

»Willst du uns helfen?«

»Sicher! Gern. He, ich hab' viel an dich gedacht. Du kannst hierbleiben.«

»Nein. Wir müssen runter zur Küste.«

»Mein Dad kann euch mit dem Flugzeug hinbringen. Dauert nur anderthalb Stunden!«

»Gibt's keinen anderen Weg?«

»Nur den Fluß.«

»Auf dem Weg sind wir gekommen. Da würde mein Vater hinter uns herkommen. Was ist mit Straßen?«

»Da gibt's nur eine. Sie ist da drüben . . .« Sie hob die Hand und deutete in die Dunkelheit jenseits des Flusses. »Sie führt nach Awawas am Wonks. Da ist auch unser Jeep, auf der anderen Seite. Ein Toyota-Landcruiser. Vierradantrieb. Er ist grün, mit schwarzen Polstern. Wir haben Taufen in Awawas abgehalten. Der Wonks ist ein wirklich hübscher Fluß. Auf dem Weg kommt ihr an die Küste. Da gibt's massenhaft Boote.«

Ich sagte: »Emily, wenn du uns die Schlüssel zu dem Jeep gibst, dann könnten wir weg. Meine Mutter wird uns zu dem Ort fahren, den du erwähnt hast . . .«

»Awawas.«

»Ja, und dann lassen wir den Jeep stehen und fahren irgendwie den Fluß runter.«

»Dein Vater wird verrückt werden, wenn ihr ihn nicht mitnehmt.«

»Er ist bereits verrückt«, sagte Jerry.

»Er kann tun, was er will«, sagte ich. »Liegt ganz bei ihm.«

»Hast du keine Angst?«

»Als ich dachte, er hat recht – ja, da schon. Jetzt, wo ich weiß, daß er nicht recht hat, nicht mehr. Hast du Angst vor deinem Vater?«

»Meiner hat ein Gewehr«, sagte Emily. »Ein Mossberg-Repetiergewehr. Mit Zielfernrohr. Der Kommunisten wegen. Hier in der Gegend gibt's Millionen von Kommunisten. He, wenn du deine Haare kämmst, würdest du irgendwie niedlich aussehn, wie James Taylor.«

»Gib uns die Autoschlüssel, bitte. Wir passen auch gut auf das Auto auf.«

»Es ist kein Auto – es ist ein Landcruiser. He, hat euer Dad wirklich gesagt, Amerika wär' ausgelöscht? Wahnsinn! Nicht zu fassen, ehrlich! Die Leute auf dem Schiff haben viel über ihn geredet. Er ist wirklich komisch, haben sie gesagt. Er ist der sonderbarste Passagier, den sie je hatten. He, ich hoffe, es stört dich nicht, wenn ich das sage! Wenn einer von meinem Vater so etwas sagte, würde ich weinen, auch wenn es die Wahrheit wär'. Alle haben gesagt, ihr würdet mit den Zambus zusammenleben und *nudo* rumlaufen und in die Bäume klettern. Ich wollte dir schon einen Brief schreiben. Wie gefällt dir mein Haar? Ich hatte Ringellöckchen, aber Dad hat gewollt, daß ich sie abschneide. Nicht geeignet für hier. Willst du ein bißchen Geld? Ich hab' was gespart. Ich könnte dir vierzehn Dollar geben. O Mann, ich wünschte, ich wäre ein Junge . . .«

In diesem Augenblick gingen mit einer Lautlosigkeit, die wie ein plötzlicher Donnerschlag war, alle Lichter in Guampu aus. Es war, als wäre ein schwarzer Deckel über alles gestülpt worden. Das Tuckern des Generators hatte aufgehört. Jetzt hörte ich die Frösche.

»Das passiert immer«, sagte Emily. »Der Sprit muß ausgegangen sein.«

Laute Stimmen tönten vom Bungalow herüber.

»Die sind jetzt echt sauer. Sie haben sich gerade *Kreuzzug für Christus* angesehn. He, hab' ich euch von dem Video-Apparat erzählt? Ein Sony. Dad predigt darin. Er kann Gottesdienste abhalten, sogar wenn er gar nicht hier ist. Wie heute, zum Beispiel. Die Twahkas flippen aus, wenn sie es sehen – es gefällt ihnen noch besser als das echte Predigen. Manchmal bleiben sie nur, wenn Dad im

Fernsehn kommt! Jetzt wollen plötzlich alle getauft werden, damit sie auch sehen können . . .«

»Wenn du die Schlüssel nicht holst, Emily . . .«

»Keine Sorge, Angsthase«, sagte sie und stand auf. »Ich kriege sie schon. Im Dunkeln geht es sowieso leichter. Bloß nichts überstürzen.« Und im Weggehen sagte sie: »Das ist ja echt irre!«

Kaum war sie weg, fing Jerry an, Theater zu machen. Und wenn sie die Schlüssel nicht fände, was dann? Und wenn Dad nach uns suchte? Er heulte, er lachte, er trat nach dem hohen Gras. Er sagte: »Dad ist ein Scheißer – ein Lügner!« Und: »Jeesus, was werden wir tun?«

»Nach Hause fahren.«

»Hatfield ist so weit weg. Du weißt doch nicht mal, wie man Auto fährt. Vielleicht sollten wir hierbleiben. Ich hasse ihn, ich könnte ihn umbringen.« Er nahm meine Hand. »Charlie, ich habe Angst.«

»Du hast gesagt, du hättest keine.«

»Das Mädchen hat recht. Er ist wirklich verrückt.«

Emily kam zurück. Sie schwenkte eine Taschenlampe in der Hand und klimperte mit den Schlüsseln. »Der Strom ist weg«, sagte sie. »Mein Vater tobt. Er hat den Generator gerade erst überholen lassen. Die Kirche hat einen Mann von Tegoose runtergeschickt.«

Sie richtete den Schein der Taschenlampe auf ihr Gesicht. Sie war weißer. Sie hatte Lippenstift aufgetragen, und auf ihren Augenlidern war grüner Staub. Mit dem fettigen Rot auf den Lippen sah sie älter aus. Sie lächelte und fragte: »Gefällt es dir?« An den Zähnen hatte sie rote Flecken. Es ängstigte und erregte mich.

»He, ich hab' nachgedacht. Ihr braucht doch nicht gleich loszufahren. Ihr könntet eine Weile hierbleiben. Vielleicht ein paar Twahkas kennenlernen. Manche sind echt nett. Wir könnten mit dem Flugzeug fliegen. Und wollt ihr nicht ein bißchen fernsehen?«

Ich sagte: »Mein Vater würde uns umbringen.«

»Nicht zu fassen! Schlimmer als meiner. He, warum weint dein Bruder?«

»Laß ihn nur. Aber denk dran – das alles ist geheim. Sag keinem Menschen was von uns. Du mußt schwören. Schwör bei allem, was dir heilig ist, daß du keinem Menschen was sagst – auch nicht deinem Vater.«

»Ich werde nicht quatschen, ehrlich.«

»Und wenn sie dich fragen?«

»Dad hat euch doch schon gesehen. Er hält euch für Indianer! Und die Indianer haben schon öfter den Jeep genommen. Sie machen dauernd solche verrückten Sachen. Ich werde den Twahkas die Schuld geben. Ist doch ganz einfach.«

Sie begleitete uns zum Ufer. Ehe wir ins Waser glitten, sagte sie, sie wolle mich küssen. Solange Jerry zuschaute, konnte ich sie nicht richtig küssen, deshalb sagte ich zu ihm, er solle schon losschwimmen. Als ich das Plätschern hörte, küßte ich sie auf die Backe. Sie packte mich und preßte ihren Mund auf meinen. Ihre Lippen waren weich, unsere Vorderzähne trafen aufeinander, sie grub ihre Finger in meinen Rücken und rammte mich mit ihren Knochen. Ich hielt meine Arme senkrecht nach unten gestreckt.

Ich hatte mir Sorgen über den Rückweg zum Boot gemacht, aber ich war so froh, von ihrer Küsserei fortzukommen, daß das Schwimmen durch den Fluß mir wie eine Kleinigkeit vorkam. Aber der Fluß war kalt. Und ich blickte zurück und sah das kleine Licht ihrer Taschenlampe und wollte sie wieder küssen.

29

Mutter war wach; sie stand draußen vor der Kabine, als wir an Bord kletterten.

»Wo seid ihr denn gewesen?« Sie versuchte, es in ärgerlichem Ton zu sagen, aber es klang eher ängstlich. An der Art, wie Leute im Dunkeln sprechen, kann man leicht erkennen, wie ihnen zumute ist. Emily hatte mir das gezeigt, und nun zeigte es mir Mutter.

»Da drüben«, sagte ich. »Es war meine Idee, also gib Jerry keine Schuld.« Ich suchte nach dem Kanu, konnte es aber nicht sehen. »Wo ist Dad?«

Mutter sagte: »Ich dachte, ihr seid bei ihm. Ich hab' Wache gehalten. Dann gingen alle Lichter aus.«

»Ihr Generator ist kaputtgegangen.« Wir sahen angestregt zum anderen Ufer hinüber, aber die Dunkelheit verbarg Guampu – man sah nur Dschungel und die Kreidezeichen der weißen Bungalows.

Ich sagte: »Er hat uns angelogen, Ma.« Ich erzählte ihr, was Emily von Baltimore und Amerika erzählt hatte. *Das ist dumm.*

Mutter sagte: »Es spielt keine Rolle.«

»Amerika ist wie immer, Ma! Es ist alles in Ordnung!«

»Er hat es gehaßt, so wie es war. Deshalb ist er weggegangen. Deshalb sind wir hier. Er wird nie zurückgehen.«

»Ich bleibe nicht hier«, sagte Jerry.

»Ich auch nicht«, sagte ich.

»Es gibt keinen Ausweg«, sagte sie. »Wir müssen tun, was er uns sagt.«

»Wir machen einen schrecklichen Fehler – das hast du gesagt!«

Mit trauriger, müder Stimme sagte Mutter:

»Ich hätte das nie zu dir sagen dürfen. Es ist wahr, aber wir müssen damit leben. Das ist nun unser Leben.« Sie wollte weiterreden, aber ihre Stimme erstickte in Tränen. Sie schluchzte – wie Clover, wenn sie weinte.

»Wir können weg, Ma. Da drüben, bei den Bäumen dort, steht ein Jeep.« Ich zeigte ihr die Schlüssel und erzählte ihr, wie ich sie bekommen hatte. »Du kannst uns fahren«, sagte ich. »Uns fünf – ehe er zurückkommt.«

»Du meinst, wir sollen Dad zurücklassen? Ich kann nicht glauben, was du da sagst.«

»Vielleicht ist es unsere letzte Chance«, sagte ich. »Bitte, Ma. Weck die Zwillinge, und laß uns fahren. Schnell, sonst hält er uns fest.«

»Willst du im Ernst, daß Dad zum Boot zurückkommt und merkt, daß wir ihm fortgelaufen sind? Aber das ist doch schrecklich, Charlie.«

»Ich will nach Hause!« Ich packte Mutter bei den Schultern und schüttelte sie.

»Und was ist mit mir?« sagte sie. »Glaubst du, ich würde nicht auch jede Chance ergreifen, von hier fortzugehen? Aber schau, wie finster es ist. Dad ist nicht da. Ich fürchte mich immer so, wenn er fort ist.«

Sie stieß meine Hände nicht beiseite, aber sie zitterte so sehr, daß ich sie losließ. Wenn sie nicht bereit war, sich ans Steuer zu setzen, gab es für uns keine Möglichkeit, mit dem Jeep zu entkommen. Und doch merkte ich, daß sie schwach wurde. Ihre Stimme klang so, als würde sie am Ende vielleicht doch zustimmen. Aber sie war verängstigt. Vater war irgendwo draußen in der Dunkelheit – in dem Kanu oder an Land.

Ich sagte: »Vielleicht hat er uns verlassen.«

»Ohne ihn können wir nichts tun.«

»Vielleicht kommt er nicht zurück.«

Jerry sagte: »Bitte, Ma! Bitte!«

Mutters Stimme zitterte, als sie sagte: »Ich kann in der Dunkelheit keinen vernünftigen Gedanken fassen.«

»Morgen ist es wahrscheinlich zu spät. Spellgood wird seine Autoschlüssel suchen, und er wird unser Boot sehen und wird uns einsperren lassen!«

Während ich noch sprach, flammte in Guampu ein Licht auf. Nun konnten wir die groben Umrisse der Bungalows sehen. Hinter ihnen brannte etwas – es sah wie das Freudenfeuer eines Sonnenaufgangs aus. Hochschießende Flammen färbten die nahen

Bäume grün und golden, sprühten Licht über sie und gaben ihnen wilde Zambu-Silhouetten. Die Vögel wurden wach und kreischten und scharrten, und Schreie von Menschen drangen herüber, ebenso wie der Gestank von brennendem Benzin.

»Es brennt!« sagte Jerry. Die Flammen beleuchteten sein Gesicht.

Als nächstes war der Generator dran. Die Tanks flogen mit einem dröhnenden Knall in die Luft und fegten den ganzen Schuppen seitwärts in den Fluß. Feuertümpel und brennende Stöcke trieben auf dem Wasser dahin, tanzten in der Strömung. Die Leute in Guampu schrien, und der ganze Dschungel war plötzlich von Lärm erfüllt, vom Geschrei der Affen und von dem Rauschen der Vogelschwingen, die gegen die Zweige der Bäume schlugen.

Mutter sagte: »O Gott.«

Die Zwillinge wachten auf und riefen von der Kabine aus. Aus Jerrys Kehle drang ein langsames, angstvolles Stöhnen. Und Mutter wimmerte. Sie schlug mit der flachen Hand auf das Geländer und sagte: »O Gott, o Gott, wir hätten hier nie haltmachen sollen. Warum sind wir nur nicht weitergefahren?«

»Jerry, hol die Zwillinge«, sagte ich. »Komm, Mutter, laß uns von hier verschwinden!«

»*Hinsetzen*!«

Es war Vaters Stimme. Er tauchte vor uns im Fluß auf. Er stand in dem Kanu, hinter sich die Flammen, und das Gesicht eine dunkle Drohung.

»Ihr geht nirgendwohin.«

Er kämpfte mit dem Einbaum. Er stach sein Paddel in die feurigen Spiegelungen und drehte längsseits.

»Allie, was ist da los?«

»Das Feuer ist unter Kontrolle. Niemand ist verletzt. Das Flugzeug werden sie nicht vermissen. Gut, daß ich es gesehen habe – hab' ihnen einen Gefallen damit getan. Hab' die Gefahr im Keim erstickt. Okay, bewegt euch – wir fahren los.«

»Du bist ein Lügner!« sagte Jerry und ging wie ein Hund auf Vater los. »In allem hast du gelogen! Du hast gesagt, Amerika wäre zerstört!«

»Ich hatte recht«, sagte Vater. »Sieh die Flammen.«

»Lügner! Lügner!« sagte Jerry.

»Charlie, bring den Schreihals zum Bug. Wir legen ab.«

Ich sagte: »Wir gehn nicht mit dir, nicht nach all den Lügen, die du uns erzählst hast. Du hast uns für nichts leiden lassen.«

»Zum Bug!«

»Allie, hör auf ihn. Er hat einen Plan.«

»Du!« sagte Vater und stieß Mutter gegen die Kabine. »Du bist immer gegen mich gewesen. Immer hast du versucht, meine Pläne zu untergraben. Du taugst nicht mehr als diese Kinder!«

Der Feuerschein von Guampu und dem brennenden Flugzeug rötete sein Gesicht, beleuchtete seine Haarsträhnen und bohrte leere Löcher in seine Augen. Ich hatte solche Angst vor seinem Gesicht – und dazu kam das Heulen der Zwillinge in der Kabine –, daß ich Jerry packte und zum Bug schleppte.

Das Boot schwang immer noch am Anker. Es war mit zwei Leinen an einem Baum festgemacht, der sich schräg vom Ufer herüberneigte, gegenüber von Guampu. Wir hörten das aufgeregte Hin und Her der Spellgoods und hörten die Flammen wie Segel im Wind schlagen.

»Töten wir ihn«, sagte Jerry. »Wir fesseln ihn, und dann erschlagen wir ihn mit einem Hammer. Dann kann er uns nicht mehr aufhalten. Er hat es verdient.«

»Okay«, sagte ich.

»Tu du's.«

»Wie?«

»Mit dem Hammer«, flüsterte er. »Schlag ihm den Schädel ein.«

Ich hatte es mir nie in diesen Worten vorgestellt. Und als er sie ein zweites Mal sagte, wußte ich, daß es unmöglich war. Es waren harte, brutale Worte (*Hammer – schlagen*), und sie erschreckten mich bis ins Blut. Die Schreie, die von Guampu herüberdrangen, waren wie ein Aufschrei meines verwundeten Gewissens.

»Ich kann nicht.«

»Wenn wir es nicht tun, dann ist er hinter uns her. Er wird uns töten.«

»Red nicht – sag nicht . . . «

»Er hat uns belogen«, sagte Jerry. »Er ist gefährlich. Er hat ihr Flugzeug verbrannt und ihren Generator in die Luft gejagt. Er hat Ma geschlagen. So wird es von nun an immer sein, wenn wir bei ihm bleiben – und wahrscheinlich noch schlimmer.«

»Zieht den Anker hoch!« brüllte Vater. »Macht die Leine von dem Baum los!«

»Mach es nicht«, sagte Jerry. »Er will fort von hier. Er wird uns noch weiter den Fluß hinaufbringen. Und er wird uns dort festhalten. Jetzt ist er in Schwierigkeiten, weil er das Feuer gelegt hat. Wir werden nie nach Hause kommen!«

»Den Anker hoch! Beeilt euch!«

»Laß uns einfach abhauen«, sagte ich. »Wir können da ans Ufer springen und weglaufen. Los, komm, Jerry.«

»Er wird Ma und die Zwillinge umbringen. Ich weiß, daß er's tun wird.«

Dann war Vater hinter uns und brüllte.

»Was ist los mit euch beiden? Hier, hilf mir mit den Leinen, Charlie. Jerry, hol eine Bambusstange, und fang an, flott zu staken. Wenn diese Wilden uns sehn, fallen sie wie eine Tonne Backsteine über uns her.«

Er trat in die Mitte der zusammengerollten Lotkette. Ehe ich denken oder mich selbst aufhalten konnte, riß ich sie fest um seine Knöchel. Er versuchte, sich zu bewegen, und warf sich selbst um. Er fiel schwer auf die Planken und schlug mit dem Kopf gegen das Geländer. Er war nicht bewußtlos, sondern nur etwas betäubt, und lächelte ein wenig.

»Tut mir leid!« sagte ich. Ich war entsetzt. Und ich sagte immer wieder zu ihm, daß es mir leid tue, und machte mich daran, ihm aufzuhelfen. Aber inzwischen war Jerry damit beschäftigt, Vaters Hände zu fesseln. Er legte ihm Seilschlingen um Handgelenke und Daumen.

»Fessele du seine Füße«, sagte Jerry. »Hilf mir!«

Ich wand den Rest der Kette um seine Fußknöchel.

»Ich werde ihn nicht erschlagen«, sagte ich. »Ich werde ihn nicht töten.«

»Dann fessele ihn so fest, wie du kannst«, sagte Jerry und fuhr fort, Vaters Hände zusammenzubinden. Vater hatte uns diese Knoten beigebracht.

»Allie, sie kommen!« rief Mutter vom Heck.

Vater schien zu verstehen, blieb aber auf dem Rücken liegen, so ruhig, daß wir an seinen Händen und Füßen Doppelknoten knüpfen konnten. Er murmelte und faselte zusammenhanglos vor sich hin, während ich mich bei ihm entschuldigte für das, was wir ihm antaten.

»Sie haben Lichter«, sagte Mutter. Sie konnte uns nicht sehen. »Allie, was soll ich tun?«

Das Flugzeug brannte immer noch hinter den Bungalows, aber das Feuer, das den Generator zerstört hatte, war vom Dschungel erstickt worden. An Land sahen wir in der Dunkelheit flackernde Lichter – Laternen, Taschenlampen –, die am entfernten Ufer zitterten.

Mutter rief weiter. Ihre Stimme rüttelte Vater auf, und jetzt öffnete er die Augen und setzte zu einem Hechtsprung auf uns an. Aber die Knoten hielten und brachten ihn zu Fall. Wieder schlug er mit dem Kopf auf. Er stemmte sich auf die Knie und versuchte, seine Hände zu befreien. Jerry nahm ein Eisenrohr vom Deck und hob es über Vaters Kopf. Ich entriß es ihm und warf es über Bord. Vater hatte nicht aufgeschaut. Er knurrte über seinen Knoten und jammerte verzweifelt auf, zornig, daß er die Seile nicht mit einem harten Ruck zerreißen konnte.

»He«, sagte er, wie ein Betrunkener und begann, an seinen Handgelenken herumzubeißen.

Ich wollte nicht dabeisein, wenn er sich befreite. Jerry und ich liefen zum Heck. Ich schwang das Kanu auf unsere Seite des Bootes herum, fort von Guampu, und sagte zu Mutter, sie solle einsteigen. Sie stand geduckt in der Dunkelheit, hielt die Zwillinge in den Armen und schaute nach Guampu hinüber, wo die kleinen Lichter in der Finsternis hin und her schwangen und das ferne Flugzeug brannte.

Ein Schrei ertönte an Land. Es war Spellgood, der auf spanisch brüllte und dann in einer Indianersprache, vielleicht Twahka. Seine Stimme hatte ein Tunnelecho, als riefe er über Lautsprecher oder Megaphon.

»Steig ins Kanu, Ma. Bitte, beeil dich!«

Ein Gewehrschuß hallte durch die Nacht, nicht laut, aber er hatte etwas von der Bösartigkeit eines Giftpfeils und erzeugte in den Bäumen am nahen Ufer hinter uns ein wäßriges Flattern und Klatschen.

»Wo ist Dad?«

»Er kommt nicht.«

Ein weiterer Schuß, und wieder kreischte Spellgood in seiner Indianersprache.

»Allie!« Mutter rief nach ihm, während sie April und Clover ins Boot legte. Sie bedeckte ihre Gesichter. Sie waren so verängstigt, daß sie keine Luft mehr zum Schreien hatten. Jerry stieg als nächster ein, dann Mutter, die immer noch rief: »Allie! Allie!«

Ich sprang in das Kanu und stieß uns vom Boot ab. Wir waren ein paar Meter von dem Guampu gegenüberliegenden Ufer entfernt, aber bevor wir die Hälfte der Strecke geschafft hatten – einen Paddelschlag –, wurde ein Licht auf die Kabine des Bootes gerichtet und beleuchtete sie von hinten. Wir waren hinter dem Boot verborgen, in seinem Schatten, und schauten hoch.

Vater stand da und blickte in das Licht, und als er versuchte, sein Gesicht zu bedecken, sah ich, daß seine Hände immer noch gefesselt waren.

»*Communistas*«, kreischte Spellgood. »*Satanas!*«

Mutter sagte: »Allie – hier! Was ist denn los mit ihm?«

Vater drosch mit seinen gefesselten Händen auf das Kabinendach ein, schlug die Knoten auf das Holz.

»*Satanas! Diabolos!*«

»Helft mir hier«, sagte Vater mit klarer, ruhiger Stimme.

Während er sprach, hallte ein weiterer Schuß durch die Nacht. Einen Augenblick vor dem fernen Krachen war ein kleineres, fast unschuldiges Geräusch zu hören, als fiele eine reife Pflaume auf den Boden.

Und Vater ging in die Knie und sagte dabei: »Mir geht's gut! Es ist alles okay! Ich lebe!«

Wir hatten das Ufer erreicht. Die Kleinen sprangen aus dem Kanu, aber Mutter blieb am Bug sitzen.

»Allie!« rief sie.

»Verlaßt mich nicht!« sagte er. Er hob seine gefesselten Hände. »Ich blute, Mutter.«

Mutter entriß mir das Paddel, stach es im gleichen Moment in den Fluß und schaufelte uns dem Boot entgegen, während ich mich festhielt.

»Wer ist da?« rief Spellgood durch sein Megaphon über den Fluß hinweg. Er versuchte, uns mit seinem Licht aufzuspüren. »Wer hat da gesprochen?«

Vater stöhnte wieder. »Ich kann mich nicht bewegen.«

Wir richteten uns auf der geschützten Seite des Bootes in unserem Kanu auf und konnten so Vater herumrollen und vom Deck des Bootes ins Kanu kippen. Er stieß einen gewaltigen Schrei aus, als hätten wir ihm das Rückgrat gebrochen, aber wir zögerten nicht. Ein Bein von ihm hing baumelnd in den Fluß, und Wasser spülte in den Einbaum. Aber wir schafften es zurück zum Ufer, wo die Kleinen warteten.

»Schnell«, sagte Mutter.

»Ich erwisch' euch!« schrie Spellgood.

Vater sagte: »Ich komme aus dem Ding nicht raus.«

Mutter zerrte ihn ans Ufer. Immer noch im sicheren Schatten unseres Hütten-Bootes lösten wir Vaters Knoten. Aber auch jetzt, als seine Arme und Beine wieder frei waren, konnte er sich nicht bewegen. Er hob den Kopf, aber sein Körper lag schwer auf dem Boden.

»Hilf mir, Charlie«, sagte Mutter. »Ihr alle – packt zu!« Und sie zerrte ihn durch die Büsche, während wir an seinen Beinen schoben.

Am anderen Ufer waren jetzt noch mehr Menschen. Sie mußten die Schüsse gehört haben. Dutzende von Stimmen schwirrten durcheinander. Sie riefen nach uns, und ein- oder zweimal glaubte ich, Emily meinen Namen rufen zu hören. Aber der Fluß war hier breit – das andere Ufer lag ungefähr fünfzig Meter entfernt. Wir bewegten uns vorwärts und sagten kein Wort, bis wir den Jeep gefunden hatten. Vom anderen Ufer tönten weiter Rufe herüber. Es war, als wären die Menschen dort verwundet und verloren und riefen in der Dunkelheit um Hilfe – nicht wir.

30

Wir fuhren den dunklen, belaubten Ärmel der Straße hinunter. Die Nacht lastete schwer auf unserem Dach, und die achtundzwanzig Meilen auf dem von tiefen Rinnen durchzogenen Weg nach Awawas kamen uns wie hundert Meilen vor. Mutter fuhr so schnell, wie sie konnte. Sie schleuderte den Jeep durch die Kurven und warf knirschend die Gänge ein. Wir anderen saßen schweigend da. Wir beobachteten die an der Straße ruhenden Vögel und die Fellknäuel der Wickelbären mit ihren Glühbirnenaugen, die bei unserem Geratter und Gepolter erstarrten. Wenn Mutter sprach, wandte sie sich stets an Vater. »Es wird alles gut werden«, sagte sie. »Ich verlasse dich nicht, Allie.«

Vater antwortete nicht. Er lag auf dem Rücksitz und hatte die Augen halb geschlossen. Durch die Schlammschicht, die ihn bedeckte, stank er nach Tod.

Dann, während es immer noch dunkel war, gab es keine Straße mehr. Wir wurden in eine Sackgasse von Bäumen, Farnen, Buschspitzen geworfen, die vor unseren Scheinwerfern auftauchten – der laute Bauch des Dschungels. Mutter stellte den Motor ab und zog die Bremse an. Sie kletterte über ihren Sitz und bettete Vater bequem, redete sanft auf ihn ein, als schliefe er. Sie sagte: »Du wirst leben, Allie.«

Jetzt, ohne die Scheinwerfer, konnten wir Sterne sehen, das Loch des Mondes in der Himmelsdecke. Der Mond sank tiefer, und Zweige legten Risse über ihn. Die Sonne ließ noch eine Weile auf sich warten, nur graues Licht stieg auf und durchdrang die Bäume wie anschwellendes Wasser und polierte sie mit einem Hauch von Nebel, der bei Anbruch der Morgendämmerung von den Lanzen der Sonne, die sich verbreiterten und uns blendeten, zerschnitten wurde. Der Dschungel um uns herum hatte sich mit jeder Sekunde verändert, erst dunkel, dann wässerig, dann dunstig, dann wächsern, dann grau und schließlich in dünnen Streifen die Schatten vom Dschungel ziehend – eine steigende Lichtflut mit einem Spiegel dahinter. Es war, als wären wir die ganze Zeit von der Dunkelheit ins Licht gefahren, als wären wir wie verängstigte Leute in einem lautlosen Kanu vorwärtsgeglitten, diesem helleren Ort entgegen.

All die Dunkelheit war aus den morgendlichen Bäumen geblutet und zu Schlamm und Wasser geworden.

Und die Morgendämmerung zeigte uns, daß wir allein waren. Der Dschungel bei Nacht war hoch, und aus seiner kühlen Düsternis tropfte Dunkelheit. Das Tageslicht aber war hier gelblich, durchbrochen von verhungerten Bäumen, mit heiß glühenden Flecken. Dies war ein Ufer, das Blattwerk der Nacht war zerbrechlich, war zu kopflastigem Unkraut geworden. Vor uns, wo wir mit weiterem Dschungel gerechnet hatten, war Wasser, der Wonks, wo all die Dunkelheit ausgeblutet war.

»Mutter.« Seine Stimme war wie das zerbrechliche Licht. Ich ertrug es nicht, sein schneeweißes Gesicht zu sehen, das Blut unter seinem Bart, die klebrigen Halbmonde in seinen Augenschlitzen. Ich ging mit Jerry zum Fluß. Wir kletterten über Wurzeln. Vor meinen Füßen saß ein Ochsenfrosch. Ich wollte ihn auf einen Speer spießen. Aber nach Vaters Anblick konnte ich es nicht. Stattdessen suchte ich nach Yautia und Guaven.

Jerry sagte: »Ich will nicht, daß er stirbt.«

Wir hörten Stimmen und blickten zurück zum Jeep. Zwei Indianer standen an den Scheiben. Sie mußten erkannt haben, daß es Spellgoods Jeep war, denn sie lächelten und redeten auf Mutter ein. Wir gingen hinüber, als Mutter ausstieg.

»Sucht mir ein Boot«, sagte sie. »Und Trinkwasser. Und etwas zu essen. Beeilt euch!«

Nur Vaters Kopf war lebendig. Wie merkten es, als wir ihn auf den Boden legten. Es zeigte sich, als Mutter seine Wunde wusch. Sein Kopf war lebendig, aber sein Körper war wie ein Sack voller Stöcke und Saatgut. Die Kugel war seitlich in den Hals eingedrungen und hinten wieder rausgeflogen. Halswirbel waren nicht gebrochen, aber rote Fäden und Fettgewebe hingen aus der aufgerissenen Wunde, und um die Wunde herum hatte er eine schwarze Schramme, die wie eine große Waldschnecke aussah. Mutter stopfte die Wunde mit Baumwolle zu, die die Indianer für sie abgekocht hatten, und dann legten sie ihn auf ein Brett und trugen ihn zum Fluß. Sie trugen ihn mit den Füßen voran, wie Sargträger, da sie ihn für tot hielten.

Mutter bettete ihn im Bug des Bootes. Es war ein Flachboot, mit einem Ruder mit langem Griff. Inzwischen hatte das Weinen der Zwillinge andere Indianer angezogen, und diese Menschen standen jetzt am Ufer im Kies und beobachteten uns und stellten keine Fragen. Einige liefen zurück, um noch mehr Töpfe mit Bohnen und Reis zu holen – »Englisches Essen«, sagten sie dazu – und Wabool und Kannen mit Kaffee. Einer der Indianer erklärte Mutter, es wäre weder gut noch schlecht, wenn Vater tot sei – jeder sterbe, das sei der Lauf der Welt, man könne nichts dagegen machen. »Also sei glücklich«, sagte er.

»Du glaubst daran«, sagte Mutter. »Aber ich glaube es nicht, also verlange es nicht von mir. Bring mich nur hier raus, und gib dem Prediger seine Autoschlüssel zurück.«

Genau das hätte Vater gesagt. In ihrer Panik hatte sie seine Entschlossenheit übernommen. Sie ließ uns nach Paddeln und Stangen springen und gab den Indianern Befehle. Sie besaß nicht Vaters Gespür für trickreiche Erfindungen, aber sie brachte die Indianer dazu, ein Sonnensegel für Vaters Kopf aufzuziehen. Und als ein Indianer darauf bestehen wollte, uns zu begleiten, erklärte sie ihm mit fester Stimme, daß sie sein Angebot zu schätzen wisse, seine Hilfe aber nicht in Anspruch nehmen wolle. »Und ich bleib' keine weitere Minute hier.« Einer hatte einen Gottesdienst erwähnt – mehr prahlerisch als fromm. Sie gehörten zu der Sorte Menschen, die Vater einst »betende Indianer« genannt hatte.

Mutter sagte: »Ich bete nicht.«

Wir stießen das flache Boot vom Ufer ab. Mutter saß hinten und hielt den Rudergriff, auf dem Mittelsitz saßen die Zwillinge, die das Essen hielten, und Jerry und ich saßen zu beiden Seiten von Vater im Bug und paddelten.

»Fahren wir flußaufwärts?« Vater wußte, daß wir abgelegt hatten. Und er versuchte, den Kopf zu heben, schaffte es aber nicht.

»Ja«, sagte Mutter. »Flußaufwärts.«

Aber sie brachte uns in die Strömung und steuerte uns flußabwärts.

Das reißende Gebrodel dieses Flusses war wie das eilige Drängen der Flut an einer Meeresküste, aber ohne Ende. Das Fließen wirkte hier seltsam, da das Wasser an den stillsten, abgestorbensten Uferböschungen saugte. Flußabwärts waren wir das letztemal auf dem Rio Sico gefahren, nach unserer Flucht aus Jeronimo. Aber der Rio Sico war ein Bach im Vergleich zum Wonks, und außerdem war es in der Trockenzeit gewesen. Der Wonks war sogar mächtiger und breiter als der Patuca. Wir hielten uns in der Mitte des Stroms und kamen schnell voran. Es war kaum notwendig, zu paddeln, nur in den Biegungen mußten wir das Boot ausrichten.

Vater glaubte, wir führen immer noch den Patuca hinauf. Er war glücklich – sein Kopf war glücklich, sein übriger Körper war ein Sandsack.

»Fest rudern«, sagte er. »Fort von der Küste, weg von den Wilden. Da unten ist der Tod. Hört zu, die Moskito-Küste ist die Küste Amerikas. Ihr wißt, was das bedeutet.«

Wir gaben ihm Wasser und Wabool, aber essen wollte er nichts. Er sagte, er wolle so lange hungern, bis er seine Kraft wiedergefunden hätte. »Ich nütze euch nicht viel als Krüppel«, sagte er. »Mit meinen Beinen stimmt etwas nicht.« Aber auch seine Arme konnte er nicht bewegen. Wir fächelten die Fliegen von seinem Gesicht fort.

Sein großer Kopf, fest in der Nische des Bugs, wie eine Ziege im Halfter, wütete gegen uns, während wir den Fluß hinunterschossen, und er erklärte uns, daß wir gerettet würden, weil wir flußaufwärts führen. Manchmal weinte er.

Vor allem weinte er, wenn er die Vögel sah. Anfangs waren es harmlose Vögel, Papageien und Crascos, aber er tobte, und sie verwandelten sich in bösartige Kreaturen. Sie wurden größer. Große Federn und Klauen wuchsen ihnen. Störche segelten nun über unseren Köpfen, dann Fischadler und schließlich Geier, die er am meisten von allen Vögeln haßte. Und wir hatten nie vorher solche Geier gesehen. Sie waren eher schwarz als schäbig-grau und sehr groß, mit zerfransten Flügelspitzen und zerrupften Hälsen und gekrümmten Schnäbeln. Sie hingen ohne Flügelschlag in der Luft wie böse Drachen; schwach und geduldig sahen sie am Sommerhimmel aus.

»Nehmt die Vögel weg!« Es war sein alter Horror vor Geiern,

aber nun, da er nicht mehr die Arme heben konnte, hatte er noch größere Angst. Er fürchtete sich auch vor anderen Dingen. Es beunruhigte ihn, wie das Boot schwankte – als Krüppel konnte er nicht schwimmen. Oder wie sich die Fliegen auf seinen Augenlidern sammelten. Plötzliche Geräusche. Feuer. Und er wollte nicht allein gelassen werden. Er haßte Aufenthalte. Als wir am ersten Tag an einem Flußdorf, das Susca hieß, anlegten, um nach Bandagen und frischem Wasser zu fragen, bestand er darauf, daß Jerry und ich bei ihm blieben, bis Mutter zurückkehrte. Er war nicht überrascht, daß es hier Dörfer gab, daß Boote an uns vorüberfuhren und Miskitos zu uns herüberriefen. »Hier ist das letzte menschliche Leben – flußaufwärts.«

Aber wir waren fünfzehn Meilen flußabwärts gefahren und bewegten uns auf die Küste zu.

»Bedeckt mich«, sagte er. Wir mußten das Sonnensegel so hinziehen, daß er die Geier, die uns folgten, nicht sehen konnte. Und er sagte, er hasse den leeren Himmel. »Wenn ich im Gerfängnis wäre, ich würde nie aus dem Fenster schauen.«

Wir hätten Glück, sagte er. Der Fluß sei ein Labyrinth – »leicht reinzukommen, schwer rauszukommen«.

Er tobte, wenn er wach war, und wenn er schlief, heulte und brüllte er in seinen Träumen. Immer hatte er Schaum auf den Lippen.

Leicht hineinzukommen? Auch wenn wir es versucht hätten, gegen diese Strömung hätten wir nicht flußaufwärts fahren können. Nachts machten wir unser Flachboot in der Nähe von Dörfern fest. Manche waren Siedlungen der Herrnhuter Mission – betende Indianer und Amerikaner aus Pennsylvania. Nein, Amerika war nicht zerstört worden. Mutter bat um Essen und Wasser und Medizin. Die Leute waren freundlich. Sie bekam alles, was sie wollte. Wir machten halt bei Wiri-Pani und Pranza, und bei einem Ort namens Kisa-laya sahen wir mit Schlamm bedeckte Wagen. Man erklärte Mutter, wir seien nur noch drei Tage von der Küste entfernt, von Cabo Gracias a Dios, wie sie das Kap nannten.

Die Zwillinge hatten nichts zu tun. Sie wurden krank und übergaben sich tatsächlich vor Angst angesichts des Tempos, mit dem wir dahinschossen. Mutter blieb am Heck, einen Strohhut aus Susca auf dem Kopf. Sie hielt die lange Ruderpinne und sah weder nach rechts noch nach links, sondern starrte ständig an Vaters Kopf vorbei den Fluß hinunter.

Sie sprach nur mit den Zwillingen – von Vater war sie zu weit entfernt, um auf die Dinge zu antworten, die er sagte. Ich wollte ihr erklären, daß ich nicht gewollt hatte, daß Vater etwas zustieß, daß ich nur unser Entkommen im Sinn gehabt habe. Wir waren entkommen, aber auf die denkbar schlimmste Art, einen Fluß hinab, den wir nicht kannten, mit seekranken Zwillingen. Wir brachten Vaters Kopf zur Küste.

Alle fünf Meilen war ein Dorf, wo verrückt klingende Indianer uns auf englisch etwas zuriefen. Die Indianer wurden schwärzer, je näher wir der Küste kamen, und die am Himmel hängenden Geier wurden immer größer und bösartiger. Nachts sahen wir manchmal Alligatoren. Sie stießen sich vom Ufer ab und schwammen gegen die Strömung. Aber sie waren feige, sie griffen nicht an, und wenn sie mit ihren Schnauzen gegen das Boot stießen, machten wir Lumpenfackeln. Oft hielt schon das plötzliche Licht sie fern, und die Flammen vor ihren grünen Nüstern schreckten sie immer ab.

Zur Küste hin wurde das Wasser trüber und der Flußlauf gewundener und das Land sumpfig; Kraniche ragten heraus wie an Zaunpfählen aufgehängte Hemden. Es war heißer hier. Die Hitze bewirkte, daß Vater noch mehr tobte. Sein Wüten rief mir in Erinnerung, wie ich in Jeronimo, als ich durch Fat Boy kletterte, einen Blick in seinen Geist geworfen hatte. Ich hatte gesehen, wie verschlungen er war. Die Anlage all dieser Windungen hatte mich fassungslos gemacht. Was er war, das hatte er gemacht. Sein Wüten rührte von den Umlaufbahnen und Kreisläufen her, von diesem von Rohren und Ventilen und Regalbrettern und Spulen wimmelnden Schrank – der Eismaschine, seinem Hirn.

Am heftigsten schimpfte er über die unvollkommene Welt. Nun, ich kannte das auswendig. Aber es kam noch etwas anderes hinzu.

»Ich bin verletzt.« Er sagte es immer wieder, als hätte er es eben gerade entdeckt und könnte es kaum glauben. »Ich kann mich nicht bewegen – kann nichts tun.«

»Bald wird's dir bessergehen«, sagte ich.

»Die Menschheit entsprang dieser fehlerhaften Welt, Charlie.

Deshalb bin ich unvollkommen. Wo liegt der Sinn? Es ist eine schlechte Konstruktion, der menschliche Körper. Die Haut ist nicht dick genug, die Knochen sind nicht stark genug, zuwenig Haare, keine Klauen, keine Fänge. Wenn wir fallen, zerbrechen wir! Ach, wir sind nicht einmal symmetrisch. Ein Fuß größer als der andere, Linkshänder, Rechtshänder, unsere Nasen triefen. Schau, wo unser Herz ist. Wir waren nicht dafür bestimmt, aufrecht zu stehen – unsere Haltung entblößt die empfindlichsten Teile unseres Körpers, Herz und Genitalien. Wir sollten uns auf allen vieren bewegen, behaarter sein, äußerst widerstandsfähig Hitze und Kälte gegenüber, mit Schwänzen. Was ist mit meinem Schwanz passiert? Das würd' ich gern mal wissen. Ich mußte Erfinder werden – ich war zu schwach, um auf irgendeine andere Art zu leben. Schau mich an. Schau, wohin mich fünfundsiebzig Liegestütze täglich gebracht haben. Jawohl, Sir, von nun an werde ich auf allen vieren leben. Und dafür bin ich geeignet – auf Händen und Knien!«

So redete er immer weiter, während wir den Fluß hinunterrasten, unter Schwärmen von Schmetterlingen und den zerfransten Schatten der Vögel, so hoch im Himmel, daß ich mich wie Vater auf den Rücken legen mußte, um sie richtig sehen zu können.

»Für andere ist es noch schlimmer. Die Frauen, Charlie – sie sind in schlechter Verfassung. Sie lecken, sie tropfen. Es ist schrecklich mit dem Körper der Frauen, wie sie lecken. All das Blut und das nutzlose Fett. Und die ganze Zeit schleppen sie diesen Körper mit sich herum. Kein Wunder, daß sie so verrückt sind, sich fragen, wofür sie bestimmt sind. Es ist erniedrigend, einen Körper mit einem Konstruktionsfehler zu haben. Ich dachte, ich wäre der stärkste Mann der Welt. Ich bin bloß Brei. Schwäche macht einen schlau, aber selbst die größte Schläue kann dich nicht retten, wenn alle Chancen gegen dich sind. Ich werd' dir sagen, wer die Welt erben wird – aasfressende Vögel. Sie sind dafür geeignet, alles spricht zu ihren Gunsten. Sie ernähren sich vom Scheitern anderer Lebewesen. Der Himmel in Amerika ist jetzt schwarz von ihnen. Sie hängen einfach nur da und warten. Schafft sie weg von mir! Ich habe Sand in den Augen! Ich lebe, aber ich kann nichts sehen, Mutter!«

Es war furchtbar, Vater so schreien zu hören und dabei paddeln zu müssen. Es war so schlimm, daß ich kaum die Flußkrümmungen bemerkte, und es bewahrte mich davor, zuviel darüber nachzudenken, was an der Küste mit uns geschehen würde.

Vater bestand darauf, daß sein Kopf bedeckt wurde. Er trug eine Kapuze, wie ein zum Tode Verurteilter, und schwitzte darin. Er sah nicht die aufsteigenden Entenschwärme, die taumelnden Regenpfeifer, die Flamingos, die Seevögel, die wir in der Nähe von Dörfern mit englischen Namen wie Living Creek und Doyle sahen. Er schwieg oft lange Zeit. Sein Schweigen war schon immer schlimmer als sein Gebrüll gewesen. Aber jetzt glaubten wir jedesmal, er sei tot. Er roch immer noch nach Tod. An seiner Haut, an der Art, wie er auf Stiche reagierte, merkten wir, daß er noch lebte.

Die Sandfliegen erwischten ihn. Die Schildpattkakerlaken im Boot stachen ihn. Fieber schüttelte ihn. Er tobte und kämpfte und riß seine Wunde auf.

»Die Natur ist krumm und hinterlistig. Ich wollte rechte Winkel und gerade Linien. Eis! Oh, warum tropfen sie alle? Du schneidest dich beim Öffnen einer Büchse Thunfisch und stirbst daran. Ein Loch in deinem Fuß, und dein Leben sickert aus deinem Zeh heraus. Wozu sind sie gut, die Elchgeweihe? Geh runter auf alle viere und lebe. Auf Händen und Knien bist du geschützt. Entweder das oder Flügel.«

Durch seine Galgenkaputze hallte seine Stimme über den überfluteten Fluß. »Hört auf mich, Leute. Laßt euch Flügel wachsen, und sie kriegen euch nie!«

Der Fluß wurde breiter und verlor seine Strömung. Wir mußten kräftig paddeln, um voranzukommen. Da an beiden Ufern Sumpf war, konnten wir das Boot nirgendwo festmachen, und so fuhren wir die ganze letzte heiße Nacht hindurch weiter. Kurz vor Morgengrauen sahen wir ein Signalfeuer – einen Leuchtturm – und hörten, wie die Wellen gegen den Strand der Flußmündung klatschten. Das war das Kap.

»Was ist das?«

Er kannte das Geräusch.

»Nein!« Und zum erstenmal hob er die Arme.

Er zog seine Maske herunter und sagte: »Charlie, lüge mich nicht an. Sag mir, wo wir sind.«

Ich beugte mich herab. Ich konnte nicht sprechen. Dann mußte ich mich abwenden, denn mit entblößten Zähnen hörte ich, wie etwas Gewalttätiges in mir mich drängte, ihm das Ohr abzubeißen.

»Geier«, sagte er, und dann kam der schreckliche Satz: »Christus ist eine Vogelscheuche!«

Und doch schien es, als würden Vaters sämtliche Befürchtungen zutreffen. Er hatte dies vorausgesagt. Der Himmel war mit Vögeln übersät, mit häßlichen Pelikanen und Möwen und Geiern. Sie kreisten und segelten dahin, sie schwangen über die weite Kurve des tropischen Strandes. Und manchmal stießen sie herab und fraßen, denn durch die Brecher der Brandung kamen große Schildkröten mit Papageienschnäbeln und sackartigen Hälsen.

Die Schildkrötenpanzer waren mit Uferschnecken und Unkraut und hartem Seetang verkrustet. Noch mehr Schildkröten arbeiteten sich mit ihren Paddeln die Sandbank hinauf, andere drückten sich hinten in die flachen Dünen. Blinzelnd und brütend legten sie ihre braunen Eier. Ihre Schnäbel waren mit dem seifigen Speichel ihrer Anstrengung bedeckt.

Sie gaben keinen Laut von sich. Nur die Vögel kreischten, und wenn eine Schildkröte von einer groben Welle rücklings an Land geworfen wurde, stürzten sich die Geier auf den ungeschützten Hals und rissen ihn aus seinem Panzer. Den Möwen blieben die Reste. Der Sonnenschein machte diesen Alptraum noch gräßlicher – die Masse der Schildkrötenpanzer, die den Strand entlangrobbte und Eier in den Sand legte, die am Himmel lauernden Vögel, die schwere Brandung. Es war die Küstenhölle, die Vater angekündigt hatte.

Wir suchten uns ein abgelegenes Fleckchen in einem Palmenhain unten am Strand, kippten das Flachboot um und bauten ein Lager. Und Vater weinte. Jedesmal, wenn er zu sprechen versuchte, brach er in Tränen aus. Es war der Anblick des Meeres, der Moskito-Küste. Seine Tränen sagten, wir hätten ihn hintergangen, ihn im Stich gelassen, ihn zum Sterben hergebracht.

Schwarze Indianer kamen in Cayukas, um uns anzustarren. Vater verscheuchte sie mit seinem Geheul. Mutter ging nach Cabo Gracias ins Dorf und versuchte, einen Arzt aufzutreiben. Die Leute sagten, die Ärzte seien flußaufwärts in den Missionsstationen oder in La Ceiba oder Trujillo – hier nicht. Sie erklärte den

Leuten, sie brauche ein Boot, das uns die Küste hinaufbringe. Aber die Boote fuhren alle nach Süden, nach Bluefields und Puerto Cabezas und Pearl Lagoon. Sie lachten, als sie ihnen sagte, wir hätten kein Geld.

Wir töteten eine Schildkröte, und während die Geier sich in der Nähe spreizten, mit ihren Flügeln schlugen und uns beobachteten, brieten wir das fettige Fleisch über unserem Feuer. Wir glaubten, sämtliche Vorhersagen Vaters seien wahr geworden. Wir würden an der Moskito-Küste sterben, im heißen Sand zwischen Geiern und krabbelnden Schildkröten. Es war schlimmer, als er gesagt hatte.

Amerika war unversehrt – was die Spellgoods gesagt hatten, war von den Herrnhuter Amerikanern bestätigt worden –, aber wir waren so weit entfernt, was spielte es da für eine Rolle? Hölle ist, was man nicht haben kann. Die beste Erinnerung, die wir besaßen, war das Leben im Dschungel. Für eine Rückkehr war es zu spät – ohne Motorboot ließ sich der Fluß unmöglich bewältigen, und beim Anblick des weiten, ausdruckslosen Meeres kamen wir uns klein und verloren vor. Wir waren zur Küste geflüchtet, aber wir waren mehr denn je wie Schiffbrüchige, die sich an dieses Stückchen Uferlinie klammerten. Wir waren müde und leer und sprachen kaum. Vater konnte seine Arme bewegen, aber seine Beine waren nutzlos. Er lag da, starrte auf die Wellen, die Schildkröten, die Vögel. Bei jedem Sonnenaufgang sah er Meeresungeheuer in der Brandung keuchen.

Weiter draußen waren Segelboote, Krabbenfänger und Fischer. Aber keiner kam so nahe, daß wir hätten sehen können, ob Mr. Haddy unter ihnen war. Keine Boote landeten an diesem Strand, und Vater hatte die Schwarzen verschreckt. Die Zwillinge waren zu krank, um aufzustehen. Sie saßen mit Vater unter dem Boot.

Unsere Hoffnung war Mutter. Sie ging immer noch jeden Tag die drei Meilen zwischen den Palmen hindurch nach Cabo Gracias und fragte nach Medizin und Verbänden für Vater.

»Ich bin kein Bettler – nein ist für mich keine Antwort«, sagte sie. Die Leute nannten sie Tantchen und sagten, daß sie loco sei – verrückt. Jerry und ich sammelten Schildkröteneier und Feuerholz. Wir hörten zu, wie Vater bettelte, flußaufwärts gebracht zu werden, wir zerquetschten die Fliegen, die sich auf ihn setzten.

»Wo liegt der Fluß?« fragte er mit schwacher Stimme.

In Babysprache sprach er manchmal davon, wie er, weit weg in Mosquitia, auf allen vieren leben und in einem Weidenkorb aufs Meer hinausfahren wollte. Meistens jedoch sagte er gar nichts. Er starrte vor sich hin. Gedanken runzelten seine Brauen. Tränen sammelten sich in seinen Augen und rollten, ohne daß er einen Laut von sich gab, seine Wangen hinunter.

Fünf solche Tage schwächten uns mehr, als es der Fluß getan hatte, und die Küste schien nun ein großer Irrtum. Die Kreaturen hier, das einzige Leben, ernährten sich voneinander. Wir liefen in unseren Lumpen herum. Je länger wir hierblieben, um so mehr fürchteten wir den Ozean. Wegen der Schildkröten schwammen wir nie, und wegen der Vögel hielten wir uns immer unter einem Schutzdach auf.

Wenn ich schlief, träumte ich vom Essen. Ich träumte von Schokoladenkuchen und kalter Milch. Ich träumte von unserer Küche in Hatfield, wie ich in manchen Nächten im Dunkeln runtergegangen war und den Kühlschrank geöffnet hatte, um mich abzukühlen, und wie ich in die erleuchteten Fächer geschaut hatte, auf den Käse, die Milch, den Schinken, ein Glas Grapefruitmarmelade, einen Krug Wasser, eine Pastete, eine Kanne mit frischem Orangensaft. In der Küche war es dunkel, aber das Innere des Kühlschranks war hell und mit sauberen Lebensmitteln angefüllt.

Aus eben diesem Traum wurde ich eines Tages von Jerrys Rufen hochgeschreckt, und diese Störung sollte mir im Gedächtnis bleiben. Jerry hatte ein Segelboot gesehen, das von Süden her ankreuzte. Der Wind war ablandig. Das Boot machte einen Schlag hinaus und kam dann auf einer Woge hereingesegelt, sein graues Segel angeluvt, und pflügte sich in den Strand. »Ein Boot, Dad!«

Vater stemmte sich hoch und beobachtete Jerry, der auf das Segelboot zurannte.

Ich sagte: »Es könnte Mr. Haddy sein.«

»Wo ist Mutter?«

Ich sah mich um. Ich hatte geschlafen. »Sie muß im Dorf sein.«

Die Zwillinge lagen neben ihm und schliefen – im Schlaf hielten sie sich bei den Händen.

»Geh und sieh, wer es ist«, sagte Vater. Er warf mir einen kriecherischen Blick zu, seinen Feiglingsblick, der Schwäche ausdrückte und Trost suchte und die Bereitschaft verriet, alles fallenzulassen, bloß, um wegzukommen – seinen Ihr-seid-schuld-Blick, der einen Hauch von Traurigkeit und Selbsthaß hatte. Ich sah sein Gesicht. Erst später dachte ich über seinen Ausdruck nach.

»Laß dir Zeit«, sagte er. »Ich rühre mich nicht vom Fleck.«

Ich ließ ihn und die Zwillinge zurück und lief zum Strand. Jerry hatte das Segelboot bereits erreicht. Er sprach mit dem Mann an Bord, der Schildkröten um seinen Mast gestapelt hatte, die auch noch seine Kajüte wie Schachtdeckel füllten. Es war nicht Mr. Haddy, aber er war bereit zu sprechen. Seine Großschot war gerissen, und er brauchte ein Stück Tau. Er sprach von Tauen, als wir den Schrei hörten. »Die Zwillinge«, sagte Jerry.

Es war ein Kinderschrei, dünn und klagend und jämmerlich.

»Mutter! Mutter! Mutter! Mutter!«

»Ihr habt wahrlich Sorgen«, sagte der Mann vom Boot in den Klang der Stimme hinein.

Die Zwillinge waren wach. Sie rieben sich die Augen, als wir das kleine Lager erreichten. Vater war verschwunden, aber wir sahen die Schleifspuren seines Körpers im Sand – wie eine Eidechsenfährte, mit Handabdrücken auf jeder Seite. Er war verschwunden – auf allen vieren.

»Mutter!«

Der erstickte Ruf kam von der anderen Seite der Düne.

Er hatte sich ein ziemliches Stück vom Lager fortgeschleppt. Er hatte sich beeilt. Er lag auf einem Sandhang. Er war nach Westen gekrochen, wo die Flußmündung lag. Doch jetzt lag er regungslos da. Fünf Vögel standen über ihm – Geier – und attackierten seinen Kopf. Sie hieben grausam auf seinen Schädel ein. Sie warfen schreckliche Schatten über ihn. Sie hielten Teile seines Fleisches in ihren Schnäbeln. Die Vögel sahen zu mir auf. Ich hatte sie gestört, ich schrie und wedelte mit den Armen.

Sie zeigten keine Furcht. Der Sieg hatte ihnen ihre Angst genommen. Sie zögerten, sie hüpften beiseite, sie gaben mir den Blick auf Vaters Kopf frei. Ich nahm einen Stock, der im Sand lag, aber noch als ich vorwärtsstürzte, beugte sich ein Geier vor und schnappte zu und riß wieder, wie ein Kind, das noch schnell etwas packt, weil es weiß, daß es sowieso gescholten wird, und dieser Geier hatte seine Zunge.

V

DIE MOSKITO-KÜSTE

31

Wir hätten hier weiter hungern können. Jeden Tag starben Küstenbewohner. Aber der Tod eines weißen Mannes war eine Neuigkeit – ein Missionar, so nannten sie ihn. Wie er das gehaßt hätte! Die Nachricht breitete sich aus und erreichte Mr. Haddy. Er kam aus Neugier und blieb bei uns, als er sah, wer es war. Als er weinte, erinnerten uns seine Tränen daran, daß wir überhaupt nicht geweint hatten. Die Erschöpfung war stärker als der Kummer.

Und bald stieß uns die Brise, die uns am Schildkrötenstrand unterhalb von Cabo Gracias a Dios versengt hatte, an der Moskito-Küste nordwärts. Wir segelten bei günstigem Wind, eine Ladung sterbender Schildkröten an Bord.

Nach Vaters Tod veränderte sich das Vergehen der Zeit. Die Tage waren lang und ohne Unterbrechung, wie ein Satz ohne Kommas, und wir fühlten uns verloren.

Es gab Augenblicke, in denen wir halb damit rechneten, daß er plötzlich auftauchte, obwohl wir wußten, daß er tot war – wir erwarteten, daß er irgendwo achtern erschien und sich an Bord zog und uns anbrüllte –, wie an dem Tag, als der Scherbolzen auf dem Patuca gebrochen war. Seevögel ruhten sich auf dem Boot aus. Ich sah sie und hörte Vaters Geheul im Wind. Mr. Haddy rechnete am meisten mit Vaters Wiederauftauchen. Das machte uns vorsichtig. Wir redeten nie über ihn, nicht ein einziges Wort.

Wir kamen an Caratasca vorbei, und als wir Mocobila erreichten, erkannten wir es zuerst kaum vom Meer aus. Die Meerenge von Brewer, wo wir den Plunder gesammelt hatten, schob sich an unserer Reling vorbei, Paplaya und Camaron. Ich fühlte, daß wir uns in Richtung Heimat bewegten. Und ich hatte das Gefühl, daß wir jeden Augenblick sterben konnten. Wir verdienten nicht noch mehr Glück. Vaters Tod erwähnten wir nicht.

Nachts segelten wir unter prallen, schwirrenden Segeln, und am Tag lähmte uns die Hitze. Das Boot hob und senkte sich, klatschte in das grüne Wasser, brachte uns irgendwohin.

Einst hatte ich an Vater geglaubt, und die Welt war mir sehr klein und alt erschienen. Er war nicht mehr, und jetzt glaubte ich kaum an mich selbst, und die Welt war grenzenlos. Ein Teil von uns war mit ihm gestorben, aber der Teil von mir, der übriggeblieben war, fürchtete ihn mehr denn je, hörte immer noch seine Stimme rufen: »Sie werden mich zuerst erwischen – ich bin der letzte Mann!« Es war der Wind, es waren die Wellen, jeder Vogel, jeder Schrei vom Ufer. Sie dachten laut – wie er.

Eines frühen Morgens, bei Anbruch des Tages, sahen wir die Lichter von La Ceiba. Aber der Wind kam aus der falschen Richtung. Er nahm uns mit hinaus und drückte uns weiter nach Westen, vorbei an den Schuppen, dann peitschte er uns zurück, so daß wir nur in der Nähe einiger Palmen anlegen konnten, an einem Strand wie jenem, dem wir dreihundert Meilen weit entronnen waren, wo Vater zwischen vergrabenen Eiern begraben lag. Hier war nichts. Kokosnußreste, Müll des Meeres, Hütten auf Stelzen, Pelikane, eine Kuh – eine weitere Wildnis. Vater war nicht da, aber seine Stimme tönte noch immer über uns.

Kummer ist ein Gefühl, das erst kommt, wenn die Trauer sich senkt und die Erinnerungen schwer und hoffnungslos macht. Es war zu früh für uns, etwas anderes zu empfinden als den Schock der Erleichterung, den übriggebliebenen Schmerz. Wir waren bei lebendigem Leib gehäutet worden, und waren noch empfindlich. Wir waren durch ein Feuer gegangen, wir brannten noch immer.

Nein, er war nicht da. Aber der Schmerz war so stark, daß ich nicht um ihn trauern konnte.

Wir holten die Segel ein. Wir zogen das Boot auf den Strand und wanderten zwischen den Palmen hindurch. Was wir am Leib trugen, war alles, was wir besaßen. Aber Mr. Haddy war reich an Schildkröten. Er half Mutter beim Gehen, berührte zum erstenmal ihren Arm, stützte sie und blickte stolz um sich.

Jenseits der Palmen gab es eine gepflasterte Straße, ein geparktes Fahrzeug, einen Fahrer. Bald saßen wir drinnen, auf dem Weg zurück, nach La Ceiba, nach Hause. Die Welt existierte, nicht besser und nicht schlechter, als wir sie verlassen hatten – doch nach dem, was Vater uns erzählt hatte, war das, was wir sahen, eine wahre Pracht. Selbst hier war es herrlich, in dem alten Taxi mit dem spielenden Radio.